COLLECTION SÉRIE NOIRE
Créée par Marcel Duhamel

DOA

PUKHTU

SECUNDO

GALLIMARD

Suivez l'actualité de la Série Noire sur les réseaux sociaux :
https://www.facebook.com/gallimard.serie.noire
https://twitter.com/La_Serie_Noire

© Éditions Gallimard, 2016.

L'époque et le monde, l'argent et le pouvoir, appartiennent aux êtres médiocres et fades. Quant aux autres, aux êtres véritables, ils ne possèdent rien, si ce n'est la liberté de mourir. Il en fut ainsi de tout temps et il en sera ainsi pour toujours.

HERMANN HESSE
Le Loup des steppes

Et c'étaient des tueurs. Naturellement, que vouliez-vous qu'ils soient ?

MICHAEL HERR
Putain de mort

Avant-propos

L'Afghanistan est un pays au relief et au climat brutaux, d'une superficie proche de celle de la France, coincé entre le Pakistan, à l'est et au sud, l'Iran, à l'ouest, et le Tadjikistan, l'Ouzbékistan et le Turkménistan au nord. Sa population est d'environ trente millions d'habitants (hors réfugiés sur les territoires pakistanais et iraniens, plusieurs millions de plus) répartie en différents groupes ethniques : les Pachtounes, environ 40 % de la population, les Tadjiks, un peu moins de 30 %, les Hazâras et les Ouzbeks, environ 10 % chacun, et une myriade de minorités. Ethnie dominante, les Pachtounes sont également présents au Pakistan voisin et s'ils pèsent à peine plus de 15 % de la totalité des habitants de cet État-là, ils y sont plus nombreux qu'en Afghanistan, environ vingt-huit millions de personnes. Le dari, proche du perse, et le pachto sont les deux langues officielles de la République islamique d'Afghanistan.

Ce qui suit est une fiction, avec ses raccourcis et ses approximations. Par une confortable convention avec lui-même, l'auteur a décidé de différencier le singulier et le pluriel du vocable *taliban* et, dans un souci de clarté, a inclus en fin d'ouvrage différentes annexes : un récapitulatif des personnages, un glossaire des principaux sigles, termes techniques ou étrangers employés dans le texte et une *playlist*.

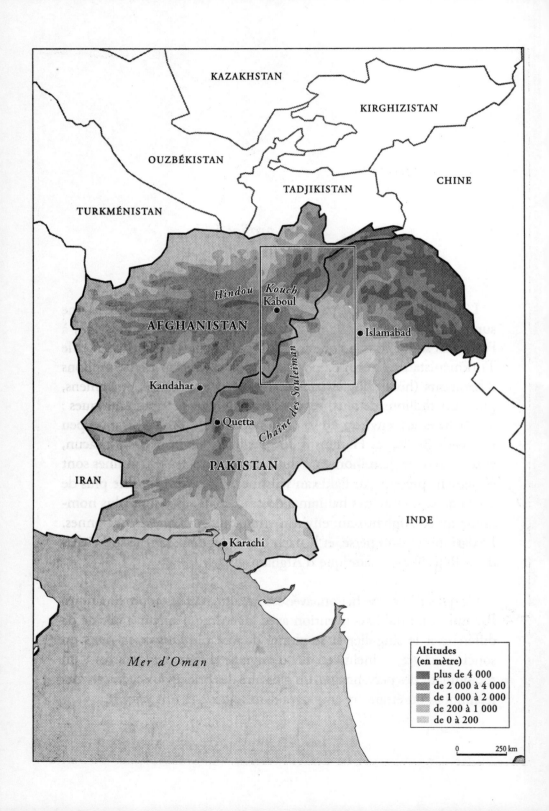

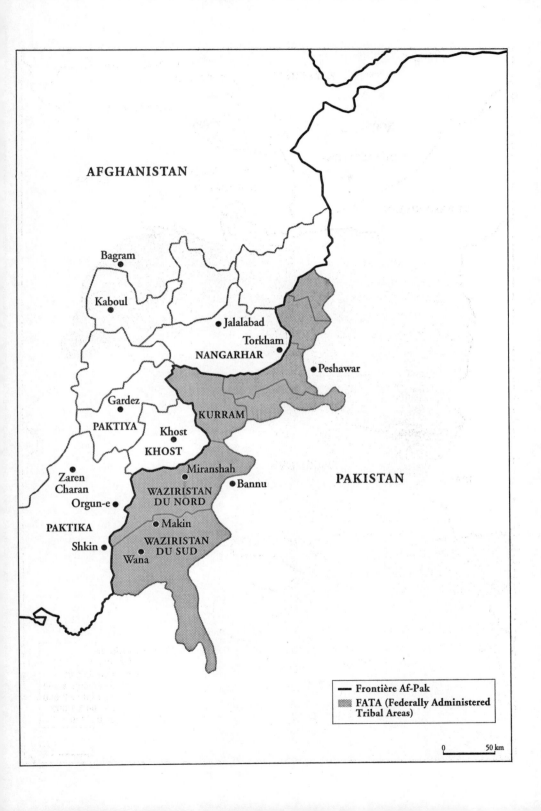

PRÉCÉDEMMENT,
DANS *PUKHTU*...

Année 2008, la situation se dégrade en Afghanistan. L'insurrection gagne du terrain malgré la présence de la Force internationale d'assistance et de sécurité mobilisée fin 2001, au lendemain de la chute du régime taliban, par une résolution des Nations unies. L'essentiel de ce contingent sous-dimensionné de l'OTAN est formé de troupes américaines. Elles se battent principalement au sud, avec l'armée britannique, et à l'est, sur un nouveau front ouvert le long de la ligne Durand, démarcation avec le Pakistan, derrière laquelle s'étendent les zones tribales, sanctuaires historiques des moudjahidines.

Dans cette région, la CIA conduit sa propre croisade, secrète, en parallèle de celle des militaires. À sa disposition pour surveiller les vallées encaissées et les villages de montagne où l'ennemi court se réfugier après chaque offensive, des stations d'écoute installées au sein de bases avancées, des avions sans pilote, des satellites et des paramilitaires, membres de sa Division des activités spéciales ou salariés de sociétés privées sous contrat avec le gouvernement américain. 6N, *Six Nations*, filiale du groupe *Longhouse International*, est l'une d'elles. Entre autres actions, ses employés mènent des incursions discrètes de l'autre côté de la frontière pour animer des réseaux d'agents d'influence et de mouchards. Voodoo, un ancien de la Delta Force[1], supervise l'activité de 6N en Asie centrale. Autour de lui, des hommes issus de différentes unités secrètes de l'armée US. Le nom de code de leur mission est *Silent Assurance*.

Seul l'un de ces opérateurs de l'ombre, Fox, a eu un parcours différent. Pour tout le monde, y compris Voodoo, il vient de la CIA, dont il a théoriquement été un clandestin. En réalité, son véritable nom est Robert Ramdane, c'est un officier de l'armée française en cavale. Profitant de sa situation désespérée, l'Agence l'a recruté en 2002, et lui a offert une nouvelle identité et le passeport américain qui allait avec. Et depuis six ans, arabophone, taillable, corvéable, il est de toutes les basses besognes de la guerre à la terreur déclenchée par les États-Unis à la suite des attentats du 11-Septembre.

Accompagné d'un autre employé de 6N et de plusieurs supplétifs pachtounes, Fox se trouve à Miranshah, capitale du Waziristan du Nord pakistanais, pour rencontrer de nouvelles sources, lorsqu'une cible prioritaire de l'Agence, appartenant à Al-Qaïda, est signalée dans le voisinage. Chargé avec son groupe de confirmer la présence du terroriste, il finit par guider une frappe de drone contre un ensemble de fermes fortifiées.

La cible est abattue mais elle n'est pas l'unique victime de ce tir de missile.

Sher Ali Khan Zadran, un contrebandier, assiste ce jour-là, au même endroit, à une assemblée de chefs de l'insurrection afghane. Son fils aîné, Adil, et sa fille cadette, Badraï, sont avec lui. Ils périssent tous les deux dans le bombardement. De complice occasionnel Sher Ali devient, avec tous ses fidèles, un allié à temps plein des talibans, afin de faire payer aux Américains le prix du sang de ses enfants. Il obéit ainsi aux commandements du code d'honneur des Pachtounes, le Pachtounwali, et en particulier à *badal*, le devoir de vengeance.

---

1. Pour rappel, le lecteur pourra se référer au glossaire se trouvant en fin d'ouvrage (p. 665) et définissant les principaux sigles, termes techniques ou étrangers.

Pour compenser la perte financière de son clan, dès lors presque tout entier occupé à la guérilla, Sher Ali se rapproche d'un important trafiquant d'héroïne aux abois, Rouhoullah. Ce dernier est lui aussi empêtré dans un conflit contre les autorités de sa province, Nangarhar, qui entendent faire main basse sur le commerce de la drogue. Il a besoin d'aide. Cette alliance se révèle utile à plus d'un titre. Grâce à Rouhoullah — et à ses nouveaux maîtres de Miranshah —, Sher Ali va parvenir à retrouver la trace des bourreaux de ses enfants, les paramilitaires de 6N.

Il n'est pas le seul à s'intéresser à la société militaire privée.

Peter Dang, un journaliste canadien, est lancé sur sa piste par une source de l'armée : la bande de Voodoo serait mêlée à un incident survenu au poste frontière de Torkham. Principal point de passage entre l'Afghanistan et le Pakistan, situé à la sortie de la passe de Khyber, Torkham est d'une importance vitale pour la logistique guerrière occidentale. Peter soupçonne vite l'existence de liens entre 6N et la CIA et, plus grave, une participation à un trafic de stupéfiants organisé par le chef de la police des frontières — *Border Police* — de Nangarhar, le colonel Tahir Nawaz, l'homme qui cherche à abattre Rouhoullah.

Les résultats de ses investigations initiales, notamment l'existence de vols discrets affrétés par Longhouse International entre l'Afghanistan et le Kosovo, un État en quête d'indépendance dont les dirigeants ont très mauvaise réputation, viennent rapidement étayer les hypothèses du journaliste. En 1999, Voodoo était l'une des nombreuses petites mains participant aux manœuvres de l'OTAN pour évincer les Serbes de cette région voisine de l'Albanie et mettre en place un pouvoir mieux disposé à l'endroit des États-Unis. Et là-bas, il a fait la connaissance de certains de ses *associés* d'aujourd'hui.

L'un d'entre eux est Alain Montana, ex-cadre de la DGSE, également passé au privé. Toxique et dangereux, lui est la bête noire d'une autre reporter, une Française nommée Amel Balhimer. Leurs chemins se sont croisés à Paris, en pleine paranoïa post-11-Septembre et, très éprouvée par cet épisode douloureux, la jeune femme s'est efforcée de l'éviter depuis. Cependant, l'annonce de la promotion de l'ancien espion auprès de la présidence de la République, vécue comme une scandaleuse injustice, ravive chez elle des souvenirs pénibles. Montana a une jeune maîtresse, Chloé de Montchanin-Lassée, un possible talon d'Achille. Malgré les risques, Amel décide de s'en rapprocher pour gagner sa confiance.

En Afghanistan, les attentats se multiplient et, fait nouveau, ils visent Kaboul et des cibles civiles. Au fil des mois, le nombre d'IED croît de façon exponentielle et les accrochages entre les talibans et les troupes de la coalition internationale sont de plus en plus durs. Bientôt, plus aucune province du pays n'est épargnée par cet embrasement meurtrier. Les récoltes d'opium battent des records et leurs profits financent pour partie l'insurrection, attisant l'incendie.

Silent Assurance essuie ses premières pertes. Ses mouvements au-delà de la frontière ont semble-t-il été repérés et l'ennemi a pris des mesures particulières pour y mettre fin. Un certain Shere Khan traque les paramilitaires et leurs supplétifs, les éliminant les uns après les autres. Ce ne sont pas les seuls ennuis de Voodoo et de sa bande. Tahir Nawaz, leur principal fournisseur de drogue à Nangarhar, a de plus en plus de mal à faire face à la rébellion menée dans sa province par Rouhoullah et ses alliés talibans. Le colonel afghan finit par être lâché par ses principaux soutiens et meurt dans un attentat kamikaze. Sa disparition arrange tout le monde sauf les mercenaires. Autre source d'inquiétude pour eux, Peter Dang s'agite toujours pour trouver des preuves de leurs activités criminelles.

Après plusieurs mois de vaines recherches, la réorganisation du pouvoir à Nangarhar, provoquée par le décès du chef de la Border Police, offre au journaliste la possibilité de rencontrer Rouhoullah, qu'il croit être un témoin direct de l'implication américaine dans les affaires de Nawaz. Mais l'homme se cache au Pakistan et Peter doit accepter de venir à lui dans des conditions de sécurité précaires. Parvenu au point de rendez-vous, il est cerné par des militants et emmené de force vers une destination inconnue. Le même jour, 6N subit une nouvelle attaque. L'un de ses paramilitaires est tué et un autre, bras droit de Voodoo, est enlevé par Sher Ali.

Ailleurs, Thierry Genêt, ex-pilote de l'armée de l'air française installé en Côte d'Ivoire, a été interpellé par la police locale. On l'accuse d'utiliser sa société, spécialisée dans la production et la distribution de bois exotique, pour exporter de l'héroïne vers l'Europe. Un prétexte. Il n'a pas été remis à la justice ivoirienne mais confié aux bons soins de la DGSE qui s'intéresse aux liens de Genêt avec un homme d'affaires iranien proche du pouvoir des mollahs.

Des Afghans…

Sher Ali Khan Zadran – alias Shere Khan, le Roi Lion – chef de clan de la région de Sperah, province de Khost, Afghanistan, mène la charge dans *Pukhtu Primo*. Autour de lui se trouvent Qasâb Gul, son ami d'enfance, et Fayz, un jeune combattant. Sher Ali est plus tard rejoint par un adolescent, l'enfant à la fleur, et un djihadiste ouzbek appelé Dojou, qui est censé le cornaquer pour le compte d'un certain Tajmir. Mais Dojou se prend d'amitié pour Shere Khan et change d'allégeance.

Tajmir – Taj – est un taliban et un agent d'influence des services secrets pakistanais. Il a su se rendre indispensable auprès de Sirajouddine Haqqani – Siraj –, chef du réseau éponyme et principal ennemi de l'OTAN dans l'est de l'Afghanistan. Il est basé au Waziristan du Nord, une des régions tribales du Pakistan, dans une zone dont l'épicentre est Miranshah. Au nom des Haqqani, Taj recrute Sher Ali, mais les deux hommes se méfient l'un de l'autre.

Rouhoullah est un trafiquant de drogue que seul l'argent intéresse. Pressuré par le chef de la Border Police de sa province de Nangarhar, au nord-est de l'Afghanistan, il entre en conflit avec lui. Sher Ali finit par se rapprocher de Rouhoullah, par appât du gain et parce que le trafiquant peut l'aider à assouvir sa vengeance. Quand le chef de la Border Police, devenu trop gourmand et trop ambitieux, commence à gêner ceux qui l'ont nommé à son poste, Rouhoullah en profite pour nouer de nouvelles alliances. Il se rapproche notamment de Shah Hussein, un intrigant désireux de se poser en nouvel homme fort de Nangarhar.

Shah Hussein est le bras droit du gouverneur de Nangarhar. À la fin de *Primo*, il conclut un pacte secret avec Rouhoullah et ses alliés talibans pour éliminer le chef de la Border Police. Il prend aussi contact avec le journaliste Peter Dang, mouche du coche de la CIA et de ses mercenaires privés, pour l'utiliser dans la partie de billard à trois bandes qu'il joue afin d'asseoir son pouvoir dans la province.

SECUNDO

COMME DES LOUPS

God knows 'twere better to be deep
Pillowed in silk and scented down,
Where love throbs out in blissful sleep,
Pulse nigh to pulse, and breath to breath,
Where hushed awakenings are dear...
But I've a rendezvous with Death
At midnight in some flaming town,
When Spring trips north again this year,
And I to my pledged word am true,
I shall not fail that rendezvous.

Dieu sait qu'il vaudrait mieux être plongé
Au creux d'oreillers dont la soie parfumée
Laisse palpiter l'amour dans l'oubli du sommeil,
Pouls contre pouls et souffle contre souffle,
Où sont si doux les chuchotés réveils.
Mais j'ai rendez-vous avec la Mort
À minuit, dans quelque ville en flammes,
Lorsque du nord le printemps léger reviendra
Et moi, fidèle à ma parole, je reste,
Ce rendez-vous-là, je ne le manquerai pas.

ALAN SEEGER
« I have a Rendezvous with Death », in *Poems*

1

Mon doigt. Ghost[1] pense *ils en ont après mon putain de doigt.* Il pige pas tout ce qu'ils se racontent dans leur langue de merde, mais ce qu'ils veulent, quand ils le foutent par terre et lui tordent le bras, ça oui, il a capté. *Tu marches sur ma main, enculé, dégage de ma putain de main.* Le *haji* blond a aboyé des ordres, ça a discuté ferme et maintenant, y en a un qui lui écrase la main avec son pied cradingue. Il lui fout son putain de panard sous le nez et il lui broie la pogne. « ENCULÉS ! » Il gueule, Ghost, de toutes ses forces. Il lui en reste pas beaucoup mais il gueule. Il a la pétoche, là. Il se remet à trembler. Il a chaud. L'autre lui broie la pogne, il se demande pourquoi. Sauf un doigt, il se demande pourquoi. Pourquoi ils en ont après son doigt. « ENCULÉS ! » Il gueule encore. C'est pas la première fois depuis hier. Il a gueulé quand ils l'ont sorti de la caisse et il a gueulé quand ils l'ont foutu dans cette cave pourrie et il a gueulé quand ils ont commencé à le cogner. Et à le cogner. Et à le cogner. « ENCULÉS ! » Il s'est battu, il avait la frousse déjà, Ghost, mais il s'est débattu, et il se débat encore, là, il se laisse pas faire, il la boucle, il lâche rien. Nib. Nada. Que. Dalle. Malgré la douleur

---

1. Pour rappel, une liste des principaux personnages se trouve dans les annexes en fin d'ouvrage (p. 674).

et la trouille et leurs questions à la con. *Allez vous faire… Putain, mais ma main, merde.* « ENCULÉS ! » Parfois c'est trop dur alors il arrête et il plonge, profond, c'est ça qu'on lui a appris à Mackall, penser loin, joli. Avant. Avant toutes ces conneries. « ENCULÉS ! » Avant Rider. Qu'est crevé. Et lui qui s'est fait choper. Il va y passer, c'est sûr. Il se met à chialer mais il se reprend. Il a froid. Il sue mais il se les gèle. Avant. Loin. Joli. Joli, il sait plus ce que c'est. Ou quand c'était. *Putain, ça fait tellement longtemps.* Il se laisse couler, profond ils ont dit, et il cogite, et il voit la tronche de la petite Baker. Il aurait bien aimé vivre un truc joli avec la petite Baker, Ghost, mais il a pas su. Et elle, elle a pas compris. Elle préfère se la prendre dans le fion par cet enculé de Fox, la petite Baker. Il sait y faire, lui. Il a su, avec elle. Elles sont jamais pour Ghost, les gentilles petites Baker. « ENCULÉ ! » Il a su y faire avec tout le monde, Fox. Avec Voodoo, avec les copains. Tous, ils l'ont laissé tomber. Même Viper. À cause de Fox. « ENCULÉS ! » Ghost, lui, il les lâchera pas. On appuie sur sa main. *Non, non, non. Fais pas ça.* Le mec qui lui est monté dessus a posé le canon d'une kalache au bout de son index libre. *Fais pas ça.* Le coup part. Ça résonne dur. Ghost gueule. « ENCULÉS ! » Et il se marre, genre incontrôlable, en voyant le taleb sautiller dans la pièce en hurlant de douleur. *Fallait m'écouter, connard, c'était sûr que t'allais te niquer le pied, t'étais trop près.* Ghost en chie aussi mais il continue à se marrer. Ça fait un mal de chien mais il se marre. Elle vibre sa main, il a l'impression qu'elle va lui péter à la gueule, il se marre quand même. Il tremble de partout mais il peut tenir, il a connu pire. Il se marre, fort, et il pleure et ses yeux restent sur le haji bondissant. Il ose pas regarder son index, il a plus d'index. Il veut même pas bouger sa main. Il se dit *va falloir apprendre à tirer avec le majeur.* C'est con cette réflexion, si ça se trouve, il aura bientôt plus de majeur non plus. « ENCULÉS ! »

Sher Ali observe également le militant amoché par les éclats de la terre sèche et compacte qui fait office de plancher. Quand il a tiré, ils ont perforé sa sandale, déchiré ses orteils. Autour de lui, les autres présents, une douzaine en tout, rient de bon cœur du malheur de leur compagnon d'armes et se moquent de ses bonds maladroits à travers la pièce. Sauf Dojou. Il se tient debout au-dessus de l'Américain et attend, impassible. Il paraît juste fatigué. Ils sont tous fatigués. Au bout d'une minute, la récréation prend fin. Sur ordre de Sher Ali, l'estropié est emmené dehors par deux combattants venus avec lui de Miranshah. Ces trois-là ont été *prêtés* par Tajmir. Dojou pense que ce sont des mouchards. Une excellente raison de s'en débarrasser.

Après leur départ, le garçon à la fleur, éternel poisson pilote, est chargé de monter la garde devant la porte de la grange et de ne plus laisser entrer personne. Le petit n'est pas content, il veut voir ce qui va arriver à l'*Amrikâyi*. Sher Ali lui tend son AKSU avant de caresser ses cheveux. « Si ceux de Miranshah essaient de rentrer de force, tue-les. » En retour, il obtient un sourire et le gamin sort en serrant l'arme contre sa poitrine.

Il est temps de s'approcher du prisonnier. Les hommes du Roi Lion le maintiennent au sol, couché sur le dos. Entièrement nu. Un corps bien nourri, puissant, comme celui de beaucoup de ses semblables. Marqué par les combats. Marqué par la nuit passée. Lui, c'est un guerrier. Il le leur a prouvé hier, à Jalalabad, pendant l'embuscade, et au cours des dernières heures. Il ne capitule pas, refuse de répondre, encaisse les coups, se plaint, les insulte et encaisse encore.

Dojou a suggéré de changer de méthode. Il y a longtemps, des frères tchétchènes lui ont montré une torture avec les doigts, qui marche bien, il l'a déjà utilisée plusieurs fois. Le laquais de Tajmir a voulu essayer. L'Ouzbek a laissé faire, peut-être se doutait-il de ce qui allait advenir, la force de l'habitude, et il n'aime pas Tajmir, il le sait double ou triple, cela ne lui plaît pas.

« Et toi, n'es-tu pas double aussi ? » A un jour demandé Sher Ali. « Il t'a envoyé à moi.

— Taj s'est trompé. Tu n'es pas Taj. »

Maintenant accroupi auprès du captif, Sher Ali soulève délicatement le membre mutilé. Il l'examine. L'index a été presque entièrement pulvérisé. Reste un bout de phalange aux arêtes saillantes auquel s'accrochent des lambeaux de chair et de peau ensanglantés. Le majeur est entaillé profondément, ainsi que la paume. Le shrapnel d'os. On en voit encore des bouts. L'Américain essaie de fermer son poing, gémit de douleur, s'agite un instant et se calme puisqu'on ne lui fait rien pour le moment.

Sher Ali patiente encore quelques secondes, se repaît des spasmes, de la fièvre, de l'épouvante dans les yeux, et enfin il pose une question, en anglais, cette langue apprise dans une autre vie, à l'université, et perfectionnée sur les quais du port de Karachi. Il l'aime cette langue, depuis toujours, même s'il trouve qu'elle rend sa voix étrange. Peut-être parce qu'elle rend sa voix étrange. Étrangère. La parler le rend étranger à lui-même. Il n'a plus voulu en prononcer un seul mot depuis la mort de Nouvelle Lune. « Les noms de tes amis, quels sont-ils ? » Il montre une des photos données par Tajmir.

Le prisonnier fixe le plafond.

« Donne-moi leurs noms.

— Je m'appelle Thomas Hastings. Je suis… » Il y a de la confusion dans le regard de l'otage, il perd pied. Il dit *sergent*, s'arrête. Ça ne dure pas mais ensuite les mots sortent avec difficulté. « Je suis un employé de la société Longhouse International. Je suis né le 24 mai 1969. » Sauf à la fin. « Et je t'encule. »

Le prisonnier ne fixe plus le plafond.

Depuis hier soir, c'est toujours la même réponse, quelle que soit la question. Sher Ali referme de force la main abîmée et se met à serrer. Il ignore le sang poisseux dans sa paume, et les craquements qui s'ensuivent, et les fragments de phalange enfoncés dans sa chair, et la plainte rauque, et les secousses violentes pour se libérer. Sher

Ali serre et serre et serre, ça gicle entre ses doigts, lui-même se met à crier, tout à sa haine. Il veut désintégrer cette main, la faire disparaître, faire disparaître cet homme et la réalité à laquelle il appartient. Où rien n'a plus le moindre sens.

Juste derrière lui, il y a Dojou. Il ne l'a pas vu arriver. Un temps, l'Ouzbek ne bouge pas puis il grogne, a un geste d'apaisement. Sher Ali relâche sa prise, il est à bout de souffle. Le supplicié est à bout de souffle. Ses combattants sont à bout de souffle.

Dojou tient un gros pistolet noir moderne. Prise de guerre. Avec le canon, il pointe vers le majeur de l'Américain.

Sher Ali acquiesce.

Javid est allongé sur son lit. Il s'y est recouché juste après la première prière du matin et garde les yeux fermés, endormi ou feignant de l'être. De temps en temps, son ventre gargouille, il a faim. Ils ne leur ont rien donné à manger avant le lever du jour et c'est le ramadan, il lui faudra donc maintenant patienter jusqu'au coucher du soleil. Une contrariété de plus.

Son *fixer* ne lui a plus dit un mot depuis la veille mais cela ne dérange pas Peter. Lui-même n'a pas ouvert la bouche ni quitté la fenêtre où il s'est installé à l'aube. Réveillé par les messes basses incantatoires de son compagnon, il n'a pu retrouver le sommeil ensuite. Leurs volets sont clos, verrouillés par un cadenas solide, mais à travers les arabesques taillées dans le bois il peut apercevoir un jardin en contrebas, avec sa pelouse tondue au cordeau et ses banians. Trois sentinelles discutent à l'ombre de l'un des arbres, en ourdou, la langue du Pakistan. Ils sont armés de fusils d'assaut mais ne ressemblent pas aux hommes qui les ont escortés jusqu'ici, ils n'ont pas l'air de talibans.

C'est la première chose qui a rassuré le journaliste hier soir, à leur arrivée, quand les cagoules de jute leur ont été retirées, juste avant d'être enfermés dans cette chambre. Fayz, le chauffeur à la kalachnikov, et ses frères d'armes rejoints à la frontière avaient disparu. Il ne restait plus que ces gardes-là, à l'allure beaucoup moins rude. Plus tard, lorsqu'un serviteur est venu les chercher avec déférence pour le dîner, Peter a su, il ne leur arriverait rien.

Shah Hussein, dont ils avaient été tout de suite séparés, les attendait dans un patio aéré, encore rouge de colère. Assis en face de lui se trouvait le maître de maison, volubile. Rouhoullah. Il s'est présenté sans perdre un instant, a hypocritement demandé pardon pour le mélodrame du trajet, ses ennemis a-t-il prétexté, et fait le service du thé.

Le journaliste avait imaginé autre chose, une figure plus terrible. Il s'est senti déçu, floué. Autant d'énergie dépensée et d'angoisse pour ce tout petit mec grassouillet. Une émotion sans doute provoquée par le contrecoup des montées de peur de la journée. Et de sa culpabilité. Se croyant enlevé, Peter s'était laissé chuter dans un abîme de désespoir, avec la certitude de la mort pour seule issue et, pendant les longues heures de dérive mentale qui avaient suivi, petit à petit, une seule personne en tête, Amel, et cette obsession grandissante, la revoir. Une perspective rendue impossible par le kidnapping, cela décuplait son accablement. Oubliés Javid, dont le silence agressif irradiait jusqu'à lui, sa mère déclinante, sa frangine laissée seule sur le pont. Amel, juste Amel, la petite conne française qui l'avait planté un an plus tôt, peu avant le décès de son père. Faible, égoïste, incompréhensible, puéril. Une grande honte.

La pause du chai s'était révélée utile pour reprendre ses esprits, se souvenir des raisons de son voyage, des mois de frustration et d'espoirs contrariés et, après plusieurs minutes d'un silence troublé par le chant des insectes et de quelque oiseau nocturne, Peter avait demandé où ils étaient. Javid s'était lancé dans une traduction, un réflexe, mais la réponse avait fusé, dans un anglais *pidgin*, avant qu'il puisse terminer.

« Chez moi, évidemment.
— Au Pakistan ? »

Rouhoullah avait hoché la tête.

« Où, exactement ?

— Beaucoup de gens, ils aimeraient savoir. Mais non. Ici, pas de risque avec moi.

— Pas de risque comme Afzal ? »

Aucune réaction immédiate, sauf du côté de Javid, un raidissement, quand Peter avait prononcé ce nom. Celui du pauvre paysan afghan qui, sur ordre de leur hôte, était allé, sans se douter du traquenard, attirer l'attention de l'armée américaine sur les petites affaires du colonel Tahir Nawaz et de 6N à Torkham. Il l'avait payé de sa vie.

Rouhoullah s'était contenté de se resservir du thé et de souffler dessus. « Mon cœur saigne pour lui et sa famille. Un homme bon. Il a fait la chose juste. J'ai donné l'argent. » Et d'ajouter qu'Afzal et lui voulaient simplement dénoncer la corruption de quelques figures de Nangarhar, leur malhonnêteté connue même de certains étrangers. « Moi, j'ai été menacé par ces personnes. Et je dois être ici. » Il y aurait perdu énormément, ses affaires n'étant plus aussi bonnes depuis.

« Quel genre d'affaires ?

— Du commerce. » Shah Hussein, précipitamment.

« De *taryak* ? »

Rouhoullah avait pris un air courroucé, répondu d'un *non* sec et fait mine de se lever, pour finalement se rasseoir et commencer à se justifier.

Peter lui avait coupé la parole, sur le même ton, tant pis s'il l'offensait. Trop de tension accumulée, il était en rogne. « On m'a dit qu'il y avait la guerre à Nangarhar, autour de l'héroïne. Et que vous y participiez. Contre Nawaz.

— Qui dit ça ?

— Un proche d'Afzal.

— Pas possible. Ils sont morts. Son nom, donnez-moi, oui ?

— S'ils sont tous morts, à qui avez-vous remis de l'argent ?

— Je suis un homme d'affaires, avec de l'honneur. »

Avait suivi un dialogue de sourds entre le journaliste, Shah Hussein parfois, de plus en plus gêné, et Rouhoullah. Il était une victime innocente et il n'y avait pas de trafic dans la province, le gouverneur avait supprimé la culture. On l'avait félicité. Et si des gens vendaient de la drogue, leur hôte ne savait rien. Peter a des informations, qu'il aille les dire au gouvernement, à l'OTAN, à l'Occident. Tout ça, c'était à cause de la guerre et des États-Unis et de leurs marchandises militaires impossibles à contrôler et de leurs espions avec tous leurs mystères, qui étaient des amis de Nawaz. Rouhoullah était honnête, il l'avait répété à l'envi, et insisté sur l'argent donné, beaucoup d'argent, quand lui n'en gagnait plus. Tous ses malheurs et ceux d'Afzal étaient la faute des Américains et de leurs hommes secrets.

Quels hommes secrets, Peter n'avait pas réussi à le savoir précisément, juste qu'ils étaient avec des complices afghans, organisés en milices, pour tuer les opposants de ces fameuses figures corrompues et accuser ensuite les talibans. « Ils vous ont agressé, ces hommes secrets ?

— Je dois me cacher.

— Vous avez des noms, des lieux, des indices tangibles, des preuves ? Sans preuve, tout ceci n'est qu'une fable.

— Vous voulez venir pour moi. Dieu m'est témoin, je vous protège dans ma maison, je vous offre la nourriture et ma parole n'est pas assez ?

— Non. »

Shah Hussein avait mis fin à l'échange et au repas. Le lendemain, il serait temps de parler à nouveau, tous étaient épuisés par la journée. Au moment de se lever, impossible de ne pas remarquer qu'il restait en arrière à l'invitation discrète de Rouhoullah. Javid avait saisi une bribe de leur conversation, le trafiquant disait : « Tout s'est bien passé ce matin. » Il l'avait rapportée au journaliste une fois dans leur chambre. Le fixer avait peur, les talibans avaient également été mentionnés.

Peter n'y avait pas prêté attention, il était toujours hors de lui. Rouhoullah fraye avec des insurgés, la belle affaire. Pas vraiment un scoop. Le matin même, des militants les avaient capturés pour les emmener de force jusqu'à cette baraque. Javid avait tenté un *mais Shah Hussein* puis s'était tu, vexé par l'humeur de son client. Celui-ci était plus préoccupé par l'inventaire de leurs affaires de voyage, qui les attendaient sur leurs lits. Tout était là sauf leurs téléphones. Avant de se coucher, le fixer avait encore essayé de parler au journaliste, sans succès. Déjà allongé, il lui tournait le dos et faisait semblant de dormir.

Peter n'a trouvé le sommeil que tard dans la nuit. Le temps pour l'irritation de céder la place à la culpabilité de s'être comporté de façon si peu professionnelle, puis à la honte et enfin à la tristesse. Là seulement, la fatigue l'avait emporté. Il se souvient avoir sombré en pensant à Amel et à des paroles prémonitoires de sa sœur – Debra n'avait pas aimé son ex dès leur première rencontre. Il était revenu à la surface le souffle court, avec les réminiscences d'un rêve de retrouvailles à Kaboul.

Vers neuf heures, le serviteur obséquieux de la veille vient les chercher à nouveau. Le désenchantement plombe toujours Peter. Cette expédition aura eu pour unique résultat de l'exposer à des risques inconsidérés et, plus grave, d'y exposer Javid. Il poursuit une chimère, une fabrication de son orgueil, excuse parfaite pour se replonger dans le conflit. Il est devenu accro à la guerre, à l'instar de nombre de ses confrères, il est temps de s'en rendre compte et de passer à autre chose.

Au lieu de les conduire dans le patio, leur guide les dirige vers une *hujra* où règne une fraîcheur bienvenue. Shah Hussein est là mais, cette fois, il a pris place à côté de Rouhoullah. Il leur fait donc face quand ils s'assoient.

Le journaliste pense immédiatement, *il fait partie de l'autre camp*, et les craintes de Javid, hier soir, à propos des moudjahidines alliés de Rouhoullah, lui reviennent en mémoire. Shah Hussein est l'homme du gouverneur de Nangarhar, le gouverneur est un *adversaire farouche* des talibans, mais son représentant siège avec l'ami de ses ennemis. Il y a là une ou plusieurs alliances contre-nature. Comprendre l'Afghanistan, la tâche paraît insurmontable. La plupart de ses habitants semblent eux-mêmes y avoir renoncé et Peter se demande combien de morts et de milliards de dollars il faudra encore pour que les États-Unis, handicapés par une conception naïve du bien et du mal, du avec nous ou contre nous, réalisent et surtout admettent l'énormité de l'erreur commise en restant ici.

Rouhoullah ne propose pas de thé, jeûne oblige, mais explique avoir réfléchi aux remarques de Peter. Il veut lui montrer quelque chose, pour prouver sa bonne foi. Shah Hussein a l'air contrarié et ne peut s'empêcher de baisser les yeux vers un ordinateur posé à la droite de leur hôte. Ce n'est pas un portable chinois bas de gamme pareil à ceux que l'on peut trouver sur les marchés de Kaboul ou de Peshawar, dans des échoppes ouvertes sur la rue, mais un Mac flambant neuf, sans doute acheté à Dubaï. Une destination appréciée de tous les Afghans qui ont de l'argent à planquer.

Rouhoullah prend l'appareil, le met sous tension et oriente l'écran vers ses invités. Il déclenche la lecture d'un fichier vidéo de mauvaise qualité.

Tourné en basse résolution, le film est constitué de longues plages enténébrées, traversées de flashs lumineux aux bruitages explicites : il s'agit de tirs d'armes légères et d'explosions. Par intermittence, on peut également distinguer les faisceaux de lampes torches révélant çà et là les contours fantomatiques de constructions, d'obstacles divers et, parfois, de silhouettes de militants ou de soldats. L'image n'est pas très stable. L'auteur des prises de vues est vraisemblablement installé sur un toit et donne l'impression de se cacher. Il y a des cris, des ordres aboyés, certains en pachto, d'autres en anglais. Le combat est intense mais bref. Quand il prend fin, un groupe électrogène est mis en route. Il éclaire partiellement la cour d'une *qalat* encombrée de fûts et de grands sacs, de foyers éteints, dans laquelle Peter distingue des combattants équipés de façon dépareillée à la mode des forces spéciales. Ils commencent à aligner des cadavres et à ranger des marchandises. Certaines ressemblent à des plaques d'opium brut. Après un moment, le porteur de la caméra, sans doute celle d'un téléphone, s'éloigne à toute vitesse de la lumière. On l'a repéré. Ça gueule, toujours dans les deux langues. Il est poursuivi, on lui tire dessus. La cavalcade dure plusieurs secondes puis le mobile tombe dans le noir, ne bouge plus. Il enregistre juste des sons. On entend des coups, sourds, la plainte d'agonie d'une femme ou peut-être d'un enfant, et ensuite des voix. Très claires, américaines. L'accent. *Un gamin, putain !* Un enfant donc. *Reste pas là, Ghost.*

Shah Hussein interrompt la diffusion du film, mécontent. Apparemment, il ne veut pas que le journaliste entende l'échange plus avant. Difficile de reconnaître ces voix pourtant, seules elles n'auraient pas suffi. Mais Hussein a réagi trop tard, parce que le surnom *Ghost* a fait tilt dans la tête de Peter. Il l'a déjà vu imprimé sur une bande patronymique fixée à un gilet tactique. C'était à Bagram, dans la zone réservée aux barbouzes et à leurs sous-traitants, à la sortie du hangar de la société Mohawk, une filiale de Longhouse International. Il était porté par le paramilitaire chevelu et nerveux accompagnant l'homme baptisé *colonel Kurtz* par le journaliste, dont le vrai nom est Gareth Sassaman. Un des fondateurs de Six Nations, autre branche du groupe de sécurité. « D'où vient cette vidéo ?

— Apportée.

— Par qui ?

— Des gens, ils ont la confiance.

— Ils raffinent de l'héroïne ? » Peter a remarqué des barils au cours de l'extrait. Il ne sait rien de leur contenu mais tente le coup, la qalat où se déroule l'assaut ressemble beaucoup à un labo clandestin.

Pas de réponse.

Le journaliste n'insiste pas, le malaise de ses interlocuteurs est parlant. Le clip a piqué sa curiosité et il aimerait voir la suite. « Qui en voulait à ces gens si confiants ?

— Des espions américains.

— Il y avait des Afghans avec eux. »

Rouhoullah est sur le point de réagir mais l'envoyé du gouverneur pose une main sur son avant-bras pour l'en dissuader.

Ils ne sont pas d'accord sur le discours à tenir se dit le journaliste. Alliance contre-nature. « Quand a eu lieu cet accrochage ?

— En mars. »

Shah Hussein précise le lieu. « Vers Agâm, sur la route de Tora Bora.

— Les gens de la qalat, ils ressemblent à des insurgés. L'armée combat les insurgés, c'est normal. »

Rouhoullah manifeste bruyamment son agacement. « Pour les étrangers, les Afghans qui n'obéissent pas sont talibans, toujours. L'attaque c'est Nawaz. Et après, il a tout volé.

— Il y a des commandos avec les Américains, ce sont des hommes de Nawaz ? »

Le trafiquant hésite, regarde brièvement Shah Hussein. « Je ne sais pas.

— Mais il a donné l'ordre ? »

Silence.

« Et qu'ont-ils volé ?

— C'est dans le film. » Rouhoullah est gêné et sa gêne l'agace comme l'agace la main de son voisin, toujours là en guise d'avertissement. « Ils ont tué des innocents.

— La fin, possible de la visionner ? » Le ton de Peter trahit son enthousiasme retrouvé.

Bien saisi par Shah Hussein. « J'ai donné des détails et vous avez vu assez, non ? »

En réalité, oui, pour le moment. L'enregistrement suggère que des Américains, dont l'un au moins serait salarié d'une société militaire **privée** sous contrat avec le gouvernement, 6N, ont participé avec des commandos afghans à un raid sur un laboratoire de fabrication d'héroïne. Peut-être cela fait-il partie de leurs attributions, il va falloir vérifier. Peter peut le faire auprès de sources de la DEA basées à Kaboul mais il sait cette hypothèse peu probable. En matière de lutte contre le trafic, d'éradication des cultures et de destruction des saisies, l'agence antidrogue US bosse avec un autre sous-traitant, Dyncorp, le champion toutes catégories des sociétés militaires privées. L'autre révélation de la vidéo est l'exécution d'un enfant désarmé, qui ne représentait pas une menace immédiate, au cours de l'opération. Elle n'établit pas, en revanche, de lien formel avec la CIA. Ou même feu Tahir Nawaz. Peter tient peut-être enfin sa bonne histoire, il lui faut absolument une copie de ce fichier.

Shah Hussein semble avoir deviné la prochaine question du journaliste et, avant même qu'il l'ait verbalisée, il intervient : « Ce film, il est important. » Ses yeux sont fixés sur son voisin. « À Jalalabad, nous avons compris. » *Nous*, il prend soin d'impliquer le gouverneur de la province. Le message s'adresse à leur hôte, en son nom, cela n'échappe à personne. *Tahir c'est fini, les choses vont changer, laissez-nous un peu de temps pour vous le montrer.*

Rouhoullah joue la comédie de la réflexion pendant une poignée de secondes. « Je dois penser. Et parler avec ceux qui ont la confiance. » Message reçu.

Peter a perdu.

« Peut-être je le donne plus tard, oui ? »

Pour le moment.

Il y a deux jours, Amel a demandé à Ponsot de se renseigner sur une immatriculation. Elle avait le regard fuyant, refusait de répondre à ses questions sur le pourquoi, le pour qui, le comment. Cette requête, c'est une première entre eux, et son contenu, comme la façon de faire, perturbent le policier. Il a donc décidé d'aller cueillir la journaliste par surprise chez elle, tôt, dans l'espoir de la déstabiliser assez pour lui faire cracher le morceau, et le voilà devant sa porte à sept heures du matin avec une poche de croissants.

Amel ouvre au troisième coup de sonnette. Réveil en catastrophe, T-shirt à l'envers, cheveux ébouriffés et sale mine. Au ton de sa voix, Ponsot pige qu'elle n'est pas vraiment emballée par cette visite inopinée. Parfait. Il sourit, montre les viennoiseries, elle temporise. Il veut entrer, elle jette des coups d'œil gênés vers le fond de son appartement. Il insiste. « T'es avec un mec ?

— Tu veux pas aller m'attendre au café près du métro ? J'arrive. »

La porte claque et le policier se retrouve seul sur le palier. Pas un mec, une fille. Juste avant qu'Amel referme, il a aperçu son corps nu et le flash blanc de sa chevelure taillée court s'échapper en direction de la salle de bains.

Le même flash blanc se pointe dix minutes plus tard sur le boulevard Voltaire, à l'endroit où celui-ci coupe la rue de Malte, celle de la journaliste. Ponsot a pris place à la terrasse d'une brasserie et termine son second croissant. L'inconnue, jolie en dépit de traces de coups récents sur la gueule, habillée poule de luxe, marche quelques secondes dans sa direction, houleuse sur ses hauts talons. Elle est jeune et Ponsot ne peut s'empêcher d'avoir une pensée angoissée pour son aînée, Marie, à peine moins âgée. Si quelqu'un osait cogner sa gamine ainsi, il deviendrait dingue. La décolorée rejoint une Smart garée le long du trottoir. Elle y prend place, démarre, s'en va. Le policier s'essuie la bouche et, vieux réflexe, note son numéro de plaque sur un bout de sac en papier. Il le range dans sa poche.

Il est sept heures trente quand Amel débarque, pas maquillée, les yeux rougis, à peine plus en forme que tout à l'heure.

« Courte nuit ?

— Le boulot.

— Il a un joli pétard ton boulot. »

Amel ne relève pas, fait signe à un serveur, commande un double espresso. « Pourquoi t'es là ?

— Tu voulais des infos.

— Par téléphone, c'était bien aussi.

— Les portables, j'aime pas. Comment elle s'appelle ?

— Elle s'appelle pas, ça va pas durer. »

Elle est sur la défensive. Parce qu'il l'a surprise avec une autre fille, Ponsot ne le croit pas. Peut-être bien le boulot après tout, et peut-être bien le truc pour lequel Amel l'a sollicité. Avec son air de professionnelle de haut vol, son plan cul tout cabossé pourrait être lié aux proprios de la caisse à identifier.

Un silence pénible s'installe. Le jus arrive, distraction bienvenue. Ponsot voit deux sachets de sucre y être engloutis, accepte de donner le sien, englouti aussi, remarque la chair de poule sur les bras en partie dénudés et pense *il fait vingt-trois, elle a froid* et *pas juste la fatigue*.

Amel se raccroche à sa tasse, elle aimerait être ailleurs.

« Tu chasses les proxos de l'Est maintenant ? »

Rire nerveux. « Pourquoi cette question ?

— Parce que la pouffiasse chez toi, parce que tes infos. »

Cinq minutes sur son PC, au bureau, ont suffi à Ponsot pour découvrir que l'immatriculation, diplomatique, est celle d'une voiture appartenant à la représentation du Kosovo. Cette toute nouvelle *république* indépendante – depuis moins de six mois et c'est encore contesté par de nombreux pays – est tenue par des ex-cadres de l'UCK, les révolutionnaires du cru, arrivés au pouvoir grâce au soutien de la France et soupçonnés d'être impliqués dans diverses activités mafieuses. Parmi lesquelles figure le trafic d'êtres humains. En soi, il est déjà assez inquiétant qu'Amel s'y intéresse.

Ponsot a creusé, évidemment, et appris d'autres choses moins rassurantes encore. Un des rares avantages de la création de la DCRI est l'accès facilité aux collègues de l'ex-DST. Quelques-uns ont couvert les Balkans, ils connaissent pas mal de trucs sur les citoyens d'élite de cette riante partie de l'Europe. Ils gardent néanmoins certaines mauvaises habitudes de leur défunte maison et il n'est jamais simple d'obtenir leurs confidences. La faveur consentie se paiera, le policier n'en doute pas, mais il sait maintenant qui utilise cette bagnole : un ancien exécuteur de l'Armée de libération, réputé appartenir au

SHIK, les services secrets kosovars, et très proche du pouvoir. « Il s'appelle Dritan Pupovçi et il est dangereux.
— J'imagine.
— J'insiste, sois prudente avec ces mecs.
— On dirait ma mère. »
Ponsot soupire. « Tu lui veux quoi, à ce Pupovçi ?
— Depuis quand tu contrôles mon taf ?
— Tu m'as demandé un service.
— Fais gaffe, tu deviens trop curieux.
— Fais gaffe, tu deviens con et agressive. »
Amel pose brusquement son café et se lève. Le policier la rattrape par le poignet. « Je suis pas l'ennemi, je me fais juste du souci pour toi.
— Il faut que j'y aille.
— Dis-moi ce qui se passe.
— Merci pour l'info. » La journaliste se libère et s'éloigne.
Ponsot la regarde disparaître de l'autre côté du boulevard, dans sa rue, reste une minute ou deux les yeux dans le vague, pas très content de lui, puis réclame sa note. En attendant l'addition, il récupère le morceau de sac déchiré dans sa poche et appelle le service. « C'est Daniel. Ça va ? T'es devant ton ordi, j'ai besoin de vérifier une immat'. »

Le soleil approche de son zénith et la chaleur est écrasante. Un vent rendu étouffant par la brûlure du jour et les relents des déjections du bétail tourbillonne, chargé d'une fine poussière, jusque sous l'abri, sorte de préau adossé au corps principal d'une ferme fortifiée, où des hommes palabrent, installés sur des tapis.

Fox, vêtu d'un *salwar khamis* et coiffé d'un *pakol*, est assis parmi eux. À sa droite se trouve Hafiz. Il est encore convalescent mais a insisté pour être là, aider, participer. Tous deux sont arrivés désarmés ou presque – juste un pistolet chacun, dissimulé sous la tunique –

pour avoir l'air de civils normaux, et ils sont tendus, ils se sentent vulnérables. Leur élément de soutien, Akbar et des supplétifs, a dû rester à bonne distance, hors de vue, et la région est infiltrée par les militants, l'incident d'avant-hier l'a démontré. Seul indice rassurant, des gamins. Certains, plus curieux, les observent, perchés à trois mètres de hauteur sur l'épaisse enceinte de la qalat, quand d'autres jouent à grand bruit dans la zone verte, dont on entrevoit les cimes des haies par-delà les murs. S'ils venaient à se taire brusquement et à disparaître, il faudrait s'attendre à une attaque imminente.

À la gauche de Fox a pris place Dilaouar, l'un des rares fonctionnaires de la province de Logar à l'écoute des gens du coin et apprécié par eux. Réputé fiable, il a néanmoins exigé un paiement pour venir ici aujourd'hui. Quelques centaines de dollars. De l'argent qui, dit-il, servira à un projet d'école. Hafiz n'y croit pas et se méfie de lui, mais ils ne l'ont pas écouté, le temps presse et Voodoo était d'accord pour raquer.

Dilaouar a été recommandé par les officiers tchèques de la mission de reconstruction locale, contactés le soir même de l'enlèvement de Ghost. Une initiative de Fox, plus discrète, menée en parallèle du grand ramdam technologico-guerrier déployé pour tenter de retrouver le disparu. Une façon de se tenir à l'écart de la bande, à l'humeur volatile. Confrontés à cette crise, les autres ont resserré les rangs. Leur histoire commune, l'amitié forgée dans le sang et la merde, Fox ne les partage pas, loin de là. Ghost n'est pas son copain, tout le monde le sait. Il était préférable de ne pas rester dans leurs pattes.

En face de ce trio, exposant leurs doléances, cinq habitants de Taqi, le bled où, deux jours plus tôt, les kidnappeurs ont abandonné leurs téléphones mobiles. Dans la ferme de gens sans lien avec l'insurrection, pour tromper l'ennemi, le faire courir partout comme un poulet sans tête. Opération réussie. Ils sont également parvenus à remonter la population contre les Américains après l'assaut lancé sur la maison en question par les forces spéciales. Quatre personnes sont mortes au cours de celui-ci, dont le chef de famille, un policier.

Les proches, les amis, les voisins ici, dans ce hameau, et dans tous les villages environnants, sont tristes. Et très en colère.

Fox est venu écouter cette colère en jouant, avec la précieuse caution de Dilaouar, à l'envoyé du gouverneur, dans l'espoir de capter un renseignement utile ou d'identifier une source potentielle. Une version afghane de l'enquête de voisinage. Les résultats ne sont guère concluants, il se prend surtout dans la gueule le désespoir de paysans coincés entre le marteau fondamentaliste et l'enclume étrangère, soutien d'un pouvoir corrompu qui a promis beaucoup et donné peu. Il encaisse la peur ressentie après chaque *shabnameh*, chaque exécution sommaire, la crainte permanente de sauter sur une mine ou de voir son enfant déchiqueté par la bombe d'un avion, l'angoisse d'être racketté par les agents de l'État ou emprisonné de façon arbitraire, l'absolu dénuement, l'absence d'espoir et le ras-le-bol de cette occupation – ainsi est-elle perçue – devenue, plus que la religion, le principal moteur de la rébellion. Derrière le croque-mitaine taliban, énième avatar d'un *storytelling* dont les médias sont si friands, pratique pour le grand enfumage rhétorique de la guerre à la terreur, se cache une multitude de réalités souvent très limitées géographiquement et sans autre véritable ambition politique que l'éjection de l'envahisseur *pas de chez nous*, source de tous les maux. Impossible de dire combien de participants à cette mini *jirga* seront passés demain dans le camp adverse. Ou combien en font déjà partie.

Fox change de position, rendu nerveux par cette dernière réflexion qui le pousse, presque malgré lui, à faire un nouveau tour d'horizon. Les petits de tout à l'heure ne sont plus là mais un autre a pris leur place. De l'autre côté du mur, les cris ont cessé. Un type est apparu à l'entrée de la cour. Grand, décharné, vêtu de sombre, calot de prière sur le crâne, il se tient là debout, à distance, et les observe. Il n'a pas d'arme et rien ne vient gonfler ses fringues de manière suspecte, mais Hafiz ne le perd pas de vue.

Avec difficulté, Dilaouar revient aux événements des jours précédents. À propos des portables jetés dans la cour, il n'apprend rien de nouveau. L'opinion dominante est qu'il n'y a jamais eu de téléphones, c'est un mensonge, une excuse destinée à justifier la bavure. Du policier mort, leurs interlocuteurs n'ont que du bien à dire, même si tous n'étaient pas d'accord avec l'allégeance du défunt au gouvernement. Il n'était pas corrompu, ou pas trop, un miracle, cause de frictions avec les hommes de son unité. L'un de leurs hôtes émet l'hypothèse d'un piège tendu par ses collègues. Fox sait qu'il a tort, le traquenard a probablement été orchestré par Sher Ali Khan, commanditaire du rapt de Ghost, mais une grande lassitude s'empare de lui devant l'hostile défiance manifestée par tous ces villageois. Réussir à inverser la tendance paraît illusoire, la conquête des cœurs et des esprits, dont les stratèges du Pentagone recommencent à parler, est vouée à l'échec. La maison attaquée par le JSOC a été choisie avec soin par les insurgés, pour faire d'une pierre deux coups. Et en tuant ce flic, l'OTAN s'est tiré une balle dans le pied, une erreur aux conséquences mortelles à plus d'un titre.

L'attitude des étrangers après l'assaut est également source de nombreux reproches. Certains sont justifiés, Fox le sait, il était présent, même si ses interlocuteurs du jour ne l'ont heureusement pas reconnu, d'autres sont de pures inventions. Insultes à destination des hommes, mises en joue, vrai. L'agression, pour choquer, soumettre, contrôler, une tactique nécessaire et à double tranchant. Interrogations musclées, faux. Tout le monde s'était tiré vite fait une fois pigée la manœuvre de l'ennemi, rester dans le coin semblait inutile. Manque de respect vis-à-vis des femmes du village, des soldats auraient uriné devant l'une d'entre elles et en auraient violé une autre, faux. Un classique, emprunté à la propagande djihadiste. Flingage d'un âne sans raison, vrai. Mais pas sans raison. L'animal se trouvait seul dans un champ contigu à la ferme attaquée, chargé de marchandises difficiles à identifier de loin et se rapprochait. Potentiellement porteur d'un IED, ce n'aurait pas été une première, il avait été abattu par les militaires.

Le dernier enfant descend du mur côté zone verte. Quand

l'homme du portail se volatilise à son tour, Hafiz donne le signal du départ. Une heure s'est écoulée. Ils ne tireront rien de ces mecs et il serait suicidaire de demeurer ici plus longtemps. Avec respect, ils prennent congé de leurs hôtes conscients que *melmastia*, l'hospitalité, accordée à leur arrivée, avec son corollaire de protection, prend fin une fois franchie l'enceinte de la qalat.

Leur Toyota est garée juste là, dehors, sous un arbre, en bordure d'une piste qui traverse tout le village. Un motard est descendu de sa machine à une cinquantaine de mètres. Il parle avec le grand décharné.

Fox l'aperçoit. « Un guetteur ? »

D'une main, Hafiz couvre ses yeux pour mieux voir. Il acquiesce. « Partons.

— Mon gendre, il vivait ici. » Un ancien présent lors de l'entrevue est sorti derrière eux sans qu'ils s'en rendent compte. Il montre la bâtisse située de l'autre côté de la route. Elle porte les stigmates de l'assaut. « Il est mort maintenant. »

Il y a dans le regard de l'homme, jusque-là discret sur ses liens familiaux avec les victimes, un chagrin infini brièvement entrevu par Fox au cours de la conversation. Peur ou pudeur, peut-être les deux, difficile à dire, mais sa douleur, si visible à présent, frappe le paramilitaire en plein cœur. « Je partage ta peine, *Tor Dada*. Je suis certain qu'Allah, loué soit Son Nom, veille à présent sur les tiens au paradis des croyants. » Fox effleure sa poitrine, effleure celle du vieillard et porte ensuite ses paumes à son visage, pour essuyer des larmes bien réelles. Tout remonte, l'épuisement des cinq dernières années, de l'éloignement, de l'isolement, de la perte du moindre repère et de la disparition de toute lumière dans sa vie. Le visage scarifié de Storay, autre victime collatérale de ce pays de merde, envahit son esprit.

Le vieux prend une main de Fox. « Les coupables, il faut les punir.

— Sais-tu qui ils sont ?

— Peut-être je le sais. » Un temps. « Ici, la vie est très dure. On ne m'aidera plus. »

Fox met plusieurs secondes à comprendre. Il ignore le bruit de la bécane qui démarre, dévisage l'ancien puis ses compagnons afghans. Ils ne paraissent pas surpris et, au fond, lui ne l'est pas non plus. Mais il doit lutter pour ne pas laisser libre cours à sa rage.

« Il faut y aller, *wror*. » Hafiz, inquiet, regarde le motard disparaître dans un nuage de poussière.

Fox hoche la tête. Une somme a été prévue pour rémunérer ce genre de renseignement. Une liasse de billets est échangée. Quelques milliers d'afghanis, une cinquantaine de dollars. Quand le mouchard fait mine d'en réclamer plus, le paramilitaire le plaque contre leur bagnole après avoir dégainé son Glock. « Qui, *Tor Dada* ? » Dans sa voix, plus une once de respect, juste une menace sourde. Le canon de son arme appuie sur la pommette à faire crier le vieux. « Qui ? »

Des hommes sont sortis des fermes voisines, suivent la scène, certains approchent. Hafiz, pistolet contre la jambe, les surveille. Dilaouar, en panique, tire Fox par la manche.

« QUI ? »

L'ancien s'effondre et dit : « Il y a ici un homme appelé Ramanoullah. Il a vu Usman, c'est un de Baraki Barak. Il a jeté un sac dans la cour de la ferme. C'était le jour où les soldats sont venus. »

Fox laisse le vieillard glisser au sol et se tourne vers les curieux. « Il vous a tous vendus ! » Avant de monter dans la Toyota, il jette en l'air une autre poignée de billets.

13 SEPTEMBRE 2008 – MIRANSHAH BOMBARDÉE : DOUZE MORTS, QUATORZE BLESSÉS. Hier, un drone US a détruit une maison du village de Tol Khel, à la périphérie de Miranshah, capitale du Waziristan du Nord et fief du clan Haqqani. L'objectif était un groupe terroriste appelé Al-Badar, très actif au Cachemire. Il serait lié à Al-Qaïda [...] Depuis le 31 août, les États-Unis ont frappé les régions tribales à huit reprises. **14 SEPTEMBRE 2008 – KHOST : DEUX CADRES DU RÉSEAU HAQQANI CAPTURÉS [...] 15 SEPTEMBRE 2008 – DES HÉLICOPTÈRES AMÉRICAINS PRIS POUR CIBLE dans l'espace aérien pakistanais.** L'armée pakistanaise aurait ouvert le feu sur deux appareils qui avaient pénétré sur son territoire. L'accrochage se serait produit au-dessus d'Angour Adda au Waziristan du Sud [...] Washington et Islamabad refusent de confirmer l'incident. **16 SEPTEMBRE 2008 – KHOST : HUIT MEMBRES DU RÉSEAU HAQQANI ARRÊTÉS [...] 17 SEPTEMBRE 2008 – WAZIRISTAN DU SUD : UN CAMP BOMBARDÉ.** Sept personnes auraient péri après le tir de plusieurs missiles sur des installations appartenant au groupe taliban du Moulvi Nazir, situées à Baghar, au Waziristan du Sud. Trois des victimes seraient des combattants arabes. Abou Oubeïd Al-Tunisi, une cible prioritaire appartenant à la nébuleuse Al-Qaïda, ferait partie des morts [...] L'attaque est intervenue alors que les militants déchargeaient un camion transportant des roquettes [...] Ailleurs, quatre soldats de l'ISAF et leur interprète ont été tués par un IED. Ils effectuaient un raid à proximité de la frontière avec le Waziristan du Nord. **18 SEPTEMBRE 2008 – MACABRE DÉCOUVERTE : DES CADAVRES CRIBLÉS DE BALLES.** Les corps de deux hommes ont été retrouvés à la sortie de Mir Ali, au Waziristan du Nord [...] Leurs dépouilles étaient accompagnées d'une note sur laquelle était écrit, en pachto : « Tous les espions sont des démons et connaîtront le même sort que ces hommes. N'espionnez pas pour l'Amérique. » **PR#2008-4XX – DEUX SOLDATS DE L'ISAF TUÉS DANS L'EST.** Kaboul, Afghanistan – Deux soldats de la coalition ont été tués par un IED le 20 septembre. « Nous adressons nos condoléances à la famille et aux amis de nos camarades », a déclaré le porte-parole de l'OTAN. « Cette perte douloureuse touche l'ensemble de nos troupes. » Conformément à son règlement, l'ISAF ne révèle jamais la nationalité d'une victime avant les autorités de son pays d'origine. **20 SEPTEMBRE 2008 – MARRIOTT D'ISLAMABAD : UNE CENTAINE DE MORTS, plus de**

deux cent cinquante blessés. Une voiture et un camion piégés ont explosé ce soir à proximité de l'hôtel Marriott d'Islamabad. La détonation a creusé un cratère de quinze mètres de diamètre et provoqué la rupture d'une conduite de gaz enterrée. Celle-ci a ensuite déclenché un incendie qui s'est propagé à plusieurs étages de l'établissement [...] De nombreux Occidentaux auraient péri dans l'attentat [...] La presse locale qualifie déjà cette attaque de « 11-Septembre pakistanais » [...]

2

Un frisson parcourt le corps de Voodoo à l'instant où il entre dans la tente réfrigérée. Il n'est pas seulement provoqué par le changement de température, il y a le lieu aussi. C'est la seconde fois en neuf jours qu'il visite une morgue de campagne. Devant lui se trouve la silhouette d'un homme debout à côté d'une housse mortuaire et, pendant quelques secondes, le temps pour sa vision de s'habituer à la variation d'intensité lumineuse, il croit voir Ghost. Déçu, il se rend compte que c'est juste Viper. Ils se ressemblaient tant, ces deux-là, et ils s'aimaient tant. Voodoo s'en veut de penser déjà au passé et une pointe de chagrin vient lui déchirer les tripes mais, au fond de lui, il sait. Qu'il est trop tard. Qu'ils ne le reverront plus. Il sait, il ne montre rien et il avance.

Viper a le visage labouré d'écorchures et couvert de taches de poussière coagulées à la sueur et au sang. Le sac à ses pieds renferme la dépouille de Redman, le remplaçant de Rider, dépêché par Longhouse il y a soixante-douze heures à peine et aussitôt envoyé à Salerno. Un jeune mec cool, qui parlait un peu trop, originaire d'Huntington dans l'État de New York. Une ville familière, à deux pas de Montauk, le bled d'enfance de Voodoo, lieu de ses plus douloureux souvenirs. Redman avait fait ses classes chez les Rangers, comme Viper, et devait aider à la formation au tir de combat des commandos de l'armée afghane. Une mission relax, parfaite pour se mettre en jambes, sans danger ou presque, le principal risque provenant des grêles de roquettes qui s'abattent régulièrement sur la FOB et lui valent son surnom de *Rocket City*. Voodoo n'avait pas anticipé que les employés américains de 6N seraient, après Shkin, Orgun-e et J-Bad, attaqués ici aussi. Il se trompait. Obnubilé d'abord par ses emmerdes avec Nawaz et ensuite par la disparition de Ghost, il n'a pas assez écouté Fox et ses théories de vendetta à la sauce pachtoune. Mal lui en a pris. Redman est une nouvelle victime de cette impardonnable faute.

Et Viper a failli y passer lui aussi. « Ils nous attendaient. » L'attaque a eu lieu à l'aube, à l'approche du champ de tir utilisé par l'ANA, situé à un jet de pierre de la base. Couillu. « Les IED ont tapé les camions des Afghans et les véhicules d'escorte, à l'arrière. » 13 KIA, 17 WIA. « Nous, ils nous voulaient entiers. » Le 4 × 4 des paramilitaires s'est retrouvé coincé après que les assaillants ont découpé le pickup ouvreur à la Doushka. « Ils étaient un paquet, en face. » Viper baisse les yeux vers le cadavre du nouveau. « J'ai eu du bol. » La force de réaction rapide de Salerno est intervenue vite et un hélicoptère Kiowa était dans le coin, il revenait d'une patrouille. « Ils nous attendaient, putain. »

Les paramilitaires échangent un regard, ils pensent tous les deux à Ghost. Il a dû en baver. Cette idée les remplit d'un effroi et d'une rage pour lesquelles il n'y a guère de mots.

« Enculés. » Viper avale, c'est difficile. « T'as des nouvelles ? »

Voodoo n'entend pas la question, parasité par la rémanence des cauchemars qui, en boucle, agitent ses rares heures de sommeil depuis le 11-Septembre. Tous le mettent en scène avec Ghost lors de missions passées et se terminent par la même supplique de son pote blessé, ou mourant, ou déjà mort : « Me laisse pas ! » Traction sur la manche de Voodoo, il aperçoit Viper dont la bouche articule des mots, réagit, en décalage. « Jusqu'à nouvel ordre, plus personne ne bouge.

— Je parlais pas de ça. Aucune de preuve de vie ? »

Le *non* est silencieux. « Toujours pas.

— Et la piste de Fox ?

— Le mec, Usman, est balisé. » Il a fallu deux jours pour le retrouver. Et trois de plus pour installer un mouchard sur son taxi. Initiative non autorisée de Voodoo, après une colère d'anthologie provoquée par l'inertie des différents acteurs impliqués dans les recherches. Ils avaient du mal à se mettre d'accord sur le sérieux du renseignement et la marche à suivre – attraper le mec et le travailler à coups de *techniques d'interrogation poussées* ou simplement le suivre – plus préoccupés par des problématiques de longueur de quéquette et de diamètre de parapluie que par la situation de l'otage. Fox s'en est chargé, avec Tiny. À Jalalabad, où habite et travaille Usman. « Bob s'est démené et il a réussi à le faire brancher. » Mais pour le moment, à part les problèmes de chèvres de son pécore de père, les écoutes du suspect ne leur ont pas appris grand-chose. « Dès qu'on a un truc, tu seras le premier prévenu. » Voodoo pose une main sur l'épaule de Viper. « Va te décrasser. » Il montre Redman. « Je m'occupe de lui.

— T'es sûr ? »

Hochement de tête. *C'est pas le plus compliqué.* Il y a d'autres problèmes plus urgents à résoudre. Priorité numéro un, calmer les patrons de Longhouse en pétard à cause de la multiplication d'incidents. Priorité numéro deux, retrouver fissa un fournisseur. Rouhoullah va devenir l'homme fort de la province maintenant, c'est une piste. Ne reste qu'à le contacter. Par quel biais, Voodoo n'en a pas la moindre idée. Au préalable, il faut mettre Fox dans la combine pour de bon. Il a besoin d'un mec sur lequel compter. Pour s'assurer de sa loyauté, il veut lui proposer une partie du pécule de Ghost. Après avoir fait avaler la pilule aux autres. Pas simple, ils ne pensent pas vraiment droit pour le moment et leur laisser du temps est un luxe qu'il n'a pas. Numéro trois, voir pourquoi le fixer de Peter Dang s'est manifesté il y a une semaine. Il avait des trucs à dire, ne voulait pas le faire au téléphone et Voodoo, occupé par l'enlèvement, n'a pas pu aller le voir. Il va le faire.

Ça pue. *Je pue.* Ghost est réveillé par l'odeur. Celle de sa merde qui vit sa vie pépère le long de son cul et de son dos et de ses cuisses, où elle se mêle à sa pisse. Il se roule dedans depuis plusieurs jours, deux, cinq, vingt, il sait plus. Il a pas mal perdu connaissance et il a eu des poussées de fièvre délirantes. Du coup, il a bien transpiré et ça poque aussi à force. Genre aigre, mais c'est pas le pire. Il s'est encore dégobillé dessus, il en a plein la bouche et le nez, ça aide pas non plus à sentir la rose et, partout où ils l'ont cartonné, sa tronche le gratte. Mais le plus terrible, c'est ses mains, ses deux mains sans doigts, toutes noires et gonflées. *Elles schlinguent, putain, c'est dur.* Et elles le démangent d'enfer. Le truc qu'est bien, c'est que ça fait un mal de chien et pour lui fermer son clapet, parce que faut pas croire, au bout d'un moment, l'entendre hurler, ça les emmerde les hajis, donc pour la lui faire boucler, ils le piquent. Au début, ils l'ont shooté avec des antibios, pour le faire durer, et avec de l'héro. Maintenant c'est juste de l'héro. Et pas des doses de tarlouzes. Elle est bonne leur merde, oh oui, putain, elle est grave bonne, il en redemande. *Tout pour plus voir vos sales faces de cons.* Tout pour plus en chier. Il suffit de se mettre à gémir et un gamin arrive avec une seringue, toujours le même. Ghost se rappelle pas où il l'a déjà vu. Il est marrant ce gamin, il est pas dégoûté et il a pas peur. Il sourit pas, il parle pas, il le pique et il reste à le regarder, avec sa fleur derrière l'oreille. Quand il se pointe pas assez vite, Ghost gueule et gueule et gueule encore. Il a pas à se forcer, il a tellement mal sans leur merde que ça sort tout seul, pareil que sa chiasse. Le seul souci, c'est qu'elle lui flingue la mémoire, leur came, il se souvient plus de grand-chose. Le temps, envolé. Les mecs qui le travaillent, sur lesquels il a appris deux ou trois infos, comme on lui a dit de faire lors des stages, il sait plus à quoi ils ressemblent. Ils ont même fini par capter qu'il baragouinait leur langue, Ghost en est presque certain. Il a dû leur lâcher des trucs en pachto. Quel con. Et il a peur d'avoir laissé filer plein de rens, ça l'emmerde. Il se met à pleurer, c'est salé et brûlant, mais il peut pas s'arrêter. Et il peut pas s'arrêter de couiner. *Qu'est-ce qu'il fout, ce putain de gosse ?* Il a donné ses potes, sûr. « ENCULÉ ! » *Grouille.* Il se sent pire qu'une fiotte, Ghost. « ENCULÉ ! » *Pardon, mes frères.* Ça monte, il lui en faut. Tout pour se tirer d'ici. Pour plus être dans son corps. *Dépêche.* Plus être dans sa tête. « ENCULÉ ! » *Voodoo, tu m'excuses, dis ?* De l'œil qu'il peut encore ouvrir, Ghost voit s'entrebâiller la porte de son réduit. *Gentil petit.*

Dojou est le premier à pénétrer dans la grange. Derrière lui entre Tajmir. Sher Ali clôt la procession, encore couvert par la crasse de l'embuscade du matin.

L'éminence grise de Sirajouddine Haqqani s'approche du prisonnier. Quand il arrive à côté de lui, le chien américain le regarde et marmonne des paroles incompréhensibles avant de proférer une série d'injures en anglais. « Il va mourir bientôt.

— Nous avons arrêté de faire venir le docteur. » Dojou s'est accroupi le long d'un mur.

Tajmir se tourne vers Sher Ali. « Il n'avait plus rien à dire ?

— Non. » L'Ouzbek, encore.

« Et après l'offensive des derniers jours, ses complices vont changer leurs habitudes.

— S'il meurt, pas de rançon. Ils ne seront pas contents à Miranshah.

— Il n'a jamais été prévu de le rendre.

— Cette décision ne t'appartient pas, Shere Khan. » Sans cesser de geindre, le supplicié s'agite et, avec ses moignons, essaie d'attraper l'une des chevilles de Taj. Celui-ci fait un pas de côté et lui crache dessus. « Peut-être pourrons-nous marchander son cadavre.

— Sommes-nous de vulgaires mendiants ?
— Le djihad coûte cher.
— Il y a d'autres voies.
— Lesquelles ?
— Rouhoullah est sur le point de devenir très riche. »

Tajmir ne peut retenir un ricanement. « Rouhoullah n'a jamais été un allié fiable, je te l'ai déjà dit. Il va rejoindre nos ennemis et il te trahira, c'est dans son intérêt. »

Sher Ali ne contredit pas l'affirmation. Il y a un agent double, probablement à la solde de l'ISI, dans l'entourage du trafiquant de drogue, et ses intentions, ses faits et gestes sont connus. Une partie au moins. Il en est convaincu parce que six jours plus tôt, lors d'une première visite, Tajmir lui a demandé pourquoi des combattants de son clan, menés par Fayz, ont escorté auprès de Rouhoullah deux Afghans, dont un représentant du gouverneur de Nangarhar, et un étranger. Taj savait même qui était cet étranger, un journaliste appelé Peter Dang.

Ils se trouvaient alors tous deux dans cette même grange et, avant que Sher Ali puisse fournir la moindre explication, il s'est passé une chose miraculeuse : à l'énoncé du nom Dang, l'Américain, mal en point mais jusque-là muet, s'est mis à rire et à se moquer d'eux. En pachto. Première brèche dans sa forteresse mentale. Ensuite, soumis à un interrogatoire plus long et plus violent que les précédents, il a fini par dévoiler d'autres choses. Lui et ceux pour lesquels il travaille étaient en affaire avec Tahir Nawaz avant sa mort. Et ils épiaient le journaliste, trop curieux de ces affaires, par l'intermédiaire de son interprète, Javid.

Tajmir était déjà reparti au moment de ces révélations, il n'en sait donc rien et Sher Ali n'a pas l'intention de lui en faire part. Dang est surveillé. Par les amis du prisonnier. Et par leur chef. Cet homme a donné l'ordre de tuer ses enfants, il a assassiné Badraï. Shere Khan veut le retrouver, le punir et rien ne l'en empêchera, pas même une guerre sainte.

« Mets Rouhoullah à l'épreuve, ainsi tu verras. Et tu pourras te racheter.

— Quelle faute ai-je donc commise ? »

Taj fixe l'Américain qui tremble à ses pieds. « Pour celui-là, Sirajouddine voudra une compensation. Et il y a ton attaque de ce matin, elle était trop rapide. »

Le Roi Lion ne réagit pas.

« Nous avons perdu beaucoup de moudjahidines.

— Nous ? »

Dojou se remet debout, inquiet de la tension croissante. Quelques secondes passent.

« Rouhoullah possède une chose que désire cet étranger, Dang. Use de votre amitié – un sourire ironique se dessine sur le visage de Tajmir – pour qu'il t'aide à le capturer. »

Sher Ali sourit à son tour et remercie Allah de son infinie sagesse.

« Tu le tenais, reprends-le. Les journalistes, ils valent cher. »

« Ta femme n'est pas là ? »

Montana cueille Chloé dans l'entrée de l'appartement de la rue Guynemer. Habillée pour sortir. Surprise. Il vient rarement le dimanche, jour réservé à son épouse. « Je voulais savoir comment tu allais. » Un mensonge à moitié, la santé physique de sa maîtresse ne l'inquiète pas tant que l'état de sa psychologie.

« Bien, merci. » À peine audible.

Montana s'approche, la jeune femme a un léger tremblement d'appréhension. « Viens dans la lumière. » Délicat, il prend son bras et l'attire dans le salon. Elle se laisse traîner. Les marques sur le visage et dans le cou ont presque disparu. Montana scrute le regard. Il fuit. Pas assez vite. Pupilles minuscules, battements de paupières. *Elle a tapé.* Il libère le menton, prend place sur l'accoudoir du canapé. « Où vas-tu ?

— Voir quelqu'un.

— Qui ?
— Tu t'intéresses à mes amis ? » Le sarcasme se perd dans la défaillance de la voix.

Montana sourit, la beauté est tellement plus désirable lorsqu'elle est aux abois. « On m'a donné ça pour toi. » De son imper, il retire une enveloppe et la tend. « Il y a cent grammes. »

Chloé fixe la drogue sans la prendre.

« C'est un cadeau de Dritan. Il aimerait te revoir. »

Nouveau frisson de désarroi. « Non. » Plus bas. « S'il te plaît.

— Nous lui devons énormément, tu sais.

— S'il te plaît.

— Puis-je encore avoir confiance en toi ? »

Chloé acquiesce.

« Tiens. »

La came change de mains.

« Qui vas-tu voir ?

— Une copine. » La jeune femme se reprend. « Un plan cul. »

Le sourire de Montana s'élargit. « Jolie ? » Il dévisage Chloé. « Oui, tu as toujours eu bon goût. Pourquoi ne nous l'amènes-tu pas ? »

Hésitation. « Je peux lui demander.

— C'est avec elle que tu t'enfiles toute mon héro ?

— Non. » *Inutile de lui mentir.* « Oui. » *Il sait, forcément.* Chloé doit partager chaque arrivage avec un autre contact d'Alain. Elle a gardé l'intégralité de la dernière livraison, celle du jour du viol. Idiot. Et dangereux. Elle montre l'enveloppe. « Je vais tout lui donner.

— Inutile, c'est arrangé. Tu n'es pas amoureuse, dis-moi ? »

Chloé secoue la tête, trop maladroitement vive.

« Recule, montre-toi. »

Trois pas réticents en arrière. Escarpins Sergio Rossi de couleur noire, un fourreau écarlate retenu à la taille par des liens. Il descend au genou. En haut, une courte veste en cuir.

« Je te trouve bien sage. Soulève ta robe.

— Il faut que j'y aille.
— Soulève. »
Les attaches de tissu sont dénouées, le vêtement relevé. Un short de dentelle sombre apparaît. Il est lacé sur le devant.
« Ne l'as-tu pas acheté avec moi en Italie ?
— Si. » Un temps. « Il me plaît beaucoup.
— À moi aussi. Caresse-toi. »
Chloé ne bouge pas. « S'il te plaît.
— Branle-toi. »
En finir. Chloé lâche la drogue et écarte les jambes, juste assez. Une main trempée de salive se glisse sous la dentelle. Ses yeux captent ceux de Montana. *Reste sur lui, ne le lâche plus.* Elle se touche, se touche et attend, espère, désespère de cet instant où il n'en pourra plus et aura le geste annonciateur de sa libération. Il arrive plus tôt qu'elle ne l'imaginait. Il attrape sa queue à travers son pantalon et commence à se tripoter.
« Viens. » Lorsque la jeune femme est proche de lui, la bouche offerte et les doigts toujours dans sa culotte, Montana la force à genoux et lui frotte le visage contre sa braguette.
Pendant quelques secondes, Chloé joue le jeu, mordille le sexe d'Alain sous le tissu puis elle le libère, l'aspire jusqu'aux couilles et lui enfile dans l'anus un index humide de masturbation. Elle connaît certaines de ses faiblesses. *Il transpire de la raie.* Dégoût. La respiration se fait plus forte et la pipe ne dure pas. Doigté, Montana jouit vite, tire sur ses cheveux sans vraiment lui faire mal, le temps de deux ou trois spasmes, et se retire dès qu'il a fini de décharger. Il lui ordonne d'avaler, tout. Elle déglutit, reflue un nouveau haut-le-cœur. Une main vient frôler sa joue. Elle se force à sourire.
« Je parlerai à Dritan. » Montana l'attire contre ses jambes, la berce.
— Merci. » Il coûte cher ce remerciement.
« Qui prendra soin de toi si je ne suis plus là ? Ton père ? » Bref

ricanement suivi d'un baiser sur le haut du crâne. « N'oublie pas ton plan cul. »

Le rimmel de Chloé a coulé. Elle s'essuie le coin des yeux, les lèvres d'un revers, se remet debout et, sans prononcer un mot, d'un pas qu'elle aimerait plus digne, part s'enfermer dans la salle de bains.

Un mobile carillonne l'arrivée d'un SMS. Montana avise le fourre-tout de sa maîtresse posé sur la console de l'entrée. Il se lève, va l'ouvrir, s'amuse du bordel, trouve l'iPhone, active l'écran. Accès verrouillé, bien. Résumés des notifications apparents, pas prudent. Lui dire. Plusieurs textos, de plusieurs expéditeurs. Le dernier est seulement identifié par une initiale, *A*. Instinctivement, le message ne lui plaît pas : *T'attends. Fais attention à toi.*

Chloé arrive en retard. Chloé effleure les lèvres d'Amel, tendue pas légère. Chloé file dans les toilettes. Chloé n'aime pas qu'Amel ne veuille pas la suivre. À la sortie des toilettes, Chloé va mieux, le monde a repris ses distances. Chloé s'en fout du boucan dans ce bar, s'en fout des gens, s'en fout de sa trouille, d'Alain et de ses copains, et de son père, et de la vie de Chloé. Elle s'en fout d'Amel qui lui pose des questions, elle crie : « Tu poses trop de questions. » Chloé sirote un mojito insipide, entend sans écouter un mec la brancher, il la connaît. Dit-il. Ça dure. Amel fait la gueule. Chloé s'en branle des humeurs d'Amel. Pas tant que ça, en fait. Chloé ne se sent pas bien. Déjà. Chloé veut retourner aux toilettes, elle l'annonce. Le mec lève le doigt, volontaire, Amel ne laisse pas faire, Chloé sourit. Aux chiottes, Chloé déraille, grave, trop, elle s'accroche à Amel qui reste sur sa ligne, la retient. Chloé pleure, Chloé ne veut plus, elle n'y arrivera pas, Chloé ne sait plus, elle aimerait être ailleurs. « Partons d'ici. » Mais non, Chloé n'a pas envie d'aller chez Amel, elle délire beaucoup plus grand. Chloé vendra tout, la came qui lui reste, sa garde-robe, ses bijoux, elle trouvera un job. Petit, loin. Chloé doit se barrer. « Viens, on disparaît. » Studio minuscule, boulot à pourboires et fringues H&M ? Elle tiendra pas deux semaines. Amel a raison, Chloé le sait, elle est baisée. Chloé s'effondre, longtemps, sur cette cuvette ébréchée qui menace de l'aspirer comme une merde. Chloé est une merde, dedans, et une pute, dehors. Chloé est moche, Amel devrait se tirer, personne ne peut l'aimer. « Tire-toi ! » Chloé a envie de vomir. Amel l'aide. Chloé entend les mots d'Amel, ils sont doux, elle a besoin de les croire et se laisse embarquer.

Le petit salon d'Amel est plongé dans le noir. Elle est lovée dans son canapé, un plaid sur les jambes. Chloé dort à côté, dans la chambre, calmée. Sans nouvelle prise d'héro. Une douche, un gros chagrin, de la tendresse, elle a sombré dans ses bras, épuisée de terreur. Désormais, c'est la journaliste qui a la frousse. Il est encore temps de tout arrêter, de se replier, Montana ne l'a pas flairée. Cependant, avec une maîtresse dans un tel état, il ne tardera pas à s'interroger. Que dira-t-elle alors, on peut craindre le pire. Elle a tellement peur de lui et de l'autre, l'ami violeur. Elle voudra sauver sa peau. Amel n'est pas sûre de vouloir jouer la sienne en pariant sur une *junk*.

Elle n'a pas plus envie de retourner se planquer. Plus maintenant. Ce premier pas vers sa dignité retrouvée, il a été long à venir, difficile, mais elle l'a fait. Elle l'a décidé, elle a sollicité Ponsot, merde, et cet après-midi elle est même retournée dans son ancienne rédac', où elle a gardé un ou deux copains, notamment à la documentation. Pendant quelques heures, avant de revoir Chloé, profitant du calme dominical, elle s'est plongée dans le fond d'archives du journal et s'est fait du bien, a travaillé, pour de vrai, et rafraîchi sa mémoire sur le Kosovo et l'éviction des Serbes de cette province. Une véritable épuration – on est allé jusqu'à évoquer un trafic d'organes prélevés sur des prisonniers – sous couvert de guerre d'indépendance, conduite par cette UCK formée avec la bénédiction de l'Ouest. Une UCK à laquelle Dritan Pupovçi aurait appartenu donc, quand elle était sous les ordres de l'actuel Premier ministre kosovar, Hashim Thaçi, et dont la plupart des cadres seraient devenus, ou plutôt redevenus, des partenaires criminels de leurs cousins et voisins albanais, versés dans le pain de fesse global et la logistique transcontinentale de divers produits d'importation illicites en provenance d'Asie centrale ou d'Amérique latine. La DGSE a beaucoup œuvré au succès des libérateurs à l'époque. L'un de ses officiers en charge du dossier a même fait sa pub là-dessus pour changer de carrière et entrer en politique. Amel a cherché, mais elle n'a trouvé le nom de Montana dans aucun article ou dossier sur le sujet. En déduire qu'il n'a en rien participé à la chose serait hâtif, Montana apparaît rarement dans la presse.

Et puis, il y a son grand copain Dritan, auquel il a *prêté* Chloé. Chloé qui a révélé un truc énorme ce soir, sans le vouloir, au milieu d'une diarrhée d'incohérences stupéfiantes. Un truc bien plus juteux que le viol commis dans la garçonnière de Montana, de nature à les faire tomber pour de bon lui, son pote et d'autres sans doute avec eux. Ces quelques mots égarés, mis en perspective avec le petit commerce en milieu branché, la nationalité de l'agresseur et les rappels géopolitiques de la journée, ils ont fait comprendre à Amel d'où provenait la came de Chloé. Est-elle surprise, pas vraiment. Montana ne pouvait ignorer les activités illégales de sa maîtresse, fille de son successeur. La journaliste a d'abord pensé que cela l'amusait, voire l'excitait, ou plus sûrement lui donnait un moyen de pression sur papa, pour garder le contrôle de PEMEO. Ou les trois. Ces hypothèses ne sont pas exclues mais si, à intervalles plus ou moins réguliers, il balance à Chloé quelques centaines de grammes d'héroïne fournis par Pupovçi, on peut imaginer qu'il y a derrière tout cela une motivation plus rémunératrice. Montana dealeur, c'est à la fois trop beau et décevant, tellement vulgaire, petit, vénal.

Dangereux, plus.

Amel ne peut s'empêcher de jeter un œil en direction de la chambre. *Mortel peut-être, pour moi et pour elle. Lui dire ? Elle me lâchera*. Hors de question. Seule dans son salon, la journaliste est agitée d'un tremblement. Ce n'est pas le froid, l'été joue les prolongations, mais elle va quand même fermer la fenêtre. Quatre étages plus bas, dans la rue, solitaire à cette heure tardive, un monospace avance au pas. Accès de parano, *ils me surveillent déjà*. La voiture se gare entre deux autres. Un couple en descend, elle est enceinte, il récupère des bagages. Retour de week-end. Débile. *Si je m'engage dans cette brèche, la menace deviendra réelle et la peur permanente*. Il faudrait en discuter. Ponsot semble un choix éclairé, mais sa réaction est prévisible, il lui balancera qu'elle est dingue. *Reste éloignée de lui*. Ou, devant l'énormité, il se confiera ailleurs, au-dessus, et tout sera instrumentalisé à d'autres fins. Ou étouffé. Dans les deux hypothèses, il aura raison.

Amel est seule avec sa junkie, et elle a la trouille. Demain, coincer Chloé à jeun, lui dire de se reprendre, de tenir, d'arrêter ses conneries, avec cet argument : « Tu continues à déconner et, que tu m'aides ou non, il aura des doutes et se débarrassera de toi. » Maintenant c'est marche ou crève. Quel que soit son choix, pour Chloé c'est la fin. Elle ne l'a pas pigé mais Amel si, à l'instant où l'héro s'est invitée dans la partie. L'histoire qui va s'écrire n'est plus la même, de simple victime d'un viol sanctionné par un ancien espion proche du pouvoir, sa source est devenue complice de ce même espion sur le retour au sein d'un réseau de distribution de drogue.

Sa source.

Chloé ne l'est pas encore tout à fait, elle pourrait ne jamais le devenir. Tout à l'heure, elle était autre chose quand Amel la serrait dans ses bras.

Montana sera toujours là.

Là. Toujours.

Amel attrape le MacBook posé devant elle sur le canapé. Elle tourne autour depuis une heure. Y aller, contacter Jeff. Elle hésite quelques battements de cœur de plus, pas seulement à cause des risques inhérents à l'histoire de Chloé. Jeff, un peu à la manière de

Ponsot, remet certains sujets sur la table à chacune de leurs rencontres. Du coup, elles se sont espacées. Elle n'a pas besoin de ça. Il est cependant l'un des rares à pouvoir lui expliquer cet ailleurs, plus à l'est, où a débuté sa carrière de photographe de guerre il y a dix-sept ans. L'ex-Yougoslavie et ses conflits, couverts pendant une décennie. Et elle a confiance en lui. La journaliste ouvre Mail, trouve l'adresse de Jean-François Lardeyret, écrit : *Parisien ? Un café ? A.* Bruitage pneumatique, invitation partie, angoisse revenue, instantanée. Sur la table basse, le sac de Chloé, ouvert, dégueule ses petits papiers blancs bien pliés. Amel a bien mérité un peu de réconfort. Après la première ligne, une pas trop grosse, bien tamisée, au goût sucré, encore penchée en avant avec sa paille d'argent, elle se sent brusquement nulle et vulnérable. Si Montana voulait la coincer, la détruire, sans avoir à s'emmerder, il enverrait des flics ici, maintenant, quand elle en a plein le pif, avec sa bourge dealeuse endormie dans la chambre. Le second trait est plus marqué et, sitôt reniflé, le premier fait effet. Amel se laisse aller.

Javid quitte l'artère principale du bazar pour rejoindre sa vieille Corolla garée dans une ruelle perpendiculaire. Il fait ses courses depuis une demi-heure sans avoir remarqué deux hommes qui le filent. Un Minivan aux vitres occultées s'arrête à sa hauteur. Il est pris de court. La portière latérale s'ouvre, on le pousse à l'intérieur, il lâche ses sacs, crie. Empoigné par-derrière, collé au plancher, cagoule sur la tête, coups pour le calmer, le moteur s'emballe et le véhicule démarre.

« Tu nous as appelés. »

Javid souffle, il connaît cette voix étrangère, ces hommes. Ils le tiennent, il est dans le noir, mais il est soulagé. « Monsieur Peter, il est revenu.

— Quand ? »

Le fixer répond, l'Américain n'est pas content, lui demande pour quelle raison ils n'ont pas été prévenus plus tôt. Lui se justifie, il ne savait pas, le journaliste ne lui avait rien dit. Au début, il a cru ce retour à Kaboul motivé par autre chose, a tout découvert trop tard. Après, il a dû attendre de rentrer, mais il a téléphoné tout de suite. Javid aussi est contrarié, la rancœur qu'il éprouve à l'égard de Peter affleure dans ses mots.

« Ce voyage au Pakistan, c'était pourquoi ?
— Pour Rouhoullah.
— Et vous l'avez trouvé ?
— Oui.
— Comment ?
— Tout arrangé par Shah Hussein sahib. »
Javid entend l'Américain hésiter.
« Shah Hussein de Jalalabad ?
— Oui. »
Le silence qui suit inquiète le fixer. « C'est vrai, je vous fais la promesse.
— Redis-moi quel jour vous êtes partis.
— Le 11 de septembre.
— Le matin, l'après-midi ?
— Le matin. Après la nuit chez lui. Il est venu aussi.
— Qui est venu, Shah Hussein ?
— Oui, à la maison de Rouhoullah. Toujours avec nous. »
Motherfucker étouffé suivi de *la petite merde* et d'un nouveau silence.
« Tu dis que Shah Hussein de Jalalabad a organisé l'entrevue avec Rouhoullah, le Shah Hussein du gouverneur ? »
La voix est redevenue étrangement calme.
« Oui.
— Là-bas, vous avez parlé de quoi ? »
Après un temps de réflexion, le fixer estime plus sage de s'en tenir à la vérité. Du mieux possible, il rend compte de la conversation initiale, le soir de leur arrivée, et de la grande maladresse de Peter Dang,

apparemment décidé à froisser leur hôte. Ensuite, il passe à celle du lendemain. « Rouhoullah a montré le film, sur l'ordinateur. » Javid décrit ce qu'il a vu. Et entendu. Quand il prononce le nom *Ghost*, il est empoigné par le col, serré très fort, et on lui fait tout répéter avant de le balancer contre une paroi de l'habitacle. Sa tête heurte un montant et il ne peut réprimer une plainte.

Dans le Minivan, plus personne ne prononce un mot pendant un long moment.

Ils se déplacent toujours. Dehors, Javid entend les bruits de la ville, de la vie, normale. Il pense qu'il va mourir et se met à trembler.

« Est-ce que Dang a une copie ? »

Le fixer, surpris, ne comprend pas, il balbutie quelques mots terrifiés.

« Rouhoullah, il a donné le film ?

— Non, non, monsieur Peter il voulait mais pas Shah Hussein. »

Au retour de l'interprète chez lui, le garçon à la fleur prend son crayon et note l'heure indiquée par l'écran de son téléphone mobile sur un papier, avec application, tel que le lui a enseigné le Roi Lion. Puis, satisfait, il examine son œuvre. Ce n'est pas le premier horaire qu'il relève aujourd'hui. Juste au-dessus de celui-ci, il y en a un autre, consigné lorsque Javid a été pris par les hommes dans le marché. Le gamin compte dans sa tête, il s'est passé six fois dix minutes, une heure complète, plus deux fois dix minutes, plus trois minutes entre les deux inscriptions. Shere Khan sera content, il a tout écrit et, s'il a perdu la trace du Tadjik pendant tout ce temps, au moins sait-il à nouveau où il se trouve. L'enfant a également inscrit les chiffres de la voiture dans laquelle on a emmené l'homme et a même essayé de reproduire les lettres, maladroitement. Il ne les connaît pas encore toutes. Il espère pouvoir les apprendre quand il reverra son chef, il aime s'instruire avec lui. Il l'aime. Sher Ali le traite mieux que son père ne l'a jamais fait.

Olivier Bluquet a quarante-trois ans. Pas très grand, plutôt costaud, coupe de cheveux travaillée avec une vague relevée vers la droite, il porte toujours des costumes à l'élégance sobre. Bluquet est un homme simple, il ne se pose pas de questions. Il pourrait mais il n'aime pas ça. Il a une certaine vision du monde tel qu'il devrait être et il s'y tient. Il sait qu'elle n'est pas parfaite mais cela ne l'ennuie pas, rien n'est parfait ici-bas. Partagez cette vision et il vous suivra, avec diligence et efficacité, sans jamais renâcler. Engagé volontaire dans l'armée à sa majorité, il a servi dix ans à Bayonne, est devenu sous-officier, a beaucoup voyagé, en Afrique subsaharienne surtout, et a formé là-bas de nombreuses gardes présidentielles. Il a ensuite quitté l'uniforme et rejoint Cercottes. Dix années de plus à bourlinguer pour la DGSE, au Maghreb, au Moyen-Orient et encore en Afrique. Des gardes présidentielles, Bluquet est passé aux polices secrètes et, parfois, comble de l'ironie, aux mouvements qui leur étaient opposés. De cette vie agitée, il conserve de solides amitiés, quelques ennemis et l'impression de s'être bien éclaté. Cinq ans plus tôt, il a pris sa retraite et la tête de la filiale sécurité et collecte de PEMEO, autrefois baptisée IMED, Intelligence Méditerranée, sur recommandation d'Alain Montana. Bluquet respecte énormément Montana, il l'admire même.

En fin de matinée, ils se sont retrouvés rue d'Anjou, au siège de PEMEO, dans le bureau de celui qu'il considère toujours comme son supérieur malgré la nomination de Guy de Montchanin-Lassée à la tête de la société. Ils ont pris place de façon très informelle dans des fauteuils cuir et bois aux lignes épurées, autour d'un café. Informelle. L'évocation de l'attitude du successeur de Montana et de sa gestion de leurs activités, rapportée avec force détails par Bluquet, n'est donc pas la raison principale de sa convocation.

« Le mouchard dans l'iPhone de Chloé, il fonctionne encore ? »

Chloé. Le jouet. Joli. Bluquet comprend. S'il pouvait également s'en offrir un, il ne s'en priverait pas, malgré son heureux mariage.

« Nous l'avons réinstallé dans le nouvel appareil offert cet été. À votre demande, il n'a pas été activé.

— Vous allez le faire.

— Vous voulez un compte rendu quotidien, hebdomadaire ?

— Hebdo. Complet. » Textos, mails, conversations au besoin et, d'une façon générale, les frappes clavier, tout doit y passer. Montana aimerait, si possible, obtenir les identités des interlocuteurs de sa maîtresse. « Les nouveaux, ceux que nous ne connaissons pas déjà.

— Cela ne devrait pas poser de problème. » Bluquet entretient un réseau d'obligés chez les opérateurs.

« Concentrez-vous en particulier sur un certain A.

— A, bien pris. Doit-on également s'occuper de l'ordinateur ?

— Vous avez toujours accès à la rue Guynemer ? » Montana regarde l'heure. « Je dois filer, mon séminaire. » Il se lève et attrape sur son bureau un épais dossier estampillé *IHEDN*.

Bluquet le raccompagne à l'entrée de PEMEO et prend congé. Il a ses ordres.

La nouvelle est tombée vers midi : quelqu'un a un cadavre à négocier, un étranger. Identité inconnue mais le destinataire final du message, l'ambassade des États-Unis, via le gouvernement afghan, laisse penser qu'il s'agit d'un citoyen américain ; la façon dont le contact a été établi suggère l'implication du réseau Haqqani. Quand Bob le lui a appris, Voodoo était toujours à Kaboul, coincé à la suite de son entrevue avec Javid. L'agent de la CIA a tenté de se montrer optimiste, de prévenir une réaction à chaud. Au téléphone, Voodoo n'a rien manifesté. Il l'a remercié, il a raccroché et il a réfléchi, la rage au ventre, au bord de larmes réservées à lui seul. Ghost est, à sa connaissance, leur unique compatriote aux mains des talibans. Il n'y a eu aucune preuve de vie depuis le 11, Usman se tient à carreau et la CIA préfère se contenter de le suivre électroniquement. A minima, sans moyens aériens. Elle espère, mais n'y croit plus tellement, une prise de contact prochaine avec une hypothétique cellule combattante, afin de remonter la filière. « C'est pour le bien de Ghost », a prétendu Bob. Lui et ses chefs n'ont jamais estimé cette piste sérieuse, elle ne vient pas d'eux. Et ils ont d'autres priorités, les têtes de la clique de Miranshah. Cela peut prendre du temps. Surtout, ils ne veulent plus se salir les mains, pas pour un simple sous-traitant.

Il faut moins de trente secondes aux hommes encagoulés pour défoncer la porte de la petite maison, investir la pièce tenant lieu de chambre, au rez-de-chaussée, et immobiliser ses occupants : deux enfants, une femme, son mari. Quand celui-ci essaie de saisir une kalache dissimulée sous le lit, plusieurs de ses dents sautent. L'épouse mobilise Hafiz quelques secondes de plus, le temps d'un coup au ventre destiné à la priver de souffle. Ça marche. Les gosses se contentent de pleurnicher. Ils sont entravés et bâillonnés sans avoir prononcé un mot et, avec leurs parents, escortés sans ménagement jusqu'à un pickup garé dans la ruelle devant la bicoque. Là, Akbar et un de ses cousins, venu spécialement pour l'occasion, montent la garde. C'est la nuit et, pour le moment, leur intrusion n'a réveillé aucun autre habitant de ce quartier situé à la périphérie de Jalalabad.

À l'intérieur, dans les relents d'huile de cuisson et de renfermé, Gambit et Wild Bill se livrent à une fouille méthodique du foyer. Fox est resté avec eux, il ne perd pas sa montre de vue, aide là où il le faut, supervise la manœuvre. Les ordres. Sa piste, son opé. Personne n'a râlé. Tout le monde a compris et admis, ça et le reste. Lui et Voodoo se sont longuement parlé en début d'après-midi, malgré la distance. Il fallait une opinion, la plus distanciée possible. La voix de Fox était triste lorsqu'il a répété *Shere Khan* et *vengeance*, quand il a dit *sûrement mort*. Aucun désaccord. Néanmoins, quelqu'un devait payer, pour le moral de la bande. Pas d'objection. Voodoo a validé la descente mexicaine, montée en quelques heures, avec pour consigne expresse de ne pas faire appel aux hommes de la *Jalalabad Strike Force*, il craignait une fuite de ce côté. Depuis les révélations de Javid, ce matin, il se méfie de l'homme lige du patron de Nangarhar, Shah Hussein, l'agent trouble. Il le soupçonne d'être mêlé, d'une façon ou d'une autre, aux malheurs de leur pote. Le jour de l'enlèvement, il devait recevoir les prébendes habituelles de l'Agence des mains de Ghost, pas être avec un journaliste et son fixer en route vers le Pakistan pour aller voir Rouhoullah. Pour que l'un de ces enculés de hajis préfère un road trip dangereux à un sac de cash, il lui fallait un motif impérieux.

Hormis le fusil d'assaut, des munitions, de la monnaie de singe, un téléphone mobile et les clés d'un break faisant office de taxi, les hommes de 6N ne trouvent rien d'intéressant. Ils embarquent leur maigre butin et ressortent. Fox désactive la balise qu'il a lui-même posée sur le break une dizaine de jours plus tôt et laisse Akbar en prendre le volant pour s'en aller sans attendre, suivi de son cousin à moto. Ils doivent incendier la bagnole au milieu du désert. Tiny rejoint Hafiz à l'arrière du pickup, avec les prisonniers. Ils démarrent, conduits par Fox. Derrière eux, Wild Bill, Viper et Gambit leur emboîtent le pas dans un second 4 × 4.

Shah Hussein est intouchable, pour le moment. Peut-être pour longtemps s'il est en mesure de mettre Voodoo en rapport avec Rouhoullah. Ils se sont donc rabattus sur Usman. Et ils ont embarqué sa famille. Pas de témoins.

Mar 23 09 2008, 02:04:15
De : jf.lardeyret@hushmail.com
À : amel.bal@gmail.com
RE : ...

Juste un café ? Avec plaisir mais si c'est à mon retour de Bagdad, dans une grosse quinzaine, tu voudras encore ?

Ici, toujours le même bordel sauf que vous n'êtes pas là, moins fun.
Labise,
Jeff

Le 21/09/2008 23:57:03, Amel a écrit :

Parisien ? Un café ?
A.

23 SEPTEMBRE 2008 – UN MEMBRE DU RÉSEAU HAQQANI TUÉ, sept autres capturés. Le coup de filet a eu lieu hier à Khost, lors d'un raid des forces de la coalition au nord-est de la capitale de la province [...] Quatre civils ont péri au cours de cette opération et l'ISAF enquête, avec les autorités afghanes, pour déterminer les circonstances de leurs décès. **24 SEPTEMBRE 2008 – UN DRONE AMÉRICAIN S'ÉCRASE EN PAKTIKA.** Peu avant l'annonce de l'incident, officiellement dû à une panne moteur, plusieurs rapports faisaient état de tirs en provenance du Pakistan, au-dessus de la ville frontière d'Angour Adda, située à cheval entre la province de Paktika et le Waziristan du Sud. Selon un porte-parole de l'OTAN : « L'avion sans pilote ne s'est jamais approché de l'espace aérien pakistanais. » [...] L'appareil a pu être récupéré sans problème. **PR#2008-4XX – L'ARMÉE PAKISTANAISE VISE DEUX HÉLICOPTÈRES DE L'ISAF.** Kaboul, Afghanistan. Des appareils de l'ISAF ont été pris à partie par les soldats d'un poste frontière pakistanais alors qu'ils effectuaient des manœuvres de routine au-dessus de la province de Khost, dans l'espace aérien afghan. À aucun moment ils n'ont pénétré sur le territoire du Pakistan. Il n'y a pas eu de victime et aucun dégât matériel n'a été signalé. Les états-majors de l'ISAF et de l'armée pakistanaise travaillent de concert pour déterminer les causes de l'incident. **26 SEPTEMBRE 2008**

– KHOST : CINQ MEMBRES DU RÉSEAU HAQQANI capturés [...] Par ailleurs, cinq personnes, dont deux agents du NDS, les services secrets afghans, ont été tuées par un kamikaze qui s'est fait exploser dans un bazar de la province de Khost. Sept civils ont été blessés lors de cette attaque [...] L'attentat aurait visé le chef d'une milice locale alliée de l'ISAF. **PR#2008-4XX – UN SOLDAT DE L'ISAF TUÉ.** Kaboul, Afghanistan [...] « Notre camarade est décédé lors d'une offensive menée par les insurgés dans l'est de l'Afghanistan », a déclaré le porte-parole de l'ISAF. « Nos pensées vont à sa famille et à ses amis. » Conformément à son règlement, l'ISAF ne révèle jamais la nationalité d'une victime avant les autorités de son pays d'origine. **29 SEPTEMBRE 2008 – MIR ALI : LE CORPS D'UN HOMME RETROUVÉ criblé de balles** [...] La victime avait les deux bras cassés et aurait été longuement torturée avant d'être exécutée [...] Les cadavres de deux autres hommes, âgés respectivement de 18 et 22 ans, ont été découverts sur la route reliant Mir Ali à Miranshah, au Waziristan du Nord. Ils étaient pendus sous un pont [...] L'un d'eux portait une note qui disait : « Tous ceux qui espionnent pour les croisés mourront comme ceux-là. » **30 SEPTEMBRE 2008 – UN POLICIER AFGHAN TUE UN SOLDAT AMÉRICAIN** [...] L'incident a eu lieu dans un commissariat de la province de Paktiya. **30 SEPTEMBRE 2008 – KHUSHALI : UN MISSILE DÉTRUIT UNE FERME et tue quatre personnes.** La maison ciblée, vraisemblablement par un avion sans pilote US, se trouve à Khushali Tori Khel à la périphérie de Miranshah, fief du réseau Haqqani [...] Le bombardement a eu lieu après que des villageois ont pris pour cible trois drones survolant leur hameau [...] C'est le dernier d'une longue série d'incidents ayant envenimé les relations entre les États-Unis et le Pakistan [...]

3

PERTES COALITION	Sept. 2008	Tot. 2008 / 2007 / 2006
Morts	37	236 / 232 / 191
Morts IED	22	131 / 77 / 52
Blessés IED	71	586 / 415 / 279
Incidents IED	37	32839 / 2677 / 1536

Le soir du 30 septembre, une patrouille de l'armée américaine est attaquée aux abords d'Akbar Khan Kelay, dans la province de Khost, un hameau situé à moins d'un kilomètre de Mashi Kelay – où quelques mois plus tôt Tajmir, Dojou et un Zarin contrarié attendaient Sher Ali – et à peine plus loin de la frontière avec le Pakistan. Le feu ennemi est nourri et, contrairement à leurs habitudes, les talibans ne rompent pas le contact lorsqu'une couverture aérienne est appelée pour mitrailler leurs positions. Cette réaction étrange et la concentration élevée d'insurgés incitent l'état-major à envoyer des renforts terrestres afin de prendre le contrôle de la zone. Après un affrontement de plusieurs heures, c'est finalement l'annihilation d'une qalat par deux bombes à guidage laser de cinq cents kilos chacune qui a raison de la résistance adverse, sous les applaudissements et les hourras de GIs épuisés par une nuit de combats. À l'aube, les soldats pénètrent dans le petit village déserté.

Pour le commandement, l'attitude des militants peut signifier deux choses, la présence d'importantes caches d'armes ou la préparation d'une offensive majeure déjouée par le sort. Ordre est donné de fouiller les maisons avec minutie. Dans une grange proche de la ferme détruite, de la terre fraîchement retournée attire l'attention d'un sergent. On creuse, c'est une tombe peu profonde. Celle du cadavre nu et amoché, enveloppé dans des *patous*, d'un homme de race blanche aux longs cheveux blonds.

Voodoo et sa garde rapprochée se trouvent à Fenty, la FOB de Jalalabad, dans les locaux de 6N, quand la nouvelle de cette découverte leur parvient. En catastrophe, Bob est allé identifier la dépouille à Salerno avant qu'elle soit transférée à Bagram d'où, faute de moyens adéquats, elle va devoir repartir sans trop attendre en direction des États-Unis, afin d'être soumise à un examen médico-légal. Au téléphone, la gêne de l'agent dit mieux que n'importe quels mots les sévices endurés par Ghost au cours de sa captivité. Pendant et après l'appel, personne ne parle dans le bureau. L'annonce ne surprend pas, chacun s'y prépare à sa façon depuis plusieurs jours, pour certains c'est même un soulagement, le calvaire de leur pote a pris fin, et le seul à véritablement manifester son désarroi est Viper, qu'on laisse chialer en paix dans son coin. Voodoo, lui, part marcher avec Hair Force One pour unique compagnie. À son retour une heure plus tard, il fait prévenir tout le monde, y compris Fox et Tiny, présents au moment du coup de fil, de la tenue d'une veillée en l'honneur de leur camarade, le soir même, dans le B-Hut voisin. Trois semaines seulement après celle de Rider. Des vacances d'office, aux frais de la boîte, sont décrétées et Voodoo passe le reste de sa journée à organiser cette très nécessaire pause et le rapatriement du corps.

Au lendemain d'une nuit alcoolisée propice à la nostalgie des peurs, des rires et des tendresses, les mêmes sont rassemblés à Bagram, dans les bâtiments de Mohawk, devant le cercueil métallique de Ghost prêt à être chargé dans l'Hercules de la société. Viper prononce un ultime discours, quelques phrases hachées par la peine, et invite les présents à garder de leur ami l'image d'un mec courageux, volontaire, toujours et partout premier, ne les ayant jamais laissés tomber. « Ceux qui pensent le contraire peuvent aller se faire foutre. » Il place une main sur le couvercle d'aluminium, bientôt imité par les autres, et regarde Voodoo, dans l'attente d'un signe de sa part.

Tiny assure un service minimum à J-Bad, mais Fox est là, à l'écart. On l'invite à venir plus près.

« Ghost t'aimait pas. » Le visage de Viper est fermé. « Et moi non plus. »

Toute la bande aux aguets, grave et silencieuse.

« Mets ta pogne là. »

Une sixième main rejoint, timide, celles de Voodoo, Wild Bill, Gambit, Data et Viper.

« Voodoo pense que t'es un mec bien, il est pas le seul. Bienvenue parmi nous. »

L'émotion prend Fox de court, ambivalente. Se mêlent la tristesse de l'occasion et la joie de faire à nouveau partie de quelque chose, de le vouloir si fort. Un sentiment presque oublié. Il doit lutter pour ne pas se laisser submerger.

Autour du cercueil, les regards sont brouillés. « Aux morts ! » Échos du cri, puissant, général, dans le hangar, puis un silence, le dernier, et les sourires reviennent peu à peu. Des agents de piste approchent. Les paramilitaires s'écartent et les laissent embarquer la dépouille, avant de les suivre à bord du C130.

Voodoo ne monte pas encore. « Pendant que je ne suis pas là, sonde Tiny.

— T'as peur pour le chauffeur de taxi ? » Fox s'allume une Pine Light. « Il dira rien. La mort de Rider lui a fait mal.

— Et il est mouillé.

— Il est mouillé.

— J'ai offert de renouveler son contrat.

— Déjà des regrets ?

— Encore des questions.

— L'avenir de ses gamins le stresse. » Fox tire longuement sur sa clope. Elle rougeoie avec intensité. « Si je lui demande, il suivra.

— Mais ? » Voodoo a saisi une réticence dans la voix.

« Mais ses gosses. Et sa femme. » Fox montre l'avion garé devant eux. « Nous, c'est pas pareil, on est libres.

— Tout le monde est libre en Amérique, mon frère, Tiny aussi.

— Libre de rembourser ses crédits ?

— Tu t'inquiéterais pas pour ta part ?

— Je suis pas toi.

— Touché. » Un temps. « S'il est pas dedans, il est dangereux.

— On a intérêt à le garder. Propre, le plus possible, et proche, mais pas trop.

— À cause de Pierce ?

— Entre autres. »

Voodoo hoche la tête, il approuve. De l'extérieur, Tiny sera perçu comme étant intégré mais potentiellement manipulable, à cause de sa famille. S'il ne sait rien, il ne pourra rien dire et « s'il ne dit rien, c'est qu'il n'y a rien.

— Faudra juste faire gaffe. »

Les quatre turbopropulseurs de l'Hercules se mettent en route et, progressivement, changent de régime. Le chef de soute apparaît en haut de la tranche arrière pour signaler sa fermeture imminente. De la main, Voodoo répond qu'il a compris. Il se penche vers Fox à cause du boucan et, avant d'embarquer à son tour, lui glisse à l'oreille : « T'es pas moi, mais ça viendra. »

À la première escale, Dubaï, l'avion débarque tous les paramilitaires. Sauf Voodoo. Il poursuit en direction de Ramstein, où il se pose peu après cinq heures du matin, heure locale. Dans son histoire personnelle, cette base aérienne, la plus grande installation militaire US en Europe, est un lieu de mémoire. Depuis son entrée au service de l'Oncle Sam, il y a transité à de nombreuses reprises. Avec Ghost, quelquefois Rider. En descendant du C130, il retrouve ses marques sans joie, frappé par la vétusté de certains bâtiments. Le temps a passé. Le chagrin le pétrifie à retardement et il reste sur le tarmac, dans les vapeurs de kérosène, jusqu'au redécollage de l'appareil. Au moment où celui-ci disparaît dans le ciel bas et charbonneux, Voodoo ne peut retenir un *merci*, tout bas, articulé avec difficulté.

Il a pris soin de prévenir une vieille connaissance de son arrivée. Un café pas terrible, bu entre deux bureaux, quelques colifichets afghans, des histoires d'anciens combattants vite échangées et il peut expédier les formalités de sortie pour se faire conduire à Kaiserslautern, la ville voisine, rebaptisée *K-Town* par ses habitants, en majorité des soldats et leurs proches. Sans les panneaux indicateurs libellés en allemand, on pourrait se croire dans une banlieue yankee, avec ses fast-foods, ses *shopping malls* et son stade de foot américain. Voodoo a réservé une chambre dans un petit hôtel où il se change en vitesse. Dans le coffre-fort de sa piaule, il abandonne les papiers de Gareth Sassaman et son portable, toujours sous tension. Il prend juste avec lui un mobile de secours, un modèle très simple, à clapet, acheté d'occasion, dont la batterie et la SIM prépayée ont été retirées. À l'heure du déjeuner, après s'être assuré de n'être pas filé, il franchit la frontière pour entrer dans Strasbourg, au volant d'une voiture louée sous une fausse identité. Il est attendu dans le parc de l'Orangerie, au restaurant Buerehiesel, par Alain Montana, à l'initiative de cette réservation et du rendez-vous. Une fois installés à leur table, en terrasse, ils prennent le temps d'évoquer le lieu avec le personnel de service, de solliciter son avis pour le menu et de savourer les premières gorgées d'un excellent Riesling. Montana questionne maître d'hôtel et sommelier, Voodoo écoute avec une curiosité sincère. Un innocent préambule qui n'est pas une fuite, juste une façon de ne pas se laisser dominer par les difficultés.

« En presque dix ans, je n'avais jamais parlé aux parents de Ghost.

— Les funérailles ont lieu quand ?

— Pour nous, elles sont déjà passées. »

Montana hoche la tête. « Il ne faut pas avoir honte de ses émotions, l'essentiel est de les comprendre. »

Voodoo sourit, Montana le connaît bien. Aussi bien que lui a connu Ghost autrefois, à une époque où ils vibraient chacun au diapason de l'autre, en mesure d'anticiper toutes ses réactions. Une complicité le plus souvent sans parole, primordiale quand on aime le camping sauvage dans les pays peu accueillants, sans recours ni secours, ou que l'on pratique avec assiduité l'absolution rapprochée en milieu clos. Question de vie ou de mort. Le lien s'est distendu, Voodoo reste seul. « Je n'ai même pas eu à suivre tes conseils.

— L'as-tu seulement envisagé ?

— Et si nos amis kosovars me suggéraient la même chose en ce qui te concerne ?

— Ils n'ont pas de raison de le faire.

— Pourquoi sommes-nous ici dans ce cas ? »

Montana lève son verre, beau joueur. « J'ai un problème. Plusieurs en fait.

— Je me sens moins seul.

— Veux-tu commencer par les tiens ? »

Voodoo boit.

« Amel Balhimer. » Identifiée par Bluquet en deux jours. Le mouchard réactivé, de nouveaux SMS, un 06, du liquide remis aux bonnes personnes. « Une journaliste qui baise ma maîtresse, dans tous les sens du terme. » Cette liaison, explique Montana, ne peut être fortuite, ils ont un passif. Une histoire vieille de six ans, pas conclue de la manière qu'il aurait voulue. *On* lui avait demandé de faire le ménage puis, une fois l'objectif principal de cette mission atteint, la fièvre vindicative post-11-Septembre retombée, fidèle à une très française frilosité, *on* n'a plus voulu assumer les conséquences des instructions initiales. « Nous aurions dû faire place nette, nos moyens étaient déployés, en mesure d'agir discrètement. » L'autorisation de neutraliser cette Balhimer et Bastien Rougeard, un autre emmerdeur à carte de presse qui l'avait entraînée dans l'affaire, ne leur a pas été donnée. Une grande frustration pour Montana. À laquelle est venue s'en ajouter une autre : le ratage de l'élimination, au nom de la sécurité nationale, de deux agents mêlés aux événements en question et devenus gênants ; un clandestin, idéal candidat à l'oubli, et un officier détaché de la DRM, infiltré au sein d'une cellule salafiste dans le cadre d'un test grandeur nature. Leur cavale qui perdure, en dépit du lancement d'une traque *homo* baptisée Tisiphone, tous azimuts, encore active, est le grand échec de sa carrière.

Le regard d'habitude si attentif de Montana a dérivé dans le vide. Sa main droite est venue soutenir son menton poivre et sel, et il caresse, absent, cette barbe au cordeau derrière laquelle il cache l'affaissement de l'âge.

Voodoo se tait, en profite pour terminer son entrée de homard effiloché et observer leurs voisins, deux déjeuners professionnels à l'assurance bruyante et un poil vulgaire, un couple qui se bouffe des yeux, godiche dans sa discrétion, ils puent l'adultère, de vieux époux à l'hédonisme complice, et des familles aisées dont la marmaille s'emmerde. À ces images de normalité viennent se superposer, par flashs, celles du corps de Ghost que Voodoo a été le seul à oser contempler une dernière fois, sur le chemin de Ramstein, dans la solitude glacée de la soute de l'Hercules. Il se ressert en vin sans attendre le sommelier.

« Ces journalistes ne se sont jamais doutés de notre manque de couilles.

— Mais ils n'ont pas parlé. »

Le visage de Montana a retrouvé sa froide bonhomie. Néanmoins, son accent français demeure plus marqué qu'à l'accoutumée, un indice de grande tension. « Pas de témoin, peu de preuves, la trouille et l'ambition. » Ou, dans le cas de Rougeard, qui avait rendu les armes avant même de faire l'objet de la moindre pression, le confort. « L'idéalisme revendiqué par cette fille aurait pu nous faire du tort. » Mais, ébranlée par les événements, elle s'était dégonflée et avait marché à fond au bâton, la possibilité de représailles, et à la carotte, un job. Montana l'a surveillée longtemps, donnant des coups de sonde ou se rappelant à l'improviste à son bon souvenir. Il y eut notamment ce voyage en Irak, au printemps 2005, où il s'était rendu pour la France de manière officieuse, afin de voir ce que l'on pouvait sauver. Ou rebâtir. Balhimer s'y trouvait également et il l'avait abordée lors d'une fête à l'ambassade du Canada, dans la *Green Zone*, l'enclave ultra-sécurisée de Bagdad. Elle y avait été invitée avec des confrères. Cette apparition, suivie par une comédie de messes basses jouée par Montana et ses gardes du corps, avait suffi à transformer l'un des endroits les plus sécurisés du monde en territoire hostile, et à la faire fuir.

« Pourquoi réapparaît-elle maintenant ?

— Aucune idée. » Montana connaît le ressentiment de la journaliste. Il s'est amusé du jeu de cache-cache maladroit auquel elle s'est livrée au fil des années, dissimulée au milieu de ses étudiants de l'IHEDN, tournant autour de PEMEO. Il l'a aussi vue flinguer sa carrière, rongée par l'impuissance et l'absence de courage, et a fini par ne plus faire attention à elle. « Une erreur. » La complaisance et l'orgueil.

L'admission, à peine un souffle, est inédite. Elle montre une blessure, de l'inquiétude, amplifie le trouble de Voodoo.

« Chloé m'en veut. » Le ton, Alain l'aimerait détaché, il ne l'est pas. Il a détesté se voir imposer un choix entre Dritan et sa maîtresse, et il a détesté son choix. Il est en colère contre eux, contre lui-même, contre sa colère. De n'être pas indifférent. « La nouveauté et le danger sont là.

— Pour nos affaires ? »

Montana acquiesce.

« Elle est au courant ?

— Elle participe à un petit niveau. » Et Chloé sait désormais une chose importante : qui est son fournisseur. Montana a été idiot de lui révéler la provenance de l'héroïne le soir de l'incident, il a voulu faire peur, n'a pas pensé aux conséquences. Pas imaginé cette pute de Balhimer. Seconde grosse connerie. Celle-ci, il la garde secrète.

« En as-tu parlé à nos amis ?

— Difficile. » *Avouer que Dritan est mêlé à l'histoire par sa faute ?* « Ils préconiseront des solutions expéditives. » Voire prendront les choses en main sans l'accord de Montana.

« En te débarrassant d'un vieux problème.

— J'ai patienté six ans, je peux attendre encore. » *Chloé y passera avec l'autre conne si les Kosovars sont mis au courant sans précaution.* Montana ne peut l'accepter. Sa Chloé, personne ne décide à sa place de son sort. « Que veut cette journaliste, de quoi dispose-t-elle, avant de bouger, il faut le savoir. » Et si elle bosse en solo. Et si elle a parlé à cet ancien RG fatigué, Ponsot, avec qui elle a gardé contact toutes ces années. Même ignorant de tout, en cas de mort suspecte ou de disparition, il posera des questions, mieux vaut s'y préparer.

« N'attends pas trop pour l'annoncer à Dritan, il pourrait t'en vouloir.

— Il pourrait également chercher à en profiter.

— Que veux-tu dire ?

— Il souhaite discuter les prix. » Une désagréable surprise, Montana le lit dans le regard de son ami. À l'arrivée de Voodoo, il a remarqué les pattes-d'oie plus marquées, la peau grise malgré le bronzage, la barbe qui pousse, négligée, et gagne sur sa moustache, il a reconnu l'épuisement, capté la lassitude. Des sensations partagées. « Pour améliorer leurs marges.

— Pourquoi ?

— Nous ne pratiquons pas un sport de philanthropes.

— Notre sport repose sur la loi de l'offre et de la demande, et mon offre est la meilleure.

— Tu n'as personne d'autre, ils le savent. » Montana observe attentivement Voodoo, perdu dans ses pensées. « Et je te le déconseille.

— Quoi ?

— Céder à la tentation de l'ailleurs. Chez toi, le risque est bien trop grand, les Russes essaieront de t'escroquer, et nos amis sont rancuniers.
— Ça tombe mal.
— Nawaz te manque ?
— Sa disparition va coûter cher. » À cause de l'évolution de la situation à Nangarhar et malgré ses soupçons à propos du rapt de Ghost, Voodoo envisage de contacter Shah Hussein, le plus vite possible, avec une offre à laquelle résister sera difficile : devenir plus puissant et plus riche. Survendre l'émissaire du gouverneur à l'Agence, une première étape, devrait être aisé. Les bons tuyaux au bon moment, un moyen simple d'éliminer de vrais ennemis ou des rivaux opportunément rhabillés en insurgés, une recette aussi vieille que l'Afghanistan, feront d'Hussein un incontournable, promis à un avenir national, et lui vaudront une reconnaissance plus grande encore des États-Unis en enveloppes, sacs plastique ou mallettes. « Et je pense l'intéresser à nos affaires. » Un intérêt indexé sur les conditions obtenues auprès de Rouhoullah. Toute l'entreprise serait facilitée par la JSF, redevenue le bras armé du seul gouverneur, garantie d'une sécurité optimale, dont Voodoo et sa bande devraient continuer d'assurer très officiellement la formation. « Qu'en penses-tu ?
— Rouhoullah et ses barbus ?
— Le petit colonel n'est plus.
— Son remplaçant ?
— Une inconnue.
— Pas sûr que ton trafiquant ait intérêt à quitter ses amis, donc, ou qu'il en ait le droit.
— Il se rapproche du clan dominant de la province parce que cela aidera grandement ses affaires. » Cependant, Voodoo pense que Rouhoullah devra choisir entre ses alliés, le patron de Shah Hussein ne tolérera pas longtemps sa proximité avec les talibans.
« Et il fera le bon choix ?

— Il faudra le tranquilliser. » Avec cet argument de poids, ses copains d'aujourd'hui sont les cibles prioritaires de demain. Bien renseignées, la CIA ou l'armée se feront une joie de les anéantir. Et serviront, à leur insu, les intérêts de Voodoo. « Une pierre, deux coups. » Il marque une pause, peu désireux de poursuivre.

« Il y a autre chose. »

Le retour de Peter Dang, la vidéo du raid sur le laboratoire, la catastrophe potentielle. Voodoo doit en parler, malgré les risques de panique et de repli général. Une certitude : *Alain finira par savoir.* Ne rien dire détruirait à coup sûr leur amitié, le faire la met juste à l'épreuve. *Juste.* Il se lance, sans quitter des yeux son interlocuteur, et prend soin de garder pour la fin l'opposition de Shah Hussein à la remise d'une copie du film au journaliste, unique élément positif de son récit.

« Il se laisse des options. » Montana est d'accord, c'est une possibilité de sortie par le haut. « J'aime bien ce type. » *Peut-être dealer en direct avec lui. Dubaï ?* « Il faut s'assurer de sa bonne volonté et je crains que ta proposition soit un peu légère.

— Quoi d'autre ?

— Du cash, tout de suite, pour parler. Un peu plus, en sus de sa part sur les transactions, afin qu'il nous aide à négocier avec Rouhoullah et encore plus pour faire disparaître le film.

— Combien ?

— Je vais commencer à cinq cents, je finirai sans doute à un million.

— Cher.

— Moins que l'alternative.

— Donc tu veux t'en occuper.

— Une objection ?

— Aucune. » Voodoo ne laisse rien paraître mais il est ravi. « Les Émirats ? »

Montana acquiesce.

« Donne-moi des dates.

— Que vas-tu faire pour Dang ?
— Pareil que toi. » Voodoo termine son Riesling, se sert une cinquième fois. « Attendre le bon moment. »

Les deux hommes, verres à la main, se regardent en silence et, d'une gorgée, scellent leur pacte mortel.

« Tu auras assez de ressources ?
— J'ai remplacé Ghost. Le mec est solide, il peut s'en charger. »

Lorsque Voodoo évoque Fox, l'ancien NOC de l'Agence, rappelant une photo de l'équipe de 6N entrevue cet été à Pristina, chez Dritan, une petite voix pénible se met à résonner dans la tête de Montana. A-t-il déjà rencontré ce type, et où, il est incapable de s'en souvenir. L'intuition est là, mais sa mémoire, comme en juillet dernier, lui fait défaut.

3 OCTOBRE 2008 – DEUX BOMBARDEMENTS AU WAZIRISTAN DU NORD. Cette nuit, les États-Unis ont frappé à trois reprises des cibles appartenant au réseau Haqqani et à ses alliés d'Al-Qaïda : une fois dans l'est de l'Afghanistan, à Khost, et deux fois au Waziristan du Nord pakistanais, de l'autre côté de la frontière. Cette vaste portion de territoire est contrôlée par la famille Haqqani. Elle y a établi un véritable système de gouvernance parallèle, y mène des offensives militaires d'envergure et des attaques-suicides régulières, et s'y livre à des trafics en tout genre et des enlèvements de citoyens afghans, pakistanais ou étrangers [...] Le clan entretient des liens étroits avec les talibans, un certain nombre de mouvements djihadistes internationaux et serait proche de l'*Inter-Services Intelligence*, la grande agence d'espionnage du Pakistan [...] Ces bombardements font suite à celui, mercredi, d'une ferme des environs de Mir Ali, la deuxième ville du Waziristan du Nord, refuge d'un certain Abou Kasha. M. Kasha, un Irakien, fait partie du conseil central d'Al-Qaïda et servirait d'intermédiaire entre l'organisation terroriste et les talibans, d'une part, et les

survivants d'AQI, Al-Qaïda en Irak, d'autre part [...] Le bilan de ces dernières frappes, qui n'ont épargné ni les femmes ni les enfants, s'élève à une quarantaine de morts et à une quinzaine de blessés.
9 OCTOBRE 2008 – UN MISSILE US FRAPPE LE PAKISTAN. Un drone américain a bombardé ce jeudi une ferme du village de Tapi, au Waziristan du Nord, tuant au moins neuf personnes dont trois ou six combattants étrangers. « La maison appartenait à un chef taliban local, Hafiz Sahar Gul », selon une source qui a tenu à garder l'anonymat, « et servait de refuge à une cellule combattante d'Al-Qaïda ». Quelques terroristes auraient quitté les lieux dix minutes avant le bombardement et on évoque déjà une fuite en provenance des services secrets pakistanais, ravivant les rumeurs de collusion entre le réseau Haqqani, dont cette région est le fief, et l'ISI [...] Le porte-parole de l'armée pakistanaise a rappelé que l'état-major avait reçu l'ordre de réagir par les armes à toute violation de l'espace aérien national mais, lors d'une récente audition devant le Parlement, ses représentants ont avoué ne disposer d'aucun moyen efficace pour abattre les avions sans pilote déployés par les États-Unis.

« Je n'espérais plus de nouvelles.

— On est fâchés ? » Fox prend place en face de Dick Pierce, dans le DFAC, prononcer *di-fac*, le *dining facility* du quartier général de l'ISAF à Kaboul, un vaste réfectoire sans fenêtre, écrasé par un éclairage néon et décoré nappes jetables, murs imitation brique et vitraux naïfs, noyé dans une cacophonie de chaises, de vaisselle et de couverts.

« Mon impression quand on s'est quittés à Dubaï.

— Tu as remarqué qu'on se voit toujours pour bouffer ?

— Prends-le comme un hommage à tes origines.

— Algériennes ? »

Pierce se marre et goûte le pavé de saumon posé devant lui. « C'est la meilleure table de la capitale, au moins, tu ne seras pas malade. » Il pointe sa fourchette en direction de Fox. « Alors, ce coup de fil, pourquoi ?

— À l'ambassade, ils m'auraient moins fait chier. » Fox est en civil, vêtu d'un pantalon tactique sable et d'une chemise bleu marine, mais avec sa tronche FATA, barbe en bataille et crinière qui repousse, peau mate, émacié, parvenir jusqu'ici n'a pas été facile.

« Cela aurait donné un côté officiel à ce déjeuner, j'ai pensé que ça ne te plairait pas.

— Pourquoi ?

— Tu éludes. Que fiches-tu à Kaboul ? »

Je colle au cul de Peter Dang. Depuis trois jours, avec Tiny, qui ignore les vraies raisons de la surveillance, et des Afghans venus de Khost, recrutés par Hafiz. La tâche n'est pas simple, le journaliste canadien vient d'emménager dans un complexe fortifié tenu par une boîte spécialisée dans l'hébergement et la protection des journalistes, GlobalProtec. Il dispose de tout le nécessaire sur place – l'endroit comporte même des plateaux et une régie pour les équipes de télévision –, se déplace plus rarement et, quand il le fait, est escorté par des ex-milis connaissant leur taf, ils font attention à tout et compliquent l'existence de Fox. « Je suis venu voir une fille que je saute de temps en temps.

— Important, l'amour.

— Besoin de me changer les idées.

— Période difficile.

— Triste.

— Aucun de vous n'est allé à l'enterrement.

— La famille ne le souhaitait pas.

— Je voulais t'appeler.

— Mais t'as pas pu.

— Occupé, tu sais ce que c'est.

— Pourquoi t'es là, toi ? »

Pierce sourit. « Tu n'as toujours pas répondu à ma question. »

Le regard de Fox fuit, juste assez. « Je me fais du souci pour l'avenir, je voudrais ton avis.

— Je te l'ai dit, période difficile.

— On a pas mal de missions suspendues.

— Si j'ai bien compris, ici on vous en veut et de l'autre côté vos potes sont aux abonnés absents. »

Au Waziristan, la chasse aux *espions* menée par les djihadistes est désordonnée, peu efficace et sa violence frappe surtout des innocents, mais elle a incité les mouchards de 6N à maintenir un silence prudent et à limiter leurs déplacements. Le dernier contact de Fox avec Younous Karlanri, le *malik* à la tête de leur réseau de Miranshah, une brève conversation téléphonique, date de la fin août. Impossible de le joindre depuis, d'obtenir de l'aide pour chercher Ghost.

« Heureusement que nous avons d'autres ressources.

— Faut que je pense à changer de job ? »

Pierce s'essuie la bouche, prend le temps d'observer Fox. L'inquiétude semble réelle. « J'ai eu vent de vilaines rumeurs. À propos d'un chauffeur de taxi envolé avec sa famille.

— Usman ?

— Donc tu le connais.

— C'est moi qui l'ai identifié.

— Kaboul et Chapman disent que sans cette étrange fugue, on aurait peut-être localisé votre copain Ghost à temps.

— Et ?

— Et ils s'étonnent des conditions de ce départ justement.

— Et ?

— Je ne sais pas, explique.

— Qu'ils veulent se couvrir ? Ils se foutent de toi, cette piste ils n'y croyaient pas. On n'a jamais pu avoir d'ISR sur la baraque et la caisse du mec. » Fox raconte les demandes répétées de survol par drone, toutes refusées, l'interdiction des filatures, des surveillances au sol. « Et on a eu un mal de chien à faire brancher son mobile. Si on a perdu ce mec, c'est à cause d'eux.

— Son taxi était balisé.

— Par nous, sans autorisation.

— Et la balise a opportunément cessé d'émettre ce soir-là. »

Fox hausse les épaules. « Ils deviennent bons, en face.

— Donc tu penses que les talibans ont fait le coup ?

— Qui d'autre ?

— Un de vos hélicos a fait un aller-retour à Khost dans les heures qui ont suivi.

— Possible.

— Tu sais pourquoi ?

— Faut voir avec Mohawk.

— C'était un vol 6N.

— Tu veux que je demande ? » Fox connaît très bien la raison du déplacement de leur Bell. Officiellement, il acheminait du petit matériel à Salerno et devait rapporter les affaires de Rider encore stockées là-bas. Officieusement, il s'est posé brièvement à la sortie de Jalalabad, sous la couverture radar, pour embarquer Usman et sa famille, puis à nouveau aux abords de la ville de Khost, afin de larguer les prisonniers et Hafiz en plein désert, où d'autres supplétifs les attendaient.

En guise de réponse, Pierce lui adresse un nouveau sourire. Il peut vouloir tout dire. « Je suis en tournée mondiale pour faire le ménage, puisque tu tiens à le savoir, accélérer la fermeture de certains sites, m'assurer de la collecte et de la mise sous clé des choses compromettantes et vérifier que si un gars de chez nous se balade encore avec une laisse à la main, il y a un chien au bout et pas autre chose. » Il sort un couteau pliable de sa poche et se met à découper une pomme en quartiers. « Ça me ferait vraiment chier de découvrir que les employés d'un de nos sous-traitants ont fait disparaître une innocente famille afghane. »

Fox ne dit rien. Réagir, nier serait un signe de culpabilité. Innocent, il sait qu'Usman ne l'était pas. Ennemi, oui. Sept jours à le séquestrer et à l'interroger dans une baraque discrète, à jouer parfois avec sa femme et sa fille, à tripoter son *namous* devant lui, à le violer quand la douleur et le reste s'étaient révélés insuffisants, l'en avaient convaincu. Petite main, chauffeur, coursier, dont on use ponctuellement, toujours contacté, voilà la seule réalité du mec. Il s'était bien chargé des téléphones mais n'avait rien pu leur dire de neuf sur ses complices, leur chef, ce Sher Ali borgne, ou le lieu de détention de Ghost. Voodoo avait répété *ennemi* et *ne prenez pas de gants* et ils n'avaient pas pris de gants. Aucun d'entre eux, y compris Tiny, emporté par la même frénésie destructrice et perverse que les autres. *Il est mouillé.* L'ennemi n'est pas humain, l'ennemi est l'ennemi. À la fin, lorsque rabâcher encore et encore les mêmes choses était apparu inutile, bang, Usman, bang, bang, l'épouse, l'aînée. Complices de l'ennemi. Ennemies potentielles. Le fils, rejeton de l'ennemi, mignon, vendu à un de Badshah Khan. Un parmi tant d'autres. Au moins il aura de quoi bouffer. Logique de merde pour un pays de merde. Hafiz s'était chargé de tout. Le dernier matin de cette semaine pourrie, Fox avait parlé à Tiny de la fin de son contrat, imminente. Il lui avait conseillé de foutre le camp avant qu'il soit trop tard, que la terre entière devienne l'ennemi. Tiny était d'accord, ouais, il en avait plein le cul de ce bled. Et, quarante-huit heures plus tard, il topait là avec Voodoo. *Tout le monde est libre en Amérique, mon frère.*

« Une tempête se prépare, on va essayer de limiter les dégâts.

— Vous nous sacrifiez ?

— Ne crains rien, Zinni veille, il aime bien ton Voodoo. 6N, c'est sa danseuse, la vitrine de Longhouse, un JSOC privé. » Pierce laisse échapper un rire amer, écœuré par l'hypocrisie de la situation. « Vous allez juste changer de crémerie. » À Washington, les haut gradés de la Défense, parmi lesquels figure l'ancien patron des opérations spéciales en Irak, essaient de profiter de la fin du règne Bush et de l'inertie provoquée par l'élection présidentielle, et poursuivent leur expansion au-delà de la chose militaire. Ce que la CIA ne peut plus faire, surveillée par la chambre des représentants et harcelée par une presse et une opinion publique à la mémoire sélective, le bras occulte de l'armée va s'en charger sans la moindre supervision et, au passage, marquer des points dans la bataille d'influence lancée contre le renseignement civil. Pour cela, les militaires veulent se placer en Afghanistan au plus vite, avant que le bordel foutu chez feu Saddam ne soit plus présentable.

« Pour faire quoi ?

— Le sale boulot. » Les super-guerriers du JSOC aiment péter des portes et tirer dans le tas, mais pas gérer les abrutis qu'ils ramènent dans leurs filets, ni les écouter débiter leurs conneries pendant des heures. « Garder, gaver, changer les couches. » Quand la machine tournera à plein régime, et cela arrivera vite, il faudra du monde pour s'occuper des centres de détention. « Tout ça reste entre nous. »

La nouvelle fait cogiter Fox, elle présage une réorganisation de leurs activités, une liberté de mouvement limitée, un départ possible de Nangarhar et moins de contacts avec leurs milices. Voodoo va râler.

La mine contrariée du paramilitaire est mal interprétée.

« Si un jour tu veux réintégrer l'Agence, viens me voir. »

Cette bienveillance sincère surprend Fox. Peut-être a-t-il commis une erreur, mal cerné les intentions de Pierce. Il sait, quoi qu'il en soit, tout retour en arrière impossible.

L'appartement n'est pas immense, une petite cinquantaine de mètres carrés sous les toits, haut de plafond par endroits. Il s'organise autour d'une pièce à vivre de belle taille, amputée d'un espace cloisonné qui forme le socle de la chambre, en mezzanine, et abrite toilettes et salle de bains. La cuisine se situe près de l'entrée, fonctionnelle, avec une fenêtre donnant sur la cour. Entièrement peint d'un blanc à la neutralité délavée par les ans, il est meublé de bric et de broc dans le seul but de pouvoir contenir ou exposer les envahissantes pièces de collection des trois grandes passions de son propriétaire, les BD, les basses et les appareils photo. Une terrasse, la principale attraction de la garçonnière de Jean-François Lardeyret, s'étend dans le prolongement du salon, vitré sur toute la largeur de la façade. Elle est assez vaste pour accueillir, aux beaux jours, les amis venus se presser à ses fêtes, toujours très courues.

Ce soir, ils ne sont que deux à profiter de la douceur automnale et de la vue panoramique sur le sud de Paris et les toits du neuvième, assis devant une table à manger au bois gris intempéries sur laquelle sont posés un PC portable, tout cabossé, et les restes d'un repas à peine entamé. Jeff a *fait* à manger, il a commandé thaï au chinois du coin. Encore *jet-laggé*, il caresse, sans ligne mélodique précise, les cordes d'une vieille Fender Jazz, sa gratte préférée. À sa droite, Amel boit en silence sa deuxième Singha et le regarde. Il est de taille moyenne, possède le physique solide du bourlingueur habitué à porter ses kilos de matériel et à voyager à la dure. À quarante et un ans, son front marqué pousse au-dessus d'un regard franc, du même noir que ses cheveux clairsemés. Le bas de son visage, couvert d'un film rêche, trouve son caractère dans un menton viril, hérité des aïeux bretons de sa mère. Jeff est bel homme, si on aime le genre rugueux. Il a longtemps courtisé Amel avant de commettre l'erreur de la présenter à son pote Peter Dang.

Ils n'ont pas encore parlé de lui, finiront par le faire, même si Amel préférerait éviter. Elle a tenté l'impasse en épuisant sans attendre le sujet du dernier voyage de Jeff en Irak, le pays où elle et Peter se sont rencontrés. Il a commenté trois semaines de clichés, elle est remontée dans le temps, 2006, 2005, a revu des lieux familiers de Bagdad, certains visages aussi, endurcis ou fatigués, a néanmoins souri en les reconnaissant. Jusqu'à l'ultime série, des horreurs, les mêmes, deux ans après : carcasses éventrées et calcinées, façades polycriblées, corps déchiquetés, chairs éparpillées dans des flaques carmin, détresse, colère. « Karada, le 28 septembre, a dit Jeff sans émotion, un marché, dernier jour du ramadan. Une première bagnole et une seconde, dix minutes après, double effet Kiss Cool.

Pax americana. » Le sujet de l'une des dernières images est une petite fille, les yeux grands ouverts, couchée sur le dos au milieu de la rue. Elle a le cou presque sectionné, un éclat. « Il y a des moments où je me dis que toutes les justifications qu'on se donne, rendre compte de l'horreur, choper les gens à la gorge à travers la photo et leur mettre le nez dans le caca du monde, c'est quand même des conneries. J'ai peur d'aimer patauger dans la tripe. » Après ça, ils ont picoré sans un mot et il a pris sa guitare, elle une autre bière.

Un texto de Chloé, le troisième, met fin à la parenthèse.

Jeff voit la grimace d'Amel. « Un nouveau ?

— Une copine. »

Pendant qu'elle répond au message, le photographe pose sa basse contre la table, se lève pour aller chercher un disque dur amovible dans le salon. Il revient le brancher sur le Toughbook déplié au milieu de la bouffe. « Pourquoi il t'intéresse, ce Dritan Pupovçi ?

— Tu l'as retrouvé ?

— Oui m'dame. » Jeff ouvre un dossier intitulé *RAMB*. « Besoin d'être briefée ? »

Non silencieux.

« J'étais accrédité, mais on n'avait pas accès à grand-chose, juste de l'officiel propre et posé. » À l'écran, des images défilent, Conférence de Rambouillet, dans le château du même nom, des séances avec les négociateurs serbes aux visages fermés, les médiateurs européens avec un air de postérité, le ministre des Affaires étrangères britannique de l'époque, solennel, présidant les débats en compagnie de son homologue français, hôte du bordel et tout aussi sérieux. Le même ministre, aux côtés de la patronne de la diplomatie yankee, Madeleine Albright, à l'œil plein de malice. Albright et un type, la trentaine, au costume mal coupé. « Hashim Thaçi. »

Hochement de tête, Amel sait.

« Le petit, derrière, un peu en retrait, c'est Rugova.

— Le cocu.

— Les Américains ne voulaient pas de lui.

— J'ai lu qu'ils n'avaient pas très envie de ce sommet non plus.
— Ils désiraient la guerre.
— Pas nous ?
— Au début, non. » Les Serbes poussés à la faute, les États-Unis torpillant les efforts du groupe de contact avec une offre inacceptable, tout cela est connu, documenté. Jeff rappelle qu'ils cherchaient à humilier leur meilleur ennemi russe, le vaincu de la guerre froide, à travers ses alliés, et à renforcer l'OTAN, leur bras armé, par l'extension de sa zone d'influence. La création, à terme, d'une grande Albanie réunifiée, tête de pont stratégique dans les Balkans, était un premier pas. « À la fin, on a fait où ils nous ont dit de faire.
— Et collaboré avec une bande de criminels sanguinaires.
— Ceux d'en face n'étaient pas des gentils non plus. » Jeff double-clique sur un album appelé *SERB*. Clichés de fermes incendiées, de villages bombardés, de mosquées effondrées, de bétail éventré, du regard fou d'un cheval à l'antérieur arraché au genou, embourbé dans un cratère d'obus, d'une multitude de cadavres, disponibles dans toutes les tailles, entassés, jetés dans des fossés, entiers, en morceaux, frais, décomposés.

Destruction et mort illustrées, dix ans avant, ailleurs. Des drames déshumanisés, mis à distance par les rapports, les statistiques, l'obsolescence programmée de l'actu. Le monde, coincé dans sa désespérante boucle de déjà-vu. Oppressée, Amel s'agite sur son banc.

« J'en ai aussi pas mal des conneries de l'UCK, identiques ou presque.
— Bof. »

Jeff poursuit, en boucle lui aussi, emporté par le passé. « Quand l'OTAN s'en est mêlée, Milosevic et ses copains en ont pris plein la gueule. » Machinalement, un autre dossier. « On a couvert. » À l'écran apparaît une usine aux murs de briques disjointes, prise à distance sous une pluie opaque. Derrière ses fenêtres grillagées, spectrales, des silhouettes. « Une taule de la bande à Thaçi. Celle-là était du côté de Pristina. Ça torturait dur. Les mecs derrière les barreaux sont pas des Serbes, pas encore. » Avant et après la guerre de libération, à la marge, un autre conflit a opposé les différents courants révolutionnaires kosovars. Un des principaux perdants de cette lutte à mort, médiatisée avec retard et mal, elle faisait tache, a été Ibrahim Rugova, figure historique de la rébellion. « Et c'est pas fini, ils se flinguent toujours entre eux.

— Et mon Pupovçi ? »

Jeff acquiesce et, d'un raccourci clavier, ferme toutes les fenêtres. « Pardon, je me suis laissé embarquer. » Il rouvre *RAMB*.

Le portable d'Amel vibre sur la table. Chloé *repetita*. Elle l'ignore. « Continue.

— Donc, avec nos *accréds*, on n'allait pas bien loin. » Un sous-dossier, *OFF*. « Alors avec un pote, on se l'est jouée ninjas dans les bois. » Les négociations ont eu lieu à cheval sur les mois de février et mars 1999. « On s'est bien pelé les couilles. » Nouvelles photos. Travail au téléobjectif, pas toujours propre, étalé sur plusieurs jours, à différentes heures, avec une météo et une lumière changeantes. Il montre des gens, seuls ou en petits groupes. Beaucoup d'hommes, peu de femmes, certains déjà entrevus. Dans l'entourage des officiels, d'autres figures apparaissent. Première pause. « Tu le remets, lui ? »

Amel se penche vers l'ordinateur. « L'ex de la DGSE passé en politique ?

— Gagné. Les mecs autour sont ses potes. C'est bien eux que tu voulais voir, non ? » Jeff clique, clique, clique.

« Stop. » Le cœur d'Amel s'affole.

La bande d'avant, sans le premier mais avec un nouveau venu.

« Tu sais qui c'est ? » Jeff ne l'a pas reconnu.

Alain Montana, plus brun, même allure soignée. « Non. » Mensonge réflexe, imbécile.

Une dizaine de clics supplémentaires et les services secrets français cèdent la place à d'autres. « OK, voilà les Kosovars. » Un homme au téléphone, Jeff le présente : « Haliti, le financier. » Six prises, six postures. « Il achetait les armes et les faisait entrer au Kosovo.

— L'argent venait de la came, c'est ça ?
— Il paraît. D'après la rumeur, on a aussi contribué à la cause.
— On, la France ?
— Et les États-Unis. » Clic. Xhavit Haliti disparaît. « Azem Syla. » Lui est plus vieux, soi-disant oncle d'Hashim Thaçi. « Chef militaire à l'époque, réputé proche du SHIK ou patron du truc, c'est selon. » Clic. Cadre élargi, Syla toujours dans la même position et, assis à quelques pas de lui, un type maigre, tignasse noire, courbé. Jeff annonce : « Je crois que c'est ton gars. » Le mec parle avec trois civils, attablés à sa droite sur le cliché. Leurs vêtements sont à l'évidence de meilleure qualité et à vocation plus pratique. Devant eux, des bouteilles, des verres, des masses sombres. Jeff glisse vers un autre *jpeg* rangé sur le bureau de son PC.

Le fichier s'ouvre, c'est le portrait en pied d'un homme d'une cinquantaine d'années, très grand, pas épais, aux cheveux blancs aplatis en arrière. Élégant. Pupovçi. Amel l'a trouvé dans un article mis en ligne l'an dernier après l'acquittement, par le Tribunal pénal international de La Haye, de Fatmir Limaj, un autre copain de Thaçi accusé de crimes de guerre. Envoyé à Jeff, avec tout ce qu'elle savait, pour lui faciliter la vie. Elle examine les deux images. « Possible. Sur la table, c'est quoi ?

— Des flingues. » Le photographe pose un doigt sur l'écran. « Ces trois-là sont des Ricains. Ils protégeaient les Kosovars. CIA si tu veux mon avis. » Clic. Le Pupovçi potentiel, debout. Il correspond mieux au portrait, même si la définition des traits de son visage manque toujours de finesse. Un des Américains, quelques centimètres de plus en hauteur, beaucoup plus en largeur, moustachu, se tient à côté de lui. Clic. Des officiels. Clic. Thaçi, Thaçi, Thaçi. Clic. Thaçi avec des compatriotes. Clic. Avec des médiateurs. Clic. Des médiateurs et des Kosovars. Clic. Le grand moustachu et un mec en costume, minuscule.

Le cœur d'Amel s'emballe à nouveau.

Clic. Les mêmes sur un second cliché. Costume, c'est Montana.

Clic. D'autres têtes connues qu'Amel ne voit plus.

Clic, clic, clic. « Fini pour Rambouillet. J'en ai de Kumanovo aussi. Que de l'autorisé par contre, tu veux jeter un œil ? » En l'absence de réponse, Jeff se retourne. Amel est loin, égarée dans un repli obscur de sa mémoire, et c'est désagréable, ça se lit sur sa gueule, dans son regard injecté de fatigue. Il a perdu cet éclat vert profond qui l'avait tant séduit le soir de leur rencontre. Ici même. Il y a quatre ans. Déjà. Elle accompagnait un correspondant du *Monde*, semblait être la seule à s'emmerder, un crime de *lèse-Jeff*, et avait fini par s'isoler sur la terrasse pour fumer, malgré l'humidité glaçante de novembre. Il était sorti la rejoindre, prêt au pire sauf à être mis à poil par ses yeux émeraude et renvoyé dans les cordes à la seconde où il s'était lancé dans l'un de ses baratins favoris de shooté à la guerre. Il avait adoré. Ils étaient restés dehors une heure, deux heures, trois, oublieux des autres invités. Et du froid. Le lendemain, malades à en crever, ils s'étaient rappelés et revus, avaient tenu compagnie à la fièvre de l'autre. Leur première journée sans que rien ne se passe. Pas la dernière. Bien ensemble, mais jamais assez bien. Jeff avait vécu d'espoir et d'espoir et d'espoir encore, jusqu'à ce printemps 2005 où ils s'étaient retrouvés tous les deux à Bagdad pour le boulot. Invité par un pote chez des diplomates, Jeff avait proposé à Amel de se joindre à eux. Se détendre, s'amuser, oublier, s'oublier, quelques heures, pas de mal, si ? Elle était venue, repartie brusquement. Sans lui. Il se souvient d'un incident dont, sur le moment, il n'avait pas saisi la portée. Peter oui. Lui s'était barré avec Amel, pour ne pas la laisser seule. Plusieurs mois s'étaient écoulés avant que Jeff ne les revoie, le temps de digérer, puis il avait refait surface, en ami, ils lui manquaient. « Alors, mes photos de Kumanovo, tu prends ? »

Amel secoue la tête. S'il s'agit juste de clichés officiels, ni Pupovçi ni les mecs de la DGSE n'y figureront. « Tu peux me filer trois ou quatre images ? » Le photographe acquiesce et elle lui tend une clé USB avant de lui indiquer les références désirées ; Pupovçi à table avec les trois Américains, avec le grand moustachu seul, le moustachu avec le mec en costume et le mec en costume au milieu des barbouzes françaises.

Celui qu'Amel ne connaît pas. Jeff aimerait savoir mais, s'il l'attaque de front, elle ne répondra pas. « Tu ne m'as pas dit pourquoi Pupovçi ?

— Je bosse sur un sujet came, son nom est apparu. Tu as contacté ton ami de Pristina ?

— Hier, par mail. J'attends sa réponse. C'est quoi le lien entre ton truc et les services ?

— Rien de précis pour l'instant. Merci pour les photos. »

Elle élude. Jeff rend la clé, reprend sa basse. « En dix ans d'ex-Yougo, j'ai croisé pas mal de violents. » Il joue quelques accords. « Personne n'a le cul propre là-bas, mais les anciens de l'UCK, faut vraiment t'en méfier.

— Tu n'es pas le premier à me le dire.

— Qui ?

— Ponsot. Pupovçi, ça vient de lui.

— Il t'a mise sur le coup ?

— Juste sorti son nom.

— Comment il va ?

— Ça t'intéresse ?

— Bien obligé. » Vieil atavisme antiflic, Jeff n'a jamais porté Ponsot dans son cœur.

« Il s'ennuie à la DCRI, sinon sa famille a l'air de bien aller. » Un temps. « Je crois.

— Ne te coupe pas de lui. »

Amel sourit, entend surtout *ne te coupe pas de moi* et l'inquiétude de Jeff. Elle n'a pas envie de l'affoler, sait qu'elle devrait se confier mais, si elle se livre, il essaiera également de la faire douter, risque d'y parvenir. Mieux vaut changer de sujet, elle montre la Fender. « Vous rejouez bientôt ? »

Jeff fait partie d'un groupe amateur. Il leur arrive de donner des concerts de reprises, surtout de rock, dans des petites salles parisiennes et des bars. « On a quelques dates prévues, je vais les mettre sur ma page Facebook. » Il gratte une suite de notes, se plante sur une ou deux. La tension d'Amel est contagieuse. Il n'aime pas la voir préoccupée, anxieuse au point de l'insomnie, tellement évidente. Il craint aussi des excès d'une autre nature. Ne pas laisser filer, la faire parler encore. « Le Kosovo revient à la mode. » *Pas par là.*

« Quelqu'un bosse déjà sur le sujet ?

— Oublie. C'est pas important.

— Trop facile, c'est qui, quel canard ?

— Tu ne vas pas aimer. » Jeff hésite. *Et puis merde.* « Peter. Il m'a appelé pour ça il y a trois ou quatre mois. »

Silence de mort. Le regard d'Amel s'échappe à nouveau. Le photographe s'attend à être planté là, mais elle ne bouge pas. La table tremble légèrement à l'arrivée d'un nouveau SMS. Pas un geste non plus. Amel ferme juste les yeux, les rouvre, ils brillent, ont retrouvé un peu de lumière, mais elle est triste. « Toujours sur les bons coups. » Le ton est doux-amer.

« Il ne m'en a parlé qu'une fois. Et ça n'avait rien à voir, une histoire de vols secrets.

— Vous vous téléphonez souvent ?

— Ça t'intéresse ? »

Amel répond d'une grimace.

« Sa mère a Alzheimer. »

La grimace disparaît.

Quelques notes de musique. « Il aimerait avoir de tes nouvelles. »

Amel manque de balancer *il n'a qu'à en demander*. Une réplique de minable, aux abois de sa honte. *T'as pas le droit.* Elle a coupé, tout, brutalement, à un moment d'extrême fragilité pour Peter. Sa justification, ils ne se supportaient plus, ils allaient se quitter, il fallait sortir du cauchemar de douleur et de frustration dans lequel ils s'étaient enfermés. Casser net, sans tergiverser. L'excuse de l'imminence de la séparation lui avait également servi à justifier son absence à l'enterrement de Bao Dang, sur l'air de *je ne serai pas à ma place*.

Une fable. Leur cauchemar d'alors, qui avait précipité la rupture, était son cauchemar à elle, le même qu'aujourd'hui : Montana, poison de son esprit et de son cœur.

Elle ne se lève pas. Jeff pousse l'avantage. « Ce truc que tu caches, il t'abîme.

— Je ne cache rien.

— D'accord, ce truc que tu ne caches pas, il faut en parler. Toute seule, t'y arrives plus. » Jeff a tapé juste, il le voit à l'effort silencieux produit par Amel pour retenir ses larmes.

« Et sur qui je me déverse, toi ? »

À l'agressivité, Jeff répond par une fausse légèreté. « Je t'aime pas assez pour ça, ma chérie. Peter, si.

— Tu crois vraiment qu'il a besoin de ma merde, là ?

— Il a besoin de piger ce qui lui arrive depuis un an. Tu peux l'aider. Un peu. Tu lui dois au moins ça. »

Amel secoue la tête mais ça coule à présent, sans s'arrêter.

Jeff pose sa guitare et prend la jeune femme dans ses bras. Il la berce, tout le temps de la crise, et quand les spasmes prennent fin, après une vingtaine de minutes, il lui embrasse le front et murmure : « J'ai beau lui répéter que c'est un con, il est toujours prêt à se faire couper un bras pour toi. » Il sent un rire bref contre son épaule.

Amel se redresse et sèche ses yeux. L'écran de son portable s'illumine, un appel. Ils se regardent, elle attrape le téléphone, rentre dans le salon. Jeff entend *je suis toujours au boulot* et *oui j'arrive* au moment où elle disparaît dans la salle de bains. Une mélancolie le prend et le malaise empire lorsqu'il referme la porte d'entrée sur la soirée, un quart d'heure plus tard. Sur le seuil, Amel vient de lui caresser la joue en demandant pourquoi tout ça. « C'est à nous que j'ai renoncé. » Et à une dernière remarque sur sa gentillesse, Jeff a répondu : « Pas gentil, bassiste. Tu sais, ces *musicos* avec qui les filles remettent leurs culottes. »

Chloé aurait préféré coller Amel, a râlé de ne pas être invitée au machin pro, merde, elle est dans le coup, quoi, *t'as des trucs à cacher ?* Elle flippe, un peu, ses textos déraillent, beaucoup, et perd patience au Baron. Vendredi nuit, début de week-end, l'hiver pas loin, l'endroit est plein. Amel se sent bizarre dès l'entrée, pas à sa place. Elle a pourtant coupé la file en habituée, salué les videurs, adressé un sourire complice à l'hôtesse et un coucou aux barmen, la bise à deux ou trois. Bousculée, détaillée, abordée, une routine qui ce soir l'agace, et elle repère enfin Chloé. Elle parle avec des gens, au fond, près du DJ, et ne l'a pas encore aperçue. Amel se laisse quelques instants, étudie la salle veloutée de rouge, sa faune élevée en captivité et, lassée par les nuits C. et les prises de fêtes, elle pige, elle n'y remettra pas les pieds, plus jamais. Ici, c'est fini. Un signe de la main et elles se rejoignent, s'embrassent sur la bouche, la passion d'un seul côté. Elles boivent un verre et se tirent. Ce soir, pas de pause chiottes. Arrivées dans le onzième, elles baisent. La journaliste, comme un mec qui s'en va, vite fait. Si Chloé a compris, elle ne le montre pas, réclame juste un trait de rien du tout après, *OK ?* Amel aimerait aussi mais ne touche pas aux petits papiers et la laisse s'effondrer, somnole une demi-heure et se lève. Elle s'attarde un instant sur le corps nu, en partie découvert. Joli cul, Ponsot a raison. Elle borde sa source et l'abandonne à ses rêves opiacés. Dans le salon, un peu de clarté tamisée, du thé, l'ordi, Mail. Relire leurs derniers mots.

Rue de Malte, deux hommes sont assis à l'avant d'une Golf pas tout à fait GTI, assez nerveuse pour filer, poursuivre, suffisamment lourde pour percuter, passe-partout. Ils voient la lumière revenir derrière une fenêtre qu'ils surveillent, au quatrième étage. « Putain, me dis pas qu'elles ressortent. » Non, elles ressortent pas, mais l'appart' reste allumé longtemps.

4

Peter ouvre un œil en s'attendant au pire et au pire il a droit. Son mal de crâne réagit violemment au peu de jour que volets et rideaux laissent pénétrer dans sa chambre. Ça se met à pulser dur entre ses oreilles. Retour immédiat au noir. Il n'aurait pas dû, boire autant, fumer ce dernier cigare, boire autant. La soirée lui revient, puzzle désordonné. Un bar, avec des étagères de guingois et un fusil à lunette russe posé devant les bouteilles. Une partie de billard, avant ou après, ailleurs, finie au pistolet, pour cause de tricherie. Aucun blessé, tout le monde était ivre, juste des trous en plus dans un plafond et des murs déjà grêlés. Le Ping Ping Paradiso, le *restaurant*, pour dîner et plus si affinités. Peter se rappelle une construction aux murs anti-explosion similaires à ceux des habitations voisines, qui se distinguait uniquement par l'importante concentration de 4 × 4 garés devant le portail et sa façade murée, dont la seule ouverture était une porte blindée. À la carte, des nems surgelés, du riz plâtreux, des nouilles molles et des prostituées chinoises à jupes mini mini et débardeurs taille fillette. Cinquante dollars la passe et cent dollars la nuit. L'aventure avait commencé dans une cave baignée du rose néon de l'enseigne accrochée au-dessus du comptoir, où une clientèle masculine de mercenaires et autres sous-traitants sévèrement burnés tâtait la marchandise disponible en rayon au rythme de tubes occidentaux version sauce soja. Les péripéties de ses compagnons de bordée s'étaient poursuivies dans les étages, une fois les prestations voulues réglées à Dave, le propriétaire, barman, mac, un type pas désagréable, au fort accent écossais, soi-disant ancien des forces spéciales, ici on en trouve treize à la douzaine, la plupart mythomanes, avant sa reconversion dans la sécurité privée et ensuite les affaires. L'une des filles avait abordé Peter avec un *me love you vely vely long* susurré dans un anglais baveux qui l'avait fait sourire. Il n'était pas là pour la fesse, avait néanmoins offert un verre et, lorsque Dave était venu rappeler à sa pute la fatalité de sa condition, le journaliste avait poursuivi la discussion avec lui, au whisky. Une heure plus tard, ils étaient eux aussi montés dans les étages, pour atterrir sur la terrasse privée – en fait, un toit poussiéreux, quelques transats en plastique écaillés et un vieux parasol – réservée aux amis et aux barreaux de chaise cubains détaxés. Ils avaient fumé avec vue sur la ville et ses collines ténébreuses, privées d'électricité, entourés de gorilles épuisés par l'exercice nocturne, transis sous des patous. Vers minuit, une attaque à la roquette, trop proche au goût de Peter, avait ragaillardi les rescapés de la virée qui s'étaient mis à hurler, siffler et tirer en l'air à chaque nouvelle déflagration. Gagné par l'excitation générale, le journaliste avait oublié le danger, maté les traçantes dans le ciel kabouli, gueulé avec la meute et balancé quelques coups de .45 n'importe où avec le Colt de Dave.

Peter n'a aucun souvenir de son retour au bercail. James, son chauffeur garde du corps, un ancien *marine Force Recon*, a dû le ramener. Ils sortent quasiment tous les soirs depuis trois semaines, pour explorer ensemble l'inframonde barré et baroque des forçats de la sécurité. Le journaliste a prétendu bosser sur un état des lieux, caché derrière un angle inoffensif, *le perso, tu vois, le truc dont personne cause jamais, l'humain, l'intime,* pour vaincre les réticences de son guide. Des portes se sont entrouvertes, quelques-uns ont parlé et puis d'autres, et puis au milieu d'un paquet d'histoires drôles, glaçantes, tristes à pleurer ou complètement bidonnées, livrées entre deux bières et une pipe, Peter a commencé à glaner des infos sur 6N, son véritable sujet. Beaucoup de faux et un peu de vrai, recoupé auprès de personnes plus fiables que la moyenne : le QG afghan planqué dans la FOB Fenty, le recrutement limité à la crème des meilleurs, petite mafia de l'élite de l'appareil militaire US, le fonctionnement calqué sur celui du commandement des opérations spéciales, où l'on réquisitionne dans les filiales de Longhouse les ressources nécessaires, la formation de troupes hors cadre, levées localement, en un mot des milices, au service des hommes forts de certaines régions stratégiques, la Loya Paktiya, Nangarhar, Kandahar, et, à plusieurs reprises, la difficulté d'en être, la frustration de ne pas avoir été coopté, la jalousie, *ces mecs se prennent pour des stars*, et la mesquinerie, *ils ont mangé grave ces dernières semaines. Grave*, c'est une embuscade à Jalalabad, le 11 du mois dernier, à l'heure où Peter roulait en direction de la frontière, et la mort d'un employé de la boîte au cours de cette attaque, le rapt d'un autre, exécuté plus tard, dont le corps supplicié, *racheté une fortune à ces enculés de hajis*, vient d'être rapatrié en toute discrétion. Le tuyau provenait d'un pilote privé qui l'avait appris d'un second pilote lui-même rencardé par un mécano de Bagram, client régulier du Ping Ping. Aucun ne connaissait la véritable identité du défunt, mais le journaliste a récupéré un nom de guerre, Ghost.

Sur le moment, la nouvelle a troublé Peter, plus qu'il ne l'aurait cru possible ou souhaité. Venue s'ajouter à une autre, bien plus triste, apprise au retour du Pakistan, le décès du sergent Canarelli pendant une patrouille. Il a croisé ces mecs au cours des derniers mois et maintenant ils ne sont plus là. Plein de gens ne sont plus là et Peter a la désagréable sensation qu'un truc va lui tomber sur la gueule. Son travail n'est pas la seule raison des sorties et des cuites. Il a la trouille, il n'est pas bien, s'en veut de préférer, pour quelque temps encore, se faire chier dans cette maison fortifiée de Wazir

Akbar Khan où le magazine l'a collé, gardé par James et ses collègues de GlobalProtec, et il se sent très seul.

À nouveau la lumière, moins pénible, et le plafond, béton tiers-monde, fendillé. Stable maintenant. Peter sans force. Dehors, un confrère italien éructe au téléphone, plus loin dans la baraque, un aspirateur siffle. Vacarme inoffensif, évocateur d'un ailleurs à la réalité dissoute, si éloigné de cet Afghanistan qui, chaque jour, gronde un poil plus près. Il se redresse sans mouvement brusque, s'assoit au bord du lit. Reprendre pied. Pas longtemps, ménage signifie matinée bien avancée. Priorité, les mails, traiter d'éventuelles urgences, ensuite douche, café. Il repère son Mac sur la chaise convertie en chevet, se branche au réseau wifi, correct quand il y a du courant, accède à son interface Lavabit. Boîte de réception, une trentaine de nouveaux messages. Un seul en-tête retient son attention. Son corps se met à battre fort, se noue. Peter veut lire mais son regard dévisse dans le flou, refuse les mots. Il ferme les yeux, mais le noir cette fois n'apaise pas le tangage provoqué par la découverte de ce courrier. Trahi par sa trop bonne mémoire, il revoit un visage qui, depuis des mois, le hante en cinémascope. Il aimerait pouvoir convoquer la colère, mais doit faire avec une émotion tout autre, redoutée. Enfin, parcourir une première fois, trop rapidement, et devoir se calmer à la seconde lecture, regarder l'heure d'arrivée, *six et quelques ici, un peu moins de trois là-bas*, sourire malgré soi. La nuit et ses urgences. Sa tête dit *ignore*, *oublie*, se résigne à *pas tout de suite*. Peter clique sur *Répondre*.

    Sat 11 Oct 2008, 10:04:15
    De : pdang@lavabit.com
    À : amel.bal@gmail.com
    RE : Sorry...

    Ma mère ne va pas bien, elle est très malade, voilà pour les nouvelles importantes. Je ne te le dis pas pour te culpabiliser

au moment où tu fais un pas vers moi, juste pour te prévenir, rien n'est simple ces temps-ci. Je ne vais pas mentir, mon père t'aimait beaucoup et pour ça je t'en ai voulu de ne pas être présente à la fin. Entretenir ma colère, faire en sorte qu'elle m'interdise de te répondre aujourd'hui aurait peut-être été mieux pour moi. Je n'ai pas pu, en tout cas pas assez. Si papa était encore là, il dirait que tu n'as rien à te faire pardonner, mais il n'est plus là et c'était un homme bien, lui. Il me manque. Maman aussi.
Tu veux toujours discuter ?
Peter

Mon 13 Oct 2008, 04:04:15
De : pdang@lavabit.com
À : amel.bal@gmail.com
RE : RE : RE : Oui, je veux...

Je n'arrive pas à dormir. Je suis triste. Te regarder pleurer devant ta webcam tout à l'heure, sans rien trouver à dire, je me suis senti con. J'ai peur pour toi, ce que tu m'as raconté est très grave. Si tu t'obstines, tu dois être prudente, prévoir le pire et ne plus communiquer n'importe comment avec n'importe qui, surtout via Internet. Si tu veux continuer à me parler, il faut d'abord que nos échanges soient sécurisés. Efface nos dernières discussions, ici et sur Skype, et va voir Jeff (vite), il connaît les trucs de base et te les montrera. Tu vas aussi créer une adresse Lavabit, c'est le service de courrier électronique crypté que j'utilise. Tu lui donneras la forme suivante : la première moitié du nom du restaurant où tu m'as emmené le soir de mon arrivée, lors de mon séjour de 2005 à Paris, suivi de l'initiale de ton prénom. Je t'y écrirai dans 48 h avec un nouveau mail.
Je n'ai pas vu, ou plutôt je n'ai pas voulu voir. Je suis désolé.
Peter

Le 12/10/2008 06:04:15, Amel a écrit :

J'ai un rendez-vous mais je vais annuler. À tout à l'heure.
Sois prudent.
A.

Le 12/10/2008 07:04:15, Peter a écrit

Hier soir, quand on a été coupés, j'ai sombré si vite que je me suis demandé si je n'avais rêvé notre conversation. Je passe la soirée avec James, le copain dont je t'ai parlé, pour le boulot. On va rentrer tard mais, si tu peux être devant Skype vers 22 h (à Paris), j'essaie de te joindre.
Peter

Le 11/10/2008 21:04:15, Amel a écrit :

Skype a planté il y a une heure et tu es toujours hors ligne. Je parie sur une panne de courant de ton côté et pas autre chose, donc je t'écris ce mot. Je t'imagine seul dans le noir et j'espère qu'il n'y aura pas d'attaque cette nuit, que tu vas pouvoir te reposer un peu. Moi je vais essayer. C'était bien de te parler, merci, même si ces vingt minutes, après tout ce temps, ce n'était pas assez. Je dois encore te dire beaucoup de choses. On recommencera ?
Pardon de t'avoir fait si mal.
A.

13 OCTOBRE 2008 – CRISE FINANCIÈRE : LA SÉRIE NOIRE CONTINUE. Après le choc provoqué par la faillite de la banque Lehman

Brothers le mois dernier, les autorités financières peinent à trouver des solutions efficaces pour enrayer une crise qui touche maintenant l'ensemble du système [...] Déclenchée au cours de l'été 2007 par l'explosion de la bulle immobilière aux États-Unis, elle se manifeste aujourd'hui par une raréfaction sans précédent des liquidités nécessaires à la bonne marche de l'économie mondiale et à une perte de confiance totale dans la solidité des grandes banques internationales [...] Le plan d'urgence de 750 milliards de dollars qui vient d'être approuvé par le Congrès américain avait pour objectif initial de racheter de larges quantités de créances toxiques. Mais la lenteur du processus et ses faibles chances de succès ont conduit à un changement de stratégie : la recapitalisation des banques et leur nationalisation partielle, en échange de l'injection des capitaux nécessaires à leur survie et, au-delà, à celle des États-Unis [...] Plusieurs indices montrent que la plupart des gouvernements ont manqué de clairvoyance depuis un an, s'étant révélés incapables d'analyser la situation, ses causes profondes, son évolution, ou de réagir de façon efficace [...] coopération internationale rendue nécessaire par la mondialisation des marchés financiers dont cette crise, partie de turbulences dans le secteur immobilier en Floride et devenue catastrophe monétaire en Islande, est la manifestation la plus évidente [...] **PR#2008-5XX – TROIS SOLDATS DE L'ISAF TUÉS** [...] Le véhicule des militaires a été éventré par un IED, ce 14 octobre, dans la province de Paktiya, dans l'est de l'Afghanistan [...] Conformément à son règlement, l'ISAF ne révèle jamais la nationalité des victimes avant les autorités de leur pays. **16 OCTOBRE 2008 – UN POLICIER AFGHAN ABAT UN SOLDAT US** [...] L'incident s'est produit alors qu'une section de l'armée américaine passait à proximité d'une tour gardée par le policier. Celui-ci a fait usage de son fusil d'assaut avant de jeter une grenade en direction des militaires. Il a été neutralisé lorsque ceux-ci ont riposté [...] C'est la seconde fois en un mois qu'un personnel de l'ISAF est tué par un membre de l'ANP. Pour

le moment, le commandement de l'OTAN se refuse à tout commentaire, mais certains évoquent déjà de possibles infiltrations des forces de police afghanes par les talibans [...] Toujours dans l'est du pays, le même jour, un obus ennemi est tombé à proximité d'une patrouille de la coalition, tuant et blessant plusieurs soldats.
16 OCTOBRE 2008 – UN DRONE CIBLE UNE VOITURE À MAKIN, au Waziristan du Sud. Cinq hommes sont morts dans cette attaque qui visait un citoyen égyptien, Khalid Habib. M. Habib, connu dans la région sous le sobriquet de « Zalfay », cheveux longs en pachto, était l'un des responsables opérationnels d'Al-Qaïda. Il avait déménagé dans le fief du chef taliban pakistanais Baitoullah Mehsud afin d'échapper aux bombardements qui frappent régulièrement le Waziristan du Nord [...] fait suite à un autre, le 11 octobre dernier, durant lequel quatre militants ont été tués et deux autres blessés dans un ancien camp de réfugiés afghans situé près de Miranshah.

La pluie a chassé des Tuileries les flâneurs et seuls de rares Chinois bigarrés de k-ways s'y mouillent au pas de charge à la colle de leurs guides. Les arbres, déplumés par l'automne, ont recouvert les allées de terre battue d'un épais tapis ocre rendu glissant par l'humidité. Sous un grand pébroque noir, Montana avance au train d'un sénateur en direction du Louvre. Il vient de quitter l'Élysée. Après avoir eu le privilège d'une quinzaine de minutes présidentielles, dont a aussi profité son futur *patron*, il a déjeuné avec ce dernier et les délégués du tout nouveau Conseil national du renseignement. « Je vais beaucoup m'amuser », a-t-il confié à Bluquet une fois sorti. Le directeur de la sécurité de PEMEO l'attendait avenue Gabriel pour une marche digestive. Il a trouvé l'enthousiasme de Montana forcé, s'est abstenu du moindre commentaire. Plus aucune parole n'a été échangée entre eux jusqu'au jardin, puis un bref *allez-y*, lâché d'une voix éteinte, a signalé que le moment du compte rendu hebdomadaire, véritable raison de cette escapade hors les murs, était arrivé.

« Du bon et du moins bon. » Bluquet commence par le bon. Le passif entre Montana et Amel Balhimer, il l'a deviné. Et il a également compris qu'il rendait dangereuse et pénible la liaison avec *la petite Lassée*. Il aime l'appeler ainsi, le nom colle bien à son air blasé. « Il y a de l'eau dans le gaz. » Chloé, dont les faits et gestes sont uniquement surveillés via l'activité et la géolocalisation de son iPhone, a passé moins de temps avec la journaliste cette semaine, une journée, deux soirées, une nuit. « Dans le XIe », précise Bluquet. Le reste du temps, elle a dormi rue Guynemer et dans un immeuble du boulevard Auguste-Blanqui. Faut-il trouver chez qui ?

Il y a là-bas un studio, une retraite discrète quand il ne sert pas de laboratoire de coupe et d'espace de stockage. Montana sait tout de cet appartement. Il n'y met jamais les pieds. « Balhimer connaît-elle cette adresse ? »

Rien ne l'indique, selon Bluquet.

Montana paraît soulagé par cette réponse. « Ensuite ? »

La fréquence des appels et des SMS a chuté depuis quarante-huit heures. Leur contenu est globalement puéril, anodin et confirme une tension grandissante. Chloé s'estime *négligée*. « C'est revenu à trois reprises. » Leur seconde soirée ensemble s'est conclue par une dispute publique. Motif inconnu. « La filature de la beurette était trop loin. » Elles sont parties séparément. Chloé est rentrée rue Guynemer, tard, et plusieurs textos, le lendemain, suggèrent qu'elle a terminé sa nuit avec un homme. « Il n'a pas aimé être congédié sèchement. »

Montana sourit, il retrouve *sa* Chloé.

« Mais il a fini par se calmer.

— Qu'a-t-elle fait le reste du temps ?

— Grasses matinées, quelques cours à la fac et beaucoup de va-et-vient, la nuit. »

Elle s'est remise au travail.

Bluquet a remarqué le changement d'humeur, il le pressent éphémère. « Balhimer est toujours suivie non-stop. » Elle a assisté à deux conférences sur le réchauffement climatique et le traitement des

déchets, s'est rendue dans les locaux d'un magazine écolo, ceux d'une société de production audiovisuelle spécialisée dans le documentaire nature et a été reçue par le président d'une ONG. « Cohérent avec son emploi du temps habituel.
— Le moins bon ?
— Jean-François Lardeyret.
— Le nom ne me dit rien.
— Un photographe de presse. » Bio rapide, parcours pro dominé par la guerre, plusieurs séjours en Irak, dont un très récemment, au Yémen, en Afghanistan, d'autres en Afrique. « Il suit les fronts du djihad ces dernières années, mais il a bâti sa réputation en ex-Yougoslavie. Il a couvert le bordel du début à la fin. » Le frémissement est léger, pas assez, Bluquet l'a vu. *Montana a grenouillé dans les Balkans pour le service.* Le sujet est évoqué parfois, à mots couverts, pas avec n'importe qui, et il lui arrive de recevoir des visiteurs du soir kosovars dans les locaux de PEMEO, Bluquet les a croisés en diverses occasions. *Des mecs pas cool.* « Lui et la beurette se sont rencontrés quatre fois cette semaine. » Le 9 octobre, la journaliste retrouve Lardeyret au siège de *Paris Match*, ils en ressortent très vite pour aller prendre un café. « Il y était pour une série de photos de Bagdad. » Le 10, elle dîne chez lui. « Avant de rejoindre la petite Lassée. Leur dernière nuit ensemble. » Elle est encore dans le IXe le 13 octobre. « Elle a passé l'après-midi là-bas, et une partie de la soirée. » Probablement pour bosser, elle avait son ordinateur. *Bis repetita* avant-hier. Avec Chloé. « De quinze heures à vingt et une heures. Ils l'ont filmée. » Bluquet explique la terrasse, la grande baie vitrée du salon, un de ses hommes plus dégourdi, sur un toit, pas loin, il a observé la séance d'enregistrement. « C'est ce jour-là qu'elles se sont engueulées. »

Montana n'entend plus, il réfléchit interview, témoignage, traces, plusieurs personnes, *merde*. « Balhimer a-t-elle vu quelqu'un d'autre ? » Il pense *Ponsot*.

« Personne qui soit digne d'intérêt. »

Ils ont atteint l'entrée du Carrousel du Louvre. Une foule compacte s'est mise à l'abri sous le porche et bloque le passage. D'un commun accord silencieux, les deux hommes effectuent un demi-tour et repartent vers la grande pyramide de verre du musée. Montana, visage des mauvais jours, se tait, cogite, Bluquet attend, l'abrite du mieux qu'il peut sous le parapluie.

« Il nous faut un accès à son ordinateur et à son téléphone. »

Risqué de s'attaquer à la presse, mais Bluquet se réjouit de ce prévisible changement de braquet. Il réprime un sourire. « J'ai pris la liberté de contacter un technicien, un ancien de la boîte, et un informaticien indépendant que nous employons parfois. Pour parler options.

— Et ?

— En ce qui concerne l'ordinateur, nous pourrions tenter une intrusion réseau mais, vu ses habitudes, faire ça chez elle nous semble plus rapide et plus simple. J'ai déjà fait étudier la serrure. » Le mobile non plus ne posera pas de problème, même s'ils ne peuvent recourir à des écoutes classiques. « La journaliste garde son portable à portée de main, une manie répandue, mais on a son numéro, il est donc facile de l'isoler n'importe où. J'enverrai un mec avec une valise.

— OK. Je veux des gens derrière Chloé maintenant, et des photos de tous ses contacts. La rue Guynemer ?

— Fait. Et au cas où elle retourne boulevard Auguste-Blanqui ? »

S'y trouvent des choses utiles aux activités illégales de sa maîtresse. Que Montana n'a pas envie de voir découvertes. *Elles le seront au cours des filatures.* Dont il ne peut plus faire l'économie. Exclure le studio du champ de surveillance n'empêchera donc rien, peut même finir par éveiller les soupçons, suggérer une connaissance préalable du trafic et, sans aller jusqu'à la complicité, au moins la complaisance. Ce bien appartient à une entité immatriculée à l'étranger, emboîtée dans d'autres sociétés à l'actionnariat opaque. Montana contrôle tout, mais son nom ne figure nulle part. Même Chloé ne sait rien. Pour la convaincre de le louer, il a invoqué la nécessité de sauver les apparences, pointé une *occasion en or*, et elle a accepté d'y consacrer une partie de l'argent donné par ses parents pour financer ses études. *Je suis à l'abri.* « Vous creusez.

— Bien pris. À quoi dois-je faire attention ? »

Montana pose une main sur le bras de Bluquet. « Tout ce qui pourrait nuire à PEMEO, vous et moi avons tant investi dans sa réussite. » Fidélité, charité bien ordonnée, les termes sont choisis. « Les gens pourraient ne pas comprendre certaines de nos initiatives pour le pays si elles étaient révélées. » Ne pas négliger le patriotisme.

« Le budget ?

— Vous piocherez dans les projets spéciaux.

— Si le père de la petite Lassée pose des questions ?

— Dites-lui de s'adresser à moi. »

Ils ont laissé Thierry Genêt seul tout le mois de septembre et l'ancien pilote de l'armée de l'air ne devait parler à personne. Ses geôliers encagoulés de Port Bouët ont donc continué à lui servir ses trois repas quotidiens en silence. Il a cherché à les faire réagir, s'est rebellé, les a agressés, verbalement, physiquement, et a même tenté de s'enfuir. Deux fois. Il l'a payé cher, c'est dans les rapports. Thierry ne pouvait plus rien cracher sur son associé iranien, Sorhab Rezvani, il avait tout déballé, tout expliqué, tout confirmé. Ses espoirs d'avocat étant morts depuis longtemps, il ne se raccrochait plus qu'à sa famille. À genoux, il a supplié, pour un coup de fil à sa femme, une visite de sa gamine, savoir si elles allaient bien. Jacqueline et Michel ont promis, menacé, obtenu gain de cause, et ils se sont envolés.

Fin août.

Pendant trente jours.

Trente nouveaux petits bâtons sur le mur. La première chose aperçue par Jacqueline à son retour début octobre quand, avec un garde, elle est entrée dans la cellule. Thierry, tabassé la veille, gisait par terre en position fœtale, il pleurait. Elle a lâché : « Vous avez pas l'air bien, monsieur Genêt. » *Tu voulais pas ça, connard ? Fallait pas transporter la came de mecs douteux.* Elle n'en pouvait plus des jérémiades de ce type, mais elle avait des ordres, il fallait se remettre au travail, dans la petite salle, au bout du couloir sans fenêtre.

Ce jour-là, ils ont assis Genêt en face d'eux, lui ont tendu une bouteille de flotte et Michel a demandé, un sourire aux lèvres : « On a une bonne et une mauvaise nouvelle, vous voulez laquelle en premier ? » Le prisonnier les a traités d'enculés, pas fort, le cœur n'y était plus, et il a voulu la bonne d'abord. Elle concernait Mireille et Irène, l'épouse et la gosse. À Mortier, ils étaient contents, donc elles pouvaient rentrer en France. Mieux, Thierry les verrait avant leur départ. Elles allaient s'arrêter sur le chemin de l'aéroport d'Abidjan. Ils ont tenu parole. Même si l'entrevue, nocturne, discrète, a été évidemment trop courte. Genêt a pleuré, elles ont pleuré, ils se sont embrassés et il a juré de les rejoindre vite.

Le con.

Il y avait une contrepartie, la mauvaise nouvelle. Thierry devait d'abord parler aux agents de la DGSE de ses aventures avec Viktor Bout. Il a gueulé, cela ne faisait pas partie de l'accord initial. Rien à branler. Les États-Unis avaient insisté et, en ces temps de guerre à la terreur et de lune de miel avec l'OTAN, il aurait été malvenu de refuser de les assister dans leur croisade contre le trafiquant d'armes récemment arrêté en Thaïlande. Du moins est-ce ainsi que la hiérarchie a présenté la chose à Jacqueline et Michel. Quelles informations pouvait détenir leur prisonnier que la justice américaine n'avait pas déjà, mystère, mais rien ne devait être laissé au hasard pour le procès à venir. Et Thierry n'avait pas le choix. « La petite et Mireille, monsieur Genêt, pensez-y. »

Monsieur Genêt a réfléchi, pas longtemps, et depuis deux semaines il joue à nouveau les donneuses.

Parfois Jacqueline et Michel sont seuls, parfois ils travaillent avec John, un *collègue* de Washington. Ils ne savent pas grand-chose de lui, même pas où il émarge. Il va, il vient, ne participe pas à tous les entretiens, préférant la plupart du temps écouter à distance, grâce aux micros installés préalablement dans la pièce, et faire part de ses questions via les oreillettes portées par les interrogateurs français. Lorsqu'il est présent, il met une cagoule lui aussi. Jacqueline trouve ça nul. Michel s'en fout. John leur prépare le déroulé des séances et les éléments, retranscriptions d'écoutes, copies de documents, photos, à montrer à Genêt, il est très pro. Jacqueline apprécie. Pas Michel, il n'aime pas *faire le larbin*.

Ils ont ouvert les hostilités avec Bout, son passé, ses manies, ses proches. Thierry ne pouvait pas leur apprendre grand-chose, il l'avait rarement croisé au cours des cinq années durant lesquelles, par intermittence, il lui était arrivé de voler qui pour une boîte installée en Afrique du Sud, qui pour une autre immatriculée dans les Émirats, ou au Rwanda, ou en Belgique, ou, ou, ou. « Vous savez qu'on était déjà plus de deux cents pilotes quand j'ai commencé, en '98 ? » Oui, il avait eu vent des rumeurs sur Viktor, évidemment. Linguiste de l'Armée rouge, espion du GRU, haut gradé de l'aviation militaire russe, criminel, les quatre. Ou rien du tout. « Pourquoi poser des questions, il m'aurait pas répondu. Ceux qui savaient non plus. Il a été soldat et il se démerde dans plusieurs langues, c'est tout. »

Michel et Jacqueline ont fait des allers-retours sur le sujet pendant soixante-douze heures, pour se chauffer. Ensuite, John a décidé de passer aux missions effectuées par Genêt pour le compte de Bout. « On a convoyé pas mal de choses. Et beaucoup de monde. » Souvent des marchandises légales, du ravitaillement dans des coins paumés, les équipes de diverses ONG, des techniciens, des ingénieurs. « Des trucs pas clairs ? Ouais, sûr. » Lorsque la guerre a repris au Congo, Genêt a livré des armes là-bas, en 2000 et 2001. Il s'est rappelé de Libanais venus en pleine brousse réceptionner des caisses de munitions, de roquettes et de missiles sol-air au cul de son Antonov, et de Libyens, et de gusses du Zimbabwe. Il a vu toute l'Afrique et une partie du Proche-Orient défiler dans ses soutes. « On servait tout le monde, pas de jaloux, et on allait partout. » Embargo ou pas.

John a demandé aux Français de faire valider des lieux, des dates, des contacts, et d'éviter de trop creuser quand, au détour d'une réponse, Genêt affirmait avoir acheminé les troupes plus ou moins régulières envoyées par tel ou tel allié des États-Unis, ou les États-Unis eux-mêmes. Plusieurs fois, les agents français ont aussi pratiqué l'autocensure. Chaque pays a ses secrets honteux. Ils ont cuisiné Thierry sur Al-Qaïda, l'Afghanistan, était-il au courant d'accords avec ces mecs, dans cette région, pour y emmener quoi, pour en ramener quoi, quand. Toutes les réponses n'avaient pas plu à John, présent ce jour-là, et Genêt s'était foutu de l'Américain et de *sa sale hypocrisie de merde*.

Sur les comptes de Bout et les modalités de paiement des services rendus, Thierry n'a presque rien dit, il en savait peu. Dans les avions, il a vu circuler de l'or, des terres rares, du coltan, du pétrole, pas de pierres précieuses. « Mais bon, les diams, c'est facile à cacher. » Il était bien payé, plus de quinze mille dollars par mois, avec des primes, et on le laissait travailler quand il voulait, les voyages étaient fun, il ne voyait pas l'intérêt d'être trop curieux. « La majorité des pilotes étaient russes ou anglais ou *sudafs* et me faire accepter était déjà pas simple. »

Au cours des entretiens, Genêt leur a servi des tonnes d'anecdotes. « On en a fait des conneries. » Les vols sous le radar, sans radio, sans transpondeur, sans lumière, avec des zincs dont les identifiants changeaient à chaque voyage, les largages à l'arrache ou les atterrissages sur des pistes de fortune, en pleine jungle, au milieu d'arbres taillés juste assez bas pour que les ailes passent, afin de tromper la vigilance des satellites. « Vous devriez demander à votre copain combien de fois on leur a baisé la gueule. » Un soir, Michel en a eu marre de ces histoires d'ancien combattant et il a demandé si ça le travaillait pas un peu d'avoir aidé l'un des plus grands marchands de mort de la planète. Genêt l'a fixé quelques secondes avant d'éclater de rire. « Et toi, ton boulot, il te travaille ? Tu sais pour qui tu bosses ? » Fin de la discussion.

Il y a trois jours, John a été rappelé à Washington. Il doit revenir, mais Jacqueline et Michel ne savent pas quand. Il a laissé du boulot. Deux piles de dossiers, les importants et les moins importants, à soumettre à Genêt pour recueillir ses commentaires. Dedans, il y a les visages, pas forcément nets ou bien cadrés, et les biographies, pas toujours détaillées, de complices connus ou supposés de Viktor Bout. Par complices, il faut entendre les mecs ayant bossé avec lui ou pour lui. La nuance n'a guère d'importance au regard du droit américain, vous participez, même à votre insu, et vous risquez autant que les principaux suspects, vive la *conspiracy*. Les deux officiers ont commencé par la pile *importants*. Ce matin, ils ont enchaîné avec l'autre. Les têtes défilent. Genêt en reconnaît peu. Normal, Bout employait, directement ou indirectement, plus de mille personnes quand Thierry pilotait pour lui. Jacqueline et Michel ne font pas vraiment attention à toutes ces tronches. Lui s'emmerde, il en a *plein le fion*, et elle préfère se concentrer sur le visage du prisonnier. Elle s'ennuie aussi, à dire vrai, et guetter les réactions l'aide à passer le temps.

Michel étale devant eux une énième série de clichés lorsque Jacqueline voit Genêt se crisper. C'est bref, il se reprend vite.

« Inconnu au bataillon.

— Vous êtes sûr ? »

Michel a saisi un changement d'intonation. Il regarde sa voisine, leur interlocuteur, le CV dans le dossier. Il est très succinct, ne comporte aucune information personnelle. Soit le mec est un fantôme, soit les enquêteurs américains ne l'ont pas jugé assez intéressant pour lui consacrer des ressources. Ne sont indiqués que les dates et les lieux de rares surveillances. Ça colle, Genêt a pu le croiser. « Comment il s'appelle ? »

Il hésite. Jacqueline est intriguée. « Il faisait quoi, pour Bout ?

— Je sais pas. »

Michel sourit. *Te fous pas de nous.*

« Alors ? »

Silence.

« C'était quoi son job ?

— Et son nom ? » Michel note quelque chose, il le montre à Jacqueline.

« Pourquoi vous le couvrez ? »

Parce qu'il m'a sauvé la peau, connasse. En 2003, Genêt a eu un accident de bagnole au Rwanda, dans un de ces bleds de cases mi-tôle, mi-torchis qui champignonnent le long des routes principales. L'homme sur les photos, avec lequel il avait déjà travaillé une fois, était avec lui. Un type discret, taiseux, pas là depuis longtemps mais respecté des Russes, ce n'était pas rien. Ils rentraient d'une balade entre deux vols, la nuit venait de tomber, une gamine est sortie de derrière une baraque, juste devant les roues de Thierry. Il n'allait pas vite mais le 4 × 4 l'a tapée plein centre et le pare-buffle n'a pas arrangé les choses. Elle est morte sur le coup. L'Afrique lui a fait voir suffisamment d'horreurs pour troubler le sommeil de toute une vie, mais Genêt cauchemarde encore parfois le visage surpris et le choc et le bruit et le sursaut de la caisse, balèze pour un si petit corps. Il a ralenti. Son passager a crié : « Speed up ! » *Accélère !* Il s'est arrêté. Une erreur. Le père de la gosse était le chef flic local. Sans écouter ses excuses ou ses explications, il est tombé sur Thierry avec tout le village, et ils se sont mis à le cogner, d'abord à côté de la caisse et après dans le poste de police. Ça a duré, puis le papa a raisonné son monde. Pas par charité chrétienne ou sens de la justice, il voulait juste attendre le lendemain pour un lynchage en règle. *Et ç'aurait pas été la mort par la tounga.* Genêt se voyait déjà crevé. Son compagnon avait disparu. Il le pensait en fuite, plus sûrement crevé aussi. Il se trompait. Son taiseux s'est pointé avant l'aube. En silence, il a saigné deux mecs qui traînaient dehors et son garde-chiourme. Ensuite, il a porté Thierry jusqu'à leur bagnole. Toutes les vitres étaient pétées et quelqu'un avait chié dedans, mais elle se trouvait encore à l'endroit où ils avaient stoppé. Personne n'avait pu la faire démarrer, il *manquait* les clés.

Quelques heures plus tard, ils étaient à l'abri en République démocratique du Congo.

« Bout lui faisait faire quoi ?

— Pensez à Mireille, monsieur Genêt.

— Sa nationalité ?

— Et à Irène.

— Alors, comment il s'appelle ?

— Vous n'en avez plus rien à branler de votre famille ?

— Le job du mec ?

— Elles sont arrivées hier à Paris, on a rempli notre part du marché.

— Dites-nous qui c'est et d'où il vient.

— On peut les ramener ici, vous savez, monsieur Genêt. »

Soupir. « Il est namibien. Son nom c'est Roni Mueller. »

Un mercenaire. Avec quelques ex-milis, il assurait la protection des vols un peu chauds. Des missions irrégulières, limitées en durée. Le reste du temps, il grenouillait d'un coup de feu à l'autre, sur tous les fronts anglo-saxons du continent. Il avait la bougeotte, dixit Genêt, et il a quitté la nébuleuse Bout en 2005. Après son départ, ils sont restés en contact et Thierry lui a refilé plusieurs jobs lorsqu'il a monté sa boîte de charter en Afrique de l'Est, avant l'Ivoirienne de Sylviculture. Mais il ne l'a plus vu depuis au moins deux ans. Jacqueline a senti Genêt chagriné par cette absence de nouvelles, il devait bien l'aimer son Mueller. « Pro, pas con, cultivé, avec de la bouteille. » Et des cicatrices partout pour le prouver. « Il est monté au carton, lui, pas comme certains. » Thierry visait Michel, vautré sur sa chaise. Piqué au vif, l'agent de la DGSE a répondu sur l'air de *c'est plutôt ceux qui l'ont balafré les dangereux*, une tirade à deux balles. Le pilote s'est marré. « Il pourrait vous apprendre deux ou trois trucs sur votre boulot. » Après une nouvelle diatribe sur leur cynisme à tous, Genêt s'est mis à raconter une histoire survenue fin 2004, lors d'un vol secret. « Les barbus, on leur a piqué plein de blé quand ils ont eu besoin de se tirer d'Afgha fissa après le 11-Septembre. Mais, plus tard, on les a baladés dans l'autre sens, dans de jolis pyjamas orange, aux frais de l'Oncle Sam. » Au cours du voyage en question, les barbouzes d'escorte, « des abrutis à biceps de la CIA », avaient voulu faire cracher une info à un prisonnier. Une urgence. Le Namibien était là, il disait rien, il regardait. La douceur marchait pas, la menace marchait pas, la violence marchait pas. Ils avaient fini par laisser tomber. Mueller était allé les voir, avait proposé son aide, foutu pour foutu ils avaient dit oui et lâché ce qu'ils savaient. « Ça lui a pris deux heures. » C'est un Russe d'équipage qui a tout raconté à Genêt. « Il a commencé par bien parler au mec, déjà, en arabe et tout. C'était un jeune, il avait la trouille. Roni a discuté avec lui, l'a rassuré et, à la fin, l'autre a craché sa Valda. »

Le chien de guerre qui murmure à l'oreille des terros.

Pour Michel, du baratin. Le pilote est tombé amoureux de son Namibien, ils ont dû se refaire le derche la nuit dans la pampa et il en rêve encore. Ou il les prend pour des cons. Jacqueline n'est pas de cet avis, balancer ce Mueller a été douloureux pour Genêt. Ce soir, il était abattu au moment de retourner en cellule. Seulement de l'amitié, autre chose, peut-être serait-il bon de creuser. Il faut se décider vite, demain dernier jour avec le captif, l'équipe homo arrivée avant-hier pour lui, sa femme et sa gosse est pressée de rentrer.

Jacqueline s'est enfermée dans sa piaule avec le dossier de Mueller. Elle a mis de côté les notes prises cet après-midi et examine avec attention les clichés de surveillance, ce qu'elle n'avait pas fait auparavant. Les Américains ont photographié le fameux Roni à trois endroits : sur la base aérienne de Bezmer, en Bulgarie, en 2004, à l'aéroport de Goma, en République démocratique du Congo, plus tard la même année, et à la terrasse d'un café de Sharjah, aux EAU, en 2005. Seul ou en compagnie d'autres employés de Bout. Il est blanc, brun à peau mate, pas très grand. Sur toutes les images, il a un couvre-chef, un bonnet à Bezmer, une casquette US ailleurs, et des lunettes de soleil enveloppantes. Il porte la barbe, ses cheveux s'allongent avec le temps. Jacqueline passe les photos en revue une à une, élimine les moins nettes, les plus éloignées, finit par ne garder que deux zooms, de face, le premier en Bulgarie, le second à Sharjah. Sur celui-là, Mueller a une tignasse épaisse, le visage bouffé par les poils façon *contractor*, il sourit. Quelque chose dans ce sourire tracasse Jacqueline. Elle reprend le compte rendu de Michel. Roni Mueller, Namibien, petite quarantaine, vole sur *Viktor Airways* à partir de fin 2002 ou début 2003, jusqu'à mi-2005. Avant, on ne sait pas, il a combattu, il est marqué, c'est tout. Elle revient au sourire, a l'impression que le mec la nargue. *T'es conne*. Elle poursuit sa lecture. Il parle anglais, arabe et terroriste. Et allemand. Normal, citoyen de l'ex-*Deutsch-Südwestafrika*. Et français. Genêt a dit l'avoir entendu palabrer avec des Africains francophones à deux reprises. Sans accent ou presque. *Il a jamais voulu le parler avec moi, il faisait le con, prétendait qu'il pigeait pas*. Genêt a dit ça aussi. *Pourquoi ?* Une troisième fois, Jacqueline s'attarde sur le sourire. Le bonnet, la casquette, la barbe, les cheveux. Ils poussent. *Ce sourire*. Namibien. Tueur. 2002-2005. Marqué, cicatrices. Anglais, allemand, arabe. Français. *Pas avec Genêt*. Genêt, pilote de Bout. Ancien de l'armée de l'air. Française. *Risque ? Quoi ?* Mueller parle le terroriste sans problème pourtant. *Pourquoi parle-t-on aux terroristes ?* Pour avoir des infos. Il sait obtenir des infos des terroristes. Le sourire. *Je l'ai déjà vu. Où ?* Sur une autre photo, une vieille. *Quand ?* En 2003. *Et en 2002*. La première année de Jacqueline au service. Confinée à Mortier. Obligée, comme toutes les nouvelles recrues de la DO. Une photo. En 2002. Déjà-vu. Un tueur. Qui sourit. Et parle plusieurs langues. Et sait interroger. Des cicatrices. Elles n'étaient pas sur la photo de l'époque. Mentionnées dans un descriptif. *Namibien ?* Elle ne s'occupait pas d'Afrique en 2002, elle coordonnait. À Mortier. En 2003 aussi. Différentes missions.

Lesquelles ?

Le cœur de Jacqueline s'emballe. *Ce putain de sourire*. Vu et revu pendant des mois. De recherches. Un parmi huit putains de sourires, alignés sur deux rangs, après un saut en parachute près de Dieuze, dans les années quatre-vingt.

Ses mains tremblent quand elle met son ordinateur portable sous tension, et quand elle déploie son antenne satellite sur le rebord de sa fenêtre, et quand elle scanne rapidement les deux photos de Roni Mueller qu'elle a isolées, et quand elle rédige son *urgent*, pour demander une analyse biométrique des clichés joints au message.

Et quand, avant de tout chiffrer, elle écrit *Tisiphone* dans le champ sujet.

Le *chat* a duré longtemps, plus de trois heures. Pendant la discussion, Peter a demandé une photo de Montana. Ses souvenirs de l'incident à l'ambassade du Canada étaient vagues et il voulait revoir ce mec auquel il n'avait pas vraiment fait attention à l'époque. *Je te regardais toi*, a-t-il ajouté. Amel n'a pas saisi la perche, mais les mots l'ont touchée. Ce n'étaient pas les premiers à faire mouche et elle a une fois de plus loué la douce parano de Peter, qui l'a forcée à abandonner Skype et la webcam pour une messagerie plus sûre, seulement textuelle. Il ne peut plus voir ses brusques montées de larmes, s'effrayer de son hypersensibilité. Elles risqueraient de lui rappeler leurs derniers mois ensemble, Amel n'en a pas envie.

Avec cette requête, la journaliste a pris conscience de disposer uniquement des images volées par Jeff en 1999. Jusque-là, elle n'a pas eu besoin de clichés de Montana, n'a jamais eu envie d'en avoir besoin.

Par souci d'efficacité, Amel en a d'abord cherché d'autres sur le Net tout en continuant à bavarder avec Peter. Elle n'en a trouvé aucun, pas vraiment une surprise. Ensuite, elle s'est emmêlé les pinceaux en tentant de chiffrer les fichiers de la conférence de Rambouillet, par manque de pratique, malgré la formation accélérée en sécurité informatique dispensée par le photographe en début de semaine. TOR, VPN, Adium, OTR, Doorstop, elle jongle depuis lundi avec des protocoles de dissimulation, authentification, cryptographie, anonymat, protection, censés empêcher quiconque de fouiner dans son Mac, d'espionner son activité, de s'immiscer dans ses communications pour en analyser le contenu ou le modifier à son insu. Pour le moment, tous les trucs installés par Jeff la dérangent surtout elle et balancer une pièce jointe à qui que ce soit est devenu un exploit. Frustrée, Amel a fini par écrire à Peter *plus tard les photos*. Ça l'a fait rire et il lui a renvoyé un *smiley*.

Ils viennent de se quitter. Elle n'avait pas envie, mais il était fatigué après une longue journée. Il est presque une heure du matin à Kaboul. À Paris, trois heures et demie de moins. Amel est seule dans son appartement, enveloppée de silence et de nuit. Il faisait jour quand ils ont commencé à parler. Cette pensée lui arrache un sourire mélancolique. *Si vite*. Pour prolonger le contact, un peu, elle décide que *plus tard* c'est tout de suite. Elle allume des lampes pour redonner vie à son salon, branche sa télé en sourdine sur BBC World, une habitude d'avant, et se cale confortablement dans son canapé, en tailleur, ordinateur sur les genoux. Un carnet Moleskine est ouvert à côté d'elle, celui des choses importantes. Dedans, il y a les notes prises chez Jeff. Peter a le même. Amel l'a acheté avec le sien et le lui a offert. *Comme ça, tu auras l'impression de m'écrire à chaque page*. C'était en mars de l'année dernière, il venait d'emménager à Paris, tout allait bien entre eux. Il a avoué en avoir précieusement économisé les derniers feuillets, en écrivant de plus en plus petit, si petit qu'il n'arrive quasiment plus à se relire, c'est ridicule. Elle n'a pas demandé pourquoi, ce n'était pas utile, et a promis d'en envoyer un autre. Dès demain.

Guidée par ses propres pattes de mouche, Amel prépare ses deux photos de Montana, celle où il est au milieu d'agents de la DGSE au château de Rambouillet et l'autre, au même endroit, en compagnie du grand Américain moustachu. Elle ouvre PGP, un programme de cryptage recommandé par Jeff, et fait un copier-coller de la clé de chiffrement de Peter, transmise la veille lors d'un premier échange avec leurs nouveaux mails respectifs. Chaque utilisateur du logiciel possède une paire de longs codes alphanumériques personnels, ou clés, générés ensemble. Le premier est public, il peut être utilisé par n'importe qui pour brouiller les données destinées à son propriétaire. C'est celui dont Amel se sert pour rendre les clichés illisibles. Une fois cette opération effectuée, rien ne peut l'annuler ou révéler le contenu des fichiers en question, sauf le second sésame, jamais partagé. Une technologie dérangeante pour les services secrets du monde entier, y compris la toute-puissante NSA. Même s'il est peu probable qu'elle s'intéresse à eux. Peter est maintenant, avec son code privé, le seul à pouvoir inverser le processus.

Il y a trois messages dans la boîte de réception du compte Lavabit d'Amel. Les deux premiers sont de Peter, un test et l'envoi de ses éléments cryptographiques. Le troisième est de Jeff. Quand elle a donné au photographe sa nouvelle adresse électronique, il l'a questionnée sur le choix de cet étrange intitulé, *alatourdemontlherya*, a demandé s'il était inspiré par le bistrot des Halles, Chez Denise. Amel a répondu oui, mais s'est cachée derrière un pseudo-rituel avec son père, pendant ses études, gênée de dire la vérité. Qu'il s'agit en fait du lieu où Peter et elle se sont rués en pleine nuit pour calmer une fringale post coïtale, le jour de leurs premières retrouvailles. Elle avait quitté Bagdad deux mois plus tôt, il y était resté, ils crevaient de se revoir. Jeff faisait la gueule à cette époque et, lundi, Amel a bien senti qu'il donnait le change, à la fois peiné et heureux de les voir se parler à nouveau. Elle n'a pas voulu remuer les mauvais souvenirs.

Le mail du photographe est un transfert sécurisé de celui d'un confrère de Pristina, Lulzim Vorpsi, sollicité la semaine dernière. Jeff l'a rencontré lorsqu'il couvrait les Balkans, ils sont amis de longue date. Vorpsi est un indépendantiste convaincu, mais il déteste la clique installée à la tête du Kosovo. L'opinion exprimée dans son courrier, auquel sont attachés deux fichiers .pdf, est sans ambiguïté, tous ceux de Drenica, le coin dont sont originaires Thaçi et sa bande, sont des mafieux qui ont trahi leurs idéaux marxistes-léninistes.

Interrogé sur Dritan Pupovçi, Lulzim confirme sa proximité avec le pouvoir et les présomptions de complicité dans diverses entreprises criminelles, accusations en partie corroborées par la première pièce jointe, le rapport confidentiel d'un émissaire de l'Union européenne dépêché sur place. Il y est question du récent rapatriement dans l'urgence d'un fonctionnaire de l'ONU pour des faits de corruption. Pupovçi l'aurait soudoyé pour obtenir des informations sur deux sources locales dont les identités étaient tenues secrètes. Ces individus, sans doute d'anciens partenaires *commerciaux* qui, selon le document, s'estimaient lésés, étaient prêts à témoigner en donnant des renseignements très précis sur des circuits de blanchiment de fonds d'origine suspecte, dont Pupovçi et ses vieux camarades de l'UCK seraient les principaux bénéficiaires. Ils ont été tués et, d'après le compte rendu, trois hommes réputés appartenir au SHIK, Isak Bala, Leotrim Ramadani et Petrit Lipa, sont soupçonnés d'être les assassins. La seconde pièce jointe est la traduction, dans un anglais scolaire, d'un article évoquant les liaisons dangereuses de Dritan Pupovçi, représentant spécial du Kosovo en Europe, une fonction aux contours flous, avec Halit Ramadani, un trafiquant d'héroïne déjà condamné en Albanie, auquel la justice allemande s'intéresse également. Ce type de relation, écrit l'auteur du papier, entre un proche du gouvernement et un voyou, pourrait s'avérer gênant au moment où le pays cherche à renforcer sa légitimité sur le plan international. Avant de conclure son courriel, Vorpsi précise que Leotrim et Halit Ramadani sont frères, des jumeaux.

Très naturellement, Amel a évoqué ce mail avec Peter au cours du chat. Avec facilité et un plaisir certain, il a remis ses vieux habits de mouche du coche et ensemble ils ont passé en revue toutes ses informations, en particulier la séance chez Jeff, organisée en urgence sur les conseils de Peter. Il craignait un déballonnage du témoin clé d'Amel. À raison, l'interview n'a pas permis d'obtenir tous les éléments désirés. Jamais au cours de l'entretien, un marathon de plus de cinq heures, Chloé ne dit avoir reçu de la drogue directement et régulièrement de la part de Montana. Seul Pupovçi, *un ami d'Alain*, ce lien-là au moins est admis, se fait charger pour le viol dont elle a été victime. Et pour deux enveloppes d'héroïne remises en main propre en guise de compensation. Cette version contredit ses confidences sur l'oreiller, dont Amel a livré le contenu à Peter, sans s'attarder sur les circonstances. Il ignore encore tout de sa liaison avec Chloé. Elle ne sait pas s'il faut la lui révéler, comment le faire, ni pourquoi elle hésite autant.

D'abord ramener sa source devant la caméra.

Monsieur Montana savait-il ce qui allait se passer lorsqu'il vous a laissée seule avec Dritan Pupovçi ? À l'image, Chloé ne répond rien, longtemps, et fixe Amel, hors champ, le regard mauvais. À la fin de l'enregistrement, peu après ce blanc, agacée de revenir toujours à des questions auxquelles elle prétend avoir déjà répondu, elle abrège et se lève. Amel court derrière elle. Elle pensait parvenir à la calmer. Sorties prendre un verre dans un bar du quartier de Jeff, elles se sont engueulées. En public. Chloé est partie, la journaliste n'a pas réussi à lui reparler et les SMS se sont faits rares. Selon Peter, Amel doit rattraper le coup. En l'état, les choses ne peuvent aller très loin. La France n'est pas les États-Unis ou le Canada, on ne déclenchera pas investigations ou poursuites sérieuses contre *son Montana* pour une agression sexuelle dont il n'est même pas coupable. Personne n'y a intérêt. Dans le pire des cas, sa démission suffira. Amel peut le gêner, pas encore l'abattre. Elle a besoin d'une version de Chloé dans laquelle sa participation au trafic est établie, ou d'éléments à charge supplémentaires, ou des deux. Pour persuader sa source de revenir à de meilleures dispositions, il faut comprendre son changement d'attitude. Interrogée sur le sujet, la journaliste a évité le terrain glissant de l'intimité, s'est contentée de suggérer la peur, peut-être une instabilité induite par la came. Elle a dit les excès de Chloé et laissé de côté ses propres rechutes.

Une omission supplémentaire.

Lorsqu'ils ont rompu, Amel tapait et fumait dur, depuis quatre ou cinq mois. Peter faisait des efforts, mais s'usait devant le mur dressé, le déni, le refus. Malgré lui, il l'a peu à peu méprisée. Les accrochages sont allés croissant, sales, méchants, et un jour sentiments et cul n'ont plus suffi. L'image renvoyée devenue insupportable, elle a préféré briser le miroir. Facile. Peter ne s'est pas battu. La fatigue. Et la mort de son père. Les démons narcotiques d'Amel sont toujours là, entre eux. Dès leur premier Skype, à mots détournés, il a essayé de savoir. « Je suis clean. » Réponse sans hésitation, ni précision superflue, genre *ça fait que trois semaines*.

Coupable, Amel regarde la bouteille de chardonnay posée sur la table basse. Vide. Sifflée pendant leur discussion, sa bouée. *Encore un truc qu'il ne voit pas.* Parler à Peter lui fait du bien, elle ne veut pas se faire claquer la porte au nez. Pas maintenant. Plus.

Il semble également y trouver son compte. Elle le devine à leurs vieilles habitudes, les bonnes, qui reviennent. Et leurs conversations sont moins à sens unique. Resté jusque-là très évasif sur son travail, Peter a ce soir accepté de partager ses découvertes du jour. Voilà des mois qu'il s'intéresse aux employés d'un groupe de sécurité privée américain, des mercenaires dont il a baptisé le chef Kurtz, par romantisme cinématographique. Il subodore des activités de sous-traitance au profit de la CIA et d'autres trucs moins clairs, *voire franchement dégueulasses*. Le meurtre d'un gosse lors d'un raid nocturne, par exemple. « Ils y étaient, je le sais. » Comment, Peter ne l'a pas précisé. Mis au courant du lieu et de la date de cette opération clandestine, il a cherché à vérifier. Ça lui a pris du temps. Il y a deux semaines, une source de Bagram, la grande base aérienne au nord de Kaboul, lui a refilé en douce un plan de vol et le rapport de mission d'un équipage de Chinook, cet hélicoptère de transport à deux rotors. Le 11 mars, avec une paire d'Apache d'escorte, leur appareil a volé vers Jalalabad, où se trouve une autre base militaire, y a embarqué des troupes, puis est parti pour Agâm, le lieu de l'incident. Débarquement, les hélicos repartent. Ils viennent reprendre les soldats plus tard, les ramènent chez eux et rentrent à Bagram au matin. Donneur d'ordre : générique. Sa source dit OGA, autres agences gouvernementales, le sigle utilisé pour se foutre de la gueule des espions et de leur obsession du secret. Peter a creusé, l'armée a nié, la CIA a nié. Normal. La DEA, l'agence antidrogue américaine, pareil. Eux aussi annoncent n'avoir rien tapé dans la zone durant la période concernée et Peter fait confiance à son contact des stups, s'il dit *rien*, c'est rien. « Pour une raison toute con, il est le seul à m'avoir demandé pourquoi je pensais à eux. » L'agent n'a pas obtenu de réponse et Amel non plus lorsqu'elle a posé la même question tout à l'heure. Mais aujourd'hui le *narcowboy* a rappelé Peter pour lui donner un renseignement, échange de bons procédés et façon de la mettre bien profond à *ces connards de Langley*, pas toujours cool avec leurs petits camarades de la DEA. En mars, le Chinook convoyait des hommes de la JSF, la Jalalabad Strike Force, la milice du gouverneur de la province de Nangarhar, largement financée par l'Agence. Et formée par les hommes du fameux Kurtz, Peter le tient d'une autre source. Cadeau livré, le pote des stups a redemandé pourquoi il avait pensé à eux et le journaliste a simplement répliqué : « Le raid, c'était pour le compte de Tahir Nawaz. » Leur coup de fil s'est arrêté là. Amel, ne sachant rien de Nawaz, n'a pas tout compris et Peter ne s'est pas étendu sur le sujet. Elle n'a eu que des explications lapidaires, ancien chef de la Border Police, très corrompu, mort récemment dans un attentat. Il a préféré parler de la virée qu'il aimerait faire à Agâm, pour rencontrer les familles des victimes de l'attaque.

Amel n'a pas insisté, il était tard et à chaque nouvelle interrogation, elle sentait Peter plus réticent. Comment lui en vouloir de ses doutes, il y a tellement de dit, de fait, de manqué entre eux, et avec la confession de son passé, elle en a remis une belle couche. Personne ne ferait confiance à une soi-disant grande gueule qui a choisi de taire des crimes d'État et balancé tous ses idéaux à la poubelle. *Les gros yeux, un hochet, Montana n'a vraiment pas eu besoin de grand-chose.*

La journaliste range son ordi. Il faudrait manger un truc, mais elle n'a pas d'appétit. À la télé, un sujet sur la présidentielle américaine et le dernier débat entre les deux principaux candidats est suivi d'images de la Californie ravagée par de violents incendies. Amel est vaguement bourrée, anxieuse, crevée, pas sûre de pouvoir ou vouloir dormir. Il y a un mois, elle serait sortie trouver des bras à usage unique pour faire taire ses angoisses. Elle pourrait envoyer des SMS. Son ex, le fêtard, viendrait sans se faire trop prier, avec ses prods. Tentant. *Il me reste du vin ?*

On frappe à sa porte.

Chloé, le regard prêt à se noyer. À court de mots, Amel prend sa main, l'attire contre elle, serre fort, sent l'abandon. Le câlin glisse baiser, il est doux, se prolonge. Elles ont besoin de douceur, ne savent pas à qui d'autre en demander. La journaliste la fait entrer, guide leurs pas vers le salon. Chloé indique la chambre, elles vont s'y lover.

Une légère pression sur le bras réveille Amel au milieu de la nuit.

« Tu ronfles. » Il y a de la tendresse dans la voix de Chloé et dans son cou se mêlent des restes de parfum et l'odeur du sommeil.

« Même pas vrai. »

Il y a un silence, puis : « Merci.

— De quoi ?

— J'ai été conne, mardi. » Chloé frissonne quand les lèvres d'Amel frôlent sa peau. « Je raconterai ce que tu voudras. »

La journaliste ne répond rien.

« Me laisse pas. »

Amel devrait dire quelque chose, rassurer. Ça ne sort pas. Cette promesse-là, elle ne peut s'y résoudre. Assez de mensonges, à Chloé, à Peter, qui ne savent pas tout, pour Peter, pour Chloé. Pour Servier, omniprésent dès qu'elle ferme les yeux. Ce bout de vérité, elle l'a gardé pour elle. Tomber amoureuse d'un assassin, même quand on ne sait pas, dur. Le rester après l'avoir appris, compliqué. Laisser mourir cet homme et accepter de la boucler, par lâcheté, pitoyable.

Pitoyable, tout moi. Amel se tourne vers Chloé et l'embrasse, pour éviter d'avoir à parler.

Au matin, la journaliste est seule chez elle quand elle reprend conscience. Il y a du café et un mot. Elle ne le lit pas, la culpabilité de se sentir soulagée, et file rallumer son Mac, une tasse à la main. C'est l'heure d'un petit fixe de rapports sociaux protégés. Bidule aime la photo de truc, machin trouve que chose raconte des conneries, toto commente la citation de tata, Amel ne s'attarde pas sur Facebook, plus intéressée par la relève de ses boîtes aux lettres électroniques. Lavabit, plus récente et moins active, y passe en dernier. La journaliste est surprise de découvrir un nouveau mail de *peterandthewolf* intitulé *Il faut qu'on parle, vite.* Elle pense déclaration nocturne, sourit malgré elle. Le corps du texte est constitué d'une phrase très courte, *Dis-moi quand.* Déception. Il y a également une pièce jointe chiffrée. Intriguée, elle attrape son Moleskine, l'ouvre à la page *PGP* et décode le fichier. C'est une photo. Peter l'a nommée *Kurtz0408.* Le boulot. Amel sourit à nouveau, ravie de leur complicité en progrès. Double-clic. Le cliché montre deux mecs surarmés, des mercenaires. Ils prennent place à bord d'un hélicoptère civil dans lequel est déjà assis un pilote. À l'arrière, un petit râblé, le cheveu long, tourné vers l'objectif, et à l'avant un très grand. Lui ne s'occupe pas du photographe. Sa tête est entourée d'un cercle vert fluo maladroit, tracé à la souris. Il a une barbe de trois jours et son visage est coupé en deux par une moustache.

Amel met plusieurs secondes à piger ce qu'elle doit voir.

Ou plutôt qui elle doit voir.

Raconte ton cauchemar à la rivière et demande-lui de le prendre avec elle. Le conseil d'un Aqal Khan bienveillant à son second fils troublé par de vilains rêves. *La rivière ne veut plus m'écouter, Spin Dada, elle me laisse seul avec mon malheur.* Sher Ali est installé à quelques pas d'un ruisseau. Il entend le chant de son fracas sur les pierres, mais il ne le voit plus, une nuit dépourvue de lumière céleste a recouvert le thalweg où il s'est assis en fin d'après-midi. À chaque bivouac, il part chercher Badraï au bord de l'eau, avec l'espoir fou d'apercevoir l'émeraude étincelant du regard de sa cadette au détour d'un rocher. Il rentre toujours déçu. Même le vent ne lui apporte plus l'écho distant du rire de Nouvelle Lune. À son oreille, il ne souffle plus que le claquement des balles, le tonnerre des obus et la plainte des blessés.

Sher Ali remercie néanmoins les ténèbres d'avoir masqué la surface de l'onde. Elle ne reflète plus les visages de ses morts, son père, ses frères, ses enfants, son tendre Qasâb Gul et tous les autres disparus du clan. *Combien de* janaza *ai-je murmurées tout au long de ma vie ?* Trop, même si Allah l'a écrit ainsi. Sans doute devrait-il redemander pardon pour ces pensées impies, mais il n'en a plus la force, il est fatigué. *Je me sens si vieux, papa blanc.* Des berges invisibles monte une fraîcheur humide. Elle l'a peu à peu enveloppé, réveillant les douleurs de la longue saison de combats qui s'achève. Durement éprouvé, il se réjouit de l'arrivée de la trêve hivernale. Il va enfin revoir son nouveau foyer, à Miranshah, où l'attendent Kharo et Farzana. Ces retrouvailles l'inquiètent, il s'est aventuré très loin sur les routes du chagrin.

Parfaitement immobile, le garçon à la fleur veille dans le dos de son chef. Il attend un mouvement de sa part pour bouger à son tour. Sher Ali l'a rappelé de Kaboul où, d'après Dojou, il désespérait d'ennui après avoir organisé, sur ordre du khan, un réseau de jeunes guetteurs autour de ce Javid laquais de Peter Dang. Désormais, c'est Fayz qui est en charge de tous ces petits mendiants. Lui voulait découvrir la grande ville, il ne l'avait jamais vue. Shere Khan l'a donc envoyé là-bas à la place de l'enfant, pour surprendre une apparition du journaliste et le capturer au besoin. Le fixer n'a pas été vu en compagnie du Canadien depuis leur retour du Pakistan et ils semblent ne plus être en contact. Tajmir s'impatiente. Il presse le Roi Lion d'agir, malgré d'inquiétantes nouvelles : Javid est également surveillé par d'autres, sans doute la police secrète du pouvoir.

Deux fois des inconnus l'ont pris pour le conduire dans un endroit secret, avant de le ramener chez lui à la nuit tombée. Sher Ali a donc recommandé la prudence à Fayz et l'a invité à prendre contact avec des Zadrans de Sperah exilés de longue date dans la capitale, il faudra peut-être recourir à leur aide le moment venu.

Le bruit de pas sur la rocaille signale au Roi Lion la fin de sa contemplation. Avant même de voir qui que ce soit apparaître, il se remet debout et, avec des gestes lents, chasse le mal de ses os frigorifiés. Il ramasse son AKSU, commence à remonter la pente du vallon à la rencontre du messager. L'homme vient du hameau où les moudjahidines passent la nuit, pour l'avertir du début de la jirga. Sher Ali a encore plusieurs heures de palabres devant lui. Une réunion de tous les clans de sa région a été décidée afin d'évoquer les efforts supplémentaires demandés à chacun pour soutenir la guerre contre les croisés. Sher Ali y parlera en son nom, mais aussi pour Sirajouddine, à l'origine de la convocation. Une position peu confortable, elle pourrait lui faire perdre la confiance de ses alliés historiques et de toutes les familles dont il a la responsabilité. Dans la tradition pachtoune, on n'est pas chef de droit divin, la destitution est une possibilité réelle et permanente. Le khan, désigné par les anciens, doit veiller à l'honneur et au bien-être des siens, ne pas les mettre inutilement en péril. Ce soir, Sher Ali va devoir mobiliser pour le djihad, après avoir tant de fois conseillé de ne pas se mêler de querelles étrangères. Les gens connaissent ses raisons, ils les respectent, mais sa cause n'est pas la cause de tous et, pendant cette assemblée, la force de sa parole et de sa réputation devront susciter l'adhésion générale, au-delà de son *khel*. Et aussi à l'intérieur de son khel où, à nouveau, des voix s'élèvent contre certaines de ses décisions aux conséquences sanglantes. Quelques prétendants se sont manifestés pour le remplacer. *Ce qui sera est déjà écrit.* Si Sher Ali ne convainc pas, au matin, il redeviendra un homme comme les autres. Il esquisse un sourire, cette pensée ne lui déplaît pas.

5

22 OCTOBRE 2008 – COMPTES DU PRÉSIDENT : LE SECRET DÉFENSE LEVÉ. Le ministre de la Défense a autorisé ce matin la « déclassification » de documents de la DGSE [...] une levée réclamée par le juge d'instruction qui enquête sur la disparition d'un journaliste à Tahiti [...] non-lieu rendu dans l'affaire des frégates de Taïwan [...] ouverture du procès de l'Angolagate, dans lequel quelques personnages publics de premier plan sont appelés à comparaître [...] demande de renvoi en correctionnelle d'un ancien Premier ministre dans le cadre de l'affaire Clearstream [...] plainte déposée contre un ex-directeur des renseignements généraux après la publication d'un livre [...] chronique judiciaire d'octobre 2008 riche en événements majeurs [...] lumière crue [...] dessous de la république [...] politique occulte [...] scandales d'État [...] Quelle morale ? **22 OCTOBRE 2008 – KHOST : UN BOMBARDEMENT DE L'OTAN TUE neuf soldats afghans** [...] Quatre autres sont blessés. Le drame s'est produit lorsqu'un convoi de l'armée américaine a, par erreur, été pris à partie par des troupes amies de l'ANA. Appelés pour fournir un appui aérien, des hélicoptères de combat ont alors ouvert le feu sur les positions afghanes [...] « Nous avons perdu neuf braves soldats, des martyrs », a déclaré un porte-parole du ministère de la Défense afghan, avant de déplorer l'impact négatif de ce type d'incident sur le moral des troupes et la bonne marche des missions de plus en plus nombreuses menées conjointement avec l'ISAF. **23 OCTOBRE 2008 – UNE MADRASA DÉTRUITE PAR UN DRONE** [...] Située dans la périphérie de Miranshah, au Waziristan du Nord, l'école religieuse, construite par Jalalouddine Haqqani, grande figure du djihad antisoviétique, a abrité dans le passé certains membres de sa famille [...] D'après des sources locales, plusieurs militants auraient péri dans ce bombardement. Pour l'heure, le bilan s'établit à une vingtaine de morts et de blessés, dont plusieurs enfants. **24 OCTOBRE 2008 – RAID DES FORCES SPÉCIALES EN PAKTIKA : trois insurgés morts, quatre autres capturés** [...] L'opération associait des troupes de l'OTAN et des soldats de l'ANA [...] Aucune victime n'est à déplorer du côté de la coalition. **25 OCTOBRE 2008 – TROIS INGÉNIEURS TURCS KIDNAPPÉS À KHOST** [...] Spécialistes des télécommunications, les trois hommes rentraient d'un chantier situé dans la région de Tani, à la frontière avec le Pakistan, quand leur véhicule a été intercepté par des inconnus [...] Un porte-parole des talibans a nié toute implication de son mouvement dans cette disparition [...] D'après le ministère des Affaires étrangères de Turquie, aucune rançon n'a encore été demandée. **26 OCTOBRE 2008 – VINGT TALIBANS TUÉS PAR UN DRONE au Waziristan du Sud.** Un avion sans pilote a pris pour cible plusieurs bâtiments de la périphérie de Wana, fief du Moulvi Wazir Nazir, tuant plusieurs membres de son organisation [...] Le Moulvi Nazir, rival de Baitoullah Mehsud, chef du TTP, est considéré par Islamabad comme un « bon » taliban, avec lequel il est possible de dialoguer. Cela explique certainement la très vive réaction du ministre des Affaires étrangères du Pakistan qui a convoqué l'ambassadeur des États-Unis et exigé l'arrêt immédiat des bombardements [...] **26 OCTOBRE 2008 – UN CAC 40 TOUJOURS TRÈS INSTABLE.** Après avoir battu deux records ce mois-ci, la plus forte chute et la plus belle hausse de son histoire, respectivement les 6 et 13 octobre derniers, le CAC 40 continue d'inquiéter les spécialistes dans un contexte de crise générale des marchés financiers [...]

« Bonsoir, François. » Alain Montana est assis dans le fond d'un café bois et formica, à la sortie du métro Jourdain. « Merci de m'avoir épargné la banlieue. » La petite quarantaine, le crâne rasé, un homme au visage raviné de coureur de fond vient de prendre place à sa table.

« Ça me sort de Noisy. » François n'est pas son vrai prénom. Il s'appelle en réalité Stanislas Fichard, un jeune officier supérieur de Perpignan passé au Service action.

Quand Montana œuvrait dans l'ombre du directeur général de la DGSE, il en avait fait l'un de ses protégés. Depuis son départ, il s'arrange pour le voir de temps en temps, le suivre. « Votre appel m'a surpris, en quoi puis-je vous aider ? » D'habitude à l'initiative de leurs entrevues, Montana craint, avec ce rendez-vous au pied levé, une demande de faveur. La rumeur de sa nomination prochaine auprès de la présidence de la République circule et certains lui attribuent déjà des pouvoirs magiques potentiellement utiles à leur carrière. Ils font fausse route. À la tête de PEMEO, chargé d'une part conséquente du patrimoine caché de l'appareil de renseignement français, Montana a été bien plus influent qu'il ne le sera jamais à l'Élysée.

« C'est à mon tour de vous être agréable.
— En aurais-je besoin ?
— Tisiphone. »

L'une des trois Bienveillantes, ces Érinyes gardiennes des enfers grecs et protectrices d'Athènes. Symbole de la vengeance, Tisiphone a pour sœurs Mégère, la haine, et Alecto. Le nom de cette dernière, divinité de la colère, Montana l'a donné à une opération homo menée en France métropolitaine fin 2001. En toute illégalité. Y participaient les services secrets de l'extérieur et certains éléments de l'armée. En surface, il s'agissait *juste* de neutraliser les membres d'une cellule terroriste qui projetait un attentat d'envergure, à l'arme chimique, lors de la cérémonie du 14 Juillet. Mais il était également vital de couvrir certains partenariats oubliés du complexe militaro-industriel français, dont la révélation, une certitude si l'attaque se produisait, aurait été embarrassante pour le sommet de l'État dans le contexte de l'après-11-Septembre. « Vous les avez retrouvés ?

— Peut-être.

— Lequel ?

— Le clandestin. »

Là mission bénéficiait du soutien logistique de Mortier et du renseignement militaire, et comportait deux volets. La surveillance et la désignation de cibles, grâce au travail d'une taupe infiltrée dans les filières dites du XXe arrondissement de Paris, et la capture et l'interrogation de ces mêmes cibles. Cette seconde partie, plus sensible, avait été confiée à un exécutant habitué à opérer en marge des canaux officiels, un véritable secret dans le secret. Longtemps, seul un ancien espion nommé Charles Steiner a su qui était cet agent, employé par la SOCTOGeP, un discret satellite privé de la DGSE, fondé par ce même Steiner et utilisé pour gérer des fonds, mener des actions d'influence et rendre des services. Fournir le fer de lance humain d'Alecto était l'un de ces services. Montana murmure un nom.

« Vous avez bonne mémoire. »

Montana acquiesce, songeur. Ce patronyme le hante depuis six ans. Après avoir atteint leur objectif, empêcher l'attaque et récupérer le puissant neurotoxique d'origine française dont les islamistes entendaient faire usage, le clandestin et l'infiltré, Robert Ramdane, se sont volatilisés. Un imprévu contrariant. Il avait en effet été décidé de rhabiller les deux hommes en ennemis de la République et de les tuer, pour leur faire endosser plus aisément la responsabilité d'une série de décès suspects, ceux des véritables intégristes, auxquels

les journaux et les services de police commençaient à s'intéresser. Charles Steiner s'était opposé à cette vile manœuvre, dont Montana était le promoteur, et avait cherché à protéger son opérationnel. Les investigations menées après l'incendie des bureaux de la SOCTOGeP, au cours duquel son malheureux P-DG était mort, avaient conclu à un départ de feu accidentel. « Où se cache-t-il ?
— Des vérifications sont en cours.
— Tisiphone est toujours active ? »
François hoche la tête à son tour.
« Bien.
— Mais des questions ont été posées.
— Des questions ?
— Que s'est-il passé, déjà ? Combien cela va-t-il coûter ? Est-ce bien nécessaire ?
— Je peux contacter certaines personnes.
— Comment l'auriez-vous appris ? » *Les temps changent*, se dit François. Auparavant, jamais il ne se serait permis, de façon aussi directe, de signaler la faveur consentie à celui qui fut son mentor à Mortier. Et de lui rappeler sa place, Montana n'est plus tout à fait du sérail. « Nous ne voulons pas piquer les curiosités. »

À l'époque, Alecto et le *lâche* attentat qu'elle avait contrecarré auraient pu, à plus d'un titre, gêner les gens au pouvoir et leurs obligés, à la tête des différents services impliqués. En pareilles circonstances, les grands chefs réagissent toujours de la même façon, ils tordent le nez et détournent le regard. Un atavique mécanisme de cécité volontaire dont Montana a su jouer en captant, après le décès de Steiner, les réseaux et le trésor de guerre de la SOCTOGeP. Associée à d'autres entités, telles IMED, et rebaptisée, il l'a transformée en une officine plus influente encore, sur laquelle il a régné jusqu'ici sans partage, son grand œuvre. « Non, nous ne voulons pas ça. »

François sourit. « Je suis l'un des derniers rescapés de la glorieuse épopée Alecto, ma voix compte. »

Montana comprend, ne montre rien.

« On peut néanmoins se demander l'intérêt d'aller au fond des choses.

— Le danger pressenti est toujours plus délétère que le danger manifeste.

— Et l'orgueil, parfois, brouille le jugement.

— Ce clandestin en vie est un risque énorme, couru depuis trop longtemps. Et pas juste pour moi. » Montana se rapproche, grave. « Dans mon souvenir, il y avait consensus, sinon pourquoi Tisiphone ?

— Pas le choix, hein ?

— Le mauvais choix, non.

— Ramdane manque encore à l'appel.

— Si la chance est avec nous, ils seront ensemble. » En 2002, les fuites réussies, quasi simultanées, des deux agneaux sacrificiels d'Alecto avaient suggéré leur complicité. Montana a toujours cru qu'il suffirait d'en localiser un pour mettre la main sur l'autre.

« Nous verrons. » François se lève.

« Quand tout sera fini, peut-être faudra-t-il parler de votre évolution professionnelle. » Montana adresse à son interlocuteur un sourire ambigu, porteur à la fois d'une promesse et d'un avertissement. « Il me reste quelques amis. »

Qui sont donc mes amis ? Une question qui ne s'est jamais réellement posée jusque-là. Elle taraude Montana longtemps après son rendez-vous. De retour rue Guynemer, il débouche un flacon de Cros Parantoux par Henri Jayer et s'installe dans le salon, préoccupé. Peu à peu, le jour file, l'obscurité s'installe et il n'allume la lampe la plus proche qu'à l'arrivée de Chloé, signalée par l'introduction d'une clé dans la serrure de l'entrée. Il ne se retourne pas quand elle pousse la porte blindée, mais perçoit le temps d'arrêt et imagine la surprise, le frisson de peur et de dégoût. Elle se force en sa présence désormais, il le sent. *Je suis responsable.* Ce soir, il a besoin de partager Tisiphone, mais il n'est pas rentré chez lui, où l'attendent pourtant l'épaule aimante et docile de son épouse, et son oreille patiente. Il a préféré rejoindre celle qui le trahit.

« Je ne m'attendais pas à te trouver là. »

Moi non plus je ne pensais pas me trouver là où je suis. Montana montre son verre. « Va t'en chercher un et viens t'asseoir avec moi. » Il y a un silence immobile, *réticente*, puis il entend, le sac posé, le manteau accroché, les hauts talons sur le parquet. Ils s'éloignent vers la cuisine, un placard est ouvert, refermé, et ils sont de retour. Pendant qu'Alain verse le bourgogne, sa maîtresse prend place en lisière de canapé, légèrement de travers, raide. Elle garde ses jambes gainées de bas couture croisées l'une sur l'autre. *Fermée.*

Ils se dévisagent.

Elle, *vieilli, d'un coup.* Envie réflexe de lui caresser le visage. *Non.*
Lui, *si belle.* Malgré la fatigue et l'angoisse. *Pourquoi ?*
Ils boivent.

Chloé apprécie le vosne-romanée, vérifie l'étiquette. « Que fêtons-nous ?

— J'aimerais dire nos retrouvailles. » Montana hume son vin. « Plus prosaïquement, la fin de certains ennuis.

— Quel genre d'ennuis ?

— Dans mon domaine, on ne se fait pas que des amis. » *Encore ce mot.* Montana baisse d'un ton, sa voix file doux. « À la fin, ils paient, toujours. » Et termine sur une note presque tendre. « Simple question de temps. » Il remarque l'agitation soudaine des mains de Chloé, les saisit, examine ses pupilles. « Il t'en reste assez ? »

Hochement de tête.

« Tu nous prépares une ligne ? »

Encore un hochement.

« Ce soir, tu ressors ? »

Troisième hochement.

« Reste. » Les doigts de Montana courent le long d'une cuisse. « J'ai besoin de toi. »

Tue 28 Oct 2008, 15:05:14
De : alatourdemontlherya@lavabit.com
À : peterandthewolf@lavabit.com
RE : RE : RE : RE : RE : Back

Gros souci, Chloé panique, elle a repiqué sec. Montana lui a dit des trucs, elle pense qu'il a des soupçons, il l'aurait menacée. Impossible de lui en faire dire plus. Un conseil ?
A.

> Le 26/10/2008 17:04:15, Peter a écrit :
>
> Adium, maintenant ? J'y suis.
> Pardon pour cette nuit.
> Amy n'est personne.
> Et toi ?
> Peter
> PS : Chiche !
>
>> Le 26/10 2008 10:05:14, A. a écrit :
>>
>> Elle est jolie, Amy ? Même sans alcool ? Tu n'étais pas sur Adium tout à l'heure, alors soit vous « dormez » encore, soit il n'y a pas de courant chez toi. Je préfère l'hypothèse courant. Ma Chloé tient le coup, oui, mais c'est dur. Je sais ce que tu penses, je ne dois pas la plaindre (pas trop en tout cas). Elle ou moi, tu as dit. Drôle de rhétorique. Elle m'en rappelle une autre, eux ou nous. Ne t'inquiète pas, je ne craque pas, la preuve, j'ai déjà ma seconde interview. Un enregistrement audio. J'ai presque fini de le retranscrire par écrit. Mais je veux quand même en filmer une autre version avec Jeff. Il est en Libye, j'attends son retour. Bon, Adium ?
>> A.
>> PS : Pas seule.

Le 26/10/2008 02:04:15, Peter a écrit :

Tu dors ? Moi, j'y arrive pas, mais j'aimerais bien te regarder dormir. L'ancien marine qui s'occupe de nous a ramené de quoi picoler et on a passé la soirée à discuter, rigoler et s'engueuler avec les autres journalistes de la baraque. Pietro, l'Italien, il est dingue. Il a voulu faire la paix en couchant avec Amy et moi. Promis, il s'est rien passé avec lui ! (je sais pas pourquoi je t'écris ça, c'est nul) Adium, oui, oui, oui ! Demain ? Midi heure de Kaboul ? Rouhoullah, c'est ça mon plan B. On s'est vus une fois, donc on est presque potes maintenant. Ha ha ! Je vais le relancer direct. Javid vient ici demain, on en parlera. Shah Hussein fait le débordé, mais je l'emmerde ! Je sais que des mecs de chez Karzaï, avec des Américains, sont allés lécher le cul à son gouverneur de patron la semaine dernière. Puisque tu veux chercher en France, je dis rien, mais on fait le point dans quinze jours, OK ? J'espère que ta Chloé tient le coup et toi aussi.
Peter
PS : Tu préférerais être seule à Kaboul ?

Le 25/10/2008 18:05:14, A. a écrit :

Merci pour le mail. Bonne nouvelle pour Agâm et... Je dormirai mieux cette nuit. Moi, je cours beaucoup, pas mal de conneries, mais ça va. Crois-moi, j'adorerais vendre notre sujet à un journal ou à un magazine (ou à une production TV, soyons fous !), ne serait-ce que pour éviter d'avoir à mendier des piges de tous les côtés, mais laisse-moi d'abord essayer de trouver ici. J'ai établi une liste et j'ai déjà un rendez-vous la semaine prochaine. Un peu de temps, *please*. Prie pour que ma mauvaise réputation dans la profession ne me précède pas. L'évasif monsieur Hussein t'a-t-il répondu ? Tu as un plan B pour récupérer la vidéo ? Adium, vite ?

A.

PS : Ne te plains pas trop d'être à Kaboul, je donnerai cher pour être à ta place.

Le 25/10/2008 19:04:15, Peter a écrit :

Je profite de l'électricité pour t'écrire. Je suis rentré à midi, fatigué mais entier. Ça m'a fait du bien de quitter Kaboul, je n'en pouvais plus de la ville. Je n'ai vu les fameuses grottes de Tora Bora que de (très) loin – les talibans sont de retour là-bas, tout ça pour ça (« Sept ans après la fuite de Ben Laden, tout ça pour ça » un bon titre pour mon papier bidon, non ?) – mais j'ai réussi à persuader mon escorte militaire de s'arrêter à Agâm au retour. Impossible de rester sur place plus de deux heures, trop de risques et pas confiance dans l'interprète de l'armée (aucune envie qu'il répète mes questions aux officiers). Le gamin mort – il s'appelait Hayatoullah – était bien du coin et j'ai récupéré des noms et un numéro de portable. J'ai déjà contacté Javid et on va se débrouiller par téléphone. Tant qu'on reste dans sa chère capitale, il est content. Comment vas-tu ? As-tu repensé à notre dernier échange avant mon départ ? J'insiste, abrite-toi derrière une

publication pour ton dossier. Vite. On va écrire ensemble, je peux en parler à mon rédacteur en chef à New York si tu veux.
Peter

Échange de SMS du 28 octobre 2008.

Besoin de te parler, on dîne ? Amel
Nouveau numéro ?
Je t'expliquerai. Dis-moi quand s'il te plaît.
Jeudi ? J'ai rendez-vous à Beauvau à 18 h. Bofinger à 20 h ?
OK.
Tout va bien ? Allô ?
Oui, tout va bien. Merci. À jeudi.

Hello, Gareth.
Alain.
Tu peux parler ?
Je suis au milieu de nulle part, je me gèle le cul.
Tu attends notre nouvel ami ?
Oui.
Espérons que j'ai plu à Shah Hussein.
Putain oui, sinon dans dix minutes je suis mort.

Rires.

Que se passe-t-il ?
J'ai une mauvaise nouvelle et une très mauvaise nouvelle.

Silence.

La mauvaise : ton problème et mon problème se connaissent.

Silence.

T'es sûr ?
J'ai accès à l'ordinateur de Balhimer, aucun doute.
Mais comment, où ?
Ils se sont croisés en Irak, Dang la baisait. J'ai su, j'aurais dû percuter.

Silence.

Ils ont fait le lien.
Ils savent quoi ?
Pas tout, mais assez.

Silence.

Tu as dit très mauvaise.
Ton Dang veut court-circuiter Hussein.
J'hésitais à parler de la vidéo aujourd'hui.
N'hésite plus.

Silence.

Ces problèmes doivent être réglés.
Je suis d'accord.
Je me suis démerdé pour me rapprocher de Dang.
Le fixer ?
Ouais, et aussi un ex-marine qui veut entrer chez nous.
Fiable ?
Il nous rencarde déjà.
Ici, pas simple, j'ai deux colis. Je réfléchis.
Un accident ?

Silence.

Il faut faire vite.
Nous avons un peu de marge, ils veulent la vidéo.
Ça ne les retiendra pas longtemps.
Ton Canadien aimerait se border.
Je vais parler à Rouhoullah.
Rappelle-moi après. Au besoin, j'irai revoir Shah Hussein à Dubaï.
OK.

Silence.

Putains de journalistes de merde.
On s'emmerderait sans eux.
Tu préviens Dritan ?
Il est à Paris, je dîne avec lui ce soir.
Bonne chance.

Rires.

Je t'envoie tout ce qu'on a pompé à la fille.
OK. On bascule sur les numéros suivants.
D'accord. Et Gareth ?
Quoi ?
Sois prudent, on a perdu assez d'amis au fil des ans tous les deux.
Trop. Toi aussi fais attention.
À tout à l'heure.

Lepeer. Jacqueline entre au Mozambique sous ce nom. En compagnie de son mari, André, grand, la trentaine athlétique, le cheveu blond virant au gris. Un couple de touristes wallons – la nationalité belge, une couverture pratique – lui, logisticien chez DHL, elle, professeur de français, bien décidés à profiter au maximum de cette rare occasion de voyager sans leurs enfants. Sitôt arrivée au Cardoso, l'un des plus anciens hôtels de Maputo, planté au sommet d'une colline entre la baie et l'hypercentre de la capitale, madame décide d'aller faire du shopping. Monsieur, au prétexte de la fatigue du vol, préfère rester en chambre. Jacqueline part seule et passe l'après-midi à se procurer des serviettes de plage, un maillot de bain une pièce, des T-shirts colorés, divers antimoustiques, écrans solaires et lotions hydratantes, deux petits sacs à dos, un lot de batteries de rechange pour l'appareil photo Canon 5D familial et tous ses accessoires, des carnets de notes, des jumelles à fort grossissement, un GPS civil, un atlas routier, des lampes torches, des mobiles jetables et les cartes prépayées idoines. Des poignards de chasse. Une machette. Des tapis de sol kaki. Des moustiquaires camouflées. Elle règle tous ses achats en cash. Ensuite, elle part louer un 4 × 4, le véhicule indispensable aux virées hors des sentiers battus.

Peu après le départ de sa femme, André quitte à son tour le Cardoso. Il rejoint l'animé Baixa, équivalent mozambicain du quartier d'Aerschot, le Red Light de Bruxelles, ville de résidence des Lepeer selon la légende imaginée pour eux par la Direction des opérations. Fort peu discret, tous les porteurs peuvent l'entendre, il demande au chauffeur d'un taxi trouvé devant l'hôtel de le conduire dans un *strip* bar réputé appelé Sanza House. Encore un Blanc volage, amateur de plaisirs exotiques. Là-bas, après la première bière de rigueur et un échange de politesses, il s'enferme dans une salle VIP minuscule, plafonnée de miroirs et éclairée de mauve. Il n'a cependant pas le temps de profiter des déhanchements disco fort peu lascifs de l'accorte danseuse choisie pour sa petite gâterie privée, elle est vite éjectée par le propriétaire du lieu, un colosse tondu, à la peau couleur ténèbres. Ici, il se fait appeler Filipe et se prétend natif de Maputo. Son vrai nom, André le sait, est Hassan Gasana, il est rwandais. Hutu. C'est un ancien officier de gendarmerie entraîné par des instructeurs français, à une époque où son pays et le nôtre entretenaient de bonnes relations. Au milieu des années quatre-vingt-dix, pris par la fièvre génocidaire, il a participé à plusieurs massacres, notamment dans la région de Bisesero. Puis il a fui la vindicte tutsie et s'est réfugié ici incognito, avec les siens. Prospère, Filipe possède à présent trois restaurants, deux bars et cette boîte à cul. Il prévoit d'ouvrir d'autres établissements, surtout destinés aux touristes sud-africains, ils aiment s'encanailler chez leurs voisins plus pauvres. Filipe ne craint pas la crise, ses affaires servent également de lessiveuses aux liquidités peu officielles d'entrepreneurs du cru spécialisés dans l'importation de produits illicites. Ouvert sur l'océan Indien, avantagé par un appareil judiciaire inefficace, ou bienveillant, ici aussi, on aime les enveloppes, les sacs plastique et les mallettes, le port de Maputo jouit depuis quelques années d'une bonne presse auprès des commerçants iraniens, pakistanais, chinois, voire sud-américains, désireux de faire emprunter à leurs stupéfiantes marchandises les routes mal surveillées d'Afrique.

Filipe a su tirer profit de cette évolution pour s'enrichir sans trop de risques et nouer des contacts précieux dans les milieux criminels locaux. Mais il est toujours recherché par la justice internationale et la police secrète de son pays natal. Cela fait de lui un homme vulnérable, disposé à rendre des services lorsqu'ils sont exigés poliment. La source idéale, au bon souvenir de laquelle Mortier vient de se rappeler, pour l'aider à retrouver un individu en fuite. Dans le rapport établi à son retour de Côte d'Ivoire, Jacqueline écrit que Thierry Genêt n'a pas voulu ou pu révéler le lieu de résidence de Roni Mueller, ni même s'il est encore en vie. Tout juste a-t-il admis être au courant d'un projet d'installation au Mozambique, évoqué à l'occasion de leur dernière rencontre. Court, mais il fallait bien débuter quelque part.

Filipe tend à André une bouteille de Preta, la variété sombre, au goût chocolaté, d'une bière locale, la Laurentina. Les deux hommes trinquent. Et parlent.

« Voilà, dans le coin, comme d'habitude. » Le maître d'hôtel installe Amel Balhimer et Daniel Ponsot, dépose les menus et s'éloigne. À l'étage de la brasserie Bofinger, complet, règne un festif brouhaha de conversations et de tintements. Amel consulte la carte des vins, c'est bref, et la referme bruyamment, nerveuse. Ponsot le remarque mais prend son temps. Il a décidé de ne pas lui faciliter les choses, même s'il est curieux du pourquoi de ce dîner soudain et du nouveau numéro de mobile. Et de ce mois et demi qu'elle a passé à l'éviter. Après un dernier service rendu très mal récompensé. Son choix arrêté, il se met à fixer la journaliste.

« Que regardes-tu ?
— Toi. Tu as meilleure mine.
— Vous vous êtes passé le mot avec ma mère ?
— Tu es donc allée voir tes parents.
— Dimanche.
— Comment vont-ils ?
— Tu ne le sais pas ? »

Ponsot ne relève pas, se contente de sourire.

« J'ai trouvé mon père fatigué et ma sœur trop bavarde. J'en ai marre de l'entendre se vanter de tous les appartements qu'elle et Nourredine arrivent à refourguer à des gogos.
— Donc tu as passé ton temps à jouer avec tes neveux.
— Nathalie, ça va ?
— Ça va.
— Cache ta joie.
— Deux fois je t'ai relayé son invitation à venir dîner chez nous. Tu as décliné.
— Elle est vexée ?
— Non, mais cela t'aurait donné l'occasion de prendre de ses nouvelles. »

Fin du premier round, un serveur est apparu. Le policier ne veut pas du plateau de fruits de mer, une entorse à leur immuable rituel. Il commande une viande et choisit lui-même son vin. Amel se replie sur un poisson, une sole meunière. Ils se retrouvent seuls.

Ponsot observe. La journaliste semble vraiment aller mieux, mais il note l'extrême agitation de ses yeux. Ils scrutent la salle d'un bout à l'autre sans marquer la moindre pause. *Perchée ?* Il attend.

Amel craque. « Je suis suivie. » Un temps. « Je crois. »

Non, effrayée. « Tu crois ou t'es sûre ? »

— Je ne sais pas. »

Ponsot penche la tête sur le côté.

« Quoi ?

— C'est ton ex, le dealeur ? »

La suggestion de Ponsot déclenche un ricanement.

« Alors qui te suivrait et pourquoi ?

— C'est compliqué. »

Ponsot soupire et dévisage Amel. « Jouons. Je lâche des noms, tu m'arrêtes s'ils ne font pas partie de tes complications. Dritan Pupovçi. »

Les allées et venues du regard cessent.

Le policier enchaîne. « Chloé de Montchanin-Lassée. »

Surprise.

« Tu m'espionnes ?

— Cela vaudrait peut-être mieux pour toi. »

Amel glisse sur la banquette pour se lever.

Ponsot attrape son bras et la ramène à lui sans ménagement. La table, bousculée, fait du bruit. On les mate. Il s'en fout. « Maintenant, tu m'écoutes. » Il raconte. L'immatriculation de la Smart relevée quand il attendait la journaliste en terrasse, près du métro Oberkampf, la dernière fois qu'ils se sont vus. Puis, il explique. La bagnole est à Micheline de Montchanin-Lassée, mère de deux filles dont l'aînée s'appelle Joy et le mari Guy, un ancien ambassadeur. Récemment nommé à la tête de PEMEO. Et enfin, il sermonne, inquiet : « Qu'est-ce que je t'ai dit à propos de Montana ? »

Amel se dérobe. « Ce type est une merde.

— Peut-être, mais une merde dangereuse. »

Les boissons arrivent.

« C'est quoi le lien entre lui et Pupovçi ?

— Qui te dit qu'il y en a un ?

— Si tu continues, c'est moi qui vais partir.

— Tu es flic, je suis journaliste, je dois penser à mes sources.

— Tes sources, c'est Chloé, la gamine que tu te tapes ?

— Elle a vingt-quatre ans.

— Rougeard aurait dit la même chose. » La remarque fait mouche, Ponsot le voit et s'en veut immédiatement, il a cogné sous la ceinture. Bastien Rougeard est l'escroc avec lequel Amel a débuté dans le métier, fin 2001, un ancien grand reporter. Ensemble, ils ont travaillé sur les filières du XXe et, pendant plusieurs mois, il l'a bien baisée, au propre et au figuré. Avant de la lâcher, après avoir reçu d'*amicales* pressions à la fois professionnelles, il risquait sa carrière, et personnelles, on a menacé de déballer l'étendue de ses écarts extraconjugaux à sa très riche épouse. Entre petit confort et intégrité journalistique, il a su choisir. Aujourd'hui, c'est un éditorialiste de renom, régulièrement sollicité par la télévision.

« Tu me fais mal. »

Ponsot libère Amel et ils restent sans bouger ou dire quoi que ce soit. Ils sont sauvés par le service de leurs plats.

« Je ne suis pas seule sur le coup, je bosse avec Peter. »

La révélation tombe à mi-chemin de la sole et de l'entrecôte, accueillie par un simple acquiescement.

« Ça n'a pas l'air de te surprendre.

— Ton père m'a appelé exprès, il était ravi. »

Amel sourit.

« C'est le truc le plus intelligent que tu aies fait depuis longtemps.

— Peter le prendrait mal si je te parlais.

— Il ne connaît pas Montana.

— Il sait. »

Ponsot s'arrête de manger. « Tout ?

— Presque. »

Le policier acquiesce, inutile de s'étendre sur sa bluette avec un assassin d'État, même s'il est mort aujourd'hui. « Et vos retrouvailles, comment, pourquoi ?

— Tu te souviens de Jeff ? » Sans entrer dans les détails, Amel rappelle l'expérience du photographe en ex-Yougoslavie. Après l'info Pupovçi, faire appel à lui était une évidence. Et Jeff était toujours en contact avec Peter. Et Peter l'avait questionné sur le même sujet peu avant. Et elle en avait envie. Et lui aussi.

« On a tort de sous-estimer le romantisme kosovar. Il est où ?

— Qui ?

— Ton amoureux.

— On est juste amis maintenant.

— Bien sûr.

— À Kaboul. » En répondant ainsi, Amel se doute que le policier additionnera Kosovo plus Afghanistan et pensera aussitôt héroïne et trafic. « Ne me demande rien de plus.

— Dis-moi au moins si elle est fiable, ta Chloé.

— Je pense.

— Elle caftera pas à Montana ?

— Il lui fait peur.

— Pas forcément une bonne chose. Toi aussi, tu as peur ?

— Oui.

— Trop peu visiblement. Mais ça peut t'avoir rendue parano.

— Ça peut.

— Tu ne vas pas laisser tomber, hein ?

— Non. »

Ils poursuivent plus léger, obligé, Amel la boucle sur le sujet, avec un dessert et une discussion à propos de Marie, la grande de Ponsot, partie à Lyon pour ses études. Il hésite à louer le studio parisien acquis pour elle. « J'aurais l'impression de la trahir. » Elle lui manque beaucoup. « Nathalie supporte tout ça bien mieux que moi. »

L'addition leur est remise, le policier invite et ensuite donne les consignes. Amel est à pied, elle doit rentrer par le boulevard Richard-Lenoir. « Commande un autre verre, je te fais signe dans un quart d'heure. » Il quitte la brasserie après un discret panoramique sur la clientèle. Trop tard et illusoire. En face, la Civette est ouverte. Il traverse, jette des coups d'œil furtifs dans la courte rue de la Bastille. Fumeurs devant les restaurants alentour, voitures le long des trottoirs, toutes sans occupant. Ponsot achète un cigare en forme d'obus, un module *torpedo* de chez Vegas Robaina, et une boîte d'allumettes. Il paie, ressort, flâne autour du pâté de maisons. Son regard glisse sur les gens, rien ne l'accroche. Il stoppe à l'angle de la place, Bofinger est à une trentaine de mètres sur sa gauche. D'autres fumeurs ont remplacé ceux de tout à l'heure. Ponsot descend dans le métro. Il se perd dans les couloirs, arrive sur les quais de la ligne 1, direction Château-de-Vincennes. Là, à travers les grandes baies vitrées, il prend le temps d'observer le port, antichambre du fleuve, ses bateaux collés les uns aux autres et les badauds, au bord de l'eau. Et dans les vitres grasses, mutilées par des graffitis, il surveille ses arrières, sans reconnaître dans les reflets la moindre silhouette. Nouvel entrelacs de corridors, autre ligne, la 5, même rituel. Deux, trois minutes, il mate. Autour, juste des nouvelles têtes. Il remonte à la surface, envoie un SMS à Amel sur son portable de rechange. *OK*. Ponsot avance jusqu'au cinéma MK2, à l'entrée de Beaumarchais. Il s'assied sur un banc, ne poireaute pas longtemps. Calé à cinquante mètres, laissant parfois plus de champ quand la vue se dégage, il prend la journaliste en chasse quand elle paraît et file en direction de son appartement. Richard-Lenoir suit le tracé du canal Saint-Martin qui, souterrain sur toute la longueur du boulevard, relie le bassin de la Villette à la Seine. En surface, sa large portion centrale, ombragée le jour par des arbres, est une succession de squares et de terre-pleins de bitume. Ils accueillent, plusieurs fois par semaine, à différents endroits, des marchés. La circulation automobile s'effectue de part et d'autre, sur des voies à sens unique. L'une part de la

Bastille, l'autre la rejoint. Amel remonte cette dernière vers le nord, le long des jardins. Ponsot marche lui aussi à contre-courant de la circulation, sur le trottoir extérieur. La jeune femme en ligne de mire, il fait attention aux déplacements périphériques. La nuit, peu de piétons empruntent cet axe où il n'y a guère de bars et de restaurants. Ils atteignent le boulevard Voltaire, dépassent Oberkampf. Amel bifurque dans la rue de Malte, fait halte devant sa porte, rentre chez elle. Dix minutes plus tard, nouveau texto. *RAS. Repose-toi. Je t'appelle demain.*

Le flic a bien failli les griller. Olivier Bluquet sait qui est Ponsot, qu'il émarge à la DCRI, Montana l'avait prévenu. Il a fait ses devoirs, tous ses mecs disposent d'un portrait du poulet. Ce soir, le chef de la sécurité de PEMEO participe au dispositif collé au cul de la beurette. Il avait envie de s'amuser, de contrôler le travail de ses gars et de tester la nouvelle, une rouquine aux cheveux frisés. Visage bof mais bien gaulée, très jolis seins. Ils sont entrés ensemble chez Bofinger, un couple comme un autre, derrière la journaliste. Ils l'ont vue rejoindre le policier, il attendait au bar. Impossible de s'installer à l'étage en revanche, ils ont dîné sans visuel, sauf lors de quelques pauses toilettes. Pas grave, ils couvraient l'unique sortie. Du coup, Bluquet a pu jauger sa recrue, évaluer les ouvertures. Ça va le faire. À tout point de vue. Elle est curieuse, pose juste les bonnes questions, et réactive. Le week-end dernier, elle a su tirer parti de l'excursion de la beurette chez ses parents pour pénétrer dans l'appartement de la rue de Malte et accéder à l'ordinateur. Une clé USB, une copie de programme et le tour était joué. Après une première exploration à distance de la bécane, l'informaticien a dit à Bluquet que Balhimer s'y connaissait plutôt bien en sécurité réseau. Sans leur troyen implanté en direct, ils n'auraient rien pu faire, tout aurait été bloqué et brouillé. Là, ils ont même accès à ses frappes clavier et donc à ses mots de passe. Entre autres choses. Facile.

Si cette pute n'avait pas décidé d'acheter de nouveaux mobiles et d'en refiler un à la petite Lassée, tout serait nickel. Pour l'instant, ils voient, ils lisent presque l'intégralité de ses échanges mais ils n'entendent plus rien, Montana est fumasse. Bluquet a suggéré des micros, il n'a pas eu le feu vert.

Pas sûr qu'il l'obtienne si le flic s'en mêle. Le mec est bon et le petit numéro auquel il s'est livré ce soir, à la fin du dîner, démontre que la beurette se méfie. Une conséquence probable de la crise de mardi, lorsque la petite Lassée est venue choper Balhimer à la sortie de la boîte de prod où elle travaille tous les matins depuis trois semaines. La gamine avait passé la nuit avec Montana et elle flippait grave. Il a dû lui dire quelque chose, mais Bluquet n'a pas réussi à savoir quoi exactement. Le changement de portables et Daniel Ponsot sont venus après, et il y a eu un aller-retour de mails avec Dang. Ils en sauront plus bientôt, le Canadien et sa *blonde* doivent discuter par messagerie demain en fin de journée.

Bluquet est content de sa petite rousse, elle a pigé tout de suite quand Ponsot s'est barré. Seul. La beurette restait sur place, avec un nouveau verre de vin. Un verre, pas deux, l'autre ne reviendrait pas. Ils ont prévu le reste du dispositif. Le chouffe à la terrasse du café des Phares, sur la place de la Bastille, à un bout de la rue de Bofinger, et les deux au Paradis du Fruit, à l'autre extrémité. Ses hommes ont vu le policier tourner dans le coin, descendre dans le métro et revenir après pour se poster plus loin. Bluquet a décidé de ne pas le faire suivre, ni la journaliste. Il les a juste regardés s'éloigner sur le boulevard Richard-Lenoir, direction générale la rue de Malte, et il a fait basculer tout son monde dans les environs du domicile de Balhimer. La bagnole assez loin, en réserve, et les piétons dans des cafés.

Le père Ponsot n'a rien capté. À sa décharge, il volait en solo.

Des longs couloirs tout droits, dans des tons neutres, partitionnés en espaces de travail vitrés, pour créer une fausse impression de convivialité. On peut se voir, mais pas s'entendre, ça permet d'imaginer le pire. Et le pire n'est jamais loin depuis qu'ils ont été déracinés à Levallois-Perret, dans cet immeuble sans âme, aux formes tristement parallélépipédiques, où les pires traditions de Nélaton, la parano érigée en mesure de sécurité, les verrouillages de tout et tous, le moindre objet identifié, répertorié, contrôlé, *badger* partout, souffler nulle part, servent de règlement intérieur. Ponsot n'est pas le seul à regretter les demi-étages de traviole de la place Beauvau. À l'époque bénie de feue la DCRG, un an déjà, ils savaient bosser, en dépit des bureaux trop petits, trop vieux, et des procédures joyeusement bordéliques, et sans avoir besoin d'être fliqués par leur Stasi du pauvre, la section P2, ouais, comme la putain de loge maçonnique italienne, humour renseignement intérieur.

Meunier, son adjoint à la SNRO, n'a pas suivi le mouvement, il a préféré prendre la tangente en province et la tête d'un groupe. Ils parlent encore, pas souvent, sont tous les deux déprimés. Le remplaçant se nomme Patrice Lucas, un capitaine de l'ex-DST, avec le physique de l'emploi, passe-partout. Tout est moyen chez lui, sauf son élocution. Il parle trop vite, trop fort. À trente-neuf ans dont vingt de boîte, Lucas en chie pour s'adapter aux usages *mexicains* de ses nouveaux camarades de jeu. L'histoire donnera sans doute tort à son ancien RG de chef et à ses autres gars, tous de la même maison, mais en attendant ils s'amusent et s'échappent à la moindre occasion.

Par exemple, au lendemain de son dîner chez Bofinger, Ponsot confie à deux de ses fidèles, Farid Zeroual, dit *Zer* ou *La Zer*, et Thierry Mayeul, alias *Titi*, une mission parfaitement futile imaginée par les analystes du service, ces nouveaux faiseurs de pluie et de beau temps. Seule consigne : faire durer jusqu'à lundi soir au moins, même si ça ne leur prendra en réalité pas plus d'une demi-journée. Un prétexte. Les vrais ordres sont de suivre Amel Balhimer, Titi a souri, *et oui, elle est revenue*, et de vérifier qu'on ne la surveille pas.

Lucas n'est pas content, ils sont en sous-effectifs, et Ponsot doit lui payer une croque pour faire passer la pilule. L'amadouer, un travail de longue haleine. Qui porte néanmoins ses fruits. L'autre se détend peu à peu. La preuve, après le déjeuner, il ne fait pas de remarque lorsque son chef de groupe embarque Sylvain Monier, un gentil de L1, la section technique, et sa valise de *dépoussiérage*, pour un job hors des clous, dans le onzième, chez cette même Balhimer. Là-bas, Monier monte seul avec les clés, Amel et Ponsot attendent dans un café. Le petit Sylvain revient une heure plus tard. Rien à signaler, elle peut continuer à chanter faux sous la douche. Pour faire bien, Monier recommande un contrôle de l'ordi et du *smartphone* de la journaliste. Elle refuse, râle, n'a plus confiance subitement. Tant pis pour elle.

6

PERTES COALITION	Oct. 2008	Tot. 2008 / 2007 / 2006
Morts	19	255 / 232 / 191
Morts IED	13	144 / 77 / 52
Blessés IED	72	658 / 415 / 279
Incidents IED	340	3179 / 2677 / 1536

Au loin, José pêche face à l'aurore. Dernière chose qu'il voit avant de fermer les yeux. Il entend à présent. Pas le vent, il n'y en a pas aujourd'hui. Bientôt plus les vagues, l'océan est tranquille. Son cœur. En voie d'apaisement après sa punition quotidienne. Celui de Kayla. Plus agité qu'à l'accoutumée. Ils se répondent. Roni Mueller a la tête posée sur le ventre de sa compagne, il écoute sa vie. Elle lui tient chaud, il est protégé, bien. Chaque jour, il savoure ce moment comme s'il s'agissait du dernier. Heureux, mais avec l'impression de voler une chose précieuse, trop pour lui, d'être un usurpateur, bientôt démasqué. Et chaque lendemain, il s'étonne de la découvrir à nouveau sur cette plage, s'émerveille de pouvoir, un matin encore, se reposer sur elle. Puis l'angoisse revient, persistante. *Combien de temps ?*

Kayla s'est mise à murmurer une chanson. À l'oreille de Roni, des sonorités aux variations légères plus que des mots. Une comptine en zoulou, un des rares bons souvenirs de son enfance. Seulement entonnée lorsqu'elle est très joyeuse. Ou tracassée. Kayla n'est pas joyeuse, elle est ailleurs. Hier, elle s'est même éclipsée avant la fin du service du soir. Il a fermé le restaurant seul, cela n'arrive presque jamais. Leur maison est au sud de Ponta do Ouro, un peu à l'écart, et leurs retours nocturnes, le long des pistes enténébrées, dans le vivant silence de la nuit africaine, constituent un rituel aussi important que leurs retrouvailles matinales. Kayla n'a pas ouvert la bouche quand il est rentré peu après vingt-trois heures, et il ne l'a pas interrogée, leur pacte, mais il a réfléchi. À ces deux visites chez le médecin en une semaine, la dernière la veille, dans l'après-midi. Il devrait peut-être s'en inquiéter, aller voir le docteur, ils s'aiment bien.

Kayla n'a pas parlé non plus depuis leur réveil.

Maintenant, elle s'arrête de chanter. Elle tourne la tête, perturbée. Roni le devine. Il n'entend plus les battements de leurs cœurs. Un autre bruit, désagréable, s'est substitué à eux. *Un cri d'alarme.* Il rouvre les yeux sur l'anse de Ponta. Elle file au nord jusqu'à la pointe suivante, adossée à une langue de verdure. Celle-ci est parcourue par des chemins d'accès et plantée d'arbres esseulés, dont ce vieil eucalyptus décapité qui sert de tour de guet à un aigle huppard solitaire. L'oiseau est là tous les jours et Kayla aime l'observer, il lui tient compagnie en attendant Roni. C'est lui qui gueule et tournoie à l'aplomb de son repaire, cinquante mètres sur leur gauche.

« Il a vu une charogne, tu crois ? »

Roni se lève, couvre son regard d'une main. « Plutôt un prédateur à l'affût. » Il enfile son T-shirt, remet ses chaussures de course. « Reste ici. » Dans la pochette à outils de leur quad garé à quelques pas, il y a une machette. Roni va la chercher avant de se diriger vers le rapace. Il y a peu d'animaux dangereux sur la côte, à part dans l'eau, mais il arrive de croiser des cobras ou des mambas, deux espèces de serpents très agressives, des chats sauvages ou des chiens enragés.

Une contre-allée longe la plage de l'autre côté de la bande de végétation, elle dessert des habitations et un hôtel en construction.

L'arbre déplumé se dresse juste en face du chantier et les propriétaires ont demandé plusieurs fois l'autorisation de s'en débarrasser, il gâcherait leur vue sur l'océan. Pour le moment, le maire fait de la résistance, soutenu par une population refusant de laisser abattre ce symbole d'une guerre civile – un obus l'a étêté – à laquelle les autochtones ont payé un lourd tribut.

Le huppard a pris de l'altitude, mais il vole toujours au-dessus du même secteur. Alors que Roni s'approche, la machette cachée derrière sa jambe droite, il aperçoit un couple sortir des buissons. Elle brune, coupe courte, pas très grande. Lui blond, ondulé aux épaules, plutôt costaud. Dans la trentaine. Ils se tiennent la main. La fille est bronzée, pas lui, et de son sac de plage dépasse un téléobjectif. Il a des jumelles autour du cou. En short, tous les deux. Elle, débraillée, du sable sur les genoux. Ça amuse Roni. *Envie pressante*. Il stoppe à une vingtaine de pas, leur adresse un signe. Elle répond d'un sourire timide et se détourne, tire son compagnon. Lui jette un coup d'œil en arrière et, dans ce dernier regard, passe une pointe d'agressivité. Sans doute l'agacement d'avoir été surpris en plein coït mais, un court instant, Roni croit y lire autre chose. *À l'affût*. Les touristes disparaissent derrière une cabane, l'impression reste. Elle le taraude jusqu'à la plage. Après, il l'oublie en apercevant Kayla.

Debout, elle attend, l'air plus préoccupé encore.

« Juste des amoureux.

— Mon aigle est parti. »

Roni consulte sa montre. « On doit y aller aussi. » Il effleure la hanche de Kayla, note la chair de poule sur ses bras. « Ça va ? »

Les yeux jaunes de la jeune femme vont se perdre dans le ciel, à l'endroit où, quelques minutes plus tôt, l'aigle planait. Elle hoche la tête et range ses affaires, et elle précède Roni jusqu'au quad.

Situé tout en bas du Mozambique, très proche de la frontière avec l'Afrique du Sud, le village de Ponta do Ouro s'étire le long de l'océan Indien sur un peu plus d'un kilomètre, à partir de la pointe qui lui donne l'or de son nom et constitue son extrémité méridionale. On y accède par deux pistes principales, la première part de chez les voisins sud-africains et la seconde suit la côte depuis la capitale, Maputo, quatre ou cinq heures de voiture plus au nord. Ni l'une ni l'autre ne sont goudronnées. Ici, il n'y a pas de véritable route, on circule dans le sable. Ponta ne s'étend pas loin à l'intérieur des terres, à peine quelques centaines de mètres. En arrivant par l'ouest, on tombe d'abord sur les quartiers pauvres, les plus éloignés de l'eau. De ce côté-ci se trouve également la seule école de la zone, qui reçoit chaque matin des dizaines d'élèves de tous âges, vêtus de leurs uniformes bleu marine. Ensuite, c'est le marché, un labyrinthe de cases de tôle serrées les unes contre les autres, pataugeant dans une perpétuelle gadoue, où se côtoient les locaux et parfois les *m'zungus*, les vagabonds à peau claire, les Occidentaux. On peut y acheter à manger, de l'artisanat exotique ou boire un coup dans l'une des trois ou quatre gargotes miteuses qui tiennent lieu de PMU du coin. Le poste de police et les administrations sont là. Enfin, après une ultime colline rabotée par le vent, on descend vers la mer et le cœur véritable du village, avec ses petites maisons en dur, où vit la plus grande partie de la population, indigènes et Blancs mélangés. Ces derniers, surtout des descendants de colons portugais, restent minoritaires. Ils ont peu à peu réinvesti leurs anciennes baraques démolies par les assauts successifs de trente années de guerre et ne résident pas ici à l'année. Juste au-dessus de la place centrale, située à deux pas de la plage, partent quatre rues en étoile, longtemps baptisées A, B, C et D. Elles desservent la majorité des habitations et les cinq ou six résidences hôtelières, toutes installées au plus près de l'océan. Ponta s'ouvre peu à peu au tourisme, après avoir attendu que le pays s'apaise, que toute la région soit déminée. Au village, la dépollution a pris fin en 2005. Les étrangers venaient déjà auparavant, mais depuis trois ans leur nombre augmente chaque été. Des bicoques plus modernes, plus vastes, poussent à droite et à gauche, des boutiques apparaissent, de nouveaux restaurants ouvrent, d'autres voient leur chiffre d'affaires augmenter.

C'est le cas de celui de Kayla et Roni. Ils l'ont racheté à un Lisboète pressé de rentrer chez lui. Une aubaine avec l'évolution économique de Ponta, même si le but n'a jamais été de gagner des fortunes, juste de quoi vivre. Pendant l'hiver austral, il dure six à sept mois, les visiteurs se font rares, le froid et la pluie dissuadent de se baigner et les clubs de plongée, l'attraction numéro un, sont presque tous fermés. Ponta tourne au ralenti.

Une bénédiction pour qui cherche la tranquillité.

Le Cafe do Sol est construit en haut d'une butte, juste au-dessus du centre-ville. On y entre par l'arrière, via la *rua C*, ou depuis la place, en empruntant un escalier de planches, accès direct à la grande terrasse découverte et sa vue sur un infini d'eau et de ciel. L'architecture est simple, structure bois, des palmes pour le toit, du rotin pour l'ameublement. Un style *world* et nature commun, à quelques nuances locales près, à la majorité des restaurants de plage du monde entier. Quand on arrive en haut des marches, on découvre un long bar sur la droite et un espace pour manger, sur la gauche. Dans le fond, il y a une salle de projection, pour les soirées rugby, un préau où s'abritent les dîneurs en cas de pluie, les cuisines, des pièces techniques, les toilettes et la porte vers la rue. À l'étage, au-dessus du bar, se trouvent une partie des réserves et le bureau de Kayla et Roni. Ici, on mange simple et frais, ils sont livrés tous les jours par des mecs du marché, on sert les bières du pays et des vins du Cap, et certaines nuits, on organise des fêtes. Les cuistots sont employés à temps plein, le videur, Valdimar, un natif du village, aussi. Le reste du personnel, les serveurs et les barmaids, est saisonnier et pour la plupart sud-africain.

Roni dépose Kayla à l'entrée de la rua C. Elle doit s'occuper des petits déjeuners, l'été est là et les premiers clients viennent tôt le matin. Il la regarde s'engager sous le porche du Cafe do Sol en direction de la terrasse, visible derrière elle, et essaie de fixer dans sa mémoire l'image de sa silhouette à contre-jour de l'océan. Elle ne se retourne pas, disparaît derrière le bar et il reste là quelques secondes encore, parfaitement immobile, moteur au ralenti, avant de se décider à rentrer chez eux.

Ils habitent une maison nichée dans les bois, en contrebas du phare de Ponta. Une ancienne ruine, reprise à la végétation qui l'avait envahie. Aujourd'hui, un peu plus de deux ans après leur arrivée, le plus gros des travaux est terminé. La bâtisse principale, un carré de béton, repose sur des pilotis hauts de quelques dizaines de centimètres. Elle est recouverte d'un toit de bois et de palmes, très pentu. L'entrée, une double porte vitrée renforcée d'une grille, se trouve en façade, après une terrasse en palissandre, et ouvre sur le salon. Sur la droite, il y a un patio avec une cuisine extérieure, une grande table et des bancs. On peut aussi entrer par là. Il faut alors traverser la cuisine intérieure pour déboucher à nouveau dans le salon. À l'arrière, un couloir dessert une chambre, une salle de bains, une buanderie et un escalier en colimaçon qui permet d'accéder à la soupente, où dorment Roni et Kayla.

Une pelouse de cette herbe typique des tropiques, épaisse, rêche et vivace, entoure la propriété. Elle est délimitée par des haies et agrémentée de bosquets d'arbustes et de parterres de fleurs. À la demande de Kayla, Roni a monté une balancelle dans un coin ombragé. Elle aime s'y installer pour admirer le jardin, son royaume.

Derrière le premier bâtiment, il y en a un second, plus petit, un garage double aménagé en habitation. Valdimar vit là avec l'une de ses épouses. Il en a quatre, elles se relaient auprès de lui en fonction de son humeur. Celle du moment a dix-sept ans, elle est jolie, timide, mais elle pue, Valdimar les préfère ainsi. Parfois, d'autres membres de sa nombreuse famille viennent aussi partager son logis.

Les deux maisons sont séparées par une cour parking d'une vingtaine de mètres de côté, où sont habituellement garés le vieux Land Cruiser du videur, le pickup de Kayla et Roni, et leur quad. Une douche en plein air, protégée par des palissades de rondins flottés et de verdure, a également été construite à cet endroit.

Lorsque Roni débarque, Valdimar est justement près de cette douche, en compagnie de l'un de ses neveux, Romao. Armés d'un bâton et d'une pelle, ils y ont coincé une bestiole, un scorpion noir à queue large, gros comme une main d'adulte. Rarement mortelle, cette espèce peut néanmoins balancer son venin à distance et provoquer des fièvres ou des infections redoutables, voire causer des aveuglements temporaires. Les scorpions aiment entrer dans les maisons, nicher dans les chaussures et sous les lits. Ici, on les élimine systématiquement.

« *Olà*. » Roni s'approche.

Ils se retournent pour le saluer et l'animal, excité, s'avance brusquement, son aiguillon dressé vers Romao. Qui fait un bond en arrière et lève son arme improvisée, mais n'ose pas frapper.

« Tue-le ou il va t'avoir.

— Le *juju* me protège, *patrão*. »

Le juju, la sorcellerie, omniprésente sur tout le continent africain, avec son cortège de superstitions.

« Alors pourquoi tu ne l'écrases pas avec ton pied ? » Roni s'est arrêté à quelques pas, il ne craint pas une piqûre, plutôt un coup mal maîtrisé. Hilare, il observe Romao qui ne sait comment lui répondre, quoi faire et, le regard perdu, cherche du secours auprès de son oncle. Avant d'opter, finalement, pour un sourire timide et la raison.

« Dangereux, patrão. »

Les deux Mozambicains sont bâtis sur le même modèle. Ils ont le physique musculeux de poids welters et rendent quelques centimètres à leur employeur. Valdimar, la cinquantaine, a été boxeur plus jeune, avant de passer une décennie dans les forces armées du FRELIMO, le Front de libération du Mozambique, jusqu'à la fin des troubles, en 1994. Romao, dix-neuf ans, vient s'entraîner avec lui plusieurs fois par semaine. Sur le ring ou dans une bagarre, le neveu n'a pas peur de grand-chose, raison pour laquelle Roni fait appel à lui quand, à la haute saison, le bar est pris d'assaut par des fêtards rapidement avinés et souvent pénibles. Pas sûr, en revanche, qu'il gagne son combat contre le scorpion.

« Pousse. » Agacé, Valdimar saisit la pelle et, d'un geste vif, tranche la question. Il rend ensuite l'outil à Romao. « Enterre-le et oublie pas, tu ranges. »

Le gamin acquiesce, tête basse.

« Tu me suis, Valdimar ? » Roni entraîne le videur vers le patio. « Bière ou café ? » Chaque jour, Kayla lance une cafetière avant de partir à la plage.

« Laurentina, s'il te plaît patrão. »

Ils prennent place à table, l'un devant sa mousse, l'autre devant un jus et, dans le sabir de portugais et d'anglais mis au point depuis qu'ils se côtoient, ils parlent quelques minutes des affaires du restaurant et de la soirée du lendemain, organisée à l'occasion des élections américaines. Beaucoup de gens seront là pour profiter de l'écran de projection et du satellite. Tous espèrent, avec une pointe de fierté angoissée, la victoire du candidat démocrate, le premier Noir président d'un grand pays blanc, du plus grand de tous les pays blancs. On boira, on dansera, ce sera la fête. Il faudra être prêt. En plus de Romao, Valdimar a enrôlé deux de ses cousins.

Ils évoquent ensuite les dernières rumeurs du village. Enfant du pays, le videur est très respecté à Ponta, on vient souvent se confier à lui, demander conseil. Il connaît tout le monde, les petites histoires de chacun. Valdimar travaillait déjà au Cafe do Sol quand Kayla et Roni ont racheté l'endroit et, sur recommandation du précédent propriétaire, ils l'ont gardé. Un conseil judicieux. Si la guerre marque les individus, elle les met aussi à nu. Au combat, pas question de faire semblant, on a les couilles ou on ne les a pas, et l'on apprend rapidement à jauger ses camarades et à repérer ceux qui, face au danger, ne se débineront pas. Valdimar et Roni se sont reconnus au premier coup d'œil. Deux hommes non pas violents, mais au passé traversé par la violence. Capables d'encore plus de violence, au mépris des règles et des lois, si cela s'avérait nécessaire.

Deux hommes fatigués également, aspirant à la paix et conscients, au moment de leur rencontre, que la sérénité de l'un irait de pair avec celle de l'autre.

« Il y a problème ? »

Roni sourit, Valdimar a capté son malaise, mais il hésite à se confier, plus très sûr de son instinct. *À l'affût ?* Il se laisse encore une longue gorgée de café. « Il y a un couple en ville. » La description des touristes croisés à l'aube est laborieuse, certains mots lui manquent, mais finalement il parvient à se faire comprendre. « Peux-tu te renseigner sur eux ?

— Si, patrão.

— Merci. »

Valdimar termine sa bière et se lève. Ce jour-là, Roni ne le reverra qu'en fin d'après-midi, au moment où il viendra prendre son service au restaurant, porteur de quelques nouvelles. La femme et l'homme aperçus sur la plage s'appellent Jacqueline et André Lepeer, des Belges. Ils sont arrivés en voiture trois jours plus tôt et descendus pour une semaine au Motel do Mar, un ensemble de bungalows construits au bord de l'eau, à proximité des clubs de plongée, tous concentrés au sud de Ponta do Ouro. Discrets, on ne les a pas beaucoup vus sauf le mari, hier, au marché, dans l'un des bars. Les gens s'en souviennent parce qu'il a payé un coup à trois hommes venus de Maputo. Pas des m'zungus, des Noirs, et pas des hommes bien, des voyous, qui ont sûrement obligé le pauvre *senhor* Lepeer à les rincer. Ils sont restés longtemps après le départ du Blanc, ils ont trop bu et ils ont embêté le patron du rade pour régler leur note. Chassés par les villageois, ils ont disparu ensuite.

« Vous êtes sûr ? » Olivier Bluquet reçoit une chemise cartonnée et la dépose dans une cantine métallique à moitié pleine. À côté, il y a une autre malle, déjà refermée.

« Autant que vous de vos cadenas inviolables. » Montana a décidé de déménager les archives de son bureau de la rue d'Anjou, en prévision de son départ prochain à l'Élysée. Il conservera un espace au sein de PEMEO mais, en laissant Guy de Montchanin-Lassée prendre ses quartiers ici dans quelques semaines, il espère lui faire oublier l'essentiel, qui détient encore réellement le pouvoir dans la société, et limiter les risques de friction.

« Rien n'est inviolable.

— Je suis content de vous l'entendre dire.

— Il y a des choses confidentielles dans ces dossiers ?

— Sans doute. Détendez-vous, Olivier, ils seront sous clé. Chloé n'y aura pas accès.

— Et la beurette ?

— Il lui faudrait un très bon serrurier. » Montana retire trois classeurs d'une étagère. « J'ai prévu de passer le week-end prochain à trier tout ça. » Dans quelques jours, les papiers réellement importants seront enfermés dans son armoire forte de la rue Guynemer et le reste aura été détruit. « Parlez-moi plutôt de Balhimer, vous êtes là pour ça, non ?

— Vous aviez raison.

— À propos de Ponsot ?

— Il lui a mis des mecs aux fesses. Je ne crois pas qu'elle soit au courant.

— Petit cachottier. Et nous ?

— Dispositif retiré. » Si la beurette ne se sert plus de son smartphone avec la petite Lassée, elle l'utilise encore pour le reste de ses activités. La géolocalisation continue donc à fonctionner et Bluquet a estimé ce niveau d'information suffisant, compte tenu des risques. « Mais elle confie pas mal de trucs au mec de Kaboul, nous ne sommes pas totalement dans le noir.

— Vous m'avez préparé leurs mails ?

— Oui. » Bluquet tend une enveloppe à Montana.

« Personne ne les a lus ?

— À part moi, non.

— Bien. Du côté de Chloé, il se passe quoi ?

— La routine. Elle ne va pas souvent à la fac, sort beaucoup, dort encore plus.

— Chez Balhimer ?

— Une fois cette semaine. » Bluquet a maintenu une surveillance autour de la maîtresse de Montana, après s'être assuré de l'absence de filature policière.

« Elles sont à nouveau en froid ?

— Rien ne le laisse penser.

— C'est très embêtant, cette histoire de portables.

— Pour l'instant on ne peut rien faire. Et vous, du côté des services ? »

Agacé, Montana repousse la question d'un geste de la main. « Laissez-moi terminer ici. »

Bluquet hoche la tête. « Quinze heures ?

— Pardon ?

— Mes gars, pour transporter tout ça dans le sixième.

— Oui, quinze heures, très bien. »

« Tu as bientôt fini ? » Chloé est assise à un bout du canapé d'Amel.

À l'autre extrémité, la journaliste est penchée sur son Mac. « Pas encore. Commande-nous à dîner si tu as faim. » Elle met en forme l'interview d'un politologue. Une série de questions sur les perspectives qu'offrirait une victoire, demain, de Barack Obama, potentiel premier président afro-américain des États-Unis. Conditionnel, *potentiel*, Amel lutte pour ne pas céder, comme la plupart de ses confrères, à la ferveur générale qui considère le démocrate déjà gagnant. À juste titre, le chercheur interrogé a rappelé, au cours de leur entretien, la montée en puissance, ces derniers mois, du *Tea Party*, ce courant contestataire issu de la droite dure et incarné par Sarah Palin, colistière du candidat républicain. Selon lui, le scrutin pourrait être très serré. Encore un conditionnel. Amel n'envie pas Obama, bombardé héraut de l'Amérique postraciale. Les États-Unis sont dans une situation délicate et paradoxale, à la fois isolés par leur politique étrangère, marquée par le déclenchement de deux guerres – trois, si l'on inclut le *méta-conflit* contre la terreur, dont les contours et les enjeux sont par essence flous –, et extrêmement dépendants du reste du monde depuis le début de la crise financière, en 2007, et son aggravation tout au long de cette année. La somme d'espoirs placée dans ce pauvre Barack est délirante et, s'il est élu, à moins de pouvoir guérir les écrouelles, quoi qu'il fasse, il décevra. Et ce bien au-delà des frontières de son pays.

Chloé fouille dans son sac, y trouve un pochon, sa paille en argent, et récupère un vieux numéro de *Elle* pour se faire un trait d'héro.

La journaliste lâche son article, regarde une première ligne disparaître bruyamment du visage papier glacé, froissé, de Kate Moss. La superposition, la posture, l'attitude, Amel les connaît bien, elles sont minables. Elle se revoit à la place de Chloé. *Peter m'a aperçue comme ça*. Douloureux. Plus douloureux encore, la tentation est là, toujours, exaspérante.

« Quoi ?

— Et toi, tu finis quand ? »

Seconde prise, l'autre narine. Chloé se redresse, part en arrière. Elle ferme les yeux. Un de ses pieds déchaussés glisse lourdement au sol, son élocution ralentit. « De toute façon, t'en as rien à foutre de moi. » Dernier soubresaut. « Pareil qu'Alain. » Sa tête bascule sur le côté. « Personne en a rien à foutre de moi. » Elle est partie.

Rien à foutre de moi. Les mots cognent Amel, ils font mal. Elle se lève pour aller chercher un plaid et revient couvrir Chloé. Ensuite, elle balance paille et pochon refermé dans le sac, pour ne plus les voir. *Pareil qu'Alain*. Ce serait mieux si ce n'était pas vrai. *Mais elle a raison*. La journaliste s'efforce d'ignorer les accusations marmonnées à côté d'elle et se remet au travail.

Une demi-heure file, dans un quasi-silence.

L'iPhone de Chloé, posé sur la table basse, se met à sonner. L'écran annonce *Alain*. Sursaut, hésitation brumeuse, coup d'œil vitreux en direction d'Amel qui ne dit rien et attend. La voix remonte de loin, avec peine. « Allô ? » Trouver de la salive. « Chez une. » Impasse. « Chez des amis. » Soutenir cette tête, si lourde. « Non, rien. » Tellement pas crédible. « Je te jure. » Ricanement débile. « Non, je ne peux pas te voir. » Grattage énervé de cheveux. « Je. Ne. Peux. Pas. » Incertitude dans le regard. « Toi non plus ? » Surprise. « Alors pourquoi tu me dis ça ? » Colère lente, en décalage. « J'en ai marre de vous tous, là. » *Merde*. « D'être fliquée tout le temps, je veux dire. » Angoisse. « Vous, vous, on s'en fout qui c'est vous ! » Détresse. Chloé raccroche. *Il sait*. « Il sait. J'en suis sûre. » Elle se lève, gauche de came, gênée par la couverture, trébuche et retombe sur le canapé.

Amel la rattrape, amortit la chute.

Chloé se débat un instant, mais finit par s'abandonner aux bras qui la serrent.

« Il ne sait rien.

— Si, il est venu sans rien demander.

— Qu'est-ce que tu racontes, il est en bas ? » Panique.

Chloé ne la voit pas. « Rue Guynemer, il était. Aujourd'hui, avec des gens.

— Tu ne m'as pas dit que tu l'avais croisé.

— Ça puait la clope. Il fume pas de clopes.

— Je pige pas.

— Dans l'appart'. Quand il vient avec des gens, il me demande. Toujours.

— Ton autorisation ?

— Que je dégage. Il veut pas de moi quand il y a du monde. » Chloé se met à pleurer. « Ça puait la clope. » À trembler. « Il est venu avec des gens, il a pas demandé. Il a pas eu besoin.

— Tu es fatiguée.

— Il avait tout rangé.

— Calme-toi, tout sera bientôt fini.
— Il range jamais d'habitude et là oui. Il se cache. Il est au courant.
— Personne ne nous surveille, je te le jure.
— Tu peux pas.
— Si, fais-moi confiance.
— Il est venu je te dis et il se cache. Il a fermé les volets de son bureau.
— Les volets de son bureau ?
— Ils étaient pas fermés hier. Il sait. »
Les larmes coulent pendant plusieurs minutes.
« Il y a quoi, dans ce bureau ? »

Vous. Le vernis du mensonge et de l'illusion se fendille, Chloé abuse et craque. En raccrochant tout à l'heure, Montana arborait un sourire. Triste. Celui de l'homme trahi qui n'ignore rien de cette trahison et prépare sa vengeance, mais donnerait tout, au fond, pour revenir en arrière, au temps de l'ignorance. Avant la blessure et la douleur de la blessure.

Sur son bureau éclairé par une très coûteuse réédition de lampe industrielle, il y a un ordinateur éteint, un verre d'armagnac, le deuxième, et des mails imprimés. La bouteille, un single d'une douzaine d'années de la maison Samalens, est au pied de son fauteuil. Plus loin dans la pénombre, les malles rapportées de la rue d'Anjou attendent, grandes ouvertes, prêtes à dégueuler les restes de ses six dernières années en lisière du secret.

Dont cinq avec Chloé.

Elle ne fera bientôt plus partie de sa vie.

Montana n'a pas pu se retenir de passer rue Guynemer ce soir, au prétexte de démarrer son tri, peut-être aiguillonné par les mises en garde de Bluquet, mais surtout anxieux de retrouver les ruines de sa parenthèse avec Chloé. Eux, déjà du passé, ça fait mal. Il est le premier surpris. Ce serait plus facile s'il ne s'agissait que d'orgueil, mais il n'est pas dupe et sa clairvoyance lui fait plus mal encore. Il s'est baisé tout seul autant qu'elle l'a baisé.

Il faudra se débarrasser de cet endroit lorsque tout sera fini.

Montana vide son verre, arrange les feuilles étalées sous son nez. Arrivé ici, l'énergie lui a manqué pour se plonger dans ses archives, il a préféré se consacrer aux derniers échanges de messagerie et de mails entre Balhimer et Dang. Il se ressert de l'eau-de-vie, pour l'aider à supporter le bla-bla des journalistes. Elle : avance avec ses sources kosovares, elles sont identifiées pour la première fois par écrit, l'une des deux est un ancien cadre de la Banka Per Biznes – *donner leurs noms à Dritan*. Lui : bétonne côté Longhouse et 6N avec un pote américain, un certain Matt de Bloomberg, maintenant convaincu par le sujet – *loin, qui contacter là-bas ?* Elle : a trois nouveaux rendez-vous pour marchander sa partie de l'enquête – *vérifier le pedigree des acheteurs potentiels, voir qui peut les fréquenter, les influencer, lui savonner la planche*. Lui : n'avance pas sur la vidéo et fait pression sur son fixer pour qu'il se bouge – *ça, c'est réglé*. Elle : a enfin calé une date avec le fameux Jeff pour un second enregistrement de Chloé – *creuser de ce côté, dénicher de la merde sur Lardeyret*. Lui : insiste auprès de Balhimer, de plus en plus, pour qu'elle entende raison et bosse avec son magazine à lui, continue à faire miroiter une éventualité de visite à Kaboul. Elle : a évoqué Ponsot – *comment le neutraliser, Beauvau ?* – a de plus en plus de doutes sur la solidité de Chloé – *tu as bien raison, elle va te foutre dedans*. Lui : a eu des nouvelles de sa mère, pas bonnes, et rentre pour Noël, passera sans doute par New York – *agir avant, après, pendant ? En parler à Gareth*. Eux : ça dégouline de partout – *Chloé m'a planté pour cette pute et cette pute la plante à son tour. Le dire ?* Eux : il a annoncé le retour en grâce de Balhimer à ses meilleurs amis, Matt, encore, et sa femme, Courtney. Elle ne voulait pas mais elle est contente finalement, même si les bons copains disent de se méfier – *tu devrais les écouter, Peter, le trop-plein de sentiments nous fait faire à tous des choses très cons.* Eux : ils parlent encore de Kaboul.

Kaboul.

Dans le brouillard de la guerre.

Montana entoure la dernière occurrence du nom de la capitale afghane d'un trait de Stabilo, puis il finit son armagnac. Trop vite. L'épicé de l'alcool remonte dans sa gorge, le remue. Longue quinte de toux. Il se sent brusquement épuisé, n'a plus envie d'être ici. Il écrira à Gareth et à Dritan demain. Il range les papiers dans leur enveloppe, se lève et enfile son manteau, un œil sur les deux cantines, décidé à les laisser ainsi, offertes, pour donner tort à Bluquet et se prouver à lui-même qu'il sait encore avoir raison. Il change d'avis au moment de quitter son bureau et revient les cadenasser correctement, en profite pour récupérer l'enveloppe oubliée, il en aura besoin demain. Ensuite, il verrouille la pièce à double tour, dépose cent grammes d'héroïne sur la table du salon et se fait raccompagner chez lui par son chauffeur. Sa femme aimerait prendre quelques jours, il pense l'emmener à Dubaï, elle fera du shopping pendant qu'il discutera boulot.

Nathalie doit partir tôt ce matin. Un petit déjeuner professionnel, avant une grosse audience, avec un client ou un confrère, Ponsot n'a pas fait très attention lorsqu'elle lui en a parlé au dîner. Il était distrait à son retour du bureau, soucieux. En quatre jours, les mecs collés aux basques d'Amel n'ont rien vu. Il aurait dû être rassuré, mais il craint Montana. Leur dire que c'était bon, qu'ils pouvaient lâcher l'affaire, après les avoir remerciés pour la petite faveur, n'a pas été simple. Cette nuit, il a eu du mal à s'endormir et, maintenant, il est crevé. Il a laissé sa femme filer à la douche en premier dans l'espoir de grappiller une vingtaine de minutes de sommeil. Il n'y parvient pas, l'inquiétude de la veille est revenue.

Il est temps de s'extirper du lit.

Christophe, son fils, le salue d'un sourire quand il entre dans la cuisine. *Déjà debout ?* Il est plongé dans un livre de maths, de la classe au-dessus, et sirote un café. *Trop sérieux, trop vite, trop.* Ponsot remplit son mug, pilote automatique jusqu'au salon, il débranche le chargeur de son téléphone portable, découvre plusieurs messages.

Dont un de Zeroual, sur sa boîte vocale.

À une heure.

Il est retourné chez Balhimer hier soir, il n'était pas tranquille, avait l'impression d'avoir vu quelque chose et d'être passé à côté. Et la tronche de son chef, en fin de journée, ne lui avait pas plu. Ponsot sourit. Zer a eu raison. Un gusse et une rouquine planquaient dans une Golf. Des pros. En trois heures, ils n'ont pas bougé, sauf pour faire des coups de sécurité dans le secteur, à tour de rôle, et contrôler que personne ne les surveillait. Ils n'attendaient pas la journaliste, mais la fille à la Smart. Ils l'ont suivie quand elle a quitté la rue de Malte peu après minuit. Pas Zer, il ne voulait pas prendre le risque de se faire détroncher et il était crevé. Mais il a noté leur immat' et la vérifiera en arrivant à Levallois.

La source d'Amel, Ponsot aurait dû y penser.

Il balance un SMS à Mayeul pour lui dire de se remettre sur le coup en compagnie de Layrac, un autre gars de la bande. Lucas va râler, il s'arrangera avec lui tout à l'heure.

Nathalie entre dans le salon, aperçoit son mari occupé à rédiger un texto. Il est tôt, ça la surprend. « Un souci pro ou c'est encore le petit oiseau blessé ? » À part d'autres policiers, seule la fuyante Amel envoie des messages nocturnes. Elle aime de moins en moins cette fille.

Ponsot a noté la pointe d'irritation. Il a peut-être trop parlé d'Amel récemment. « Le boulot, une connerie. » Aucune envie de s'expliquer à six heures du mat' et il préfère que sa femme parte détendue. « Prête pour ton rendez-vous ? »

Amel arrive rue Guynemer à huit heures. Elle trimballe un petit sac à dos, a acheté des viennoiseries. Montana ne doit pas être là, Chloé ne l'a pas appelée. Lorsque celle-ci ouvre la porte, elle est encore en T-shirt et culotte, le cheveu en pétard, les yeux collés. La journaliste prend sur elle. Elle a du mal. « Ils ne vont pas tarder. » Baiser rapide. « Tu devrais aller te préparer pendant que je nous fais du café. »

Soupir exaspéré. « On a une Nespresso. »

Son beau-frère se pointe vers neuf heures moins le quart. Le convaincre de lui rendre service n'a pas été simple, il a tiqué quand Amel a conseillé de ne rien dire à Myriam, *pour la tranquillité familiale*. Il n'est pas seul. À ses côtés se trouve Abdel, un grand pas mince à la tonsure de moine. Lui balade une mallette à outils de plusieurs étages, montée sur roulettes. Il est serrurier de profession. Nourredine et sa sœur font souvent appel à ses services dans le cadre de leur boulot. Il est pas cher, travaille propre, ouvre tout, dixit son beauf' au téléphone la veille, et il bosse même parfois *pour les flics*. « J'ai juste besoin qu'il déverrouille une porte chez une copine. Elle n'arrive pas à retrouver la clé. » Nourredine siffle en découvrant les lieux et ne peut s'empêcher de passer en mode agent immobilier, de tout inspecter. Il admire. Abdel aussi, le cul de Chloé.

Qui fait la gueule et dit bonjour du bout des lèvres.

Ils prennent un café dans la cuisine, grignotent un croissant et passent aux choses sérieuses. Couloir, inspection de la serrure à problèmes, Abdel est concentré, Nourredine mate Amel, Chloé, Amel. Quelque chose ne colle pas. « Elle fait pas très meuf, la déco.

— C'est quoi une déco très meuf ? » Chloé préférerait les voir dégager ces deux-là, sa trouille est revenue, elle prendrait bien un truc, a envie de hurler.

« Vous êtes sûre que c'est chez vous ? » Le beau-frère n'est pas idiot.

« Tu veux aller renifler ma lingerie ? »

Nourredine encaisse.

Abdel se retourne, sourit, lui, il aimerait.

Amel temporise. « On s'occupe de la porte ? Abdel ?

— Facile. » Le serrurier regarde Nourredine, qui acquiesce après quelques secondes, et se met au boulot. « Sa mère la pute de modèle, pour une porte intérieure. Il y a un coffre là-dedans ou bien ? »

Personne ne dit rien.

Ça ne prend pas longtemps. Abdel essaie plusieurs passes universels, se rabat sur un objet en forme de flingue, pompe trois ou quatre coups, déclics, sésame ouvre-toi.

La pièce est plongée dans le noir, Amel localise l'interrupteur. Lumière. Elle retrouve l'endroit entraperçu cet été depuis le balcon, repère immédiatement les malles cadenassées, taches au milieu de l'ameublement minimaliste, choisi avec goût. En juillet, elles n'y étaient pas. Elle pense odeur de clope, Montana en douce, volets fermés. Dissimuler. Ces cantines. *Pourquoi ?*

Avec l'œil du connaisseur, Nourredine s'attarde sur la table de travail industrielle, la lampe en métal brossé, le fauteuil. Le serrurier, lui, s'émerveille de l'armoire forte d'époque encastrée dans un mur, au fond. Il s'en approche à petits pas, intimidé.

Chloé a détourné le regard, elle ne veut pas voir. Amel la prend par le coude et l'attire plus loin dans le couloir. À voix basse : « Les malles, il est sûrement venu pour ça hier. Il faut jeter un œil. » Ça panique : « Non, on doit pas. » Étreinte pour apaiser : « Et si làdedans il y a de quoi se le faire pour de bon ? » Ça tremble : « J'ai pas envie. » Les bras se font plus fermes. « Tu ne veux plus qu'il paie ? » Ça tangue : « Autrement, on ne peut pas ? » Regard à Nourredine, sur le seuil, qui observe le manège : « Ils sont là, la porte est ouverte. C'est déjà trop tard. » Ça cède à contrecœur : « Juste les malles. » Amel acquiesce : « Va demander. » Chloé sent une main glisser sur son cul, le comprimer doucement, pige, *à toi, il dira oui*. Elle retourne vers le bureau, bouscule au passage le beau-frère immobile et sévère, rejoint Abdel planté devant les portes blindées et lui fait un coup de charme.

Nourredine explose quand il capte la manœuvre, l'arnaque depuis le début, il engueule Amel, engueule Chloé, engueule le serrurier parce qu'il s'interpose et hésite à cause d'une paire de fesses agitée sous son nez. Le mari de Myriam s'en va à grand bruit. Seul. Après un dernier coup de menton en direction du serrurier et des malles, la journaliste le suit dehors. Limiter les dégâts.

« Note le numéro du scooter. » Rue Guynemer, autre voiture, autre équipe de Bluquet, deux hommes. Ils surveillaient l'entrée de l'immeuble de Montana, ont aperçu un Maghrébin bien sapé en sortir. Déjà vu. Entré un peu plus tôt, mais RAS, inconnu au bataillon. « Tu crois que je fais quoi, là ? » Puis la beurette est apparue et lui a couru après. Une sérieuse explication de texte a débuté. « Il est pas arrivé avec un autre bicot ? » L'altercation ne dure pas. Le mec se barre, encore très en colère. « Si, le chauffeur de l'utilitaire blanc garé là-bas. » Elle tire la gueule, la journaliste. « Et il est où, lui ? » Haussement d'épaules. « On appelle Olivier ? »

À son retour dans l'appartement, Amel trouve une malle ouverte. La seconde ne tarde pas à l'être à son tour. Abdel est content, Chloé sourit, figée, il demande son 06. La journaliste à la rescousse, Nourredine lui transmettra, tout est arrangé, il peut y aller, *merci bien, vraiment, casse-toi maintenant, je dois bosser.* « Une dernière chose, attends ! Comment je referme ? » Abdel récupère son pistolet, le regarde, tergiverse, fait une démo sur la porte du bureau. Amel teste, ça marche au troisième coup. Elle se débrouillera et le rendra à son beau-frère. *T'es super gentil, mais file à présent.*

Au boulot.

D'abord une et ensuite l'autre.

Amel récupère un petit appareil numérique dans son sac à dos, prend un cliché de la surface de la première cantine, vide la couche supérieure, l'arrange sur le côté. Deuxième cliché, autre couche, par terre juste en dessous. Troisième étage, on recommence. Plus rien. Examen des couches. Des souvenirs, des bibelots, des boîtes de rangement, des chemises cartonnées, des classeurs, des DVD-RW. Photos des couvertures, photos des tranches, photos des tables des matières. Beaucoup de paperasses, trop pour tout trier, tout hiérarchiser, et Chloé ne veut pas aider, ne pourrait pas, pas formée, ni professionnellement déformée. Merde ! *Téléphoner à l'aide ?* Jeff et Peter sont loin et elle ne peut faire confiance à personne d'autre. Elle doit dégoter un indice, un fil rouge. Amel est venue avec un arc-en-ciel de souches de Post-it. Elle se met à en coller sur les dossiers, une couleur par catégorie de documents, bancaires, contractuels, bilans, courriers, perso, fait une croix en plus au marqueur lorsqu'il s'agit d'infos PEMEO. Un patchwork bigarré se dessine peu à peu sous ses yeux. Pas mal de financier et de trucs se rapportant à des entreprises, pour l'essentiel pas françaises, à des sociétés civiles immobilières aussi, Montana a ses doigts dans de nombreux pots de confiture apparemment, mais rien ne saute aux yeux ou ne fait sens.

Une heure est passée. Chloé tourne comme un lion en cage entre le salon et le bureau. *Grouille, merde !* Amel l'envoie chier, elle l'empêche de se concentrer. Le ton monte, une porte claque. Silence derrière, puis des bruits de sac, de fouille, de feuille qu'on déchire. Un briquet, plusieurs fois, ça respire, fort, et plus rien. *C'est ça, fuis-moi la paix.*

La journaliste passe à l'autre malle. Même processus, cliché, couche, cliché, couche, pour pouvoir tout remettre en place correctement. Encore du papier, encore des bibelots. Un cadre. Dedans, il y a une sorte de diplôme. Non, pas un diplôme, une *bearer share*, une action au porteur, c'est marqué dessus. Il suffit de détenir ce genre d'acte pour être le propriétaire d'une part de société ou de fonds plus ou moins importante selon le nombre de titres émis. Un instrument de choix pour quiconque veut échapper au fisc ou blanchir de l'argent puisque, non nominatif, il permet de rendre totalement invisible l'actionnariat réel de n'importe quelle structure et de dissimuler les transactions effectuées par celui-ci. Montana possède un bout d'une entité baptisée Besnick INTL, immatriculée aux Antilles néerlandaises. Action au porteur, Antilles néerlandaises, ça sent bon l'escamotage de fric. Ce nom, Besnick, Amel l'a déjà lu dans les dossiers étalés sur le sol. Rapidement, elle fait défiler les photos prises, repère une chemise Besnic Transglobal Shipping, un DVD BES Holdings, les retrouve physiquement dans l'inventaire de la première cantine et les marque avec des Post-it rouges, une couleur gardée en réserve. Ensuite seulement elle s'attaque à l'examen plus précis du contenu de la seconde malle. Nouveau patchwork, avec un peu plus de touches écarlates dedans. Il y a du *Bes-machin* partout.

Un œil sur l'écran du mobile, presque deux heures, c'est long, il faut accélérer. Sac à dos, MacBook, Amel l'allume, le connecte à un disque dur amovible, insère BES Holdings dans le lecteur optique, lance une copie, tend l'oreille. Chloé est silencieuse. Vérification rapide, dans les vapes. La chambre empeste l'odeur douce-amère d'un mélange réglisse brûlé vinaigre. À côté du lit, par terre, une feuille d'aluminium brunie, un briquet et sa paille.

La journaliste retourne dans le bureau.

Juste le rouge, page par page, photo après photo, c'est laborieux, bientôt midi, ne pas trop tirer sur la corde. Amel néglige un classeur BS Ltd, termine par le cadre et range, dans l'ordre. À treize heures, les deux malles sont refermées, elle s'assure de n'avoir rien oublié et remet les cadenas en place. Les Post-it dans une poche plastique, à jeter, ses affaires dans son sac à dos, le tout dans le couloir. Ultime contrôle de la pièce, rien ne traîne, par terre ou ailleurs. La journaliste aperçoit alors l'ordinateur portable de Montana sur le bureau, hésite, se raisonne et tente de verrouiller la porte. Quand elle y parvient enfin, elle souffle, soulagée. Et sourit.

Chloé ne dort plus. L'œil rougi et retors, elle dévisage Amel lorsqu'elle se pointe dans sa piaule, accepte de la raccompagner à l'entrée et, sans un mot, l'abandonne sur le palier. Le souvenir de la main sur sa fesse, dans le couloir, plus tôt, tourne dans sa tête. *T'es ma pute, maintenant.*

Vingt-deux heures et une foule débordante d'espoir a pris possession du Cafe do Sol. Deux cents personnes peut-être, beaucoup de locaux, des touristes en nombre et pas mal d'animateurs des clubs de plongée et des hôtels voisins. L'établissement n'a jamais reçu autant de monde. Sans trop se mélanger, les frontières sont respectées, ça mange, ça boit, ça s'amuse, ça se trémousse, l'œil attentif à l'écran de projection déplacé exceptionnellement au-dessus du bar. En cinémascope, la spéciale élection présidentielle américaine de CNN. Pas de son, juste des images, couvertes par le *set* d'un DJ installé en bout de comptoir pour quelques heures encore, jusqu'aux résultats définitifs.

La journée a été chaude et la nuit s'annonce douce, Roni Mueller espère qu'elle restera joyeuse. Il est adossé à la rambarde de l'escalier, a une vue imprenable sur la place centrale de Ponta, transformée en parking pour l'occasion. Ce soir, c'est l'unique accès au restaurant, il a bloqué l'autre entrée afin de maîtriser le va-et-vient des clients et limiter les embouteillages dans la Rua C. Et il s'est posté là, en compagnie de Valdimar, pour accueillir les gens.

Vérifier qui se pointerait.

Les Lepeer sont venus. Avec un autre couple. À l'accent, des Sud-Africains. Mais les accents, Roni en sait quelque chose, peuvent être truqués. Ces quatre-là sont arrivés tôt. Il les a regardés dîner, rire, parler avec Kayla lorsque celle-ci faisait le tour des tables pour aider au service. À présent, les deux hommes sont accoudés à la balustrade de la terrasse, une bière à la main. Jacqueline Lepeer et sa copine dansent juste devant eux, sur un bout de piste, elles se déchaînent.

Sans doute ne s'agit-il que d'une très innocente et éphémère amitié de vacances.

Sans doute ne faut-il pas céder à la paranoïa.

Roni se débat pour ne pas lui céder. Il aimerait y parvenir, mais c'est difficile, son extrême méfiance, presque une seconde nature, a longtemps été une qualité précieuse. Il n'est pas aidé par le malaise de Kayla, il persiste et accentue son trouble. Trois jours avec moins de mots encore qu'à l'habitude, juste des gestes et des regards dérobés, lorsqu'il ne faisait pas attention ou faisait semblant de ne pas faire attention. Il perçoit chez elle un désir très fort de dire et une réticence tout aussi impérieuse à parler. Kayla a peur, de quoi il ne le sait pas, il ne le comprend pas, et il n'aime pas ça, il ne s'aime pas si impuissant.

Quelques mois après leur rencontre, lui-même avait traversé une période compliquée. Accepter une nouvelle existence, sédentaire, à deux, prometteuse mais handicapée par les fantômes, les secrets et les non-dits, se révélait plus ardu que Roni ne l'avait envisagé. Pour le fugitif, le mouvement perpétuel devient vite une drogue dure, indispensable et destructrice. S'arrêter, c'est la mort, continuer, l'absence de vie. L'horizon est à la fois infini et sans issue. Une nuit plus pénible, ils étaient tous les deux allongés sur un matelas, dans la poussière de béton de leur futur salon, sous une moustiquaire de fortune clouée au plafond, et le sommeil ne venait pas. Son insomnie avait réveillé Kayla. Elle s'était collée à lui, avait murmuré : « J'aime ta douleur car, lorsque je la sens, je peux te l'enlever. » Et elle avait réussi à l'apaiser, cette fois-là et d'autres, lorsque ses angoisses silencieuses revenaient, par des paroles simples et douces, qui ne demandaient rien et n'invitaient pas à la confession, des paroles de présence, de confiance. Ces paroles, Roni aimerait pouvoir les conjurer, mais elles lui échappent. En deux ans, il n'a jamais eu besoin de réfléchir aux justes choses à dire.

Kayla s'est avancée sur la terrasse, pieds nus, au milieu des fêtards. Elle est vêtue d'une robe T-shirt gris clair serrée à la taille par une ceinture de cuir portée un peu lâche. La coupe du vêtement, échancré aux épaules, souligne la délicatesse de sa silhouette, à la limite de la maigreur, et le caramel de sa peau. Elle se laisse prendre par un remix de *California Soul* que Roni entend à peine. Dans ses oreilles coule une autre mélodie, plus lente, en décalage avec l'ambiance musicale du Cafe do Sol. Nécessité d'être à part, pour mieux observer, capter ce qui doit l'être, un vieux manque, réapparu ces derniers jours. Étrange spectacle des corps aux ondulations à contretemps des mesures diffusées par les écouteurs de son iPod, du monde en accéléré et lui au ralenti, à sa vraie place, où il retournera définitivement s'il ne trouve pas ces putains de mots.

Elle est belle.
Il a envie de la rejoindre.
Kayla voit que Roni la dévisage et elle se met à dialoguer avec lui à distance, le défi de ses hanches et de ses épaules dénudées répondant à son immobilité parfaite. Quand il sourit enfin, elle ferme les yeux et sourit à son tour. Autour d'elle, ça reluque et ça se presse. Les plus hardis, alcoolisés, sont deux grands Sud-Africains blonds, dénués de grâce dans leur parade d'approche. Ils écrasent le sol à ses pieds. Roni ne bouge pas. À sa droite, Valdimar s'est raidi. Chacun espère un signe. Le videur du patrão et Roni de Kayla. Elle fait comme si, puante de sensualité, ailleurs. Danser la libère, ses traits sont détendus.

Au bar, André Lepeer guette, attentif, sérieux. Il a aperçu le manège. Sa femme – mais est-ce bien sa femme ? –, toujours sur la piste, a suivi son regard. Roni les surveille. L'épouse, elle aussi concentrée, ne manifeste pas la moindre jalousie. Pourtant, son mari mate une très jolie fille qui danse. Ou l'incident sur le point de se produire. Ou les deux.

Les blonds s'appesantissent.
Agents provocateurs en service commandé ?
Un geste effleure un avant-bras, un bassin s'avance, impudique. Kayla recule, l'air de rien, élégante. Peu après une main s'aventure sur sa hanche. Elle y reste le temps d'une pirouette puis le contact

est rompu. Troisième tentative. Kayla rouvre les yeux, fixe la paire de lourdingues, trop proches, et elle cherche Roni.

Il a récupéré deux fourchettes sur une table voisine, en a dissimulé les pointes au creux de ses paumes, fend déjà la foule, se faufile entre les mecs, entre eux et Kayla, leur tourne le dos. À elle, son expression dit *tout ira bien*. Elle a confiance, il le voit. Elle est là, avec lui, à nouveau. Alors, il attend du coin de l'œil, l'apostrophe, le coup, le bon moment.

Valdimar est en lisière, Romao également, prêts à.

Il ne se passe rien.

Les types se marrent et s'éloignent, fair-play.

La paranoïa. Pas. Céder. Les couverts disparaissent.

Kayla enroule ses bras autour du cou de Roni et l'embrasse, remet le monde à sa place, à distance. L'adrénaline et la peur du moment refluent. Celles des derniers jours aussi. Il s'enivre de son haleine légèrement rhum. Ses doigts glissent, résistent, mal, à l'attraction des peaux. Leurs langues jouent, s'excitent, à contrecœur se quittent. Kayla parle, il n'entend pas. Elle lui retire un de ses écouteurs, le prend pour elle.

Madame rêve d'artifices...

La bulle de Roni devient leur bulle, ils ralentissent.

De vagues perpétuelles
Sismiques et sensuelles...

Kayla ne comprend rien mais s'accroche, emportée par la mélodie languide et crapuleuse. Elle aime la voix de l'interprète. À Roni, elle susurre en anglais : « Qui est-ce ? » Pas d'autre réponse qu'un regard d'une infinie tristesse. Elle écoute encore quelques instants et demande : « Tu sais de quoi il parle ? »

— Une femme ?

— Cherchez la femme. » Elle le dit en français, l'expression est couramment employée par les Anglo-Saxons.

Madame rêve d'apesanteur...

Nouveau baiser, Roni cette fois. Leurs retrouvailles. Elles durent.

De foudre et de guerres
À faire et à refaire...
« Où étais-tu partie ? »
Kayla enfonce son visage dans le cou de Roni, le serre contre elle, très fort, et le hume longuement, pour être sûre qu'il s'agit bien de lui et se donner du courage.
D'un amour qui la flingue...
« Je suis enceinte. »
Roni se prend le monde alentour dans la gueule. Vient une terreur qu'il n'a jamais connue auparavant. Il ne réussit pas à maîtriser la réaction de son corps, s'écarte de Kayla. À peine, mais déjà trop. *Plus rien. Pareil. Jamais.* Ses yeux se précipitent à l'endroit où, depuis le début de la soirée, il perçoit un danger. Les Lepeer ont disparu. Leurs amis sont là mais eux plus.
Madame rêve...
Roni revient à Kayla et voit sa détresse. Elle tremble. Il l'attire à lui. Elle résiste, pas longtemps. Les putains de mots se dérobent encore, mais sa main, à l'instinct, trouve le ventre rempli de vie et se l'approprie. Le geste et la chaleur de sa paume, rêche, rassurent Kayla, il la sent se détendre.
Au ciel...

Tu fais quoi ?
J'allais partir chez Jeff.
Je peux venir ?
Tu devais pas aller à une fête, pour les élections, Barack casse la baraque ?
J'ai envie d'être avec toi.
...
Je veux pas rester toute seule.
Elle a supplié, Chloé, malgré les silences d'Amel. Elle pue la trouille, de tout, du rien, s'accroche à un amour qui la fuit. Une

merde. Elle se dégoûte d'en pincer si fort pour cette sale petite pute arabe. D'avoir résisté tout l'après-midi pour finalement céder vers dix-neuf heures, ce moment du pire, de la fin du jour et du vide béant de la nuit à venir, territoire de l'ennui et de la solitude. On peut être sociale, sociable et isolée, Chloé le sait depuis toujours.

Il y a une trentaine de personnes chez Jeff, essentiellement des journalistes, la plupart sur la terrasse, autour de la grande table, à l'abri d'un parasol maousse et trempé, et d'une bâche agricole, déployés pour protéger les invités du crachin nocturne. La baie vitrée est ouverte en grand. Le photographe a orienté son écran plasma vers l'extérieur, mis la musique à fond. Ici, le prochain président des États-Unis sera élu au son de Led Zep, Hendrix, Dylan. McCain, le candidat républicain, dont le visage s'affiche pour le moment en gros plan sur Bloomberg TV, doit avoir les oreilles qui sifflent. Chloé est à l'intérieur, installée dans un canapé mou. *Toute seule*. Encore. Seule et jolie, ça va souvent ensemble. Des copains de Jeff et Amel l'ont matée, mecs et meufs. Trop jeune, trop élégante pour la soirée. Trop bonne. *Too. Much.* Distante, elle fait semblant de, avec son champagne – un gobelet de Cristal, rosé, elle l'a apporté, quitte à détonner bling, autant provoquer à fond – et son iPhone. Elle n'a rien d'autre à foutre, sauf souffrir, par en dessous, à observer la complicité d'Amel et Jeff. Épaule contre épaule, contre l'humidité glaciale et le reste du monde. Lui rempart attentif, prêt à dégainer la bonne attitude au bon moment. Elle, qui renvoie ses sourires, se penche vers lui lorsqu'il le faut. Sans jamais le toucher. Ce spectacle attriste Chloé et la met en colère. La jalousie n'y est pour rien. La pièce jouée sous ses yeux n'est pas celle d'un couple clandestin ou en devenir, mais celui d'un duo à sens unique, un avant-goût de ses frustrations et de ses peines futures. Amel rayonne et ce con donne le change, seul un aveugle ne s'en apercevrait pas. Toutou fidèle, il restera à ses côtés jusqu'au bout, dans l'espoir d'un changement, d'un plus, d'un mieux, forcément déçu. L'autre en joue, le sait-il, elle profite des gens. *Maintenant, t'es ma pute.* Cette main sur sa fesse, elle brûle encore Chloé.

Et pourtant elle est là, pour ses grands yeux émeraude. Et le reste.

À l'autre extrémité de l'appartement, sur le plan de travail de la cuisine, ça tape en va-et-vient. Ils sont plus nombreux qu'on pourrait l'imaginer. En d'autres circonstances, Chloé aurait ironisé sur ce bel appétit du quatrième pouvoir pour l'ultralibéralisme en poudre, mais ce soir elle n'en a pas la force, et il lui fait peur. Elle s'est jetée dans le vide avec l'espoir d'être rattrapée au vol par ces gens. Ils en sont incapables. Seule différence entre eux et Alain, leur faiblesse, ou leur connerie, les deux peut-être. Elles les castrent, les empêchent de jouer de leurs hypocrisies et de leurs petites amoralités pour s'emparer du seul pouvoir qui compte, celui du fric.

Il y a un mec au centre du manège, le genre cuir noir alternatif, à Stan Smith et boucle d'oreille. Cheveux en pétard, crades comme il faut, l'œil délavé et rougi par l'abus d'alcool et sa part de la coke distribuée afin d'arrondir ses fins de piges. *Inrocks* ou Canal, sans doute chroniqueur pour les deux, Chloé ne sait pas, mais elle a reniflé le dealeur à la petite semaine dès son arrivée. Il l'a vue aussi, se croit sûrement en veine d'avoir été ainsi remarqué.

Amel arrive avec le magnum de Cristal abandonné sur la terrasse et un verre vide. Elle s'assied à côté de Chloé, sur l'accoudoir pour garder l'ascendant, lui fait la conversation, la couve. Lait sur le feu, ne pas la laisser seule, gare au scandale et au coup de voix, d'éclat, au fracas. Il y a de l'appréhension dans ses paroles, ses gestes d'affection sont raides. Jeff ne tarde pas. À deux, ils maintiennent les importuns à distance, détournent l'attention. Image sage, Chloé suit, donne le change, rit, opportune et automate. Elle a été bien dressée. *Où est-il ?* Penser à Montana n'est pas une surprise. Se dire, amère, que peut-être c'était mieux avant et regretter ce temps l'est déjà plus. *Fini, pour de bon ?* Cette pensée terrifie Chloé. Plus qu'une vie facile, à sa façon tordue et perverse, Alain lui donnait de l'assurance, de la force, l'abritait, de tout, de tous. En particulier de son père. Après un répit de trois mois, il recommence à la harceler, la bombarde de textos, use de sa mère pour franchir les barrières. Chloé abuse également de Micheline, leur destructeur petit rituel familial est bien rodé. Guy se manifeste et elle, réflexe, appelle son *ex-maman*, qui ne décroche pas, plusieurs fois, puis aveugle et lâche, se range enfin du côté de son mari à l'embuscade suivante, et le défend. Provoque la fureur de sa fille. Joy, à l'écart, n'intervient plus. Seul dans le camp de Chloé jusque-là, Montana.

Elle regarde Amel.

La journaliste est loin, semble l'avoir déjà abandonnée. *Jamais elle ne me protégera comme lui.* Amel discourt et on l'écoute, avec dévotion. Chloé se débecte d'être ainsi impressionnée et plus amoureuse encore de cette autre, si sûre d'elle, articulée. Le propos, l'image des femmes, leur place, le mâle dominateur, n'est pas neuf, mais il sonne juste. En filigrane, il vise les congénères à talons de douze, collabos complices de l'oppression. Il frappe Chloé en plein cœur. *Je suis sa pute et elle me méprise.* Blessée, elle se lève et file dans la cuisine, rapide, brusque même, pour prévenir toute réaction.

Le rockeur en simili perf' bafouille sa péroraison lorsque Chloé paraît, approche, le frôle pour se servir un verre au robinet, boit, pas seulement de l'eau, ses paroles mâles aussi, la moue en coin et les lèvres humides, entrouvertes, léger, juste assez. Un trait disparaît dans le nez de l'un des interlocuteurs, une femme attend son tour, l'œil fixe et l'oreille distraite. L'âge rend les drogués pathétiques.

« Et pour moi, il en reste ? » Le regard de Chloé croise celui d'Amel, dur, au loin. Elle n'approchera pas. Plus que le scandale, la journaliste craint la tentation. L'envie affleure sous la surface, Chloé le sait, mais la salope ne cède plus, elle se maîtrise. Et s'éloigne. Et ça fait mal.

Stan Smith vient de voir les semelles rouges des escarpins, il flaire le blé. « Tu paies ?

— J'échange.

— Contre quoi ?

— Pas ici.
— Je ne suis pas un garçon facile.
— Tout de suite, le cul.
— Quoi d'autre ? »

Chloé sent une main descendre le long de son bras, elle ordonne : « Va m'attendre dans la salle de bains. » Il obéit après une hésitation et elle le rejoint deux minutes plus tard, le temps de le laisser mariner et de baiser Amel sur la bouche devant ses potes. Déstabilisée, la journaliste ne dit rien quand elle voit Chloé disparaître derrière la porte, elle a oublié qu'on l'y a précédée.

La pièce d'eau est minuscule, les corps sont proches, s'impatientent. « Alors ? » « Fais voir ta C. » « Qu'est-ce que tu offres ? » « T'en prends un peu avec moi ? » « Alors, tu me cèdes quoi ? » Chloé joue, avec l'idée de, avec le feu, avec sa rage et son dégoût, elle montre un G d'héro, bien serré dans son papier, propose : « Ça. Ou. » « Ou quoi ? » Il rigole pour se donner une contenance. « Les deux ? » *Tous les mêmes.* Stan Smith se colle, il tâte, cherche le bon mot pour tout emporter, le morceau et le reste. Chloé n'en peut déjà plus de lui. « Un contre un. » « Un contre une. » Il la tripote, elle va le rappeler à l'ordre, hurler peut-être, ou se laisser faire, *je l'aurai bien cherché*, quand quelqu'un toque, cogne plutôt.

Amel. Elle gueule. *Charles-O !*
Chloé pouffe : « Charlot ?
— Charles-Olivier. »
Estelle arrive.
Panique des yeux et des gestes, l'enfant du rock est pressé de sortir. Chloé s'en amuse. Petit con qui se fait dessus devant sa copine. *Tu branles quoi, ici, avec moi ?* Elle le bloque et l'embrasse à pleines dents, le cloue sur place quelques instants, se moque d'être dégagée avec brutalité, éclate de rire lorsqu'il ouvre sur la mine sévère d'Amel. Elle n'entre pas lorsque Chloé referme. Les secondes passent en minutes et deviennent quart d'heure. Personne ne vient la chercher, la sauver. *Toute seule.* Toujours. De l'autre côté, paroles et musique

en sourdine, Jeff joue avec sa guitare, le monde applaudit et se marre. Sans elle. Sous son nez, écrasés par des spots sans pitié, la faïence gris calcaire, le rideau de douche délavé, un peu moisi sur le liseré, l'accumulation de flacons entamés, de tubes tordus, pressés, le miroir taché, un poil de couilles par terre. La coco de Stan Smith traîne sur le carrelage, abandonnée dans son sachet. Chloé ramasse, même si elle n'en a plus envie. Elle n'a plus envie de rien, sauf d'être loin d'ici. Elle s'envoie une ligne de sa propre merde avant de s'asseoir sur le rebord de la baignoire. Elle y est allée fort et bientôt ça tourne, vite, trop. Elle tombe à la renverse et se cogne le front contre la fonte émaillée.

Même pas mal.

Des cris de joie réveillent Chloé. La salle de bains est à plusieurs heures de distance. Elle le pige au nombre de survivants de la soirée, une dizaine tout au plus, ils se congratulent autour d'un Jeff souriant, basse en bandoulière, et au changement de décor, elle est allongée sur le canapé. Une veste en laine lui tient chaud et sa tête repose sur les genoux d'Amel. Qui sourit.

« Obama a gagné. »

Elle s'en fout Chloé, elle a déjà tout ce qu'elle veut, la main d'Amel en caresse.

7

Il y a la sensation de la texture de sa chair sous ses dents, l'impression très forte de manger son odeur, d'avaler son corps. Et le souvenir de faire siens les spasmes de douleur et de plaisir qui s'ensuivent, d'épouser l'onde de ses gémissements, à leur rythme de mordre, un peu plus fort, un peu plus profond, ce mamelon durci par ses doigts quelques instants plus tôt. Kayla adore quand Roni joue avec ses seins, ça l'envoie loin, et lui, il aime la faire partir. Tout à l'heure, il les a agacés jusqu'à l'intolérable avant d'écarter les mâchoires pour les relâcher, les embrasser, lécher le sang aux endroits où il l'avait blessée, percée, marquée, pour l'aider à cicatriser. Ensuite, il a recommencé. Jusqu'à ce qu'elle vienne. Ils étaient rentrés peu après la proclamation des résultats, laissant tout derrière eux, à Valdimar et aux autres, pressés de se retrouver. La lumière du matin cognait derrière les rideaux et, couché sur elle, il regardait son visage apaisé par ce premier orgasme. Elle riait doucement, à poings fermés, soupirait pendant qu'il lui caressait les cheveux. Le sourire de Kayla s'est élargi, elle a ouvert les yeux et Roni, incapable de soutenir son regard, est allé se cacher contre sa poitrine pour laisser passer l'émotion. Le parfum de sa peau l'a pris et il a, peut-être pour la dernière fois, pu admirer au plus près la perfection de son grain. La peur du vide s'est installée, a duré. Kayla s'est rendu compte de son trouble. Sans rien demander, elle a guidé ses doigts vers son pubis, ouvert, trempé. Roni bandait déjà, la respirer a toujours suffi, et il ne souhaitait plus s'amuser. Il l'a retournée, emprisonnant ses poignets dans son dos, et l'a pénétrée sans douceur. Il a senti la morsure des ongles de Kayla, les poussées de son cul contre son bassin et, chaque fois qu'ils se heurtaient, de plus en plus brutaux, il aurait aimé rester là, tout au fond, pour toujours, ne plus s'échapper d'elle. Mais Kayla ne voulait pas. Elle désirait sa violence, encore, encore, *more*, encore. Plus fort. Ils ont joui comme jamais. Et elle s'est endormie.

Pas lui.

Il n'était pas tranquille, une image le hantait. Celle du reflet de Jacqueline Lepeer dans le miroir des toilettes des hommes du Cafe do Sol. *À l'affût*. Il les croyait partis, il les avait juste perdus de vue. Chaleur, moiteur de la nuit, après une dernière danse de victoire et d'oubli au lever du soleil, pour célébrer l'entrée de l'homme noir à la Maison-Blanche, Roni était parti se rafraîchir d'un coup d'eau et c'est là que la Belge l'avait surpris. Il était torse nu, penché sur le lavabo pour humidifier son T-shirt et, au moment de se relever, il l'avait aperçue en train de le fixer. Ou plutôt de fixer les stigmates si caractéristiques de son buste. Elle avait évidemment prétexté une erreur, dans un anglais aux relents français, mais ses yeux puaient le mensonge et peut-être autre chose, la jubilation. Après quelques secondes – *de trop ?* – elle s'était repliée.

L'intensité de ce regard obsède depuis Roni. Qu'on soit parvenu à se glisser derrière lui sans un bruit, subreptice, aussi.

Céder à la parano ?

Incapable de sombrer, Roni a observé un moment le sommeil de Kayla et a fini par aller se laver dehors. Le Toyota de Valdimar était là et sa jeune épouse préparait à manger sous l'auvent de la maison du fond. Il l'avait saluée, était entré dans la douche d'été, ignorant la curiosité de la gamine, toujours à épier sa nudité de m'zungu. Longtemps, il a laissé couler l'eau froide sur sa tête et ses épaules, dans l'espoir de chasser son anxiété, mais il se sentait encore très las quand il est enfin rentré. Indécis, il a fait halte dans le salon. À l'étage, Kayla dormait toujours. Dans la maison, il n'y avait pas de bruit. Roni a écouté le chant des oiseaux et du vent, dehors, sans perdre de vue le *kukri* exposé sur l'un des murs de la pièce. Quand il s'est remis en branle, il ne l'a pas décroché, le moment n'était pas encore venu. Il a filé dans la cuisine. Après y avoir récupéré un trousseau de clés scotché sous un meuble et une lampe de poche, il est revenu dans le salon et a déplacé un tapis en jonc de mer pour mettre au jour une trappe métallique verrouillée. Dessous se trouve une cave en béton exiguë dans laquelle on peut se tenir seulement courbé. Il y est descendu. Là, Roni a stocké divers produits chimiques, du petit matériel et une malle cadenassée. Elle renferme des reliques de ses quatre premières années africaines, des choses qu'il ne veut pas montrer à Kayla, mais n'a pas réussi à jeter, pas encore, peut-être jamais. Elle contient également un grand sac étanche Procean, d'un type utilisé pour la plongée. À l'intérieur, il a retrouvé un passeport, mozambicain, au nom d'Aaron Millar, acheté l'an dernier à un fonctionnaire complaisant, un permis de conduire et deux cartes de crédit en cours de validité, les trois également au nom de Millar, des espèces, l'équivalent de mille dollars en meticals, la monnaie locale, et aussi en rands, la devise d'Afrique du Sud, cinq mille dollars américains et une somme identique en euros, un sachet de diamants, vingt mille dollars potentiels de plus, un téléphone mobile très basique et plusieurs cartes d'abonnement prépayées compatibles, un GPS Garmin, un Beretta 92 approvisionné, trois chargeurs de réserve déjà garnis et une centaine de cartouches de 9 mm supplémentaires, quatre grenades flashbang, une matraque télescopique et une autre électrique, une pince multifonction Gerber, des outils de crochetage, deux rouleaux de gaffeur, des Serflex, des gants de combat, une trousse de secours militaire, des vêtements de rechange et une paire de chaussures de randonnée. Roni a tout bien étalé sur le sol de sa cache, a pris le temps de vérifier, d'hésiter, de s'interroger, et a remballé ce baise-en-ville d'urgence, pas encore tout à fait décidé. Sauf le téléphone, le GPS et la matraque électrique, qu'il est allé recharger dans la chambre d'appoint. Et il a gardé le ruban adhésif et les Serflex.

Ensuite, il est retourné dans la soupente, s'est installé au bout du lit, dans un fauteuil, et depuis une demi-heure, il regarde Kayla dormir. Il faudrait filer sans perdre une seconde, avant qu'elle ne s'éveille, écouter sa parano, éloigner le danger. Il ne peut pas, ne doit pas rester, pas lui faire ça. Pas leur faire ça. *Si vite ?* À peine une nuit écoulée et il rêve *eux*, déjà. Ou *elles*. Ce pourrait être une fille. Roni se demande s'il aimerait avoir une fille et se dit qu'il s'en fout, il voudrait juste pouvoir envisager *nous*. L'idée de penser *nous* le terrifie. *Ne fais pas ça.* Penser ainsi, c'est se projeter, c'est l'aimer, cet enfant à venir. *T'as pas le droit, tu l'as jamais eu.* Aussi loin que l'on fuie, il y a une personne à laquelle on n'échappe pas, jamais, soi. Roni s'est bercé d'illusions en croyant à cette vie, elle n'était pas pour lui. Un temps, il a pu s'imaginer libre, normal. Il a même fait l'expérience du bonheur véritable durant ces deux années avec Kayla. Il devrait être reconnaissant, c'était inespéré. Maintenant, c'est terminé.

Elle n'a pas besoin de cela, elle ne le mérite pas.

Notre bébé non plus.

« Tu vas partir. » Kayla s'est réveillée.

Perdu dans ses réflexions, Roni ne s'en est pas rendu compte.

« C'est à cause de l'enfant ? » Si la voix tient encore, dedans ça s'effondre, son visage la trahit.

« Non. » Ou peut-être que oui.

« Non tu ne vas pas partir, ou non ce n'est pas à cause de l'enfant ? »

Suis-je l'un de ces sales types qui abandonnent leur gosse ? Personne n'a abandonné Roni. *Mais elle si.* Lui a perdu ses parents. Un accident, la fatalité, injuste, monstrueuse dans son absence de logique. Moins que la défection d'un père toujours vivant mais incapable de surmonter ses préjugés et de reconnaître sa fille, ou d'une mère morte de chagrin. Kayla a tout balancé un matin sur la plage, il n'y a pas si longtemps. Elle a évoqué ces rêves récurrents au cours desquels *l'Irlandais*, c'est ainsi qu'elle le nomme, est à la fois omniprésent et juste une silhouette méconnaissable, semblable à celle de l'unique photo en sa possession, un polaroïd aux couleurs fanées. Toujours, il disparaît à l'instant où elle va le rejoindre. Se raconter a été difficile, elle a beaucoup pleuré. Sur le moment, Roni s'est senti nul, impotent. Et flatté, paradoxalement, de la voir ainsi s'ouvrir, offrir une preuve de plus de sa confiance. *Flatté de quoi, connard, t'as rien compris.* Les confidences, le médecin, l'introspection et les réticences des derniers jours, Roni n'a pas su interpréter les signes. Il ne peut pas s'en aller ainsi. « Ce n'est pas ce que tu penses.

— Va te faire foutre, vous êtes tous pareils.

— Non.

— Prouve-le ! »

L'instinct de Roni l'incite à se lever sans l'ouvrir, à filer. Les chocs de l'existence, son entraînement, son expérience, l'ont formé, déformé, conditionné au silence et au secret, à la défiance. Ne rien dire, pour se préserver lui et la sauver elle. Si elle ne sait rien, elle n'est pas une menace. *Je ne suis plus cet homme-là.* Kayla l'a métamorphosé. Peut-être n'acceptera-t-elle pas celui qu'il a été, mais il ne veut pas se barrer en laissant croire qu'il l'a trahie aussi.

Ils se dévisagent.

Roni se lance. Une confession pour une confidence, la confiance est à ce prix. D'abord en français, sans y prendre garde. Les mots accrochent, ils reviennent de loin. Son vrai nom surtout. « Je m'appelle Ronan Lacroix. » Poursuivre en anglais est plus confortable. « Des gens me cherchent, je crois qu'ils m'ont retrouvé. » Il explique l'essentiel, la France, sa fuite, pourquoi, combien de temps, l'Afrique, la violence et la mort, au fond de lui, autour de lui, qui l'ont guidé tout au long de sa vie d'adulte. Et jamais ne le laisseront en paix. « J'y ai cru, j'ai essayé d'être à la hauteur de ça. » D'un geste, il englobe la chambre, la maison. « De toi. » Son bras retombe lourdement. « J'ai fait une erreur. J'en avais tellement envie. »

Kayla encaisse. Roni, Ronan, quelle que soit son identité, elle va devoir réapprendre à l'appeler. Elle digère son histoire, parcourt à rebours la leur.

L'attente est intolérable.

« Tu as une famille ?

— Morts. Il y a longtemps. »

Kayla acquiesce, s'approche, prend une main, l'embrasse avec tendresse, la plaque sur sa joue. « Ton corps, il t'a mis à nu la première fois que je l'ai aperçu. Au fond, j'ai toujours su.

— Avec moi tu es en danger.

— Là où j'ai grandi, la peur et les risques étaient partout.

— Je dois disparaître.

— Alors je disparais avec toi.

— Tu ne te rends pas compte.

— Toi non plus.

— Ça ne s'arrêtera jamais.

— Mais nous serons ensemble.

— Et elle ? » Roni baisse les yeux vers le nombril de Kayla.

Elle sourit. « Ou lui. »

La main de Roni glisse de la joue vers le ventre, ose à peine le toucher. *Ne fais pas ça.*

« Je ne peux pas. »

Kayla balance une gifle. Elle claque dans le silence de la maison. « C'était pas une putain de proposition. » Une larme s'échappe du regard en colère, glisse. « Je suis pas ma mère. »

Roni essuie la joue humide.

« Tu es sûr de toi ?

— Sûr de quoi ?

— Il ne s'agit vraiment pas d'autre chose ? » Kayla prend les doigts de Roni et les pose à nouveau sur son abdomen. « On viendra sans hésiter. Si tu es sûr. »

Il ne la contredit pas, ne remet plus en cause l'idée d'une cavale à deux. Dans sa tête, il passe en revue ce qui l'a perturbé à propos des Lepeer et, avant même de le verbaliser, il se met à douter, horrifié à l'idée d'avoir confondu un malaise avec un autre. Quand il s'explique enfin, ces touristes avec des jumelles et un appareil photo, surpris en bord de plage, *à baiser*, ce m'zungu qui parle à des locaux dans un bar, *et se fait arnaquer, l'Afrique*, cette femme au regard fixe, inquisiteur, *ou juste fatigué après une nuit de fête*. Roni a l'impression d'être réellement devenu parano. *Peut-être un vrai sale type.*

Kayla l'écoute, pose trois questions simples à la fin : « Ils sont là depuis une semaine ?

— Oui.

— Pourquoi prendre le risque d'être vus sans rien tenter ? »

Roni pourrait dire *repérages*, mais cette réponse paraît absurde. Il la boucle.

« Ils partent demain ?

— Oui.

— Alors tu as peu de temps.

— Pour faire quoi ?

— Vérifier. » Kayla se lève. « Mais avant ça, tu vas me dire quoi préparer. »

Dans le cadre de la session nationale de formation de l'IHEDN, Alain Montana se rend régulièrement dans le septième arrondissement pour y donner des conférences. Ce mercredi 5 novembre, il doit participer à un débat entre des représentants de la Défense, du monde du renseignement et de l'entreprise. Quelques minutes avant la tenue de celui-ci, en début d'après-midi, Olivier Bluquet l'intercepte à l'entrée de l'École militaire. Cette irruption contrarie Montana, tant à cause de la surprise, il n'apprécie pas l'impromptu, que de sa probable signification, une mauvaise nouvelle. Bluquet ne se serait pas déplacé en personne autrement. Il invite les deux hommes d'affaires avec lesquels il est arrivé à rejoindre sans attendre la salle où va se tenir la rencontre du jour et entraîne le chef de la sécurité de PEMEO à l'écart. Le compte rendu est rapide. Hier matin, rue Guynemer, deux individus ont rejoint Amel Balhimer et la petite Lassée. Identifiés d'après les immatriculations de leurs véhicules, encore un service rendu à titre onéreux par une connaissance de Bluquet à la Préfecture de police de Paris. L'un des deux est un agent immobilier, le beau-frère de la beurette. L'autre est un serrurier de Seine-Saint-Denis, parfois sous-traitant du ministère de l'Intérieur. Un bon. Cette nouvelle ne provoque pas les réactions anticipées, l'appréhension et l'agacement, voire la colère. Au cours du bref exposé, Montana a été déconcentré par un SMS. Bluquet a juste eu le temps de lire un prénom, *François*, et a vu son patron sourire après avoir consulté le message. « Pas d'inquiétude, Olivier. » Le texto est effacé, le téléphone rangé. « Je vais vous dire ce que nous allons faire. »

André Lepeer dîne au Cafe do Sol. Sans sa femme. À la jolie propriétaire métisse, seule en salle pour servir, il confie, au moment de la commande, que *Jacqueline est fatiguée de ses excès* et la remercie du bon moment passé ici hier. La fille sourit, compatit, va s'occuper des deux autres personnes attablées en terrasse. Ce couple mis à part, il y a trois buveurs accoudés au bar. Six clients en tout, petite soirée. Cela ne dérangera pas la direction qui, sur des affiches placardées aux entrées, a prévenu tout le monde : à cause de la fête donnée la veille pour l'élection américaine, l'établissement ferme ce soir à vingt et une heures trente. La météo a également dû dissuader les gens de sortir. Un capricieux vent de mer s'est levé, désagréable. Il a apporté avec lui des nuages menaçants et obscurci le ciel.

Le pseudo-Belge frissonne, la température a considérablement chuté au coucher du soleil. Il referme le col de sa polaire et, du regard, cherche Roni Mueller. Il l'a aperçu tout à l'heure à son arrivée. Ensuite, plus rien. Il se demande s'il doit s'en inquiéter. Par acquit de conscience, un réflexe inutile il le sait, il consulte l'écran de son mobile et, nerveux, peste de constater une nouvelle fois l'absence de réseau. Depuis qu'ils sont ici, ils se battent pour établir des liaisons fiables. Dans le village, la réception est aléatoire au mieux et localiser les quelques points à partir desquels ils peuvent téléphoner a été problématique. Le Cafe do Sol reçoit parfois un signal. Pas aujourd'hui. L'orage tout proche sans doute.

Les autres sont venus avec des Icom pour cette raison. Le problème, c'est qu'ils en ont pris deux, ces cons. Pas trois, pas quatre, deux. *Du travail de nègre.* André aurait dû y penser, vérifier, insister. Du coup, il a fallu trancher. L'un des terminaux a été laissé à Jacqueline, dans leur bungalow, afin qu'elle puisse suivre en direct la mise en place. Et lui, il est sourd et muet. En cas de problème, son *épouse* a pour consigne de le rejoindre ici. Elle ne s'est pas pointée. Donc RAS, tout va bien, pas d'imprévu. Donc Roni Mueller, né Ronan Lacroix, n'est pas rentré à la maison avant l'heure. Donc pas de souci, le colis est juste invisible, pas loin. Peut-être dans son bureau à l'étage. André aurait bien aimé le revoir avant de terminer son repas, a même gagné du temps avec un digestif, mais il doit se résoudre à partir sans confirmation visuelle. Après avoir payé, il descend l'escalier et disparaît dans le noir. Facile, le ciel couvert et l'absence d'éclairages publics dans Ponta do Ouro rendent la nuit opaque.

À vingt et une heures dix, André a fait le tour du Cafe do Sol et pris position dans la Rua C, de façon à surveiller la seconde entrée du restaurant sans être vu. Mueller et sa copine partent par là tous les soirs. Elle apparaît trente minutes plus tard, pas sur leur quad et sans son mec. Elle se barre dans le vieux Land Cruiser du videur, en compagnie de ce dernier et d'un autre local, plus jeune, déjà présent lors des festivités électorales. Pas de colis. André n'aime pas ça. Nouveau coup d'œil infructueux à l'écran de son portable et, dès que la bagnole a disparu, il se met à courir vers le Motel do Mar. Il faut prévenir Jacqueline, appeler Hassan Gasana et ses deux sbires.

L'hôtel où les faux époux sont descendus est proche de l'océan. Au plus près de la plage s'élèvent des pavillons blancs aux balcons et aux volets turquoise, chacun de quatre chambres, sur deux niveaux. Derrière, il y a une aire récréative, avec une piscine et un snack, et plus loin encore, au milieu de pelouses, quelques bungalows de plain-pied, détachés les uns des autres, plus spacieux, familiaux. Les Lepeer occupent l'un d'entre eux, le dernier, tout au fond. Il se trouve sous les avancées d'un bois de palmiers et d'eucalyptus qui couvre le sud du village jusqu'à la maison du colis, située à cinq cents mètres à peine à vol d'oiseau. Afin de ne pas être remarqué, atavisme professionnel, André évite l'entrée du Motel do Mar et, pour atteindre son bungalow, fait un détour en suivant la lisière. Il sprinte sans craindre d'être entendu, le vent agite la végétation et couvre tous les bruits. Ceux que lui produit. Ceux des pas dans son dos au moment où il quitte la protection des arbres. André sent un truc s'enrouler autour de son cou. Ça le serre. Béquille au creux de son genou, il se voit basculer en arrière. Il ne réfléchit pas, l'entraînement, et sait, *syncope, se dégager, vite*. Il se met à donner des coups de coude, furieux. Des jambes viennent immobiliser son buste, limiter ses mouvements. L'air lui manque, le sang ne monte plus, trou noir. Pas longtemps, quelques secondes, peut-être plus. Il a la sensation qu'on le retourne. Ses poignets sont bloqués derrière lui. Il est bâillonné, ça pue l'éther et là, il s'évanouit pour de bon.

Quand il reprend connaissance, une ombre gigantesque le domine. Elle a une griffe crochue, très longue, et sur son crâne, les cheveux sont épais, descendent aux épaules. Dans la confusion de sa tête qui tourne, un nom revient, improbable, débile : *Predator*. L'impression persiste un moment, se dissipe. L'ombre n'est pas gigantesque, elle est debout et André assis. Et ce n'est pas une ombre, ni un monstre de cinéma, mais un homme à contre-jour. Ronan Lacroix et ses dreadlocks ridicules. Il observe André, tient un kukri. Le poignard est encore dans son fourreau. Jacqueline se trouve à sa gauche, également sur une chaise, le même genre, à structure acier, pliante. Bouche scotchée, saucissonnée, les mains derrière le dossier, collées séparément aux montants de métal avec du gaffeur renforcé de Serflex. Les chevilles aussi. Elle a le visage enflé d'un côté, *elle a mangé grave*, respire vite, par saccades, ses yeux sont grands ouverts, fixés sur André, terrifiés. Il lui adresse un regard qu'il aimerait apaisé. *Calme-toi*. Ils sont préparés à ce genre de situation. *Concentre-toi sur notre légende, tout ira bien.* Jacqueline bouge discrètement la tête vers le bas. *OK*. Ils sont dans le salon du bungalow. Au fond à droite, la cuisine américaine, l'espace repas. De l'autre côté, la porte vers la chambre d'appoint, le couloir vers leur chambre et la salle de bains. Nouveau coup d'œil à Jacqueline, elle semble se maîtriser.

Ronan Lacroix dit quelque chose. Premier échange direct avec le colis. Il leur parle dans leur langue, c'est étrange, ils ne l'ont jamais entendu parler français. L'interrogation est répétée. « Comment m'avez-vous retrouvé ? »

Malgré lui, André se tourne vers son binôme, se reprend aussitôt. Trop tard, l'autre a compris et s'accroupit devant Jacqueline, retire partiellement son bâillon. Elle se met à crier, reçoit une claque, une de ses lèvres se fend, elle saigne. Silence. Lacroix recolle le gaffeur, va brancher le poste radio fourni avec la piaule sur une station ondes courtes, monte le son, qui s'ajoute au raffut du vent, et revient devant ses prisonniers. André ne fait plus gaffe à son baratin, il vient de penser à l'Icom laissé à sa partenaire, essaie de le repérer. *Où est-ce qu'elle l'a foutu ?*

Lacroix le rappelle à l'ordre d'une tape derrière la tête. « Je pose des questions, vous me répondez. La vérité, ce sera plus simple pour tout le monde. »

André, gêné par l'adhésif, gueule des explications inaudibles. Ils ne savent pas qui il est, il se trompe, il faut les croire, ils sont en vacances, il y a erreur, il le jure.

Lacroix attend qu'il se taise. Geste sec, il arrache le scotch de la bouche de Jacqueline. « Comment m'avez-vous retrouvé ?
— Laissez-nous tranquilles. On vous a rien fait.
— Belges, Suisses, classique. C'est bien Mortier qui vous envoie, non ?
— Qui ça ? » Jacqueline s'agite sur sa chaise. « Ça va pas ?
— Vous êtes ici pour moi.
— Détachez-nous ! Vous êtes dingue. »

André voit Lacroix saisir le cou de Jacqueline pour lui immobiliser la tête brutalement. Il se met à serrer. Il y a des gémissements de douleur, des paroles étranglées. L'autre enculé commente. Être connu et apprécié ici, à Ponta, a quelques avantages. Les gens ont confiance, n'hésitent pas à lui raconter des trucs. Par exemple, le mec de la réception du Motel do Mar lui a parlé de la balade en 4 × 4 concoctée par ses soins pour la dernière journée de ses bons clients belges, les Lepeer, un couple gentil et discret. Et absent jusqu'au soir.

Lacroix relâche Jacqueline. Elle tousse, aspire de l'air à grandes goulées. Lui se lève, marche vers la cuisine. « Kayla. Elle s'appelle Kayla, vous le savez, non ? Je voulais me tirer. Seul. Elle m'a pas laissé faire. Elle m'a dit vérifie. J'ai vérifié. » Première halte à la hauteur de la table à manger. « Elle voulait pas foutre notre vie en l'air pour rien, vous voyez. » Il baisse d'un ton, continue pour lui-même.

André l'entend murmurer : « Moi non plus. »

Ensuite, Lacroix rapproche un tabouret d'un mur, monte dessus, descelle une grille de clim', tâtonne dans le conduit, en extrait un téléphone satellite, un pistolet et deux chargeurs enroulés dans un T-shirt. « Zastava M88. Bon choix, fiable, facile à dégoter. » Il glisse l'arme dans sa ceinture, descend, va ouvrir le frigo. « Vous avez des complices, j'imagine. » Il y a du bacon emballé dans de l'alu. Lacroix défait le papier. « Qui ? » Entre deux tranches, des cartes mémoire compatibles avec le Canon du couple, protégées par du film étirable. « Je ne me savais pas si photogénique. » Il revient vers eux. « Je sors le reste ? » Un temps. « Soyez pas surpris, on a eu les mêmes instructeurs. » Lacroix capte du mépris dans le regard d'André, lui sourit. « Ils m'ont bien chargé avant de vous envoyer ici, hein ? » Il s'adresse à Jacqueline. « Est-ce qu'ils vous ont au moins expliqué ce que je faisais pour eux, avant ? Non ? Si, toi tu sais. » Lacroix lui caresse les cheveux, en chope une pleine poignée, tire violemment sa tête en arrière. « Ce serait vraiment mieux si tu parlais.

— On est juste des touristes. » Jacqueline s'accroche à la légende. « Tous ces trucs, on sait pas ce que c'est. »

Lacroix se tourne vers André. « Toi aussi, t'es qu'un touriste ? »

Hésitation. Acquiescement.

Rouleau de gaffeur et kukri sous le bras, Lacroix attrape la chaise de Jacqueline et la traîne derrière lui en direction de la chambre.

La porte du couloir se referme sur une dernière plainte.

André tire sur ses liens, s'excite, chute sur le côté, bouge en tous sens. C'est inutile, il s'épuise pour rien, il est trop bien attaché. Il se force à reprendre son souffle, à s'économiser, malgré la colère qui l'étouffe, contre *l'autre enculé. S'en prendre à une femme, espèce de pédale !* Et contre lui-même, de s'être laissé surprendre. De ne pas être en mesure de porter secours à Jacqueline. Il gueule dans son bâillon, appelle, appelle, appelle, s'agite encore. S'arrête d'un coup, hors d'haleine. *Réfléchis, putain, réfléchis.* La radio diffuse un bulletin d'informations en portugais. Dehors, les bourrasques semblent avoir redoublé de puissance, elles font craquer la structure de leur pavillon. *Qu'est-ce qu'il lui fait ?* André fixe la porte, croit entendre parler, des gémissements, imagine le pire. *Enculé.* Lacroix a vraiment basculé, ils avaient raison. Un terroriste de merde, un traître, un vendu. Tour d'horizon au ras du sol, il se contorsionne, cherche de quoi se libérer. Rien. André se relâche, découragé. La bruyante monotonie nocturne s'éternise. *Putain, mais il branle quoi ?* La porte ne s'ouvre pas. C'est long. Dans le poste, de la musique brésilienne, légère, décalée. Il se revoit danser avec Jacqueline la veille, sur la piste du Cafe do Sol. *Laisse-la, enculé, fous-lui la paix, merde !* Le canapé. Dessous. André aperçoit une petite diode rouge. L'Icom. Branché. *Pourquoi*

Gasana se pointe pas ? Le cri le surprend. Un hurlement profond, humide, d'animal en détresse, étouffé par les cloisons. Ensuite des mots, un échange. Ça n'en finit plus. *Ta gueule, Jacqueline, ferme-la.* Et plus rien. Et une question, répétée. Et d'autres lamentations. Et d'autres mots. Et le silence, l'insupportable silence. André ne peut pas consulter sa montre et compte pour se concentrer sur quelque chose. Plusieurs minutes au moins. L'attente prend fin avec un second hurlement, plus terrible encore que le premier. Peu après, Lacroix revient dans le salon. La lame courbe de son poignard est maculée de rouge.

« T'es tombé ? »

Elle sème des gouttes sur son passage.

« Tu t'es pas fait mal, au moins ? »

Dans son autre main, Lacroix tient un lambeau de chair et de peau d'une quarantaine de centimètres de longueur, de l'épaisseur d'un steak, poisseux. Jeté devant le nez d'André. Ça l'éclabousse et il ferme les yeux.

« Les Népalais disent que si on dégaine le kukri il faut lui faire boire du sang. » Lacroix va s'asseoir juste au-dessus de l'Icom. « J'ai pas touché le muscle, ta copine pourra remarcher. »

Il l'a pas vu.

« Et elle tient. Mais j'ai encore une cuisse et deux mollets. »

André marmonne dans le gaffeur.

Soupir. Lacroix se lève, vient lui retirer l'adhésif.

« Vous allez nous tuer.

— Non. »

Au ton, André juge la réponse crédible.

« Tu lâches ce que vous savez, ce qui est prévu et vous vous en sortez entiers. »

Vous me recevez ? L'Icom. Gasana.

Lacroix a tourné la tête, cherche le terminal radio, le trouve.

On est à la maison...

Dans son regard, André voit qu'il a pigé.

Il est pas là, on fait quoi ?

L'agent se débat quand l'autre veut lui remettre le chiffon d'éther utilisé plus tôt pour le maîtriser. Il reçoit des coups, sent le froid envahir son nez, a juste le temps d'apercevoir Lacroix filer dans la nuit avant de perdre connaissance.

Il y a deux hommes, des Africains, à l'arrière de sa maison. Là où sont garés le quad et les voitures. Ils attendent dans l'obscurité. L'un d'eux a un AK47 et patiente sous l'auvent de Valdimar, assis. L'autre est caché près de la douche d'été. Il tient une machette. Ce sont les premières choses que Roni aperçoit à son arrivée, après un sprint le long d'un sentier filant jusque chez lui. En trois minutes, il a traversé le bois, en montée, en apnée. Sans visibilité. La haine au ventre. La trouille aussi. *Tiens bon, je t'en supplie.* Il connaît le chemin par cœur, il l'emprunte tous les jours pour rejoindre la plage quand il part s'entraîner. Les derniers mètres ont été comblés à pas de loup, sous le couvert du vent et de la végétation. Hors d'haleine. Posté à la limite de son jardin, Roni a observé, écouté. Pas longtemps, juste assez. *J'y suis, Kayla, attends-moi.* Le mec de la douche a bougé, déclenché involontairement un projecteur extérieur à détection de mouvement, s'est fait voir. Et pourrir par le second, dont la position a ainsi été également révélée. Lui est le mieux armé, il mourra en premier.

Deux intrus.

D'autres ?

La lumière a aussi imprimé dans l'esprit de Roni une image qu'il essaie d'oublier, avec les réflexions morbides qui l'accompagnent : Romao étendu à l'arrière du Toyota de son oncle, une flaque de sang sous son buste.

Un mort.

D'autres ?

Roni n'entend rien. Il ne peut rien entendre, les bourrasques.

Tout est éteint dans sa baraque. Dans la seconde aussi. Le projecteur ne s'allume plus. Donc personne ne se déplace. Sauf lui maintenant. La cour parking à main droite, en ligne de mire, il décrit une large boucle au milieu des broussailles et des arbustes, autour du foyer de Valdimar, et s'arrête lorsque la construction se trouve entre lui et ses ennemis, afin de surveiller la façade. Rien. Il approche, se colle au mur, le longe, passe sous l'unique fenêtre, à guillotine, avec une moustiquaire, et atteint l'angle. Rien. Il le dépasse, parvient à la limite de la véranda. Rien. Bref coup d'œil derrière le coin. L'homme au fusil d'assaut est toujours avachi sur sa chaise de jardin, à deux mètres de Roni, de dos. Sa kalachnikov est posée sur ses genoux, il regarde droit devant. Le kukri le cueille à la base du cou, le foudroie. Propulsée par un ample geste circulaire du haut vers le bas, la solide lame courbe entame la chair, brise les vertèbres, décapite. Sans peine. Il n'y a pas de cri. Le corps bascule vers l'avant, mais Roni le retient aux épaules, pour éviter un trop-plein de bruit. Le sang, chaud, brûle ses avant-bras. Il replace le cadavre en position assise, prend la kalache, la jette au loin. Pas de lumière. Pas d'alerte. Rien.
Bien.
Roni s'essuie les mains dans l'herbe en vitesse.
J'arrive, Kayla, attends-moi.
La tête tranchée a roulé devant la terrasse de Valdimar. Roni l'attrape par les cheveux et la lance en direction de sa bicoque, pardessus les 4 × 4, de toutes ses forces. Elle rallume l'éclairage extérieur en atterrissant. Roni avance sans perdre de temps. Il contourne le Land Cruiser pour se dissimuler derrière l'habitacle de son pickup. À travers les vitres des portières, il voit le type à la machette apparaître, curieux de cet objet qu'il n'a pas encore identifié. Pas con, il interpelle son pote. Un prénom, Cyprien. Pas autochtone. L'homme dit quelques mots. Pas la langue des gens d'ici, mais les sonorités sont familières. Roni se glisse dans le dos du second intrus, en silence réduit l'écart. Le mec, toujours loquace, parle maintenant en français. Il demande à son complice de se pointer. Français, pas d'ici,

Roni connaît, a déjà entendu, a souvent écouté. Dans son autre vie africaine. Rwanda. Viktor avait des clients là-bas. La France aussi, des obligés. Le rapport initial de Valdimar lui revient en mémoire, André, le mari, embêté par trois individus, des étrangers, des voyous, dans l'un des bouis-bouis du marché.

Pas embêté.

T'as rien voulu voir, connard.

Trois individus.

Où est le troisième ?

Jo la machette vient de reconnaître son copain. Il se retourne, inquiet, se rend compte qu'on le suit, surpris. Il lève haut son arme pour frapper. D'un bras, Roni bloque l'attaque. Le kukri plonge sous la cage thoracique, bute contre la colonne. Fouaille dans le bide. Pivote. À l'horizontale, taille jusqu'au foie. Grognement de fureur, en réponse aux cris de la victime, qui hurle dans le vent. Puis se tait, épuisée, éviscérée, morte. Roni repousse le corps, loin. En périphérie, un mouvement. Au fond de sa baraque, à travers la chambre d'appoint dont la fenêtre s'ouvre sur la cour, son salon éclairé. Difficile de le voir jusque-là, l'angle. Une ombre vient d'apparaître derrière l'encadrement. Une détonation claque. Impact, la carrosserie du pickup tinte. Roni s'aplatit au sol, rampe derrière la douche. Le poignard change de main, le Zastava paraît. *Bam, bam, bam*, à l'aveugle, il lâche trois coups. Doublé dans le bois flotté au-dessus de sa tête. *Bam, bam, bam*, encore. Cavalcade lointaine. Un, deux, trois, quatre, cinq, Roni compte. Ça riposte pas. Il risque un regard, personne, bondit vers sa maison, sous la fenêtre ouverte. *Bam, bam*, à l'intérieur de la chambre, arrosage à la palestinienne, vers le plafond, juste pour faire du bruit. *Kayla*. Éjection du chargeur, réapprovisionnement, la culasse en avant. Rumeur d'un moteur au démarrage. Roni se met à courir. *Kayla*. Des phares sur sa droite, de l'autre côté d'une haie. Ils vont passer devant lui. *Kayla*. Les bras en protection devant le visage, il se jette à travers les buissons, déboule sur la piste derrière un 4 × 4 qui accélère. *Kayla*. Il hésite.

Le véhicule s'éloigne. *Si je perds la caisse, elle meurt ?* Roni fait feu, feu, un pas, continue à faire feu en avançant. Au sixième tir, le tout-terrain vire brusquement à gauche, exposant la vitre conducteur. Au septième, elle pète. Au huitième, Roni n'est pas sûr de toucher, mais la bagnole stoppe violemment au milieu de la végétation, contre un arbre, à dix mètres du chemin.

Balles neuves, les dernières.

Pause, le pistolet braqué sur ce qu'il veut détruire.

Rien.

Roni s'approche, Kayla en tête, la boule au ventre. Il marque un nouvel arrêt à trois mètres du véhicule. Le moteur tourne encore et la carrosserie se découpe en ombres chinoises sur un mur de verdure, illuminée par les phares. À l'avant, un homme, la tête penchée. Roni se porte à sa hauteur. Même assis, le fuyard semble massif. Il respire avec difficulté, transpire et saigne abondamment. Cela fait luire la peau très noire de son visage, dont le côté gauche est constellé de verre. Le choc final aidé par le septième coup au but. Il a une large entaille sur le front et, quand Roni se penche vers lui, il remarque sa chemise tachée de sombre à la hauteur de la poitrine. Le conducteur tient un flingue dans sa main droite, essaie de le soulever. Roni fait non. L'autre sourit, son regard file en direction de la maison, il éclate de rire et passe outre.

Bam. Brûlé, vibrations dans les oreilles.

Roni jette un rapide coup d'œil à l'intérieur de l'habitacle. *Kayla ?* Nulle part. Il coupe le moteur, éteint les phares, se tourne vers sa baraque, écoute. Rien. Sauf le bruit du vent et son cœur. Qui tape, et tape, et tape. Si fort.

« Réveil ! » Roni verse une bouteille d'eau froide sur la tête d'André. Il a retiré le chiffon imbibé d'éther, l'a vu revenir peu à peu à la surface, a décidé d'accélérer le processus. Seconde bouteille. Toux. Son prisonnier éternue, commence à se rebeller, un bon signe, mais ses yeux ont encore du mal à faire le point. Il crache. Quelques gifles le stimulent.

André se met à fixer le sol entre eux, où traîne toujours un bout de Jacqueline, puis Roni qui s'assied sur un tabouret.

« Tu as du bol, je suis arrivé à temps. »

Le regard de l'agent hésite, s'arrête sur le T-shirt maculé de rouge, les avant-bras striés de coulures cramoisies et d'égratignures, revient au visage, creusé, moucheté.

Roni sourit. « Ça n'a pas été propre.
— Ils sont...
— Tous les trois.
— Et la fille ?
— Kayla ? Elle va bien, elle m'attend. »

André laisse échapper un soupir de soulagement. « Jacqueline ?
— On cause un peu, il ne lui arrive rien. À toi non plus. C'est le deal. »

Hochement, moment de réflexion, nouveau coup d'œil au lambeau de chair, André déglutit, aux fringues et ensuite à la tronche, toujours affable. L'expression contraste avec l'horreur suggérée par toute l'hémoglobine séchée. *À quoi bon ? La mission est pliée, il va se barrer et on est détronchés.* Et il a la trouille de crever. Il rationalise, *on se le fera plus tard.* Au moment d'ouvrir la bouche, de se déverser, il temporise une dernière fois, pour la forme. Ensuite, il explique ce qu'il sait et ça lui fait du bien. Jacqueline a révélé quelques éléments concernant la Côte d'Ivoire. « Un coup de bol. » Elle a évoqué l'autre mission et la source française, un expatrié. Non, il ne connaît pas son nom. « Mon binôme oui, demande-lui. » André poursuit, à l'invitation de Roni. Raconter le reste est difficile, il faut dire Tisiphone, la mission réactivée, l'ordre de venir ici, pour voir. Les surveillances. Plusieurs fois, ils ont craint d'avoir été démasqués. Mais rien. Roni, ou Ronan, *ou vous quoi*, n'a pas réagi. Il détaille l'ultime validation, à partir des photos de la semaine écoulée, des cicatrices et signes distinctifs consignés dans son dossier médical et observés de visu.

Gasana et ses hommes, à qui ils ont dû tordre le bras, les nervis, toujours prêts, pour le fric. Et l'ordre final, avant-hier. Jacqueline et lui pensaient repartir sans passer à l'action. Ils avaient senti, au moment de quitter Paris, la valse-hésitation de la hiérarchie. Seul leur supérieur direct était convaincu.

« Qui ? »

Ça non, jamais. « Je peux pas. » André secoue la tête. « Tu sais que je peux pas. »

Roni se lève, dégaine son kukri, montre la barbaque. « Une cuisse, deux mollets. Des bras. » Il marche vers le couloir fermé.

« Je connais que sa légende, merde ! »

Roni atteint la porte. Jacqueline est de l'autre côté.

« C'est François. Mais ça te servira à rien. »

Roni ouvre.

« Fichard ! »

Roni s'arrête.

« Stanislas Fichard.
— Noisy ? »

Pas de réponse.

« Et au-dessus ?
— Je sais pas.
— T'es sûr ? » Sans attendre, Roni entre. Dans son dos, ça gueule, ça insulte, ça s'excite à nouveau. Jacqueline est dans la chambre, sur sa chaise, bâillonnée à l'éther elle aussi, cuisse gauche grossièrement bandée. Sous ses pieds, c'est taché. De l'urine et du sang. Elle respire encore, mais ne bouge pas quand Roni la tire dans le salon, l'installe devant son partenaire, enlève le gaffeur qui couvre sa bouche et son nez, fait basculer sa tête en arrière. La lame du kukri glisse doucement dans sa gorge, sans un bruit, laisse fuiter la vie. Elle ne se réveille pas.

André hurle, arrosé par à-coups.

Roni observe la lente agonie. Trente secondes, Jacqueline s'étrangle, des spasmes agitent son corps, des bulles se forment le long de l'entaille, ça siffle et ça jaillit de sa bouche. Les jets sont moins puissants. André en boucle sur son prénom. Il essaie de lui faire reprendre conscience, se tait quand elle cesse de remuer. Trois minutes écoulées. L'agent chiale. Roni consulte sa Suunto. « Il faut être un sale type pour rester impassible devant une femme qui meurt. » Silence. Une minute de plus. À présent, ça coule sur la chemisette de Jacqueline, on dirait de la peinture. Le tissu adhère, ça fait ressortir la pointe des seins.

La radio diffuse sa musique joyeuse en sourdine.

« Je suis un sale type, ils ont dû te le dire.

— Tu avais promis. » André, à peine un filet de voix.

« J'ai menti. » Second coup d'œil de Roni à sa montre. Elle sonne. Il se dit *ça y est* et sursaute malgré tout lorsque l'onde de choc frappe le bungalow. Les cloisons tremblent, les vitres aussi, et les secousses sont suivies par le *bang* d'une explosion, affaibli par la distance, les bois, le vent, les murs. *Vingt minutes déjà.* Qu'il a allumé cette mèche lente reliée à un détonateur et une livre de Semtex, des vieilleries, des souvenirs d'avant, posés sur deux pots de dix litres chacun, d'un cocktail gazole, nitrate de potassium concocté au jugé, un volume pour neuf volumes, dans sa minuscule cave. Vingt minutes qu'il a ouvert le gaz, fermé sa maison. *Si vite.* Il pense aux cadavres dans son salon. Celui de Romao, abattu à la machette. Dans le dos. Celui de l'épouse de Valdimar, tuée d'une balle dans la tête. Après avoir été violée chez elle. Celui du mari, de l'oncle, de l'ami, exécuté dans la cuisine de Roni et Kayla, sans doute tout juste rentré du restaurant. À genoux, à bout touchant. Ceux de leurs assassins. Tous portés à l'intérieur. *Ils brûlent maintenant.*

« Pourquoi ? »

Roni se lève, va chercher un jerrican d'essence posé à côté de l'entrée. « Moi, c'était le jeu. » Passage dans la chambre, aspergée, puis la cuisine, puis le salon. « Elle, fallait pas. » Il s'arrête devant André. « Tes potes ont bossé comme des porcs. » Qui est douché avec le reste du carburant et recommence à se débattre. À nouveau la cuisine. Il y a une bonbonne de gaz dans un meuble bas, contre le piano de cuisson. Roni ouvre le robinet à fond, arrache le tuyau d'alimentation, allume l'une des bougies incluses dans l'inventaire du pavillon, les pannes d'électricité sont fréquentes par ici. Il la pose à côté de l'appareil électroménager, ignore la panique, les lamentations, les supplices, sort.

Dehors, son pickup l'attend.

Le local du principal club de plongée de Ponta jouxte le Motel do Mar. Roni force la porte avec le pare-chocs de sa voiture, recule, descend et entre. Rapide tour d'horizon, il repère les filets de transport de matos, les portants de combinaisons, il trouve sa taille, les casiers de rangement, il attrape une paire de palmes à la bonne pointure, un masque et un tuba. Dans la partie administrative, derrière l'un des bureaux, il y a un petit placard fixé au mur. Fermé par un cadenas. Coup de kukri, c'est ouvert. Le club possède une paire de semi-rigides, des Gemini de vingt-cinq pieds, garés sur des remorques devant le bâtiment. Ici, pas de marina, les bateaux sont rentrés tous les soirs, remis à l'eau au matin. Roni connaît bien la routine, les patrons du club viennent souvent se détendre au Cafe do Sol et il lui est arrivé de partir en mer avec eux. Il prend les deux trousseaux de clés de contact.

Un *pop* atténué par le vent et une éruption de flammes, du côté de l'hôtel des faux Belges, interrompent Roni alors qu'il attache l'une des remorques au pickup. Il lève la tête, à peine, se remet au boulot, mâchoires serrées à se faire péter les dents. Les déflagrations vont occuper les gens, mais il est préférable de ne pas traîner. Quelques minutes plus tard, Roni a mis le bateau à flot, chargé le sac étanche rapporté de chez lui et ses affaires de plongée à bord. Il embarque, essaie les clés, lance les moteurs du Gemini, manœuvre. Le horsbord décolle sur les premiers rouleaux, l'océan est agité ce soir, et s'éloigne de la côte avant de bifurquer au sud.

Au moment de passer le cap, Roni regarde vers la baie. D'un bout à l'autre du village, à l'intérieur des habitations, des lumières apparaissent. L'affolement gagne Ponta. Sur la plage, sa bagnole crame, un peu plus loin, le bungalow des Lepeer aussi et, au bas de la colline du phare, sa maison se consume. Cet incendie-là est le plus intense, il s'est propagé alentour et embrase le ciel. Roni pense, *bûcher*. Le souvenir de Kayla par terre dans le salon, la face massacrée à coups de poing – elle s'est défendue –, les vêtements arrachés, le corps souillé, lui fait pousser un cri de rage dans la nuit. Mais aucune larme ne vient. Il se revoit la porter à l'étage, dans la chambre, l'allonger sur le lit, poser la tête sur son ventre, y chercher un signe d'eux. Sa peau, elle n'était plus pareille, et elle puait la mort. Il a failli rester, tout faire exploser et disparaître avec elle.

Mais quelqu'un doit payer.

Les ténèbres engloutissent le hors-bord aussitôt la pointe franchie et une fatigue terrible s'abat sur Roni. Ses jambes se dérobent sous lui et il doit s'accrocher à la barre, au fauteuil du pilote, pour ne pas s'effondrer. Il pousse à fond les deux Yamaha du bateau. Leurs quatre cents chevaux le propulsent dans la nuit sur une mer formée et ça secoue, c'est dangereux. Il s'en fout. Les chocs sur la coque, l'adrénaline qui reflue font monter dans son corps des douleurs nouvelles. Il les accueille avec plaisir, elles lui permettent d'oublier momentanément son chagrin et le vide.

Roni navigue ainsi pendant trois quarts d'heure, longeant d'abord le Mozambique et ensuite les côtes d'Afrique du Sud. Jusqu'à la petite anse de Black Rock Point, au KwaZulu-Natal, où il accoste. Son sac est débarqué, dissimulé dans des rochers. Il se déshabille, mouille la combinaison néoprène, la met et remonte en bateau, avec le reste du matériel de plongée et ses fringues. Il repart vers le large. À trois cents mètres de la plage, les moteurs sont coupés et ses vêtements noués ensemble, lestés d'une pierre, jetés par-dessus bord. Le Gemini dérive quelques minutes, poussé par le vent, ballotté par les creux. Il y a une éternité, Roni était à Ponta, à une trentaine de milles à peine. Si proche et déjà si loin. Tout là-bas, au nord, il ne voit plus rien. C'est terminé.

Il redémarre, direction l'infini.

Palmes, masque et tuba enfilés, la barre bloquée, lorsque la vitesse de croisière désirée est atteinte, Roni bascule dans l'eau à la renverse, bien groupé, la main en protection sur la face. L'impact, le froid rappellent à son corps des sensations et des réflexes oubliés. En crevant la surface, il pense aux requins, nombreux dans les eaux de Kosi Bay. Ici, aux heures troubles, ils chassent en meute. Sans bouger, il sonde l'obscurité sous-marine, les appelle, les attend. Être déchiqueté, avalé, digéré, l'idée est séduisante, un juste retour des choses pour l'ogre égoïste capable de dévorer son amour et son enfant à naître. Il devrait remonter, vide au contraire ses poumons pour rester entre deux. Couler. Il aimerait. Le silence des profondeurs l'apaise, les courants l'emportent, il est bien, malgré la douleur dans sa poitrine et sa gorge qui se comprime, veut le faire déglutir. Hypoxie, syncope anoxique, se noyer inconscient. Ce serait si facile.

Mais quelqu'un doit payer.

En quelques battements, retour vers la surface. Il s'est mis à pleuvoir, la visibilité est réduite. S'orienter, rejoindre la plage s'avère difficile, mais celui qui émerge des vagues, brutalisé par l'océan, le corps endolori, à bout de forces et de souffle, est un homme changé. Sa course de fugitif a pris fin, il n'a plus rien à craindre, il n'est plus personne. Ce soir, enfin, il est parvenu à se vider totalement de lui-même, à s'effacer, à perdre le peu qu'il possédait encore.

Lynx se dénude et profite de la pluie, bienvenue même si son corps se rebelle de froid, de mal, de peine. Il se nettoie et ensuite remonte la plage pour aller s'abriter sous des arbres. Quelques fruits secs, un coup de flotte, prendre son temps pour se préparer. La nuit va être longue et il est fatigué. Deux jours sans dormir, il n'a plus l'habitude. Sa première étape sera une marche de cinq bornes jusqu'au village le plus proche. Là-bas, il devrait trouver une bagnole à voler. Il passera par les pistes, recommandé dans ce coin de marais à crocodiles, en suivant les indications du Garmin fixé à son poignet. Il referme son coupe-vent en goretex, charge son Procean sur ses épaules, pose en travers le matos de plongée. Lance son iPod.

La lecture démarre au milieu d'un morceau.
I'm not ready to die but ever ready for bury a guy
They're not ready for I
I can see the fear in they eye...
Une musique de haine.
Dernier regard vers le nord, Lynx se met en route.
It's murda.

8

Christiane, l'épouse d'Alain Montana s'est couchée tôt, il n'était pas là. Quand il est rentré, elle a brièvement émergé, s'est rendormie sans s'inquiéter de l'heure. La routine. L'absence de son mari dans le lit conjugal finit par la déranger à nouveau, ce n'est pas normal. Cette fois elle consulte l'écran de son réveil et se lève, enfile une robe de chambre, part à sa recherche. Il est dans le salon. « Que se passe-t-il, Alain ? » Assis dans le noir, en bras de chemise, un armagnac à la main. « Pourquoi tu ne viens pas ? » Christiane allume une lampe à côté de lui, découvre un regard vide, au désespoir, qui la blesse. « Ta petite pute a encore fait des siennes ? »

Montana inspire longuement, lève vers sa femme des yeux exaspérés.

« Dois-je te rappeler notre pacte ?
— Retourne dans la chambre.
— Ici, elle n'a pas sa place. »

Montana n'a pas envie de contredire, d'expliquer, de raconter l'absence de décalage horaire entre la France et le Mozambique et pourquoi elle l'emmerde. Le SMS reçu en début d'après-midi annonçait *ce soir, 23 h*. Il est une heure du matin et pas d'appel. Pas de message. Pas bon. Montana a la trouille, ça le met en rogne. Il regarde alentour, revient à sa femme. « Un pacte se noue entre égaux. »

Christiane croise les bras et les serre contre sa poitrine. « J'ai toujours été là pour toi. » Elle laisse filer un coup d'œil dans un miroir proche, voit son visage creusé par la pénombre, baisse la tête. « Et j'ai tout accepté. » Elle se sent vieille, moche et stupide.

« Alors, accepte d'aller te recoucher. » Montana la regarde disparaître. « Nous n'allons plus à Dubaï, tu peux ranger tes affaires. »

La porte de la chambre s'ouvre, se referme. Cliquetis de la serrure. Montana a envie d'appeler Chloé, ne le fait pas. Sur sa cuisse, son portable s'est mis à vibrer. Numéro masqué. Un instant renaît l'espoir fou de nouvelles positives. Deux heures à peine se sont écoulées, c'est peu. Ces choses-là sont rarement sans accroc, il a pu y avoir ne serait-ce qu'une difficulté à rendre compte. Éphémère optimisme douché par les premiers mots de François. Montana écoute, absent, réagit avec retard quand son interlocuteur prend congé. « Bientôt d'autres nouvelles, OK. À demain. » Communication terminée, le regard s'attarde sur l'écran du téléphone. Sa main tremble.

Lorsque Ponsot se présente chez Amel en début de soirée, elle est à quatre pattes dans son salon, occupée à finir de ranger en piles des sorties d'imprimante pour reconstituer les dossiers photographiés dans le bureau de Montana. En fond sonore, France Info glose sur les mesures que va prendre le nouveau président américain à propos de Guantanamo, de l'Irak, de l'Afghanistan. Des promesses ont été faites durant la campagne et l'éditorialiste se demande si elles seront tenues, et quand. Dans ses paroles, on perçoit de l'agacement, tout ça ne va pas assez vite. Amel exprime sa propre exaspération à voix haute : « Putain, mais lâchez-le, il est même pas encore aux manettes. » Si Peter la voyait râler ainsi toute seule, il se foutrait de sa gueule. L'idée la fait sourire. Sa voix lui manque. Au diable la sécurité, elle aimerait qu'ils s'autorisent un Skype. Il refuse, Adium ou le mail ou rien. Il a raison. *Fait chier.* Elle est inquiète, c'est dur là-bas. Deux jours de strict silence radio, il avait à faire. Elle voudrait des nouvelles, n'a pu s'empêcher de lui écrire au réveil. Pas encore de réponse. Par chance il y a le boulot, seul moyen de réduire entre eux la distance.

Le travail de classification a débuté hier soir et, entre les différentes entités évoquées dans tous ces papiers, des liens, autres qu'une homonymie de surface, commencent à se dessiner. En fin de matinée, pour vérifier une intuition, Amel s'est accordé une *pause* dans le vingtième arrondissement, au service du cadastre de la mairie de Paris. Elle recherchait des informations sur le propriétaire de l'appartement occupé par Chloé. *Pas chez nous*, a-t-elle appris de la bouche du fonctionnaire qui l'a reçue, seuls les services fiscaux disposent de telles données. Un peu de charme et le coup du 06 bidon ont néanmoins persuadé le mec de passer un coup de fil. La parcelle concernée, rue Guynemer, appartient à une SCI appelée Bellevue. L'immeuble construit dessus aussi. De retour rue de Malte, Amel a mis la main sur plusieurs documents relatifs à l'actionnariat de Bellevue. Elle est détenue en majorité par une boîte du Panama, BES Holdings, qui en assure la gestion. L'unique autre associé de la SCI est un avocat du Luxembourg. Celui-ci, spécialiste du droit fiscal, a par ailleurs envoyé à Montana une note d'honoraires référencée BES Holdings pour *diverses écritures administratives et légales* trouvée juste avant l'arrivée du policier. Un indice suggérant l'implication de l'ex-éminence grise de la DGSE dans les affaires d'une société offshore. Pas illégal mais suspect.

Peu désireuse de montrer sa documentation ou d'avoir à justifier sa provenance, Amel intercepte Ponsot sur le palier et suggère d'aller boire un coup à la brasserie habituelle, au métro Oberkampf.

Le policier ne bouge pas. « Qui me caches-tu cette fois ?
— Je veux juste payer ma tournée.
— Je ne suis pas là pour me faire rincer.
— Pourquoi alors ?
— Montana.
— Encore ?

— Tu as arrêté de lui tourner autour ? »

Silence.

« Il fait suivre ta copine. »

Le renseignement chemine dans l'esprit de la journaliste jusqu'à sa conclusion logique et une grimace d'inquiétude.

« Il sait pour elle et toi. » L'immatriculation relevée par Zeroual était une doublette. Ce n'était pas la seule, Ponsot révèle qu'une autre voiture impliquée dans la surveillance de Chloé de Montchanin-Lassée se cachait elle aussi derrière une plaque minéralogique usurpée. « Cette caisse-là, un de mes gars a pu la suivre en moto. » Un miracle, les équipes collées aux basques de la maîtresse de Montana sont vraiment pros. « Elle l'a conduit tout droit au siège de PEMEO. » Un temps. « Tu ne dis rien ?

— Il n'y a rien à dire sauf pourquoi la files-tu, toi ?

— C'est pas elle que je couvre. Et tu me l'as demandé, souviens-toi.

— Une fois, un soir. Une erreur.

— L'erreur, c'est de chercher à te faire Montana.

— Trop tard pour arrêter.

— Ta copine est aussi dans le STIC.

— Tout le monde est dans le STIC. » Amel n'est pas surprise, et pas déçue, ni effrayée. Elle ne ressent rien.

« Pas moi.

— Tu es parfait. Et flic.

— Je vends pas de drogue surtout.

— Elle a été condamnée ? »

Ponsot secoue la tête. « Inscrite seulement. Mise en cause et oubliée. Une faveur.

— Ou il n'y avait rien.

— Ou elle a balancé des noms. Sale habitude, cafter. Je ferais gaffe à ta place, elle joue peut-être double jeu avec Montana. »

Peut-être. Amel n'y croit pas. Le désespoir, la peur et le dégoût de Chloé transpirent à chacune de leurs rencontres, à chacun de leurs échanges. Et aujourd'hui encore, à l'occasion d'un énième appel au secours de fin d'errance nocturne. Ils ont cette amertume vraie, délétère, qu'Amel connaît bien, et s'il faut se méfier, c'est plutôt d'un suicide. Chloé souhaitait venir se lover dans ses bras, dormir avec elle. *Juste une heure, s'il te plaît.* Avec des trésors de diplomatie et de douceur, au prétexte de ce travail indispensable, à boucler sans attendre, pour enfin se libérer de l'influence néfaste de Montana, la journaliste l'en a dissuadée. Tout jour perdu est un jour de plus à subir son influence toxique *et t'en crèves, de son influence toxique, non ?* À la suggestion de s'éloigner de la rue Guynemer, de Paris, d'aller passer quelques jours dans la maison du bassin d'Arcachon, Chloé a mal réagi. Elle n'avait pas envie de courir le risque d'y croiser sa mère, et ne voulait pas plus lui demander si elle y serait ou pas. Demander, c'était annoncer sa venue, son père aurait été mis au courant dans la minute, il aurait cherché à en profiter pour la voir. Le sujet était clos, Chloé a refusé toute question sur l'impasse des parents, ce matin comme les autres fois. Pourtant Amel perçoit là le même dégoût, la même trouille et le même désespoir. *La preuve que lorsqu'elle ne veut pas parler, Chloé sait se taire, non ?*

Ponsot fait mouvement pour partir. Non, il n'a pas envie d'aller boire un coup. « J'ai plus le temps de m'occuper de toi, il va falloir te démerder seule. »

Quand le policier est dans la cage d'escalier, Amel laisse filer un *j'ai l'habitude* entre ses dents.

7 NOVEMBRE 2008 – UN DRONE PREDATOR BOMBARDE LE WAZI-RISTAN [...] Quatorze personnes parmi lesquelles on dénombrerait cinq étrangers ont péri lors de cette frappe. Elle visait une maison du hameau de Kumsham [...] Le complexe aurait abrité un camp d'entraînement du chef terroriste Hafiz Gul Bahadar qui négocie actuellement un accord de paix avec Islamabad [...] passeport américain a été retrouvé dans les décombres [...] Ce raid fait suite à deux bombardements, le 31 octobre dernier, contre des objectifs déjà situés au Waziristan du Nord, mais aussi au Waziristan du Sud. Une quarantaine de personnes ont trouvé la mort au cours de ces attaques, et vingt-huit ont été blessées [...]

« *Assalam'aleikoum.* » Javid essaie de se lever quand l'homme aux lunettes de soleil pénètre dans la pièce minuscule, mal éclairée, où il se trouve, mais le moudjahiddine debout à ses côtés pose une main sur son épaule et le force à se rasseoir dans la poussière. Celui-là, le fixer le connaît, il était leur chauffeur le jour où, avec monsieur Peter et Shah Hussein, ils sont allés rencontrer Rouhoullah au Pakistan. Javid se rappelle même son nom, Fayz.

Un enfant, un garçon au regard dur, qui a une fleur sur l'oreille, une kalachnikov en bandoulière et joue avec une hachette trempée dans un acier entièrement noir, probablement volée sur le cadavre d'un Américain, accompagne le nouveau venu.

« Il n'y aura jamais de paix entre toi et moi, le Tadjik, tu es le chien des croisés et les chiens sont impurs. »

L'inconnu, assez grand, ne porte pas des lunettes en pleine nuit par coquetterie, Javid le comprend lorsqu'il s'arrête devant lui. Il cherche plutôt à dissimuler une blessure à l'œil gauche. De ce côté, sur le front, la pommette, son visage anguleux et ridé est parcouru de cicatrices. Sa barbe, hirsute à la mode talibane, est striée de gris comme ses cheveux bruns qui, sous un pakol, descendent jusqu'à des épaules larges. Impossible de lui donner un âge, il semble à la fois vigoureux et usé. Le fixer n'en doute pas, il a devant lui un de ces Pachtounes de l'Est, ayant survécu aux violences et dans la violence, dangereux, sans pitié. Un chef, très certainement, Fayz et le garçon ne sont pas les seuls à l'escorter. À son arrivée, Javid a vu dans la pénombre les silhouettes d'autres militants. Le fixer a peur, et pas seulement pour sa vie. D'une voix plaintive, il demande : « Où est mon fils ? »

Ce samedi, seconde moitié du week-end kabouli après le vendredi, maître des jours en islam, Javid aurait dû le passer en famille. Il regrette amèrement de ne pas l'avoir fait et d'être parti servir de traducteur à des entrepreneurs russes. Il ne hait pas les Russes, contrairement à nombre de ses concitoyens. Son père, un communiste, l'a élevé dans l'idée que l'URSS était le phare du monde civilisé. La lumière du phare a cessé de briller désormais, et la civilisation a sombré dans les ténèbres. Ces gens pour lesquels il a œuvré aujourd'hui, Javid les a trouvés grossiers, peu respectueux, mais ils l'ont bien payé et les risques semblaient moindres. Une terrible erreur de jugement. En réintégrant son foyer, il a trouvé femme et enfants agités, et a immédiatement remarqué une absence, celle d'Omid, son cadet, âgé de trois ans, toujours le premier à venir se jeter dans les bras de son père. Aux explications réclamées, son épouse a répondu par des pleurs et un récit confus auquel Javid n'a d'abord rien compris sauf les mots *disparition* et *enlèvemet*, et quand il s'est mis en colère, pourquoi n'était-elle pas allée chez un voisin pour l'appeler sans attendre, elle lui a tendu une *shabnameh* dont l'en-tête maléfique, celle du clan Haqqani, l'a fait taire sur-le-champ. La lettre nocturne débutait par un avertissement, personne ne devait parler ou Omid – le prénom était mentionné à dessein, pour démontrer le sérieux de la requête – mourrait. Le ou les auteurs avaient donc pris son fils. Ils poursuivaient en expliquant tout savoir des relations de Javid avec ces espions étrangers qui, parfois, viennent le chercher, et indiquaient même la date de leur dernière rencontre. D'autres instructions suivaient et le courrier s'achevait sur une ultime menace : *par la grâce du Prophète Mahomet, la paix soit sur Lui, si tu n'obéis pas, nous tuerons Omid et ensuite toi et toute ta famille. Le choix t'appartient.* Javid s'était mis à sangloter à peine sa lecture achevée. Et il a maintenant du mal à retenir ses larmes face à cet homme à la mine cruelle.

« Tu n'as pas respecté nos instructions, on t'a suivi !

— Non, ce n'est pas vrai, j'ai fait attention, je promets. » Javid panique, il ne comprend pas, il a été aussi prudent que possible et il est certain de ne pas avoir été filé. À minuit, heure donnée dans le message, il a quitté son foyer, vêtu, à cause des rigueurs de novembre, d'un épais gilet de laine marron, enfilé par-dessus son salwar khamis, et d'un patou sombre, pour mieux se fondre dans l'obscurité. Sur un dernier regard inquiet à son épouse, à laquelle il a dû aboyer à voix basse l'ordre de fermer la porte tant elle rechignait à le faire, il s'est retrouvé seul dans le silence nocturne. Après avoir escaladé l'enceinte de son arrière-cour, il est redescendu dans une ruelle étroite, presque un goulet, et a disparu dans un labyrinthe de venelles où il était quasiment sûr de perdre n'importe quel indiscret. Tels étaient les ordres, s'assurer qu'il se rendait bien seul à l'adresse mentionnée dans la lettre, à Bemarou, un quartier situé au sud-est du sien, Char Qala.

Elle intimait aussi à Javid d'y aller à pied. La durée du trajet, une grosse demi-heure, s'est trouvée rallongée par toutes les précautions prises afin de ne pas être vu. Il était anxieux de récupérer son fils, mais a souvent fait halte en route, pour tenter de détecter d'éventuels suiveurs ou contourner une patrouille. Dans l'obscurité, sa progression n'a pas été facile ni agréable. Sitôt sorti de chez lui, il a marché dans une flaque profonde, au contenu glacé et visqueux. Ce ne serait pas la dernière. Les extrémités trempées, frigorifié, crotté, il a pesté tout le long du chemin contre ces fils de chamelles de talibans, épuisé toutes les malédictions et les injures apprises de ses aïeux. Javid tremblait de froid, de peur, de colère, mais il y avait Omid, il peuplait chacune de ses pensées.

Aucune heure d'arrivée n'était suggérée dans la shabnameh, un oubli inquiétant, qui avait renforcé son angoisse d'être surveillé par les kidnappeurs et, peu à peu, contre toute logique, oubliant l'enlèvement de son enfant, il s'était même mis à craindre d'être la véritable cible des ravisseurs. Au point de rendez-vous, un petit hangar, le fixer avait les nerfs à fleur de peau et sursautait au moindre bruit. Le bâtiment était isolé, à l'abandon et, après avoir d'abord guetté à quelque distance, fébrile, un signe, un appel, une apparition, il s'en était approché. Une seconde lettre l'attendait, clouée à une planche. Son briquet lui avait alors révélé qu'il devait continuer toujours plus au sud et aller jusqu'à l'avenue Awali May, en pleine nuit une marche longue et risquée, et il était reparti déçu, en rage, plus terrifié encore.

« Tais-toi ! » D'une claque, Fayz soumet le prisonnier.

« Qui a jeté la grenade sur l'armée, à ton avis ? »

Afin de parvenir à Awali, Javid devait pénétrer dans un quartier baptisé Makroyan, vestige de l'époque où l'Afghanistan était sous influence soviétique ; une zone résidentielle à l'ancienne, avec des barres bétonnées de quatre ou cinq étages, semblables à celles érigées, du temps de la grandeur communiste, dans les banlieues moscovites, copieusement pilonnées et souvent incendiées durant la guerre civile. Mal réparées depuis. Un ghetto maltraité où, paradoxalement, le réseau électrique reste le plus fiable de Kaboul.

Une section de l'ANA avait établi un point de contrôle au carrefour de la route de l'aéroport et de la rue dite du Bloc Numéro Quatre. Rejoindre sa destination nécessitait de franchir la première et de suivre la seconde vers le sud sans se faire voir malgré les éclairages publics – une panne de courant, ce soir, aurait été la bienvenue, mais le Très-Haut en avait décidé autrement – et l'absence de circulation. Dissimulé derrière un muret, le fixer avait longuement observé, réfléchi à un éventuel détour, tergiversé, pour finalement profiter de l'arrivée opportune d'une voiture égarée dans la nuit, une distraction momentanée pour la troupe, et s'élancer à travers le large ruban d'asphalte illuminé qui le séparait de Makroyan. Il avait presque atteint un terrain vague plongé dans le noir, son salut, quand il s'était fait repérer. Des projecteurs avaient alors été braqués sur lui, on l'avait mitraillé sans sommation puis pris en chasse en pickup. Affolé, Javid s'était précipité dans un parc, le quartier en compte quelques-uns, plus du tout entretenus depuis longtemps, et caché dans un bosquet touffu, où il espérait que ses poursuivants n'auraient pas l'idée de venir le chercher. Eux l'avaient vu entrer dans le jardin et les équipages de plusieurs 4 × 4 s'étaient mis à quadriller l'endroit. Le bruit et l'agitation avaient réveillé les occupants des immeubles et des lumières apparaissaient derrière les fenêtres des logements. Des gens commençaient à sortir de chez eux, à crier, à demander des explications aux militaires tout proches. Trop proches. S'il avait quitté sa planque, le fixer aurait été découpé à la mitrailleuse avant d'avoir fait dix pas. Mais il ne pouvait pas rester sans bouger, il risquait de se faire capturer d'un instant à l'autre.

Une explosion s'était produite à ce moment-là, totalement inattendue. *La grenade ?* Elle avait semé la panique chez les soldats, ouvert une brèche dans leur dispositif et Javid s'était enfui. « Vous m'avez suivi ? » Il n'avait pourtant rien vu. Comment aurait-il pu, il avait couru, couru, couru dans la nuit, sans se retourner, en implorant pour sa vie, qu'on la lui laisse, qu'il puisse sauver Omid et l'emmener loin de ce pays de malheur, avec toute sa famille, comme il l'avait prévu, comme il le souhaitait tant. Il n'avait pas ralenti jusqu'à l'avenue et la petite mosquée où il pensait être attendu, enfin. Épuisé, découragé, il avait découvert la troisième lettre nocturne. Celle-là l'envoyait le long de la Kaboul, dont les berges sont proches d'Awali May. Javid n'avait pas envie d'aller là-bas, tous les drogués de la capitale campent le long de la rivière et s'abritent sous ses ponts, il est dangereux de s'y risquer.

Les talibans étaient apparus alors qu'il se remettait en marche et, après avoir bandé ses yeux, l'avaient conduit ici, dans cette maison en ruine.

« Comment te faire confiance ? » Le chef moudjahiddine sourit.

« Rends-moi mon fils, sahib, et je ferai tout ce que tu voudras.

— D'abord, il faut parler. Ces gens que tu rencontres parfois, qui sont-ils ?

— Il y a des hommes de la police secrète, et leurs alliés, des étrangers.

— Je sais tout cela, mais d'où viennent-ils, ces étrangers ?

— Ce sont des Amrikâyi. Ils sont de Jalalabad, je crois.

— Ah bon, et pourquoi ? » L'homme aux lunettes se penche vers le captif.

« À cause de monsieur Peter.

— Celui qui t'a accompagné chez Rouhoullah, le journaliste ? »

Javid acquiesce, regarde Fayz, revient au commandant taliban, acquiesce encore.

« Pour quelle raison ?

— Monsieur Peter écrit sur le *taryak*, il pense que ces Amrikâyi de Jalalabad, ils font le trafic. Et ces hommes, ils veulent connaître ce que monsieur Peter écrit.

— Et toi, tu le trahis. »

Éclair de terreur dans les yeux du fixer. Il cherche à se justifier, évoque des tortures, des menaces, contre lui, contre les siens, reçoit un autre coup et s'arrête de parler.

« Que leur as-tu dit, à ces Amrikâyi ? »

Pas grand-chose récemment, Javid voit moins monsieur Peter. Ces derniers temps, il a surtout cherché à rétablir le contact avec Rouhoullah. Lorsqu'ils étaient chez lui au Pakistan, le trafiquant a montré un film, sur les étrangers. Le journaliste veut le rencontrer à nouveau pour obtenir une copie. Les Américains savent tout et ils connaissent bien Shah Hussein aussi, le fixer l'a compris en écoutant leurs conversations. Ils ont demandé à l'homme de confiance du gouverneur de Nangarhar de persuader Rouhoullah de détruire la vidéo.

« Ton monsieur Peter, il sait, pour Rouhoullah, Shah Hussein et les étrangers ?

— Non.

— Et il veut toujours le film ?

— Oui. Il dit c'est très important et il est en colère parce que Rouhoullah ne veut plus de visite. »

Le commandant moudjahiddine s'éloigne pour réfléchir.

Après quelques secondes de silence, Javid supplie à nouveau, il veut voir Omid.

« Il va rester avec nous. » Le chef taliban pose une main sur l'épaule de l'enfant à la fleur. « Regarde, nous traitons bien les garçons. »

Un sourire illumine alors le visage du gamin, mais son regard est toujours aussi dur. Le contraste est frappant, il plonge Javid dans un abîme d'effroi et lui fait adresser une prière silencieuse à Allah, *sauve-le, sauve-nous.*

« Venir ici, c'est un long voyage. Je n'aime pas cet endroit.
— S'il te plaît, sahib.
— Je te rendrai ton fils, le Tadjik, si tu m'accordes une faveur, très simple. Une faveur à ta portée, trahir. »

Sun 9 Nov 2008, 02:04:15
De : peterandthewolf@lavabit.com
À : alatourdemontlherya@lavabit.com

...

J'imagine qu'il a dû être difficile d'écrire ce dernier mail et avouer la persistance de certaines *habitudes* jusqu'à un passé récent. Plus récent en tout cas que nos précédentes conversations à ce sujet ne me l'avaient laissé penser. Merci pour ta franchise. Tu comprendras en retour ce délai de quelques jours avant de te répondre. Une fois déjà ces choses (je ne sais même pas comment les appeler sans paraître condescendant ou moralisateur) nous ont éloignés l'un de l'autre (tu fuyais, je ne savais pas pourquoi, peut-être n'en avais-je pas envie, peut-être n'étais-je pas assez clairvoyant, ou patient, mais quoi qu'il en soit, je ne pouvais pas te suivre là où tu allais) et m'ont fait beaucoup de mal. Je ne veux plus de ça. Toi non plus. Du moins, c'est ce que je veux croire. Donc...
Puisque tu m'y as enfin autorisé, j'ai parlé de toi, de nous, aux gens du magazine. L'angle du dossier leur plaît toujours et le cadre élargi les excite à mort. J'espère un retour positif de leur

part bientôt. Et arrête avec ta réputation, eux s'en moquent. T'es pro ou pas. Et moi je sais que tu l'es. Ce qui m'amène à la question suivante : as-tu déjà fait des copies des données récupérées au domicile de ton Montana, le grand copain de Gareth *Kurtz* Sassaman ? Si ce n'est pas le cas, occupe-t'en vite et cache-les dans un endroit sûr. Sinon, je suis très curieux d'apprendre ce que tu as trouvé et de voir comment nous pouvons articuler ma partie afghane avec ta partie européenne.

De mon côté, j'ai rédigé une première synthèse de tous les témoignages en ma possession après avoir révisé mes notes et couché sur le papier les enregistrements de mes sources. Les plus anciens, Canarelli, l'oncle d'Afzal, les représentants de Longhouse (pas difficile, tous prétendent ne rien savoir) et, plus proches, les entrevues avec des fidèles de feu Tahir Nawaz, Rouhoullah, les habitants d'Agâm auxquels j'ai parlé au téléphone après ma visite sur place, etc. Et également quelques mercenaires, les plus fiables (certains de ces entretiens sont vraiment drôles, j'ai hâte que tu les écoutes. J'essaie de compresser les fichiers pour te les envoyer vite). Avec ce que nous avons, nous pouvons d'ores et déjà rendre compte du contexte afghan, établir quelques hypothèses et étayer une partie de nos soupçons. La vidéo ferait toute la différence cependant, je ne lâche pas l'affaire.

Fais attention à toi. Qui sait, si la rédaction donne son feu vert pour ce papier commun, peut-être nous verrons-nous vraiment bientôt ici... Ou ailleurs.

Tu me manques.

Peter.

Delkos Logva est une filiale de Delkos Group, une entreprise kosovare. Logva est basée à Durrës, la seconde ville d'Albanie et son principal port, et spécialisée dans l'entretien et la réparation de navires marchands. Parmi ses clients, il y a des armateurs italiens, grecs, monténégrins, croates, turcs, maltais. Sa maison mère, dont le siège est installé à Pristina, exerce également des activités de fret, terrestre et maritime, et de logistique, via des structures secondaires. Duvagjini Sh.P.K. est un producteur de jus de fruits. Sa matière première est récoltée sur place et importée de pays limitrophes ou simplement partenaires commerciaux du Kosovo, tels que le Monténégro, la Macédoine, la Croatie, l'Albanie ou l'Italie. Les boissons fabriquées par Duvagjini sont, pour l'essentiel, revendues chez ces mêmes partenaires ou plus au nord, en Allemagne et en Suisse, et apportent leur modeste contribution au rétablissement de la balance commerciale très déficitaire de la toute jeune république. Dijari Trade est un autre acteur de la filière agro-alimentaire kosovare. Son truc, c'est le blé, sous toutes ses formes, notamment la farine. Depuis peu, Dijari a commencé à se diversifier et à s'intéresser au maïs. Le plus gros de son chiffre d'affaires est réalisé à l'exportation, vers la Macédoine encore, la Roumanie, la Bulgarie, la Hongrie et l'incontournable Allemagne.

Ces sociétés et d'autres, ainsi que leurs branches respectives, au Kosovo et dans certaines nations d'Europe centrale et de l'Est, dont quelques-unes ont intégré récemment l'espace aux frontières abolies de Schengen, ont trois points communs. D'une part, elles bénéficient largement de subsides étrangers, versés par des organisations internationales, Nations unies, Union européenne, des États, les USA ou la Suisse figurent parmi ceux-ci, et des intérêts privés, conglomérats industriels et investisseurs. Ces fonds sont canalisés par des agences nationales telles que l'IPAK, l'*Investment Promotion Agency of Kosovo*, créées pour assurer le développement de la province depuis sa proclamation d'indépendance et contrôlées par le ministère du Commerce et de l'Industrie, c'est-à-dire le pouvoir en place. Ils permettent de doper activités et trésoreries, de moderniser les outils de travail et, dans quelques cas, de dégager des profits ; en résumé, de gonfler la valeur du capital des associés. Ces boîtes évoluent par ailleurs dans une nébuleuse d'intérêts croisés, aux fréquents changements de raison sociale. Elles ont un actionnariat difficile à cerner. Une analyse comptable et fiscale approfondie, laborieuse, soutenue par des commissions rogatoires et une sévère dose de bonne volonté, de la part de nombreux gouvernements dont celui du Kosovo – brûler un cierge pourrait être utile – serait indispensable pour remonter jusqu'à une discrète société du Luxembourg, Besnic Transglobal Shipping, puis une autre, immatriculée dans un second paradis fiscal, BES Holdings, elle-même détenue par différentes personnes morales. Parmi celles-ci figurent Besnick INTL, la société au porteur d'Alain Montana, et BES Investments, fondée par Dritan Pupovçi. La troisième et dernière particularité commune à ces entreprises est leur implication dans le trafic de came et la traite d'êtres humains auxquels se livrent Pupovçi et sa clique mafieuse. Soit sous forme logistique, l'acheminement, soit sous forme financière, le rapatriement des profits illicites de ces activités officieuses et leur blanchiment partiel.

Le 9 novembre 2008 par exemple, quatre tonnes de farine emballée dans des sacs de vingt-cinq et cinquante kilos quittent les installations de Dijari Trade. Certains de ces sacs contiennent également de l'héroïne expédiée d'Afghanistan par Voodoo et ses complices, environ cent cinquante kilos, et de la brune achetée à des *associés* turcs de longue date de Dritan. Ces quatre tonnes sont réparties dans deux camions. Le premier, sans logo, dont la destination initiale est la Macédoine, appartient au transporteur Silka Kosova. Le second est marqué du sigle de Bedyra Sh.P.K. et attendu dans la journée à Durrës, le port albanais. Silka et Bedyra sont deux satellites de Delkos. Ils n'existaient pas il y a trois mois et auront disparu dans trois mois. Tous leurs véhicules seront alors revendus, troqués, changeront d'immatriculation ou se perdront dans la nature.

Le passage à la frontière macédonienne est une formalité. Enveloppe, sac plastique ou mallette, ça marche ici aussi et tout est plus facile, on bosse en euros. Le voyage se poursuit en Bulgarie, où une partie de la drogue est reconditionnée et va désormais filer vers la Slovénie, via la Serbie, arrimée au châssis d'un car de tourisme Raban Travels, propriété du grossiste en paradis artificiels, un client de Pupovçi, à qui cette cargaison appartient désormais. Le reste est envoyé en Roumanie puis en Hongrie, dans un autre semi-remorque de farine de la société DB Tetovo, une filiale de Silka domiciliée à Budapest. Rentrer dans l'espace Schengen, le lendemain, n'est guère compliqué. Euro ou euro ? La règle enveloppe, sac plastique, etc., reste de mise et si parfois Frontex, l'agence chargée du contrôle des frontières de l'Union, s'excite ou si l'on est pressé par des enquêteurs locaux pas corrompus, l'espèce est rare, une opération de police bidon est organisée. C'est le cas ce jour-là. Un troisième camion, sans lien avec les premiers, est intercepté avec à son bord cinq filles extraites de force du flot continu de migrants d'Asie centrale et du Moyen-Orient, et destinées à des bordels hollandais et anglais. Achetées à vil prix, on peut les sacrifier, ce n'est pas grave, et pour faire plus vrai, on a même gavé l'une d'elles avec des capotes remplies d'une came coupée ne valant pas un clou. La présence de cette *mule* donnera une dimension exceptionnelle à l'intervention, elle permettra de gonfler les statistiques de saisies et l'agitation ainsi provoquée détournera opportunément l'attention de notre farine de blé hors de prix. Quelques heures plus tard, celle-ci sera déchargée dans un entrepôt hongrois. Là-bas seront vidés les sacs contenant la poudre magique, qui sera alors préparée pour la suite de son voyage.

La drogue convoyée par Bedyra Sh.P.K est, elle, arrivée à Durrës le 9 novembre en milieu d'après-midi. Elle a été divisée. Cinquante kilos sont restés sur place pour être raffinés en laboratoire et, dans une semaine, vingt kilos de la blanche ainsi obtenue atterriront dans le ventre d'une trentaine de personnes empruntant les ferries qui, tous les jours, relient l'Albanie à l'Italie. Le reliquat suivra le même chemin plus tard, dans la carrosserie d'une voiture. Les cinquante kilos de brune restants ont eux été dissimulés à bord d'un cargo de tonnage moyen dont les chantiers Delkos Logva achevaient l'entretien ce même 9 novembre. Ce navire est la propriété de Costa Shipping, une autre fille illégitime et secrète de Besnic Transglobal, dont la zone de cabotage couvre l'Adriatique et la mer Méditerranée. Ils partent pour Gênes avec une cargaison de métaux bruts et de ciment le 10, à l'aube, pour alimenter une partie du trafic du sud de l'Europe.

Après avoir été fractionnée en plusieurs *colis*, l'héroïne hongroise de la bande à Dritan roule vers de nouveaux horizons, sans jamais croiser un policier ou un douanier, Schengen oblige. L'un de ces colis transite par l'Autriche et l'Allemagne puis, caché dans le monospace d'une famille strasbourgeoise bien sous tous rapports, entre sans encombre ni contrôle en France, merci l'Union européenne, le soir du 13 novembre. Il est livré ensuite dans une ferme restaurée en maison à louer de la petite commune d'Ittenheim. Quatre hommes accueillent le véhicule. Le premier se prénomme Zavi, un *réfugié* kosovar arrivé dans l'Hexagone avec tout son clan, une trentaine d'adultes et autant d'enfants, il y a trois ans. Officiellement sans travail, lui et les siens survivent notamment grâce à des aides publiques. À quarante-deux ans, il est de corpulence et de taille moyennes, et ses épaules affaissées et rentrées donnent l'impression qu'il est toujours sur le point de basculer vers l'avant. Zavi a sur le front une large cicatrice. La guerre, prétend-il. En réalité, une marque laissée par la lame de sa première victime, un garçon tué pour une question d'honneur lorsqu'il avait seize ans. Avec lui se trouvent deux de ses cousins, qui logent et travaillent dans la ferme. Accessoirement, ils en assurent la sécurité. Le dernier homme s'appelle Halit Ramadani, un petit taureau lippu au crâne rasé dont les yeux sombres sont toujours très agités. Il a hérité d'un surnom, Iblis, le diable né du feu dans le Coran, à cause de l'habitude, prise très jeune, de torturer tous les inconscients dressés sur son chemin et de les brûler vivants. D'aucuns auraient trouvé cela injurieux mais pas Halit, orgueilleux et pragmatique. Une sale réputation vaut parfois mieux qu'un long discours. Il vit entre Stuttgart et Strasbourg, supervisé le demi-gros et le détail de la distribution d'héroïne pour Dritan et ses associés, sur un territoire comprenant le quart sud-ouest de l'Allemagne, l'est et le nord de la France, et le Luxembourg. Ce soir, il est venu s'assurer de la bonne réception des vingt kilos de brune en provenance de Budapest et relever les compteurs. Vite déchargée, la marchandise est déballée dans la cave de la ferme où l'un des cousins de Zavi va commencer à la couper et à la reconditionner sans perdre de temps. Le couple de coursiers et leurs enfants sont eux renvoyés dans la nuit avec une épaisse enveloppe de cash et quelques sachets de poudre en guise de bonus. Ils recevront bientôt de nouvelles instructions.

Le lendemain midi, une Audi RS6 noire appartenant à la représentation du Kosovo à Paris débarque à son tour à Ittenheim. Les deux nouveaux venus qui en descendent sont Leotrim Ramadani, copie conforme de son jumeau à un détail près, il a les cheveux longs, et Isak Bala, un tout maigre tout nerveux, au visage grêlé et à la raie de côté. L'un et l'autre sont agents du SHIK, en *vacances* dans notre beau pays dont ils abusent, pour la semaine, des charmes et des douceurs. Quand Dritan Pupovçi, lui-même rentré en France la veille, ne les envoie pas collecter des fonds en Alsace.

Halit, heureux de voir son frère, sort les accueillir dans la cour et les précède dans la maison, où un déjeuner préparé avec amour par ses soins les attend. Le renfermé, à l'intérieur, a le parfum douceâtre du graillon mélangé aux relents de clope froide, de vapeurs chimiques et de corps à l'hygiène douteuse. La décoration, minimaliste, se résume à quelques chaises de jardin, un vieux sofa volé dans un dépôt-vente et, à l'étage, des matelas et des duvets de camping pour les chambres. Seuls le four, les plaques de cuisson, l'écran plat LG posé au milieu du salon et l'armoire forte installée dans la buanderie reconvertie en bureau sont neufs. Pas de rideaux aux fenêtres, les volets sont fermés en permanence et la lumière est fournie par des plafonniers aux ampoules nues et des halogènes de récupération. Les trois hommes prennent place dans la cuisine, autour d'une table au plateau en formica. Zavi est là, déjà assis, un verre de raki devant lui. Il se lève quand Leotrim et Isak entrent et leur donne l'accolade, puis tous s'installent pour manger. Du vin est servi, et encore du raki, des nouvelles sont échangées, la nourriture circule, byreks au fromage et aux épinards, légumes farcis à la viande d'agneau, crudités au vinaigre, riz, pita et yaourt, un déjeuner copieux. L'ambiance est détendue, malgré les pistolets posés entre les assiettes et le fusil à pompe calé près de la porte, tous les présents sont amis de longue date. En fin de repas, on parle affaires, qualité, pureté, quantités, coupe, entrées, sorties, prix, clientèle, ici, en Allemagne. Problèmes, solutions, pognon.

Halit évoque deux valises de liquide préparées pour Dritan. « 407 et 248. » Il a passé la soirée à faire les comptes pour la région. « Avec la machine. Tu peux dire presque pareil la semaine prochaine.

— Bien. » Isak demande quand les autres viendront. Les autres, ce sont les responsables des nourrices, des lieux de stockage de drogue, secondaires. Le réseau en compte une dizaine, toutes à moins de cent kilomètres de la ferme. La majorité fournissent les dealeurs de l'Est et du Luxembourg, mais deux d'entre elles s'occupent d'autres groupes, implantés dans le Nord, en Normandie et en région parisienne. Chacune de ces nourrices est tenue par un membre du clan, sauf une, placée sous la responsabilité d'un *étranger*, un voyou local marié à une sœur et jugé digne de confiance. Une ou deux fois par mois, selon la demande et les arrivages, tout le monde passe faire le plein à Ittenheim.

« Demain soir et après-demain soir. »

Leotrim termine son café. « Dritan a dit ici c'est la dernière fois. » Il s'adresse à son frère. « Il veut que tu bouges.

— Mais ça fait juste quatre mois. » Halit pousse un juron exaspéré.

Zavi secoue la tête, agacé lui aussi. Le stock principal change habituellement d'adresse tous les six à huit mois. Ces mouvements fréquents d'une location isolée à une autre, qui expliquent la pauvreté de l'ameublement, limitent les risques d'indiscrétions et compliquent d'éventuelles surveillances.

« Il est inquiet. À cause de son ami français.

— Il y a des problèmes ?

— Il a pas dit, mais tu dois changer. Je vais savoir plus quand je retourne. »

Isak Bala fait un peu de place sur la table devant lui et y trace une ligne de cocaïne.

Leotrim se moque de lui. « Il est fatigué, trop la fête. » Il mime un homme tenant un volant. « Il a peur de dormir.

— Vous allez partir déjà ?

— Je veux pas être tard à Paris. »

Du pouce, Halit montre l'étage, à travers plafond de la cuisine. « Zavi a deux filles là-haut. Les cousins les habituent avant qu'on les envoie.

— Tu les as essayées ?

— Non. Il y en a une, elle a le visage très innocent.

— Et elle pleure beaucoup. » Zavi rigole.

Isak et Leotrim échangent un regard.

« Va lui dire de se faire propre, mais vite. »

Bala sniffe son trait et rejoint Zavi au premier.

« J'ai tes armes dans la voiture. »

Halit sourit, il attendait ces trois AKMS, deux pistolets et les munitions ad hoc avec impatience. Une des nourrices secondaires a été visitée le mois dernier. Heureusement, il n'y avait rien à voler là-bas, mais il craint une nouvelle tentative sous peu et souhaite que tous les hommes de Zavi aient de quoi défendre la marchandise.

De sa poche, Leotrim sort un morceau de papier griffonné. « Note dans le téléphone. » Il énonce une suite de chiffres, un numéro en Albanie. « Maman est là, à côté Donika. » Leur sœur aînée, installée à Durrës, avec son mari et ses enfants. Elle travaille au service comptable de Delkos Logva. « Au bord de la mer.

— Elle va ?
— Appelle, elle dira. Elle est pas contente, tu lui parles jamais.
— Mais moi je savais que tu apportais le numéro. Je l'ai rêvé. » Halit prend son jumeau par la nuque. « Tu es le bon fils. »
Du front, Leotrim cogne la tête de son frère. « Et elle te préfère. »
Ils éclatent de rire.
L'Audi RS6 quitte la ferme à seize heures, transportant plus de six cent cinquante mille euros en liquide, une livre d'héroïne non coupée et deux agents du SHIK, chargés à la coke, la mine ravie et les phalanges explosées. La fille innocente pleure beaucoup, Zavi avait raison, l'autre aussi. Trop.

Conversation Adium du 14 novembre 2008, extraits.

19 : 25 – Peterandthewolf est en ligne
19 : 25 – Démarrage cryptage OTR

    Alatourdemontlherya   19 : 25
        Salut.
    Peterandthewolf   19 : 25
        Ça va ?

…

    Alatourdemontlherya   19 : 49
        On frappe à la porte, attends.
    Alatourdemontlherya   19 : 52
        Tu me laisses dix minutes ?
    Peterandthewolf   19 : 52
        OK.

19 : 52 – Alatourdemontlherya est hors ligne
20 : 13 – Alatourdemontlherya est en ligne
20 : 13 – Démarrage cryptage OTR

Peterandthewolf	20 : 13
Tout va bien ?	
Alatourdemontlherya	20 : 13
Chloé est là.	
Peterandthewolf	20 : 13
Encore ?	
Je vais finir par croire qu'il y a un truc entre vous.	
Alatourdemontlherya	20 : 14
Elle est mal.	
Peterandthewolf	20 : 14
Elle est toujours mal.	
Peterandthewolf	20 : 17
Tu veux que je te laisse ?	
Alatourdemontlherya	20 : 17
Non, j'ai dit que je devais finir un boulot.	
Merde après tout.	
Peterandthewolf	20 : 17
☺	
Alatourdemontlherya	20 : 18
On parlait de quoi déjà ?	

…

Peterandthewolf	20 : 37
Se déplacer ici avec une équipe de tournage, pas simple.	
Alatourdemontlherya	20 : 37
Juste un caméraman et un preneur de son.	
Peterandthewolf	20 : 37
Même, ça attire l'attention.	
Alatourdemontlherya	20 : 38
Ils veulent des images. L'agence a un partenariat avec une boîte de prod. Ça va sur leur site aussi.	
Peterandthewolf	20 : 40
Je le sens pas ton truc.	

On a un beau sujet papier. Le docu, c'est du bonus, plus tard.

Alatourdemontlherya 20 : 42
Jeff a dit pareil.

Peterandthewolf 20 : 42
On n'est pas amis pour rien.

Alatourdemontlherya 20 : 42
Tu l'as baratiné.

Peterandthewolf 20 : 42
Je ne lui ai pas parlé depuis une semaine.

Alatourdemontlherya 20 : 42
J'aimerais bien participer.

Peterandthewolf 20 : 43
Tout le volet Europe, c'est toi.

Alatourdemontlherya 20 : 43
Pas comme ça.

Peterandthewolf 20 : 43
Je sais.
Tu as contacté Ginny ?

Alatourdemontlherya 20 : 43
Elle a un appart' génial. C'est le magazine ?

Peterandthewolf 20 : 43
Ha ha ! C'est une super-correspondante et le grand chef de la rédac' l'aime bien, mais pas à ce point.
Elle paie. Ou plutôt, c'est son mari.

Alatourdemontlherya 20 : 44
Pas beau, cette remarque.

Peterandthewolf 20 : 44
Pas fausse pour autant.

Alatourdemontlherya 20 : 44
Elle ne m'a pas donné l'impression d'être le genre entretenue.

Peterandthewolf 20 : 44
Ce n'est pas ce que j'ai dit. Elle va t'aider avec ceux de New York ?

Alatourdemontlherya   20 : 44
    Oui. Elle m'a aussi demandé si je prévoyais de te rejoindre.
    Pour le visa.
    J'ai dit oui.
    Retrouver le terrain et changer d'air me fera du bien. Et
    mon ami m'a stressée avec ses histoires de filatures.

Peterandthewolf   20 : 46
    Chloé, qui s'en occupe ?

Alatourdemontlherya   20 : 46
    J'ai ce que je veux et si Montana sait, mieux vaut couper
    le cordon maintenant et s'éloigner un peu.

Peterandthewolf   20 : 46
    Elle fait quoi, là ?

Alatourdemontlherya   20 : 46
    Elle est dans ma chambre. Ah non, elle vient de partir
    dans la salle de bains.
    J'ai envie de te voir.

Peterandthewolf   20 : 46
    Pourquoi dans ta chambre ?

Alatourdemontlherya   20 : 47
    Change pas de sujet.

Peterandthewolf   20 : 48
    Je ne change pas de sujet. Ici, c'est en train de devenir
    l'Irak. La cote des journalistes grimpe en flèche.

Alatourdemontlherya   20 : 48
    Melissa Fung s'en est sortie.

Peterandthewolf   20 : 48
    Contre une rançon.

Alatourdemontlherya   20 : 48
    Ce n'est pas ce qu'ils disent.

Peterandthewolf   20 : 48
    On vient d'en perdre un autre.

Alatourdemontlherya   20 : 48
    Qui ?

Peterandthewolf	20 : 49

    Rohde, du *New York Times*. On sait pas si c'est lui ou le journal qui est visé. Et son fixer semble dans le coup, comme pour Fung.

Alatourdemontlherya	20 : 49

    Personne n'en parle.

Peterandthewolf	20 : 49

    Embargo du *Times*, de la famille et des autorités. Pour les négos.

Alatourdemontlherya	20 : 49

    C'est arrivé quand ?

Peterandthewolf	20 : 49

    Lundi.

Alatourdemontlherya	20 : 50

    Où ?

Peterandthewolf	20 : 52

    Ce n'est pas le bon moment.

Alatourdemontlherya	20 : 52

    Ce ne sera jamais le bon moment, c'est la guerre.

Alatourdemontlherya	20 : 53

    Tu veux qu'on l'écrive cet article ou pas ?

Peterandthewolf	20 : 53

    Ne fais pas ça.

Alatourdemontlherya	20 : 53

    Ça quoi ?

Peterandthewolf	20 : 53

    C'est moi qui t'ai parlé collaboration.

Alatourdemontlherya	20 : 54

    Oui et la proposition de venir c'est aussi toi.

Peterandthewolf	20 : 54

    Je sais. Je ne suis juste pas sûr que ce soit très malin d'être tous les deux au même endroit. Surtout ici.

Peterandthewolf	20 : 55

    Et oui, j'ai envie de te voir.

Alatourdemontlherya	20 : 55

    Alors ?

Peterandthewolf	20 : 57

    Alors… On mélange pas tout, on réfléchit et on en reparle plus tard.

Alatourdemontlherya	20 : 57

    Non, on en parle maintenant.
    Mais d'abord, pause. Sa majesté Chloé vient de consentir à libérer la salle de bains.

Alatourdemontlherya	21 : 00

    Toi et ta salope vous me faites gerber.

Peterandthewolf	21 : 00

    Amel ?

21 : 01 – Alatourdemontlherya est hors ligne

14 NOVEMBRE 2008 – UN DRONE US BOMBARDE LE PAKISTAN, douze morts, deux blessés. L'attaque a eu lieu ce vendredi et visait un village situé à la frontière entre le Waziristan du Nord et le Waziristan du Sud [...] Trois missiles ont été tirés contre la maison d'un certain Amir Khan ou Amir Gul, dont le père a été tué l'an dernier en Afghanistan, lors d'un accrochage avec les troupes de l'ISAF [...] Il y aurait neuf étrangers, d'origine arabe, parmi les victimes [...] Selon les villageois, des drones survolaient la zone sans interruption depuis plusieurs jours [...] **19 NOVEMBRE 2008 – COLÈRE APRÈS UN BOMBARDEMENT HORS DES ZONES TRIBALES.** Un missile a détruit une maison du district de Bannu, hors des FATA, et tué une dizaine de personnes [...] source ayant tenu à garder l'anonymat affirme qu'Abdoullah Azzam Al-Saudi, un membre d'Al-Qaïda, serait mort au cours de cette frappe, en compagnie de quatre autres terroristes étrangers d'origine turkmène [...] Les États-Unis n'ont encore jamais publiquement admis avoir bombardé des cibles au Pakistan, qui reste officiellement leur allié dans la guerre contre la terreur déclenchée après l'attentat du World Trade Center, le 11 septembre 2001 [...] L'Assemblée nationale pakistanaise a fermement condamné cette attaque, la qualifiant « d'atteinte à la souveraineté et à la sûreté de l'État » [...] Le Premier ministre Gilani a pour sa part insisté sur le fait que son gouvernement n'a signé avec l'Amérique aucun accord l'autorisant à intervenir sur le territoire du Pakistan [...]

9

« Ce James, t'en penses quoi ? » Wild Bill regarde le plafond encombré de câbles distendus et de tuyaux rafistolés de l'Iliouchine à bord duquel il fonce vers Pristina. L'avion est russe, ses pilotes ukrainiens, son propriétaire kazakh, son affréteur un Américain sous-traitant du Pentagone. Sa cargaison et sa destination finale sont secrètes – le Kosovo n'est qu'une escale – mais il s'en branle de savoir où vont les quinze tonnes confidentielles arrimées derrière lui dans la soute, seuls comptent les quatre cents kilos sur lesquels il a allongé ses jambes. Ils utilisent les services de ce commandant de bord pour la troisième fois. Le mec leur prend deux cent cinquante dollars par unité, ça rogne sur la marge, mais c'est plus prudent depuis que, sur ordre de Longhouse, Mohawk a renouvelé tous les équipages long-courriers affectés à l'Afghanistan. Voodoo ne fait confiance à aucun des nouveaux venus et, après l'alerte de l'été dernier, il craint également les inspections surprises.

Le James en question est cet ancien marine nounou à journalistes qui, à Kaboul, les renseigne sur les faits et gestes de Peter Dang. Il a été présenté à Wild Bill quelques heures avant le décollage.

Fox, avachi à sa droite, se trouvait avec lui. « Chaleureux. Le genre à vouloir bien faire. » Les yeux fermés, il cherche le sommeil. Sans succès. Il y a trop de boucan dans ce zinc, ça bringuebale et ça grince de partout. Et il est nerveux, la fatigue s'accumule ces dernières semaines et c'est son baptême du feu avec les Kosovars. « Méfie-toi d'eux, a dit Voodoo, ils s'amusent dur et ne laissent rien passer, même défoncés. » Fox aurait pu répondre *je sais*, les Balkans il connaît, il les a déjà visités avec ses anciens camarades de Bayonne. Une partie de sa vie dont il n'est toujours pas décidé à parler. Raison pour laquelle il n'a pas expliqué que ce séjour en Europe, le premier en six ans, ne l'enchante pas. Pas plus que la possibilité de rencontrer cet *ami français*, ex-officier de renseignement proche de ceux de Pristina, en charge de leurs finances à tous, dont Voodoo lui a tu le nom. Le type a émis le souhait de faire la connaissance de Fox et sera peut-être présent. Aller se balader à un jet de pierre de la France pour trafiquer de la came avec une bande de mafieux et une barbouze sur le retour trop curieuse, dans toutes les langues, on appelle ça jouer au con. *Où est-ce que j'ai bien pu merder, putain ?*

« Voodoo l'aime bien.

— Qui ?

— Ce mec, James.

— Ah. Ouais.

— Toi aussi, il t'aime bien. »

Simple affirmation ou avertissement, Fox choisit d'en sourire. Il s'emmitoufle mieux dans son parka goretex, on se les pèle dans cette carlingue.

« Tu crois qu'il aura les couilles ?

— De ? »

Silence.

« Un jour, faudra régler le problème de ce fils de pute canadien.

— Pour l'instant, on n'a plus de problème. » Shah Hussein a neutralisé Rouhoullah et le trafiquant s'est laissé faire de bonne grâce, ayant compris leur intérêt commun. Le nouvel homme fort de la province a tenu à rassurer Voodoo à ce sujet lors de leur dernière entrevue, une dizaine de jours plus tôt. Fox, de passage à Jalalabad, l'accompagnait. Ils étaient reçus malgré le froid dans les jardins du palais du gouverneur, sous les fenêtres du *patron*, et Hussein s'était livré à cette occasion à une petite démonstration de son pouvoir. Il avait ainsi tenu à leur présenter le futur chef de la Jalalabad Strike Force, un cousin de sa tribu, appelé à remplacer sous peu l'officier jusque-là en charge de cette milice quasi privée formée par 6N et utilisée, au besoin, par l'Agence. Entre autres. Sa manière de faire savoir que tout service rendu le serait désormais selon son bon vouloir. Il avait ensuite livré quelques informations à transmettre, relatives à la conduite de la guerre à la terreur, dont certaines étaient surtout utiles à ses propres intérêts – tout change et rien ne change – et, après un thé pris au bout d'un bassin à l'eau d'un vert triste, couverte de feuilles et de débris, sous un imposant belvédère, il s'était engagé à garantir le volume supérieur de brune que lui réclamait Voodoo. Sous réserve de recevoir une quantité adéquate de sacs plastique bien garnis. Cela tombait bien, Fox n'était pas venu les mains vides.

Sa présence ce matin-là était justifiée par la réorganisation des missions de 6N décidée par sa lointaine maison mère, Longhouse. Conséquence première, une partie de la boîte a déménagé à l'aérodrome de Khost, juste à côté de la FOB Chapman. Pas pour se rapprocher de Bob et de ses copains de la CIA, mais afin de participer à la construction de nouveaux *Transit Facilities* en Loya Paktiya. Complexes de transit, une expression volontairement neutre destinée à détourner l'attention de l'objet véritable de ces centres de détention, discrètement implantés dans l'enceinte de certaines bases opérationnelles, futurs donjons temporaires destinés à accueillir, avant qu'ils soient remis aux autorités, les insurgés capturés au cours d'opérations clandestines. Sous la nouvelle appellation *Task Force East*, le JSOC monte en puissance, en parallèle des différentes unités spéciales déjà déployées sur le front, et ça déborde tellement de partout que leurs conneries commencent à se voir. Il fallait donc des endroits à l'abri des yeux et des oreilles indiscrètes, propices à la tenue de conversations *amicales*. Des ingénieurs et des architectes de Longhouse ont été dépêchés sur place dans ce but et, jusqu'à nouvel ordre, Voodoo et une partie de la bande doivent veiller à leur sécurité. À Fenty sont restés Wild Bill, Tiny et Gambit, rappelé de Kandahar, en charge de l'entraînement de la JSF et d'un nouveau commando officieux. Les autres ont rejoint Viper à Khost et cela réduit considérablement leur liberté de mouvement. Voodoo a donc jugé utile de présenter un second interlocuteur à Shah Hussein, pour le cas où il serait indisponible. Il a suggéré Fox et le reste de la troupe s'est empressé d'approuver. De tous, il est le plus proche des hajis, il prie même avec eux.

« Pour l'instant. » Wild Bill se redresse dans son siège pour faire face à son voisin. « Il se passe quoi, le jour où on se barre ? On peut pas faire confiance aux locaux.

— Parce qu'à ce James, si ?

— Le mec nous rencarde, il sait sur quoi Dang bosse et, s'il arrive un truc, il mettra pas longtemps à piger. Il faut l'impliquer.

— Et toi, tu lui confierais ça ? »

Wild Bill grogne.

Fox jette un œil à travers le hublot. Dehors, c'est la nuit, ils volent sous la lune et ses rayons illuminent un impénétrable océan de nuages. « Si on le met dans le coup, t'es prêt à partager ?

— Pas toi ? »

Fox hausse les épaules. « Si c'est justifié. » Il soutient le regard de Wild Bill.

« Emmerdeurs de journalistes.

— Ouais.

— À quoi ils servent, putain ?

— J'en ai connu une autrefois.

— Où ? »

À Paris, avant de devoir me barrer. Fox garde ça pour lui. « On aurait pu s'aider, elle m'a laissé tomber comme une merde. La frousse.

— Quand tout part en couilles, y a plus personne. Elle était mignonne ?

— Pas mal.
— Tu l'as baisée, au moins ?
— Même pas.
— Chienne.
— Ouais. »

Wild Bill bâille et s'étire.

« T'as vraiment une sale mine.
— L'année a été compliquée, mec. »

Cette même réflexion, Fox l'a eue au retour de Khost, la veille. Le Bell de Mohawk qui l'emmenait à Bagram survolait la chaîne des Soulaïman en suivant, l'habitude, le tracé de la route vers Gardez. *Combien de fois encore ?* s'était-il demandé avant d'apercevoir, après la passe de Seti-Kandow, un énième camp de kouchis, ces réprouvés en chemin pour les hivers plus cléments des terres hazâras. Neuf mois plus tôt, une éternité, dans ce même appareil, Fox avait laissé Ghost et Tiny s'en donner à cœur joie avec d'autres nomades. À grandes rafales de Minigun. Entre-temps, le premier est décédé et une fièvre mortifère s'est emparée du second. À l'époque, l'incident l'avait dégoûté et mis en colère, mais hier ce souvenir l'a plongé dans un abîme de mélancolie. Il a repensé aux derniers mois écoulés, s'est senti vide. Lui-même a tellement changé. Le conflit auquel il est mêlé depuis cinq longues années s'est transformé, il n'a pas d'horizon, presque plus de réalité, est juste devenu élément du décor d'un mauvais film personnel dont le script évolue au jour le jour, et dans lequel le héros de l'ombre que Fox rêvait d'être lorsqu'il a embrassé la carrière militaire et intégré les forces spéciales françaises, il y a vingt ans, s'est métamorphosé en pourri.

« Et c'est pas fini. » Wild Bill se cale dans son siège, remonte sur sa poitrine un sac de couchage kaki ouvert en deux et soupire.

« T'étais pas obligé, pourquoi t'as replongé ?
— Voodoo, mec. Lui et moi, ça remonte loin. La première fois qu'on est sortis tous les deux, c'était en '89 au Panama, son dépucelage. Six mois on y est restés, putain, à défoncer des portes toutes les

nuits, d'un bout à l'autre du pays. Pas question de partir sans avoir chopé cet enculé de Noriega. Tu savais qu'il portait des calbutes rouges, toujours les mêmes ? Ça le protégeait des balles, soi-disant.

— Sans déconner ?

— Face d'ananas était perché H24. Quand on l'a sorti de chez les curés, on l'a foutu à poil et on a récupéré son slibard du jour. Il est à Bragg, encadré dans la salle des trophées. » Un temps. « On s'était bien marrés là-bas. Ça a continué après. » Une autre pause. « Voodoo lâchera rien avant d'obtenir ce qu'il veut. Ça se fait pas de partir, même s'il a rien demandé. »

Fox acquiesce.

« Toi aussi t'aurais pu te barrer, t'avais quelques millions de raisons de le faire. »

La part de Ghost a été divisée en trois. Un tiers a été constitué en trust dans le but d'être redistribué progressivement, en douce, à sa famille et un deuxième s'est vu réparti entre ses frères d'armes, hors Voodoo et Fox. Qui a reçu le reste, deux millions huit cent mille dollars et des poussières. Un début, il a encore dix mois devant lui pour profiter des largesses de l'Afghanistan. Le fric seul ne justifie pas tout cependant. « T'as raison, il ferait quoi sans nous, Voodoo ? En plus, j'ai rien de mieux à foutre. » *Et pas envie de me retrouver seul.*

Au tour de Wild Bill de sourire. Il s'endort enfin. Pas Fox.

Dehors, la lune a disparu, tout est noir.

Il a les yeux clos, écoute le vent de mer, enragé ce matin. Ici, les anciens s'en méfient et disent qu'il rend les hommes fous, mais lui apprécie ses violentes rafales dont les assauts lui giflent le visage à grands revers de sable. Dans son dos, le huppard signale sa présence. Il ne semble pas lui tenir rigueur d'avoir négligé ses mises en garde. Fraternité de rapaces. L'oiseau se tait, seules demeurent les bourrasques. Quelque chose frôle son visage. Des doigts, légers. Il retrouve la vive lumière du matin et se tourne. Elle est assise à ses côtés, porte une simple combinaison short dont l'écru tranche avec l'ambre brun de sa peau. Elle le regarde et dans ses iris aux reflets jaunes luit cette bienveillante dévotion qui parfois le terrifie. Il sourit, absent. Quelques secondes passent.

« Tout va bien, Roni ? »

Roni, le début et la fin du mensonge. *Non, tout ne va pas bien.* Pourquoi, il ne sait pas.

« Roni ? » Elle effleure son avant-bras, l'expression assombrie.

« Ça va. » Il déglutit avec difficulté, la salive rare. « Une fatigue passagère.

— T'es vieux, tu tires trop sur la bête. »

L'expression, vestige d'une autre vie, le prend de court et il ne peut retenir un hoquet perplexe.

« Tu veux une mousse ? »

Encore un de ces mots usés.

« Ma dernière, on la partage. Il paraît que je n'y ai plus droit. » Effrontée, elle tire la langue, offre la bouteille. « Truc de Blanche. »

Il boit, rend la bière. Elle n'en avale qu'une gorgée et la pose à côté d'elle avant de glisser ses bras sous l'un des siens et de caler sa tête sur son épaule. Avec toute la douceur dont il est capable, il dégage une mèche de cheveux venue le chatouiller. Sa main tremble, un nœud lui vient, serré, au creux du ventre. Elle ne semble pas capter sa bouffée de panique et somnole. La crise prend fin. Il réprime un bâillement, cligne plusieurs fois des paupières et se laisse aller en arrière contre le dossier naturel offert par la dune. Ultime vision de la plage, du ressac, il sent l'air courir sur sa peau, la chaleur piquante du soleil, ce corps aimé. Les petites choses.

Tout perdu.

Lorsqu'il revient à lui, il fait nuit, froid, il frissonne. Il n'y a plus de vent et il est seul.

« Qui a tout perdu ? »

Sa voix le rassure. Il l'aperçoit dans l'obscurité, assise à la limite du balcon du phare, cet endroit où ils aiment tant venir. Telle une petite fille, elle balance dans le vide ses jambes croisées aux chevilles. Malgré sa fine combinaison, elle ne paraît pas affectée par la fraîcheur du soir et observe l'horizon, concentrée.

Merci, tu ne m'as pas abandonné.

Un flash, au loin, le surprend. Les ténèbres reviennent, opaques pendant une éternité de secondes, et un bang se fait entendre, puissant. Il anéantit le silence. Impression que son écho vient les heurter. Ensuite plus rien, le monde se vide du moindre bruit. Il s'approche, l'enserre pour prévenir une chute. Dans son cou, il cherche son parfum épicé, la texture de sa peau, son trésor si précieux. Flash. Flash. Ça tonne encore, la construction vibre. Il a cette fois le temps de regarder au large, par-delà les immenses creux. La tempête couve. « Partons.

— Pour aller où ? »

Réponse idiote, irritante. Il met une main sur son épaule en guise d'invitation.

Elle ne bronche pas. « La première fois que nous sommes venus ici, tu m'as glissé quelque chose à l'oreille, tu t'en souviens ? »

Il la prend sous les aisselles, ne parvient pas à la soulever. Elle fait obstruction de son corps amorphe.

« Je vous protégerai, c'est ça que tu as murmuré. De quoi, ai-je demandé. »

Un temps.

« De tout, du monde.

— S'il te plaît, lève-toi. » Pas de réaction et il recule, frustré.

« De toi ? »

Elle parle en français, une langue qu'elle ne connaît pas. Lorsqu'il s'en rend compte, il se fige. Avec elle, toujours l'anglais, rien que l'anglais, le mensonge. « Regarde-moi !

— Tu avais promis. »

Il la fait brutalement pivoter. Nouveaux flashs et stroboscopie macabre. Le vêtement, taché de sombre de la naissance de l'épaule droite à l'ourlet de la cuisse, humide au toucher. Le cuir chevelu, arraché sur le crâne, collé à la tempe par une viscosité bouclée. Le visage, au côté grêlé par les coups, tuméfié, difforme, méconnaissable. La joue, explosée, exposée, qui bée sur les dents et la langue, luisante à l'intérieur de la bouche. Elle s'effondre sur le côté, l'attirant dans sa dégringolade.

Kayla.

Choc violent sur la tête, Lynx heurte la paroi en aggloméré marine contre laquelle son lit est appuyé et il émerge du sommeil comme on remonte à la surface par manque d'air, dans l'urgence, en suffoquant. Les dernières images de son cauchemar s'accrochent à sa conscience. Ses mains à lui, souillées, sur elle, désarticulée, répandue sur le plancher de leur salon après s'être battue pour ne pas être profanée. En vain. Impuissantes, elles caressent un ventre froid devenu sépulture. La réalité ne lui laisse pas plus de répit que ses rêves, à peine éveillé, Kayla pèse sur sa poitrine. Il se recroqueville dans les draps trempés de sueur, porte les doigts à sa bouche et mord, jusqu'à ce que la douleur physique domine toutes les autres. Pour s'empêcher de hurler. D'interminables minutes s'écoulent. Ses mâchoires finissent par se relâcher, la colère s'apaise. La nausée, elle, ne disparaît pas tout à fait. Il retrouve le silence diesel, mécanique et sourd du bateau. Autour de lui, la cabine branle à l'unisson des assauts de l'océan et, derrière les oscillations des rideaux à fleurs qui masquent le grand hublot, il devine un ciel de gros temps dans le clair-obscur du jour naissant.

Ballotté par le tangage, Lynx zigzague vers la salle de bains. L'espace, véritable concentré d'ergonomie maritime incorporé aux quatre mètres sur quatre de ses quartiers, est un placard avec douche et toilettes. Coup de flotte sur la face et la nuque. Accroché au lavabo pour éviter de tomber, il ose enfin se regarder dans la glace. L'image renvoyée, cette nouvelle tête façonnée à la tondeuse dès son arrivée à Durban, après sa fuite par la côte et quatre cent cinquante kilomètres de marche et de route nocturnes, il ne s'y habitue pas, il n'en voulait plus. Boule à zéro, barbe rasée, même si celle-ci repousse déjà. Ses yeux sont cernés de gris et de fièvre. La fatigue cumulée de neuf nuits de cavale inquiète. Sa Suunto, enroulée au montant d'une étagère fixée sous le miroir, lui apprend qu'il a dormi plus d'une heure, un exploit. Elle indique également la proximité du changement de quart et du petit déjeuner de l'équipage. Lynx retourne s'asseoir sur son lit, plombé par un manque d'énergie que la lenteur réglée de la vie à bord du porte-conteneurs *Maersk Antwerp*, sur lequel il se cache, n'aide pas.

La culpabilité et les cogitations en boucle non plus.

Kayla.

Les faire payer, pas d'autre choix.

Rentrer en France, pas d'autre choix.

La mer ou les airs, pas d'autre choix.

Les aéroports européens, trop faciles à verrouiller, mieux équipés. *Mais le service a juste envoyé un couple.* Assisté par de la main-d'œuvre locale. Peu fiable. Le tout décidé à la dernière minute. Opération à contrecœur. *Bâclée, toujours les mêmes cons aux manettes.* Mettre maintenant des moyens, d'autres administrations dans la combine, lancer des avis de recherche, signifierait perdre la face. *Ils vont faire profil bas.* Cela limite les possibilités de surveillance. Mais espionnage électronique, mais accès *privilégiés* au réseau, mais peut-être échanges avec certaines entités étrangères également adeptes du secret, Lynx n'est plus au fait de ces choses.

Ils doivent flipper.

Les officiers de l'*Antwerp* ont un accès Internet et il a pu en profiter. Les *sanglants* événements de Ponta ont occupé les journaux pendant une semaine. Au Mozambique et en Afrique du Sud. Jamais, depuis la fin de la guerre civile, le coin n'avait connu pareil drame. *Une équipe de professionnels venue spécialement de Maputo, épaulée par des enquêteurs expérimentés aimablement dépêchés par Pretoria* a pu identifier la plupart des morts, d'après l'un des derniers articles publiés. Le compte des autorités n'y était pas cependant. Un homme, devenu le principal suspect du carnage, manquait à l'appel. Il aurait fui en dérobant un hors-bord, retrouvé deux jours après les faits. Chavirée, l'embarcation dérivait au large des côtes du KwaZulu-Natal. On soupçonne un accident ou un suicide et l'on cherche toujours activement un corps. Un disparu sans nom, la presse ne l'a pas mentionné, introuvable. Quatre habitants du village assassinés. Deux touristes et trois voyous de la capitale aussi.

Deux agents et leurs sbires.

Ils ont pigé, c'est certain.

Le dossier de Lynx, expurgé mais assez détaillé, a sans doute vite circulé. Donc pas les aéroports. Donc se volatiliser un temps et étayer l'hypothèse de la disparition en mer, entretenir la confusion, laisser retomber la tension, user l'attention. Mais se rapprocher sans attendre, peut-être trop vite. Mais partir sur ce rafiot, sans échappatoire, à la merci d'un arraisonnement. L'idée, battue en brèche par la parano de l'épuisement, ne semble plus si bonne. Ici, Lynx se sent à l'étroit, coincé, vulnérable. Il n'a pas peur pour lui-même, que pourrait-on lui faire de pire, il craint d'être neutralisé avant de…

Il faut qu'ils paient.

Chaque jour, il guette à l'horizon la silhouette menaçante d'un croiseur en chasse. Et à la nuit tombée, sitôt son dîner avalé, il rejoint la passerelle. Dans la pénombre vidéo des écrans de contrôle, en guerre contre le sommeil, il tient compagnie à l'officier de quart. À l'affût, il garde l'œil rivé aux écrans radar et l'oreille concentrée sur le trafic radio, souvent drôle et moqueur, parfois tendre, des vigies esseulées qui se croisent sans se voir sur les autoroutes océaniques. Et il redoute l'écho annonciateur du pire ou le message fatidique de mise en panne à des fins d'abordage.

Les ai-je pris de vitesse ?

La question l'obsède, corollaire d'une autre interrogation, combien de temps ceux de Ponta ont-ils mis à comprendre et à transmettre une photo de Roni Mueller. À Durban, il est resté à peine plus d'un jour, le temps de changer de look et de passer à la banque d'Aaron Millar, son alter ego mozambicain, de faire émettre plusieurs cartes de crédit prépayées, versatiles, anonymes, et de visiter la salle des coffres pour y récupérer deux jeux de papiers d'identité, ses dernières cartouches ; le premier, son bakchich le plus récent, établi au nom de Ronald Miller, un autre avatar originaire d'Afrique du Sud, et le second ancien et belge. Cette légende-là, Hugo de Mulder, lui avait été fournie à l'insu du service par un Charles Steiner prévoyant. À l'époque, sept ans déjà, Lynx avait trouvé son ancien chef de cuve un chouia trop prudent et le lui avait dit. Steiner s'était contenté de sourire. Mort six mois plus tard. Lui, en cavale. Avaient suivi quatre années à se reprocher sa connerie, sa lâcheté, et de n'avoir rien fait pour sauver son protecteur, ou le venger. Quatre années d'errance, de risques, de violence, toujours plus, pour épancher sa rage, oublier sa mauvaise conscience. Jusqu'à Kayla. Elle lui avait rendu un espoir fou. *Je n'aurais pas dû.* L'écouter, s'écouter, se laisser faire. Elle ne serait pas morte et *Hugo* n'aurait jamais quitté ce tiroir en acier où Lynx l'avait enterré après être devenu namibien.

Belge, Sud-africain, Mozambicain, son excursion bancaire lui permettait de circuler à nouveau en Afrique et en Europe, et entre les deux, avec une relative liberté, et il avait profité du reste de sa première journée pour arpenter le port de Durban à la recherche d'un navire de commerce en partance pour le Vieux Continent. L'*Antwerp* levait l'ancre le lendemain et l'une de ses deux cabines réservées aux touristes était inoccupée. Dans les locaux de Maersk, la compagnie de transport maritime propriétaire du porte-conteneurs, Lynx avait rencontré son capitaine danois à la cinquantaine grisée par le sel et le soleil, Caspar Larsen et, vieux réflexes aidant, il avait rapidement brisé la glace. Le soir même, les deux hommes, futurs compagnons de traversée, prenaient un verre ensemble et, le 8 novembre au matin, son nouvel ami, apprécié des autorités portuaires en vieil habitué de ces latitudes, l'aidait à expédier les formalités de police et de douane. B.a.-ba de tout agent clandestin confronté à une situation délicate en territoire hostile, repérer sur place d'éventuels facilitateurs, les approcher, en user et en abuser. Trente-six heures après avoir débarqué sur la plage de Black Rock

Point, Lynx quittait la nation arc-en-ciel sous une identité fausse, en route pour Hambourg.

Ils ne peuvent pas savoir.

En dépit de l'angoisse, qui nourrit et se nourrit de sa nausée, Lynx parvient à se mettre en mouvement. Ce matin, ça bouge trop et il renonce à sa dizaine de tours dans les raides escaliers de l'*Antwerp* et le long de ses coursives extérieures, encombrées et étroites, normalement accessibles jusqu'au début de la journée de travail des marins, vers huit heures. Sa douche, il la prend cramponné à une barre de sécurité et, pour s'habiller, il doit rester assis tant le navire balance fort. L'effet est accentué par la hauteur du pont sur lequel il est logé, le E, cinquième sur les sept que compte le château, perché à une trentaine de mètres au-dessus de la surface de l'océan. Le mess des officiers, la cantine et la cuisine commune se trouvent quatre niveaux plus bas, sous les quartiers de l'équipage, l'hôpital de bord et les espaces de loisirs, répartis sur les ponts B et C, autour de la cheminée qui monte des profondeurs de la coque. Attablés avec le capitaine lorsque Lynx paraît, il y a son second aux oreilles décollées, prénommé Osmund, et l'autre passagère de la traversée, Freya Iversen, originaire de Copenhague. À leur invitation, il se joint à eux et demande un café au steward.

Freya et Caspar ont le même âge. Amis d'enfance, ils ont été séparés par l'existence puis réunis par les départs de leurs conjoints respectifs, un divorce pour lui et un décès pour elle, qui porte encore son alliance ; aujourd'hui, une tendresse complice plus forte que la simple amitié les unit, celle des gens décidés à ne plus perdre de temps après avoir été coupés l'un de l'autre pendant trop de saisons. Quand Caspar ne se repose pas à terre, elle embarque sur son navire pour accompagner ses retours vers l'Europe. Leur proximité, Lynx l'a d'abord notée lors des premiers repas et ensuite confirmée au cours d'une longue conversation douce-amère avec Freya, un après-midi pluvieux où ils s'étaient retrouvés dans la bibliothèque de l'*Antwerp*. Lui cherchait par la lecture à tromper l'ennui et surtout l'anxiété née de l'ennui. Et du vide. Elle était curieuse. Il a fini par tout savoir sur elle, malgré elle. Le sale boulot, qui revient au galop, trop vite, trop fort, trop bien. Lui arracher à son insu le récit détaillé de leurs chemins de vie et voir Freya s'illuminer en évoquant la promesse d'une heureuse conclusion, vieillir ensemble avec Caspar, avait rendu Lynx très triste.

Un quatrième homme entre dans le mess et le silence se fait aussitôt. Grand, la corpulence un peu grasse, habitué à jouer de sa masse pour s'imposer, Konrad Faszler, la quarantaine clairsemée, vient s'asseoir à leur table. C'est une entorse à l'étiquette et un éclair de colère traverse le regard d'Osmund, installé en face de Lynx. Le capitaine ne dit rien. Ses yeux à lui, étrangement distants, descendent un instant vers le poignet découvert du nouveau venu, maître d'équipage de l'*Antwerp*, orné d'une *Submariner* en acier. Pas la plus chère des montres de marque, mais trop luxueuse pour un simple bosco. Dans son anglais haché par un accent germanique, Konrad aboie une commande au jeune Philippin chargé du service. Cette désinvolture agressive lui vaut une remontrance du second. Il n'y réagit pas, Caspar le fait pour lui et, exaspéré par cette capitulation de son supérieur, Osmund prend congé.

« Lui, les nerfs, ça manque. » Konrad s'est retourné pour observer ce départ théâtral. « Il va pas faire long feu, surtout s'il braque l'équipage. »

La voix de l'Allemand est chargée d'une menace diffuse et Lynx devine dans ses mots une suggestion à peine voilée de se débarrasser du jeune officier. Une audace pour le moins inhabituelle, tout aussi inhabituelle que sa présence à cette table.

Le petit déjeuner de Konrad, copieux, spécial, commence à lui être servi et il se met à dévorer le contenu de sa première assiette, une omelette baveuse et des tranches de pain de mie grillées.

Freya se lève à son tour.

Caspar va suivre, mais le bosco l'interpelle, toujours penché sur son plat, il veut faire son rapport sur les événements de la nuit.

« Nous verrons cela sur la passerelle, quand vous aurez fini ici.

— Après, je vais aller reposer. Moi et Dieter, pas beaucoup dormi. »

Dieter est le maître machine, un compatriote de Konrad et son grand copain. Lynx les croise souvent ensemble. Ils semblent tenir les autres marins sous leur coupe et ne se privent pas de les humilier à la moindre occasion.

« Allez-y. » À regret, le capitaine laisse partir Freya et se rassoit.

Konrad veut surtout cafter une altercation avec le chef mécanicien, qu'apparemment Dieter déteste. L'officier, Philippin lui aussi, ils sont nombreux à bosser dans la marine marchande, occupe un poste en général réservé aux Occidentaux en raison d'une soi-disant compétence technique supérieure. Une excuse fort pratique. « Il écoute pas Dieter, il va créer problèmes.

— Jusqu'ici tout s'est bien passé avec lui. »

Lynx repousse sa chaise. Konrad cesse de manger et le fixe, il préférerait qu'il parte, mais Caspar lui fait signe d'attendre, le regard suppliant. « Je vais reprendre un café. »

Le bosco se désintéresse de son voisin. « Il a pas tête ou queue, ce macaque. Et les autres *pinoys*, ils l'aiment pas. » Petit singe sans queue, cafard jaune, pinoy, il en a tout un catalogue.

« Je ne peux pas virer un officier à chaque voyage.

— Vous voyez, monsieur, moi je préviens. »

Une cafetière est apportée avec la seconde assiette du maître d'équipage, de la charcuterie, et son monologue reprend, bouche pleine, pendant quelques secondes. Il finit par se sentir observé et s'interrompt. « Ça vous choque ce que je parle ? »

Pas de réponse.

« Le touriste, il aime pas ma manière. » Avec sa fourchette, Konrad montre Lynx en s'adressant au capitaine. « Avant-hier, il était pas content, *ja* ? Heureusement, votre dame est là. »

Il fait référence à un incident survenu à l'heure du déjeuner. Lynx était arrivé ici tôt et l'endroit était vide. Il avait entendu du bruit dans la réserve située entre le mess et la cuisine, s'était approché de la porte. De l'autre côté, ça gueulait en anglais et ça insultait en allemand. Konrad, Dieter et un troisième homme, le steward, il l'avait vu après. Il était question d'*obéir*, de *tout bien cacher* et d'*y faire attention*. Le gamin se plaignait, disait *c'est dangereux* et *je veux plus*. Plus quoi, impossible à savoir, un *toi plus jamais travail* avait fusé, suivi des claquements de coups et Lynx était entré. Mécontents d'être dérangés, après un échange de regards agressifs et une inutile tentative d'intimidation physique, les deux marins avaient voulu s'en prendre à lui. Freya était apparue à ce moment-là.

« Heureusement pour qui ? »

De sa main gauche, Konrad agite sa fourchette devant le nez de Lynx.

« Jolie Rolex.

— Cadeau. » L'Allemand admire un instant la montre à son poignet.

« Vous avez de bons amis. » Coup d'œil en direction de Caspar.

« Très bons. » Le bosco dévisage également son capitaine.

« Vous n'avez pas peur de l'abîmer, ou de vous la faire voler ?

— La peur, ça sert pas. »

Les yeux de Lynx se perdent dans le vide. « Parfois, si.

— Ah bon ? Et vous avez peur quoi ?

— De manquer de temps. »

Le bosco voit le passager se remettre à examiner sa Submariner, il éclate de rire.

J'ai ce que je veux. Ces petits mots dégoûtants, ils lui sautent à la mémoire lorsqu'elle émerge des profondeurs opiacées de ses mornes cauchemars. *Sa majesté Chloé.* Et ils font mal. Et il y en a trop, ils l'envahissent. Et elle ne veut plus s'en souvenir. *Envie de te revoir.* Elle ne devrait pas s'en souvenir. Elle ne veut plus être là. *Nous deux.* Elle ne devrait pas être là.

Où ?

Le retour à la vie de Chloé se fait dans une pièce inconnue, encombrée de gens cabossés, de lits médicalisés. Chambre. Hôpital. Urgences. Également encombrée de Guy, raide à côté d'elle, trop près, l'air soucieux, à l'excès. Comédie. Il la regarde. Chloé frissonne et détourne les yeux. Sur sa perfusion, sur la machine à bips, sur ses affaires en boule sur un meuble à roulettes au jaune passé et craquelé. *Couper le cordon.* Couper. *S'éloigner.* Les mots cèdent la place aux souvenirs et elle replonge un instant pour une projection intime et confuse, douloureuse, à laquelle elle peine à redonner du sens. Une dispute, non d'abord l'ordi, la lecture et toutes ces phrases blessures, une vraie gifle, et elle gueule, des trucs durs, pour faire mal en retour, réagir, qu'on lui prouve son erreur, que toutes ces paroles ce n'est rien, du vent. Conne. Ensuite, une empoignade peut-être, brève, et elle a filé. Ça, c'est certain. Rue Guynemer, l'appart' vide. Elle avait déjà tapé chez Amel, elle a recommencé, deux petits traits juste, de quoi tomber, ça venait pas, a bu un reste de vin, pour accélérer la chute, elle était fatiguée, voulait dormir, mais ça venait pas, alors des cachets, ceux d'Alain, de temps en temps il en prend, elle en a gobé, plein, mélangés, avec le fond de bourgogne. Puis son lit, puis sombrer, puis être bien, rester là. Y rester. Là. Bien.

Mais pas ici.

Son père commente, sa voix est lointaine. Chloé, cotonneuse encore, chope des bouts. Surdose, coma, SAMU, nuit, veille, Narcan, lavement, charbons, inquiet. *Ta gueule.* « Où est-elle ? » Sa première question, mâchonnée. « Où elle est ? »

Pas *Qui m'a trouvée ?*

Guy de Montchanin-Lassée comprend de travers. « Ta mère vient de partir. Pour se reposer. » Il effleure le bras de sa fille, leur premier contact depuis longtemps. Il est sale, son sourire.

Chloé se rétracte, pas question qu'il en profite. « Amel, quelqu'un l'a prévenue ?

— C'est qui, une amie ? Alain l'a peut-être fait. Tu es là grâce à lui. »

Alain ? Chloé ne veut pas savoir. « Mon portable ? » Il est dans l'autre main de son père, il a dû essayer de lire ses messages. « Donne.
— Tu es encore fragile.
— DONNE-LE-MOI. »
Autour d'eux, ça se retourne.
« Sois raisonnable.
— Rends-le ou je hurle. »
Ça dévisage.
Guy, ancien diplomate, feutré, n'aime pas le scandale. Pour la forme, il attend cinq secondes avant de restituer l'appareil à Chloé. La perf' qui la gêne, le brouillard dans sa tête et Alain, *il va sans doute revenir*, tout la rend maladroite, emmêlée. *Il aurait pu.* Ses doigts tressautent sur l'écran, ils glissent aux mauvais endroits, elle s'en agace au ralenti, trouve enfin, appuie plein de fois comme une folle, à voix haute enjoint Amel de répondre.
Ça mate méchant.
« QUOI ? »
Ça moufte pas.
Et l'autre salope qui ne répond pas. *Merde, décroche.* Chloé retente. Amel doit savoir et venir la chercher et l'emmener loin d'ici. Alain, à l'appartement, il est passé. *Pourquoi il m'a sauvée ?* À l'autre bout du fil, une sonnerie. Et renvoi vers la boîte vocale, direct. Elle ne viendra pas. *J'ai eu ce que je veux.* Une larme coule, Guy amorce un geste pour l'essuyer, Chloé tressaille, tout son corps se rebelle, elle a envie de vomir, mais elle le laisse faire, la toucher, le voit jubiler. Elle perd, tout, et il triomphe.
Montana apparaît à la porte de la chambre, il sourit.
Elle aussi. *Sauvée.*

Amel n'a pas pris l'appel parce qu'elle-même se trouve au service des urgences d'un autre hôpital de la région parisienne, en compagnie de sa sœur, très en colère. Après sa crise d'hier, Chloé peut attendre.

Ses parents sont également présents, arrivés en dernier, perdus, et peinent à saisir pourquoi leurs filles sont à couteaux tirés à propos de leur gendre, couché dans un lit, intubé de partout, incapable d'articuler correctement avec son visage enflé d'un côté, ou de bouger, il a une orthèse à chaque main, une autre le long d'une jambe et une minerve autour du cou, et pourquoi personne ne s'occupe des garçons, affolés. Accident de scooter, Amel ne peut pas être responsable, elle n'était pas là, alors pourquoi leur grande crie-t-elle et pourquoi éructe-t-elle à propos d'une autre histoire d'atelier de serrurier incendié.

« T'es parano. » Amel, sur la défensive, peu assurée.

« Les mecs de la voiture portaient des cagoules, Nourredine les a vues. » Myriam, mal contenue.

« Je croyais qu'il avait été percuté par l'arrière. »

Myriam explose.

« Calme-toi. » Leur mère, en vain.

Ça sort en rafales, les flics qui disent collision intentionnelle, le délit de fuite, les deux incidents à vingt-quatre heures d'intervalle, et le service rendu il y a dix jours par les victimes, comme par hasard. Oui victimes, par sa faute à elle, Amel, et oui elle sait, son mari a craché le morceau.

« Myriam, s'il te plaît. » Une main maternelle sur le bras. Pour rien.

Si, c'est de sa faute, elle est toujours dans ses plans bidons, toujours à leurs crochets, jamais là où il faut, quand il faut, comme il faut, jamais à penser aux autres. Elle, juste elle, rien qu'elle, la brillante Amel, l'importante Amel, Amel la super-journaliste. La super-journaliste, si elle veut foirer sa vie, qu'elle ne se gêne pas, mais sans foutre la merde dans les leurs. « On en a tous marre de toi !

— MYRIAM. » Leur père, une seule fois. Sur le visage de son aînée au bec cloué, il lit cet éternel reproche, *tu la défends encore, baba*, et il l'ignore. Des yeux, il montre ses petits-fils, déjà perturbés par l'accident de Nourredine, que la violence de l'attaque verbale a figés. Ils pleurent sans émettre un son. Grand-mère et mère se précipitent et lui sort avec Amel dans le couloir. Elle a les yeux rouges et humides, sa Méli.

« Elle a raison. »

Youssef prend une des mains de sa fille dans les siennes. « Tu as des ennuis ?

— Il ne faut pas t'inquiéter.

— C'est le travail ? »

Un timide hochement.

« Tu en as parlé à Daniel ?

— Il est pareil que Myriam, Daniel, il n'en peut plus de moi. Et il n'a pas tort.

— Ne dis pas ça, il t'aime Daniel. Myriam aussi. »

Amel s'effondre sur l'épaule de son père, il l'entraîne vers un banc, la force à s'asseoir et ils restent ainsi enlacés pendant un long moment. Elle est bien contre lui, enveloppée par sa chaleur, son odeur, dans le refuge de ses bras où, enfant, elle venait guérir chagrins et bobos, et où rien ne pouvait lui arriver. Jamais.

Dina apparaît sur le seuil de la chambre, les cherche du regard. Son mari lui adresse un *non* de la tête et elle retourne s'occuper du reste de la famille. « Je peux faire quelque chose ? »

À contrecœur, Amel abandonne l'étreinte paternelle. « Ça ira. » *Te démerder seule*, les derniers mots de Ponsot. Elle sèche ses larmes, hésite à parler d'un possible départ prochain, réfléchit, *trop tôt* et *pas la peine de les charger avec de nouveaux soucis*. Elle doit parler de ces agressions à Peter, peut-être un nouveau coup de fil comme celui d'hier quand, paniqué par l'abrupte rupture de communication et après avoir envoyé trois mails restés sans réponse, il a téléphoné. *C'était si bon d'entendre sa voix.*

« Quoi ?

— Rien, je vais en finir avec tout ça.

— Qu'est-ce que c'est, tout ça ? »

Amel caresse la joue de son père, elle a la douceur parcheminée de la vieillesse. « Je vous ai causé assez d'ennuis.

— Tu en discutes avec Daniel. Sinon je le fais moi.
— Vous discutez déjà tout le temps. »
Youssef sourit, triste. « On parle de toi.
— Ne dis rien, tu promets ? C'est important. » Amel se lève. « J'irai voir Myriam plus tard, pour m'excuser. Je vais la laisser se calmer.
— Elle a eu peur.
— Je sais. » Sur un *embrasse ama pour moi* et un baiser, la journaliste sort de l'hôpital et appelle Chloé. Répondeur. « C'est moi, il faut qu'on se voie, c'est urgent. »

Tout est lent. L'air nocturne, traînard, sur son visage, ce navire à l'horizon hors d'atteinte, la lumière paresseuse de la lune sur l'huile de l'océan, et le temps, cette tristesse de temps qui s'écoule entre chaque seconde. Lynx est sorti sur l'une des plateformes situées de part et d'autre de la passerelle, au sommet du château de l'*Antwerp*, il avait besoin de respirer, ne supportait plus d'être coincé à l'intérieur de ce rafiot après deux jours d'une tempête dont ils ne se sont extirpés que ce soir. D'être enfermé dans sa tête, ce cachot dont il ne peut s'enfuir, où Kayla vient le hanter. Penser à elle, juste une souffrance désormais.
Devant lui, un millier de conteneurs métalliques que roulis et tangage font grincer par-dessus la cacophonie liquide de l'étrave. Cent mètres de boîtes, alignées par dix, une surface proche de celle d'un demi-terrain de foot, empilées sur sept ou huit niveaux du fond de cale au pont F. Une goutte de marchandises dans l'infinie mer du commerce, ce grand œuvre absurde de l'homme, graal toujours anobli d'excuses de pacotille pour lequel elle se bat sans pitié ni répit. Lynx a servi ce système, puis il a tenté de s'en affranchir. Une erreur, payée au prix fort. On ne peut pas lui échapper.
« Je vous cherchais. » Freya l'a rejoint dehors.
« Vous m'avez trouvé.

— Tout le monde sait où vous passez vos insomnies.
— Je suis si peu discret ?
— Ces bateaux, ils paraissent très grands et ils sont tout petits. »
Lynx s'autorise un sourire, moins à cause de la remarque que de la voix de Freya. Elle scande l'anglais avec une légèreté cristalline, agréable et douce. Un éphémère réconfort. « Il est tard. » Près de minuit. À cette heure-ci, elle s'est d'habitude retirée dans sa cabine, après un passage par celle de son amant. Malgré sa taille, l'*Antwerp* est en effet minuscule.

« J'avais besoin de compagnie, pas vous ?
— Et Caspar ?
— Je vous dérange ? »
Une mouette se manifeste opportunément au-dessus de la passerelle et ils lèvent la tête, surpris, à peine, par sa silhouette gris clair, réminiscence de côtes et de terres, d'un monde qui survit par-delà les eaux. Elle vole avec d'autres dans un éther lacté d'étoiles. Depuis Durban, toutes profitent, clandestines, des largesses du cargo.

« Il dort. Avec ses maîtresses. »
Lynx se tourne vers Freya. Elle dérive maintenant au large, la mine triste.

« La peur et l'aquavit.
— Pas très prudent pour nous.
— Il le sait, mais elles le tiennent. »
Elle ne précise pas *par les couilles*, mais Lynx a perçu, à son timbre devenu cassant, une extrême frustration.

« Il boit parce qu'il a la trouille et il a la trouille parce qu'il boit. » Devant l'absence de réaction de son interlocuteur, Freya se sent obligée d'ajouter : « Sa femme l'a quitté pour ça.
— Et vous ?
— On se croit seul et pourtant il y a toujours quelqu'un à proximité. » D'un doigt, Freya indique la proue, légèrement à bâbord. Des lumières viennent d'apparaître au loin dans cette direction. « Ou alors nous sommes condamnés à la solitude, même s'il y a quelqu'un

tout près. » Son bras reste tendu un instant et retombe, lourd. « On peut aider une personne malgré elle, vous croyez ? »

Lynx jette un œil à l'intérieur de la passerelle. L'officier de quart vient d'être remplacé et, à présent, c'est Osmund qui veille. Il est assis derrière la barre, ne s'agite pas, ne touche pas à la radio. Ce navire distant, ce n'est rien, pas une menace.

« Ma question était idiote, pardon. » Freya fait un pas vers la porte.

« Konrad, qu'est-ce qu'il a sur lui ? »

La compagne du capitaine s'arrête net, dévisage Lynx et semble le découvrir pour la première fois. « Il ne veut pas le dire. Pour ne pas me décevoir, j'imagine. Ou me dégoûter. » Elle laisse filer un ricanement amer. « Alors, il a peur et il boit et il continue à naviguer avec cette brute. Et il va me perdre quand même. » Freya s'excuse à nouveau et rentre.

Après son départ, Lynx se sent plus vide encore. Il ne tarde pas à la suivre, pressé de se remplir de quelque chose, n'importe quoi, mettant tous ses espoirs dans la lecture de l'un ou l'autre des livres empruntés à la bibliothèque de l'*Antwerp*, au moins jusqu'au moment où, épuisé, il coulera. Il salue rapidement le second et rejoint ses quartiers. Les derniers mots de Freya, *les secrets, ils nous tuent*, lâchés juste avant de déserter la plateforme, tournent dans sa tête le temps de sa descente. Pas plus. Sa cabine est entrouverte. Il la découvre sens dessus dessous, envahie par le bosco occupé à une fouille en règle. Konrad se redresse lorsqu'il paraît, surpris mais pas effrayé ni gêné. Dans sa main gauche, le kukri. Son fourreau a été jeté au sol. Lynx s'appuie sur le montant de la porte et fixe le géant allemand.

« Le touriste rentre tôt, pas prévu. Mais c'est bien, j'ai question.

— Vous devriez poser mon poignard et partir.

— Je cherche pas, mais je garde. Belle lame.

— Ça porte malheur de la sortir sans verser le sang.

Konrad sourit. « L'autre sac, il est où ?

— Quel autre sac ?

— Tu as deux sacs, le touriste. Je sais, le steward, il a vu, il me parle.
— Il vous a menti.
— Non, il sait qu'il doit pas. Il peut pas, sinon je punis.
— Et tout le monde vous craint sur ce bateau.
— *Ja.* Alors ? Ici, un seul sac. L'autre, tu l'as caché. Où ? »

Le maître d'équipage a raison, Lynx a embarqué avec deux bagages. Son Procean et un autre, passe-partout, acheté à Durban, assez grand pour contenir les fringues de rechange acquises avant de monter à bord. Ayant une confiance limitée dans l'équipage, il a profité de sa première nuit sur le porte-conteneurs pour dissimuler son fourre-tout étanche, qui contient ses identités fausses, son cash, un pistolet et du petit matériel, derrière un panneau d'habillage du pont D, le pont technique, peu visité.

« Je dis tu as deux sacs, tu dis non. Tu mens. Ici, pas d'argent, juste passeport et trucs comme ça. » L'Allemand montre les papiers d'identité mozambicains de Lynx rassemblés en tas par terre devant lui. « Je peux vendre, mais c'est pas assez. Je pense si tu as caché autre sac, il y a plus. Et tu veux pas qu'on trouve.
— Le steward a mal vu. Posez ça, sortez et je ne vous dénoncerai pas. »

Le bosco éclate de rire. « Tu peux dire, le capitaine, il bouge pas. Donne l'autre sac et alors je laisse le couteau.
— Il n'y a rien d'autre.
— Tu caches, pas légal peut-être. On mouille une fois avant Hambourg. Et si je parle de toi à la police ? »

Lynx soupire, tire la porte derrière lui et la verrouille. Les deux hommes sont enfermés dans l'espace confiné de la cabine, à trois pas l'un de l'autre.

« Tu pas compris, le touriste. » Konrad s'avance, sûr de sa masse, tout en relevant le kukri. Il est stoppé par un pointu aux parties. Un deuxième coup de pied, plus rapide encore, pénètre en profondeur dans son ventre proéminent et le plie en deux.

Du genou, Lynx percute son visage pour le redresser. Le nez éclate. Maîtriser le poignard, le plus gros danger, et directs dans la gueule, trois ou quatre, vifs, au même endroit, afin de fatiguer, déboussoler, et un cinquième dans la trachée, doigts tendus. Son adversaire ne peut plus respirer et laisse tomber l'arme pour couvrir sa gorge de ses mains. Il titube. Dans ses yeux, la panique. Toujours du genou, dans le buste, Lynx le renvoie sur le lit. Il passe derrière lui, saisit sa chevelure dégarnie, tire, et de son autre poing fermé, en marteau, cogne à la tempe pour étourdir. Quelques frappes, enchaînées à toute blinde.

En battant des bras, le géant essaie à retardement, maladroit, de se protéger de cette grêle violente. Il sent qu'on lui prend le menton, parvient à se relever malgré la suffocation, sa tête file en arrière et lui se rue vers l'avant.

Lynx doit lâcher prise pour se cramponner au dos du maître d'équipage. Il est propulsé contre une paroi, a le souffle coupé à son tour, s'accroche et étrangle Konrad. Ça secoue, ça tournoie, son épaule heurte la tranche d'un meuble. Il râle de douleur mais serre plus fort. L'autre s'agenouille. La tempe, une fois et deux fois et trois fois. L'Allemand à quatre pattes. Le menton, vite, et la nuque, en appui. Pivot sec, craquement et plus rien.

Inerte, le bosco s'aplatit au sol. Lynx attend, avale l'air à grandes goulées, essaie de calmer sa respiration, c'est difficile. Il écoute. Personne. Aucun bruit à part le grondement sourd des machines. Il regarde le cadavre, son kukri. « Ça porte malheur, je t'ai dit. » Autour d'eux, c'est le chaos. Ses yeux montent vers le grand hublot, reviennent sur le corps. Le hublot. Il l'ouvre, accueille avec plaisir une bourrasque de frais, passe tout son buste dehors sans problème, se penche. Il est à l'aplomb de l'eau. Trente mètres plus bas, le magma ténébreux de l'océan appelle, hypnotique. Une impulsion, c'est tout ce qu'il faudrait. Pour être emporté, oublier enfin. Ne plus avoir mal.

Mais quelqu'un doit payer.

Montana vient chercher Chloé à l'hôpital lundi en fin de matinée. Tout le week-end, il s'est débrouillé pour limiter la présence des parents, un visible soulagement. Sa mère n'avait de toute façon rien à lui dire et son père cherchait juste à profiter de son état. Elle lui en a été reconnaissante, l'a signifié plusieurs fois, en sourires, en frôlements, en baisemains volés. Alain a été touché, même s'il n'est pas dupe, ce sont la culpabilité et la vulnérabilité qui ont parlé.

Mathieu, son chauffeur, et un autre homme, gabarit comparable et aussi peu loquace, accompagnent Montana. Chloé s'en étonne, l'interroge du regard, mais un appel de Bluquet alors qu'ils s'installent à l'arrière de sa berline l'empêche d'expliquer la présence du nouveau gros bras. Le monsieur sécurité de PEMEO confirme le départ prochain de la *beurette*, lui et ses tics de langage, en Afghanistan. Elle a échangé plusieurs mails en ce sens avec Peter Dang au cours des dernières quarante-huit heures et a achevé de le convaincre du bien-fondé de ce voyage lors d'une ultime discussion en ligne hier soir. La pression ressentie entre les filatures, l'accident du beau-frère et la destruction de l'utilitaire et des locaux de cet artisan, Abdel Boudaoud, a porté ses fruits, les deux amoureux sont inquiets. Le Canadien est désormais persuadé que sa copine sera plus en sûreté dans le complexe fortifié où il loge à Kaboul. La nouvelle fait ricaner Montana. « Son visa ? » En cours. Ginny Timons, la correspondante du magazine américain pour lequel Dang écrit, doit sous peu recevoir de New York une lettre de mission à présenter à l'ambassade et elle ira ensuite là-bas avec Balhimer. « Je vais demander à Guy », Montana adresse à son ex-maîtresse une mimique rassurante, « s'il n'a pas un *ami* avenue Raphaël pour accélérer le processus ».

Bluquet prend congé. L'habitacle redevient silencieux. Chloé est recroquevillée contre la portière, ses yeux vagabondent dehors. Ceux de Montana aussi, vers l'arrière. Il observe la circulation pendant quelques instants.

« Vous parliez d'Amel. »

Montana n'a pas prononcé de nom, mais elle a pigé. « Ne t'en soucie plus, pense à toi.

— Tu ne nies pas. Tu l'espionnes ? »

Un temps.

« Je te surveillais toi, à vrai dire. Veillais, plutôt.

— Je suis vraiment une petite conne. »

De la paume, Montana effleure le jeans de Chloé. « Je préfère la soie. » Le geste est bref, un vieux réflexe, et il se reprend. « Des erreurs, nous en faisons tous. La mienne, c'est Dritan. Je n'ai pas pu te le dire, tu me fuyais. Et je comprends. Mais j'avais peur pour toi. » Soupir. « Balhimer a repéré les gens que j'avais chargés de te protéger. Elle a dû te le dire. »

Choc.

« Non ? »

Chloé baisse la tête.

Montana lui relève tendrement le menton. « Ce n'est pas ta faute. Elle a abusé de toi. Viens. » Montana enlace Chloé, hume ses cheveux. Sous les relents antiseptiques de l'hôpital, il devine son parfum. Il lui a manqué. « Cette fille est une manipulatrice, double, comme tous ceux de son espèce. Une envieuse médiocre, planquée derrière sa morale en toc. »

Le nouveau garde du corps se penche pour vérifier quelque chose dans son rétroviseur latéral. Ensuite, il fait un tour d'horizon. Aussitôt, Montana l'imite, tendu.

Malgré le brouillard de la fatigue et des calmants, Chloé a noté l'agitation soudaine. « Que se passe-t-il ? » Elle jette un œil par le hayon, ne remarque rien à part une jolie rousse au volant d'une Golf, trois voitures derrière, sur la file voisine. Elle la repère parce que son visage semble familier, ou peut-être est-ce la chevelure, mais impossible de se souvenir où elle aurait pu la croiser. La rouquine n'est pas seule. Son passager regarde dans leur direction, très sérieux, menaçant.

À l'avant, le malabar marmonne un *RAS* et Montana se détend. « Rien, tout va bien. »

Chloé n'insiste pas, se love contre lui. « Je lui ai dit des choses, tu sais.

— Tu m'expliqueras plus tard. »

Leur voiture stoppe à un feu. Montana ne peut s'empêcher d'examiner les véhicules arrêtés à leur hauteur, devant, derrière. Il se sent vulnérable, regrette de ne pas avoir envoyé Mathieu seul.

« Nous deux, on fait quoi maintenant ?

— Qu'aimerais-tu que nous fassions ?

— Je ne sais pas. »

La phrase reste en suspens, mais Chloé n'ajoute rien et Montana finit par se demander si elle ne s'est pas rendormie.

« Pourquoi ?

— Pardon ?

— Tu m'as sauvée. »

Au tour de Montana de garder le silence un moment. « Je t'ai vraiment fait beaucoup de mal. » Il a parlé tout bas, avec sincérité. *Et toi aussi, tu m'en as fait.* Et c'est insupportable. Lorsqu'il a découvert vendredi une Chloé comateuse, baignée dans son vomi au pied de leur lit, rue Guynemer, qu'il a vu la paille, le chevet encombré de carrés d'aluminium usagés, le verre de vin et ses somnifères, il a tout de suite percuté. La tentation de partir et de la laisser crever là était grande, l'occasion, très belle. Trop. Ce décès aurait paru suspect à Balhimer, forcément. Elle se serait agitée, aurait fait du bruit, lancé des accusations à tort et à travers, étayées par la révélation à point nommé de l'interview en sa possession. Le testament accusateur de Chloé. Montana n'y aurait pas survécu et la journaliste aurait atteint son but, le détruire. Sans qu'il ait rien fait, ou presque, pour une fois. Hors de question, la petite devait donc vivre. Baiser sur le front. « Tu arriveras à me pardonner, tu crois ? »

À peine une hésitation et, d'une voix à la dureté pragmatique retrouvée, Chloé lâche : « Notre vie d'avant me manque. »

Merci. « Nous sommes toujours là. » Montana doit se border avant de frapper, il a besoin d'une source humaine proche de son ennemie. *Tu feras et tu diras ce que j'ai besoin que tu fasses et dises.* « Rien n'est perdu. » *Après, nous verrons.* Une seconde overdose est si vite arrivée. Et tellement simple à mettre en scène désormais.

10

Wed 19 Nov 2008, 16:04:15
De : peterandthewolf@lavabit.com
À : alatourdemontlherya@lavabit.com
RE : J'ai ressorti…

Bonnes nouvelles et ne t'inquiète pas pour le visa, Ginny m'a promis de tout faire pour que ça bouge vite et elle connaît beaucoup de gens. Pour le reste, difficile d'en parler ce soir ou demain, j'ai du boulot. On essaie ce week-end. Si je comprends tes craintes, je t'avoue préférer ne pas dégainer trop tôt, surtout pour un sujet de ce calibre. J'entends que ton Montana est redoutable et important chez vous mais, à côté des autres protagonistes de notre dossier, il ne pèse pas lourd et ce sont surtout eux que je vise (et à travers eux, la désastreuse et dangereuse dérive politique et diplomatique à laquelle nous assistons depuis sept ans). Ne lâchons pas la proie pour l'ombre.
Peter.
PS : Jeff a essayé de m'envoyer un fichier audio il y a quelques mois. Connexion pourrie, pas pu le recevoir, mais j'aimerais bien le voir sur scène, ça fait longtemps.
PPS : Et moi je t'embrasse (où tu veux).

Le 19/11/2008 07:04:15, A. a écrit :

... Mon vieux sac à dos du placard et commencé à préparer mes affaires. Je suis super contente de foutre le camp d'ici et de venir t'aider. Merci pour ton pense-bête *minimum vital Kaboul*, au fait, bien utile. Il me manque pas mal de choses, je vais aller faire du shopping d'ici à la fin de la semaine. Hier, ambassade d'Afghanistan. Mon dossier était OK, mais apparemment ils ont des tonnes de demandes et ils gèrent en fonction de l'urgence des requêtes. J'espère qu'ils ne traîneront pas, j'ai de mauvais souvenirs de la période Irak. Sinon, j'ai réfléchi à un truc cette nuit : tu crois qu'on a raison d'attendre d'avoir complété ta partie pour tout balancer ? On ne pourrait pas fonctionner en série ? Alain Montana sait et je me méfie de lui. Il rejoint l'Élysée dans moins d'un mois et, avec ce que j'ai, on peut déjà bloquer ça. Même si je ne suis plus trop en cour à Paris, il suffit que mon itw sorte avec la caution de l'ailleurs et, comme tout est bon pour se payer notre cher président-kärcher, ce sera vite repris ici. Il faut en profiter. On en parle ?
A.
PS : Hier soir, Jeff m'a joué des bouts de son prochain concert, ils ont quelques reprises vraiment géniales.
PPS : J'ai hâte de te voir.

Chez Walczak, Aux sportifs réunis est une institution du quartier Vaugirard. Installé sur Brancion, en face du parc Georges-Brassens, autrefois marché et abattoir aux chevaux, ce vieux bistrot ouvert dans les années cinquante est un secret bien gardé, surtout au déjeuner. On ne vient pas pour le menu – correct sans plus et peu original, tous les jours ou presque les mêmes plats à volonté, très franchouillards et mauvais pour les artères –, plutôt pour la qualité de la compagnie et les règles non écrites acceptées par les hôtes, moins célèbres, mais tout aussi flamboyants que les Piaf, Montand et Belmondo du temps d'avant. Comprimés de part et d'autre de la salle principale sous d'innombrables photos de boxe jaunies par les ans, la poussière et le gras de cuisine, héritage du *pater* fondateur lui-même pugiliste, on y croise désormais poulets et voyous, officiers furtifs, de France et d'ailleurs, et correspondants à l'honorabilité variable, petites mains de l'inframonde venues de divers horizons. De rares maîtresses aussi, parfois collègues, plus fréquemment secrétaires ou poules à régaler. On n'y parle pas boutique même si, entre ces murs, des affaires importantes sont souvent évoquées, et on ne s'agresse pas. Ici, c'est la Suisse à Paris. Pour franchir la porte d'entrée sans poignée, toujours verrouillée, il faut montrer patte blanche. Le soir, les rideaux de la devanture restent tirés, comme le midi, mais l'accès est simplifié et la clientèle, plus civile, moins nombreuse, vient d'abord pour écouter de vieux classiques repris par des chansonniers.

Montana n'a pas envie d'être vu en compagnie de François. François non plus. Le Mozambique est passé par là. Raison de ce rendez-vous rue Brancion à l'heure du dîner. En vieil habitué, l'ex-cacique de la DGSE a réservé pour son seul usage la petite salle VIP, au fond, et c'est là que son ancien disciple le trouve, assis sous un tube lance-roquettes pas démilitarisé, ainsi le veut la légende du lieu, un robusto à la main. Aux sportifs réunis, on peut aussi fumer.

La jolie serveuse, troisième génération de Walczak, vient déposer un pot de rouge et repart sans prendre la commande, personne n'est pressé. Les deux convives ne touchent pas au vin et François se contente de remplir un verre avec l'eau gazeuse déjà servie à son arrivée. « Il vaut mieux éviter leur piquette dans mon souvenir.

— Un poison.

— Comment allez-vous ?

— Bien. Pour l'instant. Mes gars ont vu les vôtres à deux reprises depuis lundi. »

L'officier du Service action encaisse la remarque sans réagir.

« Qui donc m'avez-vous collé ?

— Des fins de stage de Cercottes. »

Montana est mécontent. Il ne dit rien, mais le montre d'une grimace.

« Votre protection est peu justifiable. » Remettre le vieux à sa place, se dit François. « Officiellement, pour la boîte, vous n'avez rien à voir avec Ponta, j'ai dû biaiser.

— Six ans que nous biaisons dans cette histoire et voyez le résultat. Balhimer est suivie par les mêmes ?

— Non, elle a une autre équipe aux fesses. Prioritaire puisqu'elle figure dans le dossier opérationnel de Tisiphone, parmi les contacts possibles. Le flic aussi.

— Dieu merci.

— Notre ami n'a pas beaucoup de points de chute potentiels, une chance.

— Parlez pour vous. »

Son ex-patron est vraiment inquiet, François ne l'a jamais vu ainsi. « S'il s'en est sorti il ne reviendra pas. Il n'est pas con, il va s'enterrer et, si on a du bol, on finira par retomber dessus. Vous ne risquez rien. » Les agents envoyés au Mozambique n'ont jamais entendu parler de Montana durant la phase préparatoire de la mission, rassure-t-il, ni même de *Lionel*, sa vieille identité maison, ou de ses manœuvres en coulisses. « Peu de gens sont au courant de votre rôle dans tout ça.

— Heureusement. Il les a tous tués, il a peut-être eu le temps de leur *parler*.

— Nous verrons avec le rapport d'autopsie.

— Quand ? »

François hausse les épaules. « Moi je suis sûr qu'il est mort noyé. » Compte tenu des courants, le hors-bord n'a pas pu dériver au large depuis une plage.

« Pas de corps, c'est une ruse.

— Je sais ce que vous pensez. On a vérifié, la météo était vraiment merdique ce soir-là. Lâcher son embarcation et rentrer à la nage, dans un océan froid et démonté, je n'y crois pas.

— Nous l'avons formé pour ça. » À l'époque de sa disparition, en février 2002, lorsque la chasse à l'homme a commencé, Montana a lu et relu la bio de Ronan Lacroix. Il fallait tout savoir de lui et tenter d'anticiper ses réactions, avec cette idée en tête : un fugitif se planque en général dans des endroits familiers, connus. Cela n'avait servi à rien, mais il n'a pas oublié le pedigree du clandestin.

François non plus. « Les nageurs, c'était il y a vingt ans.

— Et pourtant vous avez perdu deux personnels.

— Vous l'avez dit vous-même, nous avons trop biaisé.

— Leur couverture, elle tient ?

— Affirmatif. Et les corps viennent d'être rapatriés. On n'a même pas eu besoin de mettre les boukaks dans la combine. » Les autorités du Mozambique privilégient deux théories, l'une et l'autre aussi peu vraisemblables, un coup de folie de Roni Mueller ou, plus à leur goût, moins compliquée à expliquer, une razzia qui aurait mal tourné par une bande descendue de la capitale. François se moque : « Ils cherchent un hypothétique quatrième zozo, kidnappeur de Mueller, parti en bateau et disparu avec lui.

— L'Afrique.

— Au moins ont-ils raison sur un point, il a crevé en mer. »

Montana désapprouve d'un grognement.

« Nous avons fait passer le mot, aux cousins et dehors. Et Interpol a ressorti ses vieux avis de recherche.

— Vous avez actualisé les photos au moins ? »

François lève les yeux au ciel, se reprend aussitôt, le vieux peut encore mordre. « S'il refait surface, on le coincera. » Il a envie de ricaner de son mot d'esprit, le noyé qui refait surface, mais s'abstient et vide son verre de flotte. « Mais il est mort votre mec.

— Ça fait trois fois, que dois-je comprendre ? »

La réponse vient après plusieurs secondes de silence inconfortable.

« Mes stagiaires seront rapatriés dans une dizaine de jours, quinze tout au plus. »

La serveuse revient, que veulent-ils manger ?

Montana dévisage François un instant et se lève. « Rien, je n'ai plus faim. »

We'll leave the violence, we'll have something to do...

L'air humide chargé d'effluves terreux l'a réveillé à l'aurore. Dans la brume matinale, les côtes de l'Afrique étaient réapparues. D'abord des à-pics de sombre luxuriance cascadant dans les vagues puis, une fois dépassée la presqu'île du Cap-Vert, aplani, asséché, un long mirage de sable peuplé de rares cités couleur de désert. Avant de le quitter pour foncer nord-nord-est vers l'Europe, l'*Antwerp* va le frôler tout un jour durant.

It's painting a kitchen that's keeping me going...

Lynx est sorti faire ses adieux. Des heures qu'il est là, figé par le manque et l'anticipé néant dans lequel il se jette. *Kayla*. Les derniers lambeaux d'eux se déchirent et il fallait s'y agripper le plus longtemps possible, il n'a pas pu s'en empêcher.

And we've already named the seeds I'll be sowing...

Autour de lui, le navire a peu à peu repris vie et l'équipage s'affaire maintenant à son laborieux quotidien de nettoyage et d'entretien. Un va-et-vient agite les coursives le long des conteneurs pour récurer, poncer, repeindre, vérifier les amarres et les fixations du précieux chargement. Le travail, mal payé, est pénible, répétitif, pas dénué de risques et, à plusieurs reprises lors de conversations, des marins, plus *manars* que matelots, lui ont parlé prison avec salaire pour décrire leur existence à bord.

We'll meet old friends at funerals and pretend that we've missed them...

D'un geste devant son visage, Caspar signale sa présence. Depuis combien de temps l'observe-t-il, Lynx ne saurait le dire, il ne l'a pas vu ni entendu arriver sur son promontoire. Il devine le *Hello* du capitaine au mouvement de ses lèvres mais, agacé d'être dérangé, il ne le salue pas en retour et se contente de retirer les écouteurs de son iPod. Le vent et l'océan reprennent aussitôt possession de son champ auditif.

Caspar attend quelques secondes avant de se lancer. « Dans un peu plus de trois jours, nous serons à Lisbonne. » Il s'est appuyé au bastingage à côté de son passager, plus intéressé par le ballet de casques de chantier et de combinaisons multicolores joué entre les baies de chargement que par le littoral africain.

« Vous voulez que je débarque ? » Lynx trouverait cela ennuyeux mais logique, la disparition du bosco, découverte en milieu de matinée le lendemain, a provoqué quelques remous et les soupçons de certains, en particulier Dieter, le maître machine, très vocal à ce sujet, se sont rapidement portés sur lui. Cependant, interrogé par le capitaine au même titre que tous les autres, le copain de Konrad n'a pu apporter la moindre preuve de ses accusations ou expliquer pourquoi il était si sûr de la culpabilité de Lynx. Et personne n'a vu quoi que ce soit. Les quelques caméras de surveillance disséminées à l'extérieur du navire n'ont rien enregistré de suspect non plus. Parmi les témoignages un tant soit peu pertinents, ceux de Freya et Osmund ont confirmé la version de leur hôte, retour normal du *suspect* dans ses quartiers peu après minuit, seul, et celui du steward a révélé que, ce soir-là, le maître d'équipage allemand avait consommé de l'alcool. Une visite des cabines passagers s'est par ailleurs révélée infructueuse. La piste de l'accident est privilégiée. S'il savait sans doute les intentions de son complice, il était impossible à Dieter de le dire sans s'impliquer d'une façon ou d'une autre, et il a préféré fermer sa gueule. L'ambiance à bord s'est néanmoins dégradée et Lynx se prépare, depuis dimanche, à devoir abandonner le navire en catastrophe à la prochaine escale.

Caspar secoue la tête. « Je ne vais pas prévenir les autorités portugaises, mes employeurs ne veulent pas de perte de temps inutile avant Hambourg et je suis pas obligé. » Il sourit, triste. « Magie des eaux internationales. » Un temps. « Autrefois, nous étions proches, lui et moi. Et puis, il a changé. » Ses derniers mots, *moi aussi*, prononcés avec moins de force, se perdent dans un trou d'air.

« L'amitié, comme l'amour, est une erreur coûteuse.

— C'est l'expérience qui parle ? »

Pas de réponse.

Le capitaine se remet à soliloquer. Il évoque avec tendresse sa rencontre avec Konrad, leurs premières traversées ensemble, quelques anecdotes. Lynx écoute à moitié et, lorsqu'il sent Caspar, dans un accès de culpabilité mélancolique, sur le point de confesser la raison de sa brouille avec le bosco, probable motif du chantage dont il était victime, il coupe court. « Pardon de ne pas être attentif. C'est l'expérience qui parle, vous avez raison, et aujourd'hui est un jour difficile.

— OK. » Avant de prendre congé, Caspar ajoute : « La police, en Allemagne, peut-être elle attend. »

À l'heure où Lynx quittait sa cabine pour saluer une dernière fois l'Afrique, Sher Ali palabrait depuis un long moment déjà avec Taj et quelques autres. Réunis autour d'un poêle et d'un grand samovar de thé sur la terrasse couverte et abritée des regards de Rasul, nom de guerre d'un combattant de l'IMU en planque à Miranshah, ils avaient commencé par se féliciter du très récent succès de la violente stratégie de harcèlement menée contre le gouverneur de Khost. Deux ans à peine après avoir accepté ce poste, Arsala Jamal, un Pachtoune originaire de Paktika, vient de remettre sa démission au président Karzaï, son ami. Taj l'a appris pas plus tard qu'hier soir d'une source sûre, implantée au sein du gouvernement afghan. « Chien de Kaboul, il a fui, comme le font tous les chiens. » Trois tentatives d'assassinat ratées de peu en douze mois et un regain de tension sans précédent dans toute la province ont eu raison de ses ambitions et de ses nerfs. « Nos actions ont également forcé l'ennemi à réagir et, tel un géant aveugle et maladroit, il frappe de nombreux innocents. Beaucoup nous rejoignent pour faire le djihad contre les croisés, n'est-ce pas, Shere Khan ?

— Écoutez. » Au lieu de répondre, le Roi Lion a, d'un geste, invité les présents au silence.

Seule la rumeur de la ville, active en ce jour de marché, leur parvient, très normale, atténuée par les hauts murs de briques de la demeure de Rasul. Ils se taisent une poignée de secondes puis Tajmir, sec, demande : « Qu'y a-t-il ?

— Plus rien. » De l'index, Sher Ali pointe vers les cieux.

L'insupportable bourdonnement qui accompagnait le début de leur conciliabule a cessé. Les drones, ce matin ils étaient deux, sont partis. Voilà des mois que le lointain vrombissement de cet *Œil dans le ciel* ou *Œil qui ne cligne jamais*, noms impies donnés par les mécréants à leurs infernales machines, ils l'ont appris par la presse pakistanaise, laisse planer sa menace diffuse sur la vallée. Jour et nuit. Tous en font des cauchemars et la vie de chacun a été affectée. Les militants, eux, se sont adaptés. Ils ont commencé par une campagne de terreur pour dissuader les mouchards. Elle a mené à la capture de certains qui en ont donné d'autres et se poursuit encore, au rythme d'une exécution publique chaque semaine. Ensuite, ils ont modifié habitudes et routines : fréquents changements d'habitations et de lieux de résidence, moins de circulations nocturnes quand personne ne bouge, limitation des convois armés, cibles privilégiées, ou alors multiplication soudaine de ceux-ci, de tous côtés, trajets au milieu de la foule, toujours, accompagnés de femmes et d'enfants, armes dissimulées, moins de téléphone mobile et de radio, fin des grandes assemblées au vu et au su des voisins et accroissement des petites jirgas, à quatre ou cinq, semblables à celle d'aujourd'hui, vitales à la dissémination de la parole des chefs. Eux se terrent et se montrent désormais rarement, même s'il se murmure que Sirajouddine Haqqani, successeur du grand Jalalouddine, son père, à la tête du clan et, de fait, de tout le Waziristan du Nord, se rend parfois en secret de l'autre côté de la frontière pour prendre part aux combats.

Sher Ali ne l'y a jamais vu. Venu ici passer la saison froide avec les survivants de sa famille et une garde réduite, lui ne se déplace plus qu'en deux-roues, le garçon à la fleur à l'arrière de sa selle, leurs fusils d'assaut roulés dans des couvertures attachées le long du cadre, et précédé d'éclaireurs, eux-mêmes sur des motos. À l'occasion, il se couvre d'une burqa. « Ils ont fait de nous des femmes », râle souvent Dojou. Leur survie est à ce prix.

Tajmir perd patience. « Parle donc des nouveaux frères et laisse les croisés à leurs obscurs manèges.

— Oui, les nouveaux frères. Ils sont les bienvenus, car l'ennemi tue et emprisonne beaucoup trop des nôtres. »

La réponse, à l'évidence, ne satisfait pas Tajmir.

Ni l'homme venu avec lui, Jan Baz Zadran, fidèle du héros du djihad antisoviétique et de ses fils. Né dans le même village qu'eux en Paktiya et chargé de l'argent, il s'est petit à petit laissé séduire par Taj, dont les liens avec l'obscure *Inter-Service Intelligence* pakistanaise facilitent la fourniture d'armes et de munitions, autre grande responsabilité de Baz au sein du réseau Haqqani. « *Mahroona marhee kho nomona eh pahtakee-jhee.* »

Les braves meurent, mais leur légende perdure à jamais.

Sher Ali hoche la tête et feint d'accepter la sage rebuffade. Récemment, malgré des origines tribales communes, le vieux Jan Baz s'est montré moins bienveillant à son égard et, seul chef de guerre de l'assemblée du jour, il se demande s'il ne va pas être fermement rappelé à l'ordre. « Les braves. » Le visage de son cher Qasâb Gul envahit son esprit et ce souvenir déchire son cœur. Son bras solide et ses conseils, toujours précieux et prévenants, lui manquent cruellement, autant que sa joie. Le Boucher aimait rire et faire rire, à la différence de Dojou, autre ami véritable, mais écrasé par une tristesse infinie. Elle fait écho à celle du Roi Lion et l'amplifie. *Combien de braves ai-je vu disparaître depuis que je suis né ?* Une fatigue soudaine l'assaille. « Ils meurent et les croisés reprennent quand même nos villages. Ils savent où trouver nos commandants et nos artificiers, ils détruisent nos maisons et ils pillent nos caches. » Avec ce genre de propos, de plus en plus fréquents, Sher Ali bouscule le discours dominant et brouille le message de l'insurrection. Peut-être est-ce pour cette raison qu'il a été convié ce matin chez Rasul.

« Sirajouddine veut briser l'élan de l'ennemi et le faire courir. Il dit qu'il faut frapper de Khost à Kaboul, mettre des bombes sur toutes les routes et envoyer encore plus de *shahids* à l'assaut de leurs bases.

— Nos bombes sont comme celles des infidèles, elles massacrent les nôtres.

— Chaque djihad a ses martyrs.

— Ceux de mon clan, et ils ne sont pas les seuls, ne comprennent pas.

— Je n'ai que faire des lamentations de tes gens.

— Leur sacrifice t'est pourtant bien utile, Tajmir. »

Rasul intervient pour ramener le calme. « Il faut faire attention. Rappelez-vous, à nos frères du Levant, cheik Oussama a dit : il ne faut pas tuer le musulman. »

L'intervention arrache un rire moqueur à Jan Baz.

Sher Ali reprend la parole pour raconter ces autres *braves*, arrivés de toutes parts, organisés en bandes, dont certains s'improvisent chefs, abusent les gens et détalent au premier coup de feu. Ou ces vrais moudjahidines, rendus arrogants par leurs faits d'armes et la présence parmi eux d'étrangers – là, il consulte Dojou du regard. L'Ouzbek se tait et il poursuit – au comportement de princes et qui traitent les *Pukhtuns* en esclaves. « Ils ne respectent rien, ni les anciens, ni les traditions, ni les territoires.

— Tes querelles avec Zarin sont connues, Shere Khan. » Taj s'est exprimé d'une voix doucereuse. « Mais tous tes problèmes s'envoleraient si tu n'étais pas si souvent loin de chez toi.

— Tu as raison, peut-être devrais-je m'occuper de mes seules affaires. » Les mois passant, Sher Ali s'est coupé de son clan et sa rage a décru. Les offensives menées pour le djihad, les déplacements incessants, difficiles, l'épuisement et l'usure du temps l'ont dissipée. Il a remporté plus d'une victoire dans le combat intime et sanglant qui l'oppose à la bande d'Américains de Jalalabad, meurtriers de ses enfants, mais exténué à l'approche de l'hiver il a perdu de vue son devoir de vengeance et, indécis, il ne sait pas quelle doit être sa prochaine initiative. Revenue avec ses doutes, Badraï le visite chaque nuit. Sa cadette tourmente à nouveau ses rêves où, silencieuse, elle se contente de jeter sur son père un regard dénué de chaleur. Une fois, Nouvelle Lune lui est apparue sous les traits d'une femme plus mûre et plus sévère et il ne l'a reconnue qu'à l'étincelant vert émeraude de ses yeux. Son fils, Adil, est également toujours présent, il reste dans l'ombre de sa sœur et ne parle jamais non plus, même lorsque Sher Ali essaie de l'interpeller. Souvent le Roi Lion se réveille dans le noir, en larmes, terrorisé par l'apparition de ses petits, fantômes venus le traquer dans son sommeil pour le punir de n'avoir pas encore tué tous leurs assassins, et Kharo et Farzana, son autre fille, peinent alors à le réconforter. « La guerre, votre guerre, nous fragilise tous. » Il dévisage tour à tour Tajmir et Jan Baz. « Je dois penser aux miens. » Franchir la ligne Durand est devenu compliqué, les présents en savent quelque chose, les passes sont surveillées de part et d'autre de la montagne, les hommes manquent pour organiser des convois, la plupart combattent, et la dîme prélevée pour la guerre sainte sur chaque transaction, y compris par des individus usurpant l'autorité des Haqqani, augmente sans cesse et appauvrit ceux de Sperah. « Laisser certains voler au nom de Sirajouddine salit son honneur, il faudrait les punir. »

Sous-entendre qu'on ose se réclamer du fils de Jalalouddine sans y avoir été autorisé ni être châtié ensuite remet en cause son pouvoir et constitue un affront auquel Baz s'apprête à réagir lorsque Dojou intervient : « L'accueil des frères venus participer si nombreux au djihad coûte très cher et Allah, loué soit Son Nom, m'est témoin, le

Roi Lion et son clan se sont toujours montrés généreux, tout soutien de votre part serait le bienvenu. »

Rasul recadre sèchement son compatriote dans leur langue et Sher Ali voit son ami se raidir. Il pose une main sur son genou pour l'apaiser.

« Rouhoullah ne t'aide plus, Shere Khan ? Ses coffres sont pourtant pleins.

— Lui et moi avions certains accords, ils ont été honorés. Ne m'as-tu pas conseillé de m'en méfier ? Me reproches-tu à présent de t'avoir écouté ? » Le Roi Lion a mis du temps à comprendre le sens réel des mises en garde de Tajmir à propos du trafiquant. Il est vrai que les amitiés de Rouhoullah ont évolué, ces derniers mois. Beaucoup. Et une rumeur récente fait même état d'une allégeance à certains officiers de l'ISI, conséquence de son séjour au Pakistan après sa fuite de Nangarhar, où il aurait fait l'objet d'une *protection* forcée. Si l'histoire se révélait exacte, il serait devenu le maillon central d'une étrange chaîne de complicités transfrontalières aux intérêts en théorie antagonistes. Taj, en avertissant Sher Ali de façon de plus en plus appuyée, ne cherchait sans doute pas tant à le protéger qu'à le mettre à l'écart. Le gâteau à partager est gros, mais pas si gros.

« Je t'ai aussi conseillé de prendre ce journaliste. Les *kafirs* paieront cher pour le sauver. Et nous pourrons t'aider avec la rançon. »

Sher Ali répond qu'il y a peut-être mieux à faire avec Peter Dang. « Siraj ne veut-il pas mener le djihad sur tous les fronts ? Cet homme, il critique beaucoup l'Amérique, je le sais.

— Comment ? »

L'interrogation de Jan Baz se perd dans le vide.

Le Roi Lion se tourne vers Rasul. « Je pourrais lui parler, qu'en penses-tu ? »

L'Ouzbek rejette cette idée d'un ricanement. « Ce sont tous des espions, il trahira tes mots.

— Il cherche un film et ce film, il montre une attaque de soldats croisés secrets. Il y a beaucoup de morts.

— Mensonge.
— Je l'ai vu comme je te vois, Tajmir.
— Et qui l'a, ce film ?
— Rouhoullah. Je peux le forcer à me le donner et ensuite négocier avec ce Dang.
— J'ai dit laisse Rouhoullah. Capture l'étranger et amène-le-nous, tu auras ton argent. »

Sher Ali se détourne de Taj pour s'adresser à Jan Baz. « Tor Dada, cet autre journaliste que vous avez pris il y a deux semaines, que vaut-il ? » La nouvelle du kidnapping de David Rohde, correspondant du *New York Times*, a largement circulé à Miranshah et dans les environs.

« Beaucoup.
— On vous a payé ? Combien ?
— Je ne sais pas. » Le vieil homme est gêné. C'est le très colérique frère de Sirajouddine qui est chargé des négociations et mieux vaut ne pas se mêler de ses affaires. « Ces choses-là prennent toujours du temps.
— L'hiver est là, mon clan n'a plus de patience. »

Lorsque Nathalie Ponsot rentre chez elle vers vingt et une heures, son mari est au téléphone. Elle le salue d'une bise légère et file dans la cuisine. La table a été mise, juste pour deux, Christophe a dû dîner plus tôt et filer chez un copain, et Daniel a débouché une bouteille de rouge. Elle se sert un verre et parcourt son courrier, écoutant d'une oreille distraite la conversation tenue dans la pièce voisine. Nathalie ne tarde pas à identifier l'interlocutrice de son mec, Amel Balhimer. Elle seule peut à la fois le frustrer et l'amuser autant au cours d'une même discussion. Et avec elle il a toujours ce ton faussement guilleret, indigne d'un grand flic. Ce soir cependant, la frustration semble prendre le pas sur le reste et Daniel galère pour tirer les vers du nez à sa petite protégée. Les patronymes Peter Dang et Alain Montana, entendus fréquemment ces dernières années, reviennent plusieurs fois au cours de leur échange. Il est aussi question d'autres gens aux noms imbitables. Elle connaît bien son mari et comprend, à ses interrogations répétées, qu'il va à la pêche. Sa voix indique qu'il est inquiet. Et cela agace Nathalie. Il pardonne tout à cette fille, même son ingratitude, si souvent manifestée. Elle exerce sur lui une influence pénible, parfois même suspecte.

L'appel prend fin et Ponsot entre dans la cuisine.

« Comment va ta diva ? »

Soupir excédé.

« Elle retombe toujours sur ses pattes, tu le sais.

— Tu fais dans le marc de café maintenant ? Explique-moi quelle connerie elle prépare alors, puisque tu la connais si bien, parce que moi je vois pas.

— Je n'ai pas dit que je la connaissais.

— Merci.

— Ce n'est pas de ma faute.

— Ça l'est jamais, j'ai l'habitude. » Ponsot a tapé sous la ceinture. Immédiatement, il s'en veut.

Nathalie rassemble ses affaires, attrape son verre et se lève. « Marie s'est tirée, ton fils n'a plus besoin de toi, ton boulot t'emmerde et ta mousmé...

— Nathalie. » Ponsot tend le bras et essaie en vain de lui prendre la main.

« Laisse-moi. Et ta mousmé fait chier. Tu vieillis, tu fatigues, tu te sens nul mais, s'il te plaît, ne t'en prends pas à moi.

— Pardon. Reste.

— Je dois relire des conclusions.

— Je nous ai préparé des pâtes à l'éolienne.

— Commence sans moi. »

Amel Balhimer 11/21 19:04

Chloé
J'ai vu que tu étais revenue sur Facebook. J'aimerais avoir de tes news. Réponds-moi, STP. Je t'embrasse. A.

Dirty girl, such a nasty girl, she's living in such a daddy's world...
Le bar installé sur le toit du Radisson Blu, cet hôtel du centre de Dubaï où Voodoo descend toujours, a été envahi par une clientèle excitée, bruyante, en majorité des expatriés anglais et australiens à en croire les accents, qui se tortille sur une musique technoïde aux paroles racoleuses dans un feu d'artifice de spots acidulés.
She's a nasty girl, nasty girl, give it up to the nasty girl...
Un DJ étranger a été invité pour la soirée et peut-être aurait-il fallu vérifier le calendrier de l'établissement avant de donner rendez-vous à Alain ici. Un instant, Voodoo est tenté de changer le lieu de leur rencontre, mais l'heure est avancée et une lassitude profonde, pas seulement imputable à la brusque augmentation de température à laquelle il a été soumis dans la journée – ici, il fait trente-trois degrés de plus qu'à Khost –, s'est emparée de lui. Il rejoint donc d'un pas traînant le coin le plus éloigné de la terrasse pour attendre le Français après avoir commandé une eau gazeuse. Le débordement festif a douché son enthousiasme, il aimerait être ailleurs. Où ? Cette question n'a plus de réponse évidente, il s'en rend compte en y réfléchissant. Son existence, déracinée, rythmée par une succession d'inconforts plus ou moins tolérables auxquels il a fini par se résigner, l'a peu à peu amené à ne se sentir vraiment bien, ou mal, nulle part.
Montana arrive avec une demi-heure de retard, au moment où l'on sert enfin Voodoo, et il commence par s'excuser d'avoir laissé son ami si longtemps exposé à un tel cauchemar sonore. « C'était pour la bonne cause. » En début de soirée, il voyait Mr Rajiv, cet

Indien chargé de redonner une virginité aux profits de leurs activités *officieuses*, principale raison de leur rencontre dubaïote mensuelle. « Il m'a donné rendez-vous à l'Atlantis. » C'est le dernier délire hôtelier local, tout juste ouvert sur le Palm Jumeirah, le luxueux archipel en forme de palmier gagné artificiellement sur le golfe Persique. « Mon taxi a mis un temps fou à venir jusqu'ici, la circulation est impossible ce soir.

— Il vaut quoi, ce palace ?

— Tu aimes Las Vegas ? »

Voodoo n'aime pas Las Vegas. Il apprécie, en revanche, les nouvelles rapportées par Alain à propos de leurs investissements. La période, marquée par la crise, est apparemment propice aux détenteurs de liquidités, l'argent est cher.

« Rajiv et ses frères ont bien travaillé, vous serez contents. Tu recevras bientôt, par le canal habituel, les relevés de vos dernières opérations. » Et le détail des comptes numérotés ouverts pour Fox, précise Montana. « J'aurais aimé le croiser à Pristina, ton Majid Wilson Jr, il a beaucoup plu à Dritan, mais j'étais coincé à Paris.

— Une prochaine fois. »

You are sleeping...

« Inch'allah. » Une expression sérieuse fige les traits de Montana et les deux hommes, penchés jusque-là l'un vers l'autre afin de pouvoir converser malgré le bruit, se laissent aller dans leurs fauteuils respectifs.

La foule, grossie, s'agite à présent sur un beat syncopé qui accompagne la voix grave du narrateur d'une improbable histoire de pute et de came.

A week later you say, listen I'm a little short
But she says, no scratch, no snatch...

« Dang a contacté une recrue de notre troupe de locaux à J-Bad. » À nouveau, Voodoo s'est approché de Montana.

« Et ?

— Ces mecs ont participé à l'attaque, celle du film.
— Il a renoncé à Rouhoullah ?
— Non, mais il a dû piger que c'était une planche pourrie, il essaie autre chose.
— Et il l'a déjà rencontrée, cette recrue ?
— Pas aux dernières nouvelles. »

Cette information-là n'est apparue dans aucune des communications de Balhimer. Le Canadien est prudent. Et dangereux. Un témoignage direct, filmé ou non, ce n'est pas aussi bien qu'une vidéo de l'incident mais, pour Montana et les autres, cela reste mortel. « On peut le neutraliser ?
— Qui, le mec de la JSF ? »

Hochement de tête.

« Il va falloir. » En opération ou à l'entraînement, Voodoo a déjà son idée. « Vite.
— Et Dang ? »

One night they spot you on the street in your skivvies…

Le visage de Voodoo ne laisse rien paraître, mais son corps parle pour lui, il recule de quelques centimètres. Ce moment, il le redoute depuis que Dang est apparu sur son radar.

« L'hiver prochain, tu seras à la retraite et très riche. »
You tell who you are
But they nail you…
« Ou en prison. Tes gars aussi. »
She says, Christ, you look fucked…
« Vous n'avez plus le choix. »
You just think what a bum wrap for a nice sensitive guy like me…
« Nous n'avons plus le choix.
— Nous ? » Voodoo sourit d'un sourire sans joie et fait signe à un serveur, il a besoin d'un verre. « Que proposes-tu ?
— Tu vas lui donner le film. »

22 NOVEMBRE 2008 – DEUX TERRORISTES D'AL-QAÏDA TUÉS AU WAZIRISTAN DU NORD. Plusieurs missiles ont été tirés au petit matin sur une maison des environs de Miranshah [...] Trois autres personnes ont été tuées et quatre autres blessées à l'occasion de cette frappe qui visait Rachid Rauf, un citoyen britannique soupçonné d'avoir planifié plusieurs sabotages d'avions de ligne, et Abou Zoubaïr Al-Masri, un artificier égyptien [...] **23 NOVEMBRE 2008 – DIMANCHE, L'ANCIEN PRÉSIDENT BOURHANOUDDINE RABBANI, chef du principal parti d'opposition, a exigé que la prochaine élection présidentielle afghane se déroule en avril 2009, comme le prévoit la constitution.** Hamid Karzaï, à la tête du pays depuis la chute du régime taliban il y a sept ans, privilégie quant à lui un report à l'automne [...] Quelle que soit la date à laquelle il sera tenu, ce scrutin sera un test pour le président, dont la popularité a fortement chuté, minée par une succession de scandales de corruption et une insécurité grandissante [...] L'insurrection s'étend désormais bien au-delà de ses refuges traditionnels de l'arc pachtoune et gangrène tout l'Afghanistan. **24 NOVEMBRE 2008 – « LA SÉCURITÉ DE L'AFGHANISTAN EST NOTRE PRIORITÉ. »** Selon un porte-parole d'Hamid Karzaï, le nouveau président américain, Barack Obama, a tenu à rassurer son homologue afghan en personne, au cours d'un long entretien téléphonique [...] D'après la même source, les États-Unis vont augmenter leur présence militaire afin de vaincre le terrorisme et renforcer la stabilité du pays [...] Cette année, plus de quatre mille personnes ont été tuées en Afghanistan. Environ trente-cinq pour cent seraient des civils [...] Au cours des dernières vingt-quatre heures, une quarantaine de militants et cinq policiers ont trouvé la mort au sud et à l'est [...] huit insurgés soupçonnés d'appartenir au réseau Haqqani ont été arrêtés en Paktika [...] **24 NOVEMBRE 2008 – QUINZE À VINGT MILLE MARINES AMÉRICAINS devraient rejoindre sous peu l'Afghanistan.** Ils viendront s'ajouter aux trente-deux mille soldats US déjà présents sur place [...] Le ministre des Affaires étrangères français a émis certaines réserves à l'encontre des nouvelles orientations diplomatiques des États-Unis, notamment la volonté de Barack Obama de rétablir des contacts directs avec l'Iran et l'envoi de nouvelles troupes en Afghanistan [...] **25 NOVEMBRE 2008 – CRIMINALITÉ EN AFGHANISTAN, LA SPIRALE INFERNALE.** Les statistiques relatives aux morts violentes et aux enlèvements ne cessent de se dégrader en Afghanistan [...] pas seulement le fait des talibans mais aussi de chefs de gang ou d'hommes forts complices de la police [...] **25 NOVEMBRE 2008 – UNE INSTITUTRICE AFGHANE RÉCLAME LE TALION.** Sérieusement blessée le 12 novembre dernier lors d'une attaque à l'acide contre une école de filles, la jeune professeure de mathématiques s'est réjouie de la récente intervention du président Karzaï qui exigeait la peine capitale pour les coupables. Elle a juste ajouté : « Ils devraient d'abord subir le même sort que nous. » [...] Quinze fillettes ont été brûlées lors de cette agression [...] pas un cas isolé [...] Le nombre d'enfants afghans scolarisés progresse, six millions aujourd'hui, dont deux millions de filles, contre un million à l'époque des talibans [...] « De plus en plus de gamins recrutés de force dans l'armée ou l'insurrection, utilisés pour des attentats-suicides ou comme esclaves sexuels », selon un porte-parole de l'UNICEF [...] **26 NOVEMBRE 2008 – L'ASIE CENTRALE REDÉCOUPÉE. UNE CARTE qui circulait dans les milieux néoconservateurs américains a fuité dans la presse.** Coincé entre une Inde dont les frontières n'auraient pas changé et un Afghanistan hypertrophié, le Pakistan verrait son territoire réduit d'un tiers [...] La révélation de ce document a provoqué des remous à Islamabad où l'on redoute une tentative imminente de démantèlement du seul pays musulman doté de l'arme nucléaire par les États-Unis [...] L'état-major pakistanais craint depuis des années un renforcement de l'entraide militaire entre ses deux voisins soutenu en coulisses par l'Amérique [...] **27 NOVEMBRE 2008 – UNE VOITURE EXPLOSE AU WAZIRISTAN DU SUD, cinq morts.** Les victimes, toutes membres du TTP de Baitoullah Mehsud, sont mortes sur le chemin de Tiarza [...] Certains témoignages parlent d'une embuscade à l'IED, dans un contexte de fortes tensions entre le Tehrik-e-Taliban Pakistan et un autre chef local, Abdoullah Mehsud [...] Quelques personnes ont au contraire décrit « une bombe venue du ciel » [...] **27 NOVEMBRE 2008 – LA CAPITALE FINANCIÈRE DE L'INDE ASSIÉGÉE.** Hier soir, peu après vingt heures, heure locale, dix terroristes armés d'explosifs et de fusils d'assaut ont lancé une série d'attaques dans différents quartiers et hauts lieux de Bombay, capitale de l'État indien du Maharashtra [...] Ces hommes appartiendraient au groupuscule *Lashkar-e-Taiba* (l'Armée des purs, LeT, NDLR), originaire du Pakistan [...] L'ISI, le redoutable bras occulte d'Islamabad, est depuis longtemps soupçonné de manipuler, soutenir et protéger le LeT [...] Un premier bilan fait état de près de deux cents morts et de trois cents blessés.

Sun 30 Nov 2008, 11:04:15
De : alatourdemontlherya@lavabit.com
À : peterandthewolf@lavabit.com

…

Je déteste les dimanches, tout est lent. Aucune nouvelle de mon visa, j'ai relancé Ginny. Et enfin parlé à Chloé, elle va mieux. Elle n'a rien dit à qui tu sais. J'espère que je te manque. A.

11

PERTES COALITION	Nov. 2008	Tot. 2008 / 2007 / 2006
Morts	12	267 / 232 / 191
Morts IED	10	154 / 77 / 52
Blessés IED	79	737 / 415 / 279
Incidents IED	388	3567 / 2677 / 1536

Montana et Bluquet se croisent dans la cour de PEMEO. Il est midi. Le premier s'en va, le second arrive et il est aussitôt invité à marcher avec son ancien patron jusqu'à l'Élysée, à deux pas. « On m'attend pour le déjeuner. » Ils quittent la rue d'Anjou, encadrés par un triangle de protection. Des banalités polies sont échangées puis, l'occasion s'étant présentée, vient un compte rendu au pied levé.

« La beurette s'inquiète pour son visa.

— Bientôt. » Montana est même passé ce matin précisément pour cela, donner son feu vert à Guy. « Au plus tard dans quarante-huit heures. » L'ex-diplomate, jouissant de la faveur demandée, de se sentir ainsi en position de force, a condescendu à *déclencher* ses amis de l'ambassade d'Afghanistan comme convenu, en tout début d'après-midi. Si l'attitude a crispé Montana, il n'a rien manifesté et s'est contenté, juste avant de prendre congé, de demander à son hôte s'il avait eu des nouvelles de Chloé. Non, il le savait bien, la distance qu'elle maintient à toute force ne souffre aucune exception, une grande torture pour son abusif tyran domestique de père. La question a fait mouche, l'autre a fermé sa gueule et gardé le silence pendant que Montana, inquiet, grave, comédien, cherchait à le rassurer et promettait de tout faire pour persuader la petite d'appeler ses parents. Au-delà du plaisir pris à renvoyer dans les cordes une fin de race qui s'attendait plutôt à être louée pour son entregent, il fallait également peaufiner son personnage d'ami de la famille soucieux de la santé de cette enfant si fragile. Le dernier acte de leur tragédie va s'ouvrir sous peu et conclure en beauté suppose de faire attention aux détails. « Lorsqu'elle aura réservé son vol, prévenez-moi sans attendre.

— Bien pris.

— Chloé l'a contactée ?

— Oui, ainsi que vous l'aviez prévu. Et elle lui a menti. »

Montana sourit. « Se sont-elles vues ?

— A priori non, mais nous disposons seulement des bornages de l'iPhone de la petite Lassée. » Bluquet ne croit pas à son revirement et voulait la garder à l'œil quelque temps.

« Elle sera sage maintenant. Et puis je ne veux pas attirer l'attention de Guy avec de nouvelles dépenses de surveillance. » *Elles m'obligeraient à sortir du bois afin de les justifier.* Une chose que Montana souhaite à tout prix éviter dans les semaines à venir.

« Il est trop occupé à repeindre son bureau. Pardon, votre bureau.

— Il semble très fier de son choix de couleur. Ombre brûlée, vous connaissiez ?

— Je ne suis pas un homme moderne. »

Ils s'arrêtent sur le trottoir, en face de l'entrée du palais de l'Élysée. Ils se saluent et Montana traverse la rue du Faubourg-Saint-Honoré suivi par son escorte, laissant Bluquet en compagnie d'un groupe de provinciaux venus photographier l'Olympe des mortels.

Myriam est là, mais sans Nourredine – *il ne veut plus te voir*, dira-t-elle à l'arrivée de sa sœur –, et n'a même pas retiré son manteau. Elle ne va pas rester pour le dîner. Installée sur le canapé de ses parents à côté de Dina, leur mère, sac sur les genoux et clés de voiture en main, déjà prête à, elle attend de pied ferme les excuses promises pour la faire venir, excédée par avance. Instinctivement, leur père a pris place dans le fauteuil le plus éloigné. Lui ne montre aucune hostilité, mais à les voir ainsi disposés face à elle, Amel a quand même l'impression de passer en jugement. Son acte de contrition prend une minute à peine, il n'y a pas grand-chose à ajouter, jamais elle n'aurait dû mêler des proches à ses histoires, elle le sait, et si elle ne peut pas leur révéler de quoi il retourne, « pas encore, c'est pour vous protéger », elle aimerait partir en sachant qu'ils ne lui en veulent pas. « Trop. » *Partir, mais où ?* Il y a de l'incrédulité sur leurs visages. « Je m'envole pour Kaboul dans six jours, le 9. » La nouvelle est accueillie par un silence prolongé, sidéré, puis une colère froide de Myriam. Au lieu de les aider à *réparer la merde qu'elle a foutue*, donc, elle préfère s'éloigner ? Son aînée se lève et file sur un dernier *merci pour les parents, et pour moi*. Dina essaie de la retenir. En même temps, elle gueule sur l'air de *elle veut tous nous tuer*. Youssef garde le silence. Il a dans le regard cette infinie tristesse qu'Amel seule peut lui causer. Son portable se met à carillonner. Jeff. La diversion est bienvenue, elle décroche et file dans le jardin. Le photographe est au courant de son départ prochain, Peter l'a prévenu. Sa voix, à l'autre bout, sans doute l'aimerait-il plus légère. Amel perçoit surtout de l'amertume, un fond d'envieux chagrin. Vieille blessure mal guérie où l'affect, l'orgueil infectent la générosité et l'amitié. Encore un à qui elle fait du mal. Il change de sujet, au moins sera-t-elle là pour le prochain concert de son groupe au Chat Noir. C'est la veille de, mais aucune excuse, elle lui doit bien ça. *Et tu dormiras mieux dans l'avion.* Il lui a envoyé une invitation sur Facebook. « OK, je viens. » Ils se quittent sur cette promesse, qui interdit toute reculade. Facebook, c'est aussi Chloé et les quelques messages échangés ces derniers jours. La revoir avant de décoller serait bien, pour lui mettre le cœur au clair, ce n'était pas que du boulot, expliquer Peter, et là aussi, peut-être, s'excuser. Se faire pardonner, trop souvent, partout. Ici aussi. Courage, il faut y retourner. Amel regarde le jardin de ses parents plongé dans le noir, l'arrière de leur baraque, ce lieu si normal qu'elle a habité et cherche tant à fuir. Sa mère est dans la cuisine, elle la voit s'agiter derrière la fenêtre et occuper sa tête en usant ses vieilles mains. Faire la paix avant de déguerpir, important et pas facile quand ça commence par cinq minutes de silence. Dina offre d'abord son dos à sa fille, évite de la voir. Le temps s'échappe, il devient compliqué de se confier. Avec son père, ce serait plus simple, mais il est à l'étage et, là-haut, Amel n'y va plus depuis qu'elle vit ailleurs. Quand enfin elle reçoit un plat à porter dans la salle à manger et que leurs doigts se touchent, elles ne s'évitent plus et la parole de sa mère déferle, surprenante et sans colère, tendre, apaisée dans sa résignation. Avec Amel, tout a toujours été difficile, rien n'était jamais assez, leur monde, il était trop petit, trop calme, banal, ennuyeux, impossible de s'y résoudre, elle n'était pas sa sœur. Et sa sœur n'était pas elle. Elle en a souffert, Myriam, de n'être qu'elle-même. Elle en souffre encore. Tout au fond, elle aurait bien voulu devenir cette autre curieuse, révoltée, insatisfaite, qui n'a pas la trouille. Ou qui sait faire avec. *Mais cette femme-là, c'est pas elle, c'est toi*. Et elle envie Amel, sa sœur, et elle l'admire au moins autant, et elle l'aime, énormément, *même furieuse elle te défend*, et elle a peur pour elle. Dina aussi. Depuis longtemps elle se fait du souci. Pas qu'elle n'en est pas fière de sa Méli, au contraire, elle lui a voulu une autre vie, remplie, libre. Mais la liberté c'est dangereux, on peut se faire du mal, beaucoup, et Amel, elle se met tant de vilaines choses dans la tête avec son travail, ça ne peut pas lui faire du bien, et son besoin de se cabosser, un peu plus chaque fois, il est très fort. *Youssef, il a jamais compris ça, tu fais ce que tu veux et il est content, ça va pour toi il croit, alors ça va pour lui*. Son père, ce soir, il n'allait pas. À table, il n'était pas curieux comme d'habitude, il n'a posé aucune question sur Peter, ou Daniel. Juste le nez dans son dîner, pas un mot, et après des adieux serrés et silencieux, il est remonté sans attendre son départ. Pour prier.

Amel quitte Le Plessis-Trévise à vingt-deux heures passées. Elle regarde en arrière lorsque la porte d'entrée se referme, et une autre fois quand elle franchit le portillon, et un peu plus loin dans la rue de ses parents, elle n'arrête pas de regarder en arrière, jusqu'à ce que leur maison disparaisse. Ça va pour toi, ça va pour lui, a dit sa mère. *Et quand ça ne va pas pour lui ?*

La patience, c'est le plus dur. L'instinct était intact, la technique pas si rouillée, savoir se fondre hors de vue, observer, saisir, réagir, du vélo et rien d'autre, inoubliable. Le pied de grue attentif des heures durant, quand ça bouillonne non-stop là-haut, après sa parenthèse de civile existence, plus si facile. Surtout privé d'éveil en pilules. Les ruptures, les tours, les détours et les retours en arrière, en avant, en arrière, la clarté, l'obscurité, ils pèsent, fastidieux. Le temps s'allonge, long, longuet, et les yeux dans le dos, en permanence, se font lourds, angoissants, de plus en plus. Mais sans ça, impossible de repérer sa proie, ses manies, ses trajets. Sa tanière.
I stepped into an avalanche
It covered up my soul…
Lynx a localisé la tanière de ses proies hier soir. Ses proies, elles sont sept. Pour l'instant. Identifiées et photographiées en trois jours et une paire de nuits. Après ça, il a dégagé, il n'était pas assez outillé et il sombrait, il fallait dormir, traîner autour de leur repaire était tentant mais devenait risqué. *Et quelqu'un doit payer*. L'impatience donc, très pénible, mais la musique, vieille compagne, aide.
You strike my side by accident
As you go down to your goal…
Ces sept, deux femmes, une jeune une moins, et cinq hommes, moyenne trente-cinq quarante, ils ne sont pas pressés et peuvent

se la permettre, eux, la connerie. Lui, non. Ils ne représentent qu'une partie de l'équipe de surveillance collée aux fesses d'Amel. Il en reste à lever, c'est leur façon, Lynx le sait, il s'en méfie. Même s'il compte dessus pour aller plus loin. Pas des bons, ne pas trop le croire, ce serait stupide, une faute. Elle pourrait l'inciter à ne plus vérifier la présence d'autres nasses, concentriques. Ou, en l'occurrence, leur absence. Ces agents-là, ou plutôt leurs chefs, ils raisonnent sans doute juste de traviole, à imaginer que leur objectif viendra trouver la journaliste, ce contact possible, et pas les traquer eux, les petits.

Pas voir où ils le mènent.

Vers qui. *Stanislas Fichard, alias François de la DGSE ?*

Ce nom, une totale inconnue, a nourri les obsessions de Lynx au cours du dernier mois. La possibilité que les faux époux Lepeer aient menti, elle dans l'intimité de la chambre du bungalow de Ponta, malgré son intégrité dépecée, lui dans le salon, dominant son atavisme de défense de la femme, était réelle. Des *collègues* après tout, motivés, entraînés.

Your laws do not compel me now
To kneel grotesque and bare...

Leur Stanislas, il n'existait probablement pas. Une autre légende, préparée au cas où. Déjà, il n'apparaissait dans aucun annuaire électronique, le premier acquit de conscience de Lynx sur le PC connecté de l'*Antwerp*. Pas le dernier. Ça en laisse du vide à combler plus de vingt jours et autant de nuits d'*intranquillité* à respirer des embruns parfumés au gazole. Il ne figurait pas non plus sur le site web de son supposé ministère de tutelle, ou celui de Matignon, ou celui de l'Élysée. En revanche, des Fichard et des Stanislas, il y en avait des pelletées dans les hiérarchies censurées au plus offrant de Google. Cependant, pour les rencontrer ensemble une première fois, il fallait descendre loin dans les résultats et accepter d'explorer l'obscure page personnelle rarement visitée d'un féru de généalogie. Là, au milieu d'une arborescence touffue, se trouvaient sous ce patronyme devenu objet de fixation la vieille photo mal scannée d'un jeune cousin, un grade, lieutenant, et un corps, les troupes de marine. Cette découverte avait arraché un sourire à Lynx, même si une recherche d'images similaires à partir de ce cliché initial s'était révélée infructueuse.

You who wish to conquer pain
You must learn what makes me kind...

L'existence de décorés parmi les autres membres de cette nombreuse famille lui avait en revanche donné une idée et il s'était mis à éplucher les listes de promotions dans l'ordre national du Mérite et de la Légion d'honneur annuellement publiées au *Journal officiel*. Pour la plupart balancées sur Internet. Il y a un Stanislas Fichard chevalier dans les deux. Sa bleue est ancienne, reçue lorsqu'il était commandant de la coloniale, c'était marqué à côté. Sa rouge, également obtenue sur le quota de la Défense, date de 2007. Aucun grade pour celle-ci, le décret qui l'officialise précise simplement *cadre spécial*. Un début de gueule de l'emploi.

I have begun to ask for you
I who have no greed...

On trouve beaucoup de choses sur la Toile. Trop, diraient certains. *Pas encore assez pour faire payer quelqu'un.* Ce Fichard, si c'est le bon – ses sept proies, leur tanière devraient aider Lynx à le vérifier –, n'est qu'un rouage, il faut aller plus haut, plus loin. Et peut-être d'abord répondre à cette autre question obsédante : pourquoi ? Essayer de l'éliminer, après six ans passés à démontrer sa volonté de garder le silence, loin d'eux, ils n'avaient en toute logique rien à y gagner. Certes, s'il a bien compris ce qu'a craché Jacqueline et confirmé André, le service est tombé par hasard sur Thierry Genêt, à l'occasion croisé lors d'escapades pour le compte de Viktor, quand Lynx cherchait à se refaire, et oublié ensuite loin derrière. Genêt, qu'il avait sauvé mais aurait mieux fait de laisser crever pour se tirer, seul et sauf, en voleur, avec son secret ; à l'époque, Thierry n'avait pas encore pigé. Bout n'aurait rien dit, juste un pilote de perdu, facile à retrouver. Cette nuit-là, au Rwanda, Lynx se serait barré. Roni Mueller n'avait pu s'y résoudre.

I have begun to long for you…

Genêt, le comment, pas le pourquoi. Une expédition homo hors des sentiers habituels, au Mozambique, pas rien. Mais mal branlée. *Barbouzerie petit bras à la française ?* Oui, sans doute, pas que. Aussi un indice de mauvaise volonté. Ordres du bout des lèvres, réticence hiérarchique à solder un passé dont quelques noms émergent, les seuls vraiment plausibles après trop d'insomniaques cogitations en mer : Alecto, Steiner, de Stabrath. Montana. Pliée, *suicidé*, décédé, *une longue maladie* indiquait la nécrologie en ligne du général, et trois ans plus tôt, bien avant de mettre la main au collet de Thierry.

I who have no need…

Après le service peu public, le dernier de la liste, toujours en vie, est passé au privé. PEMEO ça s'appelle. Il y a même un site, une initiative récente apparemment, du tout nouveau patron, un diplomate. L'histoire que raconte le *Qui sommes-nous* est intéressante. La boîte a de faux airs de SOCTOGeP sous stéroïdes. Montana l'a créée fin 2002, sur les ruines de quelques entités dont l'une s'appelait IMED et les autres ne sont pas précisées. L'ancien de la DGSE la quitte ce mois-ci pour rejoindre l'Élysée où il va devenir conseiller particulier, classe pour appâter le client, sur le renseignement. Retour à la case départ. Plus près de Dieu. Plus exposé. Steiner détestait Montana, « une pute dangereuse, disait-il, qui aime le pouvoir et le sang, et a de la merde dans le cœur ». Charles au langage toujours si châtié et qui s'amusait parfois de telles grossièretés. Ce retour à Paris, il le rend tellement absent. Loin d'ici, il était plus facile de ne plus penser à lui, de ne plus penser à tous ces gens. Lynx ne voulait plus y penser, jamais. À propos de la *pute*, il se souvient de cette autre mise en garde : « Il sait tout et n'oublie jamais rien. » Montana, qui ne hante plus les couloirs de Mortier depuis six ans, et sa mémoire rancunière, suffisants pour faire renoncer à son principe de précaution le service, dont la tête a aussi changé au gré des présidences, et pousser les huiles du moment à tenter de refermer en douce une plaie jamais réellement cicatrisée, au risque de la rouvrir en grand, l'idée est surréaliste, les pertes potentielles démesurées par rapport aux gains escomptés.

Une pute dangereuse. En 2002, Montana a tué Steiner, ou l'a fait tuer. Les mecs dans son genre, ils donnent surtout des ordres. Ensuite, il est devenu Steiner. Steiner faisait envie, entre autres activités, il gérait un patrimoine occulte, gros, le patrimoine. *Il n'oublie jamais rien.* Lynx doit parler à Stanislas Fichard.

Il faut d'abord le trouver.

It is your turn my beloved one
It is your flesh that I wear...

Quatre heures du matin, Lynx éteint son iPod en jetant un dernier coup d'œil à la rue du Temple, où est garé le Trafic dans lequel il s'impatiente depuis vingt minutes. Ce véhicule, il l'a volé le lendemain de son arrivée dans la capitale et en a rapidement échangé les plaques d'immatriculation avec celles d'un autre utilitaire du même modèle et de la même couleur, un bordeaux passe-partout. Rien n'était marqué dessus, mais à voir le matériel découvert plus tard à l'arrière, il devait appartenir à une entreprise de plomberie. Une aubaine, Lynx allait avoir besoin d'outils pour les jours à venir.

Avant de sortir, il vérifie le contenu du sac posé à côté de lui sur le siège passager, un de ces cabas nylon bon marché, à carreaux pastel, que souvent les clodos trimballent avec eux pour transporter leurs maigres possessions. Sous un vieux pull mité et du pinard, celui-ci contient du gaffeur, du double face extrafort de tapissier, des Serflex, des colliers de serrage métalliques, des vis et des chevilles, une perceuse électrique spécialement conçue pour ne pas faire trop de bruit, deux appareils photo à déclenchement automatique reliés au réseau GSM et maquillés en boîtes de dérivation électriques standards, et un traqueur à fixation magnétique de réserve. Ces quatre derniers gadgets et d'autres du même genre ont été achetés en Angleterre, dans la banlieue de Londres. Ils y sont vendus en toute liberté et facilitent les activités des nombreuses sociétés de sécurité privées du pays.

Lynx s'est rendu là-bas peu après avoir touché terre à Hambourg où, comme l'avait prédit Caspar, la police attendait l'*Antwerp*. Le porte-conteneurs était arrivé à quai juste avant minuit, mais lui avait déjà quitté le bord, en toute discrétion, sur la vedette ayant accompagné le pilote chargé des manœuvres d'accostage. À la faveur de l'obscurité, personne ne l'avait vu s'y glisser, ou en descendre quarante minutes plus tard, hors de la zone sous douane. Faire ça, c'était risqué, mais le plan B prévu initialement, Lynx avait gardé l'équipement de plongée volé à Ponta à cet effet, consistait à faire trempette dans les eaux froides, polluées et très encombrées du port, au tuba, avec son sac étanche. Non merci, même si on l'avait formé à ce genre d'activités dans des conditions bien pires. C'était il y a longtemps, trop.

Au matin du 28 novembre, après quelques heures de sommeil dans un hôtel de seconde zone, devenu Hugo de Mulder, il avait loué une voiture et filé vers la Hollande pour embarquer à vingt-deux heures le même jour sur un ferry – profil bas, moins de contrôles que le train ou l'avion – à destination de Harwich, en Grande-Bretagne. Sur place le 29 à six heures et demie, il avait passé sa journée à faire du shopping, équipement de surveillance et d'effraction, PC portable, mobiles jetables, fringues neuves et fripes, avant de repartir pour Hoek Van Holland, à côté de Rotterdam, le soir à vingt-trois heures. De retour sur le continent, il avait foncé vers Paris. Le 30 en milieu d'après-midi, il récupérait les clés d'un appartement du neuvième arrondissement, rue des Martyrs. Disponible à la semaine pour les touristes étrangers, il avait été réservé sur Internet pendant sa traversée, avec l'une des cartes de crédit prépayées d'Aaron Millar, citoyen du Mozambique. Pour ce rendez-vous, assuré en trois-pièces gris et manteau, bronzé, Lynx présentait bien et la propriétaire n'avait même pas remarqué que le passeport dont il fournissait une photocopie effectuée à l'avance n'était pas passé par la case visa.

Cette nuit, il a viré son costume et joue les cloches. Les changements de physionomie, le *désilhouettage*, dans le jargon de la boîte, au cours de la semaine, il en a abusé, ouvrier, passant, lambda, branché, plus coincé, joggeur, SDF, mince, engoncé, crâne rasé, chevelu à perruque, chapeau, casquette, bonnet, pas de lunettes, des lunettes, de soleil, de vue, avec une seule constante, du fond de teint pour éclaircir sa peau. Sa bonne mine, en hiver, elle détonne. Et les autres doivent s'attendre à voir débarquer un mec bruni par ses années d'Afrique. Toutes ces métamorphoses lui ont permis de tourner dans le onzième, autour du pâté de maisons d'Amel, à la recherche d'anomalies et de récurrences. Il n'a jamais emprunté sa portion de la rue de Malte, partant du principe qu'elle serait l'objet de beaucoup d'attentions. Ses proies s'en tiennent également éloignées, elle est courte, étroite à cet endroit. Une vigie statique attirerait un œil aguerri. Donc, pour guetter dans ces conditions, le plus discret, ce sont des caméras, embarquées dans une ou plusieurs voitures banalisées vides et bien garées, ou planquées dans le paysage urbain, ou les deux. Quasi imparable, sauf pour les bagnoles, qu'on ne peut pas bouger toutes les cinq minutes, pénurie de places de stationnement et d'angles de prise de vue favorables aidant. Cette relative immobilité est une incongruité pour un curieux. En bas de chez Amel, il y a justement une paire de caisses qui s'est livrée, à quatre reprises ces derniers jours, à un étrange manège, une simple inversion d'emplacements. Lynx l'a surprise une fois, au petit matin. Photo, photo, photo des conducteurs et du piéton venu avec eux, tous surgis de nulle part, une femme, blonde, la moins jeune, et deux types sportifs, la trentaine. Disparus aussitôt, il n'a pas pu les coller, ça manquait de passants. Paris ne s'éveille plus à cinq heures depuis longtemps. Ces discrètes caméras, elles transmettent en général des images à distance, soit par le réseau mobile, soit par ondes radio, ce qui implique alors une réception au plus près, afin de garantir un signal de qualité. Lynx a raisonné à partir de cette seconde hypothèse, pour une autre raison : la nécessité de filer

Amel lorsqu'elle part en balade, au cas où le contact serait établi lors d'un déplacement. Il faut des gens à proximité, réactifs, à pied et motorisés. Sa théorie supposait l'existence d'un appartement loué ou d'un utilitaire positionné dans un périmètre de quelques rues. La location, il lui aurait fallu un cul bordé de nouilles pour tomber dessus. Le véhicule était potentiellement plus facile à repérer. Il y a plusieurs chantiers en cours dans le quartier, ça compliquait la tâche, pas mal de camionnettes vont et viennent, trois y dorment même la nuit. Lynx a fait le tour des boulangeries du coin, identifié la meilleure et attendu. Pas longtemps, il y a vite revu la blonde. Quand elle en est ressortie avec deux poches plastique pleines, un midi, il a suffi de la pister. Elle l'a conduit tout droit à un Mercedes Sprinter gris, un des trois qui couchaient là justement. À partir du Sprinter, il a obtenu quatre nouvelles tronches, une bagnole et une bécane, une 1200 GS. La voiture, il n'a pas encore pu la baliser, mais la BMW, quand elle est dans le coin, est toujours laissée sur la placette qui entoure la sortie principale du métro Oberkampf, ou sur le trottoir d'en face, devant une auto-école. Deux endroits où passent de nombreux badauds. Lynx sait très bien imiter le badaud. Depuis trente-six heures, sur son ordinateur portable, il suit la moto qui suit la journaliste. Hormis quatre déplacements dans Paris et deux longs arrêts dans le onzième, elle est allée se garer plusieurs fois dans le Marais, rue Dupetit-Thouars, à l'embouchure de la cité du même nom, un cul-de-sac en S, profond d'environ cent mètres et bordé d'ateliers, de bureaux et d'habitations. Aux trois quarts de celui-ci, juste avant le premier coude, il y a une entrée d'immeuble, sise au numéro 8, où il a vu disparaître un des deux sportifs jouant les voituriers occasionnels en bas de chez Amel. C'était hier en début de soirée, le mec venait de poser la BMW au bout de l'impasse. Lynx était à l'affût dans un café, pour étayer ses soupçons, à savoir que ses proies ont loué là une base arrière où elles se reposent à tour de rôle.

À présent, il veut tirer le portrait de tous ceux qui entrent et sortent du bâtiment en question. S'il est chanceux, Fichard sera du nombre et, s'il en est, il suffira d'attendre ici son passage suivant.

La patience, encore, redoutée.

Avant de pénétrer dans la cité Dupetit-Thouars, Lynx parcourt une dernière fois le quartier à pied, clodo égaré dans la nuit parisienne, sans croiser un chat ni trouver la voiture de ses proies. Dommage, il aurait également pu s'en occuper. Le traqueur en rab, c'était pour ça.

La ruelle est endormie. Lynx l'emprunte sans bruit, en titubant, vrai poivrot, le long des murs, côté bâtiment cible pour limiter les risques d'être vu. Parvenu devant la porte, il attend, l'oreille aux aguets. Aucun signe de vie. Il traverse d'un pas mal assuré, caricature de pioche avinée, et va s'appuyer sur le mur opposé, sur lequel il fait semblant d'essayer de pisser avant de s'y adosser, très fatigué. Les yeux planqués sous son vieux béret maculé, il examine discrètement l'immeuble de ses proies. Il est étroit, s'élève sur trois étages et compte au moins deux meublés disponibles à la semaine, du genre que lui-même occupe dans le neuvième. La veille, avant de partir, il a joué les touristes désireux de peut-être revenir lors de prochaines vacances. Après un bar voisin, puis un autre, puis un restaurant, où personne ne pouvait le renseigner, une jolie blonde, hautaine comme seules peuvent l'être les filles d'ici, a fini par lui en parler. La librairie-galerie où elle bosse a, une fois, loué un de ces appartements pour un artiste de passage. Non, elle n'avait plus les coordonnées, *trop grands, trop chers et les gens de l'agence étaient pas cool.* Quelques sourires, des compliments et l'achat d'un livre de photos ont permis de prolonger l'échange et de vérifier qu'elle ne savait rien des occupants actuels. Un coup d'épée dans l'eau.

La façade contre laquelle Lynx s'est plaqué est parcourue par une gouttière qui grimpe jusqu'aux toits. Elle est peinte d'un blanc grisé proche de celui des camouflages de ses appareils espions. Au-dessus de sa tête, le long de l'évacuation, une protubérance rouillée, vestige d'un autre temps, dépasse de quelques centimètres. Assez longue pour jouer le rôle de support horizontal et proche du tuyau, qui servira d'appui vertical. Lynx n'aura pas à percer, un soulagement. Il se laisse glisser au sol et se met à explorer son sac, dont il sort sa bouteille de piquette à moitié entamée. Il en boit une rasade, ça râpe, la pose à côté de lui. La fouille se poursuit. À l'intérieur du cabas, hors de vue, il coupe deux bandes d'adhésif double face d'une dizaine de centimètres. La première rejoint le dos du boîtier plastique, la seconde le côté gauche. Lynx met le dispositif sous tension. Désormais, chaque mouvement devant l'objectif déclenchera la prise de photos. Les clichés seront stockés sur une carte mémoire et envoyés, via le réseau mobile, trois fois par jour. Ainsi calibré, le système pourra fonctionner au moins deux semaines sans nouvelle recharge de ses batteries, garantie fabriquant.

Tour d'horizon, toujours personne.

Lynx se relève, pose l'appareil sur le bout de métal, appuie fort contre la gouttière et le mur. Ça tient. Claquement dans son dos. Il se retourne. Sous la porte de l'immeuble de ses proies, il y a de la lumière. Les parties communes. Le boucan, c'était la minuterie. Son regard monte. Aucun appartement illuminé. *Merde.* Coup d'œil à gauche. La sortie de l'impasse est à une soixantaine de mètres. Un sprint de huit à dix secondes minimum avec le sac. Trop long, trop bruyant. *Merde.* À droite, le coude. Vinasse, cabas, Lynx file par là. Ça s'ouvre lorsqu'il franchit l'angle. Des voix d'hommes, une paire. *Merde.* Ils discutent, pas en messes basses mais pas fort. Dans l'étroit cul-de-sac, le son rebondit quand même. Ils s'éloignent. Reviennent. *Merde.* Un truc oublié par l'un des deux. Son copain va l'attendre en bas. Faire les cent pas.

Venir par ici ? Lynx, coincé par une grille en fer forgé qui barre la dernière partie de l'impasse, ne peut pas être découvert ainsi, debout. En douceur, il dépose son sac.

Le copain sifflote et n'entend rien. Il marche en rond.

Lynx s'accroupit, bouteille en main, se couche en position fœtale contre les barreaux de métal, dos vers la direction dangereuse.

Pas, pas, pas, soupir, chanson fredonnée. Pas.

Lynx pose sa bouteille. Mal. Elle bascule. Raffut sur le bitume. *MERDE*.

Le copain ne fait plus de bruit. Un temps. Pas.

La piquette s'écoule sous Lynx, ça pue.

Pas.

Ne pas bouger. Sauf une main. Elle passe lentement sous la doudoune usée dont Lynx s'est affublé, vers sa ceinture, se referme sur la poignée de son Beretta. Serre. Son pouce caresse la sûreté.

Pas. Le copain a passé le coin. Encore un pas et stop.

Il vient de me voir. Lynx respire fort, tousse tel un ivrogne bien parti, pas difficile avec toutes ces vapeurs d'alcool dans le nez. Sous lui, c'est mouillé, froid. Il se recroqueville, joue les ronfleurs.

Rien. Le copain gamberge, immobile, il ne vient pas vérifier.

Lynx l'aurait fait. Ces deux-là, peut-être pas ses proies, pas des agents, juste des civils. Ou alors, la planque se prolongeant, leur attention s'est émoussée.

La porte de l'immeuble s'ouvre à nouveau. Le tête en l'air, redescendu, interpelle. *Hé, tu branles quoi ?* Pas de réponse. Seconde fois. *Yo.* Silence. *Faut droper le djebel, les autres attendent.*

Le copain se tire, enfin. Ça se remet à caqueter.

Lynx capte simplement *clochard bourré*. Il ne fait pas le moindre geste, pas encore. Réfléchit. *Droper le djebel.* Milis ou anciens milis, en civil, ses proies. Quatre heures trente, attendus, ils doivent aller relever les *autres* chez Amel.

Amel.

À nouveau dans sa tête, occupant trop de place. Lynx déteste ce que leur proximité à sens unique fait rejaillir, le ressassé pas enfoui à jamais, occulté par nécessité, mal. Pas des sentiments, des souvenirs pourris, des remords. *Toujours à la traîner dans ma merde.* Et cette impression de trahir Kayla une seconde fois, qui ne le lâche plus. *Pas le choix. Tu me pardonnes, dis ?* Trois semaines que ça le remue. Pourtant, revoir la journaliste en chair et en os, c'était seulement quelques jours plus tôt. Elle sortait de chez elle, pour aller prendre le métro. Son regard était toujours à vif, bien droit, il portait haut. Sur son passage, les gens mataient en coin ou baissaient les yeux. Lui, il avait souri. Plus mûre, une femme, disparue la petite étudiante. Elle ressemblait à ses quelques portraits du Net, de Facebook. Le vrai choc de mémoire, il avait eu lieu là, lorsqu'il s'était mis à la traquer depuis l'*Antwerp*. À partir de vieux articles et de photos ajoutées à son profil sur le réseau social, il avait reconstitué un bout de son cheminement post-Alecto, de cette existence dont il n'avait plus rien voulu savoir une fois disparu, trouvé des fragments d'Irak et d'ailleurs, des restes d'engagement politique, gauche, vert, basta, des prises de risques, réelles, idiotes, beaucoup de déception, de la rage, contre ceux qu'elle nomme, dans certaines tribunes, les désintégrés et, en face, les *désintégrants*. En guerre, contre tout et tous. Pas mal de pro, un peu de vie privée, des bribes de tradition préservée, de famille, des esquisses d'amitiés. Zéro détail sur son intimité amoureuse. Avare en clichés personnels, mais pas assez pour ne pas être localisée. Il a suffi de quelques prises de vue, devant la porte de son immeuble, lors de son emménagement. En légende, il était juste précisé *Dans le onzième*, pas lourd. Mais l'objectif avait saisi d'autres détails, plus traîtres. Un hôtel du Nord et de l'Est, un serrurier appelé d'Alembert, Le Petit Bleu, une épicerie. Tous dans la rue de Malte, Paris 11. Amel Balhimer, rue de Malte, Google et, sur une fiche du registre du commerce en partie dévoilée par l'un des nombreux sites privés faisant son gras sur le dos de fichiers administratifs sans l'accord des intéressés, une adresse complète. Une connexion, quelques minutes, tour joué. Les gens seront terrifiés un jour, sans doute trop tard. Ils auront franchi un point de non-retour dans la mise en scène de leur vie, persuadés qu'elle les rend intéressants et pas juste plus vulnérables, perméables, manipulables.

Pour vivre heureux vivons cachés.

Comme moi ? Kayla est morte, Amel espionnée, menacée. *Connard.*

Dix minutes ont passé. Calme plat. Lynx se lève avec peine, son dos et ses genoux trinquent. Le froid, le mouillé, l'immobilité, les habitudes perdues. L'usure. Il prend son sac, abandonne sa bouteille et titube hors de l'impasse, main sur le flingue, on ne sait jamais, si les deux pipelettes ne sont pas réellement parties. La parano, tout le temps, partout.

6 DÉCEMBRE 2008 – LA TERREUR DÉBORDE EN INDE. Les troubles grandissants que connaissent ses voisins afghans et pakistanais ne sont pas sans conséquence sur l'Inde, comme l'a encore montré le récent attentat de Bombay [...] Cette année, près de quatre cents Indiens ont trouvé la mort lors d'attaques menées par des organisations fondamentalistes et ce chiffre n'inclut pas les victimes des violences au Cachemire. L'an dernier, cent cinquante-deux personnes sont décédées dans des circonstances similaires, et deux cent soixante et onze en 2006. Par comparaison, de 1994 à 2005, on dénombre dans ce pays seulement trois cent vingt-quatre victimes du terrorisme [...] **6 DÉCEMBRE 2008 – ÉLECTIONS AU PRINTEMPS : IMPOSSIBLE SELON L'IEC.** Le porte-parole de la Commission électorale indépendante, chargée de contrôler le prochain scrutin présidentiel, a déclaré qu'il serait illégal d'organiser un vote au printemps comme le stipule la constitution afghane. Principales raisons : l'insécurité et les conditions météo qui gênent les inscriptions des futurs électeurs [...] **6 DÉCEMBRE 2008 – UN HUMANITAIRE FRANÇAIS LIBÉRÉ.** Il avait été enlevé à Kaboul un mois plus tôt, une semaine seulement après être arrivé en Afghanistan. « Il a été libéré grâce aux efforts de nos forces de sécurité », a déclaré un porte-parole du ministère de l'Intérieur afghan [...] **6 DÉCEMBRE 2008 – TROIS MILITANTS TUÉS AU WAZIRISTAN DU NORD.** Un drone US aurait tiré deux missiles sur une maison du village de Khushali Tori Khel, au sud de Mir Ali [...] Deux autres personnes auraient été blessées [...] fait suite au bombardement, le 29 novembre dernier, du hameau de Chashma, à deux kilomètres de Miranshah, au cours duquel deux personnes sont décédées et trois ont été blessées [...] Vingt-sept raids menés cette année par des avions sans pilote américains, dont plus de la moitié depuis le mois de septembre. **6 DÉCEMBRE 2008 – PAKTIYA, UN IED TUE TROIS INSURGÉS.** Une fusillade avec des paysans aurait fait détoner la bombe qu'ils venaient de poser sur le bord d'une route [...] À Khost, deux policiers et deux officiers de renseignement ont péri lors d'un attentat-suicide contre le quartier général de la police antidrogue. Neuf autres personnes ont été blessées. Les deux kamikazes sont morts [...] Par ailleurs, dans les zones tribales, une attaque aérienne pakistanaise sur deux camps d'entraînement et une réserve de munitions a tué trente militants. Cette opération s'inscrit dans le cadre d'une offensive de grande envergure lancée depuis quelques semaines dans cette région par les autorités d'Islamabad. « Une initiative rassurante » récemment saluée par le Pentagone qui craint cependant que le regain de tension avec le voisin indien, à la suite des événements de Bombay, ne conduise l'état-major pakistanais à déplacer ses troupes vers l'ouest et le sud, pour parer à d'éventuelles représailles [...] **6 DÉCEMBRE 2008 – PESHAWAR : ATTENTAT À LA VOITURE PIÉGÉE, vingt-sept morts.** L'explosion a eu lieu ce vendredi dans l'un des bazars les plus fréquentés de la ville [...] Elle s'est produite alors que le Pakistan vient, à l'occasion d'un sommet organisé par la Turquie, d'accepter de renforcer sa coopération avec l'Afghanistan en matière de lutte antiterroriste.

Fox est venu une fois au Ping Ping Paradiso. C'était il y a un an, peu de temps après son arrivée en Afghanistan. Il avait trouvé l'endroit glauque. Rien n'a changé, ni l'atmosphère rose fluo parfumée à la clope et à la bière renversée, ni la musique de merde, ni la bouffe surgelée, les bridées au tapin ou la clique paramilitaire de rares bons et plein de gros cons. Ceux-là, on les reconnaît vite, leurs porte-plaques sont flambant neufs, surchargés n'importe comment et ils ne les enlèvent jamais, la trouille.

Pour cette seconde visite, il s'est attablé avec James, l'ex-marine de GlobalProtec, près du billard – ça, c'est nouveau. Là, il peut surveiller ses arrières et surtout ceux de Tiny, qui l'accompagne. Ce devrait être le contraire, mais son copain est plus intéressé par une touffe chinoise apparue pour lui faire du gringue à la seconde où il s'est posé au comptoir, de l'autre côté de la salle. Fox ne se faisait aucune illusion, Tiny est de moins en moins dans le jeu et, s'il avait voulu sortir couvert, il aurait réquisitionné Wild Bill ou Gambit. Il l'a pris avec lui pour l'éloigner de Khost pendant quarante-huit heures, de cette cage mentale dans laquelle il s'enferme chaque jour un peu plus à jouer les gardes-chiourmes du JSOC. Voodoo n'était pas content, il ne trouvait pas malin de choisir Tiny, qui ne fait pas partie de la bande, pour se pointer à un rendez-vous concernant directement leurs petites affaires. Il allait voir des trucs, sans doute en entendre d'autres, peut-être se poser des questions ou avoir envie d'en causer. « Les questions, il se les pose déjà », avait répliqué Fox, menteur. Tiny n'a jamais fait la moindre remarque ou demandé quoi que ce soit à propos des virées discrètes, sans lui, de ses petits camarades de 6N. Deux personnes se battent dans sa tête, un dingo vindicatif qui tous les jours assiste et parfois participe, avec entrain, aux interrogatoires des prisonniers ramenés du front, et un père de famille obnubilé par l'avenir de sa progéniture, qu'une simple communication avec sa femme et ses gosses suffit à faire pleurer. Tenter de faire cohabiter leurs incompatibilités le mobilise H24. Tous les soirs, quand il est à Chapman, Fox l'entend craquer de l'autre côté de la paroi de contreplaqué de leur B-Hut. Il chiale, ou s'égare dans de longs monologues, ou les deux.

« Ça fait combien de temps qu'il a pas vu une gonzesse, ton pote ? » James se marre.

Au bar, la prostituée s'est collée à Tiny et balade ses mains partout. Ils boivent, rient bruyamment. Bientôt, ils empruntent les escaliers menant aux étages supérieurs. Fox doute que son ami arrive à bander. S'il ne s'effondre pas dans les bras de la pute, il va lui prendre la tête avec des justifications à l'infini sur le bien-fondé de ce qu'ils branlent à Khost. Ouais, ouais, y a du déchet, quelques morts, enfin pas mal, des blessés et des innocents qui finissent dans des cages, des jeunes et des vieux aussi, des gentilles barbes grises, et eux, c'est presque sûr, ils se retrouvent là pour des comptes mal réglés, ou parce qu'ils l'ont ouvert trop grand, contre le président afghan qui pédale dans l'opium, les alliés du président qui les rackettent, les battent et violent leurs femmes et leurs gosses, ou nous autres, les alliés des alliés du président qui fermons les yeux. Tu gueules, bim, t'es un taliban. Mais tu le sais toi, que c'est pas simple de trouver qui est qui, qui fait quoi, dans ce putain de pays d'enculés de leur mère, qu'a pas envie de sortir de sa merde. Au milieu de tout ce bordel, y en a quand même des vrais, des purs, des durs, qui veulent nous péter la gueule dès qu'on pointe notre nez et qu'ont tué nos potes, et mon frère Manzour, abattu comme un chien, et son cousin Anwar, qu'a crevé tout cassé dans mes bras. Alors s'il faut marcher sur des pieds, tordre des bras, fracasser deux, trois crânes voire buter des inoffensifs pour leur mettre la main dessus, aux nuisibles, tant pis, ils avaient qu'à pas être là, hein ? Eux ou nous, mon frère, eux ou nous.

Fox y a eu droit pendant tout le trajet, et ce n'était pas la première fois. Il revient à James, le dévisage. « À Khost, la vie est pas aussi facile qu'ici. » Il pose sur la table un petit sac couleur sable, en tissu imperméable, et le pousse vers son interlocuteur.

Discrètement, James jette un œil dedans avant de le ranger dans une poche cargo de son pantalon.

« Le téléphone, tu le gardes chargé. Tu recevras un coup de fil dans quelques jours. La clé USB bleue, avec le M dessus, c'est pour les Mac, la rouge, avec le P, pour les PC. Simple.

— J'en fais quoi ?

— Une fille va arriver dans votre baraque.

— Dang m'a mis au courant. Elle s'appelle...

— Je veux pas le savoir. Quand on te donne le go, tu vas dans leurs piaules, tu branches leurs portables sur le secteur, tu insères la rouge ou la bleue en fonction, on t'en a filé deux pour ça, et tu mets sous tension. Ça va clignoter et se stabiliser en vert. Après t'enlèves tout, ça lancera le logiciel.

— S'il y a un mot de passe sur les ordis ?

— Ça gêne pas.

— Il fait quoi, le logiciel ? »

Le programme, une création de la NSA, est le cadeau d'un *nerd*, un consultant externe parti d'Afghanistan un mois plus tôt, à la fin de son contrat. Il sert à *stériliser* une bécane pour prévenir toute récupération de données par le déclenchement d'un effacement sécurisé du disque dur suivi d'une surchauffe extrême des composants. Data l'a récupéré au cas où il aurait besoin de nettoyer le parc informatique de 6N en quatrième vitesse. « Des étincelles. » Fox sourit. « Quand c'est fini, tu trouves un marteau et tu te débarrasses des clés USB et du mobile.

— Pour le reste de la somme convenue, on s'arrange comment ?

— Quand ce sera fait. Voodoo tient toujours parole.

— Et le job ?

— Faudra voir avec lui.

— J'aurais préféré qu'il soit là.

— Il a été retenu. » Ailleurs dans Kaboul, pour un rendez-vous avec Javid. Fox va offrir une seconde tournée lorsqu'un coup de feu claque.

Aussitôt, l'assemblée réagit : les putes hurlent, les locaux se couchent, les cons, une main devant une main derrière, se lèvent, paniqués, et les bons identifient les secteurs de tir et couvrent les issues avec les armes gardées en douce en dépit des consignes de l'établissement. Théoriquement, tout le monde doit les laisser au vestiaire.

Planqué derrière le billard, Fox a dégainé son Glock 26, James un .45 MEUSOC. Avec trois autres gars, ils braquent l'entrée du Ping Ping, origine la plus probable du danger. Un garde afghan qui arrive de ce côté manque d'y passer. Nouvelle détonation, elle provient des étages. Loin dans le bâtiment, une fille crie. Ses congénères embrayent. Le patron a sorti un AK 47 et gueule de la fermer. Fox court vers les escaliers, il pense à Tiny. Raidillon étroit, fuyards bousculés, au premier rien, sauf la voix de son ami un étage au-dessus. Il semble en colère. Au deuxième, lui en avant, James en appui, porte après porte, Fox explore le corridor teinté néon bordel jusqu'à la dernière chambre. Elle est entrebâillée. Tiny est debout, torse nu, flingue sorti, très agité. Sa Chinoise est repliée sur le lit, en désordre mais en vie. Son rimmel bon marché coule noir sur ses joues.

Fox s'annonce. « Tout va bien, mon frère, c'est que moi.

— Rentre pas, mec, j'ai merdé. J'arrête pas de merder. Rentre pas ! »

Recul derrière le mur du couloir. « Calme, il y a pas de casse, tout va s'arranger. Pose ton SIG.

— Elle m'a énervé. »

Bruits de déplacement, Fox se penche pour voir.

« Fallait juste la fermer et me laisser parler, hein ? » Tiny a saisi la prostituée à la gorge. « Je te demandais pas grand-chose, hein ? » Il l'étrangle d'une main.

« Arrête, tu lui fais mal. Arrête, mon frère, s'il te plaît.

— Recule, je t'ai dit. »

Fox est entré, Glock rangé. L'arme de Tiny, braquée sur lui, touche presque son front. « Dis-moi ce qu'elle t'a fait. » Dans son dos, il entend le pas lourd d'autres hommes qui arrivent. Il doit régler le problème vite où il y aura un carnage.

« Elle a pas écouté, elle en avait juste après mon fric. Petite pute ! » Tiny crache à la figure de la fille et se lance dans une tirade enfiévrée. Elle dure près d'une minute et s'arrête de façon abrupte. « Et elle, elle s'est marrée.

— Elle a pas dû comprendre. Ces putes, elles parlent pas bien anglais, OK ?

— Tu parles pas anglais ? C'est pour ça que t'as rigolé ? Réponds ! Pourquoi t'as rigolé, hein ? » Tiny menace maintenant la Chinoise avec son pistolet. Coincée par ses deux mètres de muscles, elle semble minuscule, une poupée prête à être éparpillée sur le mur. « Tu crois qu'on le sait pas que c'est pourri ce qu'on fait ? Que ça marche pas ? Hein, dis, tu crois qu'on garde ça pour nous, qu'on fait pas passer le mot ? Ils en ont rien à battre de ce qu'on leur dit, les autres au-dessus, rien à battre de nous, rien à battre de vous, rien à battre de tous ces connards enfermés là-bas. »

Occupé à sa diatribe, Tiny a peu à peu laissé son bras armé retomber derrière lui. Fox saisit l'occasion. Il attrape un poignet et le canon du SIG. Par un mouvement de torsion, il tire au loin, emprisonnant l'index de son copain dans le pontet. Le mouvement empêche l'action de la queue de détente et oblige le poing à s'ouvrir. Insister, en force. Le doigt part vers l'arrière, pète. Grognement de douleur. Fox profite de l'effet de surprise et enchaîne avec un balayage. Tiny chute. James et d'autres se jettent sur lui pour le maîtriser. Ils ont du mal.

12

Jeff Lardeyret 12/7/11 : 04

Tu n'as pas encore dit oui à mon invitation au Chat Noir. Me plante pas. J.

7 dec. 2008 – *Amel Balhimer* is attending *Concert Old Strings* at *Au Chat Noir*

Le 6, après son passage cité Dupetit-Thouars, Lynx est allé dormir et ne s'est réveillé qu'à la réception d'un premier lot de clichés. L'appareil espion fonctionnait bien. Ensuite, douche rapide et banlieue, où il avait rendez-vous pour s'acheter une moto, une 1300 XJR d'occasion semblable à celle avec laquelle il s'était tiré en 2002, le genre puissant et passe-partout. Il l'a rapportée à bord de l'utilitaire volé et s'en est servi une première fois le lendemain, afin de se rendre dans les environs de la place de l'Étoile où était, d'après son traqueur, la BMW suiveuse d'Amel. Lynx espérait y trouver l'autre véhicule déjà repéré de ses proies, pour le baliser. Chou blanc. La journaliste a déjeuné là-bas avec une femme, une Américaine, avant de rentrer chez elle, toujours suivie. En fin de journée, après analyse d'un lot de photos obtenu entre-temps, Lynx est lui aussi revenu hanter le voisinage d'Amel. Cinq heures de veille interminables lui ont juste permis de pister deux autres agents, à proximité du Mercedes Sprinter. Il cultivait l'espoir fou d'une visite de Stanislas Fichard dans le quartier ou à l'appartement du troisième, mais celui-ci ne s'est pas montré.

Le lundi en début d'après-midi, Lynx est à l'École militaire. Installé sur un banc, place Joffre, il est armé d'une minuscule paire de jumelles autofocus et a posé un sac à dos à côté de lui. Le bagage est spécialement conçu pour permettre l'utilisation furtive d'un boîtier numérique équipé d'un téléobjectif. Peu avant quinze heures, Alain Montana se pointe pour animer l'un de ces cours dont l'IHEDN fait la pub sur Internet. Première observation : la *pute* sait vivre et dispose d'une luxueuse berline et d'un chauffeur à biceps. Seconde observation : la *pute* n'est pas sereine. Montana est protégé par un deuxième gorille auquel vient s'ajouter un couple, arrivé lui dans une Golf. Pas assez discret. La fille, une rouquine, est flamboyante, trop jolie, on la repère. Et comme elle et son binôme se sont arrêtés assez loin pour ne pas être immédiatement visibles, mais trop près pour ne pas être remarqués, et ne bougent plus, on ne peut que les soupçonner d'être de mèche avec les deux autres gardes du corps.

Pourquoi une telle sécurité rapprochée ?

Photos de tout ce petit monde, des immatriculations, et patience, ce supplice si intime où Kayla et le temps lui déchirent les tripes. Être ici, un enfer. Aux poids morts du passé s'ajoute cet avenir qui ne sera jamais, ce futur mort-né où l'escroquerie Roni Mueller aurait de toute façon fini par lui péter à la gueule. Kayla n'avait jamais voyagé en dehors de l'Afrique du Sud. Le Mozambique, OK, mais elle ne voulait pas s'arrêter là. L'illusion créée par leur petite vie, simple, stable, heureuse, lui donnait des idées et elle avait commencé à dresser des listes de pays qu'elle désirait visiter. Redoutée, l'Irlande, contrée paternelle, pèlerinage cathartique, était en tête, mais la France, terre fantasmée de liberté, et Paris, ville de culture, tenaient la corde. *On ira ? Oui.* Mensonge. *Promis ? Oui.* Mensonge. *Tu connais ? Non.* Mensonge. *Tu en as envie ? Oui.* Mensonge. *Tu m'aimes ?* Ce oui-là n'était pas le premier qu'il prononçait. Ça lui était venu avec difficulté, mais une fois lâché, il avait été simple de le répéter. *Tu l'aimais tellement, hein ?* Et jour après jour après jour, il a mis Kayla en danger.

Connard.

Une demi-heure passe et la libération arrive. La rousse et son acolyte viennent toquer à la portière du chauffeur de Montana. Tous trois partent à pied en direction de la station de métro. Là-bas se trouvent quelques brasseries. Pause café. Se dévoiler ainsi, quitter son poste, pas malin, à croire qu'ils ne craignent pas grand-chose. Ou plus. S'ils sont là pour Lynx, voilà un mois qu'ils veillent, leur attention est retombée. En prenant son temps pour revenir en France, il comptait sur cette usure.

Il remballe ses jumelles, attend encore, observe les environs, ne repère pas de menace et se lève derrière un groupe de Chinois venus photographier le Mur pour la paix. Quelques-uns s'en détachent et s'intéressent à la façade de l'École militaire. Lynx suit, se rapproche de la berline. Il propose aux touristes de les immortaliser sur fond de gloriole tricolore. Quelques pas entre lui et la voiture de Montana. Sourires, remerciements, courbettes, il fixe un traqueur à l'intérieur du pare-chocs arrière. Retour sous les arbres, il longe le trottoir derrière un couple. La Golf est balisée à son tour. Lynx va s'asseoir sur un autre banc d'où il peut voir le métro et les bagnoles. Il déplie son PC portable, insère une clé USB reliée au réseau mobile et vérifie l'apparition de nouveaux échos sur la carte de contrôle du logiciel livré avec les mouchards.

Montana quitte l'École militaire à seize heures trente. Ses anges gardiens l'attendent, prêts à partir, depuis une quinzaine de minutes. Le convoi démarre, Lynx suit la Volkswagen. Ils ne roulent pas longtemps, jusqu'à la rue Guynemer, et ne font pas attention à la moto qui les dépasse dans la circulation. Lynx stoppe une centaine de mètres plus loin, devant l'une des entrées du jardin du Luxembourg, et revient par l'intérieur du parc. À l'abri de la végétation, il se met à surveiller l'entrée et la façade d'un immeuble dans lequel Montana a pénétré au moment où il doublait sa berline. Un appartement s'illumine au cinquième étage. Un quart d'heure plus tard, une fille arrive sur le trottoir. La trentaine, peut-être moins, difficile à dire, elle est maquillée à l'excès. Jolie, mince tirant sur le maigre, vêtue d'une minijupe sombre et d'une veste en peau et fourrure serrée à la taille. *Vulgos* chic. Elle porte des sacs de boutiques de luxe et salue le chauffeur de l'ancien de la DGSE. Avec familiarité. Il répond sur le même ton, compose le code, ouvre la porte du bâtiment. Ils se connaissent. *Une voisine ?* Montana repart vers dix-huit heures. Sans la fille. *Une voisine.* Lynx est dans un bar à l'angle de la rue Vavin, où il a dû se cacher entre-temps. Il voit les deux voitures s'apprêter à repartir, puis démarrer, et rejoint sa moto, posée en face sur le trottoir, une fois qu'elles sont passées devant lui. À nouveau, la Volkswagen en ligne de mire. Destination, le Trocadéro. La berline fait halte devant la pâtisserie Carette, où Montana entre avec un seul gorille. La Golf va se poster au début de l'avenue Raymond-Poincaré. Lynx se gare avenue d'Eylau et revient en marchant. Au Café du Trocadéro, il commande un Perrier, paie, n'y touche pas.

L'attente n'est pas longue, à peine quelques pistes de MF Doom. Quand Montana sort, visage fermé, Lynx ne peut retenir un sourire. Avec lui se trouve un homme dont les traits ne sont plus ceux de ses vingt ans, lorsqu'il était lieutenant dans l'infanterie de marine, mais n'ont pas changé au point de le rendre méconnaissable : Stanislas Fichard. Qui prend congé tête baissée et s'éloigne à pied. Seul. Oubliés Montana et sa clique, Lynx lui emboîte le pas. Ils s'engagent sur l'avenue Georges-Mandel. Garder ses distances, ne pas trop se rapprocher. *Pas céder.* Le tuer, là, tout de suite, une démangeaison intolérable. *Kayla.* D'abord, être sûr. Il doit lui parler. Fichard s'arrête devant une Renault bleu marine, y monte. *Merde.*

Trop de monde autour. *Merde.* Lynx note le modèle, la plaque, recule, recule et, dès que l'autre a quitté sa place de stationnement, il se met à courir en sens inverse, jusqu'à sa moto. Mais ne parvient pas à le rattraper.

« Combien tu restes là-bas ?

— Un mois, peut-être plus, peut-être moins. » Amel est attablée avec deux confrères, des proches de Jeff, ancien couple, amants occasionnels. Ils sont au rez-de-chaussée du Chat Noir, coincés contre une fenêtre, patientent avant le début du concert. Si depuis peu la clope a cessé de noircir le jaune des murs, elle a aussi arrêté de couvrir les remugles d'alcool et de sueur propres à ce type de bar, la journaliste étouffe, chaud, trop de monde, du boucan. De la cave montent les accords énervés, désespérément amateurs, du premier groupe de la soirée à passer sur scène. Leur ami et ses potes suivront.

« Je voulais y aller pour le *mag'*. » La fille.

Amel n'a pas envie de cette conversation.

« Je m'étais renseignée sur les hôtels du nouveau Kaboul, tu vois. » Célibattante, d'une gauche revendiquée à la moindre occasion, entrée *temporairement* chez Prisma Presse après avoir en vain tenté d'intégrer un quotidien ou un hebdomadaire *sérieux* à la sortie du Centre de formation des journalistes. Une décennie plus tard, elle émarge toujours au même titre people, à suivre l'actualité stars et paillettes, et écrire des publireportages déguisés pour les marques de luxe qui achètent de la réclame à sa régie ou l'invitent dans leurs showrooms privés.

« Sans moi. » Le mec. Grand reporter à la télé publique, marié à une élue socialiste, papa à contrecœur, il suit les têtes pensantes de l'UMP, *pour éviter tout conflit d'intérêts*. Très actif dans un syndicat et à la Société des journalistes du groupe audiovisuel.

Un temps, Amel l'a côtoyé. Puis la déontologie à géométrie variable, surtout exigée de ceux qui ne pensent pas droit, et la liberté de parole limitée dès lors qu'il s'agit des copains et des organisations alliées l'ont fatiguée.

« Il n'y avait rien de terrible. C'est très dangereux, non ?
— Avec la merde que les États-Unis y ont mis, normal.
— Ils auraient mieux fait d'écouter Chirac.
— Lui, c'était l'Irak.
— C'est pareil, ils y sont pour le pétrole.
— Il n'y a pas de pétrole en Afghanistan.
— Ils y sont pourquoi, alors ?
— Le pays abritait Ben Laden et Ben Laden les a attaqués. » Amel a répondu d'un ton neutre, pas la peine de provoquer un incident. Elle sent son humeur volatile, mélange d'envie de partir et de ne plus y aller, d'excitation et de trouille, d'impatience, revoir Peter, et d'angoisse. Revoir Peter. *Ça fait plus d'un an.*

« Rhétorique néocons. De la vengeance pure et simple.
— Donc il n'y a pas de pétrole ?
— La chute des talibans a redonné de l'espoir à pas mal de gens.
— Et c'est pour ça que Bush et ses potes sont allés tout de suite après en distribuer aussi aux Irakiens, de l'espoir.
— Et là-bas il y a du pétrole, hein ?
— J'y étais, tu sais.
— Et moi pas, donc je ne peux pas en parler, c'est ça ?
— Si, mais inutile de me rappeler les conneries des Américains, je les ai vues.
— C'est toi qui les défends.
— Je ne les défends pas, je dis que ça n'est pas simple.
— Ils n'auraient jamais dû y aller.
— Obama veut envoyer d'autres troupes.
— C'étaient pas eux, les armes machin massif, là ?
— Il ne vaut pas mieux que les autres, je l'ai toujours dit. Faut qu'ils se tirent, c'est tout.
— Va expliquer ça aux gamins scolarisés et à toutes les femmes qui commencent à se libérer de leurs mecs et à trouver du travail.

— Toujours le même argument pourri. Les États-Unis s'offrent une bonne conscience au rabais pour faire passer la pilule, ils en ont rien à battre de ces gens.

— Tu as raison. Cela étant admis, on fait quoi ?

— On leur fout la paix et on les laisse régler leurs problèmes entre eux.

— On reste, on part. Les bons, les mauvais. Eux, nous. Rhétorique néocons, ça. Surtout con. » Un mouvement de foule, du sous-sol vers le bar, au rez-de-chaussée, précipite la fin de l'échange et sauve Amel d'une réplique violente. Le set initial est terminé, changement de groupies. « On y va ? » Elle prend son fourre-tout et descend sans attendre, se colle à un pilier, se cache presque, sac à l'épaule, coincé sous le bras. Elle s'en veut d'avoir passé ses nerfs sur les deux autres, surprise d'être si tendue avant le départ. Signe de loin à Jeff qui installe instruments et accessoires avec ses potes. La cave, pas immense, se remplit vite pour le second round. Dix minutes d'attente, premiers riffs, caisse claire, c'est parti.

Les mecs commencent par enchaîner trois reprises, Noir Désir, les Clash et les Stones. Ensuite, ils se calment avec des chansons de leur composition. Amel, à côté des escaliers, ondule en rythme, sans expression particulière. Quelques spectateurs en retrait, un membre de l'équipe de surveillance ne la perd pas de vue. Un second se trouve devant Lynx, légèrement sur sa droite, dans la masse. Sa tête oscille d'avant en arrière. Un *couple* patiente au comptoir à l'étage au-dessus. Eux sont arrivés juste avant la journaliste. Leurs copains, entrés quelques instants plus tard, l'un derrière l'autre, la suivaient. Tous les quatre sont dans l'album photo de Lynx. Lui était déjà en place, venu tout de suite après avoir perdu Fichard. Malheureux contretemps, mais simple contretemps.

Il se concentre sur Amel. Malgré le peu de lumière, on voit bien le vert clair de ses yeux, ils ne lâchent pas la scène. Elle sourit plusieurs fois, au bassiste ou au chanteur. Au bassiste. Il la mate en retour, souvent. *Son copain ?* Ce serait bien. À aucun moment elle ne cherche les agents du regard. Ces derniers jours, elle a aussi semblé ignorer leur présence. Tout se passe à son insu ou alors elle est très bonne comédienne. Lynx préférerait la première hypothèse.

Le concert se poursuit. The Gun Club, Iggy, un inédit du groupe et une courte pause pour boire un coup. Un saxophoniste se met en place. Le dernier morceau est annoncé. Le mec à l'affût derrière Amel jette alors un œil en direction de son binôme, qui s'approche. Logique, ils resserrent le dispositif pour essayer de capter un éventuel contact au moment de la transhumance vers le bar.

Le bassiste se permet une dédicace à deux proches, bientôt à nouveau ensemble, ils lui sont très chers. Les premières notes de *Young Americans* se font entendre. L'assistance exulte. Pas facile de passer derrière Bowie, mais le chanteur y met du cœur.

He kissed her then and there…

She took his ring, took his babies
It took him minutes, took her nowhere…

Il fait chaud, tout le monde la colle, mais Amel n'y fait plus attention. Cette chanson, elle a déliré dessus avec Peter le jour de leur rencontre, dans son éphémère tanière de la Zone Verte de Bagdad, après qu'il l'ait éloignée de Montana et de ses manigances. Il n'avait rien d'autre à lui faire écouter, à vrai dire. Il a toujours été pauvre en musique, Peter, les disques, ça ne l'intéresse pas. Par défaut, *Young Americans* est devenu le grand hit de la bande-son de leur histoire. Jeff le sait, Amel le lui a raconté un soir de blues postrupture, alors qu'il venait d'en lancer la lecture sans penser à mal. Lorsqu'il a pris la parole pour leur dédier ce morceau, elle s'est mise à pleurer et à sourire. Elle est en vie et c'est bien. Demain, elle part faire ce qu'elle aime, avec celui qu'elle aime et, après six années de fuite et

de culpabilité, elle va enfin pouvoir rendre la monnaie de sa pièce à Montana.
All night
She wants the young American...

All right
She wants the young American...
Mètre après mètre, Lynx longe le mur de la cave, sans perdre de vue les agents. Il arrive dans le dos du premier, lui-même toujours derrière Amel. Entre eux, quatre personnes ensemble, à droite le long des escaliers, un type seul, un couple, et enfin une paire de types, seuls aussi, les plus à gauche. Il se glisse à leur hauteur. Sa cible est à portée de bras. Sourire aux amoureux qui, très vite, ne font plus attention à lui, puis dans un même élan, il saisit les épaules de la filoche, pousse brutalement et balaie de la jambe droite. Le mec s'effondre en avant et heurte plusieurs personnes, dont la journaliste. Les gens crient, mais la musique couvre. Lynx profite de la confusion pour contourner par l'arrière le couple et le groupe de quatre, occupés par la chute, et se faufiler entre Amel et le pilier. Il la pousse légèrement, elle se retourne vers lui, ne réagit pas quand il la regarde. Leur échange silencieux dure deux, peut-être trois secondes et Lynx remonte au bar sans se presser.
We live for just these twenty years...
En bas, l'agent s'est remis debout et cherche qui l'a fait tomber.

Do we have to die for the fifty more?
Le chahut passager a gâché la reprise et, après avoir été bousculée une seconde fois, Amel se rapproche de la scène pour en écouter la fin en paix. Jeff l'aperçoit et lui adresse un coup de menton. Il ferme les yeux et s'abandonne à la musique, sourit, et elle se demande comment il fait, pour ne pas être peiné, ou fâché, quand elle-même

s'en veut tant. Chloé pense qu'il est irrémédiablement accro, *t'es sa came, tu le fais partir et tu le fais crever.* Même balancée dans un accès de jalousie, la métaphore est terrible. Une bouffée de tristesse la submerge. Penser à autre chose. Après-demain, elle sera à Kaboul.

Well, well, well, would you carry a razor
In case, just in case of depression ?

La fille du faux couple fume à la sortie du bar, dissimulée par d'autres gens, invisible de l'intérieur. Son regard s'arrête sur Lynx lorsqu'il paraît, hésite un instant. Il ne détourne pas les yeux, au contraire s'approche et mime une demande de clope. Tout évitement serait une erreur. Cette attitude nonchalante et sa dégaine caricaturalement rock, vieux perf' râpé, grand bonnet de laine enfoncé sur le crâne et tombant sur la nuque, *slim* noir, baskets, bagues têtes de mort à tous les doigts et lunettes à verres rouges, visage bouffi, mal rasé et gris d'alcoolo, désamorcent l'agent. Pathétique, voilà ce que dit son expression, et son attention est déjà ailleurs quand elle lui tend son paquet de cigarettes et du feu.

Ain't there one damn song that can make me break down and cry ?
Dans les tréfonds du Chat Noir, le concert touche à sa fin. Lynx tire quelques lattes, fait merci du pouce, remet ses écouteurs d'iPod et s'éloigne sur le trottoir en remontant la rue Jean-Pierre-Timbaud dans le sens contraire de la circulation automobile. S'ils veulent le filer, ils devront le faire à pied, cela lui laisse plus de chances de les perdre.

Personne ne le suit.

Amel ne traîne pas après le set. Elle attend que Jeff remonte et le prend aussitôt dans ses bras pour ne pas avoir à affronter son regard, elle chialerait à coup sûr. Au moment de conclure la reprise de Bowie, quand avec le chanteur il fredonnait en canon les paroles

You want more I want you, il l'a fixée. Envolé le sourire, ses yeux brillaient. Le malaise a duré le temps de quelques mesures et Jeff s'est enfin détourné pour saluer le public. Et libérer Amel. Elle a fui au bar. « Fais gaffe à mon copain. » Derniers mots, tout bas, à l'oreille, en la serrant. Puis il accepte la clé USB cryptée qu'elle lui tend, une copie à jour de son dossier Montana, et la renvoie chez elle, il doit s'occuper de ses amis. Ils ne se disent rien d'autre, c'est inutile. Cet au revoir a un arrière-goût de finitude, une sensation persistante depuis le passage d'Amel au Plessis-Trévise et pas dissipée par un appel à ses parents juste avant le concert. Fait rare, sa mère a répondu, pas son père. Il n'était pas encore rentré de la mosquée. Une surprise, il n'est pas dans ses habitudes d'y aller en début de semaine. À chaque bout du fil, de mots tendres en conseils de prudence, les voix étaient de moins en moins solides et le coup de téléphone n'a pas duré, un soulagement pour *Méli* et son *ama*.

À la sortie du Chat Noir, Amel ne descend pas Jean-Pierre-Timbaud, itinéraire le plus direct pour rejoindre son appartement, mais s'offre une flânerie. Saint-Maur jusqu'à Fontaine-au-Roi, un tronçon de canal, pause sur la passerelle Richerand à regarder les eaux paresseuses, Lancry, la place de la République, le Carreau du Temple, la queue de la rue de Bretagne et retour chez elle. Des lieux familiers, pleins de recoins où elle n'a jamais mis les pieds, et qu'elle regrette soudain, c'est stupide, d'avoir négligés, aiguillonnée par une impression d'urgence inexplicable. La vision de ses sacs de voyage posés dans le salon, pas tout à fait achevés, l'apaise ; elle part, elle le veut et elle sait pourquoi. Mais le répit est de courte durée et s'activer à terminer ce qui doit l'être n'y change rien. En moins d'une heure, elle parvient quand même à ranger son appartement et boucler ses bagages. Son Mac est emballé à la fin, après ce mail à Peter : *RDV mercredi, 12h40, à Kaboul, j'ai hâte. A.* Puis, installée sur son canapé avec un verre de rouge, un bon, cadeau d'un ex, elle n'en boira plus de sitôt, Amel s'attelle à l'ultime tâche de la soirée : vider son fourre-tout.

Le bric-à-brac innommable qu'il contient est déversé sur sa table basse. Au milieu de tickets de caisse, chewing-gums, produits de maquillage, vieux bonbons recouverts de débris, crayons, carnets, clés, enregistreur cassé mais pas jeté, portefeuille, livre de poche, passeport, culotte noire en dentelle égarée, mobile et même chargeur d'un ancien téléphone, à présent obsolète, surgit un emballage de kebab, gras, froissé en boule et de la taille d'un poing. Exaspérée, un gros porc s'est permis de lui faire ça et elle n'a rien vu, Amel tend deux doigts réticents pour prendre ce truc et aller le balancer. Elle se rend compte en le soulevant qu'il est assez lourd et dur à l'intérieur. Curieuse, elle écarte l'aluminium froissé et découvre un objet rectangulaire, de trois centimètres sur cinq, de l'épaisseur d'un pouce et enveloppé dans une fine pellicule de caoutchouc noir. Il est surmonté de deux protubérances. Des aimants. Ses clés viennent se coller dessus lorsqu'elle le sort de sa gangue. Sur le côté, on a scotché une feuille de papier pliée. C'est un message, écrit à la main et daté du jour : *Tu es surveillée. Il est possible que tu sois déjà au courant. Dans ce cas, tu sais pourquoi et tu mesures les risques de cette collaboration. Sinon, peut-être vaudrait-il mieux t'éloigner pour un temps, dès demain si tu peux, avec une ou des personnes de confiance. On peut craindre le pire de ceux qui te filent. Cette invitation est bienveillante et, si tu doutes de son sérieux, souviens-toi de ce territoire où je t'ai menée qui ne figurait pas sur la Carte.*

Amel lit trois fois, incrédule, refusant de piger même, la dernière phrase surtout, et quand enfin elle en admet la signification, elle a l'impression de recevoir un violent coup dans la poitrine. Son cœur se met à taper dans ses oreilles et elle porte une main à sa bouche pour retenir un cri. Le *territoire* en question, elle ne l'a jamais oublié. C'est une cour commune à quatre immeubles proches de la Bastille. Longtemps une anomalie, un trou noir administratif dont personne n'était propriétaire. *Pas sur la Carte*. L'endroit a peu changé, il est juste plus propre, moins facile d'accès, il a été privatisé. Amel y est malgré tout retournée à plusieurs reprises, en mémoire de l'homme qui le lui avait fait découvrir. Le soi-disant *je* de ce *je t'ai menée*. Des larmes de rage commencent à couler. « T'as crevé, fils de pute ! » Elle y était, le jour de sa mort, Daniel aussi. Ce même Daniel porteur, une semaine plus tard, des nouvelles de la crémation d'une dépouille anonyme et de la dispersion de ses cendres dans le carré des indigents du cimetière de Noisy-le-Sec. Il n'a pas pu mentir, pas pour ça, pas à elle. Cette trahison-là, elle n'y survivrait pas. Geste réflexe vers son mobile, pour appeler ce flic qu'elle croyait son ami, le faire parler, il doit cracher le morceau. Avorté. *Tu es surveillée.* Sans doute son téléphone l'est-il aussi. Peter a raison de se méfier de tout. Et Ponsot est un gentil, il l'a prévenue, il a été le premier à le faire. À la mettre en garde. Contre elle-même et contre Montana. *On peut craindre le pire de ceux qui te filent.* Tout ça ne peut venir que de cette merde humaine. Amel se lève pour éteindre les lumières de son salon, se poste à la fenêtre. En bas, la rue est endormie, elle n'aperçoit rien d'anormal ou de suspect. Pas de vieux rocker à bonnet non plus. Le seul *incident* de la soirée. Elle se revoit fouiller dans ses affaires juste avant le concert et ce paquet n'y était pas, trop gros pour passer à côté. Ensuite alors, et ce mec ridicule forcément, dont elle a juste noté les lunettes teintées et le couvre-chef défraîchi lorsqu'il l'a bousculée. Elle ne l'a pas reconnu, que dalle, même maintenant en se creusant les méninges, non, non, non, elle ne le connaît pas, impossible. Un simple pantin de Montana. « Salaud. » Qui fait suivre Chloé depuis des semaines. Il a dû la forcer à parler et se faire raconter Kaboul, obligé. Le départ demain, subitement, n'apparaît plus si malin. La frousse, cette chère vieille frousse, oubliée ces temps-ci, est revenue. Et les larmes ne faiblissent pas. *Peut-être vaudrait-il mieux t'éloigner pour un temps.* L'auteur du message n'est pas au courant de son voyage. « Et Montana ne sait pas non plus pour Dallery. » Ce *territoire*, il ne peut pas le connaître. À moins que si. Et c'est le roi de la manip', il joue avec sa tête, pour la dissuader de partir, d'aller jusqu'au bout. Amel relit la fin du mot, regarde l'objet sur lequel il était fixé. À nouveau, tentation de téléphoner à Ponsot. À nouveau, la parano, et s'il est dans le coup. Le fantasme, et si c'était vraiment l'autre. La colère, et pourquoi il ferait ça. Débarquer comme ça, après six années sans le moindre signe de vie. « Salaud. » L'image du rocker à bonnet envahit son esprit, floue, sa mémoire lui fait défaut. Salaud. Montana ne l'aura pas. Salaud. Peter, penser à Peter. Il ne la plantera pas, et il est vivant, lui, bien réel, et elle s'en va. « Merde ! »

La première heure d'attente, Lynx la passe à trier les nouvelles photos envoyées par son appareil espion. Heureuse surprise, à la galerie de clichés dont il dispose déjà viennent s'ajouter deux portraits exploitables de Stanislas Fichard, pris quand il quitte l'appartement de la cité Dupetit-Thouars, visité en début de soirée, probablement juste après le rendez-vous du Trocadéro. L'homme existe, il appartient bien à la DGSE, les deux agents dépêchés à Ponta do Ouro n'ont pas menti sur ce point, et son implication dans l'opération homo qui a coûté la vie à Kayla est, pour la même raison, presque certaine. Il est également mêlé à une mission, a minima de surveillance, dont l'objet est là encore lié à Lynx, conduite illégalement sur le territoire national, où le service n'a en théorie pas le droit de chasser. Et, d'une façon ou d'une autre, il est en cheville avec Alain Montana. Ne reste plus qu'à le coincer, il aura plein de choses à raconter.

La deuxième heure est occupée par l'analyse des déplacements de ses mouchards. La BMW a fait un saut à Romainville pendant le concert, n'y est pas restée longtemps. Ce n'est pas sa première visite éclair là-bas ces jours-ci. Lynx suppose qu'il s'agit de transports de petit matériel ou de documents, plus simples et rapides en deux-roues. Auparavant, cet après-midi, la moto a suivi la vadrouille d'Amel dans le huitième, puis ses sauts de puce dans le cinquième, sans doute des courses, avant de rentrer dans le onzième, vers dix-huit heures. Ensuite, elle n'a plus bougé jusqu'à son départ pour l'état-major du Service action. Après le Trocadéro, la berline de Montana et sa Golf d'escorte se sont déplacées ensemble jusque dans le dix-septième, place du Général-Catroux, où elles se sont séparées. La berline est restée, la Volkswagen est rentrée rue d'Anjou, au siège de PEMEO. Elle n'en est plus repartie. Fin de la mission de protection rapprochée pour la journée. Montana est moins bien entouré le soir, un renseignement utile, et Lynx sait à présent où chercher son domicile.

La troisième heure est pénible. Sa fatigue le rattrape, il dérive entre somnolence et veille, Kayla qui l'emmène en balade sur leur plage, si belle, et insulte toutes les personnes croisées, et Amel dont l'absence de réaction depuis qu'elle est rentrée chez elle le tracasse. *A-t-elle découvert le traqueur ?* Hypothèse la plus agréable, non. La balise a effectué un périple dans le quartier, est retournée rue de Malte, ne s'est plus déplacée. Amel n'a pas dû regarder dans son sac à main avant de s'endormir. Lynx préférerait aussi aller se coucher et pas se faire gifler par Kayla au milieu du marché de Ponta, où elle le plante. Autour, les gens se moquent de lui et il se bouche les oreilles pour ne plus les entendre. Le mouchard d'Amel est toujours actif, quatrième point clignotant sur la carte affichée par son PC portable. Si elle l'a trouvé, elle n'a pas suivi ses instructions. *Les a-t-elle prévenus ?* Lynx a hésité avant de prendre le risque de ce message. L'éventualité que le service ait approché la journaliste après le raté du Mozambique était réelle. Si elle a accepté de les aider, il vient de perdre l'avantage de la surprise. Il aurait pu coder sa communication, mais la journaliste ne serait peut-être pas parvenue à la déchiffrer. Et avec Mortier dans la boucle, cela n'aurait rien changé, le simple fait d'écrire annonçant sa présence. Lynx n'a pu se résoudre à laisser Amel dans le noir, il fallait la prévenir, quitte à s'exposer, lui donner une chance de fuir avant de frapper. *Elle va avoir très peur.* Kayla est couchée au milieu de leur salon, il y a cet homme sans visage, à la peau de ténèbres, sur elle, si lourd. Elle lui résiste. Il la frappe à la tête, au torse et encore à la tête, avec ses poings énormes. Il écrase son nez, ses bagues entaillent le cuir chevelu, se prennent dans les boucles, les arrachent avec la peau. Kayla crie. L'inconnu rit et la pénètre. *Kayla crie.* Lynx remonte à la surface dans un sursaut. Il est assis au volant de son utilitaire. Devant lui, le cœur de Romainville, la place Carnot, est vide et silencieux. La pendule de bord indique deux heures trente-neuf. L'écran de son ordinateur ne montre plus que trois échos. Il sourit, Amel a lu son mot. En post-scriptum, il l'invitait à détruire la balise si elle décidait de partir se mettre à l'abri. Qu'elle l'ait fait lui ôte un poids, il ne veut plus de dommages collatéraux. Cela suggère également autre chose : elle n'est sans doute pas complice de ses suiveurs. Mis au courant de la proximité de Lynx, ils auraient demandé à Amel d'attendre vingt-quatre, peut-être quarante-huit heures, avant d'obéir au message, pour essayer de repérer leur cible et de la coincer. Rassuré, Lynx boit un coup de flotte et recrache, pour rincer le goût des boules de coton utilisées durant le concert qui lui pourrit encore la bouche. Il passe ensuite à l'arrière du Trafic, il est temps de se reposer un peu. Personne ne le voit, l'avenue sur laquelle il s'est garé, derrière une autre camionnette, est elle aussi déserte. Appelée Pierre-Kerautret, elle part de Carnot et rejoint l'autoroute A3, bordée d'un côté par des platanes et des pavillons de banlieue, et de l'autre par le mur d'enceinte du Fort de Noisy. Il y a des caméras à intervalles réguliers, mais à l'endroit où son véhicule est arrêté, il est hors du champ des plus proches. Dans quelques heures, des dizaines de fonctionnaires de la DGSE emprunteront cet axe pour se rendre à leur travail. Parmi eux, il y aura sûrement Stanislas Fichard dans sa Renault bleue. Lynx l'attendra à la sortie.

Amel se réveille au second appel. Le taxi qu'elle a réservé l'attend en bas depuis un quart d'heure. Sommeil. *Réservé ?* Réveil. La nuit dernière par flashs, le concert, Bowie, le retour, le rangement, le message, la colère et la peine, et après, tourner comme une lionne en cage, pas savoir quoi faire, pas dormir, les heures qui filent et plus rien. Son départ. Il est dix heures treize, elle est en retard, elle va louper son vol. Elle supplie qu'on l'attende, saute dans ses fringues sans passer par la case salle de bains, bagages, escaliers, le trottoir, a la trouille lorsqu'elle pense *surveillance, là, maintenant*, et parcourt sa rue du regard. Qu'ils aillent se faire foutre. Le chauffeur, un Africain, la dévisage bizarrement, il doit la prendre pour une folle. *Ou il est de mèche avec eux.* En chemin la panique, il y a des embouteillages, peur de manquer l'avion, toujours tout au dernier moment, peur de passer pour une conne et peur d'être filée, encore, alimentées les unes par les autres. Observations tous azimuts, elle crève de demander au renoi s'il n'a pas remarqué une voiture du genre pas normal. « Quoi ? » Elle s'est ravisée trop tard, le mec lève les yeux au ciel dans son rétroviseur.

Conne.

Amel se force au calme, vérifie qu'elle n'a rien oublié. Billets, passeport, argent, tout est dans son petit sac à dos couleur désert. Le Mac aussi. Mentalement, le reste de ses affaires, dans le coffre de la bagnole, OK, l'appartement, merde, la poubelle. *Et merde, l'enveloppe.* Dedans, les débris du mouchard, pulvérisé à coups de marteau, ça lui a fait du bien, et le mot scotché avec. Intact, elle n'a pas suivi toutes les instructions. Elle voulait l'envoyer à Ponsot, qu'il s'en démerde, pensait la poster depuis l'aéroport. *Lui dire de venir la chercher ?* Il n'a pas les clés. Myriam si. Amel a voulu joindre sa sœur avant-hier, hier, avant de partir, elle n'a jamais répondu. Amel essaie encore, sans illusion, elle laissera un message. À la troisième sonnerie, sa sœur décroche. La voix est dure, elle sent l'exaspération quand le service est demandé, passé les banalités polies. « Tu me sauves la vie. » À l'autre bout du fil, après un silence, Myriam dit : « Tu manques à tes neveux. Fais attention à toi, Méli. » Ce diminutif, le refoulé d'acculturation forcénée de ses parents, son aînée ne l'emploie jamais, pas nécessaire, il lui déplaît, Amel est assez joli. *Tu manques à tes neveux.* Myriam n'ira pas plus loin, pas la peine.

La larme coule, la journaliste la sent, elle s'en moque, elle n'est pas maquillée. « Merci. » Le chauffeur de taxi mate. *Putain de rétro.* Amel s'essuie la joue, les yeux. « Dans un mois je suis là, je vous raconte tout. » Un dernier *je t'embrasse* et c'est déjà fini.

À Roissy, enregistrement, zéro dépassement de bagages, mais ça coince aux contrôles de sécurité, Amel trépigne, râle, souffle, sonne sous le portique, *je vais jamais y arriver*, et embarque dans les derniers. Enfin assise dans l'avion, elle est heureuse de retrouver l'odeur de renfermé recyclé vaguement kérosène propre aux vols longs courriers. Les portes sont verrouillées, annonce du décollage imminent, consignes de sécurité, le soulagement tant espéré arrive. Peter occupe ses pensées, Amel sourit. *Demain.* Le message de la nuit reste là malgré tout, sous la surface. Elle n'y croit pas, ne veut toujours pas y croire, mais *et si c'était bien lui ?* Le sourire s'envole. La voilà qui part, soi-disant pour régler une dette morale contractée auprès de cet homme disparu, juste au moment où il revient. Peut-être. Pas sûr qu'elle veuille savoir. *On t'a dit de te tirer, non ?* Facile.

Il est midi et demi lorsque Montana reçoit l'appel de Bluquet, il déjeune au deux-étoiles du Bristol, l'Épicure, en compagnie de Dritan. Ils profitent de la vue sur le jardin du palace près de l'une des portes-fenêtres. Dans la salle avec eux, de fortunés touristes, Golfe, Chine, États-Unis, des couples d'un âge plutôt avancé, une paire de politiques de la majorité en compagnie d'un ami de l'opposition et d'un chef d'entreprise du CAC très actif en Afrique de l'Ouest. Montana a noté les noms et le jour, vieille habitude.

Le directeur de la sécurité de PEMEO téléphone pour confirmer le départ de la beurette, son contact à Aéroports de Paris vient de le lui annoncer. Sauf incident, elle sera à Kaboul demain à la mi-journée. Conformément à ce qui a été prévu, Bluquet ira en personne récupérer chez elle ce qui peut l'être, avant la fin de la semaine. Montana le remercie. « Avant que j'oublie, Olivier, je ne bouge pas ce week-end, le travail, donnez quartier libre à vos gars, ils l'ont bien mérité. »

Dritan laisse son hôte ranger son mobile et lève son verre de vin, un nuits-saint-georges du domaine Chevillon-Chezeaux. « Tout va ? »

Montana acquiesce, se joint au toast, boit. « Donc, vendredi soir.
— Nous te cherchons chez toi à vingt heures ?
— Parfait. Il est solide ton Halit ?
— Pareil le frère, et tu sais pour le frère. »

Oui, Montana sait. Au Kosovo, il a vu Leotrim Ramadani dans ses œuvres.

10 DÉCEMBRE 2008 – OPINION : L'ILLUSION DE LA « BONNE » GUERRE. L'obsession afghane du président Obama et son désir de consacrer plus de ressources, troupes et argent, à ce conflit vieux de sept ans sont une faute majeure. Surestimer l'importance de cette guerre le conduit à négliger les vraies priorités et les menaces beaucoup plus immédiates qui pèsent sur les États-Unis et, par voie de conséquence, sur le reste du monde : la crise financière, l'instabilité au Moyen-Orient, les tensions avec la Chine qui réclament, de la part de l'Amérique, une vraie remise à plat de sa politique étrangère. Le terrorisme est loin d'être le problème numéro un de la nouvelle présidence et ce n'est de toute façon pas en Afghanistan qu'il se réglera. De ce point de vue, il semble plus pertinent d'aller chercher une solution du côté du Pakistan et de l'Arabie Saoudite [...] Envahir l'Afghanistan avait pour but d'en chasser Al-Qaïda et de donner un coup de pouce à son développement. Ces objectifs ont été atteints. Dès 2002, les talibans et leurs alliés avaient disparu ou rendu les armes et, à la mi-2004, le pays disposait d'un parlement élu, d'une monnaie stable, d'un système de santé publique et de taux de scolarisation en progrès, et ces résultats avaient été obtenus avec seulement 25 000 soldats et un investissement financier limité. Toutes les initiatives prises depuis par l'OTAN pour changer le pays en profondeur, les augmentations successives des budgets et des contingents, afin de lutter contre la corruption, l'insécurité, les chefs de guerre – en armant d'autres chefs de guerre – et la culture du pavot ont échoué et même eu des effets dévastateurs : en suivant sa doctrine contre-insurrectionnelle, la coalition a créé une insurrection. Le président Obama pense malgré tout que l'envoi d'encore plus de troupes et de fonds le conduira à la victoire [...] Autre effet pervers de cette stratégie, elle sape l'ascendant des États-Unis sur le gouvernement afghan, en entretenant l'impression, fausse, que l'équilibre des forces est inversé : vous avez plus besoin de nous, de réussir chez nous, que le contraire. Ainsi, on ne donne à cet État aucune raison de se réformer, de progresser, puisque malgré tous ses échecs et ses errements, il continue à recevoir des aides dont les enveloppes grossissent année après année [...] Il y a vraisemblablement un calcul politique derrière cette attitude de la Maison-Blanche : la promesse, aussi illusoire soit-elle, de futurs gains reste beaucoup plus vendeuse que l'admission d'une faillite [...] Pas de solution miracle, facile, du type de celles qu'affectionnent les responsables occidentaux parce qu'ils peuvent les vendre en deux phrases aux médias et à leurs électeurs [...] Les talibans ne disparaîtront pas de certaines provinces d'Afghanistan, c'est une réalité politique, historique, ethnologique qu'il faudrait admettre dans les plus brefs délais, cela permettrait l'élaboration d'un partenariat raisonnable avec les autorités afghanes qui, à long terme, pourrait leur donner la force de préserver la stabilité du pays tout en contenant cette menace [...]

Interminable, c'est le mot qu'utiliserait probablement Amel pour décrire son escale de onze heures à l'aéroport de Dubaï, interminable succession de satellites de béton hauts comme des cathédrales, où s'alignent et se répètent, interminables, les mêmes perspectives de cafés et de restaurants et de boutiques et de salles d'attente et de couloirs marbrés et de rangs de TV et de files interminables de voyageurs, d'hôtesses, d'agents de sécurité, on avance, on avance et ça ne s'arrête jamais, labyrinthe, immaculé à vous en rendre malade, de sons et de langues et de couleurs et de lumières en écho aux flots et aux flux tortueux, interminables, de conscience ralentie, de réflexions et de douleurs du passé, présent et à venir, et Peter et Jeff et Myriam et ama et baba et Ponsot et Chloé et Montana et Servier et moi, et moi, et moi, où je vais et comment et pourquoi. *Un jour sans fin*. Durant ce très court séjour émirati, la journaliste n'a cessé de penser à cette comédie dans laquelle Bill Murray est condamné à revivre encore et encore la même journée. Elle l'a toujours déprimée.

Son salut n'est arrivé qu'avec l'embarquement dans l'avion de la Safi, la compagnie aérienne afghane qui devait l'emmener à Kaboul. « Ils louent tout à la Lufthansa, a dit Peter, et parmi les trois ou quatre qui volent ici, c'est la plus fiable, de loin. » Il n'y avait pourtant pas de quoi être zen, le Boeing était plein à craquer, littéralement, les coffres à bagages dégueulaient leur contenu et ça s'empilait aussi dangereusement sous les sièges, Amel était la seule femme ou pas loin et, à part quelques hommes d'affaires en costumes, le reste des passagers se répartissait entre des Afghans en tenues traditionnelles qui, armés d'une kalache, auraient fait de crédibles talibans, et des bodybuilders ricains bronzés, barbus et engoncés dans des T-shirts aux slogans agressifs : *Il faut savoir varier les plaisirs* écrit sous une rangée de munitions de différents calibres, ou une bannière étoilée accolée à *Liberté, garantie par l'armée des États-Unis*, ou encore *Je ne suis pas Superman, mais je suis un vétéran et c'est presque pareil*. Le magazine de bord, dont la couverture faisait la part belle à cette *Grande tradition ancestrale, le combat de chiens*, sur fond de cliché d'estropié postbombardement, extrait d'une importante expo photo kaboulie intitulée *Le goût du sang*, autre gros sujet du numéro en cours, n'était pas plus rassurant, mais le décalage total avait fini par faire rire Amel et elle s'était endormie juste après le décollage, enfin détendue.

Sa dernière heure de vol, elle la passe le front appuyé contre le plastique froid du hublot, à ne pas lâcher du regard la palette Sienne et lune d'hostilité minérale du relief afghan, anxieuse de repérer au loin les collines pelées de Kaboul, excitée quand un ding-dong électronique et la signalétique de bord annoncent la descente prochaine, et émue, de plus en plus, lorsque son avion, en approche finale, survole une dernière fois le grouillement brumeux de la capitale, avant d'aller se poser, au milieu d'un ballet d'hélicoptères militaires, sur la piste principale de l'aéroport. *Back to Bagdad* ou presque.

Dans l'aérogare, grand comme les toilettes à Dubaï et bien moins propre, après un très long premier contrôle de son visa, Amel est alpaguée par un gosse, Hikmanoullah, « Hicky, tout le monde appelle moi » – suçon, elle n'a guère envie de connaître la raison de ce surnom –, qui, avec deux trois bakchichs, lui permet de récupérer plus vite ses bagages et d'éviter les autres barrages à franchir avant la sortie. Quand, étonnée, la journaliste lui demande pourquoi elle, il répond, dans son anglais *pidgin* : « L'étranger, il a dit à moi, jolie femme, les yeux pareils que l'émeraude, va chercher. Et je te vois, très jolie miss. » Hikmanoullah, à l'instar d'autres ados, est employé par les sociétés de sécurité et les institutions internationales présentes sur place pour simplifier les premiers pas des clients ou des cadres à Kaboul, et leur épargner le zèle intéressé des fonctionnaires locaux.

En moins d'une heure, un exploit, Amel se retrouve devant l'aéroport, sous le portrait d'Ahmad Shah Massoud, au milieu de voyageurs plus ou moins perdus, de changeurs de devises à la sauvette et de vieilles carcasses de chariots à bagages, en face d'un Peter nerveux, qui l'attend un voile à la main. Précaution inutile, Amel a, par anticipation, couvert sa tête dès l'avion, restes d'Irak et l'habitude de ces fêtes familiales où il faut encore se soumettre pour ne pas choquer les anciens. Elle aussi est fébrile. Elle oscille d'un pied sur l'autre et ses mains grattent le fond des poches de son parka spécial terrain, un vieux truc bleu marine fort pratique, et jouent avec les bonbons qu'elle y a glissés avant le départ. Toujours avoir des bonbons à distribuer aux gamins, un conseil de Jeff, précieux dans ce genre de circonstances. Elle se met à penser au photographe, là-bas, à Paris, et détourne un instant les yeux, plus capable de regarder Peter. C'est ridicule, elle est ici à cause de cet homme, pour cet homme. Amel ose un sourire timide, en coin, il répond de même. Il a changé sans changer. Même tignasse épaisse, juste grisée, même barbe d'ado, et tension et fatigue qui ont creusé leurs sillons autour des yeux bridés hérités de son père. Ça lui va bien. Ils s'observent si longtemps sans prononcer un mot qu'Hicky finit par demander s'il s'est trompé de fille. « Je peux chercher une autre, si tu veux. » Peter, échappé de sa transe, le rassure d'un *pas la peine* en dari, puis il aide Amel avec ses bagages. Leurs mains se touchent alors et ce premier contact est tout ce qu'elle espérait, un choc, doux, réciproque. Ils marquent un temps d'arrêt avant de reprendre leurs distances. Pour le moment, il faudra se contenter de ce seul frôlement. En public, ici, c'est préférable. Mais l'envie de plus est là, évidente, enivrante.

Ils rejoignent le parking sécurisé où James les attend à côté de l'un des tout-terrain blindés de GlobalProtec. De la même taille que Peter, deux fois plus large, leur ange gardien est blond, le cheveu mi-long, glabre. Ses yeux tuent, de la glace bleue. Les présentations sont faites et Amel grimpe à l'arrière. La portière pèse une tonne et l'habitacle, rempli de tout un attirail paramilitaire, radio, GPS de compète, kalache, chargeurs, trousse de premiers secours, flotte en bouteilles, pue le vieux plastique, la poussière et la sueur. Sur la banquette, un gilet pare-balles et un casque ont été laissés pour la journaliste mais, puisque James n'en porte pas et Peter non plus, elle décide de ne pas les enfiler et se contente de dissimuler le bas de son visage avec son étole. « Ici, ils font plus souvent boum, annonce le gorille avec l'accent traînant de son Texas natal, alors les protections balistiques servent pas à grand-chose. Ce sera steak haché avec ou sans, mais pour l'assurance je préfère avec.

— Et lui ? » De la tête, Amel montre Peter.

Coup d'œil de James dans le rétroviseur. « Lui, il est irrécupérable.

— Moi aussi. »

Peter ricane, glisse une main discrète entre les sièges.

Amel la prend, c'est bon.

« Dieu me protège. » James démarre.

Dehors, tout est spectacle. Triste ou réjouissant, terne ou coloré, loin ou proche, moderne vitré ou ruines grêlées, vie quotidienne ou guerre de proximité, il n'y a que du surprenant, rien de neutre, qui laisse indifférent. Peter parle, trop, c'est sa façon, il meuble. Amel répond par monosyllabes, à une question sur deux, sa malédiction lorsqu'elle est intimidée, et là, elle est gamine à nouveau. Ses yeux courent de tous côtés, infatigables, mais toujours reviennent à Peter, ses épaules, son cou, ses cheveux. Elle prend plaisir à sa voix et ne peut éloigner ses pensées de leurs doigts emmêlés, plus serrés à chaque soubresaut, si chauds malgré le froid dehors. Paris n'existe plus, Kaboul pas encore tout à fait.

Après une demi-heure de bouchons, de klaxons, de trous dans la chaussée, de fumées, la réalité finit quand même par lui sauter à la gueule. Ils s'autorisent une halte, courte, la seule, sur une passerelle qui enjambe la rivière dont la capitale afghane a pris le nom. En contrebas, de part et d'autre du cours d'eau usé par les hommes, sur des berges vaseuses où brûlent des feux épars, des zombis s'entassent par dizaines, accroupis les uns contre les autres pour repousser l'hiver, crasseux, déguenillés, leur jeunesse flétrie, préoccupés par une chose et une seule, s'évader un moment de cet enfer gelé dans lequel les ont jetés coutume, histoire ou dieu, sur un coin de feuille d'alu, dans les volutes blanchâtres d'héroïne réchauffée.

« C'est pareil sous tous les ponts de la ville », explique Peter. Et des milliers arrivent chaque jour. Le pays compterait à présent un million de junkies selon les estimations les plus prudentes, avec le cortège habituel de ruines sanitaires et sociales. « Sept ans de guerre, et ici, c'est pire que Baltimore et Detroit réunies. »

Les odeurs aigres, entêtantes, qui montent de ce *no man's land* putride commencent à empoisonner l'atmosphère de la voiture et ils doivent repartir.

« Faudra pas oublier. » Peter se tourne vers Amel. « On fait aussi ça pour eux. » Il a dans le regard cette fièvre révoltée dont on tombe amoureuse.

« Un conseil pour un homme fou d'amour en panne d'inspiration ?

— Ça a déjà marché, votre pipeau ?

— Au moins une fois. Et maintenant je dois lui faire un cadeau. » Lynx sourit à la fille. Il vient de l'aborder chez Colette, la Mecque des *modeux*, devant un présentoir de bijoux de créateurs. De près, elle est plus jeune qu'il ne l'avait cru, il lui donne vingt-cinq ans, pas plus. Maigreur, cheveux blanchis et maquillage la vieillissent, l'usure aussi, elle a l'œil vitreux, l'équilibre incertain. Trop de nuits à abuser d'elle-même et dedans, peut-être des trucs cassés. « Prenez ma demande pour un gage de confiance, cette femme, elle compte pour moi. » Le regard se rallume, le compliment a touché, la glace est brisée.

Amusée, la fille opère un aller-retour de la tête aux pieds, s'arrête un instant sur le visage. « Bien, les vacances ?

— L'Afrique. Si vous m'aidez, on en parle.

— Non merci, trop bronzé. Chloé. »

Lynx serre la main droite tendue. « Hugo.

— Alors Hugo, elle aime quoi, votre copine imaginaire ? »

Rire, improvisation, invention, Lynx décrit, il écoute Chloé, la suit dans le *concept store*, se fait bousculer, court-circuiter, repousser à coups de sac à main, de talon, de parfum, pour une montre à quartz à deux balles sur laquelle un *designer* a pompeusement apposé sa signature ou un bout de tissu griffé en exclusivité. L'important n'est pas là, Chloé semble heureuse qu'on lui accorde un peu d'atten-

tion et il a envie d'en savoir plus. Parce que Montana est retourné rue Guynemer hier, entre midi et deux, les balises de sa berline et de sa Golf d'escorte l'attestent, et encore aujourd'hui, même s'il est juste venu chercher cette fille pour le déjeuner. Lynx, qui surveillait les bips de ses multiples mouchards et notait itinéraires et points de chute habituels de ses proies potentielles, a remarqué cet arrêt limité dans le temps et décidé d'aller voir de quoi il retournait place du Marché-Saint-Honoré, à l'endroit où tout ce petit monde s'était arrêté. Il a retrouvé les gorilles d'abord puis Montana, attablé avec Chloé donc, probable motif de ses visites répétées dans le sixième. Trois fois en trois jours, elle doit être importante. Peut-être sa gamine, elle en a l'âge, mais Lynx n'y croit pas, le langage corporel n'était pas paternel, juste paternaliste et parfois familier. Ils se sont séparés une vingtaine de minutes plus tôt. De loin, Chloé paraissait à la fois absente et contrariée. Enlacée, elle s'est brutalement dégagée et a refusé d'être ramenée, s'est mise à flâner, est entrée chez Colette.
 Personne ne la filait.
 La fable du transi se poursuit, Lynx rassure, il s'accable, pas facile d'être un homme, à la hauteur, les femmes ont toujours eu le pouvoir, rien à faire contre ça. Chloé rit, croit ou veut croire de plus en plus à cette fiancée. Il ne force pas, ne demande rien, saisit des bribes, des indices, à commencer par son nom : de Montchanin-Lassée. Ce patronyme, Lynx l'a déjà lu dans le descriptif de PEMEO, sur le site web de la société, où Guy de Montchanin-Lassée est présenté comme le successeur d'Alain Montana. *Et père de sa maîtresse, on s'encule en famille ?* Après vingt-cinq minutes d'indécises recherches à jouer des coudes, Chloé propose de changer de lieu, d'idée, plus un bijou mais un sac style pochette, ou des escarpins, on ne peut pas se tromper avec des escarpins. Elle s'arrête en chemin, fait une course pour elle-même, accompagne Lynx dans un magasin, et un autre, et un troisième, où il achète une paire de Louboutin. Avide d'autres renseignements, il continue dans le registre galant et suggère un thé. Chloé répond Meurice, après avoir hésité, à peine. Là-bas, ils

choisissent le bar, avec ses boiseries sombres et ses scènes peintes, pas la galerie, trop lumineuse. À peine assis, un appel la trouble et elle s'isole. Quand elle revient, Lynx l'interroge en douceur. Problèmes avec son copain. *Copain ?* Pas Montana. Il n'insiste pas, mais rassurée, en mal de confident, Chloé s'épanche. La période est difficile, elle a envie de tout plaquer, il ne lâchera jamais sa femme pour elle, qui restera un bouche-trou, ou juste un trou. « Je suis vulgaire, pardon. » Un rire suit, forcé. Elle pensait avoir trouvé quelqu'un, ça n'a pas marché et, ne sait pas comment fuir, son mec est difficile, il a un drôle de métier et, en plus, il bosse avec « papa. Enfin, il bossait. Mon père, en fait, travaillait pour lui. C'est toujours plus ou moins le cas. Leur truc est compliqué ». Chloé se rembrunit.

Lynx change de sujet, parle de ses *vacances en Afrique*, mensonge nourri de souvenirs, toujours des demi-vérités, elles sont plus faciles à étayer, se laisse déborder par sa mémoire, évoque cette plage immense et déserte, dans une anse abritée de l'océan Indien, où lui et sa fiancée se rendaient chaque matin. Ça lui manque. Sa voix déraille. *Kayla.*

Chloé ne s'en est pas aperçue, coincée dans sa propre boucle de tristesse. Elle se lève pour aller aux toilettes.

Ce départ sort Lynx de sa torpeur. Pris de panique, il mate alentour, angoissé à l'idée de s'être laissé cerner. La psychose du manque de temps, de l'impossibilité de mener sa mission à terme, récurrente ces dernières semaines, lui serre le bide. *Il faut qu'ils paient, qu'ils paient, qu'ils paient.* Aucun des clients du palace ne fait attention à lui, mais la crise ne passe pas et il doit s'agripper aux accoudoirs de son fauteuil pour cacher ses tremblements. *Qu'ils paient.* Pour recouvrer son calme, Lynx se force à passer mentalement en revue tout ce qu'il a à faire. *Je vais les faire tous payer.* Tout d'abord, vérifier les faits et gestes des suiveurs d'Amel et confirmer leur départ du onzième. Hier, la 1200 GS est rentrée à Romainville en début d'après-midi, elle n'en a plus bougé ensuite. En traînant du côté de la rue de Malte en fin de soirée, Lynx a également constaté le départ du Sprinter et des voitures stationnées au pied de l'immeuble de la journaliste, celles qu'il soupçonne d'avoir abrité des caméras de surveillance. Ce même jour, cité Dupetit-Thouars, son appareil espion a connu une activité intense jusqu'à dix-huit heures. Beaucoup de clichés d'allées et venues, de têtes connues, de transbahutages. Plus rien depuis. Amel semble avoir obéi à ses consignes et le service a vraisemblablement levé le camp. Lynx l'espère à l'abri, pas seule. Peut-être est-elle déjà à nouveau suivie ou le sera-t-elle bientôt. Son déplacement, quoi qu'il en soit, va occuper les pensées de Mortier pendant quelques jours. Celles de Stanislas Fichard aussi. *Toi, tu seras le premier.* La veille, après une journée passée à patienter sagement à proximité du Fort de Noisy, un œil sur son ordinateur, un autre sur la circulation de l'avenue Pierre-Kerautret, Lynx l'a pris en chasse jusque chez lui. L'homme habite une maison située à l'embouchure d'une impasse, à l'est de Nogent-sur-Marne. Jardin à l'arrière et sur rue, une cour assez grande pour abriter deux voitures. La bleue et une autre Renault, de type Clio. Avant de les baliser, Lynx a attendu la nuit et l'extinction des feux, dans la cuisine au rez-de-chaussée et, à l'étage, dans les chambres d'enfant, avec leurs jolis collages sur les vitres. Ensuite, Paris, douche, repos. Aux aurores, retour à Nogent. Monsieur est parti le premier, avec une heure d'avance. Lynx l'a laissé s'en aller et a suivi madame, d'abord à l'école des petites jumelles et après à Joinville-le-Pont, une commune voisine, où elle travaille. L'existence de la famille complique ses plans, pas question de l'avoir dans les pattes au moment d'agir, et il a décidé d'attendre encore un peu, le temps de mieux cerner les routines de chacun des époux.

Chloé ne revient pas.

Lynx consulte sa montre, partie depuis une dizaine de minutes, et demande la note. Trois autres minutes passent. Il règle, ramasse leurs affaires et se rend à son tour aux toilettes. Quand il arrive, il y a de l'agitation chez les femmes, plusieurs clients et employés de l'hôtel sont agglutinés devant la porte. Il se fraye un chemin à travers l'attroupement et trouve deux hommes penchés sur une Chloé dans les vapes, assise par terre, jambes écartées et tendues devant elle, le dos contre une porte. Elle divague. Quelqu'un veut appeler les pompiers, une autre personne la police. Lynx se présente en tant qu'ami, questionne. Il perçoit une gêne manifeste, comprend à demi-mot, drogue, malaise, scandale. Discrètement, il glisse des billets au concierge, demande à faire dégager les curieux. Lorsqu'ils sont partis, il demande un taxi, remet Chloé debout, la force à marcher dans la pièce. Elle reprend ses esprits, assez pour lui donner une adresse qu'il connaît déjà, et ils quittent le palace, accompagnés d'une paire de chasseurs, à l'abri des regards, par la cour intérieure. Dans la voiture, Lynx jette rapidement un œil sur son PC, afin de voir où se trouvent la berline de Montana et la Golf. Pas rue Guynemer. Quand ils arrivent à l'appartement, Chloé sombre à nouveau. Il recommence à la faire bouger, en profite pour mémoriser la configuration des lieux, remarque la pièce fermée à double tour, la seule, installe la maîtresse de Montana sur le canapé du salon et va lui préparer un café. Fouille éclair des tiroirs et placards de la cuisine, au hasard, pour voir. Derrière la porte, pendues à un support mural, des clés. Il reconnaît un double du sésame de l'entrée, blindée, chère, du genre pénible à crocheter. Il prend, on ne sait jamais. Il retourne dans le salon avec une tasse fumante. Chloé s'est endormie. Lynx observe sa respiration, elle est normale, prend son pouls, rapide mais régulier. Il s'autorise un quart d'heure d'exploration plus poussée et ne découvre rien d'intéressant dans les endroits accessibles, à part les indices du passage d'un homme dans un panier à linge et quelques costumes, chemises et paires de richelieus dans le *dressing*, au milieu des vêtements de Chloé. Des accessoires de cul aussi. Disséminés entre la chambre et la salle de bains, quantité d'antidépresseurs, de somnifères, un sachet de cocaïne, des carrés d'alu zébrés de coulures cramées sur la table de nuit. En chemin, Chloé lui a marmonné qu'elle avait pris de l'héroïne dans les toilettes du Meurice, tout ce qui lui restait, elle voulait en finir. « Mais c'était pas assez et Alain veut plus. » Veut plus quoi, Lynx n'a pas su, mais si elle a envie de se foutre en l'air il y a tout ce qu'il faut ici.

Il retrouve Chloé éveillée, toujours allongée, le regard perdu. Elle n'a pas touché à son café. Si elle s'est rendu compte de ses indiscrétions, elle n'en fait pas la remarque. Lynx demande comment elle se sent, elle répond par une question : « C'est vrai, la fiancée ?

— Oui. »

Chloé lance un sourire dans le vide. « Sinon, j'ai l'habitude.

— Ça va aller ?

— Vous pouvez partir si vous voulez.

— Sûre ?

— Je dois me préparer en plus. Ce soir, grosse fête ! » L'enthousiasme est chagrin.

Lynx enfile son blouson, attrape son sac à dos.

« Elle a de la chance.

— Qui ?

— Votre fiancée, la vraie. » Chloé caresse la main qui vient effleurer ses cheveux.

« Prenez soin de vous. »

Un temps.

« Vous oubliez ses Louboutin.

— Gardez-les, j'en rachèterai d'autres, je sais où en trouver maintenant.

— Elle va être jalouse.

— Ce sera notre secret, mais dites rien à votre copain. »

Ricanement. « Merci de m'avoir épargné les flics.

— Je n'avais pas très envie de les voir. » Lynx referme la porte d'entrée derrière lui.

Parler du travail pour éviter le reste, après la découverte de la villa de GlobalProtec et de certains de ses locataires hauts en couleur, et un déjeuner frugal, à l'afghane, leur après-midi de retrouvailles a été consacré à ça. Peter, toujours aussi pressé de meubler, a posé des questions en rafales, avant tout sur le Kosovo, maillon central de leur chaîne de culpabilités. Amel a beaucoup progressé sur le sujet. Lulzim Vorpsi, son premier contact à Pristina, l'a mise en relation avec un autre de ses compatriotes, lui-même reporter à *Koha Ditore*, le plus grand quotidien kosovar. Réputé indépendant, critique envers le Premier ministre de la jeune république, le journal a effectué plusieurs enquêtes sur les millions de la clique en place, cachés ou détournés. Ou blanchis. Il existe de forts soupçons de trafic d'armes et de drogue. Bien que rien n'ait pu être encore prouvé, des liens ont été établis entre plusieurs proches du pouvoir, dont le fameux Dritan Pupovçi photographié avec Montana à Rambouillet en 1999 et toujours en contact avec lui, des comptes numérotés en Suisse et dans les Caraïbes, et des sociétés écrans. L'une d'entre elles apparaît au milieu de la nébuleuse *Besnick* exhumée des archives de la rue Guynemer. Le confrère est prêt à partager ses documents, il l'a expliqué à Amel lors d'un bref passage à Paris la semaine dernière, à condition de pouvoir cosigner le volet Balkans du dossier et peut-être d'obtenir une traduction intégrale de celui-ci pour le site web de son canard. Un rapide examen des extraits dont Amel dispose déjà a convaincu Peter du sérieux du mec et de l'intérêt de la collaboration, et ensemble, ils ont rédigé un mail à leur propre magazine, à New York, pour présenter la chose et recueillir l'avis du rédacteur en chef. Sous réserve d'approbation, toute la partie Europe est bouclée, ne restera plus qu'à la rédiger, ce qu'Amel pourra commencer à faire ici. Du côté de Peter, les nouvelles n'étaient pas bonnes jusqu'à ce matin. Le milicien de la Jalalabad Strike Force ayant accepté de témoigner de façon anonyme à propos du raid du laboratoire de Rouhoullah en mars dernier, en présence de mercenaires de Six Nations, ne donnait plus signe de vie depuis une dizaine de jours, après un premier rendez-vous annulé à la dernière minute. L'homme est mort, au cours d'une fusillade avec des talibans, Peter l'a appris ce week-end.

« Sans lui et sans le film du trafiquant, on est dans la merde.

— Vrai, mais on va peut-être récupérer le fichier. » Un coup de fil surprise de Javid peu avant l'atterrissage d'Amel a redonné espoir à Peter. Apparemment, Rouhoullah cherchait à entrer en contact avec son fixer depuis plusieurs jours. Ils ont pu parler aujourd'hui, pas longtemps mais assez. « Une rencontre a été évoquée, très vite, quelque part entre Kaboul et Jalalabad.

— Et il nous filerait la vidéo ?

— J'imagine, Rouhoullah n'est pas idiot, il sait ce que je veux. » Amel prend Peter dans ses bras, l'euphorie du moment, elle est heureuse pour lui, pour eux, et l'embrasse sur la bouche. Ce second contact dure également à peine un instant, elle recule sans attendre et ils restent tous les deux à se dévisager, surpris. La chambre de Peter, où ils se sont enfermés pour faire le point, paraît soudain encore plus petite. Amel s'en veut, elle n'avait pas envie de brusquer les choses, pas cette fois, et essaie de reprendre pied. « Il va vouloir quoi en échange, ton trafiquant ? » Peter l'attire à lui et ce baiser-là tient toutes ses promesses, la douceur du familier, l'exaltation d'un désir longtemps frustré, enfin assouvi, malgré tous leurs ratés, qui prend un goût de nouveauté. Ils retournent en terrain connu quand, maladroit, mais Amel s'en fout, c'est bien, il va chercher sa peau et son soutien-gorge et sa poitrine sous la polaire. Ses doigts sont froids, mais elle s'en fout, c'est bien. Il lui retire son pantalon, la met complètement à nu, mais elle s'en fout, c'est bien, elle a envie de ça, se sentir vulnérable. Peter ne se déshabille pas, baisse juste son fute et elle le chevauche, fort, se fait enfiler, joue des hanches, avant, arrière, avant, arrière. Avant. *Accélère*. Arrière. Avant, ses seins à pleines mains, arrière. Avant, leurs dents se heurtent d'empressement, arrière. Peter éjacule, en sourdine, lèvre mordue. Déjà. Ça aussi, Amel savait. Avant. Mais elle s'en fout, c'est bien. Arrière. Il laisse son érection ramollie s'écouler en elle, fait glisser son pouce jusqu'à son pubis, caresse, caresse, au rythme de ses va-et-vient. Lui, ça l'excite à nouveau et elle, elle jouit bientôt, s'effondre, hors d'haleine. Il continue, mais elle s'en fout, c'est bien. Le manque, trop longtemps, elle ne veut plus jamais s'arrêter.

Jeudi, milieu de matinée, *Zora,* surnom donné par les copains de PEMEO, *parce que Zora la rousse,* attend rue de Malte au volant d'une voiture de la boîte. Son boss est monté chez Amel Balhimer dans le but d'y voler tous les documents compromettants qu'il pourra trouver et elle, elle choufe, en soufflant mollement sur un café acheté à la boulange du coin, vite fait ni vu ni connu. L'autre est partie de toute façon, ils ne risquent pas grand-chose. Le temps passe, mortel d'ennui, elle n'aime pas les planques et se distrait avec la promesse du programme à suivre, petit hôtel avec Olivier, après-midi crapuleux. *Une prime en nature,* ses mots à lui. Leur histoire a commencé il y a un mois et elle sait que ça n'ira pas loin, il est marié, papa. Mais la baise est bien et permet de chasser la solitude dans l'attente de mieux. Coup d'œil devant. Des passants. Le café est encore trop chaud. Coup d'œil dans les rétros, passant, passant. Une gorgée. *Putain, ça brûle.* Devant, passant. Une passante. Tête connue. *Où ?* Zora abaisse le pare-soleil. Des clichés d'Amel et ses proches ont été collés à l'intérieur. *Merde, c'est sa frangine.* Myriam Lataoui pénètre déjà dans l'immeuble. Gobelet sur le tableau de bord, trop vite, il se renverse. « Oh putain ! » Un temps. « Connasse ! » Sur le siège passager, un Icom. Zora ignore le feu humide sur ses cuisses. « Attention, ça rentre, la sœur de la beurette. » Pas de réponse. *Crame, crame, crame.* Les secondes filent, longues. « Allô, t'as reçu ? À toi. »

La porte n'est même pas verrouillée, juste claquée. Myriam secoue la tête, départ en catastrophe, du Amel tout craché, et elle entre. C'est propre, chaque chose est à sa place. Presque. Il y a des dossiers entassés sur le canapé du salon. Sur le dessus, des chemises cartonnées où l'on a écrit Besnick, Vorpsi, Dang au marqueur noir. *Elle aurait quand même pu les ranger dans son bureau.* Entrouvert, celui-ci offre le spectacle d'un capharnaüm sans nom. Pas vraiment une surprise. Myriam hésite, son premier réflexe est de remettre de l'ordre. Passer derrière sa sœur, vieille habitude. Elle sourit, regarde l'heure sur son mobile, s'aperçoit qu'elle n'aura pas le temps. Elle est venue ici à la faveur d'un rendez-vous pro à proximité du Cirque d'Hiver. Dans moins de dix minutes. « Tant pis pour toi. » Myriam dit ça à voix haute et va ramasser le pli destiné à Ponsot, une enveloppe bulle repérée au milieu des classeurs, sur le sofa et pas sur la table basse comme Amel le lui avait annoncé. Elle ressort, ferme à double tour, sans s'être rendu compte de la présence d'Olivier Bluquet, caché dans la salle de bains, une matraque télescopique à la main. Dans les escaliers, elle croise en revanche une jeune femme rousse complètement affolée, le pantalon taché, qui ne lui répond pas lorsqu'elle lui demande si tout va bien. *Tant pis pour toi aussi.*

Il y a une terrasse à l'arrière de la villa de GlobalProtec, avec un auvent, prolongée par un jardin enneigé clos de hauts murs. Leurs crêtes sont garnies de tessons de bouteilles et de barbelés, afin de gêner les intrusions, les tentatives de kidnapping. De l'autre côté de ce rempart se trouvent les jardins d'autres maisons, propriétés de riches Afghans, les élus de l'Occident, seuls vainqueurs de la guerre, ou occupées par des coopérants et des humanitaires. On forme le cercle, on se serre les coudes, on se tient chaud, on se rassure, collés les uns aux autres, l'instinct grégaire. C'est important, le conflit n'est plus une distante rumeur venue des provinces, il peut frapper la capitale à tout moment, au cœur. Tout à l'heure, alors qu'ils mettaient le barbecue en route, juste après la disparition du jour et l'appel du *muezzin* pour *al'maghrib*, les combats ont fait irruption pour la première fois dans le séjour d'Amel, une longue rafale, loin mais pas si loin, trois explosions, un échange de tirs, des sirènes et plus rien, c'était fini. La routine. Les autres journalistes de la baraque n'ont même pas interrompu leurs conversations.

Eux, Amel les entend encore, sous la fenêtre de sa chambre. Malgré le froid polaire, certains sont toujours dehors à boire de la bière. C'est jeudi soir, la veille du week-end musulman, on doit s'amuser. Et puis il fallait bien célébrer l'arrivée de la petite nouvelle, la copine de Peter, que tout le monde adore, Amel l'a bien senti. Et ce n'était pas tout, Javid a rappelé aujourd'hui, la rencontre avec Rouhoullah a été calée à samedi matin, ce putain de Canadien a gagné, il va pouvoir l'écrire son grand article secret. Personne ici ne sait de quoi il retourne exactement, mais lorsque Peter leur a dit que bientôt il pourrait se casser et ne plus voir leurs sales trognes de soudards de la plume, ils ont décidé de fêter l'événement. Alors grillades, la *pasta* préparée par le confrère italien monomaniaque des plans à trois, alcool, haschich et de la Ritaline réduite en poudre pour les plus atteints. Trois infirmières d'une ONG voisine sont venues se joindre aux festivités et tous ont bien déliré.

Tous sauf Amel. Prétextant un coup de mou, la fatigue du vol, elle est montée, s'est enfermée dans sa piaule. Celle de Peter est au même étage, une porte plus loin. Elle ne l'y rejoindra pas cette nuit, elle est blessée à dire le vrai ; samedi il veut y aller seul, la laisser en arrière. Elle comprend, c'est sa partie, son article, ses six derniers mois de boulot acharné, il le mérite ce moment, elle n'a pas le droit d'être envieuse, mais merde, ils bossent bien à deux sur ce truc, non ? Et il s'y est très mal pris pour se justifier, il l'a fait se sentir nulle, inutile, un poids mort, la fille qu'on n'emmène pas parce que c'est dangereux, qu'elle ne connaît pas bien le coin, il est l'homme, il a l'expérience, elle doit l'écouter, avoir confiance. Cet après-midi, en plein travail sur la structuration de leur papier, il a digressé avec une grande diatribe sur la défense des femmes afghanes, seule raison pour laquelle il est important de ne rien lâcher en Afghanistan, même si les États-Unis et l'OTAN font tout de travers. Avec leur article, ils vont frapper un grand coup, permettre de rouvrir le débat sur les stratégies en cours et leur nécessaire révision, contraindre à un changement d'approche. Sa fougue retrouvée faisait plaisir à voir, elle était séduisante. Son excuse pour samedi n'en a été que plus douloureusement ironique. Amel ne le lui a pas fait remarquer, elle n'avait pas envie de se quereller, ne voulait plus endosser le rôle si familier de la petite égoïste capricieuse.

Pas encore déshabillée, elle vient de s'allonger quand on frappe deux coups légers à la porte.

Je peux te parler ? Peter.

« Je suis crevée. »

Je ne serai pas long.

Hésitation. « OK. »

Peter entre et vient s'asseoir au bord du lit. Il reste quelques instants sans rien dire, ne sait pas comment se lancer, préfère balader sa main sur l'épaisse couverture de laine rêche.

Amel se force, lâche un *merci pour la petite fête*.

« J'ai rappelé Javid.

— Pourquoi ?

— Je voulais son avis. » Peter ne dit pas que James est d'abord venu le voir. L'ex-marine avait noté l'humeur maussade d'Amel, voulait savoir si tout allait bien et, lorsqu'il avait entendu la raison du malaise, il s'était marré, *les gonzesses*, mais avait aussitôt ajouté que quand même, celle-là, elle avait des *cojones* bien accrochées. Elle devait l'aimer pas mal, son Dang, pour être venue bosser dans ce pays à la con. Peter avait avancé la prudence, la sécurité et James s'était marré une nouvelle fois. S'il veut de la sécurité, le journaliste ne doit pas y aller du tout samedi, l'expédition seul avec son fixer est dangereuse, et juste des hommes ou pas, ça ne changera rien au résultat si ça part en Charlie Foxtrot, *clusterfuck*, en couilles. À la limite, la présence d'une femme sous tente ferait plus indigène et réduirait les risques de se faire remarquer. *En plus, elle a l'air de savoir se tenir, ta copine*, avait-il ajouté.

« Sur ?

— Ta présence après-demain. » Javid, d'habitude si réticent à tout, n'avait pas opposé de résistance à cette idée. Avec Peter vêtu lui aussi à la mode locale, Amel sous une burqa pourrait même les aider, il était d'accord avec James. « Il faudrait te couvrir complètement. »

Amel sourit. « OK. » Peter lui caresse la joue. Elle prend sa main dans les siennes. « Merci.

— J'ai pensé à un autre truc.

— Tu penses trop. »

Au tour de Peter de sourire. « Dès qu'on a le film, on peut se tirer d'ici. T'aurais envie de passer Noël à New York avec moi ?

— J'avais du fric pour quelques semaines ici, là-bas, c'est pas le même tarif.

— Erin et Matt s'occupent de l'appartement d'un pote parti pour six mois. Ils m'ont dit que je pouvais y dormir si jamais je passais.

— Avec moi ?

— Avec qui je veux. Tu sais, mes amis, ils ont d'abord envie que je sois heureux.

— Justement. »

Avec tendresse, Peter pose son index sur la bouche d'Amel pour la faire taire.

Elle embrasse le doigt mais ne se laisse pas faire. « Tu ne veux pas voir ta mère ?

— On peut y aller après. La maison n'est toujours pas vendue, ça nous fera un endroit calme pour boucler le dossier.

— Tu m'emmèneras au cimetière ? J'ai des excuses à présenter à ton père. »

Le regard de Peter se brouille. Amel l'attire contre elle sur le lit pour le serrer dans ses bras et le laisser pleurer à l'abri.

Alain veut plus. Lynx a pigé le sens de ces mots. Montana ne souhaite plus fournir de came à Chloé de Montchanin-Lassée. Donc il lui fournissait de la came. Montana, dangereuse pute et dealeur.

Mais, merde, tu piges pas que j'en ai besoin ? J'ai des clients super pressés.

La voix de Chloé grimpe haut dans les aigus. Énième coup de fil à ce sujet depuis ce matin. À chaque appel, l'hystérie est montée d'un cran. Montana a répondu à un sur deux, les autres fois, elle a laissé des messages salés, de plus en plus. Le mot *drogue* n'a jamais été prononcé, du moins par la petite de Montchanin-Lassée, la seule partie de ces conversations entendue par Lynx, mais il y a peu de chances que son interlocuteur ait pris le risque de le lâcher au téléphone.

Non, je te mens pas. Oui, je te jure.

Là, Chloé arpente la pièce et ne doit pas être loin du micro, ses pas résonnent plus fort. Lynx l'a posé hier soir, après qu'elle soit sortie. Il disposait du code d'entrée, elle le lui avait filé dans le taxi, de celui de l'alarme, livré sur le palier, et du double volé. Facile. L'appareil, installé sous l'un des rayonnages de la grande bibliothèque du salon de la rue Guynemer, bien au fond, sous la ligne de vue, est une petite merveille de technologie. Il fonctionne avec une carte SIM, presque toutes sont compatibles, que l'utilisateur installe préalablement. Rechargé, il a une autonomie de dix jours en veille. Il se déclenche au bruit et envoie immédiatement un SMS pour prévenir de la moindre activité. Une fois le message reçu, il suffit de *rappeler* le mouchard pour écouter en direct ou enregistrer. Il capte très bien, dans un rayon de vingt mètres.

Pourquoi tu me fais ça ?

Par sécurité Lynx en a placé un second dans la chambre. Il a ainsi appris que Chloé était rentrée seule à trois heures, très saoule, elle se parlait à elle-même et se cognait partout, très triste, elle avait beaucoup pleuré, et très malade, elle avait longuement vomi dans la salle de bains. Et qu'elle ronfle. Au bruit des opercules déchirés avec difficulté avant de se coucher, il avait déduit qu'elle s'était assommée pour dormir. Réveillée à dix heures, elle n'a depuis pas cessé de harceler Montana et de chercher auprès d'autres gens de quoi se dépanner.

Demain ?

Plus de colère dans la voix de Chloé, uniquement de la détresse. Lynx, installé dans la microcuisine de son appartement du neuvième, regarde son PC portable. Montana travaille tard, sa berline et la Golf poisson pilote sont toujours stationnées près de l'Élysée, où l'ancien de la DGSE vient de prendre ses fonctions au Conseil national du renseignement. Plusieurs articles discrets ont fait état de son arrivée dans ce nouveau machin, doublon partiel de structures déjà existantes, l'UCLAT, le SGDN, et dont on peut douter de l'utilité tant le réflexe de chasse gardée est une constante des entités prétendument placées sous sa responsabilité. Au-delà de cultures, d'histoires et de budgets propres, qui les singularisent, elles sont dirigées par des animaux administratifs à sang froid dont le principal intérêt est la progression de leur carrière, un mouvement conditionné par leur capacité à briller auprès du pouvoir – et on brille bien mieux seul – pas par un travail efficace, accompli en bonne intelligence avec leurs petits camarades. La raison pour laquelle Montana a accepté de quitter PEMEO pour cette voie de garage est un mystère total.

Tu peux pas avant ?
Silence. Chloé ne se déplace plus.
Quelle heure ?
Silence.
OK, vingt heures. Je t'attends. Viens vite, hein ?

13

Kill, kill, kill the noise…

12 décembre 2008, Stanislas Fichard va mourir. Il ne le sait pas encore quand il sort de chez lui à six heures zéro cinq ni quand il se dirige vers sa Renault bleue ni quand il la déverrouille ni quand il ouvre sa portière ni quand tous ses muscles se contractent, soudain traversés par une onde de froid et une autre de chaud, ni quand il s'effondre sur le bitume de sa cour, plus capable de rien, ni quand on se penche sur lui. Il sent la puanteur de l'éther et en quelques instants s'évanouit.

Kill kill kill kill kill kill…

12 décembre 2008, Stanislas Fichard va mourir. Il ne se doute pas que son exécution, une fatalité, a été avancée à cause d'un cauchemar, celui de plus, celui de trop, le genre à réveiller dans le noir et laisser à bout de souffle à bout de forces à bout de vie, à emmêler le corps et le cœur, et remplir l'âme de ténèbres. Kayla a encore visité Lynx cette nuit. Comme toutes les nuits. Le rêve avait pourtant bien commencé, dans la chambre de ce vieil hôtel de Maputo où ils descendaient chaque fois qu'ils avaient besoin de choses un peu extraordinaires pour le bar. Roni le menteur, ça dérapait à partir de là, excitait Kayla l'amoureuse, il excitait ses seins, son sexe et elle jouissait, et elle riait à gorge déployée, un rire heureux, elle était

bien. Ce rire si fort et sincère, surprenant au commencement de leur histoire, il l'adorait. C'était un grand soulagement de pouvoir le lui offrir.

Kill, kill, kill the noise...

12 décembre 2008, Stanislas Fichard va mourir, sans pouvoir deviner que dans le songe de Lynx, Kayla s'était brutalement tue et qu'il avait senti un goût ferreux sur sa langue, dans sa bouche, une moiteur étouffante sur le visage. Une force irrésistible s'était mise à le repousser, on lui avait balancé à la gueule une masse cramoisie, humide, compacte et molle à la fois, une masse avec des doigts, des tout petits doigts, tendus dans sa direction, pour le saisir, l'agripper. Le cri, une détresse tellement aiguë, était la dernière chose que Lynx avait entendue avant de reprendre conscience.

Kill kill kill kill kill kill...

Neutralisé par l'impulsion électrique, Stanislas Fichard a chuté lentement. Un choc mat, presque doux. Lynx se redresse après avoir fixé le chiffon imbibé au gaffeur, sur la bouche et le nez. Il contrôle l'impasse. Personne n'est sorti, aucune porte ne s'est ouverte. De l'autre côté, une maison, de la lumière à l'étage, l'intermittence de silhouettes derrière les fenêtres. L'attention est ailleurs, sur la journée à venir peut-être, le quotidien répété, la normalité. Captivé, Lynx divague, envieux et, à peine son esprit est-il libéré de toute activité annexe, que le manque, boule de nerfs, revient occuper le champ de ses pensées et de ses sensations.

Kill, kill, kill the noise...

Fichard bouge, se fige à nouveau. Lynx le hisse sur son épaule tel un blessé, franchit le portillon et disparaît dans l'obscurité. Ensuite, à bord de son utilitaire, il roule loin, en grande banlieue sud, et rejoint un bâtiment technique promis à la destruction reconnu quelques jours auparavant. Voisin d'une station d'épuration malodorante, isolé et ceinturé par des murs de béton plus hauts qu'un homme, il n'est squatté par personne. Les dernières traces de passage datent de plusieurs mois. À son arrivée, Lynx effectue malgré tout une ronde puis, satisfait, décharge son captif inanimé, le prépare, retire le bâillon et patiente en musique, une attente électronique, assis sur une vieille caisse de chantier.

Le jour se lève.

Kayla, absente dont la présence est si absolue, lui tient compagnie jusqu'au retour de Fichard. Ensemble, ils ruminent la discussion à venir. Elle ne consent à s'éloigner que lorsque le fonctionnaire du Service action reprend connaissance.

Bouche qui s'ouvre, aspire plus fort, la tête dodeline, les yeux papillonnent. Recherche d'appuis, mal, trop haut, sur la pointe des pieds, ça tangue, déséquilibré à tomber. Traction sur les bras, pour se retenir, quasi impossible de les bouger tant ils sont tendus. Instinctivement, Fichard lève le nez, met trois ou quatre secondes à piger dans quelle position il est, juste assez inconfortable, debout, en croix, ses poignets menottés à un mur.

À poil, le froid qu'il éprouve vient de là.

Devant un homme.

Vain réflexe de dissimulation de l'intimité par un croisement de jambes désespéré, le regard fuit et Lynx rappelle à l'ordre, à lui. « Tu sais qui je suis. » La situation, la familiarité du tutoiement, le ton employé, doux mais affirmatif, prennent son prisonnier de court. Briser les convenances, les barrières, donner à la proximité la force de la promiscuité, pour renforcer le sentiment d'insécurité, de vulnérabilité, de sujétion.

« Non, non, je sais pas, vous me voulez quoi ? » La panique est feinte, encore. « Vous êtes qui ? »

Lynx lève une main pour inviter Fichard à se taire. Ça ne marche pas, alors il tolère, les cris, l'agitation, observe cette gesticulation qui veut faire oublier le travail pro des yeux, eux se cherchent une sortie. Quand tout cesse, il ramasse une chemise cartonnée posée à côté de la caisse et se lève, approche. Devant le prisonnier, il étale côte à côte des tirages, l'équipe du onzième au complet, prise au téléobjectif.

Fichard ne nie rien, demande juste qui, quoi, pourquoi, pourquoi moi, moi ici, s'énerve du silence de son tourmenteur, gigote à nouveau, s'interrompt après deux bonnes minutes. La fatigue et la douleur de la posture, et la peur, déjà, ombre dans le regard. « J'ai froid. »

Un portrait d'Amel, Lynx le montre puis il rejoint les autres.

« Qui c'est, cette femme ? »

Pas de réponse.

« Libérez-moi. »

Lynx dévisage Fichard, descend vers son appareil génital, l'humilie une seconde ou deux, le terrifie en laissant l'imaginaire courir trois secondes ou quatre – *que va-t-il me faire ?* – jusqu'à ce que la gêne et la gigue reprennent. Ensuite, il remonte et fixe.

« Vous vous trompez de personne. »

Du doigt, Lynx indique le cliché de l'un des agents chargé de surveiller la journaliste, par terre. Une autre photo sort du dossier. Le même homme, beaucoup plus près, cité Dupetit-Thouars. À côté de lui, Stanislas Fichard.

Brève grimace.

Le fonctionnaire commence à être dérouté par l'étendue des informations de Lynx, il doute. C'est l'effet recherché, si l'on veut obtenir des renseignements justes d'un sujet, celui-ci doit craindre ce que l'on sait ou pas, hésiter à mentir. Nouveau tirage, encore du boulot au téléobjectif, une Renault bleue, à l'entrée du Fort de Noisy, conducteur très reconnaissable. Le message est clair : *je sais qui tu es, ce que tu fais.*

Dénégations, excuses, activités bidons, commercial en tournée, Romainville, ce sont des clients, Fichard exige de savoir ce qu'on lui veut, encore et encore. Et il se gèle, putain !

« J'ai juste deux questions pour toi, pourquoi et qui ? En fait non, oublie ce que je viens de dire. J'en ai une seule, les raisons pour lesquelles vous vous en êtes pris à moi après tout ce temps ne sont pas tellement importantes. Qui a donné l'ordre, c'est tout ce que je veux savoir.

— Mais de quoi vous parlez ? »

Silence.

« Vous êtes dingue.

— C'est ce qu'ils ont dit, à Ponta, avant de me livrer ton nom. Sans la femme, le mec aurait peut-être pas craqué, remarque, mais l'instinct a parlé. C'est pénible, l'instinct. » Lynx ouvre une dernière fois sa pochette. « Elle s'appelait Kayla. » Un cliché récent de l'une des jumelles de Fichard devant son école est jeté au sol. « Elle était enceinte. » Celui de l'autre suit. « Qui t'a donné l'ordre ? »

Lorsque Chloé entend la clé tourner dans son dos, elle vient de se taper un second alu avec une héroïne trop coupée, achetée pour patienter, et elle commence à peine à être ensuquée. Un instant, elle croit à l'arrivée d'Alain, puis se rend compte qu'il ne peut déjà être vingt heures, dehors il fait jour. *Alain est toujours à l'heure.* Elle quitte avec difficulté le canapé et s'y appuie pour en faire le tour. *C'est pas encore l'heure.* Devant elle, il y a un homme. *Qui ?* Elle l'a déjà vu. *Où ?* Chez Colette. Elle reconnaît le visage creusé, bronzé, barbu sexy. Pas la vacuité terrible des yeux noirs. *Dégage.* Son cerveau, pas tout à fait abruti par la came, perçoit le danger mais son corps ne suit pas. Elle lâche le dossier, louvoie, maladroite, entre les meubles, ses bas de soie glissent sur le parquet, elle tombe et il tombe sur elle. Une main gantée de latex attrape ses cheveux, tire sa tête en arrière, la propulse violemment vers l'avant. Le front de Chloé heurte le bois, le choc la sonne et elle entend un murmure rageur : *J'ai déjà tué un mec aujourd'hui, alors fais pas chier.* Elle n'écoute pas, se bat, au ralenti, en décalage, se fait retourner, lance des attaques molles dans le vide, reçoit un coup de poing. K-O.

Chloé revient à elle une première fois avant la nuit, scotchée à une chaise dans sa salle de bains. Un silence inquiétant règne dans l'appartement. Elle crie, un bâillon étouffe tout, se contorsionne, tente de se libérer, réussit à tomber et se faire mal. Son agresseur apparaît après quelques secondes et la remet droite. Il dit : « Tu ne m'intéresses pas. Ne me force pas à t'amocher. » Plus bas, pour lui-même, il ajoute quelque chose. Chloé crachote un charabia incompréhensible dont il se moque. Il l'abandonne à nouveau. Elle se met à pleurer, s'épuise de chagrin et de peur, finit par s'endormir. Quand elle se réveille, plus tard, l'obscurité est là et il y a des bruits sourds et des cris loin dans l'entrée.

La colère est une saloperie, qui obsède, qui ronge, qui fait faire n'importe quoi.
Celle de Lynx est montée depuis des semaines pour exploser, incontrôlable, au cours des dernières heures. Une autre colère l'a décuplée, éprouvée par Stanislas Fichard lorsqu'il a commencé à parler, finalement vaincu par cet argument : son tortionnaire n'avait plus rien à perdre, lui si, beaucoup. L'officier du Service action s'était d'abord obstiné à nier, à mettre en avant sa légende, en soldat bien entraîné. Même désarçonné par la situation dans laquelle il se trouvait, en France, à domicile, et la menace implicite sur ses filles, il avait tenu, un temps. « Elles sont ici, avait annoncé Lynx, je vais en abîmer une à vie, devant toi et devant sa sœur. Elle, je la vendrai. Intacte, ça vaut plus cher. Laquelle tu veux garder, Agathe ou Mathilde ? » Un coup de bluff, risqué, mais Fichard, dans les vapes plus d'une heure après son rapt, ne pouvait le deviner. Il connaissait Lynx, en revanche, et son parcours, et avait imploré, essayé de négocier. À chaque tentative revenait la question : « Qui ? » Quand le papa avait fini par être coincé, sa rage avait pris le pas sur le reste : « Ils t'auront, sale merde, tout le service en rêve. Combien t'en as tué des Kayla, toi, hein, combien ? » Lynx avait redemandé *Qui ?* et ignoré les *on n'a rien fait que tu n'aies fait avant* ou *le Mozambique, c'était une opération comme les autres* ou *tu savais les risques, c'est ta faute si elle est morte*. La frustration de Fichard avait culminé en un dernier baroud impuissant : « Et quand t'auras les noms, t'iras

exécuter tout le monde, des têtes des directions au grand patron ? »
Lynx s'était remis en marche vers la sortie du bâtiment, vers *Agathe ou Mathilde ?*, et avait entendu son otage s'effondrer derrière lui.
« Pour la grossesse, on n'était pas au courant. » Ce détail n'aurait rien changé, ils en étaient conscients tous les deux. « Qui ? » Fichard avait expliqué cette Tisiphone validée depuis longtemps. Elle remontait à la fuite de Lynx, en 2002, il était donc inutile de déranger à nouveau le politique et ça s'était réglé au sein de la boîte ou presque. Le directeur général venait d'arriver. Pas aux manettes quand les choses avaient été actées, il était réticent, avait pris conseil. En dessous, les gens s'étaient couverts, peut-être, peut-être pas, risqué de faire, risqué de ne pas faire, à cause du passé, et on avait choisi d'y aller profil bas, pas trop cher, il fallait faire attention aux budgets, et de se contenter d'abord d'une simple manip' *obs*, « pour voir ce que tu foutais, si t'étais avec l'autre ». Sous-entendu l'autre d'Alecto, la mission à l'origine de tout, cet infiltré qui avait désigné les cibles. Première nouvelle pour Lynx. Il avait juste vu le mec, Fennec, de loin ou sur des clichés de surveillance, au fil des mois s'était habitué à sa voix, enregistrée avec celles des djihadistes traqués, avait eu l'impression de le connaître sans l'avoir jamais rencontré. Entre eux, aucun contact direct, ni avant, ni pendant. Ni après. Fichard s'était marré. « Montana a toujours pensé que vous vous étiez barrés ensemble. » À ce stade de l'interrogatoire, Lynx n'avait pas encore prononcé ce nom, il le gardait en réserve, un atout à abattre, pour creuser et semer le doute. Son apparition spontanée dans la discussion l'avait mis en rogne. « Il était dans la confidence pour Tisiphone ? » Montana était Tisiphone, à en croire Fichard, il l'avait conçue et couvée, même après son départ, une véritable obsession. « Un de ses rares échecs, son orgueil en a pris un coup. » Quand le service a retrouvé la trace son ancien clandestin, la *pute* a été mise au courant. « Par qui ? » Fichard avait prétendu ne pas le savoir, un mensonge évident, et s'était empressé d'enchaîner qu'à partir de là les choses avaient évolué très vite. « Nos tergiversations n'ont pas plu à Montana, il a sorti les

vieux dossiers, tordu des bras. » La suite, décidée au débotté, était connue. Exécution avec la bite et le couteau. Kayla, Valdimar, sa femme et son neveu avaient fait les frais de la rancœur des uns et de la veulerie des autres, des intérêts minables de tous, maquillés en raison d'État, encore, pour faire propre. Lynx, apparemment abattu, s'était rassis sur la caisse de chantier et Fichard avait alors osé, avec légèreté, lui avouer n'avoir jamais imaginé qu'il prendrait le risque de revenir au pays. « À vrai dire, on pensait tous que t'étais mort en mer. » Montana était apparemment le seul à s'être méfié. « Vous deux, vous êtes proches, hein ? Il te tient par les couilles ou il t'a promis un truc ? » Lynx n'était pas abattu et le regard renvoyé par Fichard à l'instant précis où il posait sa question, celui d'un homme pris la main dans le sac, avait déclenché sa fureur. Il s'était levé en dégainant son Beretta et avait fait feu, un parfait double tap dans la poitrine. À cinq pas de distance, sur une cible entravée, facile. Le troisième tir, dans le front, il l'avait effectué à bout touchant, en râlant. Il aurait aimé interroger Fichard à propos d'Amel. Mais il était trop tard.

Cette erreur n'avait fait qu'attiser la colère de Lynx et provoquer d'autres conneries.

Et quelques heures plus tard, il est en très mauvaise posture dans le hall d'entrée de l'appartement de la rue Guynemer, plaqué au sol par les cent kilos d'un homme râblé, agressif, qui jure en albanais. Montana, arrivé avec ce type, se roule par terre à côté, groggy, et essaie de se relever.

Montana, cible prioritaire dans la nouvelle liste établie par Lynx après son tête-à-tête avec Fichard. Montana, responsable des morts de Charles et de Kayla, qui lui avait volé sa vie deux fois et qui devait payer, ça ne pouvait plus attendre. Lynx savait où et quand frapper, chez Chloé de Montchanin-Lassée justement, ce lieu auquel il avait facilement accès et où les gardes du corps ne monteraient probablement pas ce vendredi soir. Un problème de moins à régler. Parfait.

Montana n'est effectivement pas venu avec ses gorilles.

Ni avec sa voiture habituelle. D'après son traqueur, la berline était encore dans le dix-septième arrondissement à dix-neuf heures quarante-cinq. Quinze minutes plus tard, elle n'avait pas bougé. Un autre quart d'heure était passé et toujours pas de déplacement. Lynx, nerveux, multipliait les allers-retours entre les baies vitrées du salon et son PC portable. Puis l'ascenseur s'est arrêté sur le palier et la grille de sécurité s'est ouverte.

Lorsque Montana est entré, Lynx a surgi de derrière la porte, où il s'était caché à la va-vite, et l'a immobilisé d'un étranglement doublé d'une clé de bras. Il l'a propulsé en direction du salon, pas question de lui laisser la moindre chance de fuir, et c'est en entendant du bruit dans son dos qu'il a compris son erreur. Dans son esprit, la pute devait venir seule. La colère, les conneries. Le temps de se retourner et il a senti le choc. Un crochet puissant, véritable coup de masse, descendant. Montana, toujours maintenu devant, a fait tampon, mais sa tête, partie en arrière, a heurté la face de Lynx et l'a désorienté. L'autre homme s'est précipité sur lui, l'a fait tomber et maintenant il l'étrangle. Impossible de desserrer l'étau de ses pognes. Ses avant-bras épais ne flanchent pas. L'air manque. Voile opaque devant les yeux. Le visage de l'inconnu s'estompe. Ne restent visibles que ses orbites, deux puits sans fond, sans vie. À l'agonie, Lynx saisit à pleines mains les oreilles de son adversaire et, le plus profond possible, enfonce ses pouces dans ses globes oculaires. Le compagnon de Montana lâche prise pour se dégager, se redresse, est repoussé plus loin d'une ruade, titube en reculant, contre la porte. Sans le vouloir, il la referme. À nouveau debout, Lynx voit le mec écarter sa doudoune sur le côté et empoigner la crosse d'un pistolet glissé dans sa ceinture. Du pied, un pointu, il lui pète le poignet avant d'être mis en joue. Le flingue vole, Lynx ne s'en occupe pas, avance, frappe, frappe, le nez, le nez, l'autre lève les bras en protection, tibia, tibia, des béquilles dans les cuisses, à gauche, à droite, l'autre est acculé, contre-attaque et, partiellement aveuglé, jette deux directs maladroits mais puissants. Lynx esquive d'un pas en arrière, il est temps d'en finir. Il attrape la poignée du kukri fixé à l'intérieur de son blouson de moto et d'un geste circulaire, entaille d'abord le bide et, quand la garde s'abaisse, remonte juste au-dessus de la ligne des épaules.

Le hall d'entrée est aspergé et il y a le bruit sourd de la chute d'un corps soudain privé de vie.

Claquement d'une culasse.

Proche, quelques pas.

Sur la droite, côté salon.

Une seconde.

Deux secondes.

Pas de détonation.

Montana grogne un juron, il a oublié la sûreté. La trouille, l'adrénaline, trop de temps sans pratiquer. Lynx pense *bordé de nouilles*, pivote, une main saute sans lâcher le pistolet. Il l'éloigne du pied, contemple la pute dangereuse, ce tout petit bonhomme qui ne ressemble plus à grand-chose, agenouillé contre une commode, le moignon replié sur le ventre. Son costume est détrempé. Le sang, noir dans la pénombre.

« Si tu m'aides, je dis rien. Je te file du fric. »

Silence.

« Dans mon téléphone, il y a un faux numéro. » Montana avale avec difficulté. « C'est un compte, à la Valartis. » Il grimace, ses yeux roulent, peinent à rester ouverts. « Il y a des millions dessus, merde ! Aide-moi ! »

Lynx s'approche, saisit une poignée de cheveux, pose la pointe de son kukri à la base du cou, tiré, offert.

« Tu peux encore la sauver. »

Poussée. Le poignard courbe plonge, vertical, dans la cage thoracique. En un instant c'est terminé, mais Lynx ne le retire pas immédiatement. Sa colère l'a abandonné, il n'a plus d'élan. Tout l'après-midi il a ressassé, les mots et les questions, y compris ce pourquoi inutile, à dire et à poser, il devait accuser, accabler, savoir, et au moment de parler, rien, tout lui a échappé. Il parcourt le hall d'entrée et ses murs zébrés du regard. « On en avait mis partout nous aussi, hein, Kayla ? » Il sourit. « Troisième couleur et tu savais toujours pas. J'ai dit un truc, tu m'as peint le nez, j'ai répliqué. » Le pot y est passé ce jour-là, il n'avait pas ri comme ça depuis longtemps. Cri étouffé, du côté de la chambre. « J'ai toujours mal, Kayla, et t'es plus là pour tout enlever. » Lynx extirpe le kukri. Ses mains et l'acier de la lame sont souillés. Il s'écarte, le cadavre s'étale sur le parquet. Autre cri, un appel au secours. Il se penche sur Montana, fouille ses poches, trouve deux mobiles, de l'argent liquide, garde. Dans la doudoune du complice, il découvre un passeport albanais au nom d'Halit Ramadani et une carte de séjour française, jette, des clés de bagnole, une Porsche, jette, un autre téléphone, encore du cash, plusieurs milliers d'euros en coupures de cent et deux cents, et une pochette en cuir zippée qui contient deux seringues usagées, du coton, trois sachets translucides d'une fine poudre blanche. À l'instinct, de l'héro. Il range tout dans son sac, sauf la drogue et le fric de l'Albanais, et rejoint Chloé. Elle a un réflexe de surprise et de peur lorsqu'il entre dans la salle de bains, des émotions qu'il aurait préféré ne plus jamais susciter chez qui que ce soit. Le dégoût de la jeune femme fait écho au sien. « Je ne sais pas si c'est ce que tu attendais, mais ils avaient ça avec eux. » Lynx dépose étui et liasse de billets sur le rebord du lavabo, se regarde dans le miroir. Son visage est constellé de rouge. Il fait couler de l'eau, retire ses gants en latex, se nettoie, nettoie son couteau, ferme le robinet, se fige en voyant ses doigts sur le mitigeur. *Empreintes.* Une grande lassitude s'empare de lui. Il s'essuie, balance la serviette. Arme au poing, il s'avance ensuite vers Chloé qui se met à trembler et urine sur sa chaise. « Je vais te libérer. » Lynx tranche les entraves de sa prisonnière. « Sois sage jusqu'à mon départ. » Il la laisse retirer son bâillon. « Un conseil, fais le ménage. Quand les flics seront là, ils vont tout retourner et poser des questions.

— Vous l'avez tué ? »

Lynx s'éloigne en direction du couloir.

« Pourquoi ?

— Pour rien. »

Les heures suivantes sont englouties dans un épais brouillard mental. Lynx conduit, happé par le vide, les ténèbres et l'asphalte, urbain, périurbain, lointain, il s'arrête presque à sec, quand aujourd'hui est tout juste devenu demain, dans une station-service vingt-quatre heures sur vingt-quatre. Là, sous le ciel néon qui irradie les pompes, il fait le plein avec, aiguë, cette conscience du paradoxe de sa situation puisqu'il n'a plus nulle part où aller. Quelqu'un a payé, mais payé quoi, à qui et dans quel but, il ne se sent pas mieux, ne sera plus jamais bien. *C'est ta faute si elle est morte.* Fichard avait raison, cette dette est celle de Lynx, il ne pourra pas la rembourser. *Et quand t'auras les noms, tu vas exécuter tout le monde ?* L'immaturité de sa vengeance lui saute à la gueule et il se met à rire de sa futilité, tout seul, tel un dément. Ça claque dans ses mains et, d'un coup, il redevient sérieux. Il peut repartir à présent, mais il ne parvient pas à lâcher le pistolet de diesel et reste sans bouger.

Amel est collée à Peter, le nez contre sa nuque. Elle apprécie sa chaleur et le parfum aigre-doux de sa peau, un mélange de sommeil et de sexe consommé, écoute sa respiration, forte. Elle aimerait rester ainsi pour toujours. Mais cette nuit va prendre fin dans un quart d'heure à peine. *Il y en aura d'autres, beaucoup.* Ils vont se lever, sortir dans le noir, retrouver Javid et partir sur la route de Jalalabad à la rencontre de Rouhoullah. Il les attendra, à l'aube, dans un endroit discret et sûr.

Amel est fatiguée, elle n'a pas assez dormi, une heure, deux peut-être, à la fois excitée par la perspective du rendez-vous et, rétrospectivement, angoissée par la journée d'hier, tout entière consacrée à planifier le trajet et à anticiper le pire. James l'a conduite à l'ambassade, où elle a signalé sa présence, son lieu de résidence et ses activités. Dans un accès de paranoïa – *et si Montana avait aussi des yeux et des oreilles à Kaboul ?* – elle a d'abord refusé de s'y rendre, mais Peter ne lui a pas laissé le choix. Il l'a aussi obligée à écrire une lettre à ses proches, afin de leur expliquer où elle allait aujourd'hui, avec qui, pour faire quoi. La journaliste en a rédigé deux. Une première, la plus longue, adressée à sa mère et son père, pour leur dire qu'elle les aime, qu'ils ont été de bons parents, glissée dans la seconde, destinée à Ponsot, le jugeant plus à même de gérer la situation en cas de pépin. Encore un avec qui elle ne s'est pas bien comportée. Elle regrette de ne pas avoir trouvé l'énergie d'aller le voir avant de s'envoler pour l'Afghanistan. Elle a voulu lui envoyer un mail, pour avoir des nouvelles et son avis sur la dernière saloperie de Montana, cette minable tentative de la retenir à Paris en jouant sur la corde sensible du passé, mais elle n'en a pas eu le temps entre les heures perdues dans l'enclave diplomatique française, les choses à préparer et les coupures d'électricité. Ici, les manigances de l'ancienne éminence grise de la DGSE semblent très lointaines et l'urgence ressentie la veille de son départ s'est dissipée. L'espoir de refermer sous peu la parenthèse douloureuse ouverte sept ans plus tôt et de retrouver un semblant de dignité personnelle et professionnelle ont également contribué à l'apaiser. Et elle se sent rassurée par la présence de Peter.

Quelques minutes avant l'heure, il bouge dans le lit minuscule et, sous les draps, prend l'une des mains d'Amel dans la sienne pour la porter à sa bouche et embrasser ses doigts. Elle sourit. Il a toujours eu cette capacité à s'éveiller au bon moment, à l'instinct, comme si son esprit était constamment en veille. Pour elle, grosse dormeuse perdue sans un réveil, cela tient du pouvoir magique.

« Prête pour la guerre ?

— Oui, chef. »

Peter se retourne et dépose un baiser sur le front d'Amel. « Alors, en avant. » Il se lève et commence à enfiler un salwar khamis.

Aussitôt Peter Dang et sa copine – *dommage quand même, jolie meuf, avec des putains d'yeux. Et des putains de nibards !* – hors de la maison, James quitte sa piaule et pénètre dans celle de la fille. Si les deux journalistes dorment et baisent dans l'autre, ils bossent dans celle-ci. Il rassemble leurs Mac, les pose par terre sur le sol en béton, dégage tout ce qu'il y a autour et les branche sur le secteur. Dieu merci, ce matin, il y a du courant, pas besoin de démarrer le groupe électrogène. En usant de la clé USB bleue avec le M dessus, il effectue la procédure détaillée au Ping Ping Paradiso. Mise sous tension des ordinateurs, insertion, clignotement, vert stabilisé, retrait. Successivement, les écrans des portables deviennent noirs et les bécanes se mettent à pédaler fort et à chauffer. Satisfait, il se barre de la chambre. Après avoir envoyé un SMS à Voodoo, *Trois partis clé OK*, il retourne se pieuter.

Fox patiente, AN PVS-15 sur le nez. Dans l'habitacle du 4 × 4, personne ne parle. À ses côtés, Gambit est penché sur le volant, menton posé sur ses avant-bras. Derrière se trouvent deux commandos de la Jalalabad Strike Force prêtés par Shah Hussein. Ils sont tous vêtus à l'afghane et armés de prises de guerre. Leur tout-terrain est garé à une dizaine de kilomètres à l'est de Kaboul, en retrait de l'autoroute, à la sortie d'un virage. Sur l'A1, le trafic devient plus dense de minute en minute. Deux heures avant le lever du jour, nombre de Toyota Corolla blanches sont déjà passées devant eux, mais avec ses jumelles de vision nocturne, Fox n'a aucun mal à repérer celle qu'il attend à l'instant où elle apparaît, entre deux camions. Son conducteur, respectueux des consignes, a fixé une discrète balise infrarouge sur le pare-chocs arrière.

Gambit démarre, lui aussi a des JVN et l'éclat intermittent du stroboscope, à l'œil nu quasi invisible, ne lui a pas échappé. Sans allumer ses phares, il prend la japonaise en chasse.

« Saturday Autorité ici Saturday Un, à vous. » Fox appelle Voodoo via le réseau *privé*, sécurisé par des processeurs cryptographiques conservés en douce à la fin d'une mission pour l'Agence, qu'ils ont établi sur une fréquence obsolète. Data a vérifié auprès des techniciens de la Tour Sombre à Chapman.

Saturday Autorité…

« Le colis est à l'heure, à vous. »

Reçu, Saturday Un. Saturday Kilo confirme trois tangos…

Kilo pour Kaboul, James de GlobalProtec. Peter Dang et sa copine se trouvent à bord de la Corolla du fixer.

Saturday Autorité, terminé.

Fox croit avoir décelé une pointe de tension dans la voix de Voodoo, même s'il est resté bref. Peut-être l'a-t-il juste imaginée ou projetée, il sait le *boss* anxieux.

Hier matin, alors qu'il nettoyait l'enclos de Hair Force One, corvée rituelle quand il est sur le point d'abandonner son malinois plus d'un jour, Voodoo s'était laissé aller aux confidences, un indice de grande inquiétude. « Ce truc demain, ce sera notre dernière sortie. » Ce *truc*, il n'avait pas trouvé d'autre mot pour qualifier leur projet.

Fox, qui l'avait rejoint pour rendre compte de l'état des préparatifs, s'était contenté de hocher la tête tout en pensant *j'espère bien*, lui-même très mal à l'aise, *sinon ça s'arrête où ?* Truc, au fond, ce n'était pas si mal pour éviter d'avoir à dire exécution. Ou meurtre.

« Le printemps, c'est dans moins de quatre mois. » Avril coïncide avec la fin des contrats des survivants de la garde prétorienne de Voodoo. Une fois ses gars à l'abri, lui-même prévoit de démissionner et de céder ses parts de 6N. « *Hasta la vista* les hajis. » À point nommé, le chien était venu réclamer une caresse, il avait dû sentir la tension de son maître. « J'en ai oublié aucun, tu sais. Ils sont toujours là. » Voodoo s'était tapoté le front, avait rigolé. « Il n'y en a pas eu tellement, tu me diras. Encore heureux, hein ? »

Sans doute avait-il pris le mutisme de Fox pour une invitation à poursuivre.

« Le plus dur à encaisser, c'est pas forcément le premier, ça dépend des gens. Moi, il s'appelait Randy *Mule* Gordon. Mort pendant un saute-dessus dans les Balkans. » À la fin des années quatre-vingt-dix, des éléments de la Delta Force traquaient les criminels de guerre du conflit en ex-Yougoslavie. L'équipe de Voodoo avait reçu un renseignement en or, une adresse en ville, mais le temps manquait pour une reconnaissance en bonne et due forme, la planque était éphémère. « À l'époque, l'unité était pas aussi au point que maintenant. » Et le tuyau était crevé, on les attendait. Mule était entré en tête de colonne, une grenade défensive l'avait cueilli immédiatement. Un des éclats était entré sous le menton, lui avait fait sauter le casque. « J'ai pas vu ça tout de suite, juste mon pote qui tombait. » Ça canardait sec et Voodoo avait dû s'abriter en deux deux pour ne pas se faire hacher aussi. Ghost, déjà présent mais très en retrait jusque-là, avait gagné ses galons de bras droit à cette occasion. Par un tir de riposte couillu, exposé, il avait permis à Voodoo d'aller chercher leur équipier dans le couloir d'accès. « J'ai chopé Mule et tiré comme ça, vite, sans faire gaffe. »

Fox, toujours silencieux, avait regardé Voodoo, emporté par son récit, lui mimer la scène dans le parc du clébard. Hair Force One lui tournait autour, la queue en l'air, joyeux.

« Quand j'ai lâché, mes gants étaient pleins de merde, une espèce de gelée rouge. J'avais foutu la main à l'intérieur de sa putain de caboche, t'y crois à ça ? Je sais même pas ce que je tenais. » *Mule*, Voodoo avait répété le surnom avant de déclamer à voix basse une courte liste d'une dizaine de pseudos.

Tous inconnus pour Fox, sauf les deux derniers, Rider et Ghost.

« Onze, c'est pas beaucoup en presque vingt ans. Mais même pas beaucoup c'est déjà trop. Raconte où t'en es. » Voodoo avait écouté le topo de Fox en terminant le ménage de la cage, s'était permis un ou deux ajouts et lui avait donné rendez-vous à midi, heure à laquelle leur hélico décollait de Khost pour rejoindre la FOB Fenty à Jalalabad.

Alors qu'ils suivent à bonne distance la Corolla de Javid, les derniers mots de Voodoo, *n'oubliez pas, demain, tout le monde rentre au bercail,* prononcés cette nuit sur fond de Memory Motel, juste avant que la bande se sépare, tournent dans la tête de Fox. Plus que quatre mois et le cauchemar prend fin.

Les journalistes et leur fixer viennent de laisser derrière eux le lac de barrage de Surobi et la petite ville du même nom, et approchent de leur destination en avance sur l'horaire prévu lorsque leur voiture bute dans un ralentissement. Ils doivent faire halte. Au-delà des véhicules agglutinés devant eux, une colonne de fumée monte dans un ciel aux nuances noires et mauves. Le soleil poindra bientôt derrière les sommets.

« IED, *fuck.* » Peter consulte sa montre. Ils ne sont qu'à deux bornes de la bifurcation indiquée par Rouhoullah, mais la dépollution de la portion d'autoroute attaquée peut les bloquer ici plusieurs heures. Un bon point, de nombreux soldats sont déjà à l'œuvre, des Afghans et des étrangers.

« Ce sont des Français, je crois. » Il y a un VAB garé sur le bas-côté, à une centaine de mètres, Amel a reconnu la silhouette du blindé malgré le peu de visibilité offert par la grille tissée de sa burqa. « Je leur demande ce qui se passe ? »

Peter secoue la tête. « Il faudrait que j'y aille aussi, ils vont nous poser des questions et je ne veux pas perdre plus de temps. » Et il a peur pour Amel. Il regrette d'avoir accepté de la laisser venir et n'a aucune envie de l'exposer plus encore. Outre le risque d'embuscade, très sérieux après toute détonation d'engin explosif improvisé, le fait que, même accompagnée d'un proche, elle s'adresse à des hommes au vu et au su de tous trahirait leur couverture.

« OK. »

Parler aux militaires aurait soulagé Amel, Peter le sait, cela lui aurait permis de se concentrer sur autre chose que sa trouille. Cet incident est un violent rappel de leurs séjours en Irak, trois ans plus tôt. À plusieurs reprises, l'un comme l'autre sont passés là-bas à quelques instants du pire.

« Ce ne sera pas long, je vois des démineurs à droite. »

Armés de poêles à frire et de frontales, plusieurs fantassins reconnaissent un itinéraire en marge de l'A1, sur une piste de neige tassée. Les talibans ayant compris l'intérêt de piéger en profondeur les abords des routes, pour multiplier les dégâts et les victimes, bien les vérifier au préalable est devenu indispensable avant d'y détourner la circulation.

Amel continue à meubler le silence pour se rassurer, mais Peter ne l'écoute plus. Il suit le manège de Javid, dont la nervosité l'inquiète. Pour la quatrième fois, leur conducteur vient de fixer son rétroviseur. « Quelqu'un nous suit ? » Le journaliste se retourne, ne voit rien, ébloui par les phares de la bagnole arrêtée derrière la Corolla.

« Non, non, monsieur Peter, personne. Mais ici, c'est mauvais le stop, j'aime pas. »

L'horloge de bord indique qu'ils sont arrêtés depuis un quart d'heure.

« On va être en retard. Tu peux appeler Rouhoullah ? » Peter espère que le trafiquant n'a pas vu tout ce bordel, l'agitation et la présence d'un important contingent à proximité de leur lieu de rendez-vous pourraient le faire déguerpir.

« J'essaie, monsieur Peter, j'essaie.

— Ça bouge. » Amel se penche entre les sièges avant et montre du doigt un militaire qui fait signe aux véhicules d'avancer.

Javid démarre.

L'IED visait un semi-remorque immatriculé au Pakistan. Sur son plateau, des Hummer de l'armée américaine. L'un d'eux, le premier, et le tracteur ont été réduits à l'état d'amas de métal calcinés. Dans la cabine incendiée du camion, Peter croit apercevoir la silhouette du chauffeur.

Saturday Autorité, le colis est à nouveau en mouvement...
Saturday Autorité, le colis est au croisement...
Saturday Autorité, le colis sera sur zone dans deux minutes...
Saturday Autorité, Saturday Un en position...

L'instant d'avant, leur Corolla s'est arrêtée au milieu des ruines. Un hameau étiré d'une douzaine de qalats à l'abandon, agencées par petits groupes, une, puis trois, puis cinq, celles-ci jouxtant une placette d'où part une venelle étroite, puis les trois dernières, toutes en bordure d'un chemin partiellement enneigé. Pour parvenir ici, ils ont quitté l'A1, grimpé plein sud, en patinant beaucoup, le long d'un oued qui dévale des collines, traversé un premier village et ensuite un second. Là, dans la lumière diffuse de l'aube, quelques hommes et des gamins, à peine réveillés, les ont regardés passer. Encore un kilomètre à cahoter sur la piste où, bon signe, d'autres véhicules avaient déjà circulé, ça se voyait aux traces dans la neige, et ils sont arrivés, au fond de ce cirque rocheux blanchi par l'hiver. La route semble continuer en direction d'un col, difficile de la suivre sous les congères. Sans doute permet-elle de rejoindre une autre vallée, le printemps revenu.

L'instant d'avant, Amel demande si Rouhoullah est *déjà arrivé à leur avis*, la voix tremblée par l'inquiétude, et ça la fait râler intérieurement, elle ne veut pas flancher, pas maintenant. Moins tendue, elle pourrait profiter du spectacle grandiose offert par les couleurs du petit jour sur les pentes alentour. Il n'y a pas un bruit, Peter a baissé sa fenêtre et l'on entend tout, ou plutôt on n'entend rien. Sauf le vent glacé qui s'immisce dans l'habitacle. Amel se met à frissonner. Peter la regarde, lui prend la main. Il essaie d'afficher un air rassurant, mais elle le devine inquiet, à cause de ce rendez-vous et de tout ce qu'il représente, à cause d'elle et de leur extrême vulnérabilité, à cause du déjà-vu. Durant le trajet, il lui a confié, dans son français anglicisé pour que Javid ne pige pas, avoir l'impression de revivre cette journée de septembre au cours de laquelle les choses auraient pu si mal tourner, celle de sa première rencontre avec Rouhoullah.

L'instant d'avant, Javid, de plus en plus agité, se tourne vers eux et dit : « Il faut pas rester ici, monsieur Peter. » Il n'a pas le temps de terminer sa phrase. Parce que l'instant d'après, sa tête explose et la burqa d'Amel est éclaboussée, et c'est brûlant, et l'écho d'un bang se répercute dans les montagnes, et Peter, la face couverte de débris écarlates, la force du bras à se coucher sur la banquette.

Saturday Autorité, Cannonball est tombé, Cannonball est tombé…
Est-ce que vous avez un visuel sur Bob et Carl, Saturday Sierra ?
Négatif, Saturday Autorité…
Reçu, Saturday Sierra, vous couvrez…
À tous les Saturday de Saturday Autorité, ménage, ménage, ménage…

Amel voit Peter glisser par-dessus Javid, ouvrir de ce côté, jeter le cadavre dehors. Pas de bang. Ensuite, ramassé, il s'installe au volant. Bang, bang. Le pare-brise se fend à deux autres endroits sans le toucher, mais une pluie d'éclats de verre douche l'habitacle. Elle crie, Peter aussi, il jure, essaie de démarrer. Bang, bang, bang. Dans le capot. Le moteur reprend vie et s'emballe malgré tout. Encore un bang et un claquement métallique devant, la boîte de vitesses grince et la voiture bondit en marche arrière. Pas très loin. Après quelques mètres, la Toyota percute l'un des arbres morts qui se dressent encore sur la petite place du hameau. Le choc propulse Amel entre les fauteuils. Sa cage thoracique heurte une pièce métallique protubérante et elle a le souffle coupé.

D'autres balles frappent la carrosserie. La mécanique hoquette et se tait.

Peter réagit sans attendre. Il écarte en grand les portières avant, ordonne à Amel de faire la même chose. Elle met cinq, dix secondes, un temps fou à bouger, se fait engueuler, commence à se remuer, entend son compagnon lancer : « À droite, on sort à droite ! » Elle regarde de ce côté. Par là, il y a la venelle filant entre les qalats. Toujours baissée, elle pousse de toutes ses forces pour s'extraire de la voiture et, quand enfin elle y parvient, elle se sent accrochée par l'épaule et tirée.

Coup de feu.

Peter regarde en direction d'Amel pour s'assurer qu'elle va bien. Il ne la lâche pas et l'entraîne vers l'étroit passage.

Une silhouette armée, devant, un taliban. Deux. Peter ne les voit pas.

Coup de feu.

Quelque chose asperge à nouveau la burqa. Peter est surpris. Il est toujours à moitié tourné vers Amel et elle aperçoit la main libre de son compagnon monter au ralenti vers son buste.

Coups de feu.

Le parka de Peter, un vieux truc de l'armée afghane enfilé par-dessus un gilet de laine et son salwar khamis, est maintenant troué à plusieurs endroits. Amel a senti un appel d'air, une légère dépression, quelque chose l'a frôlée.

Coup de feu.

Une balle siffle à nouveau à côté de la tête d'Amel, on dirait le bourdonnement d'une guêpe. Elle ne bouge pas, n'y prête pas attention, elle regarde Peter, Peter qui tombe en arrière, si lentement, Peter qui tient toujours sa burqa toute tachée et la lui arrache. Peter aux yeux vitreux, immobile dans la neige. La neige rougit, Amel hurle.

Les silhouettes s'approchent.

Ménage, le mot code pour l'assaut. Quand il l'a entendu dans son oreillette, Fox venait de rejoindre le village abandonné. Il était arrivé par le nord-ouest, son 4 × 4 ayant suivi l'oued plus loin que la

Corolla des deux journalistes. Le lit de la rivière passe en contrebas des qalats et les contourne. Gambit et lui y ont laissé leur tout-terrain, confié aux bons soins des deux hommes de la JSF et ils sont montés au contact. La suite ne regarde personne d'autre que la bande.

Le premier tir de Saturday Sierra a pris Fox de court. Il s'y attendait, mais il a été surpris quand même et, lorsque Wild Bill a annoncé l'élimination du fixer, il a failli vomir. Gambit ne s'est aperçu de rien. Ensuite, Voodoo a donné l'ordre et ils se sont tous les deux engagés dans la venelle.

Peter Dang se pointe, il traîne la fille, toujours couverte de la tête aux pieds. Pas pratique pour fuir en quatrième vitesse. La peur rend con. Et elle doit vraiment paniquer. Tous les deux ils paniquent, parce qu'ils foncent sur Fox et son équipier, et Gambit en profite, il lâche un coup, puis un autre, puis deux, puis un. Dang est touché, Dang tombe. La fille se fige, elle perd sa burqa, Fox ne sait pas trop par quel miracle, et à ce moment-là, pour la première fois, il la regarde vraiment. Et Fennec ressurgit du passé et la reconnaît. Tout lui revient en pleine poire, avec son présent, ce moment où il est en train de commettre le pire, de renier totalement qui il est, ce qu'il a été.

La fille – *comment elle s'appelle déjà ?* – recule, elle pivote pour fuir.

Gambit la met en joue avec son AKMS. Fox le double, c'est risqué, coup d'épaule au passage, le tir part dans un mur de torchis.

La compagne de Dang, la journaliste, la Française, *merde son nom*, atteint l'extrémité du boyau. Un peu plus loin, il y a la Toyota et de l'autre côté de la Toyota arrivent Voodoo et Viper. Prise entre deux feux. Elle hésite, à droite, à gauche, glisse sur la neige, manque de chuter.

Les nouveaux venus la visent.

Fox aussi et il ordonne : « À terre. » En français, un cri du cœur.

Viper, debout derrière l'habitacle, est touché à la tête et au cou. Voodoo, derrière le capot, dans le buste, dans le buste. Il bascule.

Fox n'a pas le temps de se demander comment interpréter le regard qu'il lui jette, Gambit est dans son dos et il va le flinguer, aucun doute. Il effectue une roulade sur l'épaule, bien groupé, pour tenter de se relever face à la direction dangereuse, entend un départ de rafale, il pense *RPK*, sent l'air s'agiter au-dessus et voit l'ex-*Navy SEALs* tomber.

Sher Ali et ses moudjahidines ont attendu la nuit entière, dissimulés sur les hauteurs, au-dessus du village abandonné, dans le froid, sans feu, collés les uns aux autres pour essayer de se protéger des éléments, et, chaque fois que l'hiver se faisait trop mordant, le Roi Lion pensait à Nouvelle Lune et Adil, et les braises de badal, sa vengeance tant attendue, désormais à sa portée, venaient alors le réchauffer.

Il n'est pas arrivé seul. Lorsque Javid lui a téléphoné les détails du rendez-vous prévu par les Américains, quelques jours plus tôt, il a contacté ce commandant rebelle de Nangarhar avec lequel il avait mené une attaque contre Gardi Ghos et les réserves d'opium du colonel Nawaz, au printemps dernier. En souvenir de cette grande et profitable victoire, l'homme a accepté de prêter une quinzaine de combattants. Ce ne sont pas les seuls renforts de Shere Khan. Pour ne pas s'aliéner Tajmir et ceux de Miranshah, il les a prévenus de cette expédition dans le nord et l'a présentée comme une occasion de kidnapper enfin non pas un mais deux journalistes. S'il a approuvé l'initiative, Taj, qui se méfiait, a imposé la présence de Zarin de Khost, ce chien prêt à toutes les manigances pour accroître son influence. Lui est accompagné d'une vingtaine de guerriers. Ils sont donc une soixantaine à avoir bravé l'obscurité glaciale pour surprendre l'ennemi au matin.

Certains détails, Sher Ali les a gardés secrets jusqu'au dernier moment. Zarin a ainsi découvert tard que les journalistes seraient suivis par des croisés et des Afghans de Jalalabad, ceux-ci, une douzaine, ayant été chargés de bloquer les voies d'accès au hameau pour laisser les étrangers finir leur sale besogne. Il a râlé contre cet *oubli malheureux*, les mots mêmes de Shere Khan, et protesté encore plus lorsqu'il a reçu pour consigne de se concentrer sur la seule élimination de leurs compatriotes, avec le soutien des braves de Nangarhar. Le Roi Lion voulait se réserver les tueurs de ses enfants. Avant de déclencher son embuscade, il souhaitait également attendre que les Américains soient trop distraits par leurs affaires pour réagir au piège tendu.

Quitte à sacrifier les otages promis aux Haqqani.

Impensable pour Zarin. Sitôt la voiture des journalistes pilonnée, il a oublié les ordres et lancé ses moudjahidines contre les commandos, forçant la main de Sher Ali, qui est malgré tout le premier à aborder le village, par l'ouest. Dojou, en approche par l'amont, à l'est, jouit d'une bonne visibilité sur le champ de bataille et prévient par radio que les ennemis s'entre-tuent. Surpris, le Roi Lion accélère le rythme de son assaut. Quand il pénètre dans la venelle derrière Fayz, celui-ci vient d'abattre un croisé avec son fusil-mitrailleur. Un autre disparaît derrière le mur d'une qalat en tirant derrière lui la femme journaliste et un troisième, leur chef, se relève près de la voiture de Javid. Il prend Sher Ali et les siens pour cible, lâche deux courtes rafales qui les obligent à chercher un abri, et s'enfuit vers le sud. Dojou est contacté, il doit bloquer le fugitif.

Wild Bill est installé au sommet d'une tour, dans la ferme fortifiée située à l'entrée du hameau, au nord. À travers sa lunette, il a vu la fille se jeter dans la neige, Fox allumer Viper, allumer Voodoo et, incrédule, a mis deux ou trois secondes à réagir. Les secondes de trop. À ses côtés, Roshad, son meilleur élève de la JSF, criait qu'il avait repéré des insurgés, qu'on les encerclait, il le déconcentrait. Le temps de déplacer son réticule et Fox avait roulé au sol pour faire face à Gambit. Ensuite, Wild Bill a entendu le RPK et son dernier pote est tombé à son tour.

Qui a tiré ?

Ça venait du passage. Il prend une nouvelle visée, identifie des talibans, un homme dont le visage est coupé d'un bandeau, gueule des instructions à son observateur et se rend alors compte qu'il n'est plus là. Roshad a changé de position et noie l'autre côté du promontoire sous une pluie de plomb. On les attaque de partout.

Wild Bill s'assied en tailleur et cale au creux de son coude le Dragounov que Voodoo l'a obligé à prendre aujourd'hui. Il ouvre le feu sur le boyau, manque le borgne, tue un insurgé, un second et voit le jeune mec armé du fusil-mitrailleur le mettre en joue. Il a le réflexe de s'aplatir sur le toit. Roshad est moins chanceux. Debout pour pouvoir canarder l'ennemi massé à l'aplomb de leur nid d'aigle, il reçoit plusieurs balles de 7.62. Deux tapent dans le porte-plaques caché sous ses fringues afghanes et l'étourdissent, une lui défonce le bras et une autre la jambe. Il s'effondre. Wild Bill le rejoint en rampant. Dans sa trousse de premiers secours, il prend un pansement compressif, déchire l'emballage sous vide et commence à l'appliquer.

Sans voir l'enfant hissé en silence sur la tour par un autre moudje. Roshad montre quelque chose, Wild Bill se retourne, reconnaît le Hardcore Hardware noir mat de Ghost agité devant son nez et ne bouge pas quand le gamin qui le tient, une fleur posée derrière l'oreille, relève le tomahawk pour le lui planter dans le crâne.

Le chaos atteint son paroxysme, les tireurs se répondent de toutes parts, sans logique de camp. Amel a peur, elle est perdue, ne pige pas, le taliban qui a parlé en français et abattu ses copains l'a relevée et maintenant il l'oblige à tenir son brêlage et l'entraîne vers un mur, puis le long de ce mur. Il fait feu sur d'autres moudjahidines, ordonne de marcher dans ses pas, de se baisser, d'avancer à nouveau, toujours en français. Finalement, il pénètre dans la ruine qu'ils viennent de longer en dégageant un vieux portail d'un coup d'épaule. Une fois à l'intérieur, il avance vite, en balayant devant lui avec sa kalachnikov et elle suit, docile, elle ne sait pas où aller. Ils contournent ce qu'Amel suppose être les anciens quartiers des occupants, un cube de plain-pied planté au milieu de la cour et prolongé par deux barrières de pierraille. On devine un second patio de l'autre côté, privé, à l'abri des regards. Ils traversent la ferme et butent à nouveau sur l'enceinte principale. Il y a une brèche, le mec s'y engouffre.

À peine un instant.

Amel entend un sifflement et un avertissement : « RPG ! » Elle est poussée vers le sol et, juste après, ressent le terrible appel d'air et la brusque montée de chaleur d'une explosion. Ses oreilles claquent, son nez se bouche d'un coup. Arrosée de débris, elle reste couchée le temps que cesse cette averse mortelle, puis tousse, se remet debout, les jambes faibles, crache de la poussière et aperçoit son taliban coincé sous un tas de gravats, immobile. Un pan entier de la paroi lui est tombé dessus.

Des cris de joie, sauvages, pas loin.

Amel repart en sens inverse. Elle voudrait courir, n'arrive qu'à marcher. Quand elle franchit le coin de la maison abandonnée, elle tombe dans les bras d'un Afghan immense, la face barrée de tissu noir. Il la saisit par les épaules et se met à la dévisager. Trop effrayée pour faire quoi que ce soit, Amel le fixe en retour et voit son expression passer de la rage à la curiosité.

Par quel prodige retrouve-t-il ce matin de vengeance et de sang et de mort la lumière divine, celle du regard de sa Nouvelle Lune, qu'il croyait perdue à jamais, Sher Ali ne peut l'expliquer. Cette rencontre était écrite puisque l'étrangère a été épargnée. Allah le Très-Haut, loué soit Son Nom, reste mystérieux en toute chose, même dans la générosité. Pétrifiée par la terreur, l'inconnue ne fuit pas l'œil inquisiteur du Roi Lion. Il aimerait dire quelque chose pour la rassurer mais, pris par l'émotion, il est privé de parole.

À la radio, Dojou annonce avoir piégé le dernier Américain près d'un amas de rochers, au sud du village, il se défend avec férocité, que doit-il faire ?

Les coups de feu alentour, la demande de l'Ouzbek, Sher Ali les entend à peine, sa colère est retombée et il se voit ailleurs, loin, dans un endroit où la femme aux yeux de Badraï serait en sécurité. Il voudrait la serrer dans ses bras comme il serrait sa fille autrefois, lorsqu'une angoisse de la perdre le prenait et que personne ne pouvait le voir. Mais ici, sur le champ de bataille, entouré de ses moudjahidines, ce geste le déshonorerait.

Dojou revient sur les ondes, des gens de Zarin sont arrivés et veulent déloger le croisé sans attendre, il faut venir. Vite.

À côté de lui, Sher Ali sent l'un de ses combattants bouger, nerveux. Il voit les regards des autres, suspicieux, à la limite du mépris. L'un d'eux s'enquiert des ordres. À regret, le Roi Lion doit lâcher les épaules de l'étrangère. Ce contact, à peine une poignée de secondes, dure déjà depuis trop longtemps, il est indigne. Et il serait tout aussi indigne de ne pas tuer de ses propres mains au moins l'un des bourreaux de ses enfants.

Le garçon à la fleur a rejoint le groupe. Il a le visage constellé de rouge et brandit avec fierté le pistolet d'un mécréant, énorme dans sa main d'enfant. Il reçoit l'ordre de trouver de quoi couvrir la prisonnière, Shere Khan emploie le mot à dessein, fort, afin d'être entendu de tous, et de l'escorter jusqu'aux pickups avec un autre du clan. Le gamin hoche la tête, attrape le poignet de la femme et l'entraîne sans ménagement hors de la ferme en ruine.

Une centaine de mètres, Voodoo n'a pas pu courir au-delà. En montée, dans la poudreuse, lesté de tout l'équipement porté sous son déguisement couleur locale, la poitrine à l'agonie après les deux tirs stoppés par son porte-plaques – *ce fils de pute de Fox ne m'a pas loupé* –, l'énergie lui manquait et il a plongé dans l'anfractuosité. Ouverte sous un aplomb, fermée sur l'avant par un muret de rochers, c'était la meilleure protection disponible alentour et il n'avait pas le choix, l'ennemi est partout. Plus haut, des hommes crient, en bas, d'autres interpellent. Voodoo jette un œil dans cette direction, aperçoit une bande de combattants manœuvrer pour s'approcher. Ils se sont dispersés sur un large front, avancent par bonds ou s'aplatissent dans la neige pour prendre des visées, ouvrir le feu, le garder bien au chaud. *Vous voulez m'avoir vivant, hein, bande d'enculés ?* Courte rafale à gauche, un moudje tombe, deux coups plus posés sur la droite, deux moudjes tombent.

Les talibans ripostent, Voodoo se cache.

Derrière la ligne d'assaut, il a aperçu le hameau, sa place minuscule, la Corolla et ses portières ouvertes. Les cadavres de Dang, de Viper, de Gambit, auxquels des hajis volaient ce qui peut l'être. Plus loin, sur la tour depuis laquelle Wild Bill devait couvrir, des silhouettes agitaient les bras en signe de victoire. Il a juste eu le temps de voir un corps jeté du toit avant de baisser la tête. *Pardon, frère, j'ai merdé.* Dans le ciel matinal s'élèvent des colonnes de fumée. Elles marquent les positions de leurs 4 × 4 et des commandos de la JSF chargés de monter la garde. Ça tire encore du côté de la route, au nord du village, tous ne sont pas morts.

Bientôt.

Et moi avec. Voodoo n'est pas surpris, ni déçu. Au fond, il est plutôt rassuré, son instinct ne l'a pas trompé. Il n'a jamais réellement cru s'en tirer le cul propre et, depuis la mort de Ghost, il vit avec la sensation de perdre peu à peu la main, certain d'une fin afghane, violente. Plusieurs fois au cours de ses derniers échanges avec Alain, il a failli confier cette angoisse. Il n'a pas su, pas pu, la vie ne lui a pas appris.

Les voix au-dessus de sa planque sont proches désormais. Voodoo les ignore, risque un autre regard à la recherche des deux personnes dont il a perdu la trace, la copine de Dang et Fox. Étrangement, il n'en veut pas à ce dernier, espère même qu'il s'en sortira. Au dernier moment, il a su faire le truc bien, leur a rappelé d'où ils venaient, pourquoi ils y avaient cru un jour, toutes les valeurs et les serments reniés au fil des années. Voodoo aimerait pouvoir se dire que, par son geste, Fox les a un peu rachetés et a peut-être sauvé leurs âmes. Il éclate de rire. Putain, ses parents n'ont jamais pu lui enfoncer Dieu dans la caboche et le voilà qui se met à causer de salut. *Conneries*.

Une nouvelle phalange de talibans monte vers sa position. À sa tête, un borgne. Voodoo croit reconnaître ce Grand Lion des Montagnes ou un truc du genre, qui les harcèle depuis l'été. Ce mec, c'est du lourd, toujours au bon endroit au bon moment, il pourrait leur apprendre un truc ou deux en matière de rens'.

Plusieurs balles sifflent, Voodoo s'abrite, renvoie la purée à l'aveugle. En réponse, des tirs sporadiques frappent la rocaille. Autour, ça piaille de plus en plus, de plus en plus près. *Ces putains de hajis, des vraies pipelettes.* Il est temps de faire honneur au voodooisme ultime, celui des situations désespérées : si on se fait tirer dessus, on riposte, si on est blessé ou bloqué, on continue à combattre, et si l'on sait que l'on va mourir, alors on emmène son adversaire avec soi. Voodoo pense à Ghost, le reste est facile. Il prend deux grenades sur son brêlage, une dans chaque main. Il les dégoupille. Dernière image, l'azur limpide. « Alors Dieu, tu veux bien de moi ? » Voodoo pense à son chien, espère qu'on en prendra soin. Il ferme les yeux, écoute. Ils sont tout près. Encore. Un. Peu. Ses doigts s'ouvrent, les cuillers sautent. Mille un. Debout. Mille deux. Par-dessus les rochers. Mille trois. Voodoo plaque un quatuor de moudjes surpris par son apparition.

Explosion. Explosion.

Ils l'ont forcée à remettre sa burqa, forcée à respirer l'odeur métallique et âcre dont elle est imprégnée, à toucher les chairs mortes et le sang incrustés dans le tissu, à lâcher la dépouille de Peter dont une main tenait encore le voile souillé, il avait cette expression de surprise figée sur le visage, et à présent ils forcent Amel, tremblante de peur et de chagrin et d'épuisement, à trotter vite sur ce sentier descendu du village en direction de l'oued à sec. Devant elle, il y a ce gamin avec sa ridicule fleur fanée derrière l'oreille et ses baskets trop grandes. Il joue les petits durs, mais il n'a pas osé la regarder en face tant qu'elle ne s'est pas couverte. Ensuite, il lui a serré une corde autour du cou et s'est mis à la tirer sans ménagement, telle une bête de foire. Un second Afghan, plus âgé d'une dizaine d'années, ferme la marche. Sans leurs armes, ils auraient l'air de pauvres bergers mal fagotés et inoffensifs.

En traversant le lit de la rivière, le trio dépasse un 4 × 4 qui brûle. À côté, deux cadavres dans des poses ridicules, presque entièrement dénudés. Amel détourne les yeux, elle ne veut plus voir de morts, se remet à pleurer, sursaute à chaque tir. Le massacre n'est pas terminé, on entend des rafales dans le village, des explosions, des plaintes portées par le vent. Ses gardiens ne semblent pas s'en préoccuper. Sans faiblir, ils la poussent le long d'un raidillon, insultent, râlent, pour la faire grimper plus vite.

Quelque chose ne va pas.

L'enfant paraît vouloir semer un groupe de talibans apparus derrière eux. Ceux-là courent, ordonnent, rattrapent bientôt, encerclent. Ils sont une douzaine, tous adultes, dirigés par un petit à l'air pas franc. Amel ne pige pas, ils se sont battus ensemble dans le village, mais le garçon est tendu, prêt à en découdre. Des paroles vives sont échangées, des armes brandies, un coup de feu claque, le compagnon du petit à la fleur s'effondre et lui est submergé par quatre hommes. Ils le désarment et le frappent jusqu'à l'inconscience, avant de l'attacher. Les autres et leur chef s'emparent d'Amel et l'entraînent vers une combe abritée où sont garés des pickups. Tout en marchant, ils la bousculent, la tripotent sous sa burqa. Elle se rebelle, ils se moquent, rigolent et leurs rires sont terrifiants.

Parvenus aux voitures, ils la jettent à l'arrière de l'une d'elles, la forcent à plat ventre, allongent à ses côtés le gamin dans les vapes et les dissimulent sous plusieurs couvertures puantes. Elle ne voit plus rien, sent juste des mains continuer à venir l'agacer sous les couches de laine.

Les tout-terrain se mettent en route.

La chambre est petite, standard dans sa décoration et sa configuration, murs blancs, sol PVC bleu, carrés d'aggloméré au plafond, néon sans pitié. Seule la fenêtre barrée trahit le service hospitalier dans lequel se repose Chloé de Montchanin-Lassée, les urgences médico-judiciaires de l'Hôtel-Dieu.

« Bonjour, mademoiselle. » Sitôt entré, Ponsot s'approprie la seule chaise disponible et la rapproche du lit de la jeune femme.

Pâle, mal coiffée, drap et couverture en travers de la poitrine, elle tourne à peine la tête pour le regarder et ne répond pas au salut.

« Je suis venu discuter de ce qui s'est passé rue Guynemer. »

Quelques secondes de silence et la voix, un filet. « J'ai déjà tout raconté. »

Léger coup de menton en direction des deux officiers de police arrivés avec Ponsot et restés debout près de la porte. L'un d'eux s'appelle Laurent Justin, il est chef de groupe à la Brigade criminelle. De permanence hier soir, il a hérité de l'enquête sur le double homicide avec séquestration déclenchée après la découverte des cadavres d'Alain Montana et d'Halit Ramadani dans le sixième arrondissement. Il a auditionné Chloé sur place en compagnie de l'un de ses hommes, et ensuite ici, plus tard dans la nuit. Ponsot a lu les procès-verbaux de ces deux conversations. Entre autres choses, il dessine le profil d'un agresseur unique, déterminé, ayant agi à visage découvert. Un portrait-robot de l'individu a été établi sur la base des informations révélées par la jeune femme qui, pour le moment, est restée discrète sur la nature de ses relations avec Montana, *un ami de son père, il l'hébergeait pour lui rendre service.* Elle prétend ne pas connaître Ramadani.

« Loin de là. »

Le ton à la fois détaché et assuré avec lequel le policier a parlé fait réagir Chloé. Leurs yeux se croisent. *Ce mec sait des trucs, des trucs que ses copains ignorent.* Son expression change, elle panique.

« Monsieur Montana était un homme important, je ne vous apprends rien. Son décès, brutal, et les circonstances de celui-ci vont poser des problèmes à pas mal de gens. Des gens eux-mêmes très importants. » Ponsot laisse ses paroles faire leur chemin dans l'esprit de son interlocutrice, note le réflexe de repli sous la couverture, resserrée, remontée au menton. Elle a l'air d'un animal traqué. Disparue la princesse parisienne suivie par ses gars il y a quelques semaines. Il aurait presque pitié d'elle.

« Quel genre de flic vous êtes ? »

Ponsot sourit, *pas con, la petite.* « Pas le genre à courir derrière les meurtriers. » Plutôt du genre à être emmerdé le vendredi vers minuit, au milieu d'un dîner tardif avec Nathalie, par le directeur de cabinet du patron de la DCRI qui veut le convoquer à une entrevue discrète le lendemain matin aux aurores. Ou à se méfier quand ladite entrevue commence par *Parlez-moi d'Alain Montana, vous le connaissez, non ?* et se poursuit avec force répétition des mots *PR, risques, discrétion impérative* ou *carte blanche.* Carte blanche, dans le monde de Ponsot, c'est un truc à manipuler avec précaution, on ne sait jamais ce que l'on va découvrir lorsque l'on a carte blanche, et qui va être éclaboussé. Ou tout faire pour ne pas l'être. Le genre de flic à se montrer plus circonspect encore quand le porte-flingue du grand chef explique en termes choisis que si, au passage, on trouve de quoi la mettre profond aux cousins de Mortier, ce sera apprécié en haut lieu – et au moins au huitième étage de Levallois-Perret. Mais aussi le genre à ne pas regretter la disparition de cette enflure de Montana et à vouloir serrer la pogne à celui ou ceux qui lui ont fait la peau, enfin. À se dire qu'Amel sera ravie et soulagée quand elle apprendra la nouvelle, puis à se faire aussitôt un sang d'encre en se demandant si cette mort est liée aux affaires sur lesquelles elle bosse. Dès qu'il a été mis au courant de la présence rue Guynemer d'une seconde victime, de nationalité albanaise, défavorablement connue des services de police pour trafic de stupéfiants, Ponsot a cherché à joindre la journaliste pour savoir si tout allait bien. Répondeur direct, il a laissé un message, n'a pas eu le temps de rappeler. Après avoir quitté le *dircab'*, il a mobilisé ses mecs, un samedi, il n'a pas fait que des heureux, et ensuite il a téléphoné à Jean Magrella, son vieil ami de la Crim'. Un coup de fil diplomatique. Si on l'a assuré de tous les soutiens hiérarchiques nécessaires, il sait à quel point chacun est jaloux de son pré carré dans la grande maison poulaga, en particulier à la PP, alors il a préféré y aller en douceur. Promu commandant fonctionnel, Jean a rejoint l'état-major du 36, il n'enquête plus mais a su cultiver le respect de tous les chefs de groupe. Grâce à lui, Justin a accepté de partager ses premières trouvailles et le principe de cette entrevue à l'Hôtel-Dieu.

Chloé fixe encore un instant Ponsot. Son regard passe brièvement sur les deux autres, derrière, avant de se perdre à nouveau dans le vide.

Daniel se retourne, fait signe à Magrella, le troisième homme entré tout à l'heure. Les officiers de la Crim' quittent la chambre.

« Ça ne changera rien.

— Quoi ?

— Qu'ils soient partis. Je n'ai rien d'autre à dire.

— Vous avez la frousse. »

Haussement d'épaules de gamine.

« Pourquoi cacher que vous étiez la maîtresse de Montana ? Ça sortira, vous savez. »

Pas de réaction.

« L'homme qui l'accompagnait, ce Halit Ramadani, vous savez qui c'était ? Pourquoi il était là ? »

Dénégation silencieuse. Chloé n'a pas menti lors de ses premières auditions, elle n'a jamais croisé ce mec. En revanche, sur la raison de sa présence, elle a une petite idée. Et elle lui fait mal, cette petite idée. Pas difficile de comprendre ce qui aurait normalement dû se passer quand on additionne le copain surprise d'Alain aux allures de brute, les seringues usagées et l'héro à injecter, l'absence des deux cents grammes de brune promis et les vingt et quelques mille euros de liquide découverts par ce *Hugo*, si c'est vraiment comme cela que s'appelle l'assassin de Montana. Elle devait y passer hier soir, elle était devenue encombrante. Lorsqu'elle a pigé ça, Chloé n'a pas eu peur a posteriori, elle s'est juste sentie triste, seule, abandonnée. Vulnérable à l'extrême. Ironie du sort, Hugo lui a sauvé la vie sans le savoir. Peut-être est-ce pour cette raison qu'elle n'a pas donné son prénom aux flics, ni parlé des projets de fausse surdose d'Alain, cela aurait déclenché de nouvelles interrogations auxquelles elle ne se voyait pas répondre. Elle a préféré endosser le rôle de la gourde qui en sait peu. Pas de mensonge, mais pas de détail superflu. L'agresseur ressemble à ça et ça, je ne sais rien de lui, il est arrivé tôt, je n'ai aucune idée de la façon dont il est entré, je faisais une sieste, il m'a capturée, enfermée dans ma salle de bain, je n'ai rien vu, juste entendu, non je ne sais pas pourquoi il m'a épargnée, oui il a été violent avec moi au début, non il ne m'a pas dit grand-chose, juste de me tenir tranquille. Et *Elle n'aimerait pas ça*, aussi. C'est ce qu'il a marmonné en remettant sa chaise droite. Non, je ne sais pas pourquoi, ni qui est le *Elle* en question.

« Et Dritan Pupovçi, ça vous parle ? »

Chloé se recroqueville un peu plus dans le lit et tourne le dos au policier.

« Un complice de Ramadani, peut-être ? » Ponsot va à la pêche.

Pas de réaction.

« Il vous fait peur en tout cas. Vous savez ce qu'il foutait avec Montana ? »

Non de la tête, un poil trop insistant.

Si, tu sais. Ponsot souffle. « Vous n'êtes suspectée de rien, mademoiselle, mais si vous ne parlez pas les choses pourraient changer. »
Plus de réaction.

« Nous avons une amie commune. » Cette info-là, Ponsot ne l'a pas communiquée à sa hiérarchie ni à Magrella et Justin pour le moment. Il va devoir le faire, rapidement, mais il a préféré attendre de voir où il met les pieds avant d'en parler et, à vrai dire, il n'a pas encore trouvé la bonne manière de présenter les choses. « Je me fais du souci pour Amel. Ce matin, elle ne décrochait pas.

— C'est elle qui a balancé, pour Pupovçi ? »

Ponsot capte une pointe de colère dans la question. « Elle voulait des renseignements sur lui. À cause de vous, non ?

— Je suis fatiguée.

— Sur quoi travaille Amel, elle est où ? »

Pas de réponse.

La porte est entrebâillée, Magrella passe une tête. « Le père de la petite est là, avec un avocat. Très énervé. »

Du coin de l'œil, Ponsot voit Chloé se crisper sous les draps. À nouveau, il ressent de la pitié. Il aimerait dire quelque chose, ne trouve pas, se lève. Chaise rangée, Daniel rejoint son ami et sort. Dans son dos, il entend un murmure : « Elle est loin. » Il s'arrête sur le seuil et se retourne. Rien d'autre ne vient.

GlobalProtec, à l'instar de la plupart des sociétés de sécurité privées de Kaboul, est abonnée à un fil d'alerte renseigné par l'OTAN, les autorités locales, les ambassades et d'autres entités privées spécialisées. L'embuscade du district de Surobi y est signalée une première fois vers huit heures, parmi d'autres accrochages, et décrite comme un incident entre groupes locaux. L'envoi sur place de troupes de l'ISAF, initialement déployées dans le coin à la suite d'une explosion d'IED sur l'autoroute de Jalalabad, est mentionnée vers dix heures trente-deux. Ce message-là fait état d'un échange de tirs sans gravité entre des soldats de la coalition et des éléments isolés rapidement mis en déroute. Vers onze heures treize, on annonce la présence sur le site de l'attaque d'une vingtaine de tués et de blessés, en nombre inconnu, tous Afghans, sans doute victimes de l'affrontement originel. Enfin, à midi et demi est révélée l'identité de l'un des morts, le seul à posséder une copie de ses papiers. Il s'agit d'un certain Peter Dang, un journaliste indépendant canadien. James, en vadrouille dans Kaboul avec une équipe de la télévision anglaise, est prévenu à ce moment-là. Il n'est pas surpris, même s'il fait semblant du contraire, il attend depuis deux heures un message de Voodoo qui ne vient pas ; ni triste, malgré son apparente émotion au téléphone. En réalité, il est en colère et terrifié à l'idée de ce que provoquerait la découverte de son implication dans les conneries de 6N. Il s'efforce donc de donner le change et des ordres clairs : se renseigner sur la présence d'une femme parmi les victimes, Peter n'est pas parti seul ce matin, prendre contact avec les ambassades du Canada et de France, donner tous les détails disponibles et procéder à la transmission des courriers aux proches rédigés par Dang et Balhimer. Dès qu'il a raccroché, James trouve un égout et se débarrasse discrètement des clés USB et du mobile remis par Fox au Ping Ping Paradiso. Ensuite, il rapatrie d'urgence ses clients britanniques.

Après l'Hôtel-Dieu, Daniel Ponsot a demandé à voir la scène de crime. Magrella a accepté de l'accompagner et l'adjoint de Justin, encore sur place, a été prévenu. En chemin, Amel est évoquée, la possible connexion avec Pupovçi, un Kosovar, *presque un Albanais, hein,* aussi. La nature des relations entre Alain Montana et Chloé de Montchanin-Lassée, telle que connue par Ponsot, est également précisée. Il n'explique pas comment il sait tout cela et Magrella n'insiste pas, il demande juste pourquoi la DCRI et pourquoi lui, Daniel. La réponse à la première question est relativement simple et tient tout entière dans la mention de l'arrivée récente à l'Élysée du susnommé Montana, homme secret et de secrets, à l'œuvre durant toute sa carrière sur la face cachée des affaires étrangères et étranges de la France. Pour la seconde, Ponsot se contente de rafraîchir la mémoire de son ami. « On a un passif, lui et moi, et toi aussi, un peu. Souviens-toi, 2001-2002, l'hécatombe de barbus, il en était.

— On en parle encore dans les couloirs du 36.

— Mes chefs pensent que ça fait de moi un expert.

— Et toi t'en penses quoi ? »

Un appel sur le mobile de Ponsot interrompt momentanément la conversation. Numéro masqué, il ne prend pas. « J'ai plus tellement l'occasion de me marrer au boulot.

— Fais gaffe.

— Gaffe est mon deuxième prénom. » Le bip d'un message se fait entendre, mais ils arrivent rue Guynemer et, après s'être garé, Ponsot oublie de l'écouter.

Yves Michaud, le second de Justin, attend ses deux collègues sur le palier. Magrella et lui semblent se connaître et s'apprécier, l'accueil est chaleureux. La porte de l'appartement est ouverte. Au-delà du vestibule, on aperçoit le salon, immense, et ses baies vitrées donnant sur le jardin du Luxembourg. « Je ne vous fais pas entrer, ça bosse encore, mais de toute façon, tout ou presque s'est passé ici. » Michaud montre le hall. Les corps ont été enlevés. Il reste des meubles renversés, des bibelots cassés, des traces brunes sur le sol et les murs, et des cavaliers numérotés de l'Identité judiciaire. Loin à l'intérieur, on entend des gens marcher et parler en sourdine. Jean demande un compte rendu succinct et Michaud commence par expliquer que l'assassin attendait ses victimes, qu'il a travaillées à l'arme blanche. « Difficile de dire dans quel ordre. » La disposition des corps et les lésions constatées sur l'un des cadavres, celui d'Alain Montana, suggèrent qu'il est entré et a été attaqué le premier. « Il a dû essayer de sortir un pistolet et l'autre lui a coupé la main. » Avec une sorte de machette, dont l'agresseur s'est également servi pour éventrer le second homme, Ramadani, et le décapiter. « La fille a décrit une arme assez longue avec une lame épaisse et courbe. » Elle l'a vue quand le tueur est venu la nettoyer. Un *lascar* surprenant, d'après Michaud. Il glande sur place plusieurs heures et s'emmerde à être furtif puis, sa tâche finie, il n'élimine pas une personne qui connaît son visage, retire ses gants en latex, les abandonne dans la salle de bains, fout ses doigts partout et utilise même une serviette pour s'essuyer la gueule. « C'est pro et pas pro à la fois.

— Tu vas avoir des empreintes et de l'ADN, de quoi tu te plains ?

— Je me plains pas, je m'interroge. »

Ponsot laisse ses deux collègues à leurs considérations de spécialistes de la chose criminelle et examine le bout d'appartement offert à son regard. L'endroit paraît grand, est meublé et décoré avec goût, idéalement situé dans l'une des rues les plus chères de la capitale, pue le fric. Montana a quitté la Fonction publique depuis quatre ans, cinq peut-être, il s'est reconverti dans les affaires, le genre qui intéresse l'État, avec un certain succès. À ce point, c'est néanmoins surprenant. Déterminer à qui est ce logement, s'il s'agit de la résidence principale de la victime, creuser, si on l'y autorise, peu de chance, du côté de PEMEO, voir si l'argent, cause possible de ce bordel, vient de là et s'il est propre, Ponsot et ses gars ont du pain sur la planche. Son mobile sonne à nouveau. Masqué, encore. Il ignore, encore. « La téléphonie, ça donne quoi ?

— Aucune des victimes n'avait de portable sur elle. On pense que le mec les a piqués.

— Pourquoi il aurait fait ça ? »

Michaud hausse les épaules. « Ils ne sont nulle part et personne ne se balade à poil de nos jours. La fille nous a filé un 06 pour Montana, on va faire les fadettes déjà et on verra. »

Ponsot jette un coup d'œil en direction de Magrella, qui acquiesce, *ouais, t'auras des copies*. Il sourit. « Il y a quoi, dans le reste de l'appartement ?

— À droite en entrant, grande cuisine avec espace pour becqueter, au fond à gauche une chambre avec penderie et salle de bains, des gogues, un bureau, un coffre. Maousse, le coffre.

— Dedans ?

— On sait pas, faudra un serrurier. Pas prioritaire, la pièce était fermée à clé quand les premiers collègues sont arrivés et l'assassin n'y a pas mis les pieds apparemment.

— Qui les a prévenus ?

— Des voisins. Quand le mec s'est barré, la fille a foutu le camp aussi et elle a tapé à toutes les portes jusqu'à ce qu'on lui ouvre. »

Nouvel appel pour Ponsot. Cette fois, l'écran de son mobile affiche le nom de Patrice Lucas, son adjoint. Il décroche. « Comment ça se passe au bureau ? » La réponse n'est pas celle attendue. Un mec du ministère des Affaires étrangères le cherche, c'est une urgence, il a essayé Levallois après le portable et a laissé un numéro. Ponsot note, rappelle immédiatement, tombe sur un fonctionnaire du Centre de crise et de soutien du Quai d'Orsay, il a le ton grave des porteurs de mauvaises nouvelles. Daniel entend *Amel Balhimer* et ça lui coupe le souffle, il doit s'asseoir sur une marche. Le reste des explications, *Afghanistan*, *disparition*, au début, il ne le capte pas bien. Dans sa tête, les émotions se percutent, la surprise, *pourquoi moi ?*, la colère, *putain, qu'est-ce qu'elle branle en Afghanistan, pourquoi elle m'a rien dit ?*, la peur, surtout la peur. *Elle est loin*. Chloé de Montchanin-Lassée savait. *Ça et quoi d'autre ?* Il se fait tout répéter, écoute mieux la seconde fois. Amel a averti l'ambassade qu'elle allait rencontrer une source en dehors de la capitale ce matin. Elle se rendait à ce rendez-vous avec un autre journaliste, un certain Peter Dang. Ils ont été attaqués dans un bled appelé Surobi, monsieur Dang et le chauffeur afghan sont décédés. Le corps de mademoiselle Balhimer n'a pas été retrouvé. Pour l'interlocuteur de Ponsot, un certain Tavernier, c'est encourageant, elle est peut-être en vie, mais il faut garder à l'esprit que tout est possible, même le pire. Non, il ne peut pas dire grand-chose sur les circonstances de l'incident, elles sont confuses et l'équipe diplomatique de Kaboul essaie encore de comprendre ce qui s'est passé. « Pour ne pas dire de bêtises aux proches, vous voyez ? » Daniel voit. Ensuite, Tavernier évoque justement la famille, suggère de les appeler, il a d'autres coordonnées sur sa liste de gens à prévenir, il s'apprêtait à le faire puisqu'il n'arrivait pas à entrer en contact avec le policier. « Elle a indiqué de me joindre en premier ? » Le type du Quai confirme. Après avoir fait valoir sa qualité d'officier de la DCRI, Ponsot indique qu'il va s'en occuper. « Je les connais bien, mieux vaut que ça vienne de moi. On revient vers vous. » Tavernier semble soulagé et ils raccrochent. Daniel reste sans bouger pendant quelques instants, sonné, il essaie de mettre de l'ordre dans ses pensées. Un appel comme celui-là, à propos d'Amel, il le redoute depuis longtemps. Magrella a pigé qu'il y avait un problème et approche. « Je dois y aller, tu peux te démerder ? » Ponsot n'attend pas la réponse de son pote et dévale l'escalier quatre à quatre.

Avant d'arriver dehors, il a déjà rappelé Lucas et l'a envoyé, avec Zeroual et Mayeul, camper devant chez Amel Balhimer jusqu'à son arrivée. Cette disparition, le jour où Montana trépasse, c'est une drôle de coïncidence. Et puis, il y a ce *Elle est loin*. La gamine va devoir cracher le morceau. Mais Ponsot veut aussi jeter un œil à l'appartement d'Amel, il s'est peut-être passé des choses là-bas, hier ou aujourd'hui. Si c'est le cas, il faudra avertir la Crim' mais il préférerait y accéder d'abord. Dehors, il rejoint sa voiture et, avant de démarrer, compose le numéro de Myriam. Sonnerie, sonnerie, grande inspiration quand la sœur d'Amel décroche. « Bonjour, c'est Daniel… Ponsot… Oui, oui on fait aller. Et toi ? Les enfants ? Tant mieux, tant mieux… J'ai besoin d'un service, quelqu'un a un double des clés d'Amel ? Toi ? Super. Tu es où, là ? À Paris, aux Galeries, bien. Je peux passer te prendre ? Oui, maintenant, c'est assez important… Écoute Myriam, tu me fais confiance ? Je dois te parler, mais pas au téléphone, et il faut que j'entre chez ta sœur… Non, pour l'instant, ne leur dis rien s'il te plaît… S'il te plaît. Laisse-moi venir te voir d'abord et je t'explique tout. »

You bloom in spring
Yeah, you move the sky...

Devant Lynx, à la terrasse de ce café, il y a un couple confortablement installé sous un convecteur. Lui est attablé dans un coin sans chauffage, il s'en moque, le froid le maintient éveillé après son errance nocturne. Il ne peut s'empêcher de le regarder, ce couple, d'être voyeur de sa complicité. Rien d'ostentatoire, une simple tendresse d'anticipations et d'attentions. Facile d'imaginer le monde entre ces deux-là, un monde de grandes émotions et de petits cadeaux, de lieux habités et visités, d'amitiés partagées, de familles mélangées, d'instants vécus et de fertiles possibles.

You've come in singing
Yeah, you call me a liar...

L'homme parle à l'oreille de la femme et caresse son avant-bras, parfois sa main hésitante forme un bracelet, un lien qui attache sans retenir. Kayla avait aussi les poignets très fins, si fins que l'on pouvait sentir l'extrémité de ses doigts de l'autre côté quand on les serrait. Le souvenir fait sourire Lynx. Réflexe conditionné, il reproduit le geste dans le vide. Puis il s'en rend compte et le sourire disparaît. La solitude n'est jamais plus cruelle que lorsqu'elle est exposée au bonheur des autres.

Yes, you are a flower
Then you were a lime
Now our love is sour...

Il a tué, pour rien, et dérivé, vers rien. Ce rien lui fout la trouille. La trouille, comme les sentiments, ne fait pas bon ménage avec le discernement et la logique. Il a repoussé la vie pendant longtemps et la vie l'a encerclé quand même et elle l'a submergé et elle lui a tout repris, sauf sa douleur, et désormais il est juste terrifié et fatigué, il ne veut plus avancer. Au bout de cette longue nuit achevée sur une seule alternative, soit la mort, soit la reddition, il est venu s'échouer à l'endroit où se trouve le dernier lambeau de passé qui le raccroche à l'existence. D'aucuns estimeraient cela signifiant, ce n'était ni conscient ni réfléchi. Et c'est inutile, il n'y a plus personne ici pour l'accompagner sur l'un ou l'autre chemin, encore un truc dont il s'est assuré. Trois jours sans la moindre activité de ses mouchards dans le coin, la rue est vide, elle n'est plus surveillée, elle n'a plus de raison de l'être, elle est loin la raison. Du moins, il l'espère.

Don't give up
I owe you
No, don't give up…

Le couple se lève et part. Lynx le regarde s'en aller et se sent bizarrement triste d'être ainsi délaissé. Il fait signe au serveur lorsque les amoureux sont hors de vue, il aimerait un autre espresso, histoire de reculer encore le moment de la décision finale. Sa commande est accueillie par un regard de travers, proverbiale amabilité des garçons de café parisiens. Le mec n'a pas grand-chose à lui reprocher, quatre boissons consommées en trois heures et il fait gris, sa terrasse ne s'est jamais remplie. La gueule de Lynx ne doit pas lui revenir. Il s'est vu une fois dans le miroir des toilettes et il ne fait pas envie, c'est vrai, il a la tronche d'un condamné en sursis.

It takes a small man
To notice but not to act up…

Le petit noir est servi, posé un peu sec sur la table. Lynx entend le choc par-dessus la musique mais son attention est ailleurs, sur une voiture arrêtée dans la rue de Malte. *Devant l'immeuble d'Amel.* Deux hommes en sont descendus, ils ne sont pas discrets, ne cherchent pas à l'être. Ils parlent un instant à leur copain resté au volant. Derrière ça klaxonne. Lynx voit un des mecs se redresser, agiter avec autorité un chiffon orange fluo en direction de l'automobiliste énervé. *Brassard police.* Le même tient un objet noir avec une antenne. *Radio.* Le troisième flic se barre avec la bagnole, vient se garer au bout de la rue, en double file, abaisse le pare-soleil. *Plus de doute.* Il sort, attend, mate. Il est à moins de quinze mètres, de l'autre côté de l'avenue de la République, et trimballe également un ACROPOL. Ses acolytes ont disparu à l'intérieur du bâtiment d'Amel. *Ils avaient le code.* Lynx se demande s'il y a un rapport avec son expédition punitive de la veille dans le sixième. A priori, aucune raison. Un quart d'heure passe. Le poulet resté en bas parle plusieurs fois dans son terminal, bâille pas mal, s'emmerde sec et puis, soudain, il fait signe à une seconde voiture. Elle se range devant la sienne. Deux personnes en sortent, une femme, d'origine maghrébine, dans la trentaine, bouleversée, elle s'essuie abondamment les yeux, et un homme. Lui, Lynx l'a reconnu, même s'il a quelque peu grisé et forci. Il détourne la tête pour ne pas se faire détroncher. Il ne se souvient plus de son nom, juste de son service. *RG.* La dernière fois qu'ils se sont vus, ils étaient à moins d'un mètre l'un de l'autre, dans sa maison de Saint-Privat-d'Allier. C'était il y a presque sept ans et déjà Amel se trouvait entre eux. *Qu'est-ce qu'il branle ici ?* Monsieur RG n'a pas l'air très heureux non plus. Il soutient la femme jusqu'à la porte de l'immeuble de la journaliste. Ils entrent. Une demi-heure s'écoule. D'autres policiers se pointent, en civil, en uniforme. Ça commence à faire beaucoup. *Trop.* Lynx s'inquiète vraiment lorsqu'il aperçoit des chasubles de l'Identité judiciaire. Il se met à additionner ce qu'il a observé : des flics plus une Maghrébine triste, même tranche d'âge qu'Amel – *copine, sœur ?* – plus la police scientifique. *Ça pue.* Les premiers policiers ressortent. La femme est là, elle semble toujours aussi troublée. Un des nouveaux arrivés discute avec monsieur RG pendant que ses collègues investissent le bâtiment ou bouclent la portion de la rue de Malte située entre Jean-Pierre-Timbaud et Rampon. Des curieux s'arrêtent pour regarder. Lynx a rangé son iPod et trouvé un bonnet dans son sac à dos, il a mis des lunettes à verres neutres, remonté une écharpe sur le bas de son visage. Il se lève, va se mêler aux badauds, mémorise tout, essaie d'écouter. Il est trop loin pour entendre. Encore une dizaine de minutes et, cette fois, c'est le copain musicien d'Amel qui débarque. Il n'est pas seul, deux autres types, même genre de dégaine négligée cool, sont avec lui. Il râle à

l'entrée de la rue, appelle *Myriam*, la femme lui répond d'un geste indécis de la main, on finit par le laisser passer, mais ses potes restent en rade. Il rejoint les flics, prend longuement Myriam dans ses bras, elle se remet à pleurer. On la fait asseoir sur un capot de voiture. Le musicien essaie de la consoler. Il ne salue pas monsieur RG. Entre eux, le langage corporel est hostile. *Pourquoi ?* Lynx s'approche des copains coincés hors du dispositif, tend l'oreille. Ils parlent sans faire attention à l'environnement et très vite plusieurs informations émergent : le musicien s'appelle Jeff, il est en réalité journaliste, tous les trois le sont, et un de ses amis vient d'y passer, en Afghanistan. Il est également question d'un comité de soutien, parce que la fille qui était avec le confrère mort, une des leurs aussi, est introuvable.
Amel.

Le gamin a perdu sa fleur pendant le trajet. Ça a été si long. Dix heures, douze, plus, elle ne sait pas – il faisait jour quand on les a roulés dans des couvertures et maintenant la nuit est tombée –, pas mal de temps en tout cas, côte à côte, sur le métal glacé de la benne du pickup, à être bringuebalés, secoués, à tourner de l'œil, à se pisser dessus, littéralement, à vomir ensuite à cause des effluves d'ammoniac, à se gratter, irrités. À essayer de repousser les mains impudiques, les pieds inquisiteurs. À pleurer. À être triste à en crever. Plusieurs fois, elle a entendu le petit râler sous les couches de laine, insulter leurs kidnappeurs, pour ces choses l'intonation est universelle, et a dû elle aussi encaisser les roustes balancées en réponse à ces injures. Une violence bienvenue, elle la détournait du chagrin.

Il a perdu sa fleur, c'est la seule chose qu'Amel remarque à leur arrivée, parce qu'elle se concentre sur lui, et uniquement sur lui. Le reste, les hommes autour, l'endroit où ils se trouvent, elle ne veut pas le voir, elle ne saurait dire pourquoi, elle sent qu'il ne faut pas. Ils commencent avec l'enfant, presque malgré eux, sans doute n'avaient-ils pas prévu de s'y mettre tout de suite, ni même de s'y mettre tout court, des indices laissaient supposer un repas préalable, mais puisqu'il se permet, vis-à-vis du petit chef à gueule de traître, la remarque agressive de trop et tente même un coup de pied, ils changent de plan. *Nabot*, Amel le baptise ainsi dans sa tête à partir de ce moment, se met à battre le garçon comme plâtre. C'est facile, deux autres ont saisi les bras frêles et parfois participent à la correction, et ça claque, et ça claque, ça résonne dans la construction basse de plafond où ils les ont conduits. Elle pue la terre sèche. Lorsque la petite bête est attendrie et tient à peine debout, ils achèvent à trois de déchirer ses fringues et la mettent à nu, la jettent au sol dans la poussière, sur le ventre. Amel se dit *il va attraper la mort*, une réflexion idiote, mais le gamin n'a pas l'air décidé à se laisser dominer, pas encore, il reste de la colère dans sa voix haut perchée. Rires et commentaires vont bon train alentour, la troupe profite du supplice, même le taliban qui, d'une main, tient la corde toujours nouée autour du cou d'Amel, par-dessus sa prison de tissu bleue. Il la tripote quand il y pense, préférant dans l'immédiat le drame joué devant lui. Des cigarettes tournent, des artisanales, chargées d'oubli, et des vraies, étrangères. Nabot se fait donner une de celles-là et tombe à califourchon sur le dos du garçon. À la première brûlure, l'odeur domine toutes les autres, pourtant omniprésentes, et elle surprend Amel. L'absence de cri aussi. Elle a détourné les yeux, un réflexe, mais quand Nabot remet ça, son geôlier la force à regarder d'une petite traction vicelarde. L'extrémité incandescente attaque la peau encore une fois, deux, cinq, plus. L'enfant cède à la huitième et hurle de douleur.

Amel aussi, de dégoût et de peur, elle se débat, se libère, tente de fuir. Une proie, avec un comportement de proie, au milieu d'hommes-loups. Elle a le temps de faire trois pas puis son taliban rattrape la longe. Il la laisse filer un peu, joueur, tire en arrière, juste assez, pas trop. Les autres, ceux qui ne sont pas pris par le petit, l'encerclent, leurs cris de joie sont semblables à des glapissements de prédateurs. Elle ne parle pas leur langue mais elle comprend leurs mots, ils sont sales, excités. On lui permet de tourner en rond, illusion d'une échappatoire, tout en se rapprochant d'elle. Quand ses bourreaux sont au contact, ils y vont d'abord avec des petites gifles, au visage, sur le corps, des fessées sur les jambes, dans le dos, autant de coups de pattes amusés de fauves. Peu à peu, ils se pressent contre elle, à l'étouffer, leurs griffes accrochent, arrachent. Tellement de mains, elle n'arrive plus à toutes les repousser. En quelques instants, la meute a détruit la burqa, s'attaque à sa saharienne, au salwar khamis. Les poches sont déchirées, ses papiers, de l'argent, son Moleskine, son stylo, son mobile, elle l'avait oublié, tombent par terre. Amel voit l'appareil valdinguer dans un coin de la pièce et lorsqu'il disparaît, masqué par tous ces pieds, ces jambes, ces corps, elle sent l'espoir l'abandonner, c'est presque physique. Elle est en culotte, son soutif en lambeaux, elle a froid, elle a mal, elle est terrorisée, elle tourne et tourne et tourne, renvoyée de l'un à l'autre. Des doigts pincent, palpent, ses seins, son ventre, ses fesses, s'immiscent, dans sa bouche, ses oreilles, son vagin, son anus. Elle se dit, *ça y est, ils entrent*, une drôle de pensée. Elle chute. *Non*. Ils se jettent sur elle. Elle se bat. Un premier direct lui explose le nez. Ça rayonne dans son crâne. D'autres beignes suivent, elle réplique, se recroqueville, réplique. Les représailles sont sauvages, une tempête de poings. Amel ne voit plus rien, panique, elle ne veut pas mourir sous les coups, arrête de se rebiffer. Puisqu'elle cesse de bouger, ils se calment, le temps de la traîner par les chevilles vers le gamin. Elle l'aperçoit, juste avant d'être submergée à nouveau. Il est toujours à plat ventre, la fixe d'un air absent, sa tête sursaute à chaque poussée. Nabot le sodomise. Bientôt, c'est son tour d'être pénétrée, prise, retournée, par un, par deux, par trois, des index et des majeurs et des pénis partout, dedans, dehors, dedans, dehors, de force, de force, de force, tant que ça ne s'enfonce pas tout seul, accompagnés de coups. L'esprit d'Amel déserte la pièce, seule son enveloppe demeure, amorphe, offerte. Oubliée la brutalité de leurs étreintes, leurs peaux, leurs cheveux, leurs souffles, leur crasse, l'hémoglobine, les spermes, elle ne les sent plus, leurs voix, elle ne les entend plus.

Il ne m'arrive rien.

Ça dure, c'est long, mais pas aussi long que le trajet, puis ça s'arrête. Une première fois. Ils bouffent, reprennent des forces, prient et reviennent se servir, à plusieurs reprises. Le gamin, elle, elle, le gamin, les deux ensemble ou séparément, parfois leurs yeux tuméfiés se croisent et aussitôt s'évitent, déguerpissent. Chacun est le reflet de l'autre et, ce miroir-là, ils ne veulent pas le contempler. Nabot essaie Amel, ne peut pas bander, s'énerve. Il se venge à la clope, la crame à plusieurs endroits et lui mord même le sexe. Après, il retourne à l'enfant. Ses copains deviennent créatifs, font tâter de leurs ceintures, jouent avec des objets, leurs armes. Elle sent le canon d'un pistolet lui péter des dents, déchirer son palais, ses joues, son bide, elle manque de s'étouffer avec son propre sang, ça se met à couler entre ses cuisses, non-stop. Elle s'évanouit, reprend connaissance, s'en va, revient ici, toujours, cet enfer de torchis et de terre battue, toute cassée elle veut partir, n'y parvient pas. À côté le garçon sanglote lorsqu'il est éveillé, doucement, pour ne pas faire de bruit. Elle tient pour lui et parce qu'ils finissent par se lasser et s'endorment. Elle tient jusqu'à ce que d'autres hommes apparaissent au milieu des ténèbres, et là, elle ne tient plus, elle ne pourra pas recommencer.

Sher Ali a mis du temps à venir jusqu'ici. Difficile de s'extirper du village en ruine à cause des troupes étrangères rameutées par l'embuscade. Ensuite, il a fallu interroger les blessés que Zarin avait laissés en arrière. Ils ont fini par dire où chercher et il a foncé, la peur au ventre, tout le jour, malgré les risques d'être intercepté par l'ennemi. Pas question d'abandonner le gamin ou de se faire voler une seconde fois la lumière de Badraï.

Ils surprennent le traître et ses hommes au milieu de la nuit. Dojou tue en silence l'unique sentinelle, les autres sont égorgés dans leur sommeil. Sauf Zarin. Lui, le Roi Lion le réveille. Il l'attache vivant à l'arrière de son pickup et le laisse mourir pendant des kilomètres, le corps lacéré par les rocailles. Sher Ali ne fait pas attention à cette agonie, son esprit et son cœur sont ailleurs, troublés, l'étrangère et l'enfant sont en vie, à peine.

14

En rentrant chez lui vers une heure et demie du matin, épuisé par une journée où la tristesse et l'inquiétude l'ont disputé à la frustration et à la colère, Jeff sait qu'il aura du mal à s'endormir. Il s'abrutit donc avec un *shot* de vodka et un Aprazolam avant de se coucher. Peut-être est-ce pour cela qu'il n'entend pas sa porte d'entrée s'ouvrir peu après trois heures. Son instinct, un inconfort dans son sommeil finissent néanmoins par le réveiller. Il se redresse en sursaut, l'esprit encore embrumé et le cœur inquiet, et se met à écouter le silence de son appartement. Une voix l'interpelle au pied de la mezzanine lui tenant lieu de chambre.

« Vous devriez descendre me rejoindre. »

Il y a un homme dans son salon. Ses mots, le ton, ne sont pas agressifs, mais Jeff a le cœur à deux cents. Il regarde en direction de l'ampli Marshall qui fait office de chevet, à la recherche de son mobile. Ces quelques secondes d'indécision le trahissent.

« Je ne vous empêcherai pas d'appeler la police, mais je serai parti avant son arrivée et nous aurons perdu une occasion de discuter calmement. »

Le photographe ne bouge pas.

« Je suis venu prendre des nouvelles d'Amel. »

Cette annonce incite Jeff à se lever. Il attrape son téléphone et s'approche de l'escalier. En bas, dans la pénombre, il aperçoit les contours d'une silhouette assise sur le canapé.

« Vous pouvez allumer si vous voulez, inutile de vous casser la gueule. »

La pièce apparaît, baignée par des lumières diffuses et indirectes. L'intrus, la petite quarantaine, est émacié. Ses yeux, dissimulés dans l'ombre de ses orbites, Jeff les suppose braqués sur lui, intenses. Son *visiteur* a le cheveu ras, noir, une barbe négligée et la peau très bronzée. Jusqu'à ce qu'il se trouve plus près, le photographe le pense même d'origine maghrébine. De gabarit moyen, il porte un blouson de moto renforcé aux coudes, aux épaules et au col, fermé, et un pantalon de treillis vert foncé. À côté de lui sont posés un sac à dos noir au look technique et pro, et un intégral. Aucune arme apparente. « Les vrais amis d'Amel étaient avec sa famille aujourd'hui.

— Je sais.

— Mais vous, non. » Jeff descend, s'arrête à quelques pas.

« Hier.

— Quoi ?

— Techniquement, c'était hier. Et je n'ai jamais prétendu être un ami d'Amel.

— On n'a rien à se dire, alors. »

L'intrus montre un fauteuil. « Asseyez-vous. S'il vous plaît. » Comme le photographe reste immobile, il soupire et reprend la parole. « Je ne connais pas les proches d'Amel et je ne pouvais de toute façon pas me présenter à eux, on me recherche. »

Un temps.

« Qui ?

— La police. Entre autres.

— Pour quelle raison ?

— Amel a-t-elle précipité son départ en Afghanistan ?

— Drôle de question. Comment savez-vous où elle est allée ?

— Vos potes devraient faire attention à ce qu'ils racontent en public. »

Jeff dévisage l'intrus. Rien de bravache ou de menaçant dans sa façon de s'exprimer, ce conseil n'a pas vocation à effrayer le photographe mais peut-être, selon une logique tordue, à plutôt gagner sa confiance. Il pose son mobile sur la table basse et se dirige vers la cuisine. « Vous voulez boire quelque chose ?

— Non merci. »

Dans son frigo, Jeff prend une cannette de Sapporo puis il ouvre un tiroir. À l'intérieur se trouvent des couteaux de différentes tailles.

« Je suis juste venu parler. »

Jeff tergiverse, il a la trouille mais n'est pas sûr d'être capable de planter un homme. Il se contente de la bière japonaise. À son retour, son téléphone est à la même place. « Parlez alors. »

L'intrus sourit. « J'étais au concert du Chat Noir. Sympa. » Le sourire disparaît. « J'ai remis un message à Amel ce soir-là, à son insu.

— Pas très franc, ni amical.

— Préférable.

— Pourquoi ? »

Pas de réponse.

« Il disait quoi, ce message ?

— Je voulais qu'elle s'éloigne de Paris, pour sa sécurité et sa tranquillité.

— Mais encore ?

— Vous n'avez pas l'air surpris. »

Jeff ne l'est pas. L'existence de ce mot a été évoquée alors que Myriam, lui et Ponsot quittaient ensemble le onzième pour aller au Plessis-Trévise annoncer la disparition de leur fille aux parents d'Amel. Le photographe l'a même lu. Prévenu de l'envoi d'un pli, le policier a fait un détour par son domicile après avoir appelé son épouse, afin de récupérer l'enveloppe arrivée avec le courrier du matin. Dedans se trouvaient un petit appareil électronique cassé, quelques lignes imprimées non signées et une courte lettre manuscrite de la journaliste. Pressé par Myriam durant le trajet, Ponsot a fini par révéler le contenu de celle-ci. Amel voulait son avis, elle se pensait victime d'une manipulation d'Alain Montana, sans doute au courant de ses projets de reportage en Asie centrale. Pour la retenir à Paris, il aurait cherché à faire croire au retour d'un certain Jean-Loup Servier. Le policier a semblé très troublé par cette découverte, il connaissait apparemment cet individu, à la différence de Myriam et de Jeff qui en entendaient parler pour la première fois. Il n'a pas voulu en dire plus. « Servier ? » Une question posée à l'instinct.

« Plus maintenant.
— Comment je dois vous appeler alors ?
— Ce nom, vous le sortez d'où ? »
Jeff hausse les épaules, boit. « N'éludez pas.
— Ça n'a aucune importance.
— Pour moi, si.
— A-t-elle avancé son départ en Afghanistan ? »
Silence.
« Non, la date était calée depuis deux semaines. »
L'intrus hoche la tête, il semble à la fois soulagé et anxieux.
« Pourquoi on vous recherche ?
— Plein de raisons.
— C'est-à-dire ?
— Amel est allée faire quoi là-bas ?
— Donnant donnant. » Jeff, assis à la hauteur de l'inconnu, peut maintenant voir ses yeux. D'un coup vidés de leur humanité, ils examinent, évaluent, mesurent. Des regards comme ça, il en a photographié beaucoup dans les pays en guerre et ils lui ont toujours foutu les jetons. Il aurait dû prendre un couteau.
« J'ai tué des gens.
— Récemment ? » Autre intuition.
« Vendredi soir. Vous le connaissiez ?
— Pas personnellement.
— Mais vous saviez.

— La police, hier. » Le photographe reprend un peu de bière. « Pourquoi lui ?

— C'est personnel.

— Et Amel, personnel aussi ? »

Pas de réponse.

« Montana, c'est elle qui m'en a parlé. Une vieille obsession apparemment. » Jeff voit les épaules de son interlocuteur s'affaisser. « Votre message, elle a cru qu'il était de lui. Pour la dissuader de partir. »

L'intrus cogne avec son poing sur l'accoudoir du canapé puis se prend la tête dans les mains et se met à marmonner.

Le photographe capte *encore la sauver*, *Kayla* et *connard*, cette dernière injure étant répétée plusieurs fois.

L'homme se tait, regarde longuement dehors. « Que s'est-il passé en Afghanistan ? »

Jeff relate les dernières infos transmises aux proches par les Affaires étrangères, hier en début de soirée. Amel devait rencontrer une source à l'est de Kaboul, avec un autre reporter. Le photographe mentionne le nom de Peter et doit s'arrêter de parler, étranglé par l'émotion. Son regard se brouille. Après quelques secondes difficiles, il reprend son récit. Tout le truc était peut-être un piège dès le départ, pour les enlever, le bizness des otages est devenu une véritable économie parallèle là-bas. Quoi qu'il en soit, des talibans attendaient. Les choses ont mal tourné, leur fixer est mort, Peter aussi. « Et elle a disparu. Son corps n'a pas été retrouvé et il n'y a eu aucun signe de vie depuis l'attaque.

— Ce Peter, c'était votre ami, non ? »

Le photographe, encore perturbé, ne demande pas comment l'intrus est au courant. « C'était le mec d'Amel aussi. » Des paroles empreintes d'amertume. Les larmes reviennent, mélange de tristesse et de culpabilité.

« Confrontés à des hommes armés, les journalistes ça parlemente en général. Ou ça se laisse faire. Qu'est-ce qui a merdé ? »

Jeff se méfie, joue l'ignorance avec un temps de retard. « J'en sais rien.
— Vous mentez mal.
— Vous posez trop de questions.
— Je suis venu pour ça.
— Pourquoi moi ?
— Vous n'êtes pas flic et je ne voulais pas troubler encore plus la famille.
— Mais ma pomme c'est pas grave ?
— J'ai peur pour Amel. »
Silence.
« Je suis un criminel en fuite, je devrais être loin. »
Jeff acquiesce et se lève. « Toujours pas soif ? » Il va chercher une autre bière, revient. « Peter enquêtait depuis plusieurs mois sur les magouilles d'une société de sécurité privée US. Amel et lui ont pu établir des liens entre certains employés de cette boîte et Montana. » Le photographe marque une pause, boit, ses yeux s'attardent sur la cannette. « Les cadavres de plusieurs paramilitaires américains ont été découverts sur le site de l'embuscade.
— Les mêmes ? »
Haussement d'épaules.
« Infos Quai d'Orsay ?
— Non, des confrères sur place, par la bande. Le ministère ne sait rien. Ou fait semblant de. »

Fox a beaucoup dormi au cours des dernières vingt-quatre heures. Le plus souvent, on l'a aidé chimiquement, mais il lui est aussi arrivé de sombrer tout seul. À chaque fois, le même cauchemar est revenu le hanter : il court dans un étroit passage entre deux murs, une femme en burqa apparaît, il lève son AKMS, tire, la tue. Lorsqu'il retire le voile de la morte, il découvre Storay. Ensuite, il est dans une maison, une maison occidentale, en France, il le reconnaît aux meubles, dans le salon, devant des inconnus auxquels il vient annoncer un décès. Dans son rêve, Fox finit par identifier ceux qui lui font face, la bande de 6N au grand complet. Il reprend toujours conscience à ce moment-là, dans cette aile de l'hôpital militaire de Bagram où il a été conduit après le fiasco de la veille, allongé sur un lit médicalisé entouré de paravents. Ils limitent son horizon sauf lors de rares visites, quand il peut apercevoir un bout de la salle où il se repose et un soldat, ils sont plusieurs à se relayer, assis sur une chaise installée à l'extrémité de son pieu, de l'autre côté du mur de toile. On le surveille. Aux bruits, aux bribes de discussions des équipes médicales glanées de-ci de-là, il se sait également entouré de mecs dans un état grave. Qui ne restent jamais longtemps, ils sont renvoyés temporairement en Allemagne ou au pays ou ils crèvent.

Plusieurs personnes sont venues voir Fox depuis son rapatriement ici, surtout des médecins et des infirmières. Eux l'ont rassuré. Un trauma crânien sans complication, deux doigts pétés ayant nécessité une courte intervention, l'auriculaire et l'annulaire de la main gauche, sa main faible, quelques côtes fêlées, des éclats de shrapnel et de pierre dans la zone fessiers-ischios et le bas du dos, aucun dans la colonne, la plupart déjà retirés par les chirurgiens, il sera vite sur pied. D'autres visiteurs l'ont en revanche fait flipper. Il y a d'abord eu un cadre de Mohawk, chargé de gérer le bordel en attendant l'arrivée de la cavalerie juridique de Longhouse et pressé d'obtenir assez d'informations pour commencer à couvrir ses miches et accessoirement celles du groupe. Après lui, un binôme d'enquêteurs du FBI a débarqué, procédure habituelle lorsque des civils américains sont coupables ou victimes de quoi que ce soit à l'étranger. En Afghanistan, le Bureau dispose de près d'une centaine de fonctionnaires, pour l'essentiel basés à Kaboul, dans l'enceinte de l'ambassade des États-Unis. Aux agents fédéraux, contrariés à l'idée de ne pas avoir été les premiers à l'interroger, comme au sous-fifre de Mohawk, Fox n'a rien dit ou presque, aidé par un personnel hospitalier toujours prompt à faire valoir son état de santé et l'altération de ses capacités intellectuelles, du fait de la prise de médicaments, pour qu'on le laisse en paix. Une solution à court terme, il finira par être obligé de s'expliquer.

Et peut-être plus tôt que prévu.

Dick Pierce attend au bout de son lit quand il se réveille peu de temps avant l'heure du déjeuner, le lendemain de l'incident. Il a l'air à la fois très fatigué et mécontent.

« C'est gentil de te faire du souci, mais ce n'était pas la peine de faire le voyage.

— Épargne-moi ton ironie. »

Fox sourit. 6N Afghanistan, désormais sous contrat avec le Pentagone via le JSOC, n'a plus aucun lien avec la CIA. Cette arrivée précipitée est donc un signe de grande inquiétude, une chose dont il peut jouer. Son regard glisse vers le paravent, à l'endroit où se trouve le soldat censé le garder à l'œil.

« Nous sommes tranquilles. Pour le moment.

— Tu es ici pour qui, ton patron de Langley ou son voisin de Falls Church ? » Fox fait référence à la ville de Virginie où se trouve le siège de Longhouse.

Pas de réponse.

« La Défense s'est pas encore pointée, mais le FBI est déjà passé.

— Tu leur as dit quoi ? » Pierce pose sa question de façon précipitée, trop, il s'en agace d'un claquement de langue.

« Pas grand-chose, j'étais pas bien.

— Qu'est-ce que vous avez branlé ?

— Voodoo et les autres ?

— Réponds.

— Toi d'abord. »

Silence.

« Tous KIA. »

Fox ferme les yeux.

« Dang aussi.

— Il y a des survivants ?

— Deux talibans. Mal en point.
— Et la femme ?
— La femme ? »

Gaffe, pense Fox, *piège à con*. « J'ai aperçu une burqa à proximité de la voiture de Dang pendant la fusillade. Une femme, donc.
— Disparue. » Pierce note le soupir mal contenu de son interlocuteur. « Qui c'est ?
— Je sais pas.
— Te fous pas de ma gueule. »

Les deux hommes se dévisagent.

« Je te jure. Si t'as des infos, dis-moi.
— Elle s'appelle Amel Balhimer, c'est une journaliste. De Paris. Elle travaillait avec le Canadien. »

Balhimer. Fox se souvenait déjà de ce nom, indiqué sur le portail de la maison visitée pendant son cauchemar récurrent des dernières heures. L'inconscient et ses mystères. Une baraque dans laquelle il s'est effectivement rendu il y a quelques années, juste avant de devoir mettre les voiles, pour essayer de persuader cette fille de publier sa version de l'opération clandestine meurtrière à laquelle il était mêlé malgré lui à l'époque. Morte de trouille, elle l'avait envoyé balader et il s'était enfui. Son prénom, en revanche, il ne s'en souvenait pas. *Pourquoi a-t-il fallu que ce soit elle ?*

« Dis-moi ce qui s'est passé.
— Une séance d'entraînement qui a mal tourné.
— T'as pas bien saisi dans quel merdier tu es, je crois. »

Fox surjoue la fatigue et la souffrance, fait mariner Pierce. L'enjeu est de taille et il a besoin de mettre de l'ordre dans ses pensées. Les antalgiques n'aident pas. Puis il se met à raconter une variation de l'histoire concoctée par Voodoo en cas de pépin. « On a toujours un contrat avec la JSF, donc on a programmé une série de tests visant à évaluer leurs groupes d'assaut. Hier, c'était le galop d'essai.
— Dans la province de Kaboul. Il n'y a plus assez de place à Nangarhar ?

— On y est allés plein de fois, vérifie. » Les mensonges les plus crédibles empruntent à la vérité, 6N a régulièrement utilisé ce site à l'abandon, loin de tout. « On peut se lâcher sans risque en conditions réelles. » Il n'y a jamais personne, donc pas de témoins. Fox poursuit, en s'appuyant sur d'autres faits. « On a été beaucoup harcelés ces derniers mois, t'es au courant. Voodoo pensait que ça s'était calmé avec la trêve hivernale, il s'est gouré. » Des talibans les attendaient. Vrai. « Ils étaient nombreux. » Vrai aussi. « On n'a rien pu faire. » À moitié vrai, ils ont eu le temps de flinguer le journaliste et son fixer. Et de s'entre-tuer ensuite.

« Dang, qu'est-ce qu'il foutait là ? »

Fox lève les mains en signe d'ignorance. « Il nous collait au cul depuis le printemps, je t'apprends rien. Comment il a su où on était, je peux pas te le dire.

— Tu l'as reconnu tout de suite ?

— Non, on a vu la Toyota arriver, ça a commencé à tirer, j'ai riposté, le temps de m'en sortir, la caisse était bousillée, la bonne femme, Machine, là, se barrait et il y avait des mecs au tas par terre.

— Mais tu l'as reconnu quand ?

— En me repliant, je suis passé à côté et là j'ai vu. » Une hypothèse plausible, Fox était à moins de vingt mètres du cadavre lorsqu'il a perdu connaissance.

« Vous avez un sérieux problème de sécurité opérationnelle.

— On n'a plus grand-chose. »

Silence.

« C'est ta version ?

— C'est la version.

— Réfléchis bien.

— À la vérité ? Tu préfères que je mente ? »

Pierce soupire.

« Pas plus que toi j'ai envie de déconner avec mon avenir.

— Ne me mêle pas à tes conneries.

— À ton avis, avant d'accepter de revoir le FBI, je prends un avocat perso ou j'attends que Longhouse m'en fournisse un ? On est tous dans la même merde, non ? »

Pierce encaisse l'avertissement. Fox est au fait d'une partie des petits arrangements afghans de la CIA en liquidités, en armes, en assistance logistique, il connaît certains de ses partenaires locaux, pas tous très reluisants, et est peut-être même mêlé à d'autres choses, plus dommageables encore. S'il doit l'ouvrir et parvient à négocier son immunité, l'Agence, déjà malmenée aux États-Unis, se retrouvera une fois de plus au centre d'une violente tempête médiatique et la maison mère de 6N, qui réalise jusqu'ici un sans-faute, souffrira également beaucoup. « J'en discuterai avec Zinni.

— Merci.
— On t'a dit que les talibans ont pris vos armes ?
— Non.
— Ça va être chiant, pour la balistique. Et la zone de l'incident est dangereuse. »

Fox acquiesce. « Tu devrais contacter Data, notre administratif à Khost. Il t'aidera à y voir clair.

— Je vais faire ça.
— File-moi ton téléphone, je vais le prévenir de ton appel. »

Un coup de fil, ça laisse des traces. Son ancien agent le teste et Pierce est en train de se faire coincer. « Tu as changé.

— Les dernières années ont pas été faciles. » Puisque son interlocuteur ne semble pas vouloir se lever, Fox ajoute : « J'aimerais lui parler seul. »

Chloé déteste le treizième, déteste la boîte de béton du boulevard Auguste-Blanqui où se trouve ce studio dont elle déteste l'absence d'horizon, le blême des murs et le clic-clac Ikea sur lequel elle a dû se replier, se réfugier, se recroqueviller, pour ne pas avoir à poser le pied par terre, sur le carrelage pourri, pas lavé. Elle n'a rien pour le faire, jamais elle n'en a eu besoin jusqu'ici. Avec les trois ou quatre pauvres sacs bourrés de fringues que la police a bien voulu lui laisser embarquer, elle n'a plus que cet endroit, et elle déteste ça aussi. Et, autre truc qui ne va pas, elle n'arrête pas de se gratter partout et de se foutre de la crème pour essayer de calmer les démangeaisons. Elle y a déjà passé un flacon et ça ne marche pas. Et elle a envie d'en prendre, elle a envie d'oublier, elle a envie de se barrer de sa tête et de son corps, mais elle ne peut pas, elle n'en a pas. Elle n'ose pas téléphoner ou sortir en acheter, elle a la trouille d'être surveillée. On lui a refilé des médocs après son départ de l'Hôtel-Dieu, un généraliste et ensuite un psy, consultations privées imposées par Guy, mais c'est de la merde, ça n'est pas assez, même si elle force les doses. Au lieu d'écouter Machin et de faire le ménage, elle aurait dû garder l'héroïne rapportée par Alain et son copain. Elle a bien réussi à planquer les vingt mille, elle aurait pu foutre la poudre avec. *Ouais, et tu serais allée la chercher quand, là, tout de suite ?*

Impossible, il y a sans doute des flics rue Guynemer.

Le portable de Chloé se met à vibrer. Son père. Il n'arrête pas de téléphoner. Elle lui a faussé compagnie après avoir récupéré ses affaires et ça l'a rendu dingue, il croyait la tenir, enfin. Elle essaie de l'ignorer, se met à trembler, recommence à s'égratigner les poignets, gémit après quelques secondes, stoppe, une vraie torture, et se tartine de lait hydratant. Ses avant-bras comme des palettes où le blanc cosmétique se mélange au rouge sang pour donner un pus rosâtre, fascinant.

On sonne.

Guy ?

Chloé ne bouge pas, cesse même de respirer pour ne pas faire de bruit, elle ne veut pas le voir, pas maintenant, plus jamais. TIRE-TOI ! Le cri est silencieux.

Nouveau coup de sonnette et une voix.

Pas la sienne.

« Ça va, Mademoiselle de Montchanin-Lassée ? Je sais que vous êtes là. Répondez, ça m'évitera d'avoir à faire venir des gens pour défoncer la porte. »

Chloé demande qui c'est.

« Daniel Ponsot. Je suis policier, on s'est déjà parlé. »

Elle ne s'en souvient pas immédiatement et craint d'abord une entourloupe paternelle, Guy en est bien capable. Sa parano dure jusqu'à ce que le mec mentionne Amel. Elle inspecte le sol, dégoûtée, se lève, va ouvrir, reconnaît l'homme sur le palier. D'abord il n'entre pas et se contente de la détailler de haut en bas, fixe ses pieds nus, ses chevilles, ses tibias, ses bras exposés, explosés. Chloé a honte, abaisse les jambes de son pantalon de jogging replié en bermuda et s'écarte pour aller choper un pull et planquer les éraflures. Il la suit alors à l'intérieur, referme derrière lui. Elle retourne se mettre à l'abri sur le canapé, le laisse mater partout, prendre la mesure de son désastre, elle s'en fout. Évidemment, il repère la balance de précision, les restes de produits de coupe, les sachets translucides, les traînées poussiéreuses sur la tablette du coin cuisine, *putain de flic*, mais ne dit rien, *putain de flic*, attrape un tabouret, s'installe, la regarde. *Putain de flic.* « J'ai déjà tout raconté.

— Il va falloir changer de disque.

— Je peux appeler Guy, hein, et son avocat. »

Le policier penche la tête sur le côté. « Allez-y, prévenez *Guy*. »

À sa façon de prononcer le prénom de son père, Chloé sait que Putain de flic a pigé. *Tout mais pas lui.*

« Hier matin, au moment où je partais, vous m'avez dit, à propos d'Amel, elle est loin. Vous pouvez m'expliquer ?

— Expliquer quoi ?

— Loin ?

— Loin, loin, c'est loin. Elle est partie Amel, avec son mec, là, super Peter.

— Peter ?

— Son ex.

— C'est son mec ou son ex ? »

Chloé a un geste d'agacement. « Vous ne le connaissez pas ? Amel est votre amie pourtant.

— Vous savez où ils sont ? »

Silence.

« Et Montana, il savait ? »

Les yeux de Chloé se carapatent.

« Il vous l'a dit, vous le lui avez dit ?

— Alain n'avait pas besoin de moi pour tout savoir.

— Mais il était au courant et vous aussi. »

Silence.

« Vous l'avez rencontrée comment, Amel ?

— Une fête, on a tapé ensemble. Après on a baisé, c'était cool. » Chloé défie le policier, c'est con mais c'est bon. « Ça a duré un peu et puis on a cassé. »

Putain de flic hoche la tête. « Tapé, baisé, rien d'autre ? »

Silence.

« Amel haïssait votre amant. Depuis longtemps. Alors juste baiser avec vous, j'y crois pas trop.

— Je m'en fiche de ce que vous croyez.

— Elle bossait sur Montana et des Kosovars. Ramadani, le type mort rue Guynemer, il venait de là-bas, c'était un trafiquant de came, on a son pedigree. Vous aussi vous avez *dealé*, on vous a coincée pour ça. » Le policier se tourne vers la tablette et ses preuves accablantes. « A priori, on pourrait encore vous emmerder. »

Chloé ricane, c'est nerveux, une manière pathétique de paraître sûre d'elle au moment où, dedans, tout s'effondre un peu plus.

« Réfléchissez bien à votre prochaine réponse. Amel cherchait à prouver que Montana faisait dans le *stup*, non ? Et vous l'aidiez ? »

Silence.

« Ce double meurtre, mes collègues du 36 finiront par se demander s'il n'est pas lié au trafic et si l'assassin ne vous a pas épargnée parce que vous êtes sa complice.

— Je ne connais pas ce mec, d'accord ? Il m'a chopée et il m'a tapé dessus, c'est tout. J'ai rien vu, rien fait, vous pigez, là, ou il faut que je gueule plus fort ? » Le regard de Chloé se brouille, essaie de fuir dehors, bute contre une fenêtre derrière laquelle un volet roulant a été descendu. Elle se sent prise au piège, isolée, tellement, et se remet à grelotter. Elle voit Putain de flic observer ses larmes et ses spasmes un moment, puis se lever. Dans les placards de la cuisine presque vides, il trouve une boîte d'Earl Grey entamée, des tasses pas très propres. Il en lave une après avoir mis de l'eau à bouillir dans une casserole. Quand le thé est prêt, il le rapporte à Chloé et s'assoit à côté d'elle. Elle s'écarte.

« Cet homme qui a tué Montana, parlez-moi de lui.

— Je n'ai pas menti.

— Je sais.

— Je ne peux rien vous dire d'autre. »

Le policier attend.

Chloé joue avec son sachet. « Il avait les yeux vides. » Elle entend son voisin soupirer. Pas de l'exaspération, plutôt une énorme fatigue.

« Et très tristes après.

— Vous ne l'aviez jamais vu avant ? »

Chloé ouvre la bouche, se ravise.

« On saura tôt ou tard. »

Putain de flic s'est rendu compte de son hésitation.

« Comment il est entré ? »

Chloé secoue la tête.

« Il a jamais dit un nom ? »

Et secoue la tête.

« Un prénom ? »

Et secoue la tête, de plus en plus fort.

« Pourquoi il voulait tuer Montana ? »

Le thé déborde.

« Dites-moi pour quelle raison il ne vous a rien fait.

— J'en sais rien, merde ! »

Silence.

« On sera pas les seuls à se poser des questions. Ramadani, il a des copains et ça va les intriguer que vous soyez encore en vie. Eux, ce sont pas des gentils. »

Silence.

« Vous allez avoir besoin d'amis, vous aussi.

— Alain n'aimait pas la police.

— Il est mort, Alain. Ne restent plus que vos parents. » Putain de flic sourit.

Chloé renifle fort, plusieurs fois, pour ne pas pleurer. « Les amis, ça ne menace pas.

— Je ne vous ai pas encore menacée. » Un temps. « Je suis ici pour Amel.

— Comment vous m'avez retrouvée ? » À sa sortie de l'Hôtel-Dieu, Chloé a laissé Guy donner sa propre adresse.

Le policier ne répond pas.

« Qu'est-ce que vous lui voulez ?

— Vous faisiez quoi, avec elle ?

— On baisait, point. Vous pouvez vérifier. Mais bonne chance, hein, parce que là, elle est en Afghanistan, Amel. Si vous étiez un proche, vous le sauriez.

Putain de flic hoche la tête. « Vous avez raison. » Il se penche vers Chloé. « Donc vous, vous êtes proche d'elle, pas un simple plan cul, avec qui on tape et on baise un peu ? »

Silence.

« Vous l'avez plantée, Amel ?

— Pourquoi vous dites ça ?

— Montana, c'était pas un mec simple à trahir, faut des couilles. Et être malin. C'était un tordu, capable de retourner n'importe qui.

— J'ai planté personne.

— J'espère bien.

— Je fais ce que je veux avec mon cul. Et il était OK avec ça. » Un temps. « Pourquoi vous avez dit j'espère bien ? »

Le policier dévisage.

Le regard de Chloé dévisse.

« Super Peter, son nom de famille, c'était Dang. Il était canadien, de Toronto.

— Je croyais que vous ne le connaissiez pas ?

— Il est mort. Hier matin. On l'a tué. »

Silence.

« Amel était avec lui. »

Silence.

« Elle a disparu. »

Silence.

« Montana était au courant de son voyage ? »

Les yeux de Chloé restent braqués par terre. Des larmes coulent à nouveau. Elle a mal et elle veut parler, mais elle a peur et les mots ne sortent pas. Elle ne parvient pas à balancer que oui, Alain était au courant et même bien plus, il a aidé Amel à partir, à son insu, en intervenant auprès de l'ambassade d'Afghanistan pour l'obtention de son visa. Chloé s'en souvient bien, elle était dans sa voiture au moment où il en parlait au téléphone. C'était le jour de sa sortie de l'hosto, juste après sa tentative de suicide.

« Ses parents et sa sœur, ils ont très peur. »

Brusque envie de vomir. Chloé renverse sa tasse en la posant sur l'accoudoir. « Je suis fatiguée, laissez-moi. » *Vite, l'évier.* Elle rend son thé, de la bile, pas grand-chose d'autre. Elle n'a rien mangé de la journée. Putain de flic n'a pas bougé. Chloé hurle. « FOUS-MOI LA PAIX ! » Putain de flic se lève, enfin. Elle voit sa pitié, une gifle de plus, se vide une seconde fois. Ça lui brûle le ventre et la gorge. « Dégage ! » Et plus bas. « S'il te plaît. »

Le policier va jusqu'à la tablette et y dépose une carte de visite. « Pensez à ce que je vous ai dit à propos des amis. » Avant de sortir, il montre l'attirail de parfait petit dealeur. « Et ça, il vaut mieux vous en débarrasser. »

15 DÉCEMBRE 2008 – VISITE SURPRISE DE GEORGE W. BUSH À KABOUL. Après l'Irak, où il est allé faire ses adieux aux troupes engagées dans le dur combat contre la terreur, le président sortant est venu en Afghanistan pour assurer Hamid Karzaï du soutien de l'Amérique. Il a déclaré : « Je lui ai dit, vous pouvez compter sur nous. Vous pourrez compter sur le prochain gouvernement comme vous avez pu compter sur le mien » [...] À la différence de ce qui s'était passé la veille à Bagdad, aucun journaliste n'a jeté de chaussure ou traité George Bush de chien lors de sa conférence de presse [...] C'était le second voyage du président américain en Afghanistan depuis 2001 [...] l'insurrection a gagné l'ensemble du territoire, rendant extrêmement difficile et dangereuse la tâche des 65 000 soldats de l'OTAN déployés dans le pays [...] Le général David McKiernan, commandant en chef de l'ISAF, a réclamé un renfort d'au moins 20 000 hommes [...] **15 DÉCEMBRE 2008 – LOGISTIQUE MILITAIRE : LES ROUTIERS EN GRÈVE** [...] Les plus importantes sociétés de transport pakistanaises ont cessé le travail, invoquant la brutale détérioration des conditions de sécurité le long de la principale voie d'approvisionnement, qui part du port de Karachi et rejoint Kaboul via la passe de Khyber [...] **16 DÉCEMBRE 2008 – UN MISSILE TUE TROIS PERSONNES À MIRANSHAH et en blesse trois autres** [...] Ce bombardement fait suite à celui du 11 décembre dernier, dans la région voisine du Waziristan du Sud, où un drone a causé la mort d'au moins sept personnes [...] Au cours du dernier trimestre, les États-Unis ont ciblé plus d'une vingtaine de fois les zones tribales pakistanaises, une région où, selon le Pentagone, les talibans afghans trouvent soutien et refuge. De nombreux membres d'Al-Qaïda s'y cacheraient également. **16 DÉCEMBRE 2008 – PROTECTION DE L'ENFANCE EN AFGHANISTAN : plusieurs responsables de l'ONU tirent la sonnette d'alarme** [...] **17 DÉCEMBRE 2008 – SÉCURITÉ : AMÉLIORATION EN VUE POUR 2009, d'après un responsable de l'OTAN** [...] Grâce à l'arrivée d'un nouveau gouvernement aux États-Unis et le renforcement de la présence militaire étrangère [...] La violence a atteint de nouveaux sommets en 2008. Près de 2 000 civils et 1 000 militaires afghans sont décédés, et les pertes de l'ISAF s'élèvent déjà à 281 morts cette année, la plus meurtrière depuis le début du conflit. **17 DÉCEMBRE 2008 – TROIS MILITANTS TUÉS, DONT UNE FEMME, lors d'un raid conjoint de l'ISAF et de la police afghane à Khost** [...] Selon plusieurs témoins, les victimes étaient des civils, désarmés au moment de l'attaque [...] D'après un porte-parole de l'armée, « ces personnes étaient liées à Al-Qaïda et ont ouvert le feu sans sommation sur les soldats » [...] **18 DÉCEMBRE 2008 – CINQ ESPIONS EXÉCUTÉS À MIRANSHAH, capitale du Waziristan du Nord.** Une vidéo des confessions et des décapitations de ces cinq hommes a été envoyée aux médias occidentaux [...] La sentence a été rendue à l'issue d'un procès tenu devant un tribunal taliban [...] Ils étaient accusés d'avoir aidé le gouvernement pakistanais et les États-Unis à localiser puis tuer, le 29 janvier dernier, Abou Laith Al-Libi, porte-parole d'Al-Qaïda [...] **18 DÉCEMBRE 2008 – LA FRANCE NOUVELLE CIBLE DU TERRORISME ?** Un groupuscule inconnu, originaire d'Afghanistan, serait responsable de la tentative d'attentat qui a visé cette semaine un grand magasin du boulevard Haussmann, à Paris. Dans sa lettre de revendication envoyée à l'AFP, ce mouvement réclame le retrait des troupes françaises [...] **19 DÉCEMBRE 2008 – AFFAIRE FORTIS : DÉMISSION DU PREMIER MINISTRE BELGE** [...] Soupçonné d'avoir fait pression sur la justice [...] La chute de Fortis, mise à mal par la crise financière, est la dernière d'une longue série de faillites bancaires [...] De grands groupes industriels internationaux tels que Sony, Dow Chemical ou encore Electrolux ont annoncé des licenciements massifs [...] **19 DÉCEMBRE 2008 – UN ENFANT MEURT LORS D'UN RAID US dans la province de Khost** [...] Devant un parterre de membres du gouvernement afghan et de diplomates étrangers, le président Karzaï, mécontent de l'attitude de l'OTAN, a fermement condamné cette opération, qui a également causé la mort de trois autres civils [...] **20 DÉCEMBRE 2008 – NÉGOCIATIONS AVEC LES TALIBANS, MISE EN GARDE de la ministre afghane des droits des femmes** [...] Les talibans sont-ils prêts à accepter une nouvelle constitution qui établit l'égalité entre les hommes et les femmes ? La condition des femmes progressera-t-elle si ceux qui leur interdisent d'aller à l'école et de travailler entrent au gouvernement ? Quid de la sécurité ? Négocier avec eux, d'accord, mais pas sans garanties, ni l'appui de la communauté internationale. « Le monde ne doit pas nous oublier à nouveau » [...]

La tristesse provoquée par un songe de Peter étendu dans la neige rappelle Amel à la surface et un spasme, monté de ses tripes, tord son cœur avec brutalité et comprime sa gorge, à l'étouffer. Elle peut souffrir, donc elle est encore en vie. Son esprit tout juste conscient est pris d'assaut par une cacophonie de sons, de souvenirs, de sensations. La maison de Kaboul et la chaleur du lit avant le départ à la nuit, la route et le froid du petit matin, le hameau et l'angoisse de l'attente, le sang, les cris, les détonations, les explosions. Et le regard du borgne et sa voix, forte, rassurante, qui commande – *en français ?* – et le gamin, et le nabot, le crépuscule, la meute. Sur elle. Son corps retrouve des douleurs familières. Par crainte de trop les réveiller, Amel ne bouge pas, elle n'ouvre pas les yeux. D'autres visions fugaces, inédites, viennent encombrer sa mémoire éparpillée. Des moments pas vécus, ou si, mais quand, et comment, tout est confus. Elle se rappelle de soleils rasants, de bleus nuageux, de ténèbres, de pistes désertées, de montagnes rapprochées, d'intérieurs, d'une femme qui parle, à elle, à un mur, d'où une voix répond, sèchement. Elle la touche, cette femme, la nettoie, la panse, la nourrit, puis s'en va. Amel se déplace, elle n'est plus seule, le gamin est à ses côtés, dehors, emmitouflé dans des couvertures, il y a des chevaux autour, leurs naseaux fument dans l'air glacé. Ça sursaute. Des flocons se posent sur son visage. Elle est transie. Elle a de la fièvre. Elle a peur.

Un sanglot.

La neige, c'est Peter mort et sa main crispée sur la burqa. Cette main qui avait tout juste reconquis la peau d'Amel à force d'effleurements. Elle adorait, c'était doux, joyeux, ça la faisait rire. Trop longtemps elle avait oublié le bonheur des vraies caresses. Il susurrait *merci* et elle disait *à toi aussi*, elle bénissait leur seconde chance, se sentait privilégiée, bien.

Maintenant, elle voudrait pouvoir tout effacer.

Les larmes coulent sur sa tempe. Il y a un cri, léger, surpris, enfantin. Il est suivi d'une cavalcade et d'un appel, à se rompre les poumons. Sa signification est universelle : « Maman, maman, viens ! » La langue est étrangère. Amel tente de voir, mais ses paupières sont collées, lourdes, chaudes, elle les entrouvre avec difficulté, pas beaucoup, pleure de plus belle. À peine le temps d'apercevoir une silhouette trouble s'agiter devant un carré de lumière et le noir revient. Elle détourne la tête, sa nuque lui fait tellement mal, sa joue aussi, elle est gonflée. Elle aimerait faire basculer son corps pour se redresser, s'aider de son propre poids tant elle se sent épuisée, mais sa cage thoracique craque et se fragmente, et elle brûle dedans, jusqu'au bas-ventre, et ses bras sont sans force, courbaturés. Elle renonce, s'oblige juste à regarder. Quelqu'un approche. En fait deux personnes, une grande, une petite. La grande a un geste exaspéré, relève sa burqa. Une mère et sa fille. Cette femme est différente de celle de ses rêves. Elle est plus belle et plus sévère, plus vieille aussi, l'existence l'a éprouvée. Elle se penche sur Amel, écarte le patou jeté sur elle et tord le nez, dérangée par l'odeur, avant de relever la longue chemise avec laquelle on a vêtu la journaliste. Dont le corps est inspecté de long en large, sondé, palpé jusqu'à provoquer des plaintes, reniflé, soulevé sans ménagement, à nouveau examiné, lâché. Amel s'écrase lourdement, serre les dents, gémit quand même. Ça grince. Elle est allongée sur un lit rudimentaire fait d'un maillage tendu sur un cadre de bois, semblable aux *charpoys* qu'on trouve partout en Inde.

La mère aboie un ordre. Sa fille se lève, contourne l'alitée.

Amel la suit du regard.

La petite s'arrête devant un coffre. Des boîtes claires, des flacons, des rouleaux blancs sont posés dessus. Des médicaments.

Ils me soignent. Ils la veulent en vie. *Otage*. Ce mot auquel Amel ne voulait même pas réfléchir avant le départ, de peur d'attirer le mauvais œil. En bonne santé elle vaut plus cher. Un butin disputé par plusieurs meutes. Elle repense à Nabot, craint qu'il ne soit ici, pas loin, son cœur bondit. Elle ne peut s'empêcher de revenir au jour maudit, la neige, Peter, le borgne, le garçon à la fleur, Nabot, qui attaque le petit, qui vole, qui fuit, avec ses guerriers. Le borgne revient, bien plus tard, à l'avant d'une voiture, tourné vers elle, l'air sévère, il parle. Le gamin repose contre l'épaule d'Amel. Elle entend un grouillement, peut voir dehors par une vitre, ils sont entrés dans une ville. Ça file. Des façades, des ombres passent. Et des hommes sans tête, pendus par les pieds à des poteaux, deux, trois, plus, elle ne peut pas compter, ils vont trop vite. Elle se rappelle avoir crié. Amel rouvre les yeux.

La fillette est de retour auprès de sa mère. Elle lui tend une seringue remplie d'un liquide incolore. Cette fois, leur patiente ne se laisse pas faire, elle s'accroche au châlit, refuse de verser, marmonne des injures de sa voix desséchée, repousse, finit par montrer sa vessie, comme si elle avait besoin d'uriner.

Un seau en fer-blanc est approché.

Amel ne parvient pas à se lever, elle a mal partout. La gamine vient lui prêter main-forte, l'assiste pour prendre place sur le récipient de métal.

Les deux Afghanes s'écartent, un peu, observent avec attention.

Malgré l'humiliation, Amel se force, elle n'en peut plus. Ça sort difficilement et la libération, lorsqu'elle arrive, est un bruyant supplice. Elle est à deux doigts de tourner de l'œil, doit se mordre la lèvre et s'appuyer sur ses genoux pour ne pas tomber. La mère profite de son inattention et, trop tard, Amel sent l'aiguille s'enfoncer derrière son épaule. La douleur est aiguë et la fait chavirer, s'étaler sur le sol. Le contenu du seau se répand, éclabousse ses jambes blessées. Ça pique et ça pue.

Amel voudrait mourir, se remet à chialer.

La femme lâche un grognement moqueur et montre un autre baquet, plein d'eau claire, puis elle appelle : « Farzana ! » La petite rapplique et elles sortent.

15

22 DÉCEMBRE 2008 – WAZIRISTAN DU SUD : DEUX VILLAGES BOMBARDÉS, sept morts, dix blessés [...] Les missiles, tirés par des avions sans pilote, visaient des talibans du Pendjab venus, avec leurs véhicules équipés de canons antiaériens, prêter main-forte aux moudjahidines du Mollah Nazir. Deux pickups blindés et une maison fortifiée ont été détruits [...] Un autre missile a explosé à proximité d'un troisième hameau des environs de Wana, sans faire de victime [...] Les drones américains ont effectué trente-six frappes dans les zones tribales en 2008, un total à comparer avec la dizaine de bombardements de cette même région officiellement reconnus durant les années 2006 et 2007. **23 DÉCEMBRE 2008 – L'ÉLECTION PRÉSIDENTIELLE AFGHANE SERA RETARDÉE** [...] Dans une interview, le responsable de la Commission électorale indépendante d'Afghanistan a déclaré qu'il serait impossible de préparer dans de bonnes conditions le scrutin initialement prévu au printemps. Il a recommandé un report sans préciser de date [...] **23 DÉCEMBRE 2008 – PROBABLE RENFORT DE FORCES SPÉCIALES EN AFGHANISTAN.** D'après une source interne du Pentagone qui a tenu à garder l'anonymat, les États-Unis pourraient rapidement déployer une vingtaine d'équipes de bérets verts supplémentaires en Afghanistan. Ces unités, habituées à vivre au plus près de la population et à travailler de façon autonome pour former des guérillas indigènes, sont organisées en groupes d'une douzaine d'hommes baptisés ODA, pour *Operational Detachment Alpha* (Détachement opérationnel alpha, NDLR), censés encadrer une centaine de miliciens afghans chacun [...] La révélation de ce projet a déclenché une polémique puisque, selon cette même source, les forces spéciales seraient déjà présentes en nombre suffisant dans le pays, mais particulièrement mal utilisées ou sous-employées. L'absence de stratégie cohérente et une pénurie des moyens d'appuis nécessaires à la conduite de leurs opérations ont été invoquées pour justifier cette situation [...] **24 DÉCEMBRE 2008 – NOËL D'UN BOUT À L'AUTRE DE LA PLANÈTE.** Retrouvez dès demain les plus belles images des fêtes, de Rome à New York en passant par Sydney [...]

Depuis son retour à la lumière, Amel lutte sans relâche pour tenir Peter à l'écart de ses pensées. Une guerre perdue d'avance. Son sommeil est peuplé de manifestations de son corps, de sa voix, de ses gestes, tout ce qui la faisait rêver devenu source de cauchemars, et ses périodes d'éveil sont souvent entrecoupées de traîtres crises de larmes, quand un bruit, une sensation, un instant de dérive le ramènent au premier plan de ses interminables ruminations.

L'oubli remporte parfois d'éphémères victoires lorsque le corps martyrisé d'Amel se rappelle à son bon souvenir, une distraction bienvenue, ou qu'elle parvient à se concentrer sur une réflexion d'évitement. Le passage du temps, la datation des événements survenus dans sa vie récemment dont, pour certains, le déroulé continue à lui échapper, a par exemple occupé une large part de ses cogitations initiales. Ils ont été attaqués le 13 décembre à l'aube, l'agression sauvage dont elle a été victime ensuite s'est produite le soir de ce même 13, et sa première rencontre ici avec la gamine et sa mère remonte désormais à quatre nuits et presque cinq jours. D'autres choses sont arrivées dans l'intervalle, mais sa mémoire, mise à mal par son état, a des difficultés à en estimer la chronologie et la durée. En l'absence de montre, de journaux, de radio pour vérifier, elle pense qu'une semaine au moins s'est écoulée depuis son départ de Kaboul.

Une semaine. Au moins. Déjà.

Peter.

Amel ne pleure pas, elle ne veut pas. Elle fait un tour d'horizon pour distraire son esprit, mais le dénuement de la pièce dans laquelle on la cloître ne fait que renforcer son désespoir. Au début, lorsqu'elle avait encore du mal à se déplacer, la familiarisation avec son environnement immédiat, le seul visible de son lit, lui a donné un but. Elle est enfermée dans une cellule en torchis de trois mètres sur trois. Les seuls éléments de mobilier sont le charpoy, le coffre pharmacie, ses *toilettes* en fer-blanc, le baquet dans lequel elle peut se laver et un petit poêle à bois, unique source de chaleur et, la nuit, de lumière. Le sol est terreux, tassé à l'extrême et toujours glacé. On s'y noircit les pieds à force de l'arpenter. Les murs, ocre, sont épais, au moins un bras de profondeur. Trois n'ont pas d'ouverture. Le quatrième est percé d'une porte et d'une minuscule fenêtre placée à hauteur de visage et protégée, à l'intérieur, par un patou tendu. Pas tant pour l'empêcher de voir dehors, plutôt pour éviter qu'elle ait à souffrir du regard d'hommes trop curieux. Amel l'a compris après avoir retrouvé un semblant de mobilité, quand elle a enfin pu jeter un œil à l'extérieur et découvrir une partie de la cour commune de la qalat où elle est retenue prisonnière. Lorsque les deux femmes chargées de veiller sur elle ne sont pas là, des combattants en armes, trois ou quatre toujours, y vaquent à leurs occupations. Le soir, ils dorment de l'autre côté de la bâtisse, de la taille d'un fortin, près des écuries. Dès que ses visiteuses arrivent, en revanche, tous disparaissent. À heure fixe le matin, le midi et en fin de journée, mère et fille quittent en effet l'aile de la ferme dans laquelle elles sont recluses, isolée du reste de la construction, et viennent apporter de la nourriture et de l'eau en bouteille à Amel. Elles vident les seaux aussi et lui prodiguent des soins, changement des pansements, nettoyage des plaies, piqûres au besoin.

Durant ses premiers moments de vraie conscience, Amel a essayé de leur résister. Elle avait peur de ce qu'on pourrait lui inoculer, instinct de survie, et souhaitait également, pulsion morbide et paradoxale, rejoindre son amant dans la mort. Mais au fond du gouffre, tout en ayant l'impression de trahir Peter, de ne pas mériter d'être encore là, vivante et souillée, un vertige terrible, elle s'est mise à penser à ses proches, à la peine qu'elle leur infligeait, et l'envie de les revoir un jour, de pouvoir au moins demander pardon, a grandi, s'est renforcée suffisamment pour l'aider à réfléchir à demain et demain et demain, et elle a fini par se laisser faire.

Ces *auscultations* sont rarement agréables. La femme ne prend pas de gants avec Amel, elle la traite avec brutalité, dégoût, évite systématiquement de la regarder en face, comme si elle allait être salie, une hostilité sans doute provoquée par la connaissance de l'outrage subi. Les violées sont des impures, elles méritaient la colère d'Allah, c'était écrit. On doit les traiter en parias. Seule sa valeur marchande protège la journaliste du ressentiment de cette mégère, elle le sait.

La petite, elle, semble mieux disposée. Régulièrement, elle se débrouille pour arriver avant sa mère ou repartir après. Dans ces cas-là, elle reste à dévisager, curieuse, tout en gardant ses distances. Elle recule si on l'approche ou on essaie de la toucher et, jusqu'à hier, elle n'avait jamais réagi aux tentatives de dialogue d'Amel, qui s'était fait une raison, peu probable que cette gamine comprenne l'anglais. Mais surprise, la veille, à l'heure du dîner, Farzana, elle a commencé par confirmer son prénom, a dit son âge, douze ans, après l'avoir recompté trois fois sur ses doigts pour être bien sûre, et a ensuite révélé qu'elle apprenait avec son *papa. Abâ say english to me.* Cette ébauche de conversation a réjoui Amel. Farzana a envie de discuter, elle peut le faire sommairement et, aussi limitée soit-elle, c'est une façon de briser l'isolement. Et son père connaît une langue étrangère, preuve qu'il a reçu une certaine éducation. Plus, il l'enseigne à sa fille, un signe d'ouverture. À l'endroit où la journaliste pense avoir été conduite, de l'autre côté de la frontière dans les zones tribales, une telle révélation était inespérée.

Deux indices lui ont permis d'arriver à cette conclusion sur son lieu de détention. Tout d'abord, dans la cour, elle a entendu certains des hommes s'exprimer en ourdou, l'idiome le plus couramment parlé au Pakistan. À Kaboul, Peter lui en a fait retenir quelques mots usuels, *au revoir, pardon, s'il vous plaît, merci, ça va*, différents de leurs équivalents pachtos et daris, aussi mémorisés, afin d'identifier au besoin l'origine de ses interlocuteurs. Par ailleurs, elle a fini par se convaincre que la vision des suppliciés pendus dont elle se rappelait n'était pas un délire, ni un cauchemar, mais un souvenir. Elle les a vraiment aperçus durant une étape de son périple. Amel a effectué des recherches sur l'Afghanistan, le conflit, ses principaux acteurs, pour préparer son voyage, et elles indiquent qu'à part la vallée de Swat les FATA sont la seule région pakistanaise où se pratique ce type d'exécution publique en toute impunité.

Hier soir, l'échange avec Farzana a été rapidement interrompu, sa mère est arrivée et aussitôt la petite s'est tue. Amel n'a pas pu lui demander où elle se trouve exactement, ni le nom du propriétaire de la maison, autant d'informations potentiellement utiles. Mais après leur départ, elle s'est endormie avec la perspective de discussions futures et en tête l'image, sans doute naïvement idyllique, empruntée par nostalgie à son histoire personnelle, de ce père et sa fille penchés sur un livre de leçons d'anglais. Cela l'a fait sourire, puis pleurer, puis elle a sombré.

Ce matin, elle s'est réveillée impatiente, mais à l'horaire habituel la femme est arrivée sans sa gamine. Protégée par sa burqa, elle était accompagnée de deux autres adultes, dont un médecin déjà venu à plusieurs reprises, apparemment contre son gré. La mauvaise grâce qu'il met à remplir sa tâche lui a déjà valu une brutale réprimande dans la cour, au vu et au su de tous. Il refuse en effet de toucher la journaliste et laisse faire son auxiliaire, une infirmière elle aussi toujours couverte. La première fois, il n'a même pas voulu examiner sa patiente. Il était resté de l'autre côté de la porte de la cellule, où il écoutait le compte rendu de son assistante, ce qui avait déclenché le fameux rappel à l'ordre. Assez persuasif pour l'inciter à entrer dans la pièce, mais pas pour l'empêcher de chercher à protéger ses yeux de l'impudique vision, par un compliqué jeu de déplacements d'étoffe destiné à masquer au maximum, au fur et à mesure du passage en revue des blessures, la nudité d'Amel. Les soins basiques prodigués par Farzana et sa mère découlent du diagnostic très partiel et des instructions de ce rétif docteur. Aujourd'hui, il a grogné quelques fois devant l'évolution de la santé de la journaliste et, après avoir fait une ou deux recommandations, s'est empressé de sortir.

Il n'a pas immédiatement quitté la qalat cependant, Amel n'est pas sa seule patiente. Il traite aussi le garçon à la fleur, gardé au chaud dans une alcôve voisine. L'enfant semble encore plus souffrant, les plaintes déchirantes de sa petite voix aiguë retentissent souvent dans la cour, et son état inquiète les gens de la maison. Ils sont nombreux à entrer et à sortir de sa chambre. Avec régularité, la porte d'à côté grince, Amel l'entend et elle entend aussi les prières étranges glissées à son oreille par tous les combattants qui le visitent. Il y a deux jours, au milieu de la nuit, l'Oramorph, seul antidouleur à la disposition d'Amel, ne faisait plus effet, elle ne parvenait pas à trouver le sommeil et a cru reconnaître à travers le mur le timbre grave du borgne, invisible jusque-là. Elle s'est levée aussi vite que possible pour aller se poster à la fenêtre. Juste à temps pour distinguer une ombre masculine entrer dans la partie privée de la fortification. S'il s'agissait bien de lui, cette demeure est la sienne et Farzana sa fille. Bizarrement, cette pensée a rassuré Amel qui a pu s'endormir peu après. Il n'a pas reparu depuis.

Un autre vient la voir juste après le médecin, un des moudjahidines. Il ne semble pas de l'ethnie des gens d'ici, en majorité Pachtounes, a les cheveux châtain clair ou blond foncé, une barbe d'une nuance plus appuyée, de grands yeux sombres légèrement bridés. Ce n'est pas la première fois qu'Amel l'aperçoit, elle l'a déjà remarqué dans la cour, ou à la porte de sa cellule en compagnie d'un plus jeune, âgé d'une vingtaine d'années, avec lequel il s'en est pris au carabin.

Pour cet entretien, la journaliste doit revêtir une burqa préalablement jetée à l'intérieur et s'agenouiller par terre, sur un tapis. Ensuite, l'homme entre. Il s'exprime dans un anglais scolaire, difficile, offre un salâm puis un nom, Omer, sans doute faux. Après, il demande si Amel va mieux, si on la traite bien, et cette attention la touche, malgré la méfiance, la douleur, la colère et la peine. Parler lui fait du bien. Néanmoins, elle pige vite que l'entrevue est en réalité un interrogatoire, destiné à vérifier ou à obtenir un certain nombre de renseignements biographiques. Le commerce avant tout, il faut établir des preuves de vie, afin de négocier au mieux. Amel avait une photocopie de son passeport sur elle le jour de l'embuscade et Omer l'a récupérée. Ils ont dû la trouver dans les lambeaux de ses vêtements. Il la consulte de temps en temps quand elle répond à l'une ou l'autre de ses questions, tout en prenant des notes dans un carnet. Beaucoup de détails y passent : métier, pays, adresse, prénoms, la même chose pour ses parents, sa sœur, mariée, pas mariée, enfants, pas d'enfants, et Myriam, garçons ou filles, et comment ils s'appellent, et leurs âges. Il veut savoir pourquoi elle est en Afghanistan, pour qui, y revient fréquemment, selon des angles variés, prêche le vrai et le faux, défie, provoque, probablement pour déterminer si elle est une espionne, une accusation souvent répétée. Amel nie, beaucoup, rappelle à plusieurs reprises sa profession, journaliste, et sa nationalité, française. Pas américaine ni anglaise, elle insiste. En vain. Si elle a apprécié au début de pouvoir discuter avec quelqu'un, et peut-être espéré en apprendre plus sur sa situation, les crampes provoquées par la position à genoux, sa santé chancelante et le caractère agressif, à sens unique, pris par la conversation finissent par la fatiguer. La tête lui tourne. Sans perdre connaissance tout à fait, elle s'effondre. Omer la regarde un moment puis se lève et sort.

Peu après, Farzana et sa mère apparaissent et l'aident à s'allonger sur le lit.

La journée passe, lente, peuplée de mauvais songes et de réveils coupables, bercée par une autre menace, lointaine et pourtant si proche, celle des drones vrombissants. Au début de son séjour, Amel n'y prêtait pas attention, elle n'en avait même pas conscience. Ensuite, trompée par des fièvres délirantes, elle s'est demandé d'où venait ce bruit agaçant, étonnée d'entendre des gens passer la tondeuse tout le temps, même la nuit. Elle a pigé au bout de quarante-huit heures, une fois sortie de sa torpeur post-traumatique. Et avec la compréhension est apparue l'angoisse. Captive des talibans, alliés de terroristes ennemis des États-Unis, qui leur mènent ici une guerre à distance, sans merci, meurtrière, très souvent aveugle, Amel a commencé à se cauchemarder en victime collatérale. Désormais, il n'est pas rare qu'elle emporte dans son sommeil le bourdonnement des avions sans pilote et rêve de suffocation sous des tonnes de débris.

Juste après la prière du coucher du soleil et le dîner, Amel doit remettre la burqa et à nouveau prendre place sur le tapis. On ne lui explique pas pourquoi.

L'Afghan borgne arrive. Il reste d'abord sur le seuil, silencieux, une lampe-tempête à la main, à regarder tanguer la journaliste à bout de forces. « As'salam aleikoum. »

Amel lève la tête. « Wa'aleikoum as'salam. »

La porte est refermée.

« Sur le charpoy, tu peux t'asseoir. »

« Merci. » La journaliste se hisse avec difficulté sur le cadre de bois. Ses gestes et ses efforts sont pénibles. Son interlocuteur ne l'aide pas et bouge seulement lorsqu'elle est installée plus confortablement. Il tire alors le tapis, s'y assied en tailleur, pose devant lui sa lanterne et un mobile d'un modèle assez ancien, très simple.

« Tu crois en Dieu ? »

La question n'étonne pas Amel. Elle se prépare à y répondre depuis sa capture et, lors de leur entrevue du matin, Omer a tourné autour. Elle dévisage le borgne derrière la grille de sa burqa, pour essayer de retrouver l'homme de l'embuscade à la mine surprise, ou entrevoir ce père capable d'apprendre à sa fille à parler anglais et à compter. Dans l'instant, il a juste l'air d'un djihadiste rétrograde obsédé par Allah et une éventuelle rançon. « Oui. » Le mécréant étant toujours plus mal vu que l'infidèle, Amel a décidé de mentir et, dans l'immédiat, de garder pour elle la réalité de ses origines culturelles et cultuelles. Loin de lui attirer sympathie et indulgence, ses lacunes en islam et son mode de vie pourraient déclencher la haine de ses geôliers.

« Le père d'Aïssa s'appelait Youssef. »

Il a parlé avec Omer. Amel hoche la tête.

« Où est né le tien ?

— Au Maroc.

— C'est bien. » L'Afghan fixe la grille de la burqa. « Et il vit là-bas ?

— Non. En France.

— Une terre riche, c'est ce qu'on raconte. »

Silence.

« Demain, il y a une grande fête chez les croisés. Youssef, il va en être ? »

Amel ne dit rien. Son interlocuteur ne peut le voir mais des larmes se sont mises à couler sur ses joues. *Noël, déjà.* Elle s'est trompée d'au moins trois jours dans ses estimations, trois jours durant lesquels elle ne saura jamais le détail de ce qui lui est arrivé. Peut-être est-ce mieux ainsi, mais ce trou noir la terrifie.

En face, l'homme s'impatiente. « Tu ne veux pas répondre ? »

Amel se contente d'un non silencieux. *Pas montrer de faiblesse.* Son nez coule, elle renifle doucement.

« Ton père croit qu'Aïssa est le fils de Dieu ?

— Mon père ne participera pas à cette fête.

— Et toi ?

— Je suis votre prisonnière.

— C'est vrai, mais tu crois en ces choses ?

— Jésus est juste un prophète. »

Le borgne acquiesce, cette réponse semble le satisfaire. « Amel, c'est ton nom ?

— Oui.

— Tu as un mari ?

— Un promis. » Le mot, mensonge douloureux, a eu du mal à sortir. Une nouvelle fois, Amel trahit Peter, même si elle le fait pour se protéger et donner un semblant de respectabilité à sa situation personnelle. « Il était avec moi quand… vous m'avez trouvée.

— Alors il est mort. » L'annonce est sans affect.

Ses sanglots, Amel ne parvient plus à les cacher. Y croire encore, contre toute raison ; l'incertitude était plus supportable et, maintenant, l'incertitude est dissipée. Elle pense à New York, à la neige de Noël dans les grandes avenues venteuses. À Peter, allongé sur un linceul blanc et glacé, taché par endroits d'un noir rougeâtre. *Je n'irai plus là-bas, jamais.*

« Les Amrikâyi, ils l'ont abattu. » L'Afghan, tout à son récit, ne se rend compte de rien. « Je les ai tués, jusqu'au dernier, tu es vengée. » Il se tait. Un rictus déforme son visage, agressif, fier.

Cette grimace hypocrite met Amel en colère. « Vous mentez. » Au mépris des risques, elle montre l'homme du doigt. « Il n'y avait pas d'étrangers, vous nous avez attaqués. » Le borgne se jette sur elle et, d'une main, saisit son épaule. De l'autre, il frappe, une fois, deux. Amel se recroqueville, crie.

« Les espions ennemis tuent nos familles et nos frères, ils violent nos femmes.

— Ce ne sont pas des Américains qui m'ont violée. Le garçon non plus. »

La réplique fige le borgne, qui relâche sa prise et fait un pas en arrière. Il regarde ses poings, l'otage, ses poings, prend enfin conscience des pleurs. Son bras monte à nouveau, comme s'il voulait arracher la burqa, mais reste suspendu en l'air devant lui.

Amel a reculé sur le charpoy. « Laissez-moi partir. » Sur le visage de l'Afghan, elle lit de la tristesse, et peut-être de la honte. C'est étrange mais sur le moment elle s'en moque, son propre chagrin est trop grand.

« Tu dois rester.

— Pourquoi ? » Une voix comme une plainte. « Je ne suis pas votre ennemie.

— Tu ne crains rien ici. » Un temps. « Tu es dans ma maison.

— Qui êtes-vous ? »

Le borgne ouvre la bouche, semble sur le point de prononcer son nom, se ravise. « Tu as dit des numéros ce matin. » Il ramasse le mobile et la lampe à pétrole. « Nous allons appeler, pour trouver une solution. »

Nathalie Ponsot aime certaines traditions. Noël est l'une d'entre elles et, tous les ans, elle se fait une joie de réunir son premier cercle familial pour le déjeuner du 25 décembre. Une belle table, un menu préparé avec amour, Daniel, les enfants, ses parents et sa belle-mère, la gentillesse incarnée, suffisent à son bonheur. D'habitude. Daniel Ponsot craint les fêtes de fin d'année. Il n'aime pas manger long, a toujours détesté les retrouvailles et les bilans forcés, les joies imposées, supporte mal de voir le temps passer. Ce Noël-ci, Marie, son aînée, a débarqué avec son copain, une première dont on ne l'avait pas prévenu. Contrairement à son fils, il ne pense pas grand-chose du garçon, sauf qu'il est sans doute la raison des retours si peu fréquents de sa *grande*. Christophe semble de son côté très agacé par la présence de cet intrus. Depuis leur dîner de la veille, il n'a de cesse de marquer son territoire et de provoquer sa sœur. Nathalie ne dit rien, alors Daniel laisse faire. Il a la tête ailleurs de toute façon. Sa mère l'a questionné, il a éludé, le travail. Elle vieillit sa maman, ça l'attriste, pour elle et pour lui-même, c'est un signe de plus qu'il vieillit également. Et son père n'est pas là, il lui manque.

Il leur manque à tous les deux, mais ils n'arrivent pas à se le dire. Se taire permet d'oublier un peu, au moins du côté de Ponsot. Un soulagement. Éphémère quand il est exposé à la joyeuse santé de ses beaux-parents et à leur relation si facile avec leur fille. Il ne devrait pas penser ainsi, c'est injuste, mais en plus des angoisses liées à la période il est crevé, soucieux, tendu.

Le travail.

Hier, sa première note de synthèse relative au décès d'Alain Montana, remise dans la matinée, a été longuement discutée en comité restreint – le directeur de la DCRI, son numéro deux, leurs *dircabs* respectifs, son chef de section, lui. Dans l'ordre, tous les points évoqués dans son rapport d'étape ont été passés en revue, et précisés au besoin, à commencer par la biographie de la victime. Marié depuis trente-deux ans à Christiane, née Dupin, sans enfant, officier au grade non confirmé en fin de carrière, réputé colonel, pas Cyrard, Montana est très vite entré au SDECE, un ou deux ans avant son ripolinage en DGSE, la date exacte reste à préciser, et a su tirer profit des remous provoqués par le fiasco de l'opération Satanic et les réformes qui ont suivi pour gagner en influence et devenir un véritable potentat à Mortier. Au début des années 2000, exploitant la situation créée par la mort *opportune* du précédent patron – Ponsot a rappelé de façon informelle les rumeurs de barbouzerie ayant circulé à l'époque –, Alain Montana quitte officiellement l'Administration pour construire, sur les ruines d'un satellite privé des services secrets de l'extérieur, une nouvelle entité plus forte et autonome, PEMEO, dont on peut penser qu'au-delà de la discrète promotion, par tous les moyens, des intérêts de la France, y compris auprès de partenaires peu recommandables, elle abrite et gère une partie du trésor de guerre du bras clandestin de la Défense. Montana a toujours avancé dans l'ombre de ce ministère et du complexe militaro-industriel français, et sa mort, si elle est motivée par ses activités professionnelles passées ou présentes, une hypothèse plausible, pourrait indisposer le sommet de l'État et provoquer une crise politique grave à plus d'un titre, pas seulement à cause de sa récente affectation à l'Élysée.

Le remplaçant de Montana à la tête de PEMEO, nomination auprès du Coordonateur national du renseignement oblige, s'appelle Guy de Montchanin-Lassée, un ancien diplomate, très proche des services tout au long de sa carrière au Quai. Choisi par son prédécesseur et aux manettes depuis quelques mois, il ne dirigeait en réalité pas grand-chose d'après plusieurs sources fiables. Jusqu'au vendredi 12 décembre, il était surtout un homme de paille. Un motif de tension entre lui et Montana, toujours selon les mêmes sources. Depuis l'assassinat, il a les coudées franches. Peut-on y voir un mobile ? À ce stade, ce n'est pas à exclure.

Sans s'appesantir sur les détails, la synthèse de Ponsot abordait ensuite la progression de l'enquête de la Brigade criminelle. Plusieurs pistes sont à l'examen. La première est donc celle d'un conflit entre messieurs Montana et de Montchanin-Lassée, pour le contrôle de la société PEMEO. La situation personnelle de la fille cadette de l'ancien diplomate, maîtresse du défunt, peut aussi avoir envenimé leurs rapports. À vingt-quatre ans, Chloé, c'est son prénom, est une étudiante – à la Sorbonne – peu assidue. Elle n'a pas de casier judiciaire mais a déjà eu affaire aux Stups, pour détention et vente d'héroïne. En dépit de la gravité des faits, le Parquet n'a jamais donné suite.

La présence rue Guynemer d'une seconde victime, née au Kosovo et détentrice d'un passeport albanais, peut-être la cible véritable du tueur, a suggéré une autre piste à la Crim' : un règlement de comptes lié au trafic de drogue. Halit Ramadani, l'individu exécuté avec Alain Montana le 12, était dans le collimateur des polices allemande et française. Outre-Rhin, il a été condamné pour proxénétisme, mais il ferait aussi dans la poudre, une coïncidence qui intrigue au 36, et on le soupçonne d'être un grossiste, la tête de pont de réseaux criminels des Balkans. Cette proximité dans la mort de deux hommes évoluant a priori dans des cercles très différents trouve peut-être son explication dans le passé de monsieur Ramadani qui, comme son frère, Leotrim, est un ancien membre de l'UCK, un mouvement indépendantiste né dans les années '90 et soutenu notamment par la France. Ses cadres ont depuis pris les rênes du Kosovo. La DGSE, à une période où Alain Montana y faisait la pluie et le beau temps, n'est pas étrangère à leur accession au pouvoir.

Ponsot sait par ailleurs, et ce renseignement a été transmis au quai des Orfèvres, il l'a signalé dans sa note, que monsieur Montana fréquentait au moins un autre vétéran kosovar, avec lequel il était en affaires, probablement via PEMEO. Il s'appelle Dritan Pupovçi et il est proche du gouvernement de son pays. Cette information provient d'une connaissance, Amel Balhimer, une journaliste qui enquêtait sur les activités d'Alain Montana, notamment grâce à l'aide de Chloé de Montchanin-Lassée. Un pieux mensonge de Ponsot, destiné à couvrir les services rendus à Amel. Le 13 décembre, moins de vingt-quatre heures après le double homicide de la rue Guynemer, mademoiselle Balhimer a disparu en Afghanistan où elle se trouvait depuis le 10, dans le cadre d'un voyage professionnel. On ne sait pas si elle est morte ou si elle a été enlevée. La concomitance de ces événements est peut-être fortuite, mais deux éléments troublants laissent penser le contraire. D'une part, l'Afghanistan est le premier producteur d'héroïne dans le monde, héroïne qui semblait intéresser la journaliste et apparaît à plusieurs reprises dans cette affaire. D'autre part, le domicile d'Amel Balhimer a été *visité* après son départ. On a fouillé ses archives – constatations effectuées sur place par l'Identité judiciaire – et, selon le témoignage de sa sœur, madame Myriam Lataoui, volé des documents. Myriam a raconté à Ponsot être venue rue de Malte le 11 décembre, pour récupérer le pli à lui envoyer. Elle se souvenait d'une pile de chemises cartonnées posée sur le canapé. Cette pile n'était plus là le 13 en milieu d'après-midi. Sur la base de ces éléments, la Brigade criminelle a ouvert un troisième front de vérifications.

Les collègues de la DRPJ s'interrogent également sur plusieurs aspects surprenants du dossier. Ainsi, Alain Montana, qui disposait encore d'une berline avec chauffeur payée par PEMEO, a préféré se rendre rue Guynemer par ses propres moyens le 12. Vraisemblablement, il y a été conduit par Halit Ramadani dont la voiture, une Porsche Cayenne, a été retrouvée garée dans le quartier. Autre bizarrerie, le comportement de l'assassin. Assez professionnel pour neutraliser deux adversaires, dont l'un avait un pistolet, mais suffisamment amateur pour prendre le risque de s'attaquer à eux avec une arme blanche, laisser derrière lui de l'ADN et des empreintes – les analyses sont en cours – et épargner un témoin en mesure de le compromettre. Ils aimeraient aussi identifier le propriétaire réel de l'appartement de la rue Guynemer, caché derrière un montage juridique opaque. En effet, le domicile officiel de Chloé de Montchanin-Lassée, un studio sans âme, se trouve boulevard Blanqui, dans le treizième, mais l'exploration du lieu du crime, un logement de standing situé au cinquième étage d'un immeuble bourgeois, et la présence de la jeune femme sur place au moment de l'agression permettent de conclure qu'elle vivait en réalité dans le sixième arrondissement, hébergée provisoirement et à titre gracieux par la victime, d'après ses premières déclarations. Alain Montana n'est pourtant signataire d'aucun bail locatif à cet endroit, il habitait en théorie le dix-septième avec son épouse et, sauf révélation contraire, il n'est pas actionnaire de la SCI à qui appartient ce bien.

Héroïne et Kosovo sont au cœur des investigations du 36. Via le Kosovo, elles pourraient déborder sur PEMEO et les aventures passées de Mortier, voire leurs activités actuelles. Un incident s'est produit rue Guynemer, dans la nuit du dimanche 14 au lundi 15, quarante-huit heures à peine après le meurtre. Les scellés ont été brisés et un ou des individus se sont introduits dans l'appartement. Un bureau, que la police technique et scientifique n'avait pas encore examiné, a été fouillé et vidé, y compris le contenu d'une armoire forte, ancienne mais verrouillée. Cette pièce n'avait pas été passée au crible parce qu'elle était fermée au moment de l'assassinat et n'était donc pas prioritaire. Selon Ponsot, ce *ménage* a été effectué par des professionnels ayant tiré parti de l'interruption des actes judiciaires durant le week-end et de la négligence de la préfecture, qui n'avait pas jugé utile de faire garder les lieux. Interrogé sur l'absence d'officiers de la DCRI sur place ce soir-là, il s'est justifié en expliquant ne pas avoir disposé des moyens humains nécessaires durant les premiers jours de sa mission. Son propre groupe est en sous-effectif et ses gars avaient reçu de sa part d'autres instructions, jugées plus importantes. Le problème a été résolu depuis, même s'il a été confronté à certaines réticences, malgré les ordres de la direction, lorsqu'il est allé *braconner* des fonctionnaires ailleurs dans le service. Quoi qu'il en soit, ce cambriolage discret, rapide, minutieux, intervenu après celui constaté le 13 chez Amel Balhimer, peut suggérer, si l'on tient compte du profil et du passé de la victime principale, l'intervention d'une ou plusieurs équipes des *chambres d'hôtel*, la cellule de la direction des opérations de la DGSE chargée des vols dans les suites et les logements de cibles étrangères de passage en France.

Dans son rapport d'étape, Ponsot énumérait ensuite les initiatives prises et un certain nombre de recommandations pour lesquelles il avait besoin d'un feu vert. Des filatures et des planques sont déjà en cours. Objectif prioritaire : Chloé de Montchanin-Lassée. Si l'on ne peut la soupçonner d'avoir exécuté ou commandité l'exécution d'Alain Montana et d'Halit Ramadani, toutes les pistes semblent passer par elle. Les hommes de Ponsot ne la lâchent donc pas. Les collègues de la Crim' non plus. Ils l'ont déjà entendue à cinq reprises, mais jusqu'ici, elle maintient sa version des faits. Ce n'était pas précisé dans la note mais, selon Magrella, deux hommes se sont présentés rue Guynemer en fin de semaine dernière. Des *étrangers*, d'après un habitant de l'immeuble, très insistants, qui s'exprimaient mal, avec un fort accent de l'Est. Ils étaient à la recherche de Chloé.

Son père est également surveillé depuis le 15 décembre et quelques informations intéressantes sont remontées : le successeur de Montana a déjeuné, ce même lundi 15, avec un homme dont l'identité demeure inconnue, qui s'est par la suite rendu dans le vingtième arrondissement, au siège de la DGSE. Le lendemain de leur rendez-vous, une équipe de déménageurs a débarqué au 8 rue d'Anjou, adresse de PEMEO. Impossible de savoir ce qu'ils ont emporté ou de les suivre après leur départ – les problèmes d'effectifs étaient encore d'actualité et l'objectif des hommes de Ponsot était Guy de Montchanin-Lassée – mais le logo sur leur camion renvoyait à une société qui n'existe pas et son immatriculation s'est révélée être une doublette. Ponsot pense que les *cousins* sont en train de nettoyer derrière Montana et sa synthèse formulait par écrit, après différentes demandes orales restées lettre morte, une requête urgente : la mise sur écoute de PEMEO et de son patron. Il a quitté la réunion hier sans en avoir obtenu l'autorisation.

Si, dans l'immédiat, Dritan Pupovçi bénéficie d'une immunité diplomatique bâtarde, octroyée par l'Albanie, qui fait hésiter la direction de Ponsot, d'autres branchements administratifs ont déjà été validés, les moins risqués. Il y a évidemment Chloé mais, pour le moment, elle ne communique avec personne, pas même sa famille. Plus problématiques pour le policier sont ceux des parents d'Amel et de sa sœur, de Jean-François Lardeyret et de Ginny Timons, la représentante de la publication pour laquelle la journaliste travaillait avec Peter. Cet espionnage téléphonique lui a appris des choses que Youssef a de toute façon fini par lui dire ou qu'il aurait pu deviner seul. Toute la famille est aux abois, vit mal l'incertitude et l'absence de nouvelles directes de sa *petite Méli*, les tensions sont grandes, les engueulades quotidiennes, pour un oui pour un non, nées de la frustration et d'un fort sentiment de culpabilité. En particulier chez Myriam et Dina, la mère, qui s'est rapprochée de son imam et envisag aussi d'aller voir un thérapeute. La seule information importante reçue ces derniers jours du Quai d'Orsay concernait le mobile d'Amel, découvert par triangulation dans une province afghane appelée Paktiya, à la sortie de la ville de Gardez, à l'intérieur d'une ferme abandonnée bâtie à proximité de la route menant à un autre bled, Khost. Il était toujours en état de marche même si sa batterie était épuisée. D'après les services consulaires, l'endroit où l'on a récupéré l'appareil renseigne sur les commanditaires probables du rapt, le réseau Haqqani. De Surobi à Gardez, les ravisseurs ont filé plein sud puis obliqué à l'est pour pénétrer en Loya Paktiya, fief sans partage de ce clan dont le patriarche est une figure du djihad antisoviétique. Ponsot se souvient avoir lu des choses sur lui à l'époque où Ben Laden, caché en Afghanistan, est devenu l'ennemi public numéro un mondial.

Selon Jeff, dont les conversations sont aussi interceptées en continu, les Haqqani seraient responsables de l'enlèvement d'un autre journaliste, David Rohde du *New York Times*. Ponsot entendait parler de ce kidnapping pour la première fois, la famille et la rédaction de l'Américain ayant imposé le silence à tous ses confrères, afin de ne pas gêner les négociations en cours. La même consigne a été donnée par les Balhimer, sur les conseils des Affaires étrangères, de Ginny Timons et de son magazine, et de Ponsot. Contre l'avis de Jeff Lardeyret. Ce dernier a quand même continué à se battre dans son coin pour essayer de réunir un comité de soutien capable, au besoin, de faire pression sur les pouvoirs publics mais, dans une profession où les coups de gueule et la réputation d'Amel ont laissé des traces, son initiative rencontre peu d'écho. Il lui manque l'appui d'une rédaction française puissante, un réseau et des obligés en mesure de déclencher l'habituel réflexe corporatiste de la presse quand l'un des siens est dans la mouise. Lardeyret ne s'agite pas seulement auprès de ses confrères locaux, il est également en contact avec des journalistes étrangers. L'un d'entre eux, proche de Dang, lui a d'ailleurs fait part d'une information qui inquiète Ponsot. Les Macs d'Amel et Peter, restés à Kaboul, ont été endommagés le matin où ils ont été attaqués. Explication officielle : les bécanes étaient branchées et il y a eu une surtension. Leur contenu est perdu. Ce type d'incident est prétendument fréquent dans la capitale afghane, où le réseau électrique est défaillant, mais comme Jeff, le policier ne croit pas à une coïncidence. Le photographe a mis les Balhimer au courant, tout en les suppliant de ne rien dire *aux flics*, dont il se méfie. Il leur a aussi demandé l'autorisation de se faire envoyer l'ordinateur de leur fille pour le montrer à des amis, *doués pour ce genre de trucs*. Youssef a accepté, puis il a téléphoné à Ponsot pour tout lui raconter.

Supporter la défiance de Lardeyret, ancienne, n'a jamais été un problème. Trahir la famille d'Amel au moment où elle est si vulnérable est en revanche véritablement douloureux. Ponsot n'avait pas le choix, on lui a demandé de déterminer ce qui pourrait fuiter et qui pourrait le faire fuiter, il le fait. Pas à cause des risques pesant sur sa carrière en cas de refus, plutôt pour conserver la confiance de sa hiérarchie afin de rester au centre du jeu. Du moins se plaît-il à le penser. Mais cette duplicité est lourde à porter, elle affecte son humeur, et son attitude a beaucoup contrarié Nathalie ces deux dernières semaines. Qu'il ne fasse pas plus d'efforts à l'occasion des fêtes de Noël achève de mettre sa femme en colère. Au fil des plats, les remarques fusent, de plus en plus violentes, et les autres convives commencent à baisser la tête, après avoir essayé plusieurs manœuvres de diversion. La pique de trop s'attire une réponse sèche de Ponsot, sur l'air de *tu ne sais pas de quoi tu parles*, et provoque le départ de Nathalie. Elle s'en va après un dernier *marre de me faire pourrir la vie par cette petite conne*, talonnée par sa mère et sa belle-mère. Marie ne tarde pas à suivre le gynécée, et son frère et son copain, devenus meilleurs amis du monde, se découvrent de subites affinités vidéoludiques.

Daniel Ponsot reste seul à table avec son beau-père. L'un n'ose rien dire et l'autre ne se risque pas à bouger. Le silence est pénible, interrompu par un geste salvateur en direction du bordeaux. Ils se resservent, font semblant de s'intéresser à la robe du vin, puis le policier se sent obligé d'offrir un embryon d'explication. L'une de ses amies a été kidnappée, il s'inquiète beaucoup. Il est vite rattrapé par sa culpabilité et sa justification s'arrête là. Le double jeu, encore, et le sentiment d'avoir lâché Amel. *Il va falloir te démerder seule.* Leur dernière rencontre a été ponctuée par ces paroles. Tout cela semble si loin. Inévitablement, il repense au pli que Myriam lui a fait parvenir après le départ de sa sœur. Dedans, il y avait ce message étrange, apparemment surgi du passé, référence à un moment d'intimité dont Ponsot n'avait jamais entendu parler. Son contenu, ses implications avaient troublé Amel, cela se sentait dans la lettre jointe à l'envoi. Et le policier, a posteriori, comprend, compatit, s'en veut plus encore. Elle concluait en lui demandant son avis, une façon de réaffirmer sa confiance – le mettre en tête de liste des personnes à prévenir en cas de pépin en était une autre –, mais avouait aussi avoir douté de leur amitié : Jean-Loup Servier alias Lynx alias Ronan Lacroix en vie, une hypothèse à laquelle elle disait refuser de croire, aurait signifié que Ponsot avait menti, forcément, qu'il était complice de Montana. Une confidence blessante, révélatrice du désarroi d'Amel.

Daniel n'avait pas été là pour elle.

Mais il n'avait pas menti.

En février 2002, le jour de l'exécution de Lacroix en Haute-Loire, il avait exfiltré la journaliste sans attendre, et s'était empressé d'informer sa hiérarchie sur la localisation du composant chimique recherché par tout ce que la France comptait alors de services secrets. La poussière retombée, il s'était renseigné sur le sort du clandestin, avait appris son incinération en catimini, l'avait annoncée à Amel. Fin de l'histoire.

Ou pas.

Les débris du traqueur, un modèle du commerce, plutôt performant, cette tentative d'intoxication, derrière laquelle la journaliste a cru discerner la main de l'ex-éminence grise de la DGSE, ne plaisent pas à Ponsot. Le procédé est tordu, hasardeux, il n'en comprend pas le sens. Sauf si le message reçu par Amel est lu au premier degré, *planque-toi quelque temps*, et mis en perspective du double homicide survenu peu après sa remise. *Pendant que je bute Montana ?* Une hypothèse dérangeante, qui bouscule pas mal de certitudes.

Elle ne cadre pas non plus avec les souvenirs du policier.

Lacroix était un méticuleux, pas du genre à laisser des indices. À l'exception d'une fois, sur un cadavre, un transfert d'ADN. Dont il n'est même pas garanti qu'il s'agisse du sien, il n'a juste pas été identifié. Pourtant, sans rien dire de ses craintes, Ponsot a suggéré à Magrella de faire accélérer les analyses des relevés effectués sur les lieux du crime et de le tenir au courant des résultats des comparaisons avec le fichier des empreintes génétiques. Jean a promis de faire son maximum, tout en rappelant les contraintes, budgétaires notamment, qui sont le lot de la police judiciaire et la réalité des délais de traitement des labos. Un mois, voire deux, ils n'auront sans doute rien avant.

Ponsot est aussi retourné voir Chloé de Montchanin-Lassée avec des questions plus précises sur le tueur. Il aurait aimé pouvoir lui montrer une photo de l'agent clandestin, mais l'unique cliché dont il avait un jour disposé était parti en fumée l'an dernier, brûlé au milieu d'autres archives de la DCRG, en urgence, dans une décharge de la banlieue parisienne, au moment de la fusion de son ancien service avec la DST. Cette troisième discussion informelle n'a pas dissipé les doutes de Ponsot, bien que la gamine se soit montrée coopérative, au moins sur ce sujet. En revanche, lorsqu'il lui a demandé, au cours de la même entrevue, pourquoi elle était descendue dans la cour de son immeuble juste après le départ du tueur, elle a fait valoir un moment de panique avant de se refermer comme une huître.

Une excuse déjà servie aux enquêteurs de la Crim' lors d'une audition consécutive au relevé de traces de sang faites par des pieds nus, d'une taille comparable à ceux de Chloé, dans les escaliers, le hall d'entrée et le local poubelles de la rue Guynemer. Une fouille des bacs à ordures a ensuite permis de mettre la main sur une pochette en cuir contenant une paire de seringues usagées mais pas d'héroïne, sauf à l'état résiduel à l'intérieur des cylindres. Les Stups sont alors venus avec un chien, qui a marqué à plusieurs endroits dans l'appartement et devant la poubelle où les shooteuses avaient atterri.

Cependant, aucune drogue n'a pu être découverte. La maîtresse de Montana a juré ne rien savoir de la pochette, sur laquelle ne se trouvaient que les empreintes d'Halit Ramadani. Elle a néanmoins admis une consommation occasionnelle. Et puisque l'examen médical pratiqué sur elle après son admission à l'Hôtel-Dieu n'avait révélé aucune marque d'injection, récente ou ancienne, les collègues du 36 en ont conclu que le Kosovar s'était débarrassé de l'accessoire en cuir avant de monter au cinquième avec Montana.

Rien ne venant briser le silence ayant suivi l'ébauche de justification de Ponsot, son beau-père termine son verre et, prudemment, sur un ton ennuyé, se permet une remarque : il est louable de se préoccuper de ses amis, mais le plus important, ça reste la famille. *La mienne n'est pas en danger ou en grande souffrance*, voilà ce que le policier pense mais s'abstient de dire. Ses enfants ne se sont pas volatilisés à l'autre bout du monde, enlevés ou tués par des fondamentalistes. Alors, oui, il est un peu absent pendant ces fêtes, et il est désolé de gâcher le joli Noël de tout le monde, mais merde, il a le droit de partager la peine de gens moins bien lotis et de ne pas rester totalement de marbre devant les situations dramatiques auxquelles il a été confronté ces deux dernières semaines. Ne trouvant pas de réponse diplomate, Ponsot se contente de proposer une nouvelle fois du bordeaux. Son offre est accueillie par un refus poli, et le père de Nathalie rejoint les femmes dans la cuisine.

Le policier continue à boire, seul, et à ruminer. Marie et Christophe ne sont pas non plus drogués jusqu'au slip, mêlés à des trucs qui les dépassent et obligés de se méfier de tout et de tous, y compris de leurs parents. Chloé de Montchanin-Lassée est vraisemblablement une petite garce ou une princesse, ou les deux, mais il doit l'avouer, il se fait aussi du souci pour elle. Une chose le dérange, la gamine fuit sa mère, sa sœur aînée et plus encore son père, à l'insistance pesante. Guy bidule lui envoie des tombereaux de SMS, souvent agressifs, parfois menaçants, et laisse quantité de messages vocaux. Elle n'y réagit presque jamais et toujours de la façon la plus neutre possible. Ponsot le sait à cause des écoutes. Chloé a peur, elle ne se comporte pas toujours de la meilleure des manières, mais elle n'est pas idiote, il l'a constaté lors de leurs entretiens. Au quai des Orfèvres, ils sont du même avis. Difficile de croire qu'elle ne s'est pas rendu compte de la toxicité de Montana et des dangers auxquels l'exposait sa fréquentation. A-t-elle choisi la peste contre le choléra, la question travaille le policier, également tarabusté par une autre interrogation : approcher ou se laisser approcher par Amel, était-ce pour se sortir d'une vie sans issue ou un piège tendu à la journaliste ? Les filatures repérées par les gars de Ponsot en octobre et novembre, une initiative dont il n'a pas encore fait part à ses patrons, plaident en faveur de la première hypothèse.

Marie revient à table et s'installe à côté de son père. Elle prend son bras dans les siens, l'embrasse sur la joue et souffle à son oreille que sa mère est dans leur chambre, toute seule, triste. Daniel regarde sa fille. Magnifique, radieuse, le monde lui appartient. Il devrait être heureux pour elle, mais il a de la peine pour Chloé, cinq ans de plus, sans horizon. *Je n'ai pas le droit de penser comme ça.* Il termine son verre, dépose un baiser sur les cheveux de Marie et va retrouver Nathalie.

Sa femme est allongée. Elle tourne à peine la tête lorsque Ponsot entre et s'assoit au bout du lit. S'excuser n'est pas simple, il le fait quand même, peu désireux de creuser plus avant le sillon de sa culpabilité, et accepte tous les torts : quelles que soient ses raisons, il aurait dû respecter ce moment entre eux et n'avait pas à le gâcher par sa mauvaise humeur. Sa main remonte le long du tibia de Nathalie, qui se laisse faire, et il poursuit son mea culpa. Son fils vient interrompre ce périple à Canossa. Après avoir frappé à la porte, il annonce un coup de téléphone. *C'est pour papa.* Pas grave, Daniel écoutera le message plus tard. Christophe insiste, ce doit être urgent, le même interlocuteur a rappelé trois fois de suite. Ponsot soupire, se fait remettre son mobile et vérifie le numéro. Il décroche, salue Myriam. Dans son dos, il entend aussitôt l'exaspération de son épouse, mais ne peut retenir un sourire. Surexcitée, la sœur d'Amel hurle la bonne nouvelle : ce matin, les ravisseurs ont pris contact avec l'ambassade de France à Kaboul. Ils ont donné des gages, des détails sur Djamel et Abdel, les fils de Myriam, uniquement connus du cercle familial. Méli se trouve avec eux et elle est en vie. *Du moins elle l'était quand elle a répondu à leurs questions.* Ponsot garde sa réflexion pour lui et s'enquiert d'éventuelles exigences. Aucune pour le moment. Selon le représentant du Quai d'Orsay, l'homme à l'autre bout du fil, un Pachtoune d'après sa façon de s'exprimer, s'est contenté de prévenir qu'il rappellerait bientôt avec des doléances. Jeff est en chemin pour Le Plessis-Trévise, où ils vont tous se réunir pour discuter de la marche à suivre. Le photographe souhaite leur soumettre une offre de Ginny Timons. Son magazine est assuré et propose l'aide de spécialistes rompus à ce genre de situations pour mener les négociations. L'idée déplaît à Ponsot, même si sa confiance dans les compétences ou les réseaux des Affaires étrangères et de la DGSE est limitée, surtout pour sortir du pétrin une emmerdeuse prête à exposer certains secrets honteux. Il craint une ingérence extérieure, privée, pilotée sans le moindre contrôle depuis l'étranger. Une source potentielle de confusions, de nature à brouiller le message général et rendre méfiants leurs interlocuteurs. Ponsot ne peut pas laisser Lardeyret profiter de l'enthousiasme du moment pour convaincre la famille d'Amel de prendre une initiative qu'il juge dangereuse, il répond donc favorablement à l'invitation de Myriam de se joindre à eux et raccroche.

Nathalie a déjà quitté la chambre.

Lorsque Daniel part de chez lui quelques minutes plus tard, sa femme est à nouveau attablée avec les autres. Ponsot lance un au revoir à la cantonade, personne ne réagit.

16

PERTES COALITION	Dec. 2008	Tot. 2008 / 2007 / 2006
Morts	27	295 / 232 / 191
Morts IED	29	183 / 77 / 52
Blessés IED	53	790 / 415 / 279
Incidents IED	300	3867 / 2677 / 1536

La petite hésitation est là, systématique désormais, au moment de tourner la clé dans la serrure et de pousser la porte. Jeff Lardeyret entre, l'appréhension au ventre. Depuis quinze jours, à chacun de ses retours chez lui, il s'attend – espère même un peu et c'est étrange – à retrouver dans son salon ce Servier, ou quel que soit son nom, venu le 14 décembre, en dépit des risques, s'enquérir du sort d'Amel. Le tueur n'a jamais reparu. Il n'a pas non plus été arrêté. À la fin de la longue conversation qu'ils ont eue cette nuit-là, il avait pourtant dit à Jean-François de ne pas hésiter à le dénoncer quand il serait parti. Il était inutile de se mettre en porte à faux vis-à-vis de la loi. Il avait été jusqu'à suggérer d'en parler d'abord à Daniel Ponsot, aperçu rue de Malte la veille, dans l'après-midi. Apprendre que les deux hommes se connaissent n'a pas été une si grosse surprise. Servier, épuisé, découragé, sincèrement inquiet, pas pour lui-même mais pour Amel, a levé le voile sur une fraction de leur histoire commune. En recoupant certaines de ces révélations avec des indices lâchés par la journaliste lors de discussions plus anciennes, à propos notamment des origines de l'amitié portée au policier, Jeff a fini par comprendre que leurs chemins à tous s'étaient croisés à la même époque. Amel a toujours gardé secrètes les circonstances de sa rencontre avec Daniel Ponsot, et Servier n'a pas été plus loquace, mais leur manière d'en parler ne laissait planer aucun doute, elles ont été dramatiques. Et lorsque le tueur a invoqué une grande probité pour justifier d'aller voir en premier l'officier de police, le photographe a deviné que ce dernier avait, il y a sept ans, aidé Amel à s'en sortir sans trop de casse.

Jeff a tergiversé, mais finalement il n'a rien dit à personne après le départ de Servier. Plusieurs fois, il a aussi failli parler de la clé USB chiffrée de la journaliste et des deux mobiles, supposés avoir appartenu à feu Alain Montana, remis par le tueur avec une consigne expresse : jusqu'à ce qu'il décide quoi en faire, Jean-François devait les conserver démontés, puce et batterie à part, et pas dans son appartement. Une perquisition était toujours possible et la visite d'indésirables plus que probable. Le photographe a obéi, il s'est empressé d'envoyer un colis à ses parents et il a eu raison. Si les flics ne sont pas encore passés chez lui, d'autres sont déjà venus. Il a été cambriolé le 19, un soir où il était sorti pour essayer, sans grand succès, entre autres raisons parce que Noël approchait, de mobiliser des confrères pour soutenir Amel. Son domicile a été fouillé, retourné minutieusement, quelques objets de valeur ont disparu. Pour faire comme si, Jeff en est persuadé, les voleurs ayant pris soin de détruire tous ses disques durs. Un véritable traumatisme. Il dispose encore des négatifs de ses clichés d'avant 2002, mais à part ce qui a été vendu à des publications, l'essentiel des six dernières années de travail est perdu. Un viol, terrible. La sensation de voir des pans entiers de sa vie lui être arrachés est accablante. Il en a chialé pendant des heures. Après avoir déposé plainte, sans illusion, juste pour les assurances, il est allé en toucher deux mots à Daniel

Ponsot, qui a eu l'air contrarié. Pas à cause des remarques ironiques à propos de l'inefficacité probable de ses collègues du commissariat du neuvième, plutôt du fait de l'incident. Le policier n'a pas voulu expliquer pourquoi et Jeff, sur le point de se confier, a du coup préféré la boucler.

Il ne sait pas s'il a bien fait. En réalité, il ne sait pas quoi faire de ce qu'il détient. Ses tripes le poussent à se taire et à attendre. C'est difficile, il se sent isolé et a l'impression d'être malhonnête avec la famille Balhimer. Hier soir encore, pour le Nouvel An, chez les parents d'Amel, il n'a pas été simple de se retenir de tout déballer. Chacun essayait de faire bonne figure et de rares plaisanteries ont même déclenché des fous rires désespérés, lorsque par exemple Myriam a rappelé ce week-end où leurs parents les avaient emmenées avec sa sœur visiter un élevage de Picardie. Méli, cinq ans à l'époque, urbaine jusqu'au bout des ongles, déjà, avait été terrorisée par un agneau. L'imaginer à l'autre bout du monde, dans une ferme paumée, entourée de chèvres et de poulets a fait sourire tout le monde. Et pleurer ensuite. Et cette crise de larmes là n'a pas été la seule. Au cours de la soirée, Myriam et ses parents ont souvent été rattrapés par leur culpabilité.

Jeff n'y a pas coupé non plus, et il a préféré ne pas ajouter le stress supplémentaire de nouveaux questionnements à la douleur des uns et des autres. Il plaint les neveux d'Amel, leur fin d'année aura vraiment été pourrie. En plus de leur propre chagrin, ils doivent supporter ceux d'adultes dont pas un n'est pour le moment en mesure de les consoler.

Personne n'attend le photographe dans son salon.

Il n'est pas soulagé mais déçu, un sentiment inexplicable. Il se laisse tomber sur ce canapé où, il n'y a pas si longtemps, Servier était assis. Amel également, quelques semaines avant lui, après une folle nuit de discussions animées à propos du monde neuf qui allait advenir si Barack Obama était élu. Jean-François la revoit y prendre place, la tête de Chloé, dans les vapes, posée sur ses cuisses, en attendant la proclamation des résultats. Moins de deux mois plus tard, elle a disparu et l'un de ses meilleurs amis est mort.

Pour ne pas craquer, Jeff se concentre sur les bruits de réveillon en provenance des appartements voisins. À peine une heure du matin, la nuit va être longue.

Il repense à ce qu'il a raconté à Youssef juste avant de quitter Le Plessis-Trévise, des nouvelles d'Afghanistan et des États-Unis apprises par la bande. Les investigations du FBI et du commandement de l'OTAN semblent privilégier la thèse du mauvais endroit au mauvais moment. Selon les enquêteurs, ce n'étaient pas Amel et Peter que les talibans visaient, mais les paramilitaires présents dans le coin. Interrogés, les occupants du complexe sécurisé de Kaboul dans lequel les deux journalistes résidaient ont livré des explications divergentes, parfois contradictoires, sur les motifs de leur excursion dans la région de Surobi. Certains ont affirmé que le couple s'intéressait aux mercenaires et aurait voulu les surprendre pendant une opération, d'autres qu'ils allaient rencontrer une source locale. Quoi qu'il en soit, la présence d'insurgés est confirmée par les RETEX des unités françaises dépêchées sur place une fois l'attaque signalée et les cadavres retrouvés à la fin des combats. Qui a tué qui, et comment, ces questions pourraient en revanche ne jamais avoir de réponse. Les autorités avancent déjà l'excuse de la difficulté de procéder à des analyses et ne semblent pas pressées de réaliser les examens *post mortem*. Pire, apparemment personne ne sait où se trouvent les dépouilles des victimes. Jeff et le meilleur ami new-yorkais de Peter se sont parlé plusieurs fois au téléphone et via Skype, et la seule chose dont Matt est à peu près sûr, c'est du rapatriement du corps de leur pote sur le sol américain, avec ceux des employés de Six Nations. Où, il n'en a aucune idée.

Une situation qui a mis très en colère Debra Dang, également dans la boucle.

Youssef a religieusement écouté Jean-François, sans jamais l'interrompre. La dignité du père d'Amel est impressionnante, il est impuissant mais il tient, pour le bien de ses proches, tous retombés dans une forme de déprime léthargique après le moment d'excitation de la semaine précédente. L'absence de communication depuis l'appel initial des ravisseurs s'avère presque plus difficile à supporter que l'incertitude des débuts et, même s'ils n'osent pas le verbaliser, tous se demandent à nouveau si Amel n'est pas morte. Une preuve de contact, les éléments biographiques, n'est pas une preuve de vie, ils ont fini par l'intégrer.

Pour rester debout le papa d'Amel parle souvent, trop au goût de Jeff, à Ponsot. Qui aurait dû être là hier mais n'a pas pu se libérer. C'était peut-être une façon de commencer à reprendre ses distances. Myriam a dit au photographe que le policier lui avait fait part de ce souhait, en avançant deux justifications : d'une part, il en va de sa sérénité professionnelle, des remarques auraient été formulées par sa hiérarchie – Jeff en a déduit un possible conflit d'intérêts avec une enquête en cours, raison de plus pour se méfier du mec – et, d'autre part, de la sécurité d'Amel. Djihadistes, terroristes et talibans surveillent Internet et les médias, ce n'est plus à démontrer. Ponsot craint que la proximité d'un fonctionnaire des services de renseignement avec la famille d'une otage, si elle venait à fuiter, ne renforce la paranoïa des kidnappeurs et ne les pousse à quelque extrémité. Selon lui, et Jeff le rejoint sur ce point, mieux vaut limiter les rencontres et user, lorsque c'est possible ou nécessaire, du seul téléphone. Bon débarras, le photographe va pouvoir revenir à la charge auprès de Youssef et Dina à propos d'une intervention des assureurs du magazine dans les négociations. Matt et sa compagne, Erin, sont d'accord, toutes les initiatives doivent être considérées et les bonnes volontés mises à contribution. En bons Américains, leur confiance dans l'intervention de l'État est limitée, surtout de l'État français, que l'on ne peut soupçonner d'impartialité dans le cas présent. Et la récente participation téléphonique du secrétariat général de la présidence de la République à une réunion organisée au ministère des Affaires étrangères avec les proches d'Amel n'a pas rassuré Jean-François, elle ressemblait plus à une ingérence qu'à un soutien.

Un étage plus bas, les voisins de Jeff s'éclatent. Il ne va rien leur dire. Habituellement, le bordel vient de chez lui. Il pourrait les rejoindre, ne le fait pas, n'hésite même pas, il ne serait pas bien au milieu d'autres gens. Il n'était pas bien chez les Balhimer non plus, il l'avait anticipé, mais il ne se voyait pas être ailleurs, ne pas y aller aurait été pire. Le photographe se lève pour aller chercher une bière et revient sur le canapé. Au passage, il chope un nouveau PC portable acheté après l'effraction, l'ancien ayant disparu, qu'il met sous tension. Le soir du vol, avant même de faire venir un serrurier et d'aller voir les flics, il s'est précipité chez un pote afin de changer tous ses identifiants. Messageries, serveurs en ligne, comptes bancaires, blog, réseaux sociaux, tout y est passé. Ses *visiteurs* ont eu peu de temps, quelques heures, pour fouiller sa vie privée informatique. C'était déjà trop mais certainement pas assez pour faire un tour complet de l'historique des derniers mois.

Jeff relève ses mails. Rien de neuf et surtout pas de nouvelles de cet Italien, un reporter aussi, installé à Kaboul et copain de Peter, dont il espère beaucoup depuis qu'il lui a fait part d'une info alléchante : l'un des paramilitaires de 6N aurait survécu à l'attaque du 13. Traité à l'hôpital militaire de Bagram, il aurait ensuite été exfiltré à l'étranger. Le Rital a promis d'essayer d'obtenir un nom et une destination. S'il y parvient, Jean-François mettra Ginny Timons et Matt au courant, pour discuter de l'opportunité d'approcher ce mercenaire, et de la meilleure façon de procéder.

Bascule sur Facebook. Sur son profil, un *Bonne Année – Happy New Year* écrit avant son départ pour Le Plessis-Trévise. Les pages de ses contacts ne sont pas en reste et guère plus originales. Certaines sont très actives malgré l'heure avancée. Multiplication des solitudes ou des addictions virtuelles, les unes renvoyant aux autres, on est seul à plusieurs, parfois à quelques pas de distance. Quatre ou cinq des amis qui noircissent leur mur à cet instant précis sont ensemble au même endroit, Jeff le sait, il était invité. Il scanne à la va-vite les réactions publiques à ses vœux, banalités, et jette un œil à ses messages privés. Banalités, banalités, banalités. Et un truc d'un dénommé Fender Jazz, un mélomane, forcément : *Pas de musique depuis le 14, à quand une autre reprise de Bowie ?* Le photographe réfléchit. Bowie, c'était lors du dernier concert, au Chat Noir, le 9 décembre. Pas le 14. Le mec n'a pas la mémoire des dates mais au moins il s'y connaît en grattes. Coup d'œil à sa propre Fender. Dieu merci, les voleurs ne l'ont pas piquée ou abîmée, juste fait tomber, et elle a depuis repris sa place sur son support mural.

En face du canapé.

Seconde lecture du courrier, visite du compte de Fender Jazz. Créé il y a douze jours, pas d'amis, zéro activité publique. Date de naissance, le 3 mars 1977.

Le même jour qu'Amel.

Jeff sourit.

1er JANVIER 2009 – BOMBARDEMENT AU WAZIRISTAN DU SUD : cinq personnes tuées et deux autres blessées. Cette nuit, un drone de la CIA a tiré trois missiles sur plusieurs objectifs situés dans les environs de Kari Kot, un village proche de Wana [...] C'est la deuxième fois en dix jours que ce hameau est pris pour cible par un avion sans pilote [...] Un premier tir a pulvérisé une voiture dans laquelle voyageaient des djihadistes étrangers. Parmi eux se trouvaient Fahid Mohammed Ali Msalam alias Oussama Al-Kini, un citoyen kényan, et Sheik Ahmed Salim Swedan, son bras droit. Ces deux hommes, l'un comme l'autre membre d'Al-Qaïda, étaient recherchés par les États-Unis pour leur participation aux attaques contre les ambassades américaines de Dar es-Salaam et Nairobi [...] Perpétrés en 1998, ces attentats à la bombe avaient fait 224 morts et plus de 5 000 blessés [...] Réfugié d'abord en Afghanistan puis dans les zones tribales, Al-Kini était responsable du renseignement de l'organisation d'Oussama Ben Laden. Il est soupçonné d'avoir planifié de nombreuses missions-suicides en Afrique de l'Est et au Pakistan, notamment une tentative d'assassinat de Benazir Bhutto fin 2007 et le plastiquage de l'hôtel Marriott d'Islamabad, en septembre dernier [...] Les deux autres missiles ont détruit une maison suspectée de servir de refuge temporaire à plusieurs groupes terroristes, sans faire de victime. **1ᵉʳ JANVIER 2009 – NOUVEL AN PARTOUT DANS LE MONDE.** Retrouvez dès aujourd'hui les plus belles images des feux d'artifice, de Sydney à Londres en passant par Dubaï [...]

La prosternation est terminée et avec elle la dernière *rakat* de *salat al-fajr*, la prière de l'aube. Ses voisins se redressent, il l'anticipe, les imite, entend leurs murmures lorsqu'ils prononcent le *tachahoud*, l'invocation destinée aux prophètes d'Allah et à Mahomet. Lui ne dit rien. Il a été chahuté pour cela, à la fin du rituel, les deux premières fois qu'il est venu ici. Mais il a tenu bon, il jouait son rôle, celui du sourd-muet, qui évite d'avoir à répondre aux sollicitations et, après quelques coups lancés pour effrayer, pas vraiment douloureux, protégé par l'imam dès le second incident, les autres fidèles ont fini par le laisser en paix. Depuis, ils l'ignorent.

Les hommes agenouillés à ses côtés commencent leurs salutations et là encore, sans faire d'effort ni même réfléchir, sa gestuelle mutique, tête à droite, tête à gauche, accompagne la leur. Enfin, tous se remettent debout. Les tapis sont pliés et la congrégation s'éloigne vers l'antichambre tenant lieu de vestiaire. Il suit, en léger décalage, récupère ses sandales, son baluchon de toile, et quitte à son tour la mosquée Kausar, petit bout du rez-de-chaussée d'un immeuble gris à la façade rongée par les vents de mer.

À l'entrée, des fumeurs jeunes et vieux discutent, traînent. Le jour est encore frais, le travail peut attendre quelques instants de plus. Devant eux s'étend le terminal pétrolier de Shireen Jinnah Colony, l'un des ghettos agglutinés autour du port, baigné dans une brume aux relents de mazout que fait danser la lumière sanguine du soleil matinal. Dans le lointain, par-delà le chaos de métal chamarré des milliers de citernes roulantes prêtes à partir ravitailler le Pakistan, derrière les cuves géantes d'où s'écoule aussi l'essence indispensable aux aventures afghanes de l'Amérique, on devine le relief brisé des montagnes de conteneurs érigées sur les quais et les squelettes des grues de chargement, monumentales girafes d'acier.

Un hochement empreint de soumission auquel peu répondent et Lynx se faufile entre les hommes. Il s'éloigne lentement de la salle de prière, appuyé sur un long bâton de marche, vêtu d'un salwar khamis porté sous une veste de costume élimée. Sa tête est coiffée d'un calot, afin de cacher en partie sa chevelure trop rase, et sur son nez sont posées des lunettes à verres neutres et monture plastique cassée, rafistolées au scotch pour se donner un air encore plus modeste, inoffensif. Sa barbe est vieille d'une quinzaine. Si elle n'a pas encore la longueur idéale, la largeur d'une main sous le menton, elle couvre déjà bien le bas de son visage et, avec sa peau parcheminée par cinq années d'Afrique, lui permet de ne pas détonner dans la foule diurne de ce quartier majoritairement pachtoune.

Ici grouillent et survivent les petites mains de la mafia des transporteurs enrichie par la contrebande détaxée avec le voisin afghan et les milliards de la guerre contre la terreur. Tous les matins, à bord de leurs jingle trucks, ils sont une multitude à filer plein nord et plein ouest pour rejoindre la passe de Khyber ou celle de Chaman et, plus loin, Kaboul et Kandahar. Si l'on veut aller là-bas sans passer par les airs, une chose à laquelle Lynx songe sérieusement, Karachi, où il s'acclimate depuis onze jours, est le point de départ idéal. La ville est la plus grande du Pakistan, la plus riche, la plus métissée. L'une des plus périlleuses. Facile d'y avoir un aperçu des mœurs et des dangers de cette région du monde ou de s'y volatiliser sur un claquement de doigts. Et d'ici, plus particulièrement de Shireen Jinnah Colony, l'Afghanistan est accessible en car. Ou en train jusqu'à Quetta et après à nouveau en car. Ou en camion, en profitant clandestinement de l'incessante noria de marchandises. Pour l'esprit furtif, se fondre dans le magma logistique du conflit afin de passer inaperçu est, sur le papier, très alléchant. Mais deux petites semaines de recherches, d'errance volontaire et de réflexion ont convaincu Lynx de privilégier l'une ou l'autre des solutions *normales*. Inutile d'ajouter du risque, questions indiscrètes, entourloupes des chauffeurs, aux dangers inhérents à la route et au rail, intempéries, pannes, barrages arbitraires, contrôles malhonnêtes, pillages de grand chemin, massacres sans raison.

Ne reste qu'à décider de partir et quelle voie emprunter.

Au cul de la mosquée passe Shabrah-e-Ghalib, l'accès principal du terminal pétrolier, seule artère goudronnée du coin, congestionnée à toute heure, qu'il faut franchir pour aller au marché. Accompagné par les odeurs de thé, de friture et de charas émanant des camions, il est l'heure du petit déjeuner, Lynx parcourt d'abord un dédale de semi-remorques garés sur l'aire de stationnement attenante à la salle de prière. À la sortie de cette zone de vie éphémère, un attelage aux couleurs d'Attock, première compagnie pétrolière du pays, peine à s'insérer dans la circulation, déjà frénétique. Penché sur son volant, le conducteur impatient râle, klaxonne, engueule le bon à rien installé à côté de lui. Dehors, accrochés aux montants de sa cabine, en équilibre au-dessus des essieux, deux resquilleurs offrent à Lynx des sourires philosophes. Il leur répond d'un signe de tête, contourne le véhicule et traverse à la première accalmie.

Le bazar est un autre labyrinthe, dont les hauteurs sont par endroits si encombrées de câbles que le jour n'y pénètre presque pas. Ses allées de terre grise, jonchées de détritus et de flaques suspectes, sont étroites, fleuries d'enseignes bariolées. Des téléphones mobiles à la décoration de carrosseries, des fringues aux services juridiques, on y vend tout et n'importe quoi, dans des boutiques minuscules ouvertes aux quatre vents. Quand Lynx arrive, le coin s'éveille à peine, un répit bienvenu, et grâce à des mimiques et une gestuelle désormais bien rodées, sans prononcer un mot ni produire un son, il s'achète un *chapati* fourré aux pommes de terre épicées et aux oignons, et un chai très sucré, aromatisé à la cardamome. Du surcuit relevé, fait minute, pour ne pas déglinguer son estomac. Ensuite, il part en quête d'un poste d'observation et le trouve au débouché d'une venelle, sur un parpaing, dans un renfoncement ombragé.

Peu à peu, les rideaux métalliques se lèvent, les présentoirs sont déployés, garnis, les livreurs se pointent, les clients apparaissent. Lynx scrute la foule qui enfle de minute en minute. Il s'attarde sur les tenues, les comportements, une routine à laquelle il s'est astreint chaque jour depuis son atterrissage à Karachi, dans différents lieux, toujours plus éloignés du centre occidentalisé, jusqu'à ce qu'il se sente enfin prêt à s'immerger dans cette enclave-ci, aux dynamiques tribales. Lynx a procédé de même avec la religion. De ses vies antérieures, il gardait le souvenir d'un islam influencé par le Maghreb. Cela lui a donné une base de travail, le vernis nécessaire pour visiter une première mosquée, au Népal, étape initiale du voyage qui, de Paris, l'a mené jusqu'ici. À Katmandou, où il a séjourné moins d'une semaine, on a reçu cordialement cet égaré, ce *talaf* étranger, maladroit, et il a pu se familiariser à nouveau avec les attitudes, la façon d'accomplir les ablutions, d'effectuer les salats quotidiennes. Une fois au Pakistan, il a commencé par se recueillir dans la salle de prière de son hôtel, le temps d'ajuster son rituel aux usages locaux. Après, il a exploré d'autres endroits, plus populaires.

Une femme s'est approchée du comptoir d'un maraîcher, à quelques pas de Lynx. Il l'a remarquée à cause de sa tenue or et pourpre, des tons qui tranchent avec les blancs, les gris et les marrons arborés par les hommes, écrasante majorité des clients du bazar. Elle n'est pas non plus cachée sous une burqa, ici toutes ne le sont pas, juste couverte d'un voile couleur safran. Une tolérance à Shireen Jinnah Colony, faubourg contrôlé par un parti politique communautaire mais séculier. Lynx la voit prendre un melon blanc, le porter à son nez afin de le humer et le reposer. Ce manège est répété plusieurs fois, pour choisir et isoler les meilleurs, et chacun de ses gestes, si féminins, la main qui caresse et retourne les fruits, le poignet qui se brise avec grâce à l'approche du visage, le buste qui s'incline, l'autre bras soutenu par la hanche, qui porte un cabas dont la poignée est calée au creux du coude, fait ressurgir des images de Kayla au marché de Ponta do Ouro. Et lorsqu'une gamine échappe au mari arrivé entre-temps avec, dans son sillage, une carriole et d'autres enfants, et vient se coller à sa mère, Lynx a la vision d'un futur avorté. Pendant quelques secondes, mélancolie et culpabilité menacent de le submerger, puis il repense à la mission et parvient à reprendre le contrôle de ses émotions.

La mission.

Une fulgurance, survenue chez le photographe, à l'issue de leur longue conversation nocturne, alors que celui-ci s'était effondré dans son fauteuil, usé par les bières avalées pour calmer sa trouille et rattrapé par les effets d'un somnifère pris au moment de se coucher. Juste avant de sombrer, Lardeyret avait posé une question : « Vous allez faire quoi maintenant ? » Lynx avait réfléchi, il connaissait la réponse mais voulait trouver les bons mots, afin de ne pas paraître ridicule, pompeux. Trop longtemps. L'autre s'était endormi avant qu'il puisse dire *me flinguer ou me livrer*, et il était resté à jouer en silence avec cette réplique sentencieuse, dénuée de réalité. Il n'avait aucune envie de se rendre, ni de se donner la mort.

Et plus de passé, et pas d'avenir, et un présent en sursis. Et plus personne.

Sauf Amel.

Disparue, peut-être morte.

Ou pas.

Le 14 au matin, deux heures avant l'aube, Lynx avait quitté le canapé de Jean-François Lardeyret, et son appartement, et son immeuble, avec une idée en tête, dégager de Paris, sans se faire prendre, et rejoindre l'Afghanistan, fissa. Il n'avait rien à perdre et pas grand-chose à gagner, sauf peut-être un peu dignité. Ses négligences de la rue Guynemer, l'implication de Daniel Ponsot et le photographe épargné rendaient son départ urgent. Hugo de Mulder n'était sans doute pas totalement cramé, il pouvait donc voyager pendant quelques jours encore, et sa nationalité belge simplifierait les trajets, mais il était peu recommandé d'attendre l'obtention d'un visa. Le choix du Népal était la conséquence de cette dernière contrainte. Dans la région du globe où il devait aller, c'est l'un des seuls pays dont les autorités délivrent des sésames touristiques à l'entrée de leur territoire. Il a d'autres atouts. Haut perché, accidenté, eldorado de nombreux randonneurs et alpinistes, il offre un avant-goût du relief et du climat afghans et, pour qui part léger, dans la précipitation, il est possible d'acquérir sur place le minimum vital à toute expédition. Un matériel bon marché, usagé et donc plus discret, refourgué par des routards en mal de fonds ou surchargés à leur retour chez eux.

Après avoir fait un saut rue des Martyrs, pour vider l'appartement qu'il louait, Lynx avait rejoint la gare du Nord où il s'était débarrassé de sa moto, abandonnée clé sur le contact – l'utilitaire et tout son équipement de surveillance avaient été incendiés la nuit précédente lors de sa fugue sans but, en lointaine banlieue –, avant de monter à bord d'un Thalys pour Cologne. Pas question de s'envoler depuis la France, sa piste aurait été trop simple à suivre et le risque était grand qu'un portrait de lui ait déjà été transmis à la Police aux frontières, un passage obligé dans les aéroports. Pas dans les gares. La Belgique aussi était exclue, à cause de sa fausse identité, tout comme la Hollande, où il se méfiait du zèle des flics antidrogue. L'Allemagne semblait plus sûre.

Son vol pour Katmandou, via Berlin et Doha, avait décollé peu après vingt heures de l'aéroport Konrad Adenauer et s'était posé au Népal le lendemain en milieu d'après-midi.

Aussitôt installé dans un hôtel passe-partout rempli de *backpackers*, ces crevards du tourisme généralement au courant des bons plans de chaque destination, parmi lesquels il serait plus facile de rester invisible, Lynx avait dégoté les adresses de plusieurs magasins de matos d'occase et d'un cybercafé, le meilleur de la ville, dixit un quatuor d'Australiens de retour d'un trek, où le débit était toujours correct. Dans ce bar Internet planqué dans Dilli Bazaar, un quartier commerçant à l'est de la ville, au premier étage d'un immeuble recouvert de bois, il avait, dès le premier soir, parcouru la presse à la recherche de nouvelles d'Amel. Sans succès. Son nom ne figurait dans aucun article récent et l'attaque dont elle avait été victime était juste mentionnée dans des dépêches aux tournures très officielles ou au milieu de rares hommages rendus à ce Peter ami de Lardeyret. Un silence médiatique surprenant, toute disparition de journaliste tapissant habituellement les unes. Après une heure d'infructueuses consultations, épuisé par son périple, Lynx avait créé une adresse mail bidon et des alertes, sur les noms des deux reporters, leurs nationalités, leur job, le lieu de l'embuscade, Surobi, révélé par le photographe, et il était allé se reposer. Avant de repasser le lendemain, et le jour d'après, et les suivants, matin et soir, en vain.

À défaut de le renseigner sur Amel, les allées et venues de Lynx avaient suscité la curiosité du gérant du cybercafé, un Chinois originaire de Kunming, échappé au Népal après un déménagement forcé dans un camp de travail tibétain. L'homme s'appelait Jié, le *propre*, un prénom dont il plaisantait lui-même. À la troisième visite, il était venu parler. La quatrième avait été l'occasion de passer un long moment ensemble, jusqu'à la fermeture, à boire, à se livrer par bribes et autant de mensonges. De cette duperie réciproque avait émergé une vérité propre à tous les exilés bannis à la lisière de la légalité, ils pouvaient s'entendre. Durant leur cinquième entrevue, Jié avait parlé came, de la pas chère, tout ce qu'on voulait. Antalgiques et antibiotiques de contrebande avaient ainsi changé de mains, avec quelques grammes d'une coke potable, achetée pour le cas où, dans un avenir proche, Lynx aurait à rester éveillé. Au sixième tête-à-tête, ils s'étaient mis à discuter d'un autre deal : un jeu de papiers européens, passeport, permis de conduire, carte d'identité, authentiques, de l'or par ici, contre un visa.

« Quel type de visa ?

— Le plus long possible.

— Pour aller où ?

— Au Pakistan. » Lynx avait décidé de se laisser jusqu'au 31 décembre pour découvrir par ses propres moyens ce qu'il était advenu d'Amel. Passé cette date, sans info, il prendrait le risque d'un contact avec Jeff Lardeyret, dont il consultait chaque jour la page Facebook, repérée lors de ses surveillances parisiennes. Mais partir à l'aveugle en Afghanistan, un pays en guerre, instable, aux accès contrôlés, dont il ne savait rien, semblait trop hasardeux. Il voulait cependant se rapprocher de son objectif et, sans perdre de temps, se familiariser avec les populations et le territoire. Le Pakistan, musulman, limitrophe, un poil moins dangereux, complice des talibans, était un bon compromis. Une fois sur place, il trouverait bien un moyen de franchir la fameuse ligne Durand. Dans un pays où la corruption est un sport national, tout peut se négocier.

À Katmandou, le bakchich est également une politesse. Jié ne connaissait aucun membre de la représentation diplomatique pakistanaise, mais l'un de ses bons *amis* travaillait pour les services d'immigration du ministère népalais des Affaires intérieures. Le genre de contact indispensable si l'on veut pouvoir faire venir en douce des membres de sa très grande famille ou des putes à deux sous. Et cet ami, avait-il assuré, saurait qui aller voir. Moyennant mille dollars – trois cents pour l'homme de l'immigration, trois cents pour celui du consulat, quatre cents pour Jié – et la disparition du condamné Hugo de Mulder, Lynx s'était offert des sauf-conduits pour ses derniers avatars : Ronald Miller le Sud-Africain et Aaron Millar le Mozambicain.

Soixante-douze heures plus tard, il quittait le Népal.

Son petit déjeuner terminé, Lynx se lève et s'enfonce dans le marché de Shireen Jinnah. Il trouve une impasse tranquille où résonnent les claquements de battes de cricket. Des enfants doivent y jouer non loin de là, leurs cris bondissent d'un bâtiment à l'autre. Il revêt une burqa et retourne déambuler un moment dans le bazar. Le déguisement fait illusion. Il le teste depuis trois jours et, jusque-là, personne ne l'a interpellé. Pas même les soldats présents en grand nombre pour garder le terminal pétrolier. Satisfait, il finit par quitter le quartier et entame la longue marche qui doit le ramener au Pearl Continental, un cinq-étoiles où la clientèle étrangère s'est repliée. Il est situé à sept kilomètres du port, dans le centre-ville. En chemin, Lynx se change deux fois. Il retire d'abord sa cage de tissu et, à l'approche du palace, enfile ses fringues de touriste, planquées jusque-là dans son baluchon. Vers midi, il franchit enfin les barrages de sécurité, contourne le parking, remonte l'allée paysagée plantée devant l'hôtel, une barre de béton couverte d'arabesques blanches et coiffée par des arches, et entre sans prêter attention à l'agitation du matin. De la clientèle occidentale, principalement des journalistes et des hommes d'affaires, omniprésents dans l'établissement, il a déjà obtenu, au bar ou lors de dîners improvisés dans le restaurant panoramique, tout ce qu'il pouvait désirer : des informations de première main sur la situation afghane et une carte de presse, ça peut toujours servir. En subtiliser un modèle dont la photo d'identité pouvait être remplacée par la sienne a nécessité plusieurs tentatives, mais il a fini par y parvenir et, sauf contrôle tatillon, celle qu'il a falsifiée fera illusion.

Lynx traverse le grand hall au marbre tape-à-l'œil et se dirige vers le centre d'affaires et ses ordinateurs en libre service. Avant d'aller dormir, il souhaite vérifier si Jean-François Lardeyret a répondu à Fender Jazz.

« Ils l'ont abattu.
— Pourquoi ? »
Data hausse les épaules. « Il hurlait trop, il voulait plus bouffer,

personne pouvait entrer. C'est ce qu'on m'a dit. » Il montre l'enclos grillagé devant eux. « C'était dans cet état quand je suis revenu. » Les gamelles sont renversées, la niche est de travers, le patou que Voodoo gardait dedans pour tenir chaud à Hair Force One dégueule par l'ouverture, taché d'un sang recouvert de poussière, et le sol alentour est jonché de plusieurs jours d'excréments séchés.

Aux pieds de Fox se trouve un sac de voyage. Il vient de rentrer à Chapman, n'est pas passé par la case B-Hut, est venu au bureau de 6N directement. Il voulait voir Data sans délai. Depuis l'appel de l'hôpital, le 14 décembre, ils ne se sont pas parlé. Il allume une Pine Light, a une pensée idiote, *le clebs, il ne me le pardonnera pas*, se marre, déchante. La mort de l'animal le rend triste. Celles de son maître, des copains ont juste fait remonter une pointe de culpabilité. Absolument rien d'autre. Il revoit la tête de Voodoo lorsqu'il l'a pris pour cible, il n'était pas surpris ou en colère, n'a pas essayé de riposter ou de se mettre à l'abri. Il semblait résigné. Le croire arrange Fox. « Ils t'ont emmerdé ?

— Les fédéraux, même pas une journée. J'ai joué au con et j'étais pas avec vous. Ceux de Longhouse ont été plus casse-couilles. » Deux comptables, un de 6N, un de sa maison mère, et un avocat ont atterri à la FOB après l'attaque. « Ils ont tout épluché. » Data a été questionné sur son travail administratif trois jours durant. « À la fin, j'en avais plein le cul et je me suis tiré en vacances comme prévu. » Entre-temps, d'autres s'étaient pointés à son domicile dans la banlieue de Baltimore, pour cuisiner son épouse. Deux types du FBI suivis d'un autre de Longhouse, encore. « Ça l'a fait flipper. Elle m'a crié dessus pendant une semaine. Noël de merde. »

Fox ne commente pas, attend.

« Elle sait que dalle, t'inquiète. » Data sourit.

« C'est pas fini.

— Il y a rien, mec. » Les activités parallèles de la bande, Data en gardait la trace dans un ordinateur non répertorié, coupé du réseau informatique de Six Nations, effacé grâce au même procédé que ceux des journalistes, à la minute où la nouvelle du fiasco a été connue. « On risque pas grand-chose. » Il a aussi détruit tous leurs mobiles jetables. « Sauf si t'as causé. » Il ricane.

Pas Fox. « Tiny a cherché à me joindre. » Il balance sa première cigarette, à moitié fumée, dans la cage. « Il chialait dans son message. » Machinalement, il en prend une autre, se la cale au coin des lèvres, ne l'allume pas. « Je pouvais pas parler.

— Il était pas encore au courant quand ils ont débarqué chez lui. Sa femme les a jetés.

— Il va mieux ?

— Au téléphone, il avait l'air. »

Fox acquiesce. Après l'incident de la prostituée, il a convaincu Voodoo de renvoyer Tiny au bercail, en urgence, sans le virer, et de faire jouer les assurances de la boîte pour qu'il puisse commencer une thérapie digne de ce nom. La direction a renâclé mais a fini par céder. L'embuscade de Surobi, un projet dont l'ancien contrôleur aérien avancé ne savait rien, avait eu lieu trois jours après son départ. « Quand tout sera un peu calmé, je l'appellerai. »

Silence.

« Et toi, ça va ? »

Nouveau hochement de tête de Fox.

« Il s'est passé quoi, en vrai ?

— On était attendus et on n'a rien vu. On s'est fait découper.

— Comment ils ont su ?

— Aucune idée.

— T'as eu du bol.

— Il paraît.

— Non, je veux dire, après aussi. »

Après. Exfiltré de l'hôpital de Bagram au bout de quarante-huit heures en observation, Fox a été conduit à Dubaï, cet eldorado hors du monde réel si pratique. Il refusait de rentrer aux États-Unis sans certitude d'être tiré d'affaire. À l'abri des regards, surveillé nuit et jour, il a passé du temps avec les conseils de Longhouse, puis avec

Pierce et d'autres mecs de la CIA, qui l'ont soumis à un premier polygraphe, réussi haut la main, puis en compagnie d'enquêteurs de l'armée et enfin en face d'agents du FBI. Polygraphe, encore. Réussi, encore. L'Agence l'a bien formé. Il a vendu sa salade, tout le monde l'a cru ou a fait semblant de, à l'exception de l'un des fédéraux, mauvais joueur, renvoyé illico à Washington. Des palabres ont succédé aux interrogatoires. Fox n'a pas été licencié. Pour sauver les apparences, on lui a proposé, et il a accepté, d'aller au terme de son contrat. Ailleurs. Ça, il a refusé, insistant pour retourner en Afghanistan, afin d'*honorer la mémoire de ses camarades*. Ses mots. Ne pas le faire aurait été lâche, a-t-il ajouté.

Stupide surtout.

Il y a le fric, évidemment. Beaucoup. Mais hors de portée. Pour le moment. Tout passait par Voodoo, unique interlocuteur du Français dont Fox aurait dû faire la connaissance en novembre, lors de son voyage à Pristina, le *banquier* de leur petite entreprise. Data, pas viré non plus et rentré à Khost avant lui, doit savoir quelque chose. Il l'espère. Il y a la fille aussi. Fox l'a sauvée. *Peut-être.* « La copine de Dang, on sait ce qu'elle est devenue ? » *Une connerie.* Sûrement.

« Enlevée, d'après Bob.

— Il nous parle toujours ?

— Il est triste, mec, il aimait bien Voodoo.

— C'est un sentimental.

— Il sera heureux de te voir.

— Il y a eu des preuves de vie ?

— Des preuves de vie ?

— Pour la fille.

— Je sais pas.

— Je demanderai à Bob. »

Data se tourne vers Fox, surpris. Il a entendu la tension dans sa voix, le débit légèrement précipité. Au bout de quelques secondes, son visage s'éclaire, il a pigé.

Pense-t-il.

« Tu fais pas confiance aux hajis pour finir le boulot ? »

Pas de réaction, la seconde clope est allumée. *J'ai pas trop confiance en toi non plus.* Fox craint un éventuel double jeu de Data, père de famille, avec les autorités. On a pu faire pression sur lui. Inutile donc d'aborder frontalement le sujet de l'embuscade, de ses raisons et de ses conséquences, y compris financières. « Je vais aller poser mes affaires dans ma piaule.

— Attends-toi à une surprise.
— Quoi ?
— Ils ont fouillé pendant qu'on n'était pas là et ils ont pas rangé derrière.
— C'est qui, ils ?
— Longhouse, l'armée, quelqu'un d'autre ?
— Fils de putes.
— On m'a aussi fait vider les B-Hut des copains, pour faire de la place.
— Ils perdent pas de temps.
— Les affaires sont les affaires. »

Fox ramasse son sac, voit que son interlocuteur hésite à lui dire autre chose. « Quoi ?

— On en parlera plus tard. » Un temps. « Les autres me manquent, mec. »

De son bras libre, Fox saisit Data par les épaules. « À moi aussi. » Il l'attire contre lui. « À moi aussi. »

Elle a cru pouvoir tenir. Elle a cru pouvoir s'en passer. Elle a cru que les médocs, ce serait assez. Avec la piquette, commandée sur le Net. Plus de sorties, sauf à la pharmacie. Plus de dehors, fenêtres fermées, volets baissés. Dehors, il y a les autres. Elle a résisté à Facebook, au mail, au téléphone. Quand on l'a appelée, elle n'a pas pris, ou n'a rien dit, surtout pas où elle est. Elle n'a rien demandé et même rien promis. Une fierté. Elle a eu mal, elle a eu de la fièvre, de la froide bizarre, elle a pué, elle a vomi, des douleurs dans le corps et le cœur, des noirceurs, des culpabilités, des paranos, sans fin ni queue ni tête, et tout ça à la fois. Elle pensait à Amel, elle pensait à Alain, à Amel à Alain, à Alain à Amel, Amel, Alain, Amel, Alain, elle pensait *bien fait*, elle pensait *ma faute*, elle pensait *rien à foutre*, et elle les voyait, et elle les entendait, elle en pleurait. Rien. À. Foutre. Elle a serré les dents, toute seule, ici, pour se refaire une santé, une obsession. Elle y a cru, Chloé, à l'horizon réduit du studio du boulevard Auguste-Blanqui. Au reste aussi. Tout irait bien. On ne la trouverait pas. Sauf les flics. *Mais eux, ils ont des pouvoirs magiques, comme Alain, c'est différent.* Toute seule, ici, se refaire une santé. À l'infini. Noël est passé sans les autres. Les médocs, la piquette, ça allait mieux. Son père a débarqué le 28. Salaud d'avocat. Confidentiel, il a dit. Ou salauds de flics. Des larbins, Guy sait y faire avec les larbins. Ou salaud de Guy. Il a dû se rappeler qu'il paie, a donné sa caution. Des salauds, tous. Bourré, mon *papa*. Il est dangereux quand il est bourré. Sa mère le sait, Chloé le sait. Portraits crachés, elles ont trinqué, la mère d'abord, la fille après. Pas Joy. Joy elle est moche et elle ressemble à personne. Depuis toujours, Chloé voudrait ressembler à Joy. Le 28, Guy a gueulé dans la rue, elle ne s'est pas réveillée. Volets baissés, fenêtres fermées, plus de dehors. Guy a sonné, elle a sursauté. Il était tard, elle n'a pas compris. Pas tout de suite. Elle a décroché, a entendu, Guy appuyait partout, elle a paniqué. *Toute seule, ici.* Quelqu'un a fini par ouvrir. Guy a couru, gueulé, dans tout l'immeuble. Elle le guettait, l'oreille collée, et son cœur, il frappait, fort. Deux fois, *papa* est passé à côté. Pas de numéros, pas de noms, des étages à demi, des escaliers zigzagués, bourré. Quelqu'un a téléphoné aux flics. Embarqué. Mais Chloé n'a pas dormi. Elle n'a plus dormi. Les médocs, sous-dosés. La piquette, trop légère. L'horizon, étriqué. La santé, pas assez, vite. Se tirer, compliqué. *Tu fais quoi, tu vas où, t'appelles qui ?* Pas l'avocat, pas les flics, pas Alain, pas Amel, pas les salauds. *Et les thunes ?* La fièvre est revenue, froide, froide, froide, et la douleur, et les noirceurs, les culpabilités, la trouille. Et l'envie. Irrésistible, douloureuse. Sortir. Il le fallait. Trois jours, elle a tenu. Le 31, toute seule, ici, plus de médocs, plus de piquette, plus de santé. *Terrée, coincée.*

Cette nuit, elle s'est plâtrée, s'est habillée, mieux, pour tout cacher. D'abord, aller prendre les vingt mille bien planqués et puis aller en prendre. Chloé n'a nulle part où s'enfuir, sauf dans sa tête. Sauf pour de bon. *Hugo, salaud.* Dehors, il fait froid, c'est bien, ça va l'aider. Elle marche, clac, clac, clac ça fait sur le trottoir, c'est dur, elle n'a plus l'habitude. Elle cherche la Smart, sa Smart, avance, recule, fait le tour, ne sait plus où, ne la trouve pas, râle, pleure. *Un taxi ?* Une voiture s'arrête, une grande, toute noire. Un homme descend, court vers elle. *Guy ?* Il ne parle pas français, la touche, l'attrape. Chloé crie.

Ce matin, ce n'est pas le muezzin qui réveille Amel, c'est la pluie. Une averse très violente, elle résonne dans la cour dont la terre compactée, sèche, retient l'eau en surface. Pendant une dizaine de minutes, elle noie les autres sons.

La journaliste ne bouge pas sous sa couverture de laine, elle n'a pas encore décidé de se livrer au froid, pas tout de suite, et enveloppée du bruit blanc des gouttes sur le toit, elle médite sa nuit. Ici, elle rêve beaucoup, se souvient de tout ou presque, quand à Paris son sommeil est toujours stérile. En songe, elle a reçu des gens chez elle, rue de Malte, Peter et un autre homme, dont le visage restait caché, comme seuls les songes peuvent cacher les choses, en les rendant à la fois visibles et indistinctes. Cet autre a montré le traqueur reçu par Amel la veille de son départ et, lorsqu'elle l'a interrogé au sujet de cet objet, il s'est mis à rire, et Peter a ri avec lui. Sans jamais répondre aux questions posées. Ensuite, ils ont roulé en voiture, tous les trois, sur une route ténébreuse, elle conduisait. Amel se rappelle avoir demandé à plusieurs reprises où ils allaient, mais ses compagnons de voyage ne lui ont pas répondu. Ils parlaient entre eux. La bagnole n'avait pas de phares, elle ne voyait rien et, au bord des larmes, elle s'est énervée. Et eux se sont moqués à nouveau. L'attitude de Peter, assis à ses côtés, l'a blessée, elle le lui a dit. L'inconnu, derrière, a parlé et dans le rétroviseur Amel a alors aperçu Ponsot. Il a encore refusé de l'aider. Amel s'est arrêtée, est sortie pour voir où elle se trouvait. Rien. Elle n'était plus sur la route, il n'y avait plus de route. Et plus personne dans la voiture à son retour. Elle a eu peur de ce vide, dernière sensation, et a rouvert les yeux sur une obscurité dense, fraîche d'humidité terreuse. Il pleuvait.

Maintenant c'est fini.

Le silence dure quelques instants et l'appel de l'aube retentit enfin. Son écho froissé par un amplificateur monte d'une vallée voisine où Amel soupçonne la présence d'un gros village ou d'une ville. De l'autre côté de sa porte, elle entend une série de bruits devenus familiers, des grincements, des claquements, des saluts murmurés. Quelques instants de plus et des dévotions sont psalmodiées. Les gardes de la ferme fortifiée prient. Alors commence son rituel à elle. Bouger ses extrémités, étirer ses membres, les plier, sonder ses courbatures, elles s'atténuent, ensuite se cambrer, retomber sur le charpoy, tout gonfler, inspirer, expirer, à fond, légèrement pivoter les hanches, les épaules, évaluer les douleurs, il y a du mieux, sauf dans le haut du torse, ses côtes, à gauche, où ils ont le plus tapé, cassées, elle en est sûre, c'est aigu à la moindre torsion incontrôlée. Après ça se palper, doucement, d'abord le crâne, les bosses s'atrophient, il reste des croûtes sous les cheveux, et le front, plus chaud du tout, jamais, et autour des yeux, un peu dégonflés, elle peut presque voir grand ouvert, et sur les côtés, encore enflés, c'est plus léger. Balader sa langue entre ses dents, partout, mais surtout à l'endroit où elles sont brisées. Pas difficile, Amel le fait constamment, même sans y réfléchir, c'est un agacement ce trou aux arêtes saillantes. Ne pas repenser au canon du flingue dans sa bouche. *Ne pas y penser*. À rien dans sa bouche, à rien, nulle part. *Continue*. Il faut se forcer, après un sanglot long. *Continue*. Masser ses bras, du haut vers le bas, ses bleus, elle le voit chaque jour en se lavant, ils ont jauni, ils s'étalent, sont de moins en moins sensibles. *Continue*. Ses seins ne la font plus souffrir non plus, et c'est bien, ils l'inquiétaient ces élancements-là, durant ses premiers jours de conscience. Sa terreur est ailleurs désormais, plus bas. Amel laisse descendre ses mains sur son abdomen. *Continue*. Elles franchissent avec peine la barrière invisible du nombril, s'arrêtent, bien à plat.

Dehors, les hommes se rendent grâce les uns aux autres, *as'salam aleikoum wa rahmatoullah*, que la paix et la bénédiction d'Allah soient sur toi. Bruits de déplacements, de rangement, ils se remettent à parler. Début de journée, banal, normal.

Amel tremble, presse comme une dingue sur son bas-ventre, contracte et écrase ses entrailles, les ongles enfoncés dans sa chair. *Continue*. Elle n'arrive pas à s'en empêcher, elle ne veut pas, ne peut pas. *Je n'en veux pas*. Une crainte pernicieuse lui a poussé à cet endroit. *Ne pas y penser*. Ses pensées, les contrôler. *Continue*. La souffrance finit par être insupportable et Amel cesse de se punir, jette le patou au loin, tente de se mettre debout. Sans faire attention. Une pointe dans le flanc la force à se rasseoir et elle se plie en deux, le souffle court.

Me contrôler.

Libérés par sa convalescence, les remords, les regrets, les angoisses, les fixettes morbides ont pris de plus en plus de place. Sa cage, si vaste quand son physique la lâchait, a rapetissé jusqu'à devenir l'antre de la claustrophobie. L'hostilité de la mère, les sourires de la petite l'ont aidée à tenir, au début, puis ça n'a plus été suffisant et la dépression s'est installée, facilitée par la routine de l'ennui.

Sous la porte passe un trait de clarté. Dans la pièce, on distingue les silhouettes des meubles. Amel se lève, tourne autour de son lit. Marcher lui fait du bien, occupe son esprit, l'oblige, dans cet espace réduit, à se concentrer sur les obstacles, pas sur sa situation. Au fil des jours, elle a identifié les territoires où sa mémoire, ses réflexions ne devaient pas s'aventurer, au risque de s'y perdre, cette maison, ses geôliers, le travail, le très récent. Peter. Le viol. Les bourdonnements dans le ciel. Juste se focaliser sur le Paris d'avant, sur les plaisirs de rien, la famille, son enfance, la chaleur des étreintes de sa mère, la douceur de la voix de son père, les sourires de Myriam, les rires de ses neveux, leurs voyages tous ensemble, tous ces possibles vers lesquels elle veut maintenant retourner coûte que coûte. Ils l'attendent. Ils l'attendront toujours. Parfois, elle ne parvient pas à cloisonner et, de petit bonheur en petit bonheur, elle retombe sur la colère de ses proches, leur supplice, enduré par sa faute, ou les jolies choses vécues avec Peter, préludes aux trucs plus moches, leur rupture, leurs retrouvailles, tellement brèves, l'attaque, la vision de lui, par terre, dans la neige rougie, mort.

Quand elle perd pied, il lui arrive encore de vouloir le rejoindre.

Rapidement hors d'haleine, Amel avance en claudiquant, parfois elle fait halte un instant et marmonne, et repart en rond, longtemps, et lorsqu'elle commence à se cogner aux murs, aux meubles, à ses cogitations, trop, malgré la luminosité grandissante, elle s'arrête, décide de se laver. Aujourd'hui n'est pas différent des autres jours et sa mise à nu reste une épreuve pénible, un moment de grande vulnérabilité. À la terreur d'être observée en douce, violée du regard, deux fois le matin elle a capté des bruits suspects sous sa fenêtre, derrière le patou, s'ajoute celle de la révélation attendue des stigmates de son agression. Les voir, c'est tout revivre un peu, et il lui faut déployer une énergie terrible pour ne pas replonger, s'effondrer.

Ne pas y penser.

L'eau glacée par la nuit aide. La toilette est intense et ne dure pas, Amel se rhabille vite, le corps pris de frissons. Elle se peigne grossièrement avec les doigts, machinale, sans illusion sur le résultat, et retourne s'asseoir. Maintenant, il faut attendre la venue de Farzana et de sa matrone.

Le temps s'étire dans un silence total.

Amel se met à gigoter, ça gamberge pesant. Sous son lit, elle saisit l'exemplaire de *Dawn*, un canard pakistanais, reçu la veille du

Nouvel An et presque appris par cœur à force d'être lu. Le borgne l'a apporté avant de disparaître. Il n'a pas reparu, ni n'a été entendu dans l'enceinte de la qalat depuis soixante-douze heures. Elle l'imagine en guerre de l'autre côté de la frontière et cette idée lui déplaît, sans savoir pourquoi. Quand elle a attrapé le journal tendu, les doigts de l'homme se sont refermés sur l'étoffe de sa burqa. Amel a cru qu'il allait la lui arracher et a reculé, en tirant fort sur le vêtement, à risquer de le déchirer, pour le serrer sur elle, illusoire protection. Elle s'est réfugiée dans un coin de la pièce et n'en a plus bougé, n'a plus parlé, avant plusieurs heures, bien après le départ de l'Afghan. Elle se rappelle très bien son air triste quand il est sorti ce soir-là. Sur le moment, elle était trop paniquée pour y prêter attention, mais ensuite son expression est revenue la hanter. Elle ne sait comment l'interpréter. Un mystère de plus, avec la soi-disant présence d'étrangers le jour de sa capture et ce moudjahidine qui parlait en français. Autant de gouffres dans lesquels il est trop facile de se précipiter.

Ne. Pas. Y. Penser.

« Ils sont comme une chienne qui divorce, ils veulent leur fric. Mais eux, en plus, ils étaient pas au courant qu'ils étaient mariés, tu vois, ni à qui. Les problèmes, ils vont pas en faire.
— Tu me punis.
— Tu as attiré l'attention.
— On les encule, hein, Isak ?
— Ton frère était plus patient.
— Ne parle pas d'Halit, tu t'en fous d'Halit.
— Je t'aime bien, Leotrim, je t'aime bien.
— Laisse-moi la pute.
— Non.
— Elle parlera.
— Elle a déjà parlé, à la police, et j'ai tout répété.

— Tes amis, ils te niquent.
— Ils ne sont pas mes amis.
— Le père, il t'a pas tout avoué, oui ?
— Et tu l'as suivi. Moi, je t'ai dit de le suivre.
— Et j'ai retrouvé la fille.
— Maintenant, tu pars, loin.
— Je vais revenir.
— Tu vas attendre. Toi aussi, Isak.
— Après je la tue. Pour Halit.
— Je te le déconseille.
— Je m'en branle, de tes conseils.
— Et l'argent, tu t'en branles ?
— Halit, c'est plus important.
— Leotrim, tu ne m'écoutes pas. D'abord, je dois régler des affaires ici.
— Et si c'était tes amis ?
— Pourquoi, dis-moi.
— Je sais pas.
— ...
— Je veux pas partir, Dritan.
— Les Français, ils aiment être rassurés. Toi, tu fais peur.
— On profite, alors.
— Pas encore.
— Tu vas rien faire pour Halit, je suis sûr. C'était ton ami, tu as oublié ?
— Parler trop vite c'est dangereux, Leotrim.
— Pardon.
— ...
— Je veux retrouver ceux qui ont tué Halit.
— La fille sait rien, c'est juste une pute de merde, crois-moi.
— ...
— Laisse les policiers d'ici faire. Ce qu'ils trouvent, on me le raconte.

— J'ai pas confiance.
— En moi ?
— ...
— Tu peux pas rester, ils ont dit. J'ai promis.
— Pas moi.
— Pense à ta mère et à ta sœur.
— Tu me menaces ?
— Elles n'ont plus que toi. » Dritan Pupovçi gare sa Mercedes noire sur le parking du terminal aviation d'affaires du Bourget et accompagne Leotrim Ramadani et Isak Bala à l'intérieur. Les formalités sont expédiées, tout le monde est pressé d'en finir. Une fois les deux hommes sortis sur le tarmac, Dritan les regarde rejoindre à pied le Cessna Citation affrété dans l'urgence pour les ramener à Pristina. Il attend que le jet soit en bout de piste, sur le point de décoller, avant de quitter l'aéroport.

Ils ont bien foutu le camp...
Le bureau de Ponsot. Il est au téléphone. Farid Zeroual est présent, avachi sur une chaise en face de lui. Lucas est en ligne. La fonction mains libres du poste fixe est activée et la voix de son adjoint est distante, déformée par le haut-parleur. « Et Pupovçi ? »
Il rentre sur Paris. On est derrière...
« OK, merci. À tout'. » Ponsot raccroche.
« Bon débarras.
— T'as qu'à croire.
— La carte diplo, ça peut pas marcher à tous les coups, si ?
— On parie si tu veux. Sur les dates de leur retour et de leur prochain renvoi.
— Au moins, ils savent qu'on est là. » Zer s'étire. « Fait chier.
— Va te coucher. » Ponsot regarde son subordonné se traîner jusqu'à la porte. « Vous avez bien réagi. »
Hier soir, Zeroual et Mayeul planquaient boulevard Auguste-

Blanqui, ils ont vu Chloé de Montchanin-Lassée sortir de son immeuble et les deux Kosovars essayer de l'embarquer de force dans une Audi. Ils sont intervenus. Sans instruction particulière. Des collègues en tenue ont été appelés en renfort, les agresseurs, armés, ont été arrêtés avant d'être relâchés quelques heures plus tard sur ordre du Parquet. Consignes redescendues de la Chancellerie. *Membres du personnel consulaire du Kosovo*, *véhicule diplomatique*, c'est la ligne officielle. « Avant de partir, vérifie que tout va bien du côté de la gamine. »

Hochement de tête.

Les deux hommes bâillent de concert.

« Ils vont pas râler au huitième, pour ton appartement ? »

Ponsot, averti vers minuit, s'est rendu en urgence dans les locaux du troisième District de police judiciaire, où tout le monde avait atterri. Chloé ne voulait pas déposer plainte et pas rentrer chez elle ou chez des proches, elle souhaitait juste se barrer Dieu sait où. Elle était terrifiée et aussi en colère contre la police qui l'espionnait, elle hurlait. Après avoir réussi à la calmer et s'être concerté avec Jean Magrella, réveillé par un coup de fil en pleine nuit, Ponsot a emmené la jeune femme à son studio, pour qu'elle prenne quelques affaires, puis à celui de sa fille, inoccupé. Il est resté là-bas pour la rassurer jusqu'au petit matin. Nathalie venait de se réveiller quand il est enfin rentré à la maison pour se changer, elle était de mauvais poil et la découverte de l'existence d'un second *petit oiseau blessé*, logé chez Marie de surcroît, n'a rien arrangé. « Je te dirai ça vite, j'ai patron dans dix minutes. » L'initiative peut ne pas réjouir sa direction non plus. Ponsot dispose néanmoins d'un argument massue : les risques courus par Chloé sont réels, l'incident de la nuit le démontre, et la mettre à l'abri, tout en la gardant à l'œil, est impératif. Majeure, on ne peut pas la forcer à vivre chez ses parents et, sauf si la DCRI veut mettre la main à la poche, un hôtel, pour une période indéterminée, sans doute prolongée, n'est pas envisageable.

Zer disparaît dans le couloir. Avant de monter à son rendez-vous,

Ponsot vérifie une dernière fois ses mails du matin. Son groupe vient de recevoir un message de la section technique. L'expéditeur a joint une synthèse de la surveillance de plusieurs ordinateurs ciblés par leur mission du moment. Le document détaille les activités Internet et les frappes clavier de chaque machine. Ponsot le survole en diagonale jusqu'à la partie concernant Jean-François Lardeyret, signalée par son rédacteur.

Les réseaux sociaux sont une bénédiction et une malédiction pour la police. Leurs abonnés y affichent publiquement pléthore de détails sur eux-mêmes et leurs relations, mais il est quasiment impossible de suivre correctement, en temps réel, les discussions tenues via les messageries internes, sauf dans les très rares cas où les sociétés propriétaires de ces services acceptent de coopérer. Une façon de remédier à ce problème consiste à utiliser des *keyloggers*, des logiciels conçus pour enregistrer les touches sollicitées par l'utilisateur d'une bécane donnée. On dispose alors de moitiés de conversations, entre autres. Le troyen utilisé par les ingénieurs du service sait faire ça. Hier, après avoir rejoint Facebook, Lardeyret a envoyé un message à un destinataire impossible à déterminer, son nom n'a pas été tapé. D'après le rapport, il s'est probablement contenté de *répondre* à un autre message, dont le contenu reste inaccessible en l'état. Nettoyé des retours chariot, espaces, corrections et autres entrées parasites, le courrier est un résumé détaillé, sous forme de liste, des informations sur la situation d'Amel Balhimer disponibles à ce jour : latitude et longitude de l'endroit où a été retrouvé son mobile, date à laquelle il a été retrouvé, date encore et contenu de l'unique prise de contact téléphonique avec l'ambassade de France à Kaboul, et d'autres coordonnées *lat-long*, celles du lieu où a été passé cet appel, dans le district de Sperah, province de Khost, Afghanistan. La ou les sources de chaque renseignement, Quai d'Orsay, autre journaliste, sont précisées, ainsi que leur degré de fiabilité, noté de un à cinq. Le photographe conclut cette énumération par une phrase de Conrad, extraite de *Lord Jim* et écrite, selon ses dires, de mémoire : « Parfois, certains hommes font le mal sans être plus mauvais que les autres. »

Un coup de fil de l'assistante du directeur de cabinet rappelle Ponsot à l'ordre, il est en retard, et il n'a pas le temps de s'interroger plus avant sur cet étrange mail. À peine arrivé, on l'invite à faire un point de situation et à donner son avis sur deux questions : qui sait quoi à propos de Montana et surtout de PEMEO, et qui pourrait parler. L'entreprise, son trésor de guerre stimulent les convoitises, y compris celles de l'Intérieur, Ponsot le pige aux remarques des uns et des autres, et même si ce n'est pas verbalisé ainsi, à sa mission initiale est ajouté un nouvel objectif : trouver matière à arracher la société des griffes de la Défense. On insiste aussi sur l'importance de protéger l'Élysée. Le PR craint à présent les initiatives de certains *amis*, à Matignon par exemple, où la création du Conseil national du renseignement – elle prive de fait le Secrétariat général à la Défense nationale, et donc le Premier ministre, d'une partie de ses prérogatives – a agacé quelques personnes, qui pourraient être tentées de bavasser. Des noms sont cités, dont le policier n'a jamais entendu parler. À surveiller. Il les note et en profite pour réitérer sa demande de branchement de Dritan Pupovçi, accordée, de Guy de Montchanin-Lassée et de sa boîte. Ces deux dernières requêtes sont refusées, encore. On lui suggère en revanche de contacter le commissariat de Nogent-sur-Marne, où la disparition inquiétante d'un dénommé Stanislas Fichard a été signalée par son épouse. L'individu en question, cadre du Service action, information fiable, reçue par la bande, était un protégé de Montana lorsque celui-ci émargeait à Mortier. Ponsot doit déterminer s'il y a un lien avec le double homicide de la rue Guynemer et les activités de PEMEO.

Sa réunion au huitième étage, expédiée en une demi-heure, laisse au policier un arrière-goût de pas bon. Et la remarque finale de son directeur, sournoisement interrogative, *vous êtes toujours en rapport avec la famille de cette journaliste, Bolhimar ?*, au moment de prendre congé, n'a fait que renforcer son malaise. Une manière d'avertissement sans frais, le troisième, reflet de l'abandon, voire du mépris, du sommet de l'État. Pendant un moment, le temps de redescendre, de transmettre des consignes et de quitter le service, Ponsot envisage d'en parler au père d'Amel et peut-être même à Lardeyret. Pour finalement décider d'attendre encore, au moins jusqu'à l'arrivée d'une véritable preuve de vie, avant de courir le risque de se foutre dans une merde sans nom.

Seul point positif du conciliabule du matin, l'annonce du déménagement temporaire de Chloé de Montchanin-Lassée dans l'ancien appartement de Marie n'a pas provoqué de remous. On l'a même remercié, à grand renfort de *Daniel* et de tapes dans le dos. Aucune illusion cependant, l'unique intérêt de l'ex-maîtresse de Montana aux yeux de sa hiérarchie réside dans sa capacité à fournir des munitions pour s'emparer de PEMEO. De ce point de vue, la garder sous la main est une excellente chose. Mais l'idée saluée aujourd'hui peut être descendue en flammes demain et, si le vent tourne, la gamine sera sacrifiée sur-le-champ et Ponsot avec elle, sans l'ombre d'une hésitation. Il a pris un gros risque.

Chloé ouvre en T-shirt court et *shorty* noir en dentelle. « Vous dormez jamais ?

— Couvrez-vous. » Ponsot entre, pense *à la ramasse mais bonne, putain* lorsqu'elle lui tourne le dos pour s'éloigner, se reproche aussitôt cette réflexion. *Pas ici*. Il se dirige vers le coin cuisine, y dépose le déjeuner acheté chez un traiteur du quartier, essaie d'ignorer l'état du studio de sa fille, impeccable à leur arrivée cette nuit et, dix heures plus tard, encombré de bouts de Chloé.

Qui ne s'habille pas et, assise en tailleur sur le canapé-lit, fixe le policier.

« J'ai du café et de l'eau, gazeuse ou plate, vous voulez quoi ?

— Des clopes ? J'ai fini mon paquet.

— Ici, on fume pas. » Ponsot ouvre les rideaux, la porte-fenêtre, les volets. Un courant d'air froid balaie l'appartement, le purifie.

« Il caille, merde.

— Alors couvrez-vous. »

Chloé, parcourue d'un frisson, grommelle mais ne bouge pas.

Le café a un goût de flotte et il est trop chaud.

« Vous êtes venu voir si je m'étais flinguée ? »

Ponsot transvase le contenu de son gobelet dans un vieux mug de Marie, pour ne plus se brûler les doigts.

« Ça la foutrait mal, non ? » Un temps. « Sympa l'appart', un peu trop de jaune à mon goût. » Un temps. « Elle a quel âge, déjà ?

— Comment vous vous sentez ?
— Ne vous fatiguez pas, je sais ce que vous voulez.
— Quoi donc ?
— Une balance.
— Je croyais que vous aviez déjà tout dit.
— Vous êtes pareil que les autres, vous prenez et après vous jetez.
— Je peux vous ramener chez vos parents si vous préférez. »

Chloé remonte ses genoux contre sa poitrine, les entoure de ses bras, se met à osciller d'avant en arrière.

« C'est quoi le problème avec votre père ? »

Pas de réponse, regard dans le vide, humide. Bientôt, les larmes coulent.

Ponsot se dit qu'il ne s'est pas trop mal débrouillé avec ses enfants. Au moins, ils n'ont pas peur de lui. Il va prendre un plaid dans une armoire, le déplie sur les épaules de Chloé et, ce faisant, ne peut retenir un coup d'œil par-dessus l'épaule, vers ce col de T-shirt trop large béant sur des petits seins pointus. Il s'enfuit récupérer son café pour le siroter en observant la rue. Un *merci*, marmonné, arrive après de longues minutes. Le policier attend encore un peu avant d'annoncer la nouvelle. « Les collègues du 36 vont passer, pour parler d'hier soir.

— Je suis obligée ?
— Malheureusement. » Ponsot montre le sac de nourriture. « Mais vous avez le temps de manger.
— Pas faim.
— Les deux brutes en bas de chez vous.

— Je les connais pas, je vous dis.

— Ils sont partis ce matin. Dritan Pupovçi les a accompagnés à l'aéroport. » Ponsot a vu Chloé se crisper à la mention du nom du Kosovar. « Pourquoi vous avez parlé de ce mec à Amel ?

— Elle s'intéressait aux affaires d'Alain.

— Et ils bossaient ensemble ? »

Hochement de tête.

« Ils faisaient quoi ? »

La jeune femme se remet à trembler.

« On est là, Chloé. » Ponsot approche, s'accroupit devant le canapé. « Je suis là.

— Jusqu'à quand ? »

Silence.

« Amel disait la même chose.

— Vous êtes chez ma fille, à l'abri. »

Chloé ricane, renifle, essuie ses yeux, longtemps. « Ce mec, il filait des trucs à Alain.

— Des trucs ?

— Des enveloppes.

— Il y avait quoi dans ces enveloppes ? »

Silence.

« Chloé, il y avait quoi dedans ?

— De la came, là, vous êtes content ? »

Ponsot s'en doutait, mais l'entendre confirmer est quand même déroutant.

« Vous me croyez pas.

— Elles étaient grosses, ces enveloppes ? »

Chloé montre avec ses mains.

« Et vous êtes sûre que c'était de la drogue ? »

Pas de réponse.

« Combien de fois c'est arrivé ?

— Pas mal.

— C'est quoi pas mal, cinq fois, dix fois ?

— Deux fois par mois. Des fois plus, des fois moins. »
Ponsot digère l'information. « C'était quoi ?
— De l'héro. Je crois.
— Vous croyez ou vous êtes sûre ? »
Pas de réponse.
« Et il en faisait quoi, de cette héroïne, il la vendait ?
— J'en sais rien. » Le regard de Chloé fuit.
« Vous savez d'où venaient les enveloppes et ce qu'il y avait dedans mais pas ce qu'il en faisait ? »
Chloé hausse les épaules.
« Difficile à avaler.
— Vous croyez qu'il me disait tout ?
— Les enveloppes, vous les avez vus se les échanger ? »

Chloé dévisage le policier. Longue inspiration pour se donner du courage et elle répète, en partie, son arrangement avec Alain. Maîtresse, hébergée dans l'appartement de la rue Guynemer, garçonnière, bureau bis, gâtée, protégée, libre d'aller et venir, sauf quand Alain voulait d'elle. Ensuite, elle ajoute de l'inédit à son récit. Parfois, il insistait pour qu'elle ne soit pas là. Pour sa sécurité, prétendait-il. La drogue apparaissait souvent après. Un jour, elle a mangé la consigne, a débarqué au milieu de l'un de ces rendez-vous secrets. Dritan Machin était là. Sur la table du salon, il y avait une enveloppe et elle a compris que. Pupovçi l'a terrifiée, elle n'en dit pas plus, ne parle pas des circonstances de cette rencontre *fortuite*, ni du viol. Ni du reste, de son rôle. « Alain avait toujours beaucoup de liquide sur lui. » Il en gardait dans l'armoire forte du sixième, à son bureau du huitième, dans le dix-septième sans doute aussi. « Je ne sais pas d'où il le sortait. »

Il écoute, Ponsot, note, n'a rien oublié, de sa lecture du STIC au matériel de coupe entrevu dans le studio du boulevard Auguste-Blanqui, mais il sait que Chloé n'a pas l'envergure de tout ce bordel, qu'elle se noie, engloutie, que l'appel au secours c'est juste une question de temps. Qu'ils n'ont rien à lui reprocher, pas de produit, pas de client, pas de flagrant délit. *Pas mon boulot.* « Vous l'avez dit à Amel tout ça ? » Il est là, le boulot de Daniel Ponsot, trouver les fuites.

Chloé acquiesce.

« À quelqu'un d'autre ?

— Jeff. Amel m'a interviewée avec lui une fois. Et une fois toute seule.

— Il y a des traces ? » Des fuites et des munitions. Ponsot réprime un haut-le-cœur, aujourd'hui, il ne l'aime pas son boulot. Il enregistre le nouveau oui de la tête et sa réflexion s'emballe. Il pense : *ces traces, elles sont où, chez Amel, chez Jeff Lardeyret ?* Cambriolés, tous les deux. Des hasards, la fatalité, la même qui détruit les ordis à Kaboul. *T'as qu'à croire.*

Bruits de pas dans les escaliers.

Ponsot regarde sa montre, le temps a passé vite, trop.

On sonne. Les gars de la Crim'.

Un éclair de panique traverse le visage de Chloé. Elle saisit la main du policier dans les siennes, un réflexe, et la plaque sur sa poitrine. On dirait qu'elle veut protéger son cœur des coups à venir. Elle murmure : « Je leur dis quoi ? »

Ça bat nerveux sous le plaid et le T-shirt, Ponsot le sent, la peur n'est pas feinte. Il a aussi senti le téton, le rebondi d'un sein, et préférerait que ça ne lui fasse pas autant d'effet. À voix basse, il répond : « Tu ne sais pas qui, tu ne sais pas quoi, tu ne connais pas. »

Chloé sourit, reconnaissante.

« Va t'habiller dans la salle de bains. » Il lui plaît, ce sourire, à Ponsot. Il se remet debout et, plus fort, lance : « Je vous ouvre, une seconde. » Juste le boulot, le sale boulot. *T'as qu'à croire.*

17

Il la sent se tendre au-dessus de lui. Ses gémissements s'atténuent, mais elle continue à bouger, à grands coups de bassin, et puis il n'arrive plus à se retenir et il vient, ils jouissent en même temps, elle dans les hauts, par paliers, lui dans les râles. Suspendue un instant, elle finit par retomber sur son torse. La fraîcheur de son souffle sur sa peau est bienvenue dans la touffeur ambiante. Elle se met à rire et il rit avec elle, l'amour vrai libère ces émotions-là. Ils s'endorment enfin. Plus tard, des cris aigus, une détresse, le réveillent. Elle n'entend pas, c'est étrange. Précautionneux, il écarte un bras posé en travers de son ventre, quitte leur lit, descend. Il y a des gens dans le salon, celui de Ponta, à peine des silhouettes, ils ne répondent pas à ses injonctions, frappent une masse allongée par terre. La source des hurlements. Ceux d'un bébé. Il réagit, essaie de repousser les inconnus. Ils sont nombreux, forts, résistent, il arrive quand même à se frayer un chemin jusqu'au nourrisson. Ce n'est pas un enfant, c'est un adulte. Une femme. Il se penche, essuie le poisseux qui macule son visage et la reconnaît malgré la pénombre. Kayla. Paniqué, il se retourne vers l'escalier, vers l'étage, vers la chambre où, un instant plus tôt, il dormait avec elle, et de nouveau vers le corps abîmé. Impossible. Les intrus ont reculé de quelques pas et observent en silence. Kayla sans vie ouvre les yeux, vagit. Ça lui casse les tympans.

Il bouche ses oreilles, recule, fuit, mais les hurlements ne s'arrêtent pas. Ils sont à l'intérieur.

Lynx reprend conscience la mâchoire crispée, les deux poings sur les cuisses, serrés à s'en faire mal. Pendant quelques secondes, il ne sait plus où il est. Sur la banquette d'en face, une mère tente de calmer un nouveau-né. Cheveux couverts, elle est vêtue or et bleu d'un salwar khamis à la tunique plus longue. Les brumes de la fatigue se dissipent et il reconnaît, à côté de cette femme, l'homme à la moustache drue assoupi contre la fenêtre. C'est son mari. Leurs garçons, tous deux âgés de moins de dix ans, dorment aussi, serrés l'un contre l'autre à la gauche de Lynx, dont l'épaule sert d'oreiller au plus vieux. Tout à l'heure, lors d'un arrêt prolongé, ils ont beaucoup chahuté et, ayant remarqué l'attitude mutique de leur voisin, ils se sont mis dans l'idée de le faire répondre. Jusqu'au rappel à l'ordre de leur père qui avait saisi le handicap de son vis-à-vis, ce sourd-muet à lunettes d'allure inoffensive. Une famille montée à Kotri ou à Sind, Lynx ne se souvient plus, à bord de ce Bolan Mail, le vieux train des Anglais version Raj et Grand Jeu, reliant Karachi à Quetta. Près de mille kilomètres de sauts de puce, prévus et imprévus, et de lenteur, il faut plus de vingt heures pour relier les deux villes.

Premier réflexe de Lynx, ses affaires. Elles sont toujours là. La vieille valise en cuir, achetée au bazar de Shireen Jinnah Colony parce qu'elle était équipée d'un morceau de ceinture de sécurité, cousu solidement au fil de pêche, afin de pouvoir être chargée à dos d'homme, repose sur le filet tendu au-dessus de sa tête et, derrière ses talons, il sent la masse compacte du sac en toile cirée avec lequel, plusieurs jours durant, il a arpenté ce même marché. Ces bagages, ils contiennent ses dernières possessions, le minimum nécessaire à son dangereux périple. Avant de partir, dans l'intimité de sa chambre d'hôtel, anticipant tout au long du trajet des fouilles intempestives, pas toujours justifiées ou bien intentionnées, il les a bricolés de façon à cacher papiers et thunes, ou tout ce dont la découverte, suspecte, pourrait griller sa couverture. Dans les doublures de la valise, pas celles des flancs, celles des bords, plus rigides, des choses plates, la vie d'Aaron Millar, des devises étrangères et de l'argent local, de l'or en plaquettes, une carte en anglais, au un trois millionième, de l'Afghanistan et de sa frontière avec le Pakistan, incluant parallèles et méridiens, il n'a rien trouvé de mieux, et une boussole. Le cabas, lui, a reçu un double-fond artisanal de quelques centimètres d'épaisseur, renforcé de plusieurs couches de carton, à l'intérieur duquel se cachent Ronald Miller, un sachet de diamants, encore du cash, un GPS et un chargeur solaire, un autre exemplaire de la carte topographique, une monoculaire, une pierre à feu, une frontale, un garrot et des pansements hémostatiques militaires, *tombés* d'un conteneur et revendus au bazar, un *blizzard bag*, sorte de duvet de survie de la taille d'un livre de poche, son iPod, ombilic superflu, indispensable à sa raison. Le complément de son fourbi, des médocs, une bâche plastique, de la corde nylon, des vêtements – une burqa azur, un jeu de fringues locales en plus de celui qu'il porte et un de fringues occidentales –, des patous en pagaille, de l'eau en bouteille et des fruits secs, sa réserve d'urgence, un Coran, un tapis de prière, Lynx l'a réparti de façon à équilibrer sa charge et à dissimuler l'essentiel. De lui, il ne reste rien d'autre, le reliquat est parti à la benne à l'entrée de la gare de Cantt, à Karachi.

Second réflexe, lorsque la maman au regard attiré par son brusque retour à la surface ne fait plus attention, trop occupée par son bébé, Lynx vérifie l'heure d'un coup d'œil discret. À son poignet, il n'a plus sa Suunto, juste une montre à cristaux liquides basique, commune sous ces latitudes. Il est presque quatre heures du matin, ils ont effectué un peu moins de la moitié du trajet et une trentaine de minutes se sont écoulées depuis le dernier arrêt, à Larkana Junction.

À peine un quart d'heure d'oubli, c'est tout ce que son esprit troublé lui a accordé.

La voiture est bondée. Sur les banquettes en bois s'entasse une multitude ensuquée par le tangage léger, l'absence d'air, dehors il gèle et tout est calfeutré, la chaleur des corps, le mélange odorant de tabac, de charas, d'épices, de friture refroidie, d'humanité. Une mélopée de tambours et de cordes crachotée par une radio allumée loin, en bout de rame, accompagne les murmures de quelques éveillés et le cliquetis du train. Il fait nuit. L'extérieur n'est qu'une longue traînée d'obscurité. Lynx y distingue parfois des taches plus pâles. De la neige. Elle a commencé à tomber quand le train a quitté la plaine pour gravir la montagne. Le jour a disparu juste après. Aucune lumière visible pendant des kilomètres, ça lui rappelle les pistes africaines et leurs ténèbres infinies.

La mère somnole maintenant.

En douceur, Lynx change de position pour soulager sa colonne vertébrale martyrisée par les lattes de bois de l'assise et le kukri arrimé dans le creux de son dos, poignée vers le bas pour une prise rapide. Le garçon avachi contre son biceps bouge à son tour, sans se réveiller. Une de ses mains glisse sur le poignet de son voisin, agrippe le tissu de sa manche de parka, serre. Lynx sourit et l'instant d'après son visage se crispe. À nouveau. Les traits anxieux du gamin le renvoient à son rêve et le rêve à Kayla, au ventre de Kayla, au réflexe primal qui a été le sien lorsqu'elle a avoué sa grossesse, une peur terrible, incontrôlable, comme l'étaient autrefois ses frayeurs d'enfant. Il se souvient de lui en avoir d'abord voulu de cette émotion-là et ensuite, de lui en avoir été reconnaissant. Personne, jamais, n'avait permis à Ronan Lacroix de retrouver un peu de son existence d'avant, avant la mort de ses parents, avant l'entrée dans cette *vraie vie* si chère à son père, avant même l'adolescence, quand il était encore possible, dans les moments de pure terreur, de se précipiter dans les bras de sa mère et en boule de s'y lover, pour attendre la fin certaine de toutes les angoisses. Ce soir de novembre à Ponta, sur la terrasse du Cafe do Sol, au milieu de la foule, il avait attiré Kayla contre lui, non pas pour la protéger ou protéger le bébé à venir, mais pour se mettre à l'abri. Il l'a compris trop tard.

Une rage monte, Lynx l'étouffe, *in extremis*.

Alentour, personne ne s'est aperçu de rien.

Un duo de soldats à pulls marron, brêlages et kalachnikovs entre dans le wagon. Les rares conversations cessent, les derniers yeux ouverts se ferment, vite il faut faire semblant, le temps qu'ils déguerpissent. À trois reprises déjà, ils ont contrôlé billets et papiers, prélevé la dîme. Son tour venu, Lynx s'est plié au rituel. La carte d'identité qu'il a montrée a été volée dans le vestiaire du personnel du Pearl Continental, à Karachi. Ici, au Pakistan, ce sont encore des documents cartonnés, facilement dégradés, tamponnés à la va-vite, à même les photos. Simples à falsifier. Le b.a.-ba, même avec la bite et le couteau, il l'a appris à Cercottes, il y a longtemps. Grossier mais suffisant pour des militaires pressés d'améliorer leur ordinaire. Un air simplet, une poignée de roupies, ils l'ont laissé tranquille.

Cette fois, les deux hommes ne s'arrêtent pas, ils *patrouillent*. Leur présence à bord est justifiée par les fréquentes attaques de bandits de grand chemin ou, à l'approche de Quetta, de Baloutches sécessionnistes. La plupart du temps, les deux se confondent. À la grande loterie des risques calculés, Lynx a été contraint d'emprunter l'itinéraire du sud, via Spin Boldak et Kandahar, celui du nord ayant été fermé par les autorités pakistanaises pour une durée indéterminée. Raisons de sécurité, disaient les journaux. Et entre la route et le rail, à ce qu'il a pu lire, le rail était plus sûr.

En théorie.

Les soldats n'ont pas le temps d'atteindre la sortie de la voiture. Un clac distant se fait entendre, semblable au son d'une baguette de bois qu'on pète. Tout se met à trembler et ils doivent s'accrocher, seuls debout, à un dossier, à une poignée. Les dormeurs sont cueillis par un spasme arrivé de l'avant qui fait bondir les rames les unes après les autres. Lorsque la *ola* mortifère vient agiter le compartiment de Lynx, il y a des cris, la surprise, puis les voyageurs sursautent malgré eux. D'autres plaintes suivent, plus franches, plus nombreuses, au milieu du tumulte des chocs, des vibrations, des torsions. L'éclairage vacille. Des bagages chutent. Ça hurle, ça hurle métallique et ça hurle panique. Lynx sent son corps poussé vers la fenêtre par une force invisible, il a le réflexe de plier le bras et de se contracter pour encaisser. De regarder dehors. La voie sur laquelle ils roulaient s'éloigne, ils déraillent. Son front heurte le montant de la vitre, pas fort, juste assez pour qu'une tête de vis l'entaille, et sa valise tombe, entre lui et les gamins. Une chance. La faible vitesse de pointe permet au train de rapidement stopper, sans verser. Le wagon de Lynx, retenu par la tête du convoi, en pleine décélération, et poussé par l'arrière plus rapide, glisse vers la gauche et se déforme. Il ne se déchire pas et s'arrête bientôt, incliné de quelques degrés.

Impression d'être suspendu au-dessus du sol.

Un tintement, proche, dans le verre, attire l'attention de Lynx. Un impact de balle. On a tiré. Du côté où la voiture penche. Autour de lui, déjà, les passagers se précipitent vers les issues les plus accessibles. Par là justement, inconscients du danger. Les militaires ont disparu. Lynx se lève, saisit sa valise, empoigne le cabas sous la banquette, son bâton de marche, et part à l'opposé.

Choc thermique une fois la porte ouverte.

Pour s'échapper, il faut sauter, au-delà du marchepied et des bogies, où la lumière du train n'éclaire plus. Lynx jette ses affaires dans le noir. À l'oreille, le sol est proche. Au jugé, il se lance, atterrit sans problème. Son parka refermé, il se charge à nouveau et fait le point. Ils ont été interceptés au milieu d'une vallée large d'une centaine de mètres au moins, murée par des masses rocheuses. Le sol, pierreux, enneigé, est traître. L'obscurité et le relief accidenté empêchent de distinguer un départ de piste, un sentier. Il n'y a pas la moindre végétation. Un nulle part minéral. Sur l'autre flanc du train, kalachnikovs au débit si caractéristique et mitrailleuses plus lourdes se répondent, une grenade explose, les gens braillent. Pour le moment, ici, aucun bruit de combat. Lynx part au petit trot vers la motrice, dans la direction générale de sa destination.

Un appel l'oblige à se retourner. Le père, la mère avec son nourrisson dans les bras, leurs deux fils lui ont emboîté le pas. Ils sont coincés par la gîte du wagon, réclament son aide pour descendre.

Hésitation.

Ça tire, ça gueule. Il y a des détonations proches, d'autres plus éloignées, celles-là plus soutenues. Les assiégés et les assaillants. Le convoi fait encore écran, mais les quelques soldats du bord seront vite débordés, les voitures prises d'assaut. Lynx pense à la mission, tout est toujours plus facile, quand on se concentre sur la mission. Ces gens ne sont pas la mission. Il leur tourne le dos, s'éloigne. Jusqu'à une ravine dont le tracé, plus sombre, file entre deux terrepleins de neige vers un oued. Le lit du cours d'eau, recouvert d'un fin manteau blanc, est perpendiculaire à la voie ferrée et la franchit à main droite, par une construction de la hauteur d'un homme, ressemblant à une arche édifiée sous les rails. La locomotive est arrêtée juste au-dessus. Distance, une trentaine de mètres. Descendu, Lynx fait halte près du ruisseau à sec pour écouter. Dans le lointain, l'échange de coups de feu se poursuit, intense. À proximité, il capte des voix d'hommes, un dialogue, dans lequel l'un ordonne et l'autre obéit. Elles résonnent. *Ils arrivent sous le pont.* Des malins, décidés à prendre les gardes en tenaille. Lynx remonte l'oued dans l'autre sens, mais rattrapé par l'écho, il se jette par terre pour ne pas être repéré. Le mouvement, la nuit, est plus traître que l'immobilité.

La silhouette du premier combattant, le meneur, il ne cesse de parler, d'encourager, approche au pas de course. Il vire dans la ravine et disparaît. Occupé par sa manœuvre, sans doute persuadé que de ce côté aucun passager ne s'est enfui, il n'a pas vu l'homme aplati à quelques pas de là. Son compagnon, plus lent, hors d'haleine, passe un instant plus tard, sans rien remarquer non plus. Lynx se relève. Puis il entend. Une rafale courte, un bébé qui geint, une agonie adulte. Deuxième rafale. Un enfant crie. Troisième rafale. C'est fini. Lynx s'est accroupi. Il réfléchit, balance ses valises et revient sur ses pas. À la bifurcation, il se poste, regarde vers le train. Deux ombres penchées sur le sol se disputent quelque chose. Il frissonne, ce n'est pas le froid. Le kukri dans sa main lui paraît dérisoire. En silence, il repart et va se cacher dans un amas de rochers pas trop éloigné, pour attendre, poings serrés dans les manches de son parka, tête dans les épaules, couvert d'un patou trouvé au fond de son cabas.

Les assaillants du train quittent les lieux dans l'heure qui suit, à bord de plusieurs véhicules. Lynx patiente encore une demi-heure avant de risquer une reconnaissance. À l'approche du train, il aperçoit les premiers survivants. Certains remontent déjà à bord pour s'abriter du froid. Il découvre aussi, au passage, les corps en partie dénudés de ses voisins de wagon. Ils font partie des trente-sept personnes tuées au cours de l'attaque. Elle en aura blessé une cinquantaine d'autres. Quand les renforts militaires arrivés à l'aube, deux heures après la bataille, en nombre, commenceront à aligner les victimes aux abords du train, Lynx restera un moment auprès des membres de la famille à fixer leurs visages pétrifiés par la mort et le gel, et le nouveau-né, pudiquement recouvert par le voile de sa mère, en essayant de se convaincre qu'il a eu raison d'agir comme il l'a fait. La mission, la mission, la mission. Sans illusion. Ces fantômes-là iront rejoindre les autres, tous ceux de son passé, ce territoire perdu qui restreint chaque jour un peu plus les limites de son existence.

En milieu de matinée, les soldats, venus avec un surplus de camions bâchés, emporteront les rescapés. La suite du trajet se résumera à une monotonie grisâtre, transie d'humidité, perdue dans un épais brouillard d'hiver, d'abord avec l'armée jusqu'à Sibi Junction, et ensuite dans un car, à destination de Quetta, où ils seront accueillis par un ciel dégagé. Parvenu là-bas au lever du jour le lendemain, Lynx prendra un autre train jusqu'au poste frontière de Chaman.

Lorsque le jour se lève le 5 janvier, Amel est déjà réveillée. En fait, elle n'a pas dormi. La veille, Omer, ce taliban blond qu'elle soupçonne d'avoir menti sur son identité – elle a entendu des hommes l'interpeller par un autre nom –, est venu lui donner une radio. « Cadeau. Khan », a-t-il annoncé dans son anglais limité en faisant passer l'appareil par la porte entrebâillée, sans entrer ni regarder la prisonnière. Le *khan*, c'est sans doute le borgne, maître des lieux. Le poste, rudimentaire, de fabrication chinoise, est un bloc de plastique vert, de la taille d'une grosse cannette de bière, avec un levier dans le dos, pour recharger manuellement sa batterie, une antenne sur le dessus, des boutons et des échelles de réglage sur la face avant. En le mettant sous tension, la journaliste a failli pleurer. Elle a ensuite passé la nuit l'oreille collée au haut-parleur, à se repaître de musique et de bulletins d'information, en ourdou d'abord, longtemps, mais elle s'en fichait, c'était si bien d'entendre des voix de l'extérieur, et après en anglais, quand elle a plus tard réussi à se caler sur une station internationale émettant en ondes courtes.

Dehors, les gardes suivent leur routine quotidienne. Amel ne bouge pas. Elle reste sur son lit, à absorber toutes les nouvelles possibles, même les plus triviales. Quand la petite Farzana apporte plus tard une première collation et un baquet d'eau propre, seule, tout juste la salue-t-elle, sans même se retourner ni voir la déception sur le visage de la fillette au moment de repartir. Le pain plat, version locale du chapati indien, qu'on lui a servi tartiné de beurre aigre, elle le grignote à peine. Elle ne touche pas non plus à son thé. Les heures passent, la tête ailleurs. Elle est joyeuse pour la première fois depuis trois longues semaines.

Son bonheur est de courte durée.

Vers midi, ses geôliers s'agitent. Des cris forcent Amel à éteindre la radio et à se lever enfin, pour tenter de saisir les raisons du remue-ménage. Dans la cour, elle voit les combattants cantonnés à la ferme fortifiée palabrer, tendus, et s'armer. Le borgne et Omer ne sont pas là, mais parmi eux il y a le garçon à la fleur, un fusil d'assaut court dans une main et l'autre bras serré contre son corps par un linge. Il a commencé à quitter la chambre il y a une semaine, pâle, le visage encore marqué par l'agression, incertain sur ses jambes. À plusieurs reprises lors de ces sorties, son regard a croisé celui d'Amel qui, de sa fenêtre, le surveillait au milieu de ses compagnons. À chaque fois, il a esquissé un sourire. Présentement, il affiche une mine sévère et, sûr de son fait, donne des ordres aux adultes, une scène étrange à observer. Plus étrange encore, ils lui obéissent. Le conciliabule ne dure pas. Les hommes vont prendre place à différents endroits de la qalat et le gamin se dirige vers la cellule d'Amel. Réflexe conditionné, déjà, elle cherche sa burqa et la met en vitesse, avant même qu'il ouvre.

La trouvant prête, d'un signe de son arme, il l'invite à le suivre.

Quelque chose cloche. Jusqu'ici, on n'a jamais autorisé la journaliste à mettre le nez dehors et cette perspective l'angoisse, elle s'est habituée à son espace clos, dont elle connaît chaque recoin, il la rassure. L'idée lui vient que peut-être ils vont l'exécuter et elle tarde à réagir. Le petit rouspète, en colère. Amel se met debout, franchit le seuil en traînant des pieds, multiplie les coups d'œil inquiets entre le ciel, où l'on ne voit ni n'entend aucun drone, et le fusil d'assaut du gosse. Alentour, les gardes postés la fixent avec curiosité. Elle est poussée vers l'accès aux quartiers privés du fortin. L'enfant cogne à la porte et Farzana, couverte, apparaît. Elle prend une main d'Amel, l'attire à l'intérieur d'une courette, referme. La mère est là, autre fantôme bleu. Du doigt, elle montre un tabouret avant de commander à sa fille de rentrer à l'intérieur de la maison.

La journaliste reste seule dans le froid, docile, à trembler. Une demi-heure durant, elle va entendre des choses derrière le mur : des voitures puissantes arriver, des inconnus, un surtout, au ton désagréable, arrogant, s'entretenir avec le garçon à la fleur avant de se disputer avec lui, des portes claquer, du côté de sa cellule semble-t-il, peut-être la fouille-t-on, et enfin les voitures à nouveau, quand elles repartent. À l'heure du dîner, en tirant les vers du nez à Farzana, Amel comprendra qu'elle est devenue l'enjeu de luttes intestines. Un autre taliban, apparemment important, a voulu l'emmener. La petite ne révélera pas le nom de cet homme mais, la voix empreinte d'admiration timide, elle dira le courage du garçon à la fleur, qui a défendu l'honneur du khan, son père, et sauvé la prisonnière étrangère.

Lundi soir, Daniel Ponsot traîne au bureau, dans cet immeuble de Levallois-Perret qu'il n'aime pas, froid, rectiligne, faussement transparent, symbole de la fin d'une époque, d'une certaine conception du boulot, moins administrative, moins hypocrite aussi, et d'une police à laquelle il est fier d'avoir appartenu, bientôt mise au rebut. Officiellement, il reste pour relire une synthèse de Lucas attendue le lendemain par leurs grands chefs à plumes. En réalité, il n'a pas envie de rentrer, lassé par l'hostilité de Nathalie, incompréhensible dans les circonstances présentes. Toutes les excuses, et la correction des trop nombreuses fautes de son adjoint en est une parmi d'autres, sont donc bonnes pour retarder le moment du retour.

Sujet de la note : la disparition de Stanislas Fichard.

L'homme se volatilise le vendredi 12 décembre, tôt, vraisemblablement devant chez lui puisque son épouse, au moment de quitter elle-même sa maison, s'alarme en découvrant que la voiture de son mari est toujours là. Elle trouve aussi son trousseau de clés par terre devant leur portail. Madame Fichard fait alors deux choses : elle téléphone au commissariat de Nogent-sur-Marne et ensuite à un ami de la famille, également officier de la DGSE. À la patrouille arrivée sur place peu après, elle dira n'avoir rien vu ou entendu de suspect avant de sortir, trop occupée *par le réveil de ses filles*.

L'affaire est jugée sérieuse par le Parquet, qui préfère saisir la gendarmerie, la Section de recherche de Paris, à la place logique, normale, de la Brigade criminelle. Une décision prise avec célérité, derrière laquelle on peut supposer une intervention en haut lieu. Des militaires vont donc s'occuper de la disparition inquiétante d'un fonctionnaire du ministère de la Défense, réputé appartenir aux services secrets. Si la police est rapidement mise sur le banc de touche, l'un des OPJ de Nogent a le temps de faire un tour dans le voisinage et d'obtenir trois témoignages jugés intéressants par Lucas. Tous évoquent un utilitaire garé ce matin-là dans l'impasse où habitent les

Fichard. Aucune précision sur la marque, uniquement sur la teinte, sombre. L'une des déclarations fait aussi mention d'une publicité pour une entreprise de plomberie, dont le nom n'a pas été noté malheureusement, collée ou peinte sur la carrosserie. Lucas a déniché une séquence de vidéosurveillance filmée le jour de l'incident, à des heures compatibles, non loin de là, dans laquelle apparaît un Renault Trafic pouvant correspondre au signalement recueilli par le collègue de banlieue. Une séquence pertinente puisque les pandores étaient passés avant lui et avaient eux aussi réclamé une copie dudit enregistrement. Une consultation du Fichier des véhicules volés a par ailleurs fait remonter une plainte déposée par un artisan plombier de Seine-Saint-Denis début décembre et la découverte, confirmée par les numéros de châssis, de la carcasse calcinée de son utilitaire disparu, un Renault Trafic de couleur bordeaux, quinze jours plus tard. Cette carcasse a ensuite été transportée à la casse et détruite sans attendre. On n'en tirera plus rien. Lucas précise avoir joint les gendarmes chargés de l'enquête de façon officieuse et amicale. Ils se sont montrés peu coopératifs. Rien d'étonnant.

En accord avec les instructions données par leur direction et afin de déterminer s'il y avait un lien entre cette affaire et le double homicide de la rue Guynemer, l'adjoint de Ponsot a également épluché une seconde fois les copies des fadettes d'Alain Montana transmises par le Quai des Orfèvres. Son 06 professionnel a été en contact, entre autres, avec un abonnement mobile Orange *protégé*, et donc suspect, dont le groupe avait déjà remarqué l'existence sans pouvoir jusqu'ici l'identifier, l'opérateur ayant refusé de dire qui en était le souscripteur. Ponsot et ses gars ont leur petite idée sur la question, puisque madame Fichard a confirmé que cette ligne, coupée le 14 décembre, était l'une de celles de son mari, à utiliser seulement en cas d'extrême urgence. Elle s'en est juste servie une fois, le 12, sans succès. Durant l'année écoulée, ce numéro n'a pas communiqué avec celui de Montana, sauf au cours de deux périodes, entre le 26 octobre et le 6 novembre 2008, et entre le 20 novembre et le 11 décembre 2008. Fichard et l'ancien patron de PEMEO ont donc parlé à plusieurs reprises, une anomalie, dans le mois et demi ayant précédé la disparition de l'un et le meurtre de l'autre. Deux événements eux-mêmes survenus à une journée d'intervalle. L'existence d'une relation entre les dossiers semble plausible.

Ponsot survole la conclusion de la note de son adjoint où sont exposées les démarches en cours, l'exploration détaillée des emplois du temps de messieurs Montana et Fichard entre octobre et décembre 2008, la recherche d'éventuels contacts récents entre ce même Stanislas Fichard et Halit Ramadani, ou son frère Leotrim, ou Dritan Pupovçi ou Isak Bala, interpellé avec le jumeau Ramadani, à l'occasion de l'agression de Chloé de Montchanin-Lassée, le 1er janvier 2009, puis relâché le 2, et l'audition informelle, déjà prévue, d'Olivier Bluquet, actuel monsieur sécurité de PEMEO et ancien de la DGSE.

L'annonce de ce rendez-vous avec l'ancien barbouze fait sourire le policier, il doute que Lucas obtienne de ce type le moindre éclairage sur le passé commun de Montana et Fichard, motif principal de l'entrevue. Au fond, aucune des initiatives de son groupe n'a pour objectif réel de jeter la lumière sur quoi que ce soit, ni même de préserver les institutions et l'intérêt supérieur de la nation. Il y a longtemps que plus personne ne se préoccupe de ça, ou n'a les épaules, la vision, la légitimité de le faire. Montana, ses conneries, les conséquences de ses conneries, sont le résultat de la nullité égoïste et veule du plus grand nombre, et de la malhonnêteté sans limites d'une minorité carnassière uniquement désireuse de s'accaparer les restes du festin.

Ponsot se sent vieux, dépassé comme jamais, fatigué. Et seul. Il décroche le téléphone, appelle Zer. « C'est moi. Ça va ? » Farid planque en bas de chez Marie, avec Thierry Mayeul. À nouveau. « Elle est là ? » La nuit dernière, Chloé est sortie. C'est ennuyeux mais comment l'en empêcher, elle n'est pas prisonnière après tout. Elle est rentrée tard, dans un triste état. En rendant compte de la chose, un autre membre du groupe, de corvée garderie hier soir, s'est permis des remarques déplacées à propos de cette soirée, de la tenue de la petite, de ce qu'il aimerait lui faire. Rien que de très banal, pourtant Ponsot s'est mis en colère et sa saute d'humeur, très violente, a surpris tout le monde. « Je vais passer, j'ai besoin de la voir. » Il raccroche en se demandant pourquoi il a dit ça et quitte le service peu après. Sur le chemin, il change d'avis et prévient ses mecs, *tout cela peut attendre demain.*

Lynx franchit la ligne Durand dans la nuit du 5 au 6 janvier, à pied, sans encombre, silhouette fantomatique enveloppée dans un châle, chargée de deux bagages, qui pénètre en silence, invisible en l'absence de lune, dans le labyrinthe des ruelles désertes de Spin Boldak, la ville frontière afghane.

Il a failli renoncer.

Arrivé le 4 à Chaman, son ultime étape pakistanaise, Lynx a d'abord battu en retraite lorsqu'il a découvert l'importante concentration de soldats, membres des Frontier Corps et, en face, de la Border Police, ceux-là cornaqués par des golgoths américains surarmés toujours agglutinés autour de leurs blindés. Confronté à cette première vraie manifestation du conflit qu'il prétend traverser, il s'est subitement senti ridicule, découragé, de vouloir entrer dans le domaine de la guerre avec son seul poignard, afin d'essayer de *sauver* une femme peut-être déjà morte, sans avoir la moindre idée de l'endroit précis où elle se trouve, au nom d'une dette dont il n'est même plus sûr de la valeur, morale ou autre.

Sa mission, et quelle mission, une folie.

Ce jour-là, abrité sous l'auvent de fortune d'un conteneur marqué d'idéogrammes chinois converti en maison de thé, à l'écart de l'afflux de migrants, de camions, de bagnoles, de motos, de carrioles, il a longuement surveillé l'arche à trois pattes symbolisant la porte d'entrée de l'Afghanistan, dressée aux abords de Spin Boldak. Au pied de ce monument en briques claires, dont les façades sont décorées de mosaïques azur et percées de grandes fenêtres à la mode orientale, il a noté les barbelés, les murets de béton, les nids de mitrailleuses, les barrières, fermées au coucher du soleil, gardées, les regards en alerte, les contrôles inopinés des GIs. Et les magouilles aussi, l'argent qui circule, les passe-droits, l'arbitraire. Sans faux papiers de qualité, sans visa, tenter sa chance par là, même avec un bakchich, lui est apparu délirant.

Et il s'est replié.

De retour à Chaman, Lynx a déniché une petite salle de prière où réfléchir et passer la nuit, à proximité de cette gare de bout du monde, tout droit sortie d'un western spaghetti, où il avait débarqué tôt dans la matinée. Sous ces latitudes, le voyageur égaré en manque de ressources peut toujours trouver refuge dans une mosquée. Le lendemain, après la salat de l'aube – Lynx ne fait plus semblant et, s'il n'invoque pas vraiment cet Allah auquel il ne croit pas, il a commencé à ressentir le besoin de la transcendance apaisée du rituel afin de ne pas s'égarer totalement –, il est monté sur un toit pour contempler cette frontière qu'il était certain alors de ne jamais passer, le repos n'ayant pas suffi à raviver son espoir.

Chaman et Spin Boldak, sa jumelle, sont situées dans une cuvette aride ouverte sur l'Afghanistan d'un côté et fermée de l'autre par les montagnes pakistanaises. Au nord, au sud, à l'ouest, c'est le néant, à perte de vue, à l'est, la pierre, jusqu'à deux mille, trois mille mètres d'altitude. Un kilomètre environ sépare les deux villes. Un kilomètre accidenté, de poussière, de rocaille, de rares fermes fortifiées, traversé par la principale liaison commerciale de la région, entre Quetta et Kandahar, une deux voies au goudron défoncé, encombrée le jour par toute une ménagerie mécanique, humaine, animale, bordée de bazars de tôle et de torchis. Abandonnée le soir. Si Chaman a grandi en amont de la ligne Durand, Spin Boldak s'est développée à cheval sur celle-ci et certains de ses quartiers mordent sur le territoire du voisin.

À ces endroits-là, il n'y a aucune clôture.

Pas de champs de mines non plus. Au cours de ses heures de veille démoralisée, Lynx y a repéré des gens et des véhicules, qui allaient et venaient sans précaution particulière. Il y a également aperçu des patrouilles, afghanes et surtout US. On peut penser que la nuit, période où leur ennemi est sûrement plus mobile, se croyant à l'abri, l'attention des Américains ne se relâche pas. Voir dans le noir ne leur pose pas de problème, ils ont la technologie ad hoc, et leur vigilance, ici, doit être plus grande encore, puisque Kandahar est le berceau des talibans et Quetta, la capitale baloutche, le quartier général du Mollah Omar en exil.

On peut penser, doit être, des hypothèses, des possibles, pires que les menaces avérées représentées par les mitrailleuses et les militaires entrevus la veille. Lynx a appris à réfléchir, à planifier par hypothèses, à anticiper les problèmes et les dangers, et cette discipline mentale, ajoutée à sa fatigue, se retourne désormais contre lui, elle nourrit son sentiment d'impuissance et son angoisse. Ce 5 janvier, chassé de son promontoire par un vent glacial levé à la tombée de la nuit, il a regardé une dernière fois l'immense vide afghan, puis il a fait demi-tour pour chercher des yeux l'emplacement de la gare, peut-être un train en partance. Il n'y en avait pas et il a juste vu la muraille naturelle qui protège le Pakistan. Une masse noire dans la pénombre montante, elle paraissait infranchissable.

Plus de retour en arrière.

Lynx s'est offert un repas chaud, est rentré à la mosquée, n'a pas trouvé le sommeil. Vers minuit, moins résolu que résigné, il s'est levé et a repris la route comme on se jette dans le vide, la peur au ventre. Chaman dormait, personne ne l'a vu partir. Il a d'abord filé est nord-est, afin de contourner largement la base des Frontier Corps censée défendre le coin, et le hameau auquel elle est adossée. L'irrégularité du terrain, la température hivernale et le peu de luminosité, sans doute son seul avantage tactique, rendaient sa progression pénible. Il a suivi ensuite un thalweg peu profond, orienté au nord-ouest, et ce long fossé naturel l'a discrètement emmené jusqu'à Spin Boldak. À son débouché, les premières maisons afghanes étaient en vue. Entre elles et lui, un espace découvert, très exposé. Une heure du matin, rien ne bougeait alentour, il n'y avait aucun bruit, rien d'humain. Lynx a observé, tergiversé, il n'osait plus y aller. Il commençait à rebrousser chemin lorsque la rumeur intermittente de mécaniques de faible cylindrée, portée par les bourrasques, s'est fait entendre. Des motos. En approche. Invisibles. D'autres que lui avaient eu l'idée de suivre la piste naturelle offerte par le ravinement pour s'infiltrer en douce.

Les moteurs se sont tus.

Caché dans une anfractuosité, couvert de son patou sable, Lynx a décidé d'attendre. Peu avant la demie, une colonne de combattants armés, une quinzaine environ, est passée dans le boyau sans le voir. Disciplinés, silencieux, ils poussaient leurs deux-roues aux moteurs arrêtés. Ils ont fait halte plus loin et se sont aussi accordé le temps de surveiller les environs. Puis, délaissant leurs bécanes, ils ont couru vers les bâtiments les plus proches et ont disparu. Indécis, Lynx a attendu encore. Rien ne s'est passé, personne ne veillait.

Les cris et les coups de feu arrivent plus tard dans la nuit, accompagnés de plusieurs explosions, mais à ce moment-là, Lynx est déjà ailleurs dans Spin Boldak, à l'abri, et sa seule préoccupation, à présent qu'il est en Afghanistan, est de ne pas crever de froid avant le jour.

> **6 JANVIER 2009 – QUATRE MEMBRES DU RÉSEAU HAQQANI CAPTURÉS dans la province de Khost** [...] au cours d'une opération menée par l'Armée nationale afghane avec le renfort de troupes de la coalition internationale. **6 JANVIER 2009 – DÉBUT DE LA TROISIÈME ÉTAPE DU PARIS-DAKAR** [...] couru pour la première fois en Amérique du Sud pour des raisons de sécurité [...] annulation l'année dernière à la suite de menaces terroristes, notamment

de la part d'AQMI (Al-Qaïda au Maghreb islamique, ex-Groupe salafiste pour la prédication et le combat, NDLR). **7 JANVIER 2009 – BARACK OBAMA ESSUIE SES PREMIÈRES CRITIQUES** [...] Dans le collimateur de ses détracteurs, issus de sa majorité, les bombardements des 1er et 2 janvier 2009 au Waziristan du Sud au cours desquels les drones américains ont tué et blessé une vingtaine de personnes [...] La Maison-Blanche s'est défendue en arguant que ces frappes étaient les dernières ordonnées par le précédent gouvernement. **8 JANVIER 2009 – CINQ MEMBRES DU RÉSEAU HAQQANI CAPTURÉS dans la province de Khost** [...] une série de raids menés par l'Armée nationale afghane, avec l'assistance de l'ISAF, à la frontière avec les zones tribales pakistanaises [...] **9 JANVIER 2009 – GAZ RUSSE : LES VANNES SONT FERMÉES** [...] Vives tensions avec l'Ukraine autour du prix du gaz naturel [...] pays par lequel transite l'essentiel des approvisionnements européens [...] risques de pénurie alors que le continent subit une vague de froid sans précédent [...] **10 JANVIER 2009 – HUIT INSURGÉS CAPTURÉS À KHOST** [...] Ces hommes, des combattants du clan Haqqani, ont été faits prisonniers lors d'une opération de l'Armée nationale afghane [...] aidée par des éléments de la coalition internationale [...]

Dans les journaux, l'Armée nationale afghane est toujours à l'initiative des opérations de contre-insurrection et seulement *appuyée* par les troupes étrangères, ainsi reléguées au rang de soutiens de luxe. L'état-major de l'ISAF insiste sur ce point dans chaque communiqué, à la fois pour caresser le gouvernement Karzaï dans le sens du poil, lui donner l'impression d'être aux manettes, et pour convaincre l'opinion publique internationale en général et la population américaine en particulier, que la fin du conflit est proche. La preuve, la République islamique d'Afghanistan sera bientôt capable de prendre sa destinée en main et de se battre toute seule. En réalité, les réguliers afghans, mal formés à coups de milliards de dollars publics, sont des incapables, toujours derrière, au mieux pour boucler le périmètre, au pire parce qu'ils sont en train de foutre le camp. À la manœuvre pour les ratissages, il y a les Task Forces, en général US, composées de bérets verts, de SEALs, de marines et autres ninjas du JSOC couplés, au sein d'équipes appelées Omega, aux paramilitaires de la CIA et à leurs corps francs locaux.

Tout change et rien ne change.

Toujours selon la presse à l'écoute de l'OTAN, de nombreux *insurgés* sont neutralisés durant ces opérations, tués ou capturés. A minima talibans, certains appartiendraient même au réseau Haqqani, épouvantail à la mode. La bande de Sirajouddine, maintenant calife à la place de son calife de père, pose de gros problèmes à la coalition, c'est indiscutable, mais la monter en épingle, une stratégie à double tranchant en contradiction avec l'optimisme affiché par ailleurs, est d'abord une façon de sanctuariser des budgets et des moyens humains pour les entités chargées de la lutte antiterroriste. Et de faire avancer les carrières de leurs chefs. Dans leur majorité, en ce début 2009, à l'aube de l'ère Obama, les médias ne creusent pas encore la question en ces termes, pas plus qu'ils ne se préoccupent du sort de tous ces gens ni du motif de leurs *interpellations*. Beaucoup sont juste au mauvais endroit au mauvais moment, ou fâchés avec un cacique bien en cour, ou simplement de pauvres mecs plus bandits que militants, par opportunisme ou nécessité ou les deux. Si la plupart s'en tirent, choqués, battus, estropiés, voire morts, quelques-uns restent coincés dans les limbes d'un système où le statut de prisonnier de guerre ne leur est pas accordé. Ils sont considérés comme des *combattants illégaux*, auxquels ne s'appliquent pas les Conventions de Genève. Cela évite à l'Oncle Sam d'avoir à rendre des comptes et permet de les *interroger* à loisir.

Chienne de vie, c'était écrit paraît-il.

Mais pas dans les quotidiens et les mensuels à grand tirage.

Ce désintérêt peut sembler étrange après Abou Ghraib et les révélations sur l'existence des tristement célèbres *black sites*, les trous noirs de la CIA, dont l'un au moins, le plus dur, se trouvait en Afghanistan, à quelques dizaines de kilomètres au nord de Kaboul. Il portait le doux nom de *Salt Pit*, la Mine de sel. Cobalt, dans la terminologie codifiée de l'Agence, a été fermé il y a peu, le scandale des vols secrets est passé par là. Et justement, il y a déjà eu un scandale, le scoop est éventé, le sujet ne fait plus bander personne et des promesses ont été faites. On a un nouveau président, rien n'est plus pareil, si ?

En théorie.

La majorité des individus appréhendés en opération finit désormais par atterrir non loin de la base aérienne de Bagram, dans un ensemble d'anciens hangars construits par les Soviétiques, reconverti en pénitencier dès 2002 et longtemps baptisé Point de collecte de Parwan, la province où il est situé. Les conditions de détention sur place, à l'instar du statut des *invités*, sont aussi pourries qu'avant, mais ils y reçoivent parfois les visites de la Croix-Rouge et de tout un tas d'autres ONG casse-pieds. Donc, avant d'arriver là, ils ont en général fait un tour par la version 2.0 des sites de détention clandestins, disséminés sur l'ensemble du territoire afghan, dans les camps militaires où sont basées les Task Forces les plus secrètes.

La gestion de ces centres de transit a été confiée au Pentagone et, pour une poignée d'entre eux, à son commandement des opérations spéciales. Le règlement dit que les détenus doivent y séjourner deux semaines maximum, à l'issue desquelles il faut soit les libérer, soit les envoyer à Parwan. En pratique, certains prisonniers, tous dangereux terroristes étiquetés Haqqani ou Al-Qaïda ou cible de grande valeur, y demeurent plus longtemps. Ça ne pose en général pas de problème. Combattants illégaux, ils n'existent pas, n'ont aucun droit.

Modernité libérale et contraintes logistiques obligent, la construction, la sécurité et l'entretien de nombre de ces minidonjons ont été sous-traités à des boîtes privées. Longhouse est l'une d'entre elles et à Khost le groupe a bâti, via ses filiales Cayuga, logistique d'urgence, et Seneca, développement & humanitaire, un bel entrepôt en mesure de recevoir une petite centaine de détenus, dans des cages individuelles ou collectives, alignées les unes derrière les autres sur quatre rangées en vis-à-vis. À une extrémité de ces cellules ouvertes, exposées, s'en trouvent d'autres, fermées, pour les VIP à isoler. Grâce à des passerelles métalliques érigées sur toute la longueur du bâtiment, il est possible de surveiller d'en haut ce qui se passe dans les enclos. Et lorsque l'on a envie d'un tête-à-tête avec untel ou untel, il suffit de l'emmener dans l'une des pièces équipées de micros espions et de caméras aménagées à l'autre extrémité du dispositif, à côté des salles de réunion, de contrôle et de repos du bâtiment. Si le chauffage, absent dans la partie prison, et la décoration, béton au sol, barbelés tranchants sur les barreaux des boxes, lumières crues, contreplaqué dans les espaces clos, laissent à désirer, pour l'hygiène en revanche, tout a été pensé avec soin. Les douches sont dispensées avec des jets haute pression, gros avantage, on peut laver les frusques des prisonniers au passage, et des seaux individuels sont prévus pour les petites et les grosses commissions.

Un contingent de soldats a été fourni par l'armée pour assurer une partie de la garde du centre. Le reste de la main-d'œuvre est salarié par Oneida, la branche protection, formation et renseignement de Longhouse, dont dépend 6N. Elle fournit des gros bras afghans, dont Hafiz et Akbar, lassés de battre la campagne, font partie, avec option claque-baffe quand la politesse ne suffit pas – si les hajis se cognent entre eux tout le monde s'en fout –, du personnel de maintenance, des interrogateurs, souvent d'anciens policiers ou agents du FBI désireux de mettre du beurre dans leurs épinards, qui assistent et renforcent les équipes de spécialistes de la question dépêchés par le JSOC, et un staff d'encadrement et de sécurité. Fox fait partie de ce dernier groupe. C'était déjà le cas avant le 13 décembre et l'*incident* de Surobi, euphémisme employé par Longhouse dans ses courriers internes, la communication toujours, après la réorientation des activités de Six Nations en Afghanistan décidée à l'automne 2008.

Conformément à l'accord négocié à Dubaï, Fox a retrouvé son poste et, jusqu'au terme de son contrat, il aidera une nouvelle équipe à prendre ses marques à l'aérodrome de Khost. Le job ne lui plaît pas. Voir des Afghans illettrés se faire abuser à longueur de journée, être *de facto* complice de cette maltraitance, même s'il n'y participe pas directement, rend son retour à Chapman, où les fantômes de Voodoo et du reste de la bande hantent chacun de ses pas, plus pesant qu'il ne l'avait imaginé. Supporter les regards suspicieux, mentir ou écouter, hypocrite, les sincères témoignages d'amitié de certains des mecs qui, ici, ont bossé avec eux, le met également mal à l'aise.

Au moins, Fox n'a pas à faire ami-ami avec les remplaçants, ni même à les fréquenter au-delà du minimum syndical, puisqu'il s'occupe de gérer les employés locaux. L'essentiel de son temps, il le passe en compagnie des Pachtounes avec lesquels il a, pendant un an, pris des risques et fait le coup de feu. Ses derniers mois à se tenir droit, encore soldat, un peu, et pas criminel et judas. Hafiz et Akbar ne le lâchent pas d'une semelle depuis son retour. Ils n'ont pas tout compris, comment le pourraient-ils, ils ne savent rien des saloperies commises avec Voodoo et la bande, mais ils ont bien capté le changement d'atmosphère, les tensions, la méfiance des uns et l'inquiétude des autres, signes de problèmes sous-jacents, potentiellement graves, et sont décidés à protéger leur wror, leur frère, Hafiz surtout, quitte à se mettre en péril. Fox le sait, il le pressent, cela le touche et lui fait peur. Il n'a pas envie, à nouveau, de causer du tort à qui que ce soit. En avril, ils se sépareront pour ne plus jamais se revoir, c'est une certitude. Fox partira ailleurs, eux resteront ici, dans ce pays ravagé, à défendre leurs vies, celles de leurs proches, à en baver pour gagner de quoi survivre, et le paramilitaire aimerait que leurs ultimes semaines ensemble se déroulent sans accroc. Passer de bons moments avec son Hafiz, son Akbar, leur faire dignement ses adieux, il est d'abord revenu pour ça.

« Ils embarquent tout aujourd'hui. »

Et à cause de Data.

« J'ai encore fait un tour au hangar cette nuit, j'ai rien trouvé, putain. »

D'un index posé sur sa bouche, Fox invite Data à se taire. Il se lève et lui fait signe de le suivre dehors, sans son portable. Le soleil vient d'apparaître à l'horizon et ils se sont rejoints au B-Hut de 6N avant l'arrivée du reste de l'équipe pour le briefing quotidien. À la demande de Data, de plus en plus fébrile et dont le comportement tape sur les nerfs de Fox. La raison de son anxiété est simple : Voodoo était le seul à avoir accès à l'argent de la bande, réparti sur des comptes individuels mais géré de façon centralisée jusqu'au départ d'Afghanistan. Prise à l'unanimité, cette décision avait pour but de limiter le nombre de contacts avec leur *conseiller financier*, le Français, les traces et les risques de fuite. Voodoo disposait d'un état sommaire, à jour, des soldes, transactions et identifiants bancaires de tout le monde, Data en est certain. En revanche, il ne sait pas sur quel support ces informations étaient consignées, ni où elles sont planquées, ni comment joindre le *frenchie*, dont il ne connaît même pas le nom. Il a fouillé partout, le jour de l'embuscade, depuis son retour, mais n'a rien découvert et, pour le moment, les cent et quelques millions gagnés au cours des deux années écoulées sont perdus.

« Tu me fais flipper avec ta parano, mec.

— Arrête le *teuteu* déjà, ça t'aidera. » Fox a demandé à sortir parce qu'il craint d'être écouté. Il ne se sent pas à l'abri d'une manœuvre en douce de Pierce ou du FBI, en dépit du protocole signé aux Émirats fin décembre, tout s'est trop bien passé, et se méfie également de Longhouse. Échaudée, la société pourrait vouloir se protéger de futurs problèmes en faisant surveiller ses employés à risque. Quant à Data, il résiste mal à la pression, il fume trop de shit et il est obsédé par son fric disparu.

« On fait quoi, merde ? »

Leur B-Hut est coincé entre des montagnes de conteneurs et

d'autres préfabriqués identiques. Nouveau camp, même paysage marronnasse, morne, labyrinthique, sans horizon.

Fox s'adosse au grillage de l'enclos à l'abandon de Hair Force One. Il allume une cigarette. « On oublie. » Data hausse le ton, rejoue une scène déjà vécue plusieurs fois cette semaine, mais aujourd'hui, énervé par son imprudence, lassé d'avoir à expliquer encore et toujours les mêmes évidences, Fox a une réaction plus violente. Il saisit le poignet de son interlocuteur, serre, tord. « Faut vraiment que tu fasses la paix avec ça. » Il complète avec un direct au foie pour faire bonne mesure. « Jusqu'ici, on s'en est tirés les couilles propres. Péter un câble maintenant, ce serait con, tu crois pas ? »

Data gémit, essaie de se libérer.

« Tu crois pas ? »

Hochement de tête.

Fox regarde alentour, rien, il lâche prise.

Libéré, Data s'écarte de quelques pas. « Merde, tu m'as défoncé le bide. » Un bras en protection sur le ventre, légèrement courbé, il tourne en rond en claudiquant. « Ça te fait pas chier de t'asseoir sur tout ce cash ? » Il reçoit à nouveau l'ordre de la mettre en sourdine, continue à crier, mais à voix basse. « Pourquoi t'es là alors ? »

Pas pour ça. Au début oui, en partie, affirmer le contraire serait mentir. Mais plus maintenant. Si Fox n'a aucun mal à *s'asseoir sur tout ce cash*, c'est parce qu'au fond il a tiré un trait sur sa part à l'instant où il a pris la décision de sauver la journaliste. « Ce pognon, il est maudit. » Survivre à l'embuscade l'a rendu superstitieux. « Laisse tomber, c'est mieux.

— Laisser tomber ? » Data se fige. « Tu serais pas en train de me la faire à l'envers ? »

Fox soupire.

« Quoi ?

— Tu me fatigues. »

Un temps.

« Et James Machin ? »

Après un mois de silence, la taupe de GlobalProtec s'est manifestée et a fait passer un message, en apparence anodin, par l'un des pilotes de Mohawk, leur filiale aviation, client des mêmes bouges à Kaboul. James aimerait avoir des nouvelles. Peut-être est-ce sincère et ne cherche-t-il qu'à se rassurer, mais le doute est permis, il n'a pas touché l'intégralité du prix de sa duplicité. « Il faut lui parler. » Fox est également rentré pour sonder l'ancien marine, voir s'il avait été emmerdé après le bordel du 13, comment il allait réagir. « En évitant de se faire griller. » Il envisage désormais de devoir dire adieu à plus de monde que prévu et s'est mis à réfléchir à des mesures expéditives. Sans se poser de questions. Ça l'a terrifié lorsqu'il s'en est aperçu. Il se sait à présent capable de tout, du pire, et c'est une sale idée, vertigineuse.

Après quelques instants de silence immobile, Data retourne à l'intérieur.

Fox finit sa clope perdu dans la contemplation de la cage du malinois de Voodoo, une tristesse sourde au cœur. Il a mal pour le chien, et aussi de ne pas avoir mal pour son maître. Les gamelles, la couverture tachée de sang, la niche sont toujours là, personne n'a encore songé à les balancer. Putain de niche faite sur mesure par un menuisier de Jalalabad.

Voodoo l'aimait ce taré de clebs.

Autant que ses mecs.

Fox fait un tour d'horizon. Il est seul. Les volets du B-Hut de 6N sont fermés de ce côté. Il entre dans l'enclos, soulève l'abri en bois. Rien. Nouveau coup d'œil, par précaution. Il sort sa lampe tactique, passe la tête à l'intérieur de la niche, éclaire, remarque un réceptacle en bois, de la taille d'un paquet de cigarettes, juste au-dessus de l'ouverture. Dedans se trouve un sachet Ziploc qui contient des grains de riz et une clé USB sécurisée.

18

Fender Jazz   01/10 19 : 04
Toujours pas de nouveaux morceaux ?

Jeff Lardeyret   01/08 22 : 04
Non, on attend un truc.

Fender Jazz   01/07 11 : 04
Plus de musique depuis le 1er ?

Sher Ali traverse la cour de sa qalat à Miranshah. À l'exception du garçon à la fleur, de garde devant la cellule de l'otage, l'endroit est désert. Ses moudjahidines viennent d'être renvoyés hors les murs après la prière de l'aube. Kharo et Farzana attendent son signal pour s'occuper de la prisonnière. Il s'arrête devant le gamin, demande si *elle est prête*, le remercie pour la lampe-tempête qu'il lui tend de son bras valide, entre et referme une fois à l'intérieur.

La femme, assise sur le charpoy, a revêtu sa burqa.

Le Roi Lion offre un salâm auquel elle ne réagit pas et prend place sur le tapis installé pour son confort. L'odeur de bois brûlé émanant du poêle est forte, mais peine à en masquer une autre, plus animale.

Sher Ali examine le seau en fer-blanc couvert d'une planche en bois, le baquet d'eau posé à côté, entouré d'éclaboussures, le linge souillé de cramoisi repoussé à la va-vite sous le lit, revient sur l'étrangère. Il remarque alors ses mains égratignées, avec leurs ongles cassés, noircis. Elles sont crispées sur son bas-ventre, pas dissimulées sous le voile, qui est secoué par de légers spasmes. *Elle pleure.* « Le docteur, tu veux ? »

Une voix éprouvée marmonne un *c'est fini* après quelques secondes.

Sher Ali ne peut détacher son regard de ces mains impudiques, elles le dérangent. D'un mouvement brusque, il ordonne de les cacher. La captive n'obéit pas. Agacé, il se penche pour saisir la burqa et le faire lui-même, mais dans sa précipitation, en prenant le tissu, ses doigts frôlent la peau découverte. Il se fige. La femme n'a pas bronché cette fois, pas reculé à son approche. L'instant dure et le Roi Lion ne sait pas si, à l'abri de la grille placée devant son visage, elle l'observe. Il n'arrive pas à voir, se sent vulnérable, lâche prise.

Les mains restent à nu.

« Je veux rentrer chez moi. Je ne dirai rien.

— Pas possible. »

Silence puis l'otage renifle, se remet à sangloter.

« Demain, des hommes, ils vont venir ici. Ils veulent te prendre. » Sher Ali a du mal à verbaliser sa nouvelle jusqu'au bout. L'émotion, mélange d'impuissance et de chagrin. Il n'a pas envie de céder à la pression de Sirajouddine et de son clan.

L'étrangère a capté son malaise. « Ce n'est pas ce que vous voulez. »

Silence.

« Ces hommes, qui sont-ils ? »

Le Roi Lion est si bouleversé qu'il manque de parler, donner des noms. « Tais-toi, tu espionnes. » Il s'efforce de ne plus regarder les mains.

« Je suis journaliste. Presse. De France. » Un temps. « Ils sont venus quand vous étiez absent, non ? »

Sher Ali est surpris. « Tu as vu ces hommes ? » Ses instructions étaient de garder la prisonnière au secret.

« Entendu. Ils criaient. » Un doigt, timide, montre la porte. « Mais il a été brave. »

Un sourire illumine le visage de Shere Khan. « Un bon moudjahidine, il tue beaucoup d'Américains. Moi pareil, et j'ai tué des Russes.

— Sa sœur, elle l'admire. »

Le sourire disparaît. « Sa sœur ?

— Farzana. Elle parle beaucoup de lui.

— ELLE N'EST PAS SA SŒUR. »

Les mains se réfugient sous la burqa.

Aussitôt, le Roi Lion les regrette, regrette d'avoir hurlé. Cette erreur de la captive suggère une chose qu'il a lui-même déjà constatée, sans chercher à y mettre un terme dans le sang pour laver l'affront. Cela a commencé dès les premiers séjours du garçon à la fleur ici, dans cette base de Miranshah, et il en est le principal responsable. Il n'a cessé de vanter les exploits de son petit guerrier. Si Kharo a reproché plusieurs fois à son mari d'oublier Adil, leur fils décédé, Farzana s'est montrée curieuse et Sher Ali, querelleur, blessé par les attaques de son épouse, a satisfait sa curiosité. Son imagination d'enfant cloîtrée a fantasmé le reste. Shere Khan aurait pu faire soigner le gamin ailleurs. Il ne l'a pas fait. Il aurait dû le chasser lorsque Dojou lui a dit soupçonner, savoir en vérité, que les deux gosses se voyaient en douce. Il ne l'a pas fait.

Farzana rit à nouveau. Souvent. Cela plaît à son père. Il ne lui en veut plus d'avoir survécu et il aime qu'elle ait arrêté de trembler quand il la prend dans ses bras.

Il n'aime pas avoir effrayé l'étrangère. C'est elle qui tremble à présent.

Sher Ali cherche une parole d'apaisement. Rien ne vient. À nouveau, la frustration étrange ressentie ces dernières semaines menace de le submerger. Sa vengeance, loin de le combler, l'a laissé insatisfait, vide. Pendant des mois, Badal lui a permis de garder Badraï et Adil présents dans son cœur. À la mort de leurs assassins, il n'a éprouvé aucune joie, pire, il a eu la sensation de perdre ses petits une seconde fois et une tristesse plus grande encore s'est mise à peser sur ses épaules. Depuis, il la sent tous les jours en se levant, il la sent à chaque pas, il la sent lorsqu'il entend les plaintes de ceux de son clan, de Kharo malade de son exil et tellement pressée de marier Farzana, de l'éloigner d'eux, de lui. Il la sent quand il doit tolérer silencieux, complice, la mégalomanie dangereuse de Sirajouddine, l'hypocrisie de sa cour, et se résigner à être assimilé à cette coterie qui veut s'emparer de l'Afghanistan. Moulvi Wali Ahmad avait prévenu : « C'est folie de laisser ces serpents se mêler de nos affaires. » Il avait raison. On l'a éliminé pour ça. Et Shere Khan n'a rien fait pour punir les meurtriers du vieux sage de Sperah, qui n'étaient ni des croisés ni des chiens des croisés.

« C'est mieux, peut-être, si ces hommes m'emmènent. »

Le ton n'est pas agressif, les mots blessent Sher Ali. Il y réagit par un geste, toujours ce même réflexe, en direction de la burqa, dont il prend un repli, serré un instant dans ses doigts. Il ne va pas plus loin, ne retire pas le vêtement pour dévoiler ce qu'il cache, laisse le tissu bleu filer. Il a peur. Cette peur, depuis la capture de la femme, l'a tenu à l'écart de sa propre maison, le plus possible, pour d'obscurs motifs. Il aspirait au repos, il a multiplié les allers-retours avec le fief de son clan, les embuscades, les escarmouches, les dangers.

Les mains réapparaissent, hésitantes. Elles saisissent les revers de la prison d'étoffe et la soulèvent.

Le cœur du Roi Lion bat plus fort. *Devant moi.* Il essaie de se mettre en colère. *Tu oses ?* Il se lève, le poing dressé pour châtier, défendre son honneur. *Par Allah, t'apprendre la pudeur.* Il ne frappe pas. Fasciné, impatient, il regarde. Ces yeux cernés de noir qui le fixent. Malgré la fatigue, la terreur, la douleur, le chagrin, ils brûlent toujours de cet éclat familier, semblable à l'émeraude. Sher Ali a une femme devant lui, il ne voit que sa fille. Sa fille au visage constellé par les restes de coups, à la gorge, aux épaules, que l'on devine sous la tunique échancrée achetée par Kharo, zébrées de griffures mal cicatrisées, traces persistantes du calvaire enduré un mois plus tôt. Un supplice infligé par des moudjahidines qui étaient ses alliés. Les avoir tués et être resté loin de Miranshah ne lui a pas permis de l'oublier. D'oublier qu'avec ses guerriers il a commis les mêmes horreurs. Il pense *Badraï*, verse une larme. D'autres suivent et il baisse la tête, se rassoit. « J'ai perdu mes enfants. »

L'étrangère dit : « Mon père, il m'a aussi perdue. » Elle recommence à pleurer.

Sher Ali se sent obligé de parler, il en a besoin, alors il donne son nom et raconte, qui il est, d'où il vient, ce qu'était son existence. Avant. Il raconte Adil, raconte surtout Nouvelle Lune, pour laquelle il rêvait d'une vie bien meilleure. Il raconte son plan secret, fou, cette obsession de les mettre à l'abri tous les deux, l'un pour garder l'autre, dans un monde entrevu quand il était plus jeune, préservé de la violence d'ici. Il raconte ce jour terrible de janvier, leur départ retardé, leurs dernières heures, d'abord ensemble et ensuite séparés. Il raconte la sensation de Badraï dans ses bras quand il court, s'enfuit, une main sur sa tête pour la protéger. Cette tête si petite, si fragile, si précieuse. Son fils est déjà mort mais il ne le sait pas, il le raconte aussi. Il raconte le feu descendu du ciel, il raconte le noir, il raconte l'après et la sépulture solitaire, minuscule, en haut de la colline dominant son village, et le manque, et le gris. À cette femme qui porte en elle la lumière de sa fille, il parle comme il n'a jamais pu le faire et puis il se tait.

« Pourquoi avoir attendu pour partir ? »

Lynx a vieilli. La fatigue, l'inconfort, l'accumulation pèsent. Ils sont émoussés ses acquis, ses extrêmes de jeunesse, et malgré les précautions, l'expérience, son corps peine à récupérer et lui s'use, accablé par la météo, la géographie, les carences et l'angoisse qui marche dans ses pas, cette anxiété de tout, de tous, même de l'Occidental.

Clandestin en Afghanistan, il est étranger ou insurgé, envahisseur, espion ou terroriste, de chacun l'ennemi.

En sursis.

La frontière, c'était il y a sept jours et Lynx est très éprouvé, déjà. Entre-temps, il a grelotté quinze heures à l'arrière d'un camion de fruits jusqu'à Kandahar ; là-bas, enfermé trois nuits dans une pension miteuse squattée par des étrangers, profiteurs de guerre à la petite semaine et journalistes, il a joué à faire semblant d'en être pour une connexion Internet et des infos ; à nouveau ersatz d'indigène, il a filé en direction du nord, à bord du *taxi* fatigué d'un faux fixer, vrai rançonneur au Makarov indisposé par la rouille, que seul son ridicule a sauvé ; échappé à mi-parcours, Lynx a poursuivi à pied, un errant parmi d'autres en quête d'eldorados kaboulis, jetés en masse sur la *Highway One*, cette route défoncée, effondrée, explosée, coupée, circulaire sur deux mille kilomètres de riens monotones et lunaires, de montagnes hors de portée, d'azurs sans tache ; redevenu sourd-muet, il a quand même dégoté un car aux vitres mitraillées pour atteindre, en une paire de journées cahoteuses, frigorifiées, serrées contre un vieux et sa chèvre, d'abord Ghazni et ensuite Gardez, à quatre cents bornes au nord-est de Kandahar, bien plus haut, bien plus froid ; enfin rendu, Lynx a pu dormir dans une mosquée construite au pied de la vieille forteresse qui domine la ville avec ses tours trapues, sur les tapis moisis de la salle commune, hujra ils disent ici, son sommeil troublé par une fièvre apparue la veille.

La guerre, il l'a vue, entendue, mais toujours après coup, à distance. C'est une fureur à quelques rues, la nuit, quand une bombe explose, le bang d'un avion de chasse dans le ciel, un départ d'artillerie à une vallée de là. C'est une carcasse fumante sur le bas-côté, une bagnole, un semi, un bus malchanceux ou les vestiges désossés d'un blindé soviétique. C'est une coulure écarlate sur l'asphalte, une traînée d'impacts le long d'un mur, un bâtiment éventré, ces signes-là sont nombreux, souvent frais. Ce sont les soldats aux aguets, le doigt sur la détente, la hargne au bord des lèvres, en colonnes pressées, terrifiées, prioritaires mais jamais bienvenues. Ce sont les cris, les pleurs, les paniques soudaines, les regards durs ou tristes ou perdus, les veuves qui mendient aux lisières des bazars, un gosse en bandoulière par-dessus la burqa, les estropiés dans tous les coins et, par tranches d'âge entières, les absents. Ici, c'est le royaume des vides.

Au huitième jour, Lynx sort de Gardez longtemps avant le lever du soleil et prend la direction du nord. La ville, un carrefour commercial, s'est développée au fond d'une vallée assez bien irriguée, dont le lit se situe à plus de deux mille mètres d'altitude, dans la chaîne des Soulaïman. Elle est cernée par des grappes de fermes et des champs morcelés, en repos pour l'hiver. À son arrivée, Lynx a été surpris par le vert, inédit jusque-là. À présent, il s'en sert et, de parcelle en parcelle, il chemine hors de vue, à l'écart des sentiers balisés, l'oreille à l'affût dans le silence du vent et le susurrement de la rocaille sous son pas. Il guette la bande insurgée ou la patrouille américaine. La Loya Paktiya est le théâtre de la plus intense des rébellions, il l'a lu à Karachi en planifiant sa route, l'a confirmé par la suite auprès de ses colocataires de Kandahar, facilement abusés par sa carte de presse trafiquée et peu avares de détails sur les exploits des talibans du cru, inféodés au salement réputé clan Haqqani.

L'air raréfié, glacial, rend la progression de Lynx pénible. Ses bagages, dès hier alourdis par un réapprovisionnement au bazar local, en eau, en fruits, en pain, en sucre, en fromage, un truc aigre très salé, gras, sont une gêne de plus. Et son état n'aide pas, il craint une infection. Tout à l'heure, à peine sorti de la salle de prière, il a commencé à se vider et, même s'il s'est piqué sans attendre avec ses antibiotiques de contrebande, après deux heures d'effort, parvenu à destination, il a du mal à recouvrer suffisamment d'énergie pour continuer sa tâche.

Lynx s'est arrêté dans un bosquet d'arbres plantés au sommet d'une colline. Il domine une combe enténébrée, mouchetée de plaques de neige, dans laquelle, vers six heures et demie, le jour naissant révèle les contours d'une maison. Elle semble à l'abandon. D'après son

GPS, réglé sur les coordonnées transmises par Jeff Lardeyret, c'est ici que le téléphone portable d'Amel a été récupéré, deux jours après son enlèvement. Toute une heure, il surveille la construction, les environs. Au loin, la vie reprend. À l'écho distant d'un muezzin de Gardez succède le ronronnement diffus de moteurs. Des silhouettes minuscules apparaissent autour des qalats les plus proches, vaquent à leur quotidien.

Personne ne sort de la bicoque, personne n'y vient.

Descendu vers la ruine, Lynx remarque d'abord de nombreuses empreintes, de pieds, de pneus, dans la terre et les névés pétrifiés par le gel. Une piste part de la cour et file vers l'est, que des voitures ont suivie. À l'extérieur, il découvre également des étuis de 7.62 × 39, en grande quantité, indices d'affrontements intenses. L'intérieur est une enfilade de pièces au sol de terre battue. Elles contiennent de nouvelles preuves de séjour et de lutte, mais aucune très récente. Des gens ont bivouaqué ici, des gens ont péri ici. Dans un renfoncement large de trois mètres et profond de deux, près des restes d'un feu, Lynx aperçoit une concentration d'éclaboussures sombres. Du sang, projeté. Il ramasse des munitions non percutées, une dizaine, toujours du 7.62 russe et trouve les lambeaux épars, poussiéreux, de plusieurs vêtements de facture afghane. Et d'autres, au stylisme occidental. Plus épais, une veste saharienne ou un parka. Plus moderne, une polaire. Plus fins, le bonnet arraché d'un soutien-gorge, une culotte déchirée. Il récupère enfin, balancée dans un coin, une chaussure de randonnée.

De femme.

Lynx a un haut-le-cœur. Il vomit contre un mur le pain avalé en chemin, de la flotte puis, écrasé par une brusque poussée de fièvre, il est contraint de s'asseoir. Mieux éclairé par le soleil passé par-dessus les montagnes, l'endroit lui apparaît dans son sordide dénuement. *Pas envie de rester*. Il se remet debout, c'est douloureux, la tête lui tourne. Malgré son dégoût, la trouille au ventre, il inspecte encore une fois l'intérieur de la maison sans y dénicher de débris humains, se traîne dehors et parcourt la combe, en cercles de plus en plus lents et larges. Rien non plus et pas de sépulture. Si des gens sont morts ici, ils ont été enterrés ailleurs. Il remonte au bosquet, rend à nouveau, de la bile surtout, s'effondre auprès de ses bagages laissés là, se force à boire du bicarbonate dilué dans de l'eau, à manger, une orange, un demi-chapati, à boire encore. Le vertige cesse, son bide agonise, mais il serre les dents et tente de reprendre le fil de ses pensées épuisées, bloquées sur les signes de lutte, le sang, les vêtements massacrés, les hypothèses du pire. *Pas envie de rester.* Son regard file vers les montagnes, hautes, enneigées, bute sur leurs pentes tellement proches, tellement nettes, s'écrase dans la combe. Lutte, sang, culotte, polaire, chaussure, ce ne sont pas les dernières traces d'Amel. Les dernières traces d'Amel ne sont pas à Gardez. *Elle n'est pas morte.* Les dernières traces d'Amel, c'est cet appel bien renseigné passé depuis la province voisine de Khost, le jour de Noël, Lardeyret le lui a écrit. Et tant pis s'il n'y a pas eu de nouvelles depuis, tant pis si ça n'est pas une vraie preuve de vie. Le rouge bruni sur les murs, les fringues déchirées, les indices de combat, ce ne sont pas de vraies preuves de décès non plus. *Elle n'est pas morte.* À Paris, en fin de conversation, juste avant de s'endormir terrassé par la fatigue, le chagrin, les somnifères, l'alcool, le photographe a lâché des choses, beaucoup, sur l'amitié, l'amour, le ressentiment, les paroles qu'on dit et qu'on oublie, celles qu'on ne dit pas, les choses qu'on ne fait pas et qui ne nous laissent pas en paix, nous engagent malgré nous, polluent notre passé et hypothèquent l'avenir, nous flinguent toujours à la fin. Il parlait de lui, il parlait d'Amel, il parlait peut-être de Lynx, difficile de savoir ce qu'il avait deviné. Le passé qui nous flingue toujours à la fin. *Elle n'est pas morte.* Amel et Montana, un vieux compte à régler, via l'Afghanistan.

Je ne l'ai pas tuée, ce n'est pas moi, ce n'est pas vrai.

Lynx frissonne, il faut bouger. Chargé de ses bagages, il rejoint tant bien que mal une piste arpentée par des villageois en route pour les bazars de Gardez. Marcheur parmi d'autres marcheurs, courbé, la barbe hirsute, la tête baissée sous un pakol, pauvre, sale, en bout de course, après quelques coups d'œil curieux, on ne fait plus attention à lui. Vers dix heures, il est de retour devant l'endroit où il a passé la nuit, au sud de la ville. Pas très loin, sur un large terre-plein, des familles sont rassemblées, femmes fantômes d'un côté, entourées de leurs petits ; maris, frères ou cousins de l'autre, occupés à discuter le prix d'un trajet à bord d'un minibus, d'un break, d'un pickup en partance pour Khost.

Regard sur la mosquée, regard sur le parking improvisé, regard sur les sommets perdus dans le blanc cotonneux des nuages. *Les dernières traces d'Amel ne sont pas ici.*

Le vieux 4 × 4 Toyota à bord duquel Lynx finit par monter, après de laborieux palabres gestuels, quitte la capitale de Paktiya à la mi-journée, au milieu d'un convoi d'une dizaine de navettes similaires. Il a pris place sur un plateau agrandi de façon artisanale, délimité par une rambarde de bois vermoulu. Il n'y a pas de bâche pour abriter les passagers, à part lui deux familles, soudées pour se tenir chaud. En tout, ils sont dix-sept, quatorze derrière, trois devant. Assis sur sa valise près de la cabine, dos au chauffeur, son cabas en soutien, Lynx est cerné par des hommes soucieux de l'isoler et peu désireux de parler. Leur hostilité silencieuse est une bénédiction, sa fièvre est au plus haut et sa nausée menace de déborder dès les premiers soubresauts.

La suite est un brouillard de lenteurs, de craquements de boîte, d'emballements de moteur, d'appels d'air, de torpeurs et de réveils glacés, de violents hoquets. Lynx se souvient avoir fermé les yeux, indifférent, sur un camp militaire américain construit à la sortie de Gardez, avec le sentiment d'un grand découragement, et les avoir rouverts, tremblant sous son patou, alors qu'ils étaient arrêtés derrière d'autres voitures, un car, des camions, sur le bord de la route. En réalité une piste pierreuse, creusée, sans garde-fou. Des blindés de couleur sable les dépassaient à vive allure. Toujours les mêmes priorités. Les gens râlaient. Il a ajusté son châle sur ses épaules, s'est rendormi puisque rien ne bougeait, est revenu à la réalité dans un décor enneigé, vertigineux. Leur bagnole secouée en doublait une autre, trop lente, dans une chicane serrée. Ça grimpait incliné, long, une heure trente pour mille mètres de dénivelé et trois kilomètres de S, et ça glissait méchant, et la voie rétrécissait avec l'altitude. Chaque frôlement de semi-remorque déportait le 4 × 4 vers l'abîme, ébranlait le plateau. Un petit a vomi, Lynx n'a plus pu se retenir, les hommes se sont moqués, les femmes sous leurs burqas aussi, il s'en foutait et a vomi encore, par défi, en passant devant un tableau géant au style naïf qui montrait, derrière un président Karzaï à la pose royale, défiguré à la kalache, la construction d'une autoroute à travers la montagne. Après un col brumeux, le plus haut de tous, miné, parcouru de soldats du génie, où il a fallu stopper une deuxième fois, ils sont redescendus plus vite. Ne parvenant plus à somnoler, à chasser nausée et mauvaises pensées, Lynx a compté pour oublier ; les panneaux publicitaires, pour des opérateurs téléphoniques, une banque de Kaboul, encore le président Karzaï, tous constellés d'impacts, ou à terre, ou brûlés, les antennes relais, érigées sur des pitons inaccessibles, les baraquements de chantier incendiés, à l'abandon, les dépôts de matériel de travaux aux grillages déchirés, pillés, les éboulis, pas souvent naturels, et les carcasses, les carcasses, les carcasses, il a vite arrêté, il y en avait trop. Le conducteur a accéléré encore, Lynx a pensé qu'il allait les mettre au tas, souri, penché la tête par-dessus la rambarde, s'est vidé et ensuite marré avec ses compagnons de voyage. Involontairement, il venait de dégueuler sur une caravane étirée sur une centaine de mètres. Des nomades, tous armés ou presque, certains sur des chevaux, la plupart à pied, au milieu de moutons. Leurs épouses, leurs enfants, sur le dos de chameaux à longs poils surchargés de bagages. Ce n'étaient pas les premiers que Lynx apercevait depuis Spin Boldak. Il avait dépassé un de leurs campements juste avant d'arriver à Kandahar, planté en plein désert, et plus tard une autre smala sur l'autoroute, à mi-chemin de Ghazni. Les identifier n'est pas difficile, dans les régions afghanes traversées par Lynx, ils sont les seuls à se balader avec cette espèce de chameau au pelage laineux et ils ne couvrent pas leurs femmes avec des burqas, juste de simples voiles pour cacher les cheveux, laissant les visages apparents. Un spectacle rare.

En milieu d'après-midi, ils doublent une seconde colonne de ces Bédouins version locale et s'arrêtent dans un hameau. Le village, un chapelet de maisons et de fermes aux murs beige foncé, entourées de parcelles cultivées, est construit au fond de la vallée qui mène tout droit à Khost, sur les deux berges d'une rivière parallèle à la route. Ici, plus de neige et la température est remontée, quelques degrés au-dessus de zéro. La passe de Seti-Kandow, point culminant du trajet, le plus froid aussi, est derrière eux à vingt, trente, peut-être quarante kilomètres, Lynx ne saurait le dire et, après d'autres barrages, d'autres haltes IED, d'autres frayeurs routières, cette pause véritable est bienvenue.

Les passagers quittent le véhicule avec leurs sacs. Lynx laisse les siens à bord, mais descend également pour marcher. Sa fièvre, son mal de cœur ne lui foutent pas la paix. Il avale un peu d'eau, elle est glacée, la régurgite aussitôt et doit retourner s'asseoir sur le plateau du pickup pour ne pas tourner de l'œil. Brûlant, courbaturé, il hésite à se faire une nouvelle injection d'antibiotiques. Les autres voyageurs ont disparu, son chauffeur n'est pas loin, mais parle à des villageois. Personne ne fait attention à lui sauf un groupe d'enfants aux regards effrontés, adossés à un muret. Il décide d'attendre.

Les nomades approchent sur la piste. Ils sont une quinzaine, avec une poignée de chameaux, des ânes, des chèvres. Après avoir ramassé des caillasses, les gamins filent vers les intrus et se mettent à les bombarder lorsqu'ils sont à portée. Stoïques, caravaniers et animaux supportent cette grêle sans réagir et passent leur chemin.

Le conducteur revient près de son 4 × 4. Il s'adresse à Lynx, de nouveau imbécile muet, qui va reprendre place sur ses bagages, prêt à repartir. L'homme attrape sa manche, tire pour le déloger de sa bagnole, se fait repousser fermement et s'énerve. D'autres arrivent, attirés par les cris. Toujours armés de pierres, les enfants sont de retour, curieux de ce spectacle. Lynx finit par comprendre que le voyage s'arrête ici quand son interlocuteur prend son cabas en vinyle, le jette au sol et essaie de faire de même avec sa valise. Ils se la disputent pendant quelques secondes d'un ballet ridicule jusqu'à ce que Lynx, affaibli, bascule par-dessus la rambarde. Il s'étale par terre au milieu de l'attroupement, reçoit des coups, est pris de spasmes, vomit. Cela lui offre un court répit. Il parvient à se remettre debout, récupère ses affaires et s'éloigne au plus vite, poursuivi sur une cinquantaine de mètres par une vindicte de pieds, de poings, de cailloux.

L'un des nomades, un cavalier, s'est arrêté à la sortie du village pour voir de quoi il retourne. Lynx avance dans sa direction et ils se dévisagent. L'homme est jeune, une trentaine d'années, fin. Il porte une moustache sous un turban vert pomme et tient par le canon un AK47, posé sur son épaule à la façon d'une canne à pêche. Il sourit et rejoint les siens. Lynx, ne sachant où aller, suit. Ils continuent sur le bord de la route, encore dépassés par de rares semi-remorques à destination de Khost. Le jour commence à décliner. La caravane bifurque sur une sente. Elle monte, serpentine, en direction du nord, vers un col arboré. Lynx talonne toujours, chancelant sur ses jambes, le front et les yeux enflammés. Il ne tiendra plus très longtemps. Le défilé où ses poissons pilotes font enfin halte pour la nuit n'est pas très large. Il est bordé de pentes peu inclinées où résistent çà et là des touffes de pins et des taches d'herbe rase. Lynx repère des ruines sur un rebord surélevé. Une petite maison basse ou peut-être une grange, au toit en bon état, accessible par un raidillon. Sûrement, les nomades vont l'utiliser, elle est assez grande pour les accueillir tous. Ils préfèrent s'installer au pied du versant opposé, cent mètres plus à l'ouest, où ils entreprennent de dresser une paire de tentes allongées, basses, semblables à celles des campements arabes.

Lynx s'approprie la bicoque. S'étant fait une piqûre, il mobilise ses forces pour aller collecter du bois avant la disparition totale du jour. En bas, il voit des enfants et des femmes s'acquitter de la même corvée. Rentré à son refuge, il fait partir un feu à l'intérieur et met de l'eau à chauffer pour le thé. Il prépare son bivouac, mange, du pain et du sucre, doucement, peu, en écoutant résonner dans le vallon les conversations et les rires de ses voisins d'un soir, les cris de leurs animaux. Ensuite, il fait le point. D'après son GPS, la distance parcourue aujourd'hui est de soixante-trois kilomètres. Il en reste une quarantaine à couvrir pour atteindre la prochaine grande ville, étape indispensable avant de se rendre sur les lieux de l'appel. L'appel, à Khost, après Gardez, la combe, la lutte, le sang, les fringues déchirées.

Elle n'est pas morte.

Dehors une femme se met à fredonner. Un truc doux, le plus doux qu'il ait entendu ces jours-ci. Il se laisse embarquer. Pendant un court intermède de sérénité, il parvient à oublier sa fatigue, la nausée, tout le reste. Lorsque la voix s'éteint, la tristesse reparaît et menace de l'engloutir tout à fait. Pour distraire son esprit fébrile, il se force à revenir à la carte, au GPS, aux réflexions basiques, simples, le terrain, la météo. Les pressions relevées par l'altimètre barométrique intégré à son appareil montrent une tendance à la baisse depuis six heures, très marquée depuis trois. Le temps va se détériorer au cours de la nuit, une mauvaise nouvelle. Des conditions atmosphériques pourries ajoutées à sa petite forme interdisent de continuer à pied, à la colle de la caravane.

Dehors, deux hommes ont remplacé la femme. Eux ne chantent pas mais parlent, fort. Ils semblent très près et Lynx se lève pour aller à leur rencontre, une main sur la poignée de son kukri. Sur le seuil, il constate que les nomades sont toujours devant leur camp, éclairés par les orangés dansants d'un brasier allumé entre les tentes. Ils se disputent. L'un d'eux, plus virulent, n'arrête pas de montrer la ruine. Son interlocuteur est le cavalier au turban vert. Lui ne bouge pas, parle peu. L'échange prend fin. Son compagnon disparaît et il reste à regarder la bicoque. Avant d'aller se coucher à son tour.

Un courant d'air froid descendu du nord pousse Lynx à l'intérieur. Il remet du bois à brûler, se délecte de sa chaleur, des craquements des brindilles, s'emmitoufle dans un patou. Éclairé par les flammes, son abri paraît plus primitif encore. Une salle unique aux murs de torchis irréguliers d'où dépassent des brins d'herbe figés par la glaise, un plafond aux poutres biscornues, des pierres plates disjointes en guise de plancher. Dans un coin, un vrac de caillasses, sur lequel Lynx ne s'était pas attardé jusque-là. Une lueur dans ce tas attire son regard. Un objet métallique a brillé. Il s'approche, retire un ou deux rocs et découvre une toile cirée. Il la dégage un peu plus et constate qu'elle sert d'emballage. Un emballage maintenu par des ceinturons militaires usés aux boucles métalliques, luisantes à cause du feu. Sous ce *paquet*, il y en a deux autres et, avant même d'en avoir dépiauté un, au toucher, Lynx devine leur contenu. Des armes. Ici, c'est une cache. Impossible de rester, elle pourrait être visitée dans les heures qui viennent. Il remet tout en place, range ses affaires, éteint son foyer avec le reste du thé, de la terre, ses pompes, disperse les cendres et quitte la maison. Il hésite à descendre prévenir les nomades. Pas certain qu'ils apprécient son intrusion tardive ou puissent tout simplement piger son charabia. Et sans doute sont-ils déjà au courant, raison pour laquelle ils ne sont pas venus ici et se sont engueulés.

Peut-être est-ce leur planque ?

Lynx se charge, sort. Malade comme il est et en terre inconnue, difficile de partir à l'aventure dans le noir. Remontant la piste de sa corvée de bois, seul chemin familier, il va se cacher, au prix d'un gros effort, dans un boqueteau peu accessible, situé à une cinquantaine de mètres en amont de la ruine. Plus exposé au froid, la température a chuté, plus fiévreux que jamais, il déplie son blizzard bag et s'enfile dedans tout habillé, avant de se rouler dans sa bâche vert sombre, étalée sur un lit de branchages pour l'isoler du sol. Il ferme les yeux, écoute, sa respiration dans le duvet, les froissements du matériau de survie provoqués par ses frissons, les arbres qui s'agitent au-dessus de lui.

Lynx a l'impression de s'être endormi depuis peu lorsqu'il est tiré du sommeil par une bourrasque. Puissante. C'est toujours la nuit.
Il y a autre chose.
Des cris ?
Nouvel éclat de voix.
Du côté du campement.
Doucement, Lynx s'extrait du sac et rampe jusqu'à la lisière du bosquet. En contrebas, devant l'une des tentes, une lampe à pétrole se balance au bout d'un bras. Elle éclaire des silhouettes. Au moins une douzaine. Une autre se balade autour de la ruine. Trois ou quatre hommes de plus. Ça s'interpelle entre les deux. Les nomades sont là, pris à partie avec des grands gestes. La discussion, vive, dure plusieurs minutes. À la fin, la voix effrayée d'une femme, sortie de nulle part, se fait entendre. On dirait qu'elle appelle quelqu'un. Une rafale part, à laquelle en répond une autre. Tout le monde canarde, mais l'une des deux factions est plus nombreuse, mieux armée. Les échos des détonations rebondissent dans le défilé, une vingtaine de secondes à peine. Elles sont accompagnées des hurlements des femmes et des enfants. Des ombres pénètrent sous les tentes, tirent encore. D'autres hurlements. Ils font écho à l'agonie des animaux qu'on abat à l'extérieur. Quelques minutes et c'est fini. Les agresseurs mettent le feu aux toiles, partent vers le sud. Enragé par le vent, le brasier prend de l'ampleur. Autour, le vallon s'illumine.
Lynx range ses affaires en quatrième vitesse, tremblant d'adrénaline. Pas question de rester dans le coin, les tueurs pourraient revenir. Ou d'autres, attirés par les flammes. Et il n'a pas envie de passer la nuit à côté d'un bûcher. Malgré la tempête en train de se lever, l'odeur de chair calcinée remonte déjà jusqu'à lui.
Et avec elle une plainte.
La première fois qu'il l'entend, Lynx la prend pour le sifflement de l'air. La seconde, il reconnaît une voix, aiguë. Retour à la lisière, aux aguets. Les gémissements recommencent. Il pense, *ça va attirer les autres cons* et *ne bouge pas*. L'image de la famille exécutée lors de

l'attaque du Bolan Mail, figée par la mort et le froid, flotte à la surface de sa mémoire. *Je suis pas en état.* Lynx tergiverse, tend l'oreille. Des pleurs. *Reste ici.* Il s'élance, lâche ses sacs à un jet de pierre du camp, après une large boucle d'approche. Les derniers mètres, il les couvre kukri à la main, en restant hors du halo lumineux produit par le feu.

À l'arrière de l'incendie, il y a un corps, pas très grand. Un gamin. Il a rampé une dizaine de mètres pour s'éloigner du danger, bouge mais ne semble pas pouvoir se relever, panique lorsqu'il voit un homme fondre sur lui. Il crie. Une main sur sa bouche le réduit au silence. Il mord. Lynx ne bronche pas, palpe son corps malgré la douleur. Le petit a une plaie à la jambe, au niveau de la cuisse. Elle saigne ou a saigné, c'est humide et froid. Impossible de déterminer si elle est grave ou non. On ne voit pas grand-chose et le temps est compté. Lynx se penche et regarde de près le garçon, sept ans, ou huit, pas plus. Du doigt, il fait signe de se taire. Hochement apeuré. Lynx lâche prise, l'enfant ne dit rien. Une bande de laine tressée, découpée dans son patou, vient couvrir la blessure, serrée mais pas trop. L'urgence, ralentir ou stopper une éventuelle hémorragie, et après filer, au cas où les hurlements auraient été entendus.

La pluie arrive, glacée, à peine précédée de quelques gouttes dispersées. Se mettre à l'abri pour le reste de la nuit est maintenant vital. Mais pas ici. Avec peine, Lynx soulève le gosse et retourne à ses bagages. L'ayant bien enroulé dans sa première couverture, il le colle contre son dos et referme ses petits bras autour de son cou. Ensuite, à la façon des mères africaines, il noue ensemble devant sa poitrine les deux extrémités d'un second patou, qui les arrime l'un à l'autre. Il essaie de se mettre debout. Sa première tentative échoue et il retombe pesamment, à bout de souffle. À la seconde, il réussit, prend ses bagages et titube loin du campement.

Ils rejoignent le sentier emprunté en fin de journée, celui que les tueurs ont pris, qui mène à la route. Dans le souvenir de Lynx, un thalweg, trop raide en montée mais sans doute praticable en descente, suit ce chemin sur toute sa longueur. Si quelqu'un revient, passer par là est leur meilleure chance de ne pas être repérés ou coincés. Et c'est la seule issue du défilé. Le ravinement est à main gauche. Lynx en sonde les versants d'un pas prudent puis s'y engage. Le sol irrégulier, pierreux, rendu glissant par l'eau, complique sa progression. Il s'écorche, se cogne de tous côtés. À plusieurs reprises, il perd l'équilibre et doit mettre un genou à terre ou glisser sur les fesses. Le gamin ne se plaint jamais, ne dit rien. Il se met à parler quand, ayant enfin débouché dans la vallée, son porteur se laisse tomber au sol. Le village, Lynx ne pense plus qu'au village de cet après-midi, refuge le plus proche. *De l'aide, au village.* Les paroles du garçon, il ne les entend qu'à moitié, tant son cœur tape fort dans ses oreilles, et il s'en moque, il ne les comprend pas. Seul le mot *taleban* le fait réagir. L'enfant est affolé. Du doigt, il montre le sens de la marche, continue à gueuler *taleban, taleban, taleban,* et se débat pour faire demi-tour. Sans en avoir conscience, Lynx s'est relevé et, tel un zombi planté au milieu de la route, a déjà parcouru une centaine de mètres en direction du hameau. Sa valise glisse par terre derrière lui, traînée par la sangle, et le cabas pèse une tonne au bout de son autre bras.

Pourquoi ne veut-il pas aller au village ?

À force de crier, le gosse attire l'attention sur eux. Tandis que Lynx, ensuqué, trempé de flotte, réfléchit encore à la stratégie à suivre, trois silhouettes se matérialisent sur le bas-côté de la piste, une trentaine de mètres devant, entre eux et leur destination.

Départ de flamme à hauteur d'homme.

On nous tire dessus.

Lynx lâche tout et détale aussi vite que possible. Dans son dos, le gamin bringuebale, s'accroche, sanglote. *Pleure pas.* D'autres coups de feu derrière, ils claquent par-dessus le boucan de l'averse. Lynx file vers la rivière aperçue plus tôt, parallèle à la route. Elle est bordée de végétation, et il espère y perdre ses poursuivants. Il court, réveillé par ce nouveau *shoot* d'adrénaline, malgré ses jambes lourdes, ses vêtements collants, la fièvre qui le plombe. Il court, à cause de cette charge sur ses épaules. *Vous l'aurez pas. Pas lui.* Il court parce qu'il est en colère. *Pas cette fois.* Il court et il atteint la berge. Ça rafale et il tombe. Personne ne l'a touché, mais il a été surpris. Une balle a pulvérisé une pierre à côté de sa main alors qu'il prenait appui. Surprise, dérapage sur un rocher, chute.

Dans le cours d'eau.
Grossi par l'orage.
Il les emporte.
Trop vite.
Choc.
Il coule.
Ils coulent.
On coule.
Choc.
Surface.
Choc.
Mon bras.
Lynx hurle de douleur.
Choc.
La rive.
S'accrocher, tenir, *au-delà du possible*. Lynx parvient à se hisser sur un rocher plat, respire, sourit parce que l'enfant pleure toujours, et s'évanouit. Il se réveille plus tard, entre deux. Maintenant le gosse crie. Il n'entend plus la pluie, juste la rivière. Et des chevaux au galop. Il pense, *la cavalerie arrive.*
Noir.

Elle est seule au milieu de la cour, assise à même le sol. Après les orages de la nuit, il est détrempé. Cela ne semble pas la gêner, elle ne bronche pas et, si elle a froid, elle ne le montre pas. Elle est couverte de sa burqa, évidemment, et il est impossible de dire où elle regarde, impossible de savoir si elle dévisage les trois hommes installés en face d'elle sur des coussins. Badrouddine, qui représente Siraj, trône au milieu des deux autres. Il a dissimulé ses traits bouffis derrière d'énormes lunettes de soleil et un bonnet de laine noir orné d'un logo Hard Rock Café, enfoncé jusqu'aux sourcils. Sa barbe épaisse masque le reste. À sa droite, Jan Baz Zadran, l'homme d'argent du clan Haqqani, a relevé son châle devant son nez. Sous son turban, on ne voit que ses yeux très mobiles. Tajmir, de l'autre côté, a fait de même. Ils ont trouvé refuge sous un auvent de toile dont ils ont exigé l'érection avant de venir, pour ne pas risquer d'être vus par les avions espions de l'ennemi. Un douzaine de gardes du corps les encadrent.

Quinze guerriers armés, cachés, agressifs, méprisants.

Contre une femme.

Ils ont peur d'elle. Cela frappe Sher Ali, debout avec ses moudjahidines. À l'écart. Il a refusé de prendre place avec les autres au prétexte d'un manque d'espace sous l'abri. Il n'avait pas envie d'être vu parmi eux. *Ce n'est pas ce que vous voulez.* L'étrangère lui a dit ça hier, calmement, lorsqu'il est venu la prévenir. Elle avait raison. L'assemblée de ce matin, il n'en voulait pas, elle le met très en colère. Il se sent humilié de se l'être vue imposer. La femme, il l'a capturée, il devrait être libre d'en disposer à sa guise. Mais l'affront infligé par ces hommes n'est pas le seul motif de la honte qu'il éprouve. Et surtout, il a peur lui aussi. *Pour elle.*

Dojou, par fidèle habitude, s'est rangé aux côtés de Sher Ali en ignorant les regards vipérins de Taj au moment de le faire. Là, il est embarqué dans une discussion animée avec les trois autres, à propos d'Israël, alliée des croisés, source de tous les maux de l'Oumma. Tout a dérapé lorsque l'Ouzbek a suggéré d'ajouter les noms de Palestiniens arrêtés à Gaza au cours de l'opération Plomb durci, lancée depuis une quinzaine, à une liste de prisonniers à libérer – trois commandants inféodés à Siraj capturés près de Khost et deux agents de Tajmir interpellés à Kaboul, complément de la rançon exigée pour l'otage. Dojou hait le Mossad, coupable selon lui d'une hécatombe dans les rangs de son ancienne organisation, l'IMU, accusée par les juifs d'avoir vendu une arme nucléaire tactique russe à des shahids interceptés en 2001 à Ramallah et d'avoir participé à l'attentat contre leur ambassade de Tachkent, il y a trois ans.

Lui et Badrouddine sont, sur ce point, totalement en phase. Parler d'Israël à l'impulsif frère de Siraj suffit à le faire sortir de ses gonds. Il s'est d'ailleurs levé et, après un long monologue enflammé que personne n'a osé interrompre, s'est approché de la prisonnière. Il trépigne autour d'elle, enragé, prend à partie l'assistance, la montre, elle est *leur* complice forcément. Ayant saisi la burqa, et sans doute des cheveux, par l'arrière du crâne de la femme, il la secoue, brutal. « Nous devrions l'égorger pour l'exemple. » Son autre main est posée sur le manche du *kard* passé dans sa ceinture.

Sous le voile, pas un cri, pas un gémissement.

Le Roi Lion fait un pas en avant, un réflexe.

« Tu as quelque chose à dire ? » Badrouddine le fixe.

Du doigt, Sher Ali montre le ciel.

L'aîné des Haqqani lève la tête, se rappelle la menace, lâche prise et retourne à sa place d'un pas qu'il aimerait sans doute moins empressé.

« Toi, Shere Khan, que penses-tu ? » Tajmir fait diversion. « Il faut éliminer cette espionne ou, comme le propose Dojou, aider nos frères de Palestine ? »

Un piège cette question. Après un instant de réflexion, Sher Ali pose une main sur l'épaule de l'Ouzbek. « Tu as combattu avec moi et tu es mon ami. Appelle et je serai là, j'espère que tu me crois. »

Dojou acquiesce.

« Mais je ne sais rien de ces choses lointaines. Je suis un Pachtoune, je me bats pour les Pachtounes. »

C'est au tour de l'assemblée d'approuver, bruyamment.

Du regard, Sher Ali défie Taj, initiateur de cette jirga. « Elle a une valeur pour les juifs ? Sinon, la tuer ne sert à rien. » *Ce n'est pas ce que vous voulez.* « Je ne suis même pas sûr que quelqu'un la réclame.

— Tu dis ça parce que tu ne veux pas partager. Tu as même exécuté Zarin.

— Zarin m'a volé. » Sher Ali se tourne, à peine, vers le garçon à la fleur, également présent. Contre sa volonté. Après Surobi, il avait honte de devoir se montrer à tant d'autres guerriers, mais son khan a insisté et lui a demandé de porter bien en vue les trophées arrachés à l'ennemi, la hache de guerre et le pistolet gagnés à Jalalabad.

Tajmir sourit. « Zarin agissait sur mes ordres.

— Tu ne voulais pas partager ? »

Jan Baz Zadran intervient : « Il n'y a rien à partager pour le moment.

— C'est vrai. » Taj s'incline avec respect. Il complimente le Roi Lion et ses hommes, enfant compris, avec ironie, à propos leurs exploits au front, pour mieux suggérer ensuite que peut-être, trop occupés, ils ne sont pas les mieux placés pour mener les négociations. « Si tu t'étais adressé à ce conseil plus tôt, Badrouddine t'aurait aidé, il sait quoi faire. » Le frère de Siraj s'occupe des otages pour le compte du clan. « Ou Jan Baz, il est de bon conseil. Ou moi, tiens.

— J'ai déjà contacté les gens de son pays.

— Une seule fois.

— *Berha da shaitaan kaar da.* » L'impatience est l'œuvre du diable, rappelle Sher Ali. « Plus nous attendrons, plus ils la voudront et plus ils paieront.

— Ah ? Quelqu'un pourrait donc la réclamer ? Tu pensais le contraire à l'instant. »

Silence.

« Et tu avais raison. » Tajmir se lève, s'approche à son tour de l'étrangère. « Personne ne veut d'elle. » Avec la permission de Siraj, explique-t-il, il a fait contacter les Français par des intermédiaires de confiance. « Ils n'ont pas réagi.

— Tu n'as rien à leur vendre.

— Elle n'est plus notre otage ? » Tajmir poursuit sans attendre de réponse. « Et les Américains ont dit de voir avec les Français.

— Pourquoi tu as parlé aux Américains ? » Badrouddine est surpris.

« Shere Khan m'a révélé que leurs espions avaient voulu éliminer cette femme. Morte, elle pouvait avoir de la valeur pour eux.

— Et ce n'est pas le cas.

— Non.

— Tuons-la alors, nous en avons d'autres. »

Tajmir hoche la tête et dégaine un pistolet. Il le pose contre la tête de l'étrangère, pousse avec le canon. Toujours pas de cri, juste des tremblements. Tous les moudjahidines rigolent.

Sauf Sher Ali. *Ce n'est pas ce que vous voulez.* Hier, revoir l'otage sans sa burqa l'a perturbé et leur conversation l'a troublé plus encore. Elle l'a forcé à penser à Badraï comme jamais, à fouiller sa mémoire en quête de souvenirs. Ils étaient tous trop estompés par le temps, la colère et la guerre. Sher Ali regarde au-delà des murs de sa qalat les pentes blanches et boisées des montagnes waziries. De Nouvelle Lune, il ne lui reste que des rires de joie dans la neige là-haut, à l'aube de son dernier jour, des frissons de peur dans ses bras, juste avant que la nuit se referme sur sa vie, et une peine inconsolable. *Pourquoi avoir attendu pour partir ?* La femme tremble, Sher Ali n'aime pas ça et s'est crispé, prêt à quelque chose, n'importe quoi. Il sent la main de Dojou se poser, discrète, sur son avant-bras.

« Peut-être devrait-elle téléphoner aux siens ? » L'Ouzbek a parlé d'une voix forte, qui a mis fin à l'hilarité générale.

Enthousiaste, Badrouddine claque l'une de ses cuisses. « Je viens d'en avoir l'idée. »

Le visage fermé, Tajmir abaisse son arme et se tourne vers Dojou.

Sher Ali indique une seconde fois le ciel.

L'homme de l'ISI sursaute malgré lui et se replie à son tour sous l'auvent.

« Il faut demander vingt millions et dix moudjahidines. » Jan Baz sourit, sûr de son fait.

Badrouddine grogne. « L'Américain vaut plus et j'ai dit quinze. Et cinq frères.

— Dix et cinq frères ?

— Si c'est encore trop, nous leur vendrons ses os. »

Satisfait, Badrouddine acquiesce. « Je veux trois. » Un temps. « Pour le djihad. »

Personne ne dit rien.

« Et trois pour Quetta aussi.

— Il faudra payer la famille de Zarin.

— Combien ?

— Cinq cent mille.

— C'est beaucoup.

— Trois cents ?

— Cent.

— Cent cinquante.

— D'accord.

— Et nos amis pakistanais, il ne faut pas les oublier.

— Nos amis pakistanais ou toi, Tajmir ? » Badrouddine ne laisse pas le temps de réagir à son voisin. « Que veux-tu Sher Ali ?

— Je ne veux pas payer les proches d'un voleur. Aucun.

— Et nos amis ?

— Tes amis, Taj, pas les miens.

— Tu acceptes leur aide.

— Elle a déjà son prix.

— Tout a un prix, Shere Khan. » Tajmir, faussement conciliant, se penche vers le frère de Siraj. « Je peux convaincre Karachi, mais les frères de Zarin demanderont réparation. De l'argent éviterait le sang.

— Laisse-moi réfléchir. » Badrouddine se lève. D'un geste désinvolte, il montre l'otage. « Et je m'occupe de la prisonnière maintenant. »

Ce n'est pas ce que vous voulez.

Depuis la fausse couche plus rien n'a d'importance. Amel a pleuré dehors, elle a pleuré dedans et puis c'était fini. Elle ne sent plus la douleur, ne sent plus le froid, ne sent plus la honte, ne sent – presque – plus la peur. Hier, elle a mal réagi dans la cour et s'en veut, mais cela non plus n'est pas très grave au fond. Dans son ventre, elle ne sent plus Peter. Forcément, c'était lui. À Kaboul. Pendant deux nuits, deux belles nuits, les dernières. Sans protection, sans retenue, sans souci. Elle l'avait prévenu, il avait ri et joui en elle. Après, il avait dit merci et recommencé. Il fallait que ce soit lui, ça ne pouvait être que lui, ça ne marchait qu'avec lui. Son corps n'aurait accepté personne d'autre, il ne l'aurait pas trahie. Pas ainsi.

À présent, Peter est mort encore et Amel, elle, est creuse.

Tout le reste est trivial, la disparition du borgne, l'intrusion de nouveaux talibans dans sa cellule ce matin, leur violence, leurs coups, leurs moqueries quand ils l'ont embarquée, vêtue de sa burqa, et balancée sous une couverture dans une bagnole puante, et trimballée sur des chemins, dans les ruelles d'une ville dont elle ne voyait rien mais entendait les rumeurs, sentait les humeurs. Sur d'autres pistes. Et quand ils l'ont jetée dehors au milieu de nulle part, en haut de cette colline ou de cette montagne, elle ne sait pas. Elle n'a aucune idée de l'endroit où se trouve la clairière enneigée dans laquelle elle est maintenant agenouillée. Après quelques minutes, Amel ne sent plus ses pieds, ses jambes, mais ça ne fait pas mal, plus rien ne peut lui faire mal.

Ils sont trois avec elle, dont un, épais, à la voix cassante, qu'elle a reconnu de la veille. Celui du flingue sur la tempe. À ce souvenir, d'avoir tremblé, elle est parcourue d'une onde de colère. Elle se dissipe rapidement, comme le font désormais toutes ses émotions. Les deux autres, Amel ne les a jamais vus ou elle ne s'en souvient pas. À la longue, ils finissent par se ressembler tous. Ils l'ont obligée, lâches, à leur tourner le dos, à regarder ailleurs, en direction des pins avec leurs troncs si noirs. Ils parlent, s'éternisent. Elle aimerait qu'ils se pressent, en finir au plus vite. Ils font durer le plaisir. Elle aimerait aussi penser à quelque chose ou plutôt à quelqu'un, un de ses proches au moins, être triste, verser une larme, mais sa tête et son cœur sont, à l'image de son bide, totalement vides. Amel entend enfin les hommes se déplacer. L'un d'eux s'approche, un fusil est armé. Elle s'énerve d'en tressaillir, souffle, pense *je m'en vais* et sourit. Coup de feu tout proche, assourdissant, suivi d'un autre, de railleries. Une rafale explose dans ses oreilles. Elle ne meurt pas. Ses gardiens chahutent, elle se retourne, malgré les ordres. Ils tirent à nouveau. Sur un vieux bidon d'huile, installé à vingt mètres sur une souche. Ils ratent, minablement. Voix cassante repère qu'Amel les observe. En anglais, il lui demande de ne pas poser les yeux sur eux, c'est haram. Il annonce, rigolard, qu'elle ne risque rien et l'invite à *profiter de la promenade*.

Ils jouent pendant une heure. Ensuite, ils mangent et boivent du thé, sans partager. On dirait qu'ils attendent. Amel finit par s'effondrer et ils doivent la transporter dans la voiture. La toucher les dégoûte, leurs gestes, leurs hésitations, leurs intonations les trahissent. Ça la fait rire. Ils frappent, vindicatifs, puis ils mettent le chauffage. Ils ne vont pas la tuer, pas tout de suite. Cette idée la fatigue, la chaleur l'étourdit, elle s'endort. Se réveille à l'apparition d'un autre pickup. À nouveau, on la traîne dehors dans la neige. À nouveau, elle reconnaît un des derniers arrivés et pas l'autre, taliban générique. Le mec familier est ce petit gros à lunettes de soleil et bonnet ridicule qu'hier tout le monde semblait respecter. Aujourd'hui, il n'a ni l'un ni l'autre, juste un calot de prière brodé d'or qui cache moins bien sa calvitie. Ses petits yeux noirs sont ceux d'un tueur. Amel connaît, ça ne lui fait plus peur. Petit gros jette devant elle un cahier, un crayon, montre un mobile, parle. Voix cassante traduit. Elle va noter ce qu'ils vont dire et, après, ils appelleront sa famille sur l'un des numéros donnés à ses premiers geôliers. Celui du portable de son père.

Daniel, j'ai besoin de toi. Au ton de Youssef, Ponsot a tout de suite compris, c'était important. L'appel est arrivé à sept heures trente, le policier sortait de chez lui. Au diable le bureau, au diable sa hiérarchie, il a foncé au Quai d'Orsay. Là-bas, loin des ors, dans une salle du fond, anonyme, basse, aux fenêtres voilées, il a retrouvé le père, la mère, la sœur d'Amel, intimidés, fébriles, assis autour d'une table. Avec eux, des fonctionnaires de mauvais poil : trois représentants excédés du centre de crise des Affaires étrangères, interchangeables, occupés à ouvrir des parapluies, une psychologue juste bonne à débiter des platitudes, deux techniciens, un d'ici, un d'ailleurs, chargés de préparer du matériel pour enregistrer, repérer, suivre, et dans un coin, se rêvant discrets, un *prénom* de la Défense – Mortier ? La DRM ? – tentant de faire tapisserie avec un commissaire de Beauvau à l'identité trop secret défense pour être honnête.

Ponsot a posé des questions, pigé petit à petit. Les talibans ont établi le contact à l'aube, heure de Kaboul, pour annoncer qu'Amel téléphonerait à son père aujourd'hui, après dix heures du matin, heure de Paris. Cette annonce, l'ambassade de France et le ministère se sont contentés de la relayer, Daniel et la famille apprennent ce détail plus tard de la bouche de Jean-François Lardeyret, lorsqu'il arrive à son tour. En réalité, c'est un autre émissaire du magazine d'Amel et Peter qui a été approché en premier, pour faire passer le message. Les kidnappeurs se méfient apparemment du personnel diplomatique français, plusieurs appels du pied de leur part n'ayant pas été pris au sérieux. La nouvelle a déstabilisé les proches de la journaliste. Ils ont demandé des explications. On leur a promis de tirer ça au clair, tout en assurant faire le maximum. Et mieux vaut ne pas écouter les ravisseurs, a dit la psy, ils cherchent toujours à semer la discorde et à jouer avec les émotions des familles.

Peut-être.

Ponsot a tiqué néanmoins. Cette information explique les réticences et l'humeur de dogue des autres fonctionnaires présents, surpris le pantalon sur les chevilles ou, pire, en plein travail de sape.

Les talibans ont précisé deux choses. D'une part, cet appel est la dernière chance d'Amel. D'autre part, ils vont utiliser un numéro non masqué et raccrocher dès la première sonnerie. Il faut rappeler derrière, parce qu'ils n'ont plus de crédits. Violents, sans pitié et mesquins. Ponsot s'est marré en entendant leurs instructions et son fou rire a fait boule de neige chez Myriam et Jeff. Un trop court mais salutaire intermède comico-hystérique à la tension et à la peur, croissantes au fil des heures et du silence, de plus en plus terrible à partir du milieu de matinée. Manip', fausse alerte, problème de dernière minute, *ma fille est morte ?* Ponsot et Lardeyret ont tenu, rassurants lorsque les autres flanchaient. Le policier est surtout resté avec Youssef, bientôt en première ligne. Ils ont parlé d'Amel, beaucoup, et lu, relu et relu encore les consignes données par les gens du centre de crise pour préparer la conversation à venir, notées sur une feuille de papier. Être poli et respectueux, ne pas se mettre en colère, ne pas perdre de vue que les interlocuteurs sont croyants, dire qu'il prie, toute sa famille prie pour sa fille. Rendre son humanité à sa fille justement, ils l'aiment, elle leur manque, insister sur ce point. Demander sans attendre aux kidnappeurs ce dont ils ont besoin. Ne rien promettre, ne pas accepter de calendrier. Faire durer, le plus longtemps possible, c'est l'objectif principal, et pour y arriver, répéter tout ce qui est demandé. Cela aura l'intérêt supplémentaire de montrer qu'il est à l'écoute. Et ne pas croire les menaces, le seul intérêt des ravisseurs, c'est la rançon, pas la mort de l'otage, il faut être fort.

Onze heures passe, puis midi, les fonctionnaires vont et viennent, donnent et reçoivent quantité de coups de fil, la psy disparaît. À treize heures, après des sandwichs fatigués, le téléphone de Youssef sonne une fois et tout le monde sursaute. Avec des yeux de condamné, le père d'Amel regarde sa femme et sa fille aînée, Daniel,

Jean-François. Il consulte une dernière fois la feuille posée devant lui sur la table et ensuite, il rappelle. Les techniciens mettent des écouteurs, le prénom de la Défense met des écouteurs, Ponsot met des écouteurs. Lui a dû insister.
Baba... Baba ?
« Méli, c'est moi Méli. Tu m'entends ? »
Baba ?
« Je t'aime Méli. Tu vas bien ? »
Il y a une pause. Youssef écoute, note *elle parle à quelqu'un* pour Myriam et sa mère.
Je t'aime aussi baba...
« On t'aime tous. »
Je suis dans une grotte... En Afghanistan... Je suis bien traitée... Ils me traitent bien...
Amel a un débit automatique, peu naturel.
J'ai froid... Et je suis malade... Et j'ai faim...
Youssef panique, cherche de l'aide alentour. Sa femme et sa fille pleurent.
Ponsot fait signe de répéter.
« Tu es dans une grotte en Afghanistan. Ils s'occupent bien de toi, mais tu es malade. » Youssef réfléchit. « Tu as besoin de quelque chose ? » Il hésite. « Tes talibans, ils ont besoin de quelque chose ? Des médicaments, des vêtements ? On peut organiser une livraison. Où ils veulent. Dis-leur. » Il hésite encore. « On t'aime, Méli. »
La voix d'Amel, loin du micro. Elle s'exprime en anglais.
Pause.
Tu as de quoi écrire, baba ?
« Oui, oui, j'ai de quoi écrire. »
Il faut noter...
« D'accord, il faut noter. »
D'abord... Il ne faut pas essayer de venir me chercher...
« Ne pas venir te chercher. »
Ils me tueront...

« Ou ils vont te tuer. » Youssef parle, mais sa main tremble, refuse d'écrire.

Ensuite... Il faut s'entendre maintenant... Négocier tout de suite...

« Négocier tout de suite. »

On entend une autre voix derrière Amel, celle d'un homme, qui baragouine en anglais.

Ils demandent pourquoi tu répètes tout...

« Ça m'aide, pour écrire. »

Ils disent que tu dois arrêter...

« Je dois arrêter. » Un temps. « Pardon, Méli, pardon, pardon. »

Négocier, sans attendre, c'est important... Sinon ils mettront une vidéo sur Internet... Et ils me tueront...

Youssef continue à noter. Et à rabâcher, mais à voix basse.

Ils ne veulent pas mettre la vidéo sur Internet... Ça complique tout la vidéo...

« Ça complique tout, oui. »

Ils veulent tout de suite, tout de suite, tu as compris ? Pour ne pas compliquer... Les choses...

« Tout de suite, j'ai noté, oui. »

Après... Ils vont appeler l'ambassade, pour les demandes... Il faut répondre sans attendre... Sinon, la vidéo...

L'homme derrière Amel, à nouveau, en sourdine.

Et tout sera très compliqué.

« Oui, ils appellent l'ambassade. Ils peuvent nous dire ce qu'ils veulent maintenant aussi. »

Pause.

« Méli ? »

Silence.

« Ils peuvent tout nous dire maintenant. » Youssef lâche son stylo, prend son mobile à deux mains. « Amel ? » L'appareil tremble avec lui.

C'est la dernière fois que je vous parle... Plus d'appel après...

« Plus d'appel... Je t'aime Méli. »

Pardon baba, pardon... Dis pardon à maman et Myriam pour moi...

« Elles sont là, Méli. Elles sont avec moi. Elles t'aiment, elles t'aiment. » Un temps. « Daniel et Jean-François, ils sont là. »
Pardon...
« Tout ira bien. »
La communication est interrompue.

Parler à son père, une bénédiction, une malédiction. Le coup de téléphone a redonné de l'espoir à Amel. Il a réveillé tout le reste également, le chagrin, la culpabilité, le dégoût, les douleurs, le froid. Elle se débat lorsqu'ils l'embarquent de force dans le pickup après avoir raccroché. Elle hurle quand ils la frappent pour la calmer. Ils sont pressés, elle sait pourquoi. Les drones. Ils craignent d'être localisés, pulvérisés. Elle aussi est terrifiée, à nouveau, mais elle n'éclate pas en sanglots. Ça, il n'en est plus question. L'appel a également réveillé sa colère.

C'est Petit gros qui emmène la journaliste au retour, pas Voix cassante. Ils partent alors que la nuit tombe et on ne lui ordonne pas de se coucher par terre sous une couverture, juste de ne pas relever sa burqa. Elle peut lire les indications, savoir où elle est, où elle va, vérifier ses hypothèses. Comprendre et avoir plus peur encore, ce n'est pas bon signe qu'on la laisse regarder. Et elle ne retourne pas au même endroit, ils roulent bien trop longtemps pour ça. Vers l'est. Elle s'en rend compte quand elle lit *Mir Ali* sur un panneau. Le borgne, ce salaud, l'a vendue. *Tu t'attendais à quoi ?* Un regret, elle n'a pas dit au revoir à Farzana. *On ne se reverra pas.*

Après le coup de téléphone, la mère d'Amel a fait un léger malaise. Des pompiers sont venus, mais elle a refusé d'aller à l'hôpital.

Myriam, qui tenait bon, pas le choix, l'a ramenée chez elle. Youssef est resté, pour parler de l'appel de sa fille avec les fonctionnaires du Quai, évoquer la suite, écouter leurs promesses. De la *câlinothérapie* en réalité, pour faire comme si. Les bilans véritables, les stratégies seront discutés ailleurs, là où travaillent prénom et le commissaire anonyme, envolés sitôt la ligne coupée, avec les techniciens et leur matériel. La psy, réapparue, a proposé ses services au papa d'Amel. Il a pris sa carte poliment mais préféré filer en compagnie de Jeff et de Ponsot, et ils sont tous allés boire un verre au Bourbon, rue de l'Université, en terrasse malgré le temps pourri, Youssef voulait fumer une cigarette. Il en a enchaîné trois avant de rentrer au Plessis-Trévise, les yeux encore humides. Le photographe et le policier sont restés seuls, une situation inédite.

« Une autre ? » Ponsot montre la bière vide de Jeff.

« Pourquoi pas. »

La barrière de silence et de défiance érigée entre les deux hommes est difficile à briser. Le policier attend l'arrivée de la nouvelle tournée pour s'y risquer. « Dur de l'entendre. »

Jeff acquiesce.

« Au moins, elle est en vie.

— Au moins.

— Elle avait bien appris son texte.

— Elle n'est pas en Afghanistan, si ? »

Haussement d'épaules.

« Où ? »

Ponsot secoue la tête.

« Ce serait bien de savoir.

— Pour faire quoi ? » Ponsot fixe son interlocuteur. *Pour rencarder quelqu'un ?* Le photographe a reçu d'autres courriers de la part du correspondant mystère de Facebook. Profitant d'une connexion active, les informaticiens de la DCRI ont pris le contrôle de l'ordinateur de Lardeyret à son insu et l'ont cloné sur l'un des leurs. Tout ce que son écran affichait est devenu visible et ils ont découvert l'identité de son interlocuteur, lu ses messages. Leur échange a commencé le 31 décembre. Fender Jazz, c'est son nom virtuel, s'enquiert à intervalles plus ou moins réguliers, dans un langage sibyllin, du sort d'Amel. Il ou elle a un profil verrouillé, dénué de la moindre info personnelle, un seul *ami*, Lardeyret, depuis le 1ᵉʳ janvier – la notification d'acceptation n'a pas été retirée de son mur Facebook – et aucune activité apparente hormis leurs communications. Son pseudo et sa façon de rédiger ses demandes suggèrent une connaissance préalable du goût du photographe pour le rock et les guitares, et de son habitude de donner des concerts avec un groupe de copains. Un familier de Jeff donc, présent en Afghanistan, sinon à quoi bon lui refiler des coordonnées lat-long. Possiblement un autre reporter. Sans doute pas un membre d'une éventuelle équipe de recherche privée dépêchée par les assureurs anglo-saxons du magazine de Peter Dang et Amel, ils s'écrivent en français et les dates ne collent pas. Dans son mail initial, Fender Jazz a commis une erreur à propos du dernier *bœuf* de Lardeyret, il s'est trompé de jour, a mentionné le 14 décembre, lendemain du rapt de la journaliste en Afghanistan, surlendemain de l'assassinat d'Alain Montana. Jeff ne l'a pas corrigée dans sa réponse, Ponsot pense donc à une maladresse volontaire et s'interroge depuis sur ce qui s'est joué, entre eux peut-être, ce fameux dimanche 14.

« Un des sbires des Affaires étrangères a reparlé des mecs des régions tribales, là, les Haqqani, vous le croyez ?

— Et toi ?

— Je me méfie. Il se passe quelque chose à votre... À ton avis ?

— Tu as persuadé les parents d'Amel d'accepter l'offre d'assistance du magazine. »

Un temps.

« J'ai eu tort ? »

Un temps.

« Les deux barbouzes, c'était qui ?

— On était trois.

— Quoi ?
— Trois barbouzes. » Ponsot sourit. « Je ne connais pas les deux autres.
— Même celui de Beauvau ?
— Un commissaire. On fréquente pas le même monde. » Le policier prend son mobile, l'éteint, retire la batterie, la puce, montre celui de Jeff. Qui l'imite. « J'essaierai de savoir et je te le dirai de vive voix. »

Le photographe acquiesce.

« Je veux qu'Amel rentre. » Ponsot regarde sa montre, presque dix-sept heures. « Je dois passer au bureau sinon je vais me faire engueuler. » Il finit sa bière, quitte Lardeyret et rebranche son portable une fois en voiture. Il a deux messages de Chloé, reçus coup sur coup. Elle veut le voir, elle doit le voir, elle insiste pour le voir, c'est urgent. Il téléphone d'abord aux officiers chargés de la filature de la jeune femme, se fait confirmer qu'elle est bien dans le quinzième, chez Marie, envisage d'aller là-bas mais rappelle finalement. À la seconde où Chloé répond, dit *allô* et *pourquoi tu as mis si longtemps ?* d'une voix trébuchant sur les mots, Ponsot sait, elle est chargée. Il soupire, exaspéré.

Quoi ?
« J'étais occupé, le boulot. Ça arrive à certains d'entre nous. »
Tu n'es pas gentil...
« Qu'est-ce que tu veux Chloé ? »
Tu crois... Que j'avais envie de tout ça ?
« Je n'ai pas dit ça. »
Je suis gentille... Et toi... Tu me traites mal...
« De quoi voulais-tu parler ? »
Pas bien... Je suis dans la merde... Jusque-là, hein ? Et toi...
« Chloé ? »
J'ai plus rien à te dire, voilà...
« Amel est dans la merde, pas toi. »
Silence.

« Alors défonce-toi, fais-toi défoncer si tu veux, mais ne viens plus m'emmerder pour des conneries. » Ponsot klaxonne un autre automobiliste. « Bouge, toi ! »

Salaud…

Silence.

T'as pas le droit…

« Si tu veux pas qu'on te parle comme ça, change de vie. »

T'en sais quoi de ma vie, hein ?

« Beaucoup. Trop. » Un temps. « Écoute, si t'as tant besoin de parler, va voir un psy. »

Les psys… J'en veux plus…

« Moi, je ne peux rien de plus pour toi. »

Ma mère m'y a collé… À douze ans… Chez des psys. Chercher dans ma tête, c'était plus facile…

Silence.

« Il n'y a que toi qui peux te sortir de tout ça, Chloé. »

Silence.

Tu as de ses nouvelles ?

Ponsot hésite. « Elle a appelé ses parents aujourd'hui. » Il expose les circonstances de l'appel sans entrer dans les détails. Repenser à tout ça le chamboule. La voix d'Amel, absente, l'a particulièrement marqué. Elle paraissait creuse, cassée en dedans, il ne peut pas le formuler autrement. Sa gorge se noue et il doit lutter pour retenir ses larmes. Tout à l'heure, devant les autres, c'était plus facile, il fallait s'occuper d'eux.

Elle me manque…

Chloé a parlé sur un ton très doux.

« À moi aussi. »

Silence.

Faut pas pleurer…

« Je ne pleure pas. »

17 JANVIER 2009 – ATTAQUE-SUICIDE CONTRE L'AMBASSADE D'ALLEMAGNE : cinq morts. L'attentat a eu lieu ce matin, dans l'enclave diplomatique de Kaboul, entre le consulat allemand et le Camp Eggers. Un break chargé d'explosifs a percuté un véhicule de l'armée américaine dont les occupants surveillaient un réapprovisionnement en fioul [...] Zabiboullah Moudjahid, porte-parole des talibans, a déclaré dans un communiqué que l'Allemagne payait ainsi le prix de sa participation aux massacres d'Afghans innocents dans le nord du pays, où ses troupes sont déployées.
17 JANVIER 2009 – JALALABAD : UN HOMME TUÉ PAR LA POLICE [...] L'incident est survenu dans le bazar, à une heure de grande affluence [...] L'individu portait un gilet d'explosifs. Il a été neutralisé avant de pouvoir amorcer sa bombe. **18 JANVIER 2009 – FIN DE L'OPÉRATION PLOMB DURCI** [...] Hier, Israël a confirmé avoir atteint ses objectifs à Gaza et proposé un cessez-le-feu [...] Environ 1 500 morts côté palestinien, dont 800 civils. Plus de 5 000 personnes auraient été blessées. Côté israélien on dénombre 13 morts, 10 militaires et 3 civils, et plus de quatre cents blessés [...] Opération déclenchée pour répondre à l'augmentation, ces deux dernières années, du nombre de tirs de roquettes et d'obus de mortier contre l'État hébreu [...] En 2008, près de 3 000 attaques ont tué 8 personnes et en ont blessé 600 autres [...] **19 JANVIER 2009 – VILLE DE KHOST : MEURTRIÈRE SÉRIE D'ATTENTATS** [...] La première bombe a explosé lorsqu'un convoi de la police afghane, probable cible de l'attaque, entrait dans le marché. Elle a tué un adolescent et blessé une quinzaine de civils, dont une femme et cinq enfants [...] Deux heures plus tard, un autre véhicule a sauté devant l'entrée de l'une des principales bases militaires de la ville [...] La troisième attaque n'a fort heureusement pas fait d'autre victime que le kamikaze.

19

Shabnameh distribuées à partir du 20 janvier 2009, de Khost à Gardez, capitale de Paktiya.

Chaque Musulman doit obéir à cette lettre parce qu'elle contient un verset du Saint Coran.

Et Allah a dit : « Et jamais Allah ne donnera une voie aux mécréants contre les Croyants. » (4, 141)

Frères Musulmans, celui qui aide les infidèles par les armes ou par l'esprit, celui-là n'est plus membre de la communauté des Croyants. Donc, le châtiment de celui qui obéit aux infidèles est le même que celui des infidèles. Vous ne devez pas coopérer avec les Croisés, ennemis de l'Islam. Les élections sont une invention des Croisés. Nous, combattants d'Allah, le Tout Clément, le Très Miséricordieux, promettons de nouveaux supplices à tous ceux qui aideront à organiser les élections. Nous couperons tous les doigts recouverts de la marque des élections. Nous tuerons avec les pierres toutes les femmes allant aux élections. Prenez garde à ne pas échanger votre foi, votre honneur et votre courage pour le dollar et le pouvoir.

Que Dieu accorde la victoire aux Moudjahidines !

Wa'aleikoum as'salam.

Jeff Lardeyret   01/21 21 : 04
A. vivante. MINAE/DGSE sur le coup, réticents. Privés (US) sur le coup, actifs. Appel tel. (Amel + Tal. → Parents) du 15/01/09 à 16h43 (Kaboul), localisé à Mashi Kelay / Khost, 33°10′25″ N – 70°0′57″ E (source : Privés). Mob. (prépayé, HS) : +93 79567535. Suspects : Haqqani (sources : MINAE + Privés).

Le gosse, assis à son chevet sur un vieux coussin de bagnole en skaï, jambe droite proprement bandée, tendue devant lui, occupé à lire un illustré scolaire. Après un tunnel de délires fiévreux passé à faire le bouchon à la surface de sa conscience, c'est la première chose que Lynx a vue. Fawad, c'est son nom, s'est rendu compte qu'il avait ouvert les yeux, l'a dévisagé, a souri, tendu la main pour toucher son front. Lynx l'a attrapée et embrassée, et les larmes sont montées, d'un coup. Il a pleuré, de joie d'abord, et après de tristesse. Longtemps. Pour la première fois depuis novembre, enfin. Il a pleuré pour Kayla, il a pleuré pour leur bébé assassiné avant d'être né, il a pleuré pour Amel, suppliciée dans une ruine sordide, sans doute morte, il a pleuré pour lui-même, pour toutes ces années passées à ne plus pouvoir le faire, pour son existence sans issue. Il avait besoin d'être protégé et Fawad s'est hissé sur le lit où il était allongé, l'a pris dans ses bras, a parlé doucement. Lynx ne comprenait rien mais ce n'était pas grave, la voix du gamin suffisait.

Ils sont restés ainsi une heure durant.

Ensuite, Fawad est parti en boitant et Lynx a regardé où il était. Sous une tente de nomades, petite, trois ou quatre mètres de long, au sol recouvert de tapis, de morceaux de plastique, chauffée par un brasero et encombrée de caisses, d'ustensiles divers. Elle ne contenait pas d'autre charpoy. Une poche de perfusion vide traînait à côté de lui, son kukri pendait à un poteau sculpté et ses vêtements, propres, étaient pliés par terre. Aucune trace du reste de ses affaires. On avait plâtré son avant-bras gauche jusqu'au-dessus du coude, il s'en était aperçu en se relevant, et son buste, nu, était constellé d'hématomes et d'écorchures. Il avait maigri.

La date indiquée par sa montre à deux sous, improbable survivante en évidence sur ses fringues, était le 19 janvier. Lynx venait de passer quatre jours dans le brouillard. Il se souvenait du bivouac, de la fusillade, de la cavale, de la pluie, de la rivière, mais la suite était confuse, parcellaire. Du noir, du glacé, du très chaud puis du bonheur, il allait partir, revoir Kayla, elle était toujours là, elle l'attendait. Ils ne se sont jamais rejoints. L'euphorie, l'espoir ont viré frustration, souffrance, cauchemar, sans répit, infinis. De ses rêves suivants, il ne garde que des sensations douloureuses. Il y a eu des plages de réalité altérée, on l'a bougé, il s'en souvient, deux fois au moins, il a crié, souvent, il s'est levé, s'est effondré, s'est souillé à de nombreuses reprises, peut-être même battu.

Depuis la terrible nuit du 15 janvier, Lynx est l'invité convalescent de kouchis, ces errants des plaines d'Afghanistan, majoritairement Pachtounes, et se trouve dans l'un de leurs campements, à l'est de la ville de Khost, à moins d'un kilomètre de l'aérodrome. Ces gens l'ont recueilli parce qu'il a sauvé Fawad. Son père, feu le cavalier au turban vert pomme, s'appelait Zalmai et il était l'aîné d'un ancien d'ici. Il a été tué avec les siens par des talibans venus du village où Lynx a lui-même été rossé. Ils étaient mécontents que leur cache d'armes ait été visitée. Rien n'avait été dérobé, mais ils ont accusé les nomades et réclamé réparation. Le défilé où s'est produit le drame est une halte traditionnelle des kouchis et, jusque-là, la cohabitation s'était passée sans problème. Pas cette fois. Voyant la discussion s'envenimer, un adolescent, membre de la famille voyageant avec celle de Zalmai, avait téléphoné à d'autres caravaniers, installés quelques kilomètres plus loin. Cela avait déclenché la fureur des talibans et ils s'étaient mis à tirer. Le temps que les renforts galopent jusqu'à eux, tout était terminé, et seuls Fawad et Lynx avaient pu être ramenés vivants et transportés jusqu'à Khost, où un médecin nommé Saifoullah les a soignés.

Saifoullah est aussi un kouchi, mais sédentarisé. Visage rond, petites lunettes, salwar khamis toujours impeccable, c'est un idéaliste, bien décidé à participer au renouveau de son pays. Il a fait ses études à la faculté de médecine d'Islamabad et travaille depuis pour le compte d'une ONG afghane, dans un camp de déplacés de retour en Afghanistan à côté duquel les nomades aiment s'installer pour profiter de certains avantages, au premier rang desquels figurent les soins et une relative sécurité. Lynx a fait la connaissance de Saifoullah le jour où il est enfin sorti de sa torpeur et le jeune docteur s'est tout de suite adressé à lui dans un anglais à l'accent très académique. Il savait que son patient n'était ni sourd-muet ni d'ici, puisqu'il avait parlé dans son sommeil et au cours de ses fièvres carabinées. Et pas en dari, ni en pachto, ni en ourdou. Après avoir ausculté Lynx, Saifoullah avait invité Fawad à revenir dans la tente. Le gosse était accompagné de deux autres hommes : Chinar Khan, un barbu grisonnant, ridé et courbé par les ans, son grand-père, et Mohamad, son oncle, portrait craché de Zalmai. Ce sont eux, traduits au fur et à mesure par le médecin, qui ont fait à Lynx le récit des événements du 15, avant de le remercier pour Fawad. Ils ont fait mention d'une dette et, en vertu de leur code d'honneur ancestral, ont promis hospitalité, protection et aide. À ces mots, Lynx a pleuré de nouveau et demandé pardon, il a expliqué être responsable de l'incident ayant coûté la vie à leurs proches. Chinar Khan a montré le ciel. « Dieu, a-t-il dit, décide seul de nos destins. Ces choses sont arrivées parce qu'elles étaient écrites. » Et il a ajouté, un sourire aux lèvres, que Fawad leur avait déjà tout raconté.

Les talibans méprisent les kouchis, Lynx l'apprendra au cours des jours suivants, de la bouche de Saifoullah, même si nombre d'entre eux ont rejoint leurs rangs. Les autres Afghans, les étrangers ne les aiment guère plus et les traitent de voleurs, de terroristes. Ils sont partout chez eux et nulle part à leur place, leur liberté de nomades dérange tout le monde. Au mieux, on s'en méfie, au pire, on les persécute. Il est loin le temps où ils étaient les favoris des rois d'Afghanistan.

« Lewë ? »

Pas de réponse.

« Lewë ? »

Lynx réagit avec un temps de retard, s'excuse et demande à Saifoullah ce qu'il veut. Il n'a pas encore pris l'habitude d'être interpellé ainsi, *Lewë*, Loup, résultat d'une traduction approximative de son *nom de guerre*, ainsi l'a-t-il présenté, lors d'une discussion au coin du feu. Depuis qu'il est en mesure de parler, Chinar Khan, Mohamad et Fawad ont demandé plusieurs fois comment il s'appelait et plusieurs fois il a été incapable de le leur dire. *Qui je suis ?* De lui, il restait seulement Lynx et, bientôt, peut-être aura-t-il disparu aussi.

« Tu fais quoi si ta femme, elle est morte ? » Le médecin est au volant d'une vieille Nissan. C'est le 22 janvier et il emmène son patient à Khost, la ville, dans les locaux de son organisation, pour lui permettre d'accéder au Net.

Ils roulent sur une piste qui, après avoir traversé un oued et une zone cultivée en jachère, longe l'aérodrome occupé par les Américains. Une base impressionnante, entourée d'un *no man's land* délimité par des barbelés, protégée par des murailles Hesco et des tours garnies de mitrailleuses. Un dirigeable plane, statique, à l'aplomb des installations, accroché à un long câble. Les kouchis prétendent qu'elle abrite les espions de l'Amérique avec leurs avions sans homme et un drone, justement, décolle au moment où ils bifurquent plein ouest dans la grande avenue menant au centre-ville. Il décrit une boucle au nord de la FOB et passe au-dessus d'eux pour filer vers l'est. Il est grand, d'une taille comparable à celle d'un gros jet privé, une dizaine de mètres de long de sa tête enflée à sa queue en V, où se trouve l'hélice, pour vingt mètres d'envergure. Sous ses ailes, six missiles et deux bombes.

C'est le premier que Lynx aperçoit. Il le regarde s'éloigner pendant quelques secondes et reprend le fil de la conversation. « Il y a des nouvelles ? » Il a fini par confier à ses hôtes les raisons de sa présence en Afghanistan. Ils s'interrogeaient, c'était légitime. Ne pas satisfaire leur curiosité n'aurait nullement remis en cause l'engagement pris, mais cacher la vérité semblait vain désormais. Lynx a donc tout déballé. Presque. Pour ne pas heurter les sensibilités, Amel est devenue son épouse et, chaque fois qu'il emploie ce terme pour parler d'elle, cela lui tord le cœur. Il a expliqué le travail de la journaliste, l'enlèvement par les talibans, son souhait de la reprendre.

Tous ont trouvé cela très honorable.

Lynx a aussi parlé de la ruine, à Gardez, et de l'autre endroit, dont il ne se rappelle plus les coordonnées exactes, perdues avec ses affaires, mais simplement du nom, Sperah. À l'évocation de ce second lieu, Chinar Khan et Mohamad se sont regardés, très sérieux, et ont palabré, à deux et avec Saifoullah, longuement. À Lynx, ce dernier a ensuite appris l'existence d'un homme, Sher Ali Khan Zadran, alias Shere Khan, le Roi Lion, redoutable moudjahidine, vétéran de la guerre contre les Russes, aujourd'hui allié des Haqqani et maître, justement, de Sperah. Si Amel, sa *femme* est là-bas, en vie, elle est sa captive, ont affirmé les kouchis, avant de jurer d'essayer de se renseigner.

« Pas encore. »

Lynx hoche la tête.

« Tu te vengeras ?

— De qui ?

— De Shere Khan. Chez nous la vengeance est une obligation.

— La vengeance est un fruit très amer.

— Si tu ne le fais pas, ta famille voudra encore de toi ?

— Je n'ai plus de famille. »

Silence.

« Nulle part.

— Tu peux rester ici. »

Silence.

« Je vous ai vus Fawad et toi. Tu aimes être avec lui. »

Ces derniers jours Lynx a passé l'essentiel de son temps avec le petit. Leur état, la faiblesse de l'un, le handicap temporaire de l'autre, leur isolement, l'épreuve subie, les ont naturellement rapprochés, malgré la barrière linguistique. Ils se sont parlé par illustré interposé, l'enfant enseignant à l'adulte quelques rudiments de pachto à l'aide des images et l'adulte renvoyant l'ascenseur avec des bribes d'anglais. Fawad a servi les repas, mangé avec Lynx, rapporté du bois pour son brasero, prié à ses côtés. Un matin, il s'est même improvisé guide, quand se lever et marcher est redevenu possible, et ensemble ils ont exploré le camp, vaste patchwork insalubre, surpeuplé, d'habitats traditionnels et d'autres plus modernes, offerts par des humanitaires, ONU en tête, de ruines réaménagées à la va-comme-je-te-pousse, parsemé de décharges, d'enclos pour les animaux, et parcouru de pistes ravinées et boueuses servant de fosses d'aisance. Différents clans, en voie de sédentarisation ou en transit, y survivent. Se balader dans ce cloaque n'avait rien de bucolique, mais Fawad était fier de jouer au chaperon et de parader en compagnie de son sauveur. Au retour, cela lui a valu d'être houspillé par Chinar et Mohamad, au nom d'une très nécessaire discrétion, tous ne goûtant pas la présence de l'étranger. Lynx a pris la défense du gosse, l'idée était la sienne, a-t-il expliqué, et ils se sont ensuite abstenus de recommencer.

« Ici, on devient homme quand on donne, sincère et libre, son amour à un enfant, et on devient bon quand un enfant nous donne, sincère et libre, son amour. » Un temps. « Tu es un homme bon, Lewë.

— Ma présence met Fawad en danger. Elle vous met tous en danger. »

Saifoullah se met à rire. « Chez nous, le danger, il est partout, toujours.

— Ce n'est pas la même chose.

— Si Allah l'a décidé, Chinar Khan et les siens se feront tuer pour toi, c'est notre façon.

— Esmanoullah aussi se fera tuer pour moi ? »

Le médecin ne répond pas immédiatement. Esmanoullah est lié à la seconde famille assassinée par les talibans le 15 janvier. Il est le frère du nomade aperçu en pleine dispute avec Zalmai devant les tentes cette nuit-là. Par obligation de respect pour Chinar, ancien du clan, Esmanoullah a dû accepter la décision de garder l'étranger parmi eux, mais les regards qu'il adresse à Lynx à chacune de leurs rencontres, trop fréquentes pour être toutes fortuites, ne laissent aucun doute sur la force de sa rancœur. Fawad ne l'aime pas et Saifoullah lui-même a dit de s'en méfier. L'homme a la réputation de balancer au plus offrant, surtout si cela sert ses intérêts.

« Plus personne ne doit mourir à cause de moi.

— C'est notre façon. »

Lorsqu'il traverse la cour de sa maison de Miranshah, Sher Ali ne peut s'empêcher de regarder en direction de la cellule de l'étrangère et, à la vue de la porte entrouverte sur une pièce obscure et désertée, il ressent un grand vide.

Il arrive à la nuit, après une semaine passée en Loya Paktiya à distribuer argent, armes et lettres nocturnes, à planifier des attaques, et il n'a prévenu personne de son retour. Quand il se matérialise sur le seuil de la cuisine, enveloppé dans son patou, l'œil sombre et l'arme à la main, Kharo et Farzana sursautent de frayeur.

La petite joue avec le poste radio offert à l'étrangère.

Père et fille se dévisagent et Sher Ali demande : « Ils ne l'ont pas laissé à la femme ? »

Farzana n'ose pas ouvrir la bouche ou bouger et c'est sa mère qui, d'un signe négatif de la tête, répond à sa place.

« Tu l'as écoutée ?

— Elle ne fait plus de bruit.

— J'ai faim. » Sher Ali entre, retire patou et turban. « Viens, Farzana. » Il disparaît dans la hujra. Pendant une heure, tout en se restaurant, il montre à sa fille comment recharger l'appareil avec sa dynamo, s'en servir, le régler. Il cherche d'abord des stations en anglais, afin qu'elle puisse apprendre la langue même quand il n'est pas là, puis trouve de la musique. Ils s'en régalent ensemble, malgré les interdits, et ils sourient, beaucoup. Kharo vient même se joindre à eux et s'amuser, danser, un plaisir oublié depuis la mort de leurs autres enfants. Plus tard, ayant reçu des consignes de prudence, ne pas utiliser la radio trop fort et jamais hors de la qalat, Farzana est envoyée se coucher.

« Elle a demandé quand revenait ton petit guerrier. »

Sher Ali acquiesce, observe son épouse assise sur un coussin, légèrement tournée, tête baissée, dans la pénombre. Il la redécouvre belle. « Cela te chagrine ? »

Kharo ne répond pas.

Sher Ali attend encore quelques secondes puis mentionne Sangin de Karachi, l'homme auquel il avait prévu de confier Badraï et Adil un an auparavant. Après le bombardement, son vieil ami était venu le visiter sur son lieu de convalescence, pour lui offrir ses condoléances. Ils se sont peu parlé ensuite, et pas recroisés. « Je lui ai téléphoné.

— Pourquoi ?

— Je voudrais le revoir. »

Le bistrot, égaré au fond du quinzième arrondissement, est très calme en ce début de soirée, une seule table est occupée. À son arrivée, Ponsot a été surpris par les vitres extérieures occultées et l'absence de poignée sur la porte. Au ton de la jeune femme blonde qui a ouvert, à sa façon de l'accueillir, il a bien senti l'immense faveur accordée à le laisser entrer. Il ne pige pas pourquoi. Ça sent la piquette et le graillon, et on le conduit à une table branlante, serrée contre une vieille cabine téléphonique hors service pleine de cartons de vin, pour lui servir ensuite un beaujolais infâme sans même lui demander son avis. Avant de l'oublier. Les murs de la salle à manger sont couverts de photos jaunies, en majorité des boxeurs d'époques révolues, et pendant une dizaine de minutes, puisqu'il n'y a même pas un journal de la veille, il passe le temps en examinant les clichés les plus proches.

Son rendez-vous se pointe enfin, un trolley derrière lui. Il a vieilli, pense Ponsot, s'est asséché, rabougri. Leur dernière rencontre remonte à six ans, février ou mars 2003 pour être plus précis, quand *Arnaud* – ce n'est pas son vrai prénom, celui-là, il ne l'a jamais confié au policier – a été mis à la retraite d'office et a voulu marquer le coup avec quelques personnes fréquentées et appréciées durant sa longue carrière d'espion.

« Pardon pour le retard. » Arnaud prend place, regarde le verre de vin posé sur la table, sourit. « Je vois qu'on t'a refilé le nectar maison. » Il fait signe à la blonde. Elle approche. « Deux Jack Daniels, avec beaucoup de glace. »

La fille repart.

« À toi, elle obéit.

— L'habitude.

— Tu viens souvent ?

— Plus depuis 2003. »

Ponsot sourit à son tour, il a compris le pourquoi de l'endroit et quel genre de clientèle y fraie.

« Ils ont la mémoire longue.

— Une qualité.

— Parlons de ce cher Montana.

— Je suis si transparent ?

— Pas de nouvelles pendant neuf mois et un message deux jours après sa mort. »

Après le pot de départ d'Arnaud, les échanges entre les deux hommes se sont peu à peu espacés dans le temps. Aucune raison particulière, la vie. Ils n'étaient pas amis auparavant, simplement deux professionnels qui, malgré leur appartenance à des organisations cousines rarement bien disposées l'une envers l'autre, la DGSE et la DCRG, avaient su nouer des rapports cordiaux et échanger tuyaux off et menus services.

« Ton TGV est à quelle heure ?

— Je te quitte à vingt et une heures tapantes. »

Le policier consulte sa montre, ils ont quarante minutes. Arnaud l'avait prévenu, il rentre chez lui à Nantes d'un séjour à l'étranger. Il voyage beaucoup ces dernières années, *les affaires*, excuse invoquée pour faire poireauter Ponsot plus d'un mois avant de consentir à le voir, ce soir, à l'improviste. « Il venait ici, je suppose ?

— Parfois, mais il n'avait pas un goût immodéré pour le lieu, papilles trop délicates et pas vraiment d'estomac. »

On dépose leurs bourbons.

« Tu aimes toujours ? Je ne t'ai même pas demandé.

— Ça ira. » Ponsot lève son verre. « À nos *chers* disparus. »

Arnaud rigole et trinque. « On a aussi vu Stanislas Fichard traîner dans les parages à l'occasion. » Il boit, étudie le visage de son interlocuteur. « Tu n'es pas surpris.

— Plus rien ne m'étonne. On m'a démontré aujourd'hui que les fantômes existent.

— Tiens donc ?

— Montana a été tué par un mort, figure-toi, l'ADN le prouve. » Ponsot a reçu un appel de Jean Magrella en milieu de matinée. Il avait les résultats de l'analyse des prélèvements effectués rue Guynemer. Le profil du tueur était dans le FNAEG, depuis janvier 2002 et une certaine série de morts suspectes dans la mouvance islamiste. « Toi non plus, tu ne sembles pas surpris.

— Non, j'avoue, juste amusé. »

Le policier attend, inutile de brusquer Arnaud.

« *Nous sommes les enfants éternels de la nuit, aux enfers, on nous appelle les Furies.* C'est d'Eschyle, pas de moi. *L'Orestie.* » Arnaud termine son verre. « Montana aimait les tragédies grecques, ça l'a perdu. » Jusqu'à la dernière goutte. « Je bois trop moi, ce doit être l'ennui. » Il en commande un autre. « Tu es gentil, tu ne dis rien. »

La façade de bonne humeur et d'assurance de l'ancien officier de la DGSE se fendille. Sa mise à l'écart, il ne l'a toujours pas digérée. Dans son esprit, Ponsot le sait, ils en ont parlé, la faute qui lui a été reprochée par sa hiérarchie, après un signalement de la DST, ne tenait pas. *Intelligences avec une puissance étrangère.* Il aurait été trop proche de certains homologues américains. Les homologues en question étaient ses amis, rien d'autre, des amis dont la France et ses divers services avaient apprécié l'entregent et l'assistance à plusieurs reprises au fil des ans. Arnaud mordait le trait depuis longtemps, c'est incontestable, même s'il a toujours préféré se mentir à ce sujet, rejeter la responsabilité de sa disgrâce sur d'autres, leur courte vue, leur incapacité à percevoir que, dans les combats engagés au tournant du siècle, le choc des civilisations, l'inversion des rapports de pouvoir dans le monde, les États-Unis, libérateurs et alliés historiques de la France, détenaient seuls la clé du salut national. Nier, encore et encore, parce que admettre avoir trahi son pays l'aurait brisé totalement. Et puis, on n'a pas réussi à prouver quoi que ce soit. Arnaud n'a pas agi par appât du gain, il était prudent et son activité officielle le mettait en contact avec des représentants de la CIA. Faute de pouvoir engager des poursuites pénales, on lui a retiré son habilitation avant de le mettre à pied puis de le virer en douceur. Il s'en est bien sorti. Mortier et le gouvernement du moment aussi, cela leur a permis d'éviter un procès coûteux en termes d'image. Montana n'avait pas encore quitté la fonction publique et fondé PEMEO au moment où le contre-espionnage a rencardé la DGSE. Peut-être a-t-il participé à l'éviction d'Arnaud, cela expliquerait la rancœur toujours vivace de ce dernier, perceptible dans chacun de ses propos.

« Je t'ai perdu avec mes Furies.

— J'aurais dû prendre l'option théâtre à l'école de police.

— Qui sait, tu aurais pu devenir bon acteur.

— La place est déjà prise.

— Il s'est amélioré ? »

Ponsot se marre.

« Montana était brillant, enfin surtout sans scrupule, mais il avait un gros défaut, il ne savait pas s'arrêter. Vaincu par la colère, Alecto, il a cédé au désir de vengeance, Tisiphone. »

Silence.

« Toujours pas ? La première, tu as couru après en 2001 et 2002.

— Et tout s'est bien terminé. »

Arnaud fait la grimace. « En novembre dernier, un couple de Belges a été assassiné au Mozambique. Jette un œil.

— Pourquoi ?

— Ces Belges étaient de chez nous.

— Des connaissances de Montana, je suppose.

— De Fichard, et ils avaient de fort mauvaises fréquentations. » Le deuxième bourbon est servi, Arnaud se jette dessus. « Pauvre Stanislas, il était malin comme un Saint-Cyrien. Mais pas plus. » Un temps. « Que voulais-tu qu'il puisse refuser à un Montana ? » Un temps. « Jusqu'au bout, il aura mis tout le monde dans la merde, celui-là. Pardon, je suis vulgaire. Des nouvelles de ta journaliste ? »

Après quelques secondes, Ponsot répond : « Elle est en vie.

— Bien. Espérons qu'elle le reste. »

Au tour du policier de grimacer. « Tu as des amis dans le coup ?

— De quels amis parles-tu ? » Arnaud finit son verre, déjà, regarde l'heure, fait signe pour un troisième et l'addition.

« Il y avait des Américains à l'endroit où elle a été enlevée.

— Oui, on me l'a dit. Des privés.

— Ils travaillaient pour le compte de la CIA, si j'ai bien compris.

— Tu es sûr ? » Arnaud sourit. « Je croyais que les privés ne roulaient que pour eux-mêmes ? »

Les confidences s'arrêtent là et les deux hommes se quittent peu après, Ponsot avec l'impression qu'ils ne se reverront plus. Quand il rentre chez lui, il trouve la table dressée pour un dîner en tête à tête, une surprise. Nathalie, en cuisine, met la dernière main à ses préparatifs. La maison est à eux, annonce-t-elle complice, leur fils est chez un copain. Elle lui sert un verre de faugères. Il la remercie d'un baiser tendre et demande : « J'ai encore trois minutes ? Un truc à vérifier.

— Je t'appelle. »

Installé dans la chambre de Christophe, dont le PC est plus rapide, Ponsot fait une recherche Google avec les mots clés Mozambique, novembre 2008, belge, meurtre, et trouve seulement deux entrefilets datés du 6 novembre, vraisemblablement des reprises de dépêche d'agence de presse tant ils sont proches, le premier sur le site du *Soir* de Bruxelles et le second sur celui du *Figaro*. Rien d'autre. Ils font état d'une série de cambriolages ayant mal tourné, une véritable razzia, perpétrée par des voyous de Maputo, la capitale du pays, dans la nuit du 5 au 6. En plus des trois criminels supposés, six personnes sont mortes lors du drame, un couple de Belges donc, trois Mozambicains et une Sud-Africaine. Une septième personne, le compagnon de la Sud-Africaine, était portée disparue au moment où ces articles ont été publiés.

Ponsot retente sa chance en anglais, avec un critère supplémentaire, le lieu du drame, Ponta do Ouro, découvert dans les premiers papiers. Les résultats sont nombreux et courent sur une période plus longue, bien que l'affaire disparaisse progressivement des radars à partir de la troisième semaine de novembre. Il apprend quelques détails nouveaux, à propos des causes de la mort des uns et des autres, de la chronologie des événements, rendue difficile à établir du fait de l'état des différentes scènes de crime, abîmées par des incendies. Ils ont détérioré les preuves. Les Belges y auraient eu droit en premier et le vol serait, selon tous les comptes rendus, le mobile privilégié par les enquêteurs, même si n'est pas exclu un coup de folie du disparu, dont le nom, Roni Mueller, finit par être cité. Ce soir-là, le bateau d'un club de plongée de la station balnéaire a également été dérobé. L'embarcation a été repérée plus tard, au large de l'Afrique du Sud, chavirée. Mueller serait donc parti par voie de mer, seul ou en compagnie d'un hypothétique quatrième tueur, de son plein gré ou sous la contrainte de celui-ci. Son corps n'a jamais été récupéré.

Le policier vient de commencer à chercher des renseignements sur *Roni* lorsque Nathalie l'appelle. C'est prêt. Il répond qu'il arrive, tape de nouveaux mots clés.

De nationalité namibienne, Roni Mueller était installé depuis deux ans à Ponta do Ouro, où il avait racheté un restaurant avec sa compagne décédée, une dénommée Kayla Amahle Mabena. Il allait être papa. Sa petite amie était enceinte quand le drame s'est produit, sa grossesse a été découverte lors de l'examen *post mortem*. Appréciés de tous, ils employaient et logeaient les autres victimes locales. Un couple, deux ans, un coin reculé. Tranquille. Arrivent des Belges, mariés. *De chez nous*, dixit Arnaud. Faux époux, vrais agents, avec des *mauvaises fréquentations*. Les gusses de Maputo, un patron d'établissement de nuit à la réputation déplorable et deux de ses employés, aussi peu honorables, tous originaires du Rwanda, l'enquête le révélera par la suite. Des Hutus. *En cavale, influençables*. Cette histoire n'est pas celle de trois méchants et sept victimes, mais plutôt de cinq complices et de *quoi ? Qui ?*

Nathalie arrive, frappe doucement et entre. « Tu viens ?

— Je suis à toi dans une seconde. » Ponsot n'a même pas tourné la tête, il ne voit donc pas le regard que lui jette sa femme, ne prend pas garde à son soupir lorsqu'elle referme la chambre de son fils. Il continue à creuser, à cogiter.

Une semaine après l'arrivée du faux couple, massacre. *On n'a plus vu ça ici depuis la guerre* selon un voisin. Et pendant deux ans, RAS. Mueller, Namibien, patron de restaurant, bien intégré et c'est tout. De son passé, les articles ne disent rien, ils disent même ne rien savoir. Pareil du côté de la police mozambicaine. Celles d'Afrique du Sud et de son pays d'origine, sollicitées, n'ont pas été plus chanceuses.

Mueller est un fantôme, apparu d'on ne sait où, disparu on ne sait où.

Un fantôme a tué Montana.

Vaincu par la colère, il a cédé au désir de vengeance.

Ronan Lacroix n'est pas mort en 2002. D'une façon ou d'une autre, il a survécu à la destruction de sa maison de Saint-Privat-d'Allier. L'instinct de Ponsot le lui soufflait depuis quelque temps, désormais il en est sûr. La DGSE a retrouvé son clandestin. *Tisiphone ?* Ils ont tenté de l'éliminer, peut-être très fortement incités à le faire par Montana. *Il avait un gros défaut, il ne savait pas s'arrêter.* Ça a foiré. Il y a eu des dégâts collatéraux. Une femme, enceinte. *Le mobile ?* Sans l'appel de Magrella, le policier n'y aurait sans doute pas cru, mais l'ADN ne ment pas et cette théorie a l'avantage d'expliquer certaines choses, les négligences constatées rue Guynemer, par exemple, ou le choix de l'arme du crime. Elle en confirme d'autres, l'identité de l'expéditeur du message reçu par Amel la veille de son départ en Afghanistan. Lacroix était enragé, c'était personnel, mais avant d'agir il aura voulu mettre la journaliste à l'abri d'éventuelles retombées.

Ce n'était pas la première fois.

Loin dans l'appartement, une porte claque. Ponsot n'y prête pas attention. Il se met en quête de photos de Roni Mueller, à tout hasard, et en dégote une, pas terrible. Elle a été fournie aux autorités par le propriétaire du club de plongée dont on a volé le bateau, vendue à la presse plus tard. Elle montre cinq hommes de retour de palanquée, tous souriants sauf un, Mueller. Très bronzé, affûté, barbe de trois jours et dreadlocks brunes. Il a des lunettes de soleil, regarde ailleurs, mâchoire serrée. Le policier ne reconnaît pas Lacroix, n'en est pas plus étonné que ça. De lui, il avait seulement vu des clichés de jeunesse militaire et l'unique fois où ils se sont croisés, en 2002, dans cette propriété isolée de Haute-Loire, le clandestin avait le visage tartiné de maquillage de combat. Ponsot n'avait aperçu que ses yeux noirs, ils l'avaient impressionné. *Des yeux vides.* Expression aussi utilisée par Chloé pour décrire le regard du meurtrier de Montana.

Où est-il maintenant ?

Cette question accompagne Ponsot jusqu'à la cuisine. Il la trouve désertée, éteinte. L'horloge du four indique vingt-deux heures trente-quatre, il est resté plus d'une heure dans la chambre de son fils. Nathalie s'est enfermée dans la leur. À double tour. Elle refuse de le laisser entrer, lui dit d'aller dormir sur le canapé ou dans le lit de Christophe, imperméable à ses excuses. Il s'éloigne en râlant sur l'air de *tu me fais chier*, plus agacé encore par le fait d'avoir tort, mais la bonne foi ce sera pour plus tard, là, il est juste fatigué et très énervé.

Ponsot vient d'allumer la télévision lorsque son mobile se met à sonner. Chloé. *Non, putain, pas maintenant.* Il bascule l'appareil en mode vibreur. Messagerie. La jeune femme rappelle sans attendre. Puis elle envoie un SMS : *Des gens me suivent.* Ponsot lève les yeux au ciel, exaspéré. Il hésite à téléphoner aux gars censés coller aux basques de Chloé. Ses conneries commencent à gonfler tout le monde. Elle rappelle une troisième fois et le policier décroche. Il entend des bruits de foule, de la musique. Autour d'elle, on fait la fête. Il va se mettre en colère mais elle ne lui en laisse pas le temps et dit avoir reconnu une rouquine. Ça fait tilt. Ponsot en a aperçu une très jolie, de rousse, ce lundi, chez PEMEO, où il était allé rencontrer le chef de la sécurité de la boîte, Olivier Bluquet. Cette rouquine, son groupe avait croisé sa route en novembre dernier, quand elle filait Chloé, déjà. Farid Zeroual l'avait repérée. Si c'est la même fille, cela veut dire que les gens de PEMEO se sont remis en chasse. *Son père ?* Chloé a peur de son père. Ça, ce n'est pas feint. *Pourquoi ?*

Ponsot demande : « Tu es où ? »

Dans la semi-pénombre écarlate et velours du bar de l'Hôtel

Costes, il y a foule et le policier, lorsqu'il arrive, ne voit pas Chloé. Ni la rouquine. Il fait le tour de la salle de restaurant, bondée elle aussi, sans plus de succès, et revient au bar par un chemin différent. Cette fois, dans un repli, il aperçoit Chloé seule à une table. Elle se lève d'un bond et, paniquée, se réfugie dans ses bras. Elle ne joue pas la comédie, il la sent trembler contre lui. Débit verbal non-stop, trop fort, pupilles dilatées, elle a dû prendre quelque chose. Encore. De la cocaïne, elle l'avouera plus tard. Dans l'immédiat, elle veut partir, mais d'abord, peut-il régler pour elle, sa carte ne marche pas et elle n'a plus de liquide.

Ponsot paie de mauvaise grâce, tout en cherchant la rousse du regard. Il questionne, Chloé l'a aussi perdue de vue. La suiveuse mystère a disparu. Initialement, le policier croira à un mensonge, mais un examen des enregistrements de vidéosurveillance de l'établissement, le lendemain, une faveur obtenue en dépit des réticences de la direction, prouvera qu'elle avait raison. La fille était bien là. Avec Bluquet et Leotrim Ramadani.

Après le Costes, Chloé n'a pas envie de rentrer, pas tout de suite, préfère aller rue Guynemer. Là-bas, ils se garent en double file et Ponsot renvoie ses hommes chez eux. Personne ne les a suivis, il est inutile qu'ils s'épuisent pour rien. Lui reste, il n'a rien de mieux à foutre. La jeune femme garde le silence et son chaperon pique du nez.

« Il aurait pu le faire plus tôt. »

Le policier sursaute, se cogne le genou contre le volant, jure.

« Mais il m'aimait un peu, en fin de compte. » Le meurtrier d'Alain l'a sauvée sans le faire exprès, ajoute Chloé. Ce soir-là, Alain était venu la tuer, elle en est sûre. *Comment ?* Une surdose. Tout le monde y aurait cru, elle est si fragile. *Pourquoi ?* Amel, le trafic, son rôle, celui d'Alain, la blessure d'orgueil. Elle raconte *Hugo*, le nom donné par le tueur, leur rencontre pas si fortuite quelques jours avant, son air désespéré quand tout a été fini. Elle ne l'a plus revu ensuite, non.

Ponsot la croit, écoute lorsque Chloé relate les vraies raisons de sa virée dans les escaliers, après le départ de l'assassin, cette sacoche avec les seringues, vidée en faisant gaffe, jetée en bas, dans le local poubelles, et le fric, planqué dans la cour. Petite junk dealeuse, triste princesse déformée par Montana.

Ils vont chercher l'argent et rentrent dans le quinzième, chez Marie. Le policier évoque Ronan Lacroix, retrouve la photo de Roni Mueller grâce à l'iPhone de Chloé. Elle prend son temps, reconnaît Hugo, peut-être. Amel s'invite dans la discussion, Ponsot parle de sa trouille, de son impression d'être nul et dépassé. Un peu plus tard, assis sur le clic-clac de sa fille, il s'endort sans même avoir ôté son manteau. Chloé ne le réveille pas, se couche à côté de lui, met sa tête sur ses genoux. Elle l'écoute ronfler et, rassurée, sombre à son tour.

20

PERTES COALITION	Jan. 2009	Tot. 2009 / 2008 / 2007
Morts	25	25 / 295 / 232
Morts IED	14	14 / 183 / 77
Blessés IED	64	64 / 790 / 415
Incidents IED	319	319 / 3867 / 2677

1er FÉVRIER 2009 – TIR MORTEL EN PAKTIYA : UN MORT. L'incident s'est produit ce matin à proximité de la passe de Khost-Gardez, lors d'un croisement entre un convoi de l'armée américaine et un véhicule civil qui avait refusé d'obtempérer au signal d'arrêt [...] conducteur tué [...] passager blessé [...] pas d'autre victime [...] remet en cause les règles d'engagement et pose la question de la proportionnalité de la réponse. **3 FÉVRIER 2009 – UNE CELLULE TERRORISTE DÉMANTELÉE À KABOUL** [...] 17 hommes, membres présumés du réseau Haqqani, ont été arrêtés hier soir par le NDS (services secrets afghans) [...] Ils projetaient de nouveaux attentats dans la capitale. **3 FÉVRIER 2009 – PAKISTAN : LES TALIBANS SABOTENT UN PONT** [...] Emmené par Hakimoullah Mehsud, lieutenant de Baitoullah Mehsud, un commando du TTP (NDLR : les Talibans du Pakistan) a réussi à couper la principale voie d'appro-

visionnement de l'OTAN [...] Le cousin d'Hakimoullah Mehsud est le fameux Qari Hussain de sinistre mémoire. Au Waziristan du Sud, il est le premier à avoir formé des enfants à devenir kamikazes.
6 FÉVRIER 2009 – PROVINCE DE KHOST : SEPT INSURGÉS TUÉS, douze autres capturés à la frontière [...] opérations menées par l'ANA assistée de troupes de la coalition [...]

Dans la nouvelle cellule d'Amel, il y a une petite fenêtre, étroite, haute, semblable à une meurtrière. Elle y passe ses journées. Regarder dehors pour ne pas voir dedans, pour résister à l'enfermement dans cette prison plus misérable encore que la première, plus petite, plus dépouillée, avec son matelas par terre, jauni, son vieux duvet dont la bourre se carapate, son trou dans le sol pour les besoins et son poster *My Little Pony* et ses couleurs acidulées, ses petits chevaux aux grands yeux gentils, scotché sur un mur de terre grise. Ici, quand il n'y a pas d'otage, ce doit être une chambre d'enfant.

Au moins à l'extérieur, il y a du mouvement, du changement, même si la journaliste n'entrevoit que des lamelles du monde et qu'il faut faire des efforts pour reconstituer le panorama. Ça l'occupe. Elle est dans un village bâti à flanc de montagne ou de colline, formé de grappes de maisons. Celle dans laquelle on la retient captive se trouve tout en bas. Sur sa gauche, il y a des baraques et une route, une rivière plus loin, et sur sa droite, juste des baraques. La sienne se situe à peu près au centre, au-dessus d'un terre-plein caillouteux planté d'arbustes. Il sert de placette à tout faire, marché, réunions, rendez-vous. Sauf ce matin. Il a neigé dans la nuit et le terrain, tapissé de blanc, est présentement envahi par des gosses qui chahutent. Amel observe depuis un long moment ce spectacle évocateur de souvenirs plus doux, de ses hivers d'enfant.

Elle s'évade.

Après le coup de fil à Paris, après le déménagement intempestif, il a fallu retrouver la discipline d'avant, réapprendre à éviter les pensées négatives, à se bouger en rond, à faire sans radio, sans journal, presque sans contacts humains. Plus de Farzana pour venir la voir, plus de mère retorse, aucune femme, elle n'est entourée que d'hommes et de gamins. Ils ne veulent pas lui parler, sont brusques, rapidement violents. Amel en a fait l'amère expérience après avoir essayé de sortir de sa cellule, une fois en journée et une fois à la nuit. Sa porte ne peut être verrouillée, elle s'en est aperçue le lendemain de son arrivée. Se voyant libre d'ouvrir, elle a tenté sa chance. Un garde, ils se relaient, veille dehors, toujours, et lors de ses deux escapades avortées le planton de service a attendu qu'elle se pointe au milieu de la cour avant de la faire retourner dans sa cellule à la trique. La journaliste n'a pas recommencé, n'entrebâille plus que pour ses repas et pour recevoir l'eau dont elle se sert pour se laver.

Les gosses les lui apportent.

Ils frappent et décampent en courant, mais ils ne sont jamais très loin quand Amel apparaît. Ils aiment se cacher pour l'espionner, jeter des pierres parfois, l'entendre couiner. Elle fait attention désormais, tout en prenant plaisir à ce jeu perverti du chat et de la souris, à les provoquer l'air de rien.

Ça aussi, ça l'occupe.

Les petits serviteurs d'Amel font partie du groupe qui joue dans la neige ce matin. Ils sont tous élèves de la madrasa d'à côté. Leurs loisirs sont rares, ils passent l'essentiel de leur temps à ânonner par cœur des sourates du Coran ou à faire des corvées. « L'école, lui a dit Voix cassante lors d'une première visite, c'est très important. Mais pas pour n'importe qui. Les femmes, ça les fait tomber dans les griffes du *shaitaan* et après elles font mal. Tu es allée à l'école, oui ? » Quand Amel a répondu par l'affirmative, il a voulu y voir la preuve de sa théorie. Sans éducation, jamais elle n'aurait eu l'idée de venir en Afghanistan, ou cru pouvoir, devoir aider les gens d'ici. Elle serait restée au pays, libre de chercher un mari honorable.

Ce jour-là, Voix cassante n'était pas venu parler éducation mais rançon. La France allait payer trente millions de dollars pour Amel et elle devait se tenir prête à partir, avait-il annoncé avant d'é 'ater de rire. Ce n'était pas vrai. Et ils n'avaient exigé que cinq millions. En débitant ses mensonges, il observait attentivement sa prisonnière, dans l'espoir sans doute de deviner ses réactions aux tressaillements de sa burqa. Ensuite, il avait encore rigolé, lâché un nouveau chiffre, quinze millions, et finalement dit que personne n'avait encore répondu à leurs demandes. Mais ils parlaient à des gens, elle serait bientôt rentrée chez elle.

Ou pas.

Ce genre de faux espoir, de chaud-froid, Petit gros, débarqué avant-hier, en a joué aussi. Après s'être plaint de *ceux de Kaboul*, il a emmené Amel dans la montagne, mais pas au même endroit que le jour de l'appel téléphonique. En chemin, souriant, il s'est mis à parler beau temps, paysage magnifique, pique-nique. Ils n'ont rien mangé. La journaliste s'est en fait retrouvée à genoux dans la neige, avec un ultimatum à lire en anglais, burqa relevée jusqu'au front, une option choisie après moult revirements. L'otage devait être identifiable, mais il craignait de la voir à visage découvert, question de décence. Une fois la décision prise, les deux autres moudjahidines présents lors de cette excursion, cagoulés, sont venus poser, pas trop fort, les canons de leurs kalachnikovs sur la tête d'Amel. Petit gros filmait la scène. Il voulait envoyer un signal fort, mais elle ne devait pas s'inquiéter, on ne lui ferait pas de mal. Un pique-nique c'était, rien d'autre vraiment, et la vidéo, juste une comédie. Qui a tourné court. Batterie pas rechargée, Amel n'a même pas eu le temps de commencer à débiter son texte et le chef de ses geôliers s'est mis en colère.

Retour prison.

Amel n'a pas eu d'autres visiteurs. Elle s'ennuie et redoute de ressasser, de céder à la colère. De devenir folle. À plusieurs reprises déjà, elle s'est mise à parler toute seule, s'est perdue dans de longues diatribes à voix haute, argumentées, animées, énervées, physiques, brutales. Chaque fois, retrouver son calme et se taire a réclamé un effort terrible.

Mieux vaut se concentrer sur le monde extérieur.

Les enfants ont cessé de jouer. Silencieux, ils regardent une femme que l'on traîne au centre du terre-plein. Les hommes du village suivent. La femme est agenouillée de force, ses bras sont attachés au tronc d'un arbre, puis chacun passe à côté d'elle, gamins compris, et lui jette une pierre.

Amel porte ses mains à sa bouche, pour s'empêcher de crier.

Au début, la suppliciée gémit, sanglote, implore. Très vite, elle se contente de hurler, et tire sur ses liens. Sa burqa se tache peu à peu de sombre. La neige autour d'elle rougit. Finalement, elle se tait et ne bouge plus, sauf lorsque des rocs viennent la heurter. Un jeune approche, il a un fusil d'assaut.

Le coup de grâce résonne à travers la montagne et couvre la plainte d'Amel.

« Le dernier contact tendre avec ma mère. J'avais douze ans. Je m'en rappelle super bien. Ce jour-là, c'était mon anniversaire. » Chloé sourit à la psychiatre installée en face d'elle. C'est leur septième séance, elles se voient tous les jours depuis son entrée à l'hôpital. Elle y est pour quatre semaines, une cure. Daniel s'est démené afin de lui trouver une place en urgence, a fait jouer des contacts. Il s'occupe d'elle, s'inquiète, elle est heureuse. Il est même venu la voir. « J'étais au bord de la piscine, je jouais. Elle sortait faire des courses. Elle m'a caressé les cheveux comme ça. » Chloé passe la main sur le dessus de son crâne. « Son regard était bizarre et j'ai eu peur, je ne sais pas pourquoi. Elle est partie et moi j'ai vite caressé mes cheveux aussi. » Les premiers jours, la psy l'a surtout aidée à passer le cap du sevrage. Entre les douleurs et les nausées, ça a été dur, même avec des médocs. Et dans sa tête, bonjour.

« Après, j'ai léché ma paume, pour l'avaler sa caresse. Je ne voulais pas qu'on me la pique. Je voulais la garder en moi. C'était la mienne. » Le perso, elles ont commencé à en parler avant-hier. « Elle ne m'a plus touchée après. Je crois que je la dégoûte. Ma sœur non plus ne me touche jamais. » Les sanglots montent, la parole se tarit. La veille déjà, leur rendez-vous s'est terminé dans le silence. La thérapeute laisse faire, ne parle pas, elle est douce, Chloé l'aime bien.

Par la fenêtre on aperçoit la terrasse du service d'addictologie, plantée au milieu de l'établissement, un ensemble assez vaste de bâtiments modernes et d'autres plus anciens, réhabilités. Trois personnes discutent et fument. Il fait froid et elles sont recroquevillées dans leurs doudounes. Des soignants, ça se voit à leurs pantalons, ils ont la couleur des uniformes d'ici.

Des fumeurs pour s'occuper de patients accros, l'ironie n'échappe pas à Chloé. « Mon père m'a touchée ce jour-là. » Ça y est, elle domine ses larmes. « Pas comme un papa, je veux dire. » Elles sont toujours là mais ne coulent plus. « Il sentait l'alcool. » Elle a toujours détesté voir son père boire. Il devient bestial. « Il m'a rentré les doigts sous le maillot, quelques secondes, peut-être une minute, je ne sais plus. J'ai le souvenir d'être restée complètement bloquée, vide. Il les a bougés un peu, mais ça n'a pas duré, et il m'a dit un truc genre : ma petite chérie, tu es grande maintenant. » Longtemps, il s'est contenté d'emmerder sa mère, mais un jour elle n'a plus suffi. « Après, il m'a souhaité un bon anniversaire. »

Il est sept heures passées quand Fox sort de l'*Usine*. C'est ainsi qu'il appelle le centre de transit dont il a en charge la sécurité. C'est bien une usine, on y rentre de la chair, il en sort des infos, plus ou moins utiles. Et des loques. Qui puent. Il est content de retrouver l'air frais. À l'intérieur, l'odeur est pestilentielle. En temps normal, ça schlingue déjà le zoo, mais aujourd'hui c'est pire que tout. Un des détenus, le PUC, *Person Under Control*, numéro 412 – déjà – a piqué une crise au milieu de la nuit et commencé à se jeter contre les barreaux de sa cage. Les barbelés ne l'ont pas arrangé. Ça a excité les autres. Lorsque les gardiens ont essayé de l'immobiliser dans sa cellule, ses voisins se sont mis à leur balancer leurs excréments à la gueule et tout est parti en vrille. On a appelé Fox, il est venu avec des renforts. Auxquels il a fallu près de trois heures et pas mal de *lacrymos* et de balles en caoutchouc pour calmer le jeu.

Ne reste plus qu'à tout nettoyer, mais ça, ce n'est pas son boulot.

Avant toute chose, il a besoin d'un café. Il se dirige vers le réfectoire, pas vers le B-Hut de 6N. Le magnifique percolateur de Voodoo s'y trouve toujours pourtant, Data veille jalousement dessus et continue à s'en servir en mémoire de ses potes, mais boire un truc sorti de cette machine ne semble pas *correct*, alors depuis son retour Fox se contente du jus de chaussettes du mess.

Il n'a pas encore décidé quoi faire de la clé USB. En parler à Data, la lui donner et le laisser se démerder avec sans rien réclamer, serait une solution. Fox redoute cependant qu'en essayant de la pirater pour récupérer son pognon, ou même une fois celui-ci obtenu, l'autre n'attire l'attention sur sa petite personne et par ricochet sur son seul complice vivant. *Pas envie de finir en taule*. La détruire est une seconde possibilité. Pour le moment, Fox n'a pu s'y résoudre. Il n'est d'ailleurs pas persuadé que cela l'aiderait, Data le soupçonne déjà de l'avoir escroqué et sa paranoïa grandit de jour en jour. Ce fric les perdra tous. Fox n'a même pas essayé de jeter un œil au contenu de la clé, il s'est contenté de la refiler à Hafiz, avec des papiers de secours et du cash, pour qu'il cache l'ensemble hors de la FOB. Ici, Fox se sent épié, vulnérable, et il ne veut rien garder de compromettant.

Le soleil a franchi le cap de l'horizon et colore, flamboyant, un troupeau de nuages moutonneux égaré sur les sommets. Devant ce fond mordoré vole un hélicoptère d'attaque. Il part en mission. Fox le regarde un instant, envieux, avant de poursuivre sa traversée de la base clope au bec. La fumée lui fait du bien. Elle décrasse ses narines et remplace la merde qui tapisse ses poumons par du bon goudron. Quand il arrive au restaurant de Chapman, Bob est là. Après un hiatus de quelques semaines, l'officier de la CIA est revenu prendre les rênes de la Tour Sombre. Il est seul à table, devant son petit déjeuner.

Fox se sert un café et le rejoint. « Je peux ?
— Je t'en prie. » Bob lève le nez de son assiette. « Sale nuit ?
— On peut dire ça comme ça.
— Tu poques.
— Et sinon toi ça va ?
— Merci. Pour tes Afghans. » La nuit prochaine, l'Agence et le JSOC vont mener une opération conjointe à la frontière avec le Waziristan du Nord, et Bob a émis le souhait de voir Hafiz et Akbar, expérimentés, familiers du coin, accompagner les SEALs en charge du saute-dessus.

Fox a accepté de les prêter. « De rien. Des thunes en plus leur feront pas de mal. » Un temps. « Et ce sont pas mes Afghans. »

Bob sourit. « Sois pas modeste. Ils feraient quoi sans nous ? Ils crèveraient de faim et ils s'entre-tueraient.
— Et là, avec nous, ils font quoi ?
— Au moins, ils ont de quoi bouffer.
— Ne me les abîmez pas.
— T'inquiète, le tuyau est solide. »

Le tuyau, spontané, transmis par un citoyen concerné, signalait le franchissement imminent, ce soir donc, de la ligne Durand par un ou plusieurs combattants étrangers, alliés du réseau Haqqani. À *combattants étrangers* tout le monde avait déjà réagi, pensé Al-Qaïda, Ben Laden – dont la cavale, qui se prolonge, fait tache –, mais lorsque l'indic a ajouté messager, négociations, otage, un ou plusieurs, et américain, il n'a plus été question de tergiverser. David Rohde, du

New York Times, est retenu prisonnier depuis novembre dernier par Sirajouddine et sa bande, et parvenir à le localiser puis à le récupérer permettrait à l'Agence de redorer un blason quelque peu terni ces dernières années.

« Le mec nous a déjà rencardés plusieurs fois.

— Me voilà rassuré. » Fox termine son café et se lève. « J'ai le droit de venir regarder tout à l'heure ?

— Oui, si tu passes à la douche. »

Une explosion retentit loin dans la FOB. Elle ébranle la structure du mess et tout le mobilier.

« Camion-suicide ? »

Fox secoue la tête. « Pas assez fort. »

Les sirènes se déclenchent, suivies d'une deuxième et d'une troisième déflagration.

« Roquettes. »

Fox se rassoit. « Bon, la douche attendra. »

Le jour des adieux est arrivé. Lynx quitte le campement de Khost pour le Waziristan du Nord. En camion, il va d'abord se rendre à Mashi Kelay, village où a été donné le dernier appel téléphonique concernant Amel, et là-bas il sera pris en charge par des passeurs. Ils lui feront franchir la frontière dans la nuit. Les kouchis, fidèles à leur engagement, ont obtenu ces jours-ci la confirmation de la présence de la journaliste dans le fief des Haqqani. La rumeur circule en effet que le frère de Sirajouddine, Badrouddine, a mis la main sur une prisonnière étrangère. L'homme se vante beaucoup et il est craint pour ses accès de brutalité arbitraires, des défauts qui alimentent les ragots et entretiennent les inimitiés. Pour le moment, l'emplacement exact d'Amel n'est pas connu, certains disent Miranshah, d'autres Mir Ali. On a aussi parlé d'un transfert à Wana, au Waziristan du Sud. Lynx n'a pas voulu attendre d'en apprendre plus et il a décidé de se rendre sur place. Une fois là-bas, il sait pouvoir compter sur des cousins de Mohamad. Celui-ci l'accompagne d'ailleurs durant la première partie du trajet, pour s'assurer de la bonne marche des choses.

Chinar Khan, Saifoullah et d'autres sont venus saluer *Lewë*. Il s'en va reposé, guéri, à part son plâtre, à garder encore quelques jours, et ne part pas les mains vides. Tous ont été très généreux, pendant son séjour et pour le voyage à venir. Ils ont donné qui une sacoche en toile, qui des vêtements, qui un patou, qui un peu de nourriture, et même de l'argent. Pas beaucoup, les kouchis sont très pauvres. Cela confère au cadeau encore plus de valeur. Le médecin a remis des médicaments et des bandages en surplus, Chinar offert un Coran finement relié. Fawad, lui, a laissé à Lynx la pierre à aiguiser avec laquelle ils ont passé la matinée à affûter la lame de son kukri.

Après une accolade chaleureuse à Saifoullah et un salaam respectueux à l'ancien, il faut dire au revoir au gamin. Ce sera une poignée de main virile, une coutume *étrangère* rapidement adoptée par le gosse pour se distinguer des autres enfants. À cet ultime contact remontent à la surface les souvenirs des dernières semaines, la fuite sous la pluie, dans la nuit glacée, le réveil au camp sous l'œil inquiet de Fawad, leurs classes de linguistique illustrée anglais-pachto, pachto-anglais, les leçons de nettoyage et de maniement d'arme – Lynx a appris au garçon ce que son père n'avait pas eu le temps de lui enseigner – en échange de cours de turban, et les nuits à dormir sous la même tente, à surveiller le sommeil agité de l'autre et à essayer de le calmer. Ils rendent la séparation difficile. Ça se voit dans leurs yeux, même si chacun des deux retient ses larmes. Finalement, Lynx montre son front du doigt, pour s'assurer auprès de Fawad qu'il a bien noué son couvre-chef gris sombre et, quand le gamin approuve, prêt à craquer tout à fait, il se penche spontanément vers lui et le prend dans ses bras. Traduit par Saifoullah, le garçon demande s'il reviendra un jour. Lynx ne répond pas et le serre plus fort, puis il embarque dans la benne du Suzuki Carry où l'attendent Mohamad et un autre homme.

Le seul à ne pas être venu est Esmanoullah. Après avoir passé son temps à tourner autour de Lynx, à fouiller sa tente lorsqu'il n'y était pas, et plusieurs fois, Fawad et Mohamad l'ont à tour de rôle pris sur le fait, ou à lui adresser des regards pleins de haine, il semble s'être volatilisé. Le camion le croise à la sortie du camp, sur la route. Esmanoullah rentre à pied. En apercevant Mohamad et l'étranger, il leur fait un grand sourire et un signe de la main. Il est heureux de voir Lynx partir et celui-ci partagerait sans doute son sentiment s'il ne se sentait pas si triste de quitter Fawad. Le gosse lui manque déjà, il se sent entamé.

Bienvenue à bord de ce vol Nads Airlines.
La voix familière, légèrement déformée, a retenti dans les écouteurs de Fox lorsque le nouvel équipage a pris les commandes du drone. Elle semblait plus plombée que dans son souvenir, mais sa mémoire lui a peut-être joué des tours, il n'a plus entendu Nads – *Not a decent stripper*, Strip-teaseuse pas terrible, un surnom de bizutage – depuis presque trois mois. Après avoir confirmé quelques informations à propos de la mission et de l'objectif, la femme pilote s'est tue.

C'était il y a une heure.

Fox venait de débarquer.

À l'intérieur de Dark Tower, le centre de contrôle CIA de Chapman, plusieurs groupes de techniciens et d'officiers étaient concentrés sur diverses actions simultanées. Les gens conversaient en sourdine, penchés sur des ordinateurs ou les yeux rivés aux écrans géants du fond, uniques sources de lumière avec de rares liseuses. Le cirque habituel. Seul changement notable, des personnels du JSOC squattent maintenant les lieux en nombre. Mais ils ont été parqués dans un coin et leur espace de travail a été séparé du reste de la salle par du Rubalise jaune *Police Line – Do Not Cross*.

Longtemps, Fox, Bob et quelques autres ont suivi sur Kill TV le déplacement d'un véhicule, coiffé par *Sky Raider*, le Predator de

Nads. Ce premier objectif, baptisé *Monster Truck*, transportait cinq hommes, trois dans la benne et deux dans la cabine, ceux-là armés. Monster Truck se dirigeait vers *Maine*, le second objectif, une maison légèrement à l'écart de Mashi Kelay, environ six cents mètres au sud-est du village. Autour de Maine se trouvaient une horde de points clignotants, BLUE, les forces spéciales, à l'affût. Monster Truck est arrivé à Maine et a été rejoint par d'autres insurgés venus du sud. Des cavaliers, armés aussi, une dizaine au total, avec deux chevaux de rab. À l'écran, on a vu tout ce petit monde se réunir, se saluer, se parler.

BLUE a reçu l'ordre de faire mouvement.

C'était il y a une minute.

Depuis, feu d'artifice monochrome. Des lasers se sont allumés, ça a commencé à tirer sur fond de communications radio excitées. Bob dit : « Pourquoi faut-il toujours qu'il y en ait qui courent ? » Plusieurs militants sont déjà tombés, des chevaux aussi. Le reste panique. Un ou deux mecs ripostent, ça ne dure pas. Quelques-uns de leurs copains se rendent. Les points clignotants submergent Maine. Ils rassemblent les survivants, les immobilisent. Des cinq gars de Monster Truck, deux essaient de prendre la fuite à bord de leur camion.

Sky Raider de Dark Tower...

Sky Raider...

Sky Raider, vous avez l'autorisation de détruire Monster Truck...

Reçu... Illumination de la cible... Impact dans 5, 4, 3, 2... Cible détruite...

Il reste trois hajis. Le premier a levé les mains. Le deuxième est couché par terre juste à côté, mort a priori. Le troisième s'est barré.

« Il est où ce con ? »

Sky Raider, à nouveau concentré sur Maine, ratisse la zone et retrouve le fuyard cent mètres plus loin. Sept points clignotants, en deux colonnes ordonnées, convergent vers lui.

« Il est armé ? »

Bob plisse les yeux. « Je crois pas.
— Il porte un truc.
— Une sacoche on dirait. Dix dollars qu'il s'arrête pas.
— Tenu. » Malgré lui, Fox se met à serrer les poings. Il murmure entre ses dents. « Arrête-toi, arrête-toi. »

Sacoche continue à sprinter sur une trentaine de mètres. Des points clignotants vont couper sa trajectoire. Sacoche bifurque à angle droit. Plusieurs tirs partent des points clignotants. Sacoche tombe.

« Aboule le fric. »

AMERICAN RED CROSS

(Croix-Rouge américaine)

RED CROSS MESSAGE

(Message Croix-Rouge)

Family news of a strictly personal nature –
Please write legibly.

(Nouvelles à caractère strictement personnel
et familial – Prière d'écrire lisiblement)

SENDER (Expéditeur)
Name (Nom) : Amel Balhimer
DoB (Date de naissance) : 3 mars 1977
Address (Adresse) : XX, Rue de Malte / 75011 Paris / France
Spouse (Époux) :
Father (Père) : Youssef Balhimer
Mother (Mère) : Dina Balhimer

ADDRESSEE (Destinataire)
Name (Nom) : Youssef Balhimer
Address (Adresse) : XX, Avenue du Domino Noir / 94420 Le Plessis-Trévise / France
Phone number (Numéro de téléphone) : +33 6 81 05 XX XX

DATE : 10/02/09

MESSAGE
(manuscrit, en anglais)

Merci d'être vous. Vous êtes de bons parents et penser à vous, le plus possible, m'aide à tenir le coup ici. Baba, j'ai hâte de pouvoir fumer une cigarette sur la terrasse avec toi. Ama, je veux encore manger ta cuisine. Je vous aime beaucoup, et Myriam aussi, et tout le monde. Faites du mieux que vous pouvez, je n'attends rien d'autre. Je suis seule responsable de ma situation et je ne vous remercierai jamais assez d'être ce que vous êtes.

Contre moi, les talibans ont demandé de libérer dix prisonniers de Bagram. Ils ont accepté de descendre à cinq. Ils ont demandé quinze millions de dollars, ils consentent à descendre à dix. Ils ne négocieront plus. Acceptez, ou ils me tueront. Faites vite, ou ils me tueront. La France ne se comporte pas bien avec eux, ils ne lui font pas confiance. La France doit changer d'attitude, ou ils me tueront.

~~Ils me disent de vous écrire que~~ je suis dans les montagnes afghanes et ~~que~~ la météo est mauvaise, et ~~que~~ la nourriture et l'eau me rendent malade. Faites vite, ou je vais mourir. Je leur ai expliqué que j'étais une journaliste, que je voulais raconter leur histoire, les défendre. Ils disent que je suis une espionne et qu'ils vont me tuer.

Aidez-moi, s'il vous plaît, aidez-moi. Je rembourserai. Pardon à tous. Je vous aime. Je vous embrasse. Méli.

10 FÉVRIER 2009 – BASE AMÉRICAINE ATTAQUÉE À KHOST, deux militaires tués, un blessé grave. L'incident s'est produit ce matin à la sortie de la plus importante base de l'est de l'Afghanistan, lorsqu'un IED embarqué (VBIED) a explosé au passage d'un convoi de l'armée américaine [...] La veille déjà, deux soldats avaient été blessés par une salve de roquettes tirée contre l'aérodrome de Khost [...] Depuis le début de l'année 2009, l'ISAF a perdu 28 soldats, toutes nationalités confondues. **11 FÉVRIER 2009 – LE GOUVERNEMENT AFGHAN ATTAQUÉ À KABOUL.** Deux ministères, l'Éducation et la Justice, et une prison de la capitale ont été pris d'assaut par trois groupes de talibans [...] commandos insurgés composés de kamikazes et de fantassins [...] On dénombre 19 morts et plus d'une cinquantaine de blessés [...] 7 militants ont été tués [...] Dieter Kaltenbrunner, un journaliste de la télévision allemande, et son escorte, James M., employé de la société GlobalProtec, ont péri au cours de cet attentat [...] survenu une semaine après le coup de filet du NDS (services secrets afghans) [...] Dans l'est, un soldat de l'ISAF a été tué par un IED. Un autre a été blessé lors de la même attaque. **12 FÉVRIER 2009 – PAKTIKA : UN MORT, CINQ BLESSÉS.** La police nationale afghane a été la cible d'un nouvel attentat ce matin [...] Le terroriste était un vieillard se plaignant de difficultés à marcher. Il a déclenché son gilet d'explosifs au moment où des policiers se rapprochaient pour l'aider. **14 FÉVRIER 2009 – DES OFFICIELS PRIS POUR CIBLE À KHOST** [...] explosion d'un IED, suivie de tirs à l'arme automatique [...] Un représentant du gouvernement, venu pour l'organisation de la prochaine élection présidentielle, a trouvé la mort au cours de cette embuscade. Trois autres fonctionnaires de la province ont été blessés [...] Plus tard, toujours à Khost, un autre IED a tué trois membres de la Border Police. **14 FÉVRIER 2009 – WAZIRISTAN DU SUD : VINGT-CINQ MORTS.** Une ferme a été prise pour cible par un avion sans pilote américain dans la région de Ladha, contrôlée par Baitoullah Mehsud, chef du TTP [...] tous combattants de l'IMU [...] intervient après deux autres frappes le 23 janvier dernier, la première à Wana, au Waziristan du Sud, et la seconde à Mir Ali, au Waziristan du Nord. Les personnes tuées au cours de ces attaques, une trentaine, étaient en majorité des civils, hommes, femmes et enfants.

Au sein de la CIA, la division chargée de l'Amérique centrale et de l'Amérique du Sud a longtemps été la division vedette. Elle a participé à deux guerres majeures, la guerre froide et, plus tard, la guerre contre la drogue, des conflits qui se sont parfois chevauchés. La première a cessé d'être un problème avec la dislocation de l'URSS, en 1991. À partir du milieu des années '90, la lutte contre le narcotrafic de cocaïne est à son tour passée de mode, supplantée par le combat contre le djihadisme international. L'Agence s'est alors découvert un nouvel ennemi, Oussama Ben Laden, après un premier coup porté au World Trade Center de New York, en 1992.

Peu à peu, les officiers couvrant l'Amérique latine, stars déchues, sont tombés dans l'oubli. Certains, les plus vieux, ont pris leur retraite, les ambitieux ont rejoint le Centre antiterroriste, l'endroit où il fallait être, à présent bénéficiaire de la majeure partie des ressources de la CIA, et les autres, incompétents, inadaptables ou fidèles, sont restés, tout en nourrissant une rancœur tenace à l'encontre d'une institution qui s'est détournée d'eux du jour au lendemain, et les a forcés à lâcher des agents et des alliés ayant risqué leurs vies pour les États-Unis. Une vieille histoire.

Christopher Mendoza fait partie de ces dinosaures. Lui, son truc, c'était la Colombie et il a gardé là-bas des amis précieux. Lorsque l'un d'eux, en mémoire de ses nombreux services rendus, a en 2002 sollicité une faveur, l'aider à mettre un nom sur des empreintes digitales en sa possession, l'officier n'a pas hésité. Il les a tout de suite soumises au système informatique de l'Agence. Cela n'a rien donné. Mais depuis, ces empreintes attendent sur un serveur privé du réseau interne de la CIA, où un programme spécialement développé par un ingénieur maison pour le compte de Mendoza consulte quotidiennement, de façon furtive, l'ensemble des fichiers auxquels Langley a accès. Ils sont nombreux, de plus en plus gros et mis à jour en temps réel.

Le 10 février 2009 à 8 h 03, heure de Washington, le logiciel produit un résultat, le premier en sept ans. Mendoza s'en rend compte le 14 seulement, à son retour de vacances. Aussitôt, il téléphone à son ami colombien, Alvaro Greo-Perez.

Une heure après avoir été jeté à terre par les opérateurs américains auxquels il avait préféré se livrer, il faut savoir choisir ses combats, Lynx était de retour à la case départ, à Khost, dans la base US installée sur le site de l'aéroport de la ville, à un jet de pierre du camp kouchi. On l'y avait ramené en hélicoptère, encagoulé et menotté, avec quatre autres survivants de l'embuscade. Mohamad avait disparu et Lynx redoutait le pire. Des craintes confirmées quand, ayant été rendu à la lumière dans la cellule où on les avait tous jetés, il ne l'a pas vu parmi ses compagnons d'infortune.

Avait suivi un terrible chagrin, accentué par le découragement.

On les a laissés mariner une heure, peut-être plus, peut-être moins, difficile de le dire, plus personne n'avait de montre, et on les a conduits devant un médecin. La visite, Lynx y a eu droit en dernier et son examen a été le plus long de tous. Les forces spéciales avaient arraché son plâtre au moment de l'intervention, pour voir s'il ne dissimulait rien, et il a fallu lui faire passer une radio pour vérifier l'état de son avant-bras gauche. Le docteur a constaté que son radius et son cubitus avaient été récemment brisés, mais les a estimés suffisamment solides et l'a donc renvoyé dans sa cage sans bandage de remplacement. Des militaires se sont ensuite présentés, équipés de boîtiers électroniques semblables à des appareils photo, afin de scanner les yeux, les visages et les empreintes des nouveaux venus, et des prélèvements buccaux ont été effectués. Après, on leur a fichu la paix et ils ont pu essayer de trouver le sommeil, au milieu des cris et des plaintes, dans une atmosphère fétide.

Pas un n'a pu fermer l'œil.

La suite, Lynx y était mieux préparé que les autres, il a pu l'anticiper. L'enfermement total, pas de fenêtre dans leur donjon, juste une porte, toujours fermée, la perte des repères temporels et spatiaux, l'épuisement programmé par l'éclairage artificiel permanent et les réveils aléatoires, les repas irréguliers, les longs interrogatoires, les punitions le cas échéant, le bruit, les odeurs, la trouille et les hallucinations visuelles et auditives, quand on s'y attend le moins.

La mise à l'isolement au besoin.

Tel a été le sort de Lynx, selon ses calculs, trois jours après son arrivée, parce qu'il se taisait, obstinément, malgré quelques sessions d'*attendrissement* préalablement dispensées par des locaux, sous l'œil de soldats américains et de civils.

Au départ, il a hésité sur la stratégie à adopter, troublé par la disparition du kouchi et accablé par sa situation puis, s'efforçant de retrouver une discipline mentale, il s'est fixé des objectifs clairs, progressifs, à sa portée. Mohamad ne pouvait être mort en vain et Amel avait encore besoin de lui. Elle est prisonnière, il est prisonnier. Elle était encore vivante à la mi-janvier, un mois après son rapt, sans doute maintenue dans des conditions aussi éprouvantes que les siennes. Il pouvait donc tenir lui aussi, il devait tenir. Et trouver la faille, pour s'enfuir. Cela impliquait d'observer et de comprendre comment fonctionne ce lieu, qui s'en occupe, ce que ces gens cherchent à obtenir, quelles sont leurs motivations véritables. Chaque jour devait lui permettre d'avancer dans son apprentissage, afin d'être le mieux préparé possible lorsque le bon moment se présenterait.

Se cacher parmi les Afghans n'aurait pas fait illusion longtemps. Lynx ne maîtrise aucune de leurs langues et, dès le départ, le plâtre et le kukri en sa possession au moment de son arrestation l'ont singularisé. Autant jouer cette carte à fond. Dans un premier temps, le silence lui a permis de se démarquer un peu plus. Et de glaner des bribes d'informations, lâchées pour le stimuler, l'aiguiller vers certaines réponses ou par manque de vigilance. Il a ainsi pigé que ses geôliers s'intéressent à lui, le soupçonnent d'être un étranger – ils recherchent un ou des combattants étrangers – et membre d'Al-Qaïda. Ils le pensent aussi détenteur d'informations sur un otage, voire porteur de nouvelles ou de messages concernant ce même otage. Pendant quelques heures, Lynx a cru qu'il s'agissait d'Amel, qu'il avait été vendu par les nomades. Il a encore failli être emporté par le désespoir. Jusqu'à ce que l'un de ses interrogateurs fasse une erreur et lâche le nom du kidnappé.

Le kidnappé

Un homme.

Pas trahi.

Ils sont deux, avec des traducteurs, à se relayer pour questionner Lynx. Heckle et Jeckle, c'est ainsi qu'il les a baptisés. Heckle, le premier à s'être présenté, au troisième jour de sa captivité, jour un à l'isolement, est posé, calculateur, scolaire et maladroitement timide, un défaut trop visible pour ne pas être une arme. Il n'est pas très grand, rondouillard, rassurant. À la différence de Jeckle, le second, il ne porte pas d'uniforme. Lui n'est apparu a priori que le lendemain, quatrième jour de captivité et deuxième d'isolement, à la séance numéro cinq, et a tout de suite cherché à s'imposer physiquement, par sa musculature et sa taille. Instinctif, plus fin psychologue que Heckle, c'est un dominant, mais il est aussi très rapidement frustré et peut devenir colérique.

Lynx le constate lorsque Jeckle commet sa bourde et explose, exaspéré par le mutisme amorphe de son prisonnier, lequel vient de s'ingénier, durant presque deux heures, à ne pas lui répondre, ou réagir d'une quelconque manière, ou le regarder en face. Pour atteindre cet état d'apathie, Lynx se concentre sur les tâches à accomplir, étudier et maîtriser l'environnement – *la salle où je me trouve est-elle équipée de micros, de caméras ? Où se situe-t-elle dans le plan général de la prison ? À quelle distance de ma cellule ? De quoi sont faits les murs ? À quoi ressemble le verrou ? Est-ce que je perçois des choses, des sons alentour ?* – et cerner ses vis-à-vis, en faisant attention non pas aux mots, mais aux intonations, aux attitudes, à la gestuelle.

Chaque entretien coûte cependant énormément d'énergie à

Lynx et quand, à l'issue du cinquième, il est raccompagné dans son cachot, il s'endort aussitôt. Son repos est de courte durée, Jeckle veut le punir. Il se pointe avec trois soldats et fait entraver son récalcitrant prisonnier en position debout. La pièce dans laquelle on maintient Lynx depuis la veille est un cube dont les parois aveugles et le sol sont faits d'épais contreplaqué. Le seul horizon est offert par le plafond, simple grillage rigide. Il permet à l'éclairage général d'illuminer les cages et aux gardes de fliquer les détenus à partir de passerelles métalliques érigées en surplomb. C'est à l'une d'elles qu'on a relié les menottes de Lynx, par une chaîne destinée à lui tenir les bras vers le haut, pour l'empêcher de se laisser aller. Il s'effondre après une heure de ce traitement, malgré les tensions exercées sur ses poignets écorchés, ankylosés, et ses épaules en feu.

Une voix le fait revenir à la surface, au bout d'un temps indéterminé. C'est celle d'un homme. Il s'adresse à un autre homme. Ils parlent, en anglais, de lui. Le second intervenant et leur propos sont sans importance, seuls le timbre et le débit de la première voix l'intéressent. Lynx les connaît. Réfléchir est rendu difficile par le brouillard de fatigue et de douleur dans lequel il se débat, mais cela lui donne aussi l'occasion de penser à autre chose. Et il n'a pas à fouiller très longtemps sa mémoire, parce que cette voix, entendue, écoutée en direct et en différé, grâce à des enregistrements d'interceptions téléphoniques ou de surveillances audio, tous les jours pendant près de six mois, de septembre 2001 à février 2002, il y a beaucoup pensé depuis la disparition d'Amel. Cette voix est liée aux événements qui sont à l'origine du calvaire de la jeune femme. Le mec auquel elle appartient a participé à l'opération Alecto. Il se trouvait déjà à l'autre extrémité d'une chaîne, mais de renseignement celle-là, fournissant à l'époque de la matière première à Lynx, des cibles à interroger et à éliminer. Un type connu sous sa seule identité fausse et son nom de code. « FEEEENNNNNEEEC ! »

Le cri résonne dans la prison, long, grave, lorsque les deux hommes commencent à s'éloigner. Ils se figent, surpris. Seul l'un d'eux se retourne. L'autre produit un effort énorme pour ne pas regarder dans la direction de Lynx.

« Tu ne dois pas voir la femme. »
Le jeune taliban qui vient de s'adresser à Sher Ali n'est pas le premier à lui dire cela aujourd'hui. Dojou a prononcé les mêmes paroles, exactement, lorsqu'il a eu vent de son intention, avant de demander : « Que t'a donc fait cette étrangère ? » « Elle porte la lumière de ma fille. » Telle a été la réponse du Roi Lion. L'Ouzbek a grogné comme il le fait souvent et s'est écarté pour le laisser passer. Mais il a refusé de l'accompagner.
Le garçon à la fleur est venu et, justement, Sher Ali le montre du doigt. « Ne me force pas à lui ordonner de te tuer. »
Le taliban se met à rire.
Le gosse sort le tomahawk pris au croisé de Jalalabad caché sous son patou.
Le rire cesse.
Sher Ali pénètre dans la cour et se dirige vers la seule porte gardée. Il fait déguerpir le second moudjahidine de faction et demande au gamin de prendre sa place. Ensuite, il entre dans la cellule. Il est immédiatement assailli par l'odeur, gêné par l'absence de lumière. Un linge couvre l'unique fenêtre et Sher Ali va le retirer, permet à l'air, au jour, de s'engouffrer à l'intérieur. Il découvre le désordre. De la nourriture s'accumule sur le sol, *elle ne mange plus*, le lit, un vieux matelas, est retourné, le duvet gît en boule. Un baquet est vide, l'autre déborde, infâme. Un papier, une image pour enfants, pendouille, déchiré, scotché au mur par l'un de ses coins.
La prisonnière est assise au centre de la pièce, par terre, parfaitement immobile. Elle porte sa burqa. Le vêtement est dans un état répugnant et tressaute à peine lorsque Sher Ali approche. Il prend place devant elle, lance un salaam. Une voix faiblarde y répond. Il

fait signe de relever le voile. Lorsque le visage apparaît, il ne peut masquer son effroi. Les traits sont amaigris, la peau fatiguée est salie par des plaques de crasse noire parcourues de rigoles à peine plus propres, dessinées par de fréquents sanglots. Et l'éclat du regard a pâli.

L'otage conserve les yeux baissés.

« On t'a maltraitée ? »

Le Roi Lion ne le sait pas, mais elle ne supporte plus d'être ici, dans ce corps. Dedans, la souillure l'a rattrapée, noyée, et dehors elle voit le monde corrompu au-delà de toute rédemption. Chaque jour, quand elle reprend conscience, elle aimerait être ailleurs, dans une nouvelle peau, une nouvelle chair, changées comme on change de vêtements, mais elle se retrouve juste dans cette misérable chambre d'enfant, misérable prisonnière. Misérable. Après un long silence, elle dit : « En bas, ils ont tué une fille. Avec des cailloux.

— Elle a sans doute causé un grand déshonneur à sa famille.

— La neige est devenue rouge. Elle ne fond pas. » L'étrangère se tourne. « Pouvez-vous remettre le voile sur la fenêtre ? »

Sher Ali ne bouge pas. « Il n'y a plus de neige.

— Ah ? » Un temps. « Tout le village est venu. Même son père. » Un temps. « Il ne faut pas tuer son enfant. » Un spasme agite brièvement le corps de la femme. « Je meurs ici.

— Tu dois manger. » Est-ce que ce sont les mots eux-mêmes, ou sa façon de les dire, précipitée, et qu'entend la prisonnière lorsqu'il les prononce, Sher Ali ne le sait pas, mais ses yeux se relèvent vers lui et ils ont retrouvé un semblant de lumière. Il n'est pas certain non plus que lui-même ait saisi la portée de ses paroles au moment où il les jette entre eux. Il sent juste une chose, sûr de son instinct, l'étrangère a besoin de reprendre des forces. « Il le faut, Amel. »

21

Chloé rejoint Ponsot sur la terrasse avec quelques minutes de retard, son atelier de groupe s'est éternisé. Elle présente ses excuses et s'assoit. La jeune femme a meilleure mine que lors de sa dernière visite, sourit plus.

« Il ne reste plus que la tête. » Chloé se sent bien avec la psy, elle a émis le souhait de continuer à la voir après la cure. Le médecin a accepté, elle est heureuse. « J'ai même réussi à téléphoner à maman. » Ce mot-là, elle ne l'a plus employé depuis longtemps. « Je lui ai dit où j'étais et elle va peut-être venir me voir.

— Tu n'as pas peur qu'elle en parle à ton père ? »

Un voile assombrit le visage de Chloé. Guy, il en est beaucoup question ces derniers temps, trop a-t-elle trouvé au début. Mettre des mots sur les choses, l'alcoolisme, la violence, les abus, la désertion de sa mère, de sa sœur, leur trahison, verbaliser que l'on a dû endosser le rôle de la femme, de la *pute*, parce que justement, la *pute* dont son père avait besoin n'en pouvait plus, de dégoût, de peur, de chagrin, c'était très difficile. Dire tout ça, lorsque l'on a grandi dans un milieu où justement on ne dit rien, jamais, ou jamais clairement, celui des diplomates, un milieu de vase clos, de communautés recréées, éloignées, isolées, à l'équilibre fragile, où les enjeux et les rapports de pouvoir sont forts, ça ne se fait pas, on ne le lui a pas appris à

Chloé. Curieusement, évoquer Alain, le maître du secret, tyran plus dangereux encore, sous la fausse protection duquel elle s'était placée, a été moins douloureux. « Plus maintenant. » La psy est là, elle a esquissé un début d'explication de la crise traversée ces derniers mois, celle-ci rassure Chloé. « Une pulsion de vie. » Devant la grimace de Ponsot, elle se sent obligée d'ajouter : « OK, à ma manière, tordue.
— Je n'ai rien dit.
— Tu l'as pensé très fort. » Chloé tire la langue, gamine.
Ils se regardent, ça dure. Ça ne devrait pas, c'est un terrain miné.
Chloé baisse les yeux la première, intimidée, c'est inédit. « Et toi, que racontes-tu ?
— Rien, la routine. » Ce à quoi la direction de Ponsot l'a renvoyé, après avoir ordonné la cessation immédiate de toutes les opérations en cours concernant Montana et, par voie de conséquence, PEMEO. Ils se sont apparemment satisfaits de sa dernière note de synthèse, celle dans laquelle il exposait l'hypothèse Lacroix / vendetta. Ils étaient pressés de s'en satisfaire. Cet ordre-là, Daniel n'a pas eu besoin de monter au huitième étage pour le recevoir, son chef de section le lui a donné en coup de vent, dans le couloir, en évitant de s'attarder, pour ne pas avoir à répondre en détail aux interrogations de son subordonné, à propos des risques de fuite dans la presse ou du cas Balhimer. *Tout ira bien* et *d'autres s'en chargent, ce n'est pas notre problème*, c'est tout ce que son patron a consenti à dire avant de filer. Depuis, malaise. S'il a reçu l'autorisation de transmettre, off, des éléments à la Crim', Ponsot a le sentiment d'avoir mal fait son boulot. Et s'inquiète pour Amel. La sérénité affichée par sa hiérarchie le dérange. Qui plus est, ça l'emmerde de devoir retourner aux missions à la con des analystes du service. Pendant quelques semaines, au centre d'un jeu double, triple, sans règles, *comme avant*, il a eu l'impression de revenir aux RG de la grande époque et c'était bien. À présent c'est fini. Pour de bon. Une impression tenace.
« Des nouvelles ? » D'Amel, évidemment.

« Aucune. » Ce n'est pas vrai, il y en a eu, mais on les cache. Une lettre à ses parents, portée par la Croix-Rouge, est arrivée à l'ambassade de France à Kaboul le 12. On l'a mise au secret. Le surlendemain, un émissaire des talibans – un tiers contraint par eux, sa famille aussi a été kidnappée – s'est présenté à son tour pour recueillir la réponse de la France, la Croix-Rouge refusant de jouer les intermédiaires. L'homme s'est fait embastiller par le NDS afghan. Complice de l'insurrection, fermez le ban. Ponsot a été mis au courant de l'incident en douce. Un des équipiers du RAID affecté à la sécurité de la représentation diplomatique est un vieux pote. Depuis la mi-décembre, il laisse traîner ses yeux et ses oreilles, et informe Daniel quand il apprend un truc.

Cette histoire de courrier dissimulé, Ponsot ne sait comment y réagir. Il n'en a encore parlé à personne. Habituellement, il cherche conseil auprès de Nathalie pour ces choses, mais ce n'est pas possible en ce moment. Elle l'a mis à la porte, ne le supporte plus, croit qu'il a une liaison. Avec Chloé. Dans un accès de paranoïa, sa femme est même allée traîner devant l'immeuble de leur fille. Ayant aperçu leur indésirable locataire, sa Némésis imaginaire, elle a téléphoné à son mari et l'a jeté dehors. Chloé entrait à l'hôpital le lendemain et, ce soir-là, Daniel a dormi à l'hôtel. Depuis, il couche dans le studio de Marie et, s'il a pu revoir Nathalie et s'expliquer, elle ne semble pas encore disposée à le laisser rentrer à la maison.

Dans ces conditions, parler d'Amel n'est pas indiqué.

« La France va payer, tu crois ?

— Je les vois mal prendre le risque de ne pas le faire. » *T'as qu'à croire.* Ponsot sourit à Chloé. « Ne t'inquiète pas et pense à toi. Quand Amel reviendra, elle aura besoin de gens solides autour d'elle.

— Solide, c'est tout moi.

— Hé ?

— Quoi ?

— Ça va aller, j'ai confiance. »

Un temps.

« Merci. »

À nouveau, les regards se croisent. À nouveau, ils sont trop appuyés. Et ce coup-ci, Ponsot se débine. « On a retrouvé la trace de ton Hugo.

— C'est plus le tien que le mien. »

Rencardée par Ponsot, la Crim' a bien travaillé et, en une dizaine de jours, a réussi à identifier un certain Hugo de Mulder, belge, vieux tropisme DGSE, un indice supplémentaire, passager Thalys à destination de Cologne, départ le 15 décembre 2008 en matinée, puis Qatar Airways jusqu'au Népal, arrivée le 16 vers midi. Le résultat d'un savant cocktail d'épluchage de vidéosurveillances, Guynemer et environs, gares parisiennes, aéroports français et teutons, de rapprochements avec des listes de voyageurs et de coopération policière européenne. « Enfin, retrouvée et perdue, à Katmandou. » Officiellement, il n'est même pas entré dans le pays. Ou pas sous le nom de Mulder. D'après Jean Magrella, obtenir l'aide des autorités népalaises s'avère compliqué et le 36 n'a pas encore eu accès aux sauvegardes des vidéos de Tribhuvan, l'aéroport local.

« Pourquoi le Népal ? »

Pour se rapprocher. Ponsot ne partage pas cette réflexion et répète à Chloé de ne plus se soucier de *tous ces trucs*. Ensuite, il prend congé, après avoir dû promettre de revenir vite. Spontanément, la jeune femme se précipite dans ses bras au moment de le quitter et le trouble qu'il ressent alors vient s'ajouter au malaise des derniers jours. En sortant de l'hôpital, il décide de se faire porter pâle, va chez Marie et tourne en rond une grande partie de l'après-midi. En fin de journée, n'y tenant plus, il se rend chez Jean-François Lardeyret.

Quand le photographe rentre à son appartement le soir, le policier l'attend assis dans l'escalier. Avant que Jeff puisse faire une remarque, Daniel lui indique de se taire et mime un téléphone avec sa main. Les deux hommes entrent, Lardeyret abandonne son mobile sur la table du salon, va chercher deux bières dans la cuisine et rejoint Ponsot sur la terrasse, où ils s'isolent.

« Parano ou tu sais des trucs ? » Jeff tend une bouteille à son invité surprise.

« Un peu des deux. J'ai laissé le mien chez moi.

— Ce doit être grave.

— Un peu.

— À force d'additionner les *peu*, ça va faire beaucoup. »

Ponsot sourit.

« Que se passe-t-il ?

— Tu as vu les parents d'Amel ces jours-ci ?

— Je viens de quitter Myriam, tu n'es pas au jus ? » Jean-François, lèvres retroussées en un simulacre de sourire, fixe le policier. L'absence de réaction et la mine défaite de Ponsot douchent son agressivité. « L'attente est dure, elle a peur, elle culpabilise et elle est en colère contre sa sœur. Et sa colère la fait culpabiliser encore plus. » Un temps. « Tu devrais aller voir Youssef, le coup de fil a fait des dégâts.

— Je ne peux pas. Pas avec ce que je vais te dire. »

Ponsot marmonne quelques mots.

Jeff comprend *début à tout* et le voit prendre une profonde inspiration.

« Tu peux battre le rappel de tes confrères ? »

La demande surprend le photographe. De la part de Ponsot, il ne s'y attendait pas. « Je peux essayer, mais je manque de billes. » Ses premières tentatives de mobilisation n'ont rien donné. Amel n'a pas le profil des grandes causes à défendre. Certains, à mots couverts, se sont même réjouis de son malheur, trop contents de s'abriter derrière la volonté des parents de garder le secret pour ne rien avoir à faire. « Et il va falloir convaincre la famille.

— Quand ils sauront, ils accepteront. » Ponsot raconte le message de la Croix-Rouge, la réaction de l'ambassade, ses angoisses. Il ne mentionne pas l'attitude de sa hiérarchie, ni le but apparemment poursuivi par Beauvau, mettre la main sur PEMEO, mais évoque *d'autres indices*. Ils lui font craindre un lâchage en règle d'Amel. « Je ne suis pas sûr qu'une négociation sérieuse soit en cours. »

Jean-François prend le temps de digérer. « Elle est solide, ton histoire de lettre ?

— Aucune raison de croire le contraire.

— Alors, ça peut faire bouger les gens. Ne serait-ce que pour se payer le président. Tout est bon à prendre pour emmerder l'Élysée. » Jeff pense *et certains pourront faire les beaux au nom de la défense du quatrième pouvoir ou de la liberté d'expression, ou les deux*. Pour Amel seule, ils n'auraient pas levé le petit doigt, mais pour la promotion de leur petite personne, pas de souci. Il garde ça pour lui, on ne s'en prend pas aux copains devant l'ennemi.

Ponsot sirote un peu de bière. « Il est venu ici, non ?

— Qui ça ?

— Lacroix, Servier, Hugo. Fender Jazz.

— Vous êtes vraiment des enculés.

— Fais pas ta vierge effarouchée, tu as pigé depuis le verre au Bourbon. »

Jeff pouffe. Le jour où Ponsot lui a demandé de démonter son mobile, après le coup de fil d'Amel, il a acheté un autre téléphone, un second ordi portable, tout simple – et il ne le perd jamais de vue celui-là – et a changé tous ses identifiants mail, messagerie instantanée et réseaux sociaux. « Il est entré tout seul, lui. La nuit. » Silence. « J'ai bien flippé. » Silence. « Drôle de mec.

— Il est là-bas ?

— C'est ce que je crois.

— Tu as eu d'autres contacts ?

— Le dernier remonte au 7 février, il demandait des nouvelles. » Ponsot acquiesce, termine sa bière.

« Il a une chance ?

— De quoi ? »

Jeff ne répond pas immédiatement. « *Match* m'a proposé un job en immersion avec les troupes françaises déployées en Kapisa. J'ai dit oui. » Un temps. « J'aimerais bien en profiter pour retrouver celui qui s'en est sorti. » Jusque-là, le photographe n'avait pas révélé à Ponsot l'existence du paramilitaire ayant survécu à l'embuscade du 13. « Pas mal de monde le cherche. » Surtout des amis de Jeff et Peter, sur place et à New York. « Mais pour l'instant, peau de zob. On n'a même pas son nom.

— Faudra faire gaffe à toi.
— Jamais.
— Qui secouera le cocotier ici ?
— Ginny, du magazine. Et si personne ne se bouge le cul, elle foutra la merde.
— Ne les braquez pas tout de suite, c'est mon conseil.
— Tu veux une autre binouze ? »

PR#2009-1XX – UN SOLDAT DE L'ISAF MEURT DANS L'EST. Kaboul, Afghanistan – Un soldat de la coalition a été tué par des tirs indirects le 16 février. « C'est avec une grande tristesse que nous apprenons le décès de notre camarade mort pour offrir un avenir meilleur à ce pays. Toutes nos pensées vont à sa famille et à ses proches », a déclaré le porte-parole de l'OTAN. Conformément à son règlement, l'ISAF ne révèle jamais la nationalité d'une victime avant les autorités de son pays d'origine. **17 FÉVRIER 2009 – LA CIA A BOMBARDÉ UN CAMP DE RÉFUGIÉS.** La frappe a eu lieu hier dans la région tribale de Kurram. C'est la première fois qu'un drone cible cette zone [...] Un premier bilan fait état de 18 morts et six blessés [...] Les talibans se cachaient parmi les déplacés [...] Quatrième bombardement autorisé par le président Obama, sixième depuis le début de l'année 2009. **17 FÉVRIER 2009 – KHOST : DEUX INSURGÉS CAPTURÉS PAR L'ANA** [...] soupçonnés d'avoir participé à l'attentat du 10 février dernier contre la FOB Salerno [...] Des troupes de la coalition étaient présentes sur

place [...] Du matériel volé lors de l'attaque du convoi militaire a été retrouvé dans la ferme fortifiée prise d'assaut [...] Quatre femmes et cinq enfants présents sur place n'ont pas été blessés.
18 FÉVRIER 2009 – LES ÉTATS-UNIS ENVOIENT DES RENFORTS EN AFGHANISTAN [...] 8 000 marines et 9 000 soldats supplémentaires seront déployés avant l'été.

Depuis quelques jours, la salle de contrôle de l'Usine, celle d'où l'on peut regarder sur écran les interrogatoires en cours, est pleine à craquer. Les séances du PUC 463, le combattant étranger capturé à Mashi Kelay avec des kouchis, remportent un vif succès. Après avoir hurlé quelque chose que personne n'a pigé – ou admis avoir pigé, dans le cas de Fox –, l'homme s'est à nouveau enfermé dans le silence pendant vingt-quatre heures, en dépit d'un *traitement de faveur* particulièrement éprouvant. En vain, les deux spécialistes chargés de le questionner, un de 6N, un du JSOC, ont tout tenté. Leur travail a été quelque peu perturbé, il est vrai, par l'irruption malvenue de quelques visiteurs d'importance, militaires hauts gradés et civils, certains arrivés directement des États-Unis, tous curieux de ce mutique détenu. Et très discrets quant aux raisons véritables de cette curiosité soudaine.

Dick Pierce, débarqué avec deux autres mecs de la CIA, fait partie de ce mystérieux aréopage et Fox l'a surpris à tenir de secrets apartés avec Bob et ses copains de Langley, puis à s'engueuler par trois fois avec des généraux. 463 est, semble-t-il, devenu l'enjeu d'une guerre larvée entre l'Agence et le Pentagone, chacun voulant le récupérer, et il a pris une importance que personne ici ne peut expliquer, mais sur laquelle tout le monde délire. Ce ne peut être lié à cette histoire d'otage des Haqqani, tout journaliste du *New York Times* qu'il soit. Quelques-uns parmi les cadres de la taule cherchent donc plus du côté de l'appartenance supposée de 463 à Al-Qaïda, telle que suggérée par le renseignement initial ayant conduit à sa capture, et veulent voir en lui un possible contact d'Oussama Ben Laden, capable d'aider l'Amérique à mettre enfin la main sur son ennemi public numéro un. Ce fantasme ayant au moins l'avantage d'expliquer le nombre d'huiles venues s'entre-déchirer ici à son propos.

Le PUC 463 a remarqué l'intérêt qu'il suscite. Pas difficile. À la suite de son coup d'éclat, des hôtes de prestige ont commencé à se relayer au-dessus de sa cellule. Il a attendu encore un peu, une journée donc, et s'est mis à parler. Mais pas beaucoup. Et en français. « Je suis Abou Moussab As-Suisseri et je me bats pour Allah. » C'est tout. Interrogateurs et superviseurs, uniquement anglophones, ont en gros pigé qu'il s'agissait de sa *kunya*, son nom de guerre en islam, référence à Moussab, l'un des compagnons du Prophète, et à sa probable nationalité, suisse – après quelques débats, auxquels Fox s'est gardé de participer. Ils ont aussi réalisé que personne à Chapman ne pouvait communiquer correctement avec lui. On a alors émis l'idée d'envoyer le PUC 463 ailleurs, mais le bordel dont il est l'épicentre a vite bloqué les discussions et la proposition a été rejetée.

Pierce, le seul au courant du passé français de Fox, après tout il l'a recruté au début de sa cavale, en 2002, est venu le voir à ce sujet, pour demander son aide. Le paramilitaire a refusé, pour des raisons très personnelles évidemment, mais en s'abritant derrière un secret jusque-là préservé d'un commun accord et son départ prochain *à la retraite*. Compte tenu de sa situation, a-t-il expliqué, il préférait ne pas attirer les regards. De ce bref conciliabule, Fox a néanmoins retiré deux renseignements précieux. D'une part, personne, Pierce inclus – il n'a pas été envoyé ici pour cela –, n'a établi de lien entre le prisonnier et lui, c'est confirmé. Le cri poussé l'autre soir, pas un ne l'a compris. La plupart y ont juste vu une divagation passagère. D'autre part, Langley veut apparemment 463 pour éviter d'ouvrir un nouveau front de scandale. Lequel, le paramilitaire ne le sait pas, mais le mec est apparemment lié au passé de l'Agence et elle n'a pas envie de voir celui-ci remonter à la surface. Il connaît assez bien la CIA pour avoir deviné que, fidèle à ses habitudes, et dans un contexte de rivalités budgétaires et politiques, sa direction a préféré ne rien en dire au Pentagone dont les chefs, aveuglés par leur propre paranoïa et leur ambition de supplanter le renseignement civil, ont dès lors commencé à imaginer le pire : les espions veulent leur piquer une source majeure, il faut la garder à tout prix.

Le fait que 463 stimule, sans doute pour pas grand-chose, les imaginations et les convoitises de tous ne change pas un fait : l'homme connaît l'histoire de Fox. Au moins une partie de celle-ci. C'est dangereux. Jusqu'à preuve du contraire, il est toujours *persona non grata* en France, sûrement recherché et en danger si on le retrouve. Le prisonnier a signalé qu'il savait. Une fois. En sa présence. Ensuite, rien. Fox, il faut le dire, a depuis fait en sorte d'éviter tous les endroits où 463 pouvait se trouver à l'intérieur de l'Usine.

Pour le moment, nul n'a remarqué ce manège.

Le paramilitaire veille de loin, discrètement, en suivant les interrogatoires à partir de la salle de contrôle. Il a observé le détenu avec soin, a sondé à l'image son visage émacié et barbu en quête d'un trait, d'une expression, quoi que ce soit de familier, a bien écouté sa voix, a fouillé sa mémoire à la recherche d'un djihadiste suisse éventuellement croisé à l'époque où il était encore à la DRM, mais rien ne lui est revenu. Il pense d'ailleurs que cette histoire de terroriste helvète est une connerie. 463 les balade, donne quelques biscuits, jamais francs, jamais complets, à propos de l'islam, des kouchis, de son périple afghan, d'Al-Qaïda, des thèmes qu'il maîtrise visiblement, assez pour faire réagir ses tourmenteurs, et ensuite il dit l'exact contraire. Ou se tait à nouveau. Il progresse à coups d'injonctions paradoxales et de silences, et fait tourner en bourrique sa nouvelle interrogatrice, une francophone envoyée par la station CIA d'Alger, spécialiste du djihad mais pas de l'art de la question. Elle assiste à tour de rôle les deux autres nounous de 463 et s'épuise à mesure que les jours passent.

Le prisonnier essaie de gagner du temps, et si Fox a raison il va bientôt avoir un problème. Le mec a cherché à entrer en contact en lâchant l'ancien nom de code du paramilitaire et jusque-là celui-ci n'a pas répondu. Ce silence radio ne peut se prolonger indéfiniment sans risque de révélations ultérieures. Fox a donc décidé de lui parler. Cette nuit. Il connaît les plannings des rondes et des sessions de prises de tête, puisqu'il participe à leur élaboration, et il sait les failles de la vidéosurveillance. L'architecte concepteur de l'Usine n'a, par exemple, pas jugé nécessaire de braquer des caméras sur les passerelles. Cela peut paraître étrange, négligent, mais il ne faut pas oublier que Longhouse a des comptes à rendre à ses actionnaires. Ceux-ci surveillent les marges et les profits. À la guerre comme à la guerre.

Avant d'aller palabrer, Fox passe par la salle de contrôle, désertée à cette heure, et récupère le kukri trouvé sur 463 au moment de son arrestation. À plusieurs reprises déjà, on a envisagé de le faire réagir en lui agitant son fourreau vide sous le nez. Ça n'a pas encore été autorisé. Fox veut essayer de briser la glace par ce biais et prend tout, poignard compris. À trois heures du matin, dans le calme relatif de l'Usine au repos, où seules quelques plaintes se font entendre, il arrive au-dessus de la cellule de 463 et s'accroupit. Le prisonnier dort. Ils sont à trois mètres l'un de l'autre, Fox peut enfin l'observer correctement.

Lynx roule sur le côté et tourne le dos à l'entrée de sa cellule. « Ne sors pas le kukri, ça peut porter malheur. » Il a parlé sans ouvrir les yeux, d'une voix contrôlée. En français.

« Je sais. » Fox voit le détenu esquisser un sourire et sourit également. Il pense *il a dû repérer la microcaméra sur le montant de la porte*. Toutes les cellules d'isolement sont filmées vingt-quatre heures sur vingt-quatre. *Qui est ce mec, putain ?* « On se tutoie ?

— Je te connais bien, Karim Sayad. »

Un autre nom surgi du passé. Fox ne l'a plus entendu depuis longtemps. *Il me donne des gages.*

« Le monde change. Avant, la France ne coopérait pas si étroitement avec les services étrangers. » Lynx a ouvert un œil et, en coin, étudie le visage, le langage corporel de son interlocuteur. « Mais tu ne travailles pas pour la France, plus. » Il a vu la surprise du paramilitaire après sa première remarque, poursuit sur sa lancée. « Pourquoi ce n'est pas toi qui m'interroges ? » Un temps. « Personne ne sait. » Un temps. « Logique.

— Quoi, logique ? »

Silence.

« Qui es-tu ? »

Lynx n'aura pas deux chances d'emporter la mise et il choisit ses mots avant de répondre. « Un mec dans la merde, qui a besoin d'aide. En cavale, tu connais.

— Je ne suis pas en cavale.

— Alors pourquoi t'as rien dit à tes nouveaux copains après l'autre soir ? »

Silence.

« Tu m'as déjà aidé. En 2001. Tu étais mon rabatteur. »

En 2001, Fox était infiltré au sein d'une cellule islamiste du vingtième arrondissement parisien, dans le cadre d'une mission de surveillance test à laquelle il était fier de participer. À son insu, il s'est retrouvé à l'avant-garde d'une opération d'élimination de grande envergure, simple rouage d'une machine meurtrière. Il refilait des renseignements, des gens crevaient. Jamais il n'a vu le ou les exécuteurs, tout était cloisonné, mais il pense depuis cette époque – *à tort ?* – qu'on a voulu lui faire porter seul le chapeau afin de les protéger. « Tu fuis quoi, toi ?

— La patrie reconnaissante. Mais j'ai arrêté de courir maintenant. » Lynx émet un rire bref. « Enfin presque, je voudrais bien me barrer d'ici, j'ai un truc à terminer.

— Quel truc ? »

Silence.

« Tu pensais vraiment que j'allais t'aider à te tirer ?

— Le désespoir fait vivre.

« — Au nom du passé ?
— C'est une raison qui en vaut une autre, mais non, même pas. »
Les deux hommes se dévisagent.
« Je ne vais pas te balancer non plus, n'aie pas peur.
— Mais tu as gueulé mon vieux nom de code devant toute la taule.
— Je voulais parler, on a parlé. Je trouverai un autre moyen. Ou je crèverai avant. »

Au tour de Fox de se marrer. « Qu'est-ce que tu branlais avec des talibans ?
— Ce n'étaient pas des talibans. » Lynx soupire. « Ils m'emmenaient à Miranshah.
— Haqqaniland. Soit t'as viré ta cuti et tu te fous de ma gueule, soit t'es cintré. » Fox regarde le kukri. « Complètement jeté, ouais.
— J'ai remonté tout le pays depuis Spin Boldak rien qu'avec ce couteau. Tout seul. Et sans hélico. Alors tes remarques tu te les carres où je pense. » Lynx ferme les yeux.

Fox ne bronche pas. Son passé le rattrape, en dépit de tous les sacrifices consentis pour lui échapper. Deux fois en deux mois, il a croisé la route d'une personne associée à l'histoire de merde qui a bousillé sa vie. *Deux fois. En deux mois.* « Fuck, t'es là à cause de la fille. »

Chloé sort le 24 février. Sa mère, venue à trois reprises au cours de sa dernière semaine à l'hôpital, à l'invitation de sa thérapeute, lui a proposé de passer la chercher. Chloé a décliné l'offre, trop tôt, et préféré convenir d'un séjour prochain à Arcachon. Elles se verront dans une grosse semaine.

Daniel est là. C'est ce dont elle avait envie. Quand elle apparaît dans le hall après son ultime rendez-vous avec la psy, il lui sourit. Un instant, l'air triste et la fatigue du policier paraissent l'abandonner. Une embellie de courte durée. Il garde ses distances pour la saluer. Durant le trajet, il parle peu, se borne à donner des nouvelles d'Amel, c'est facile, il n'y en a pas, et de Jean-François, en Afghanistan depuis deux jours. Il se tait à propos du reste. Trop vite, ils arrivent dans le quinzième.

Ils montent chez Marie et, une fois entrée, Chloé comprend que Ponsot a séjourné ici pendant sa cure. Un sac de voyage attend près de la porte et dans la salle de bains, il a oublié sa mousse à raser. « Tu dors où ce soir ?

— Chez moi.

— Tu mens très mal pour un espion. »

Le regard de Ponsot fuit, il attrape son sac. « Je t'ai laissé de quoi manger dans le frigo.

— Tu peux rester ici si tu veux.

— Ce n'est pas une bonne idée.

— On a déjà dormi ensemble et il ne s'est rien passé.

— Justement. » Daniel soupire. « Pardon, je ne voulais pas dire ça. » Chloé prend sa main et l'attire contre elle. Il lâche son bagage.

Avoir fait l'amour à une autre femme que Nathalie dans le canapé-lit de sa fille empêche Ponsot de dormir cette nuit-là. À moins que ce ne soit l'excitation de la nouveauté, l'impression de revivre. Il est remué par des pensées ambivalentes, en boucle dans sa tête. Ses enfants semblent avoir pris fait et cause pour leur mère et, si jamais ils venaient à découvrir sa liaison, ils ne pardonneraient pas, c'est certain. Mais avec Chloé, tout a été très doux, il ne l'avait pas imaginé ainsi, très doux et très lent, et ils ont pris leur temps, et ça ne lui était plus arrivé depuis une éternité. Et il ne peut s'empêcher de projeter d'autres journées comme celle-ci. Il aime le contact de ce corps contre le sien et il déteste se sentir si vieux, pas beau. Vieux pas beau. *Je suis ridicule.* Plusieurs fois, l'image d'Alain Montana et Chloé nus dans le même lit vient polluer son esprit. Il ne peut alors s'empêcher d'éprouver une pointe de jalousie. Et de dégoût. *C'est nul.*

Ayant senti l'agitation de Daniel, Chloé bouge à son tour et passe une jambe par-dessus les siennes, crochète et serre. Elle sent l'érection monter, murmure un truc salace et il pouffe. Ensuite, elle lèche son oreille et vient le chevaucher.

« La journaliste, pourquoi ? » Fox est à nouveau sur la passerelle, au-dessus de la cellule de 463. Une grosse semaine s'est écoulée depuis leur premier entretien, écourté par l'arrivée inopinée d'un interrogateur insomniaque. Au fil des jours, cette question l'a d'abord titillé, puis dérangé, puis il est devenu essentiel de la poser. Et insupportable de ne pas pouvoir le faire. L'Usine, débordée par un trop-plein de PUC, n'a plus débandé à partir du 20 février. Les raids se succèdent à un rythme d'enfer et le centre de transit déborde. Il tourne vingt-quatre heures sur vingt-quatre. La hiérarchie militaire est satisfaite de cet abattage, mais les autorités locales, la population et les talibans fulminent, une convergence de réactions très inquiétante. Hafiz a décrit l'ambiance qui règne en ville, l'hostilité grandissante, et fait part de ses craintes, cette nouvelle stratégie et ses ratés valident la propagande de l'ennemi. Jamais le supplétif ne s'était montré si soucieux, ou en colère contre les Américains.

Il est huit heures et Fox a profité d'une accalmie pour revenir. 463 est couché par terre dans sa cellule, mal en point. Par son goutte-à-goutte d'informations et la guérilla mentale opposée à ses tourmenteurs, il parvient à se ménager quelques répits, comme ce matin, mais le temps joue contre lui et l'usure le gagne. Il ne peut sortir vainqueur de cette confrontation, il craquera, ou deviendra fou, ou crèvera, il n'y a pas d'autre solution.

Lynx ouvre les yeux et lève vers la passerelle un visage hagard, mangé par une barbe plus hirsute que jamais. « Cette question, pourquoi ? » Il voit le paramilitaire hésiter. « La voilà ta raison. »

Silence.

« Mendoza, ça te dit quelque chose ? » Au mess, Fox a surpris une conversation entre Dick Pierce et ses camarades de l'Agence, à propos de 463. Apparemment, un homme portant ce nom remue ciel et terre pour récupérer le prisonnier.

Lynx va dire *qui ça ?* quand une énorme explosion retentit à proximité de l'Usine. Elle fait trembler les murs. « Ils vous en veulent, dehors. »

Dans l'enceinte de la taule, des *Allahû akbar* fusent. Ces derniers jours, les attaques contre Chapman, sur le site de l'aéroport, et la FOB Salerno, distante de trois kilomètres, se sont multipliées. Roquettes et obus de mortier frappent quotidiennement les installations, réaction épidermique à l'offensive de l'ISAF en ce début d'année.

« Celle-là, c'était une grosse. » Fox pense *VBIED* et *assaut*, il regarde l'extrémité de la passerelle, la sortie, le prisonnier. « Tu peux marcher ? »

Dehors, des sirènes hurlent et des rafales claquent, suivies d'une deuxième détonation. À l'intérieur, les gardes s'agitent.

Fox détale tout en composant le numéro de portable d'Hafiz. Quand celui-ci prend l'appel, ils conversent brièvement en pachto. L'Afghan se dirige vers l'entrée principale, afin de prêter main-forte aux défenseurs de la base. Il reçoit l'ordre de faire demi-tour et de venir attendre à la sortie de l'Usine, avec Akbar et un pickup.

Hafiz ne pose pas de question et raccroche.

L'attaque a vidé la salle de contrôle. Fox récupère son fusil d'assaut, rangé sur un râtelier, le kukri, des accessoires et retourne en courant vers la cellule de 463, à qui il lance une cagoule au moment d'entrer. « Mets ça. »

Lynx, debout près de la porte, ne bronche pas.

« Tu veux te tirer, tu obéis. » Fox laisse tomber au sol de lourdes menottes chevilles-poignets utilisées pour déplacer les PUC.

Quelques instants plus tard, les deux hommes quittent l'Usine au milieu de la confusion générale. Personne ne fait attention à Fox ou au prisonnier entravé poussé devant lui et on ne les arrête pas quand ils rejoignent un 4 × 4 à côté duquel se tiennent une paire de Pachtounes surpris.

L'idée d'exfiltrer 463 a lentement cheminé dans la tête du paramilitaire ces derniers jours. S'il devait expliquer pourquoi, il serait bien en peine de le faire. Il aurait également eu du mal à justifier la vie sauve accordée à Balhimer lors de l'attaque de Surobi. Ça ne l'a pas empêché de commencer à réfléchir à un plan d'évasion, encore très bancal, qui implique l'assistance d'Hafiz et Akbar. Problème, il ne leur a pas encore parlé quand il se plante devant eux et dit : « Je veux le faire sortir. Tout de suite. » Les supplétifs se regardent à peine avant d'opiner. Fox balance alors les clés de sa piaule à Akbar et l'envoie chercher deux gros sacs glissés sous son lit, prêts depuis la veille. « Je ne reviens plus. Chope ce que tu veux chez moi, c'est à toi, mais ne traîne pas. On se retrouve en ville. » Ensuite, il embarque avec Hafiz et le prisonnier dans le pickup.

Chapman, à l'instar de Fenty à Jalalabad, possède une entrée discrète, dans un recoin excentré de la base, en bout de piste, pour les allées et venues réclamant le secret. Elle est protégée par des nids de mitrailleuses enterrés et fermée par un lourd portail automatique caché au bout d'une série de chicanes, invisible de l'extérieur. Même si l'assaut se déroule de l'autre côté de l'aéroport, Fox sait que les sentinelles seront, ici aussi, tendues. Il n'est donc pas rassuré quand il approche de cet accès secondaire et s'efforce de rouler au pas, sans se presser, afin de ne pas éveiller les soupçons. Il compose le code et la barrière d'acier se met à glisser sur ses rails. Lentement.

Un des militaires quitte son bunker, casqué, armé de son M4, et leur fait signe.

« Couvre ton visage, Hafiz. »

L'Afghan relève le bas de son turban.

Fox jette un œil sur la banquette arrière, où se trouve le prisonnier. « Ne bouge pas. » Puis il sort du tout-terrain, après avoir murmuré une dernière consigne au supplétif. « S'il y a un problème, tu ne fais rien, tu ne sais rien, tu obéissais à mes ordres. »

À la radio, l'officier en charge de la sécurité de la base annonce la fin de l'attaque. Rien à propos de la disparition du prisonnier.

Fox avance à la rencontre du GI, armé de son fusil d'assaut, son porte-plaques sur lui. Ils se saluent de façon informelle.

« La base est bouclée.

— J'ai une urgence, tu me reconnais ? »

Le soldat hésite. Il identifie vaguement le paramilitaire, le sait de mèche avec les forces spéciales et les OGA, la bande des vedettes. Ils entrent et sortent à toute heure et ne rendent jamais de comptes à personne. Hochement de tête. « OK. »

Fox lève le pouce, *c'est cool*, trottine jusqu'au pickup. En refermant la portière, il montre la radio. « Aucun problème ? »

Hafiz fait signe que non.

« Alors, roule. »

Ils franchissent le portail. Cent mètres plus loin, la radio crépite. Ils sont encore à portée des mitrailleuses et retiennent leur souffle. Il s'agit juste d'une demande générale de rapport de situation. Leur voiture accélère. Fox libère 463, l'invite à retirer sa cagoule.

Lynx se redresse, tend la main. « Ronan Lacroix.

— Robert Ramdane. » Pichenette sur l'épaule du Pachtoune. « Et lui c'est mon frère, Hafiz. »

Retour au parc Mauresque sur les hauteurs d'Arcachon. Chloé arrive un samedi en fin d'après-midi, doit rester une semaine. Elle a demandé à Ponsot de l'accompagner, au moins deux ou trois jours. Il était gêné, ne voulait pas qu'on le voie. « On, c'est maman ? » a demandé Chloé avant de dire d'accord. « Je la verrai un peu et on dormira à l'hôtel ces jours-là. » Elle avait besoin d'un sas avant de se retrouver tout à fait seule là-bas, elle a des choses compliquées à dire à sa mère, des choses en plus de toute la merde qui les pollue déjà. Chloé en a parlé à Daniel pendant le voyage. Elle a rencontré un avocat, ils ont évoqué de possibles procédures contre son père.

Elle est décidée à aller jusqu'au bout de la loi et, si ça ne suffit pas, elle l'ouvrira dans les médias. Il est temps de se battre.

Ils ont fait l'amour sur la route, c'était bien, gai, mais quand ils arrivent à destination, toute joie s'est envolée. Chloé est tendue, elle n'ose plus y aller. Ponsot la pousse, ce n'est que pour une heure ou deux, il l'attendra à l'Arc, où ils sont descendus. « Appelle-moi et je viendrai te chercher. » Elle sort de la voiture et sa mère apparaît. Elle guettait son arrivée. Elle est intimidée cette femme, devant sa fille. Elle sourit le regard baissé, elle a beaucoup à se faire pardonner, elle le sait, mais semble prête à tout encaisser. Leur étreinte est émouvante, vraie, et lorsque la porte d'entrée se referme, après un dernier signe de Chloé, Ponsot se sent étrangement triste. À sa montre, il est près de dix-sept heures. À vingt heures trente, Chloé n'a pas téléphoné, il est seul dans leur chambre et a compris : elle ne le rejoindra plus. Ici, il n'est pas à sa place.

Daniel rentre à Paris le lendemain, une décision qu'il regrettera longtemps, même si elle semble raisonnable sur le moment. Au petit matin, il dépose discrètement le bagage de Chloé derrière le portail de la villa de sa mère et file rejoindre l'autoroute. Quand il est assez loin pour ne pas être tenté de rebrousser chemin, il envoie un SMS à Chloé pour la prévenir. Elle répond : *OK, merci. Pardon.* Ça ne fait pas vraiment mal.

Leurs derniers mots échangés.

Nathalie est seule à la maison lorsque Ponsot arrive quelques heures plus tard. Elle ne demande rien, dit juste *je suis contente que tu sois là* puis *tu veux faire quoi ?* Il ne sait quoi répondre alors il se contente de la prendre dans ses bras. Il est heureux de la retrouver et pour le moment ça suffit. Nathalie se met à pleurer, lui aussi.

1ᵉʳ MARS 2009 – UN DRONE BOMBARDE LE WAZIRISTAN DU SUD : 8 morts, 9 blessés [...] aucune cible prioritaire n'a été tuée, même si certains ont parlé de combattants étrangers éliminés, des Ouzbeks et des Arabes. C'est la troisième fois que le territoire contrôlé par Baitoullah Mehsud est frappé depuis le début de l'année [...] La semaine dernière, Mehsud, chef du TTP, le Tehrik-e-Taliban Pakistan (Mouvement des talibans du Pakistan) a fait la paix avec deux rivaux, le Mollah Nazir et Hafiz Gul Bahadar, et formé, sous le haut patronage d'Oussama Ben Laden et du Mollah Omar, un Conseil des moudjahidines unis, dont le but est de renverser le gouvernement pakistanais et de combattre l'ISAF en Afghanistan. **1er MARS 2009 – NANGARHAR : ATTAQUE À LA VOITURE PIÉGÉE : 6 morts, 18 blessés** [...] Une grande figure religieuse de la province se trouve parmi les victimes [...] autre attentat à la base aérienne de Bagram, où trois employés d'une société militaire privée ont perdu la vie dans l'explosion d'une bombe. **2 MARS 2009 – KARZAÏ VEUT UNE ÉLECTION EN AVRIL** [...] Les rivaux de l'actuel chef du gouvernement afghan ont manifesté leur désapprobation et critiqué cette proposition. Une façon, selon eux, de fausser la présidentielle [...] De leur côté, les États-Unis et la commission électorale ont réaffirmé leur souhait d'attendre le mois d'août pour organiser le scrutin.

Là où s'en va le cœur, les jambes vont aussi. Le premier *matal* appris de son père. Et si, du haut de la tour de sa qalat de Miranshah, Sher Ali y pense ce soir, c'est parce qu'il est monté ici interroger Aqal Khan dans le silence de la nuit. Et qu'il vient d'apercevoir l'ombre de sa fille se glisser dehors après avoir échappé à la vigilance de Kharo. Elle rejoint le garçon à la fleur. Il l'attend déjà dans la cour, dissimulé dans un recoin. Croit-il. Les deux enfants s'isolent derrière un muret où ils pensent ne pas être vus et se mettent à parler, à rire, à voix basse, elle sous sa burqa et lui sans ses armes. En présence de Farzana, il ne les porte jamais. Ils ne se touchent pas. Une fois seulement, ils se sont pris la main, et ce contact spontané leur a cloué le bec et les a tant impressionnés qu'ils ont mis plus d'une semaine avant de se revoir.

Sher Ali surprend le petit au moment où il rentre se coucher. Sa fille est déjà partie depuis quelques minutes et lui est resté plus longtemps pour profiter du ciel étoilé. Il sursaute en découvrant dans le noir la silhouette du khan. « Viens avec moi, Batour. » Le gamin baisse la tête et suit son Roi Lion hors de la qalat. Il sait la punition qui l'attend, il a porté atteinte à l'honneur de son chef. L'homme et le gosse empruntent un sentier menant vers les hauteurs et s'arrêtent devant un amas de rochers. Sher Ali grimpe sur le plus plat d'entre eux et fait signe au garçon de venir prendre place à ses côtés.

Dans la vallée, quelques lumières brillent autour de la base aérienne de Miranshah. Ailleurs, l'électricité manque ou est coupée.

« Mon père aimait venir ici. Moi aussi. » Mais pas Adil, jaloux de sa petite sœur. Sher Ali soupire de tristesse et marmonne quelques mots : « Il est parti trop vite, je l'ai chassé. » Un temps. « Je vais te chasser aussi. »

Le garçon à la fleur pousse un cri angoissé et s'agite sur la pierre.

« Paix ! » Sher Ali l'a empoigné fermement par les cheveux pour l'immobiliser. « Que croyais-tu ? » Il tire le gamin vers lui, pour le fixer de son œil valide. Malgré l'obscurité, il devine sa terreur et sa honte. « Farzana est précieuse, je ne peux la donner au premier venu. » Le Roi Lion secoue l'enfant. « Es-tu aussi brave que ton prénom le prétend ? » Violemment. « Alors ? Dis-le-moi !

— Oui, Shere Khan sahib. Oui, je suis brave. Ne me renvoie pas loin de toi, s'il te plaît.

— Ma décision est finale. » Sher Ali lâche prise. « Demain, un homme va venir pour mon épouse et ma fille. Tu partiras avec elles. Tu vas les protéger. »

Silence.

« Où allons-nous ?

— À Karachi. Peut-être plus loin ensuite. Tu m'obéiras ?

— Oui, Shere Khan sahib.

— J'ai confiance en toi.
— Est-ce que je dois revenir après ?
— Non, Batour. Après, si ma fille veut toujours de toi et toi toujours d'elle, quand sera venu le moment, vous pourrez vous marier, tu as ma permission. » Sher Ali sourit en imaginant les folles pensées qui doivent à cet instant bouillonner dans la tête du garçon. Farzana a dû passer par les mêmes états lorsque sa mère l'a coincée, au retour de son rendez-vous nocturne, pour lui faire part de l'avenir décidé pour elle par ses parents.

Après un moment de silence, Batour reprend la parole, une inquiétude dans la voix : « Mais toi, Tor Dada, où seras-tu ? »

Sher Ali n'a pas de réponse à offrir. Seul le Tout Miséricordieux connaît l'issue du plan qu'il a commencé à deviser. Ce matin, Dojou est venu le voir pour l'avertir, Tajmir veut tuer l'étrangère, dont le pays, dit-il, continue à ne pas bien se comporter avec les talibans. Autant leur vendre un cadavre, elle coûtera moins cher. Cette décision doit d'abord être validée par Sirajouddine et son frère, et l'un comme l'autre étant à l'étranger, l'homme de l'ISI doit attendre leur retour pour organiser une jirga et obtenir leur permission. Quand ce jour-là arrivera, pendant qu'ils parleront, le Roi Lion ira libérer Amel. *Har-jake dil berawad, paa meyrawad*, là où s'en va le cœur...

Sam 07 03 2009, 10:04:15
De : melivarentrer@hushmail.com
À : jf.lardeyret@hushmail.com
RE : News

Je n'ai jamais écrit autant. Ça me fait du bien et ça me rapproche un peu de Méli, je comprends pourquoi elle aime ça. Merci d'être là pour elle et pour nous, et pour ton énergie qui m'aide à ne pas devenir dingue. La lettre de la Croix-Rouge est arrivée par le mail. Elle nous a fait du bien et, après, le retard

nous a tous mis très en colère. Et en plus, on n'arrive pas à parler à quelqu'un des Affaires étrangères. Mon père veut appeler un avocat. J'ai essayé de lui faire comprendre que maintenant ce n'est pas le moment, mais je ne l'avais jamais vu si énervé. Ginny a réussi à le calmer. C'est une fille super, avec une super bonne énergie aussi. Elle bouge bien tes « copains ». Il y en a qui sont venus au Plessis-Trévise ou qui ont téléphoné à baba. On a fait une réunion, mais ça s'est mal passé. Un type d'un journal dont je ne me souviens pas a voulu faire un article anglé, c'est comme ça qu'il a dit, sur ma sœur, genre immigration. Baba a hurlé, il a dit que Méli n'était pas une journaliste arabe, c'était une journaliste, point. Ambiance. C'est dur de le voir dans cet état. Je l'ai toujours connu très doux, mon père. Et ma mère, elle ne parle plus, et elle reste des heures à ne rien faire. Devoir m'occuper d'eux m'aide à tenir, travailler m'aide à tenir, là au moins je peux penser à autre chose (bien obligée, et j'ai quand même perdu des clients !), mais j'ai peur de rentrer le soir à la maison, parce que je pleure tout le temps et c'est dur pour Nourredine et pour les garçons. Mais ils font tous les trois des efforts pour ne pas le montrer (pas trop) et ça m'aide aussi. Dis-moi quand tu veux / peux faire un Skype.
On t'embrasse tous très fort. Sois prudent.
M.

Le 06/03/2009 22:57:04, Jeff à écrit :

Deux choses : une bonne, une moins bonne. La bonne, la communauté des expats de Kaboul bouge. Avec les privés du magazine (ne t'inquiète pas, je ne fais rien sans le valider avec eux), on a réuni des amis journalistes + ONG et tous veulent agir. Ils ont commencé sans attendre, en faisant pression sur l'ambassade, avec des questions, des demandes d'interviews, etc. Même la Croix-Rouge s'en est mêlée et a

protesté (mais le problème n'est pas ici, il est à Paris, donc je vais aussi écrire à Ginny). Résultat, après avoir admis l'existence du message d'Amel (ils n'en ont pas parlé pour ne pas gêner leur négo, soi-disant), j'ai enfin pu le lire aujourd'hui. Ils ont râlé, mais je l'ai photographié pour vous (cf. pièce jointe + trad. en PS). Dès que tu l'as lu avec tes parents, on cale un Skype pour décider comment répondre (les privés préconisent un retour par Croix-Rouge, qui acceptera si la lettre ne contient pas de termes de négo). La moins bonne : le printemps arrive et le début des offensives avec. Amel va devenir moins prioritaire, peut-être même gêner les talibans (dixit les privés). Il y a un vrai risque qu'ils cherchent à s'en débarrasser au plus vite. Il faut pousser les feux en France (là encore, je vais en parler à Ginny). Je suis désolé de t'imposer ça, c'est très dur, mais ça le sera plus si tu ne l'anticipes pas pour préparer tes parents. Je sais que tu es forte pour tout le monde et je suis sûr que Nourredine est un soutien précieux pour toi. Il faut vous accrocher. Je pense à vous (pardon pour ce courrier un peu décousu).
Labise,
Jeff

7 MARS 2009 – VAGUE D'OPÉRATIONS MILITAIRES DANS L'EST : 12 insurgés tués, 5 capturés [...] menées par l'armée afghane assistée d'unités de la coalition. Elles visaient le réseau Haqqani.
8 MARS 2009 – KARZAÏ RENONCE AUX ÉLECTIONS D'AVRIL [...]
PR#2009-2XX – UN SOLDAT DE L'OTAN TUÉ DANS L'EST. Kaboul, Afghanistan – Un soldat de la coalition a trouvé la mort à la suite de l'explosion d'un IED. Deux autres militaires ont été blessés au cours de la même attaque. « Nous continuerons à tout mettre en œuvre pour faire cesser le recours aux IED. Nos pensées vont aux familles et aux proches de ces trois camarades. » Conformément

à son règlement, l'ISAF ne révèle jamais la nationalité d'une victime avant les autorités de son pays d'origine. [...] **10 MARS 2009 – LES FORCES DE SÉCURITÉ AFGHANES PLUS CIBLÉES en 2008** [...] Selon le GAO, la Cour des comptes du Congrès américain, le nombre d'attaques visant l'armée et la police afghanes a triplé au cours de l'année écoulée. **10 MARS 2009 – POURPARLERS AVEC KARZAÏ : LES TALIBANS NIENT** [...] Par ailleurs, un commandant insurgé et un cadre du réseau Haqqani ont été capturés dans la banlieue de Kaboul, preuve, selon le commandement de l'OTAN, que la stratégie adoptée depuis le début de l'année fonctionne.

22

À l'instant où l'appel à la prière retentit dans la fraîcheur silencieuse de l'aube, Sher Ali fait démarrer le moteur de son pickup. Il le conduit hors de l'oued où il s'est arrêté plus tôt, à la nuit, et roule vers le village. Assis sur le siège passager, Dojou regarde droit devant, concentré sur l'action à venir. Le Roi Lion est fier de l'avoir à ses côtés. Quand l'Ouzbek est venu le prévenir du retour des Haqqani et de la tenue, ce matin, de l'assemblée au cours de laquelle doit être discuté le sort d'Amel, il l'a remercié chaleureusement et l'a invité à s'éloigner au plus vite. Dojou a répondu : « Le premier jour, nous étions amis, le suivant, nous sommes devenus frères. » Et il a posé sa main sur le cœur de Sher Ali. « Je ne laisse pas mon frère. » Qasâb Gul aurait agi de même et grandement pris ombrage d'un éventuel refus, inutile d'insulter Dojou dont le renfort bienvenu est offert avec tout autant de sincérité, plus question d'en douter. Au fil des mois, à l'occasion de quelque veillée plus mélancolique que les autres, il est arrivé au guerrier ouzbek d'avouer la douleur et le manque tenaces causés par la perte des siens. Il serait lui aussi prêt à tout pour revoir un instant la lumière de ses enfants et sans doute comprend-il Shere Khan mieux que quiconque.

Ils se garent en contrebas de la maison où est retenue l'étrangère et grimpent par une ruelle jusqu'à son accès principal. Le taliban habituellement de faction à l'extérieur n'est pas là. Il a dû aller prier à la madrasa voisine. Son comparse, de garde devant la cellule, est à sa place mais, agenouillé sur son tapis, concentré sur la salat, il se rend compte trop tard d'une intrusion. Sher Ali plaque une main sur sa bouche lorsqu'il se redresse et le tue, sans un bruit, de deux coups de poignard dans les reins.

Ensuite, il entre chez Amel.

Réveillée par le muezzin, alertée par l'arrivée du tout-terrain, elle est debout près de la fenêtre, déjà habillée. Tête nue.

Le Roi Lion lui jette un sac apporté par Sangin le jour du départ de Kharo et Farzana. « Change-toi. » Celui-ci contient des vêtements à la mode occidentale, adaptés à la marche en montagne. « Et après, tu mets ta burqa. »

L'autre sentinelle pénètre dans la cour à l'instant où Shere Khan ressort. Il le voit, voit son camarade gisant au sol, ouvre la bouche pour crier et meurt, égorgé. Il n'a pas remarqué Dojou, caché à côté du portail. L'Ouzbek soutient l'homme pendant son agonie et rapproche ensuite son cadavre du premier macchabée. Là veille maintenant Sher Ali, accroupi contre le mur, l'œil sur la sortie. En travers de ses cuisses, il a posé son AKSU, une version raccourcie de l'AK74, chambrée dans un calibre plus petit que la traditionnelle kalachnikov. Le sien est une rareté aux poignées de bois blond décorées avec des inserts d'argent.

Amel paraît, couverte. Elle réprime un haut-le-cœur en découvrant les corps et s'écarte pour qu'ils puissent être transportés dans son alcôve, où l'on mettra du temps à venir vérifier leur présence.

Le trio redescend ensuite au pickup, embarque et déguerpit.

Sher Ali gagne la route principale, celle de Bannu, et tourne à l'ouest pour rejoindre Miranshah, mais juste avant d'entrer dans la ville il bifurque encore, vers le sud cette fois, en direction de Makin.

Dojou grogne et le regarde.

Sher Ali sourit. « Faisons-les courir. »

Pendant une semaine, ils sont d'abord restés cachés au nord de Khost, chez Bakht, le frère d'Hafiz amateur de *bacha bazi*. Contre l'avis de Lynx. Lui voulait retourner parmi les kouchis, en qui il a confiance, mais à la mention de cette idée Hafiz a craché par terre et crié : « Tous voleurs ! » Le débat n'est pas allé plus loin.

À Chapman, la disparition du prisonnier et celle de Fox ont été découvertes une heure après leur départ. L'alerte enfin lancée, on a procédé à un ratissage du camp. Par chance, aucune caméra n'a capté leur embarquement dans le pickup, un véhicule de 6N. On les a bien filmés en train de quitter la base par l'entrée dérobée mais, à l'image, seules deux silhouettes sont visibles dans la voiture, celle du paramilitaire et une autre, enturbannée, méconnaissable. Tout le monde a cru qu'il s'agissait du PUC 463. Personne n'a pensé à Hafiz. Akbar a de son côté sagement patienté jusqu'à la réouverture de l'aérodrome pour partir dans un camion plein de sous-traitants afghans. Les deux Pachtounes ont pu aller et venir à leur guise encore deux ou trois jours, pour ne pas éveiller les soupçons, puis ils se sont fait porter pâles. Ils ont utilisé ce délai de grâce pour explorer les réserves de la société militaire privée et emprunter quatre mines claymores, vestiges d'une époque révolue, et des explosifs.

Durant cette période d'inactivité forcée, Lynx s'est reposé, remplumé. Avec Fox, il a comblé des vides, parlé du passé, de leur histoire de France, celle qui les a précipités tous les deux dans le vide, pour finalement les rapprocher. À la question *et Mendoza ?* il a répondu *connais pas*. « C'est toi l'ex de la CIA, pas moi.

— Ils ont dû se tromper. »

Le contact a également été rétabli avec Younous Karlanri, l'ancien chef de réseau 6N au Waziristan du Nord, leur meilleure option sur place. Il y avait un vrai risque d'être vendus à l'Agence, mais Fox comptait sur le respect mutuel manifesté du temps de leur collaboration, la haine sans limites de Karlanri à l'encontre du clan Haqqani et la probable rancœur suscitée par le lâchage brutal ordonné l'été dernier par l'Agence. Il avait vu juste. Mis au courant de leur problème, Younous n'a pas tardé à offrir aide et protection.

Les deux Français ont franchi la ligne Durand le 6 mars, pour rejoindre Alizai, une ville de la zone tribale de Kurram, à l'est de Khost, via une portion de la frontière moins surveillée que la partie située plus au sud, en direction de Miranshah. Karlanri les attendait là-bas pour les conduire chez lui près de Mir Ali. Hafiz est resté au pays, mais Akbar a insisté pour être du voyage. Il ne souhaitait pas laisser Fox se rendre seul au Pakistan. Depuis, il aide Younous à localiser le lieu de détention de la journaliste détenue par les Haqqani, ou plutôt par l'un de leurs alliés, Shere Khan du district de Sperah. La rumeur de la présence de cette femme s'est propagée dans la région et on la dit au centre de querelles de chefs. Younous et les siens ne sont dans un premier temps guère plus chanceux que les proches de Chinar Khan, l'ancien du clan kouchi, interrogés quelques semaines plus tôt et, peu à peu, impatience, ennui et désespoir s'immiscent dans l'esprit épuisé de Lynx. Fox n'est pas plus optimiste. Il sait par ailleurs les dangers encourus à rester ici trop longtemps. Les mouchards talibans sont partout et la présence d'étrangers finira par être remarquée.

Tout change le 11 mars en début de matinée. Karlanri rentre chez lui porteur d'une nouvelle inquiétante : les militants, pris de frénésie, ont lancé une vaste chasse à l'homme et il craint pour la vie de ses *invités*. Peut-être vont-ils devoir partir sans attendre.

Dans le matériel récupéré par Akbar chez Fox le jour de l'évasion se trouvait un scanner. À certaines heures, ils s'en servent pour surveiller le trafic radio de la région, dans l'espoir qu'un maladroit lâche une indication sur la position d'Amel Balhimer. Sans résultat jusqu'ici. Ce jour-là, quand ils l'allument, l'appareil révèle des échanges soutenus et un renseignement d'importance majeure : les talibans pistent le fameux Shere Khan de Sperah. À l'aube, il a tué deux moudjahidines et volé quelque chose au clan. Cette chose, le *cadeau* selon la terminologie employée sur les ondes, Lynx et Fox pensent savoir de quoi, ou plutôt de qui il s'agit et l'intensité de la traque tend à confirmer leurs hypothèses.

Les recherches des militants se focalisent sur la zone frontalière au nord de Miranshah. D'après Akbar, ils vont essayer de l'empêcher de rentrer chez lui. « S'il atteint Sperah, ils le perdent. »

Lynx suggère de suivre le même chemin.

« Si elle n'est pas avec lui, on est de la baise et elle aussi. » Ils connaissent juste les mouvements adverses, explique Fox, et ils ne sont sûrement pas les seuls. « L'ISAF et les Pakis doivent se régaler. Ça va bientôt grouiller de monde là-haut, on risque le feu d'artifice général. » Avec de la chance, Amel sera secourue par l'une des armées régulières de la zone. « Attendons.

— On peut écouter les Pakistanais, avec ton truc ?

— On peut écouter tout le monde. »

Vers dix heures du matin, le pickup de Sher Ali dépasse Datta Khel, le village où longtemps Jalalouddine Haqqani et ses fils ont résidé, avant que celui-ci ne devienne l'une des cibles préférées des avions sans pilote de l'Amérique. Il se dirige vers la Shawal et croise dans la circulation de nombreux 4 × 4 chargés de moudjahidines fonçant vers Miranshah.

Shere Khan comptait sur cette erreur. Une fois l'évasion et sa culpabilité découvertes, ses anciens alliés ont eu le réflexe de se masser au nord, à la frontière, pour lui barrer la route. Ce faisant, ils ont vidé le sud et en particulier cette vallée d'une petite centaine de kilomètres de long qui mène tout droit à l'Afghanistan, via Angour Adda, à l'entrée de la Paktika. Il connaît bien cette province pour y avoir porté le premier coup de sa vengeance en tuant Haji Moussa Khan, l'éleveur de chevaux vendu aux mécréants, et toute sa famille. Ensuite, durant plusieurs mois, il a mené là-bas une guérilla contre les espions de l'ennemi retranchés dans la base de Shkin. C'est l'endroit où il a l'intention de déposer Amel. Elle y sera plus en sécurité qu'avec l'armée pakistanaise. Il redoute les taupes de l'ISI infiltrées dans chaque unité et ne voulait pas prendre le risque de voir Tajmir prévenu par l'un de ses maîtres.

La Shawal, verdoyante, large par endroits, plus encaissée à d'autres, boisée sur les hauteurs, est parcourue sur toute sa longueur par une piste en assez bon état au tracé parallèle à celui de la rivière qui lui donne son nom. Les troupes régulières y patrouillent fréquemment, mais elle reste le domaine réservé des contrebandiers et des insurgés. Y entrer n'est pas sans risque, mais Sher Ali fait le pari de garder son avance sur ses poursuivants, occupés ailleurs.

Le premier tiers du voyage se passe sans encombre, il n'y a pas de barrage, peu de monde sur la piste, des camions de marchandises, des cars surtout. Les soldats sont invisibles, les talibans absents. Au bout d'une quarantaine de kilomètres cependant, alors que la route serpente sur le versant est de la vallée, en altitude, ils sont arrêtés par des militaires dont le tout-terrain a versé dans un fossé. Ils sont trois, un sergent et deux hommes du rang, des Frontier Corps. Le sous-officier approche, en essayant de garder l'air sévère, sûr de lui, quand derrière, ses acolytes semblent beaucoup moins rassurés. Sher Ali et Dojou ont l'allure de moudjahidines et ici les rapports entre camps adverses sont à peine cordiaux, régis par un accord de paix fragile.

Mais refuser de l'aide aux gardes-frontières serait suspect.

L'Ouzbek leur demande s'ils ont un câble pour accrocher entre elles les deux voitures et tracter la jeep hors du fossé. Les soldats n'en ont pas. Et ce n'est pas ce qu'ils veulent. Il faut les accompagner jusqu'à un village situé cinq kilomètres plus au nord, où ils pourront attendre confortablement d'être dépannés. Faire demi-tour ferait perdre trop de temps aux fuyards et Sher Ali essaie, en masquant la vérité, d'expliquer qu'un tel détour n'est pas possible. Le sergent ne veut rien savoir, ne veut pas entendre parler d'un *arrangement*, il s'en offense même et commence à faire jouer sa supposée autorité. En retrait, ses subordonnés se crispent sur leurs kalachnikovs.

Dojou sort du pickup à son tour et se poste près de la portière ouverte. Sur son siège, hors de vue, un AKMS. En anglais, il murmure à Amel de se tenir prête à se coucher.

Sher Ali a entendu. Le sergent, debout devant lui, aussi. Surpris, il veut savoir ce qui a été dit. Au lieu de lui répondre, Shere Khan l'éventre d'un coup sec de sa lame. Le militaire lance un cri noyé par le sang brutalement remonté de ses tripes et s'effondre en s'agrippant à son assassin.

L'un des soldats a relevé son fusil d'assaut. Il hésite un instant entre le conducteur et son passager. Dans le doute, effrayé, il balaie de l'un à l'autre d'une rafale horizontale. Elle constelle le pare-brise du pickup. Amel crie et se baisse, douchée par une pluie de verre. Sher Ali et Dojou se jettent au sol. L'Ouzbek a saisi sa kalachnikov et vise le tireur, qui recule en continuant à ouvrir le feu.

L'autre garde-frontière s'enfuit au pas de course. Il est déjà à une quinzaine de mètres quand le Roi Lion extirpe le pistolet du sous-officier de son étui de hanche et vide le chargeur. Il fait mouche au cinquième coup. L'homme tombe.

Dojou a également tué son adversaire mais, lorsqu'il essaie de se remettre debout, il se rend compte qu'il a été touché à l'abdomen. Il perd un sang très noir, se rassoit, appelle. Sher Ali le rejoint. Il déchire ses vêtements pour voir la plaie. L'Ouzbek n'émet aucune plainte mais ses traits sont tirés, il souffre. Amel, envoyée sans attendre fouiller la voiture des soldats, y trouve une mallette de premiers secours et revient vers le blessé.

Dojou et Sher Ali se disputent.

« Je ne peux pas rester avec vous. Et cette voiture, elle te trahira. » La fusillade ne tardera pas à être découverte et va attirer l'attention de l'armée sur la vallée. Dojou veut faire diversion, être remarqué, entraîner le plus de gens possible derrière lui, loin d'ici.

Le Roi Lion refuse.

« Cette mort que tu m'offres, je ne la crains pas mon frère, elle fait partie de moi depuis le départ des miens. J'ai été heureux à tes côtés et c'est une belle fin. » L'Ouzbek tend son AKMS. « Pour elle. »

Sher Ali cède, il fait un pansement grossier, pour retarder l'hémorragie et aide ensuite Dojou à s'installer au volant, avant de caresser tendrement son visage. Le Toyota démarre et s'éloigne dans la vallée. Bientôt, on ne l'entend plus.

Amel et Sher Ali ne perdent pas une seconde. À l'intérieur du tout-terrain accidenté, ils récupèrent deux besaces dans lesquelles ils fourrent l'essentiel. La trousse de soins, des restes de nourriture, de l'eau, des jumelles, une radio, des grenades et des munitions. Ensuite, ils se mettent en marche vers le sud. Dans le prochain village, Sher Ali espère pouvoir monter à bord d'un car ou d'un minibus à destination d'Angour Adda ou, dans le pire des cas, voler un véhicule.

Au fil des heures, le bla-bla Icom révèle de nouvelles informations et donne une idée plus précise de la situation. Sher Ali Khan Zadran n'a pas agi seul, un autre moudjahidine était avec lui, un Ouzbek. Sans doute Dojou Chabaev, selon Fox et Akbar. « Ils combattent ensemble depuis un an. » Les talibans recherchent donc trois personnes, à bord d'un pickup, dont la marque et le modèle finissent également par être communiqués, c'est un Toyota Hilux beige. À propos des motifs du vol du cadeau, on annonce le refus de partager la rançon pour la cause et l'on rappelle que Sher Ali a déjà tué un autre frère, Zarin, pour cette même raison. Karlanri n'est pas dupe, le Roi Lion a la réputation d'être un homme à l'honneur sans tache. « C'est une ruse des Haqqani pour exciter leurs hommes. » Très vite cependant les échanges tarissent, par manque de nouveaux éléments, et une insupportable attente commence.

Pour passer le temps, Fox et les autres basculent fréquemment sur le réseau militaire. En début d'après-midi, une alerte traduite par Akbar intrigue Lynx. Une patrouille de l'armée a été attaquée dans la vallée de Shawal. Trois soldats sont morts au cours de l'incident et des renforts ont été dépêchés sur place. Pour une seconde traque. « C'est au sud, pas du même côté. » Fox recommande de ne pas lâcher la proie pour l'ombre. « Tous les jours, il y a là-bas des accrochages entre les Frontier Corps et les talibans. »

Lynx demande à voir quand même une carte de la zone pour étudier le terrain. Il suit le tracé de la vallée jusqu'à l'Afghanistan, un axe parfait pour s'infiltrer ou s'exfiltrer.

« C'est aussi un repaire de moudjahidines, ils y sont nombreux.

— Beaucoup moins depuis ce matin. »

En fin de journée, une série de messages émanant des autorités militaires donne en partie raison à Lynx. Tout d'abord, un pick-up civil endommagé lors d'une fusillade a été remarqué par des habitants de Datta Khel parce qu'il zigzaguait sur la piste. Ensuite, vers vingt heures, ce même véhicule, dont la couleur beige est cette fois précisée, est signalé par d'autres personnes dans les environs de Razmak.

« Si c'est bien eux, ils descendent peut-être vers Wana. » Fox, penché sur le plan avec Lynx, essaie d'anticiper l'itinéraire des fuyards.

« Ils ont des alliés, là-bas, votre Roi Lion et son pote ? »

À la radio, l'armée annonce la mise en place de barrages à la hauteur de l'intersection de Tank Road et Makin Road, à vingt kilomètres de la capitale du Waziristan du Sud. Pendant une trentaine de minutes, les comptes rendus ne font état d'aucune nouveauté, le Toyota a disparu. Il est retrouvé peu après vingt et une heures, accidenté, dans un petit ravin proche du village de Karama, sur la route de Tank, en aval des points de contrôle. Il y a une seule personne à bord, un homme et il est décédé. Impossible de dire si c'est à cause de la sortie de route ou d'une blessure par balle reçue au ventre.

Dark Tower, je vois des mouvements, beaucoup…
Attendez, Sky Raider…

Après plusieurs heures d'immobilité, les talibans massés au nord de Miranshah, de part et d'autre de la frontière, se déplacent à nouveau. Ils redescendent vers le sud. Ce même sud, où huit heures plus tôt, l'armée pakistanaise s'est lancée à la poursuite d'un commando insurgé ayant exécuté trois de leurs soldats. Bob l'a appris par *Mother*, la station d'écoute de l'Agence à la FOB Lilley, installée au débouché de la vallée de Shawal, dans la province de Paktika. *Qu'est-ce qu'ils branlent, ces cons de hajis ?* Le QG de la CIA, averti de ces manœuvres intempestives, redoute un nouvel embrasement dans les FATA et leurs inévitables dégâts collatéraux de ce côté de la ligne Durand. En lien avec le JSOC et le commandement de l'ISAF, Langley a pris les choses en main et relégué Bob au rôle de spectateur.

Tajmir, averti de la découverte du pickup de Sher Ali par un contact de l'ISI, a passé la nuit au bord de la route, entre Miranshah et Makin, coincé par des barrages. Il est épuisé, frustré, en colère. Le Roi Lion et l'étrangère, privés de voiture, se trouvent encore sans doute dans la région de Karama et il voulait se lancer à leur poursuite avec ses hommes. Au lieu de cela, il a été obligé de communiquer ses informations aux services secrets, seuls à même de diriger et d'orienter les recherches des militaires. Taj n'a pas révélé l'identité de la femme, ni qu'elle était otage, et l'a présentée comme une kamikaze retournée par Shere Khan, taupe des Américains ayant trahi tout le monde, ses frères talibans et le Pakistan. De quoi motiver les militaires, impatients de se venger après la mort de leurs camarades. Tajmir aurait préféré le tuer lui-même, mais l'essentiel est qu'il soit neutralisé, avec l'étrangère, question d'honneur.

Impossible de trouver un moyen de transport hier, des troupes patrouillaient déjà dans les villages et Sher Ali n'a pas voulu prendre le risque de redescendre dans la Shawal. Ils ont donc continué à avancer à l'abri des franges boisées de la vallée, plus près du bleu du ciel, dans l'air raréfié, mais n'ont pu parcourir qu'une quinzaine de kilomètres supplémentaires, gênés par le terrain mouvementé et l'arrivée de l'obscurité.

Lorsqu'ils se sont arrêtés peu avant minuit, la température avait beaucoup chuté, Amel était frigorifiée. Et à bout de forces. Si elle a tenu, c'est à cause de la trouille, de l'orgueil et d'un sentiment mal placé de culpabilité suscité par la mort de l'homme connu jusqu'ici sous le faux nom d'Omer, cet Ouzbek taciturne à la crinière blonde parti se sacrifier vers le nord pour leur offrir quelques heures d'un précieux répit. Sher Ali, lui-même éprouvé, leur a déniché un abri naturel, une grotte de pierre sombre et grenue, empestant la poussière de roche, et a risqué un feu. La chaleur, l'odeur de bois brûlé, le parfum de la résine chauffée leur ont fait du bien. Ils ont partagé un repas léger avec les chapatis beurrés et les fruits secs pris aux soldats, et l'ont agrémenté d'un thé noir très fort, parfumé à la cardamome, également trouvé dans leurs bagages.

Tout en se restaurant, Sher Ali a montré à la journaliste comment se servir de l'AKMS de Dojou. Contraints à la discrétion, ils n'ont pas pu tirer, mais elle a au moins appris les rudiments du chargement, de l'armement et de la visée. Sans illusion, il lui a aussi donné une grenade et a expliqué sa manipulation. Amel a eu d'abord peur de la tenir, mais il l'a obligée à la garder à la main pendant le repas et, au bout d'un moment, elle n'y a plus prêté attention.

En dehors de ces brefs échanges pratiques, ils n'ont pas beaucoup parlé. La perte de l'Ouzbek a troublé Sher Ali et Amel n'a pas osé demander où et comment ils s'étaient rencontrés. Elle aurait également aimé savoir pourquoi il était revenu pour la libérer, en dépit des risques encourus par sa famille. Finalement rattrapée par la fatigue, elle s'est endormie sur l'image du visage endurci du Pachtoune, barré de son bandeau noir, éclairé par les flammes. Il réveille la journaliste juste avant les premières lueurs du jour et lui montre un chai mis à chauffer sur les braises. Ensuite, il part reconnaître les environs.

Les muscles d'Amel, transis par le froid de la nuit, ne sont que raideurs et courbatures, et ses pieds ont souffert la veille dans ses chaussures trop grandes, mais elle serre les dents et se tient déjà prête lorsque Sher Ali revient donner le signal du départ.

Une nouvelle nuit d'écoute attentive du bla-bla Icom a apporté la confirmation de la nature véritable du cadeau, une femme. Un commandant taliban l'a lâché dans un accès de grande frustration, énervé d'avoir été bloqué par l'armée régulière. « Ces fils de chiennes vont garder l'étrangère pour eux et leurs chefs deviendront riches à notre place. » Les soldats eux-mêmes recherchent un homme et sa compagne, une kamikaze dont le projet est de se faire exploser dans une base militaire, ainsi est-elle présentée sur les ondes. Le couple est à pied et on le pense dans la région située entre Karama et Tank.
« Ils se trompent. » Lynx croit pour sa part les troupes déployées au mauvais endroit, persuadé qu'Amel et Shere Khan – le mort du pickup a été identifié quelques heures plus tôt, il s'agissait de Dojou Chabaev – sont toujours dans la Shawal. « L'Ouzbek, c'est un leurre, la manœuvre est idiote s'ils sont revenus avec lui. » Or Sher Ali est malin, en s'enfonçant dans ce défilé, il est allé là où l'on ne le chercherait pas. « Pourquoi rebrousser chemin ? » Il a fini par convaincre Akbar et Younous. « Nous devons aller là-bas. »

Fox, plus circonspect, désire attendre encore, mais se range finalement à l'avis de la majorité.

Karlanri offre de les accompagner jusqu'au site de la fusillade. Leur projet tourne court. Ils sont eux-mêmes coincés à Datta Khel, par un barrage filtrant des Frontier Corps. Tenter de le franchir est trop dangereux et ils font demi-tour. Akbar suggère alors de suivre Makin Road jusqu'à la vallée de Shakaï, à une heure de route vers le sud. Perpendiculaire à la Shawal et profonde d'une dizaine de kilomètres, on peut passer de l'une à l'autre par des chemins d'altitude pénibles, sans doute enneigés par endroits, mais peu surveillés.

Lynx et Fox approuvent.

Après six heures d'une marche exténuante, entrecoupée de rares pauses, le temps joue contre eux, Sher Ali et Amel sont arrivés dans un endroit nommé Speratoï. Ici, la Shawal se resserre et son versant est, celui sur lequel ils ont progressé jusque-là, devient impraticable, trop raide. Il faut rejoindre le lit de la vallée et y cheminer pendant plusieurs kilomètres.

Shere Khan a laissé Amel seule sur les hauteurs, pour effectuer une reconnaissance de la descente. Il est inquiet, l'étrangère avance sans se plaindre, mais elle souffre et, à peine arrêtée, elle s'est effondrée. Il se rend bientôt compte d'un autre problème. Il y a un village à Speratoï, en général paisible. Shere Khan le découvre gardé par un *lashkar*, une milice locale formée de paysans. Un poste de surveillance a été installé près du seul pont qui enjambe la rivière à cet endroit. De cet emplacement, il est possible d'observer l'aval et l'amont, le terrain est à découvert. Toute tentative de traversée en plein jour sera repérée. Cette troupe peut avoir été mobilisée pour divers motifs, mais le Roi Lion craint que ces hommes ne participent aux recherches des militaires. Il remonte vers le sommet et annonce la mauvaise nouvelle. « Nous essaierons de traverser à la nuit. »

L'information porte un coup au moral de la journaliste. Recroquevillée, elle tremble plus encore, sous l'effet combiné de la météo, de la fatigue et de la peur. Pour la rasséréner, Sher Ali offre son patou et échange leurs fusils. « Le mien est plus léger. » Au moment de le donner, il pense à Batour, amoureux de cette arme, et à sa famille. Il les espère loin, sains et saufs. Ensuite, ils mangent un peu et l'Afghan conseille de somnoler jusqu'au départ. « Si tu le peux. »

Amel rouvre les yeux après le coucher du soleil et le trouve dans la même position que lorsqu'elle s'est endormie, le regard sur la vallée. « Nous ne partons pas ?

— Ils ont dû terminer Al'maghrib il y a peu. Laissons leur repas du soir commencer. »

La journaliste s'assied et rend le patou. « Merci. »
Sher Ali se couvre aussitôt. Il frissonne depuis la fin du jour.
« Quand as-tu décidé ?
— Quoi donc ?
— Pour moi. »
Après quelques instants de réflexion, Shere Khan évoque le matin où il a vu Amel seule face à la jirga organisée par Badrouddine et Tajmir. Ce qu'il a ressenti alors, un mélange de honte, de colère, de crainte, lui a rappelé ce jour où il a entraîné Adil et Badraï à Khushali Tori Khel, contraint par une invitation de Sirajouddine.
« Non, ce n'est pas vrai.
— Quoi donc ? »
Rien ne m'y obligeait. Sher Ali se tait.
Amel n'insiste pas et s'étire.
« Si tu rentres chez toi, que feras-tu en premier ?
— J'embrasserai ma sœur, Myriam, et ma mère.
— Et Youssef ?
— Tu te souviens de son nom.
— C'est un beau nom.
— Je l'embrasserai plus longtemps encore.
— Tu l'aimes ?
— Beaucoup.
— Je voudrais que tu lui dises de ne pas penser du mal de moi. »
Amel voit Sher Ali se retourner dans le noir.
« Tu lui diras ?
— Je ne sais pas. »
Le Pachtoune hoche la tête. « *Khpal a'mal de laare mal.* Cela signifie : les seules choses qui nous accompagnent toute notre vie sont nos actions. » Un temps. « Je dois te ramener vers ta liberté maintenant. » Il allume la radio volée hier aux militaires et l'écoute un moment, pas trop fort, en changeant plusieurs fois de fréquence. Satisfait, il se lève. « Je te promets un chai quand nous serons arrivés. »

Avant qu'Amel ne s'endorme, Sher Ali a tracé dans le sol un plan du village, rectangle d'une vingtaine de fermes construit au pied du versant où ils se trouvent. Son axe le plus long est parallèle à la rivière et une zone cultivée large d'une centaine de mètres les sépare. La route de la vallée passe dans ces terres arables jusqu'au sud du hameau, décrit un angle droit et franchit le cours d'eau par le pont. Qui ne sera sans doute pas gardé pendant la nuit, mais Sher Ali l'estime trop près des maisons. Il a repéré plus au nord un gué artificiel, un alignement de rocs, que l'on peut atteindre facilement par les canaux d'irrigation. Ils tenteront leur chance de ce côté.

La descente vers la vallée dure une trentaine de minutes. Sher Ali guide, trois pas devant, et fixe la vitesse de la marche. Il avance doucement dans les ténèbres, pour ne pas trébucher sur une souche ou un rocher affleurant, ni faire de bruit. Amel s'efforce de l'imiter en tout, concentrée pour oublier sa frayeur, les mains serrées sur ce fusil d'assaut dont la réalité la plombe depuis la veille, il fait d'elle à la fois une ennemie à abattre et une tueuse en puissance. Lorsque les maisons apparaissent, Shere Khan s'arrête et observe. La lune est voilée par des nuages, mais il ne semble pas y avoir de sentinelle sur le pont. En silence, il montre l'itinéraire recommandé et le cheminement de rochers dans la rivière, point le plus délicat du parcours, où ils seront exposés. Ils repartent, courbés longent les fermes et trouvent bientôt le fossé relié. C'est la fin de l'hiver, il est encore à sec, facile à remonter jusqu'à la berge.

Le gué est maintenant à main gauche, à une dizaine de mètres. Dernier tour d'horizon et Sher Ali s'élance. Il teste la stabilité des pierres les plus proches et traverse en quelques secondes, agile. Amel le voit s'accroupir sur l'autre rive et lui faire signe de venir. À son tour elle se lève, le souffle court, le cœur dans les oreilles, le pas mal assuré. Son pied glisse sur le premier bloc mais elle parvient à se rattraper et avance, fébrile, gênée par l'AKSU tenu contre son corps. Il n'avait pas l'air si encombrant tout à l'heure. Elle a parcouru la moitié du chemin lorsqu'une porte claque dans le village. Surprise,

Amel perd l'équilibre et tombe à l'eau. L'endroit où elle a chuté est peu profond mais, désorientée, elle patauge et dérive dans le courant.

Une main la saisit, celle de Sher Ali, venu à la rescousse.

« J'ai lâché ton fusil.

— Ce n'est pas grave, viens. »

Un homme appelle, il a entendu du bruit. Un second l'imite.

« Viens ! »

Amel et le Roi Lion s'éloignent de la rivière. Le plus vite possible, ils gagnent le versant. Ils l'atteignent tout juste quand des lumières sortent du hameau. Une voiture démarre. Les premières se dirigent vers le cours d'eau et le pont, et la seconde traverse ce même pont pour foncer vers le sud. Elle décrit une boucle et revient, recommence ce manège plusieurs fois, ses phares illuminant les ténèbres. Les miliciens ont repéré de quel côté ils se sont enfuis. Sher Ali grimpe plus haut, jusqu'à un boqueteau où ils se cachent pour observer. Plus bas, les recherches se poursuivent, menées par une dizaine d'hommes excités, dont les voix portent loin dans la nuit silencieuse. L'un d'eux annonce avoir découvert une kalachnikov. Les autres se rassemblent autour de lui. Dans l'heure qui suit, tout le village est réveillé et d'autres véhicules, militaires ceux-là, arrivent par le sud. Ils se mettent à quadriller la vallée et, peu à peu, ferment le passage.

Younous Karlanri avait la mine sombre lorsqu'il a laissé Fox, Lynx et Akbar dans la Shakaï. Comme eux, il savait les dangers vers lesquels ils se dirigent et ils se sont séparés de façon très solennelle, sans paroles superflues, à la manière d'amis qui ne se verront plus. Une fois à destination, s'échapper ou revenir en arrière ne sera pas possible, rester cachés sera vital, la discrétion, leur seul avantage tactique.

L'ascension vers les passages d'altitude est pénible pour Lynx, peu habitué à travailler alourdi d'un porte-plaques, même léger. Ajouté au sac tactique, à l'AK47 customisé remis par Fox, aux munitions, aux dernières semaines de mauvais traitements et à l'usure accumulée au cours de son périple, il le ralentit considérablement. Durant les toutes premières heures de leur infiltration, les plus raides, ses deux compagnons doivent l'attendre plus d'une fois. Le terrain minéral, haché par les assauts immémoriaux des vents, de l'eau, du gel, est rendu glissant par la fragmentation de la rocaille sous leurs pieds. Souvent les sentes se perdent sous la neige ou butent sur des crevasses, des éboulements. Par chance, ils ne croisent personne à part un jeune chevrier, trahi par les bêlements de son troupeau, qu'il leur est facile d'éviter. Au bout d'une journée de crapahut punitif, alors que tombe la nuit, ils aperçoivent enfin les versants boisés de la Shawal et Fox les pousse jusqu'à une forêt où ils décident de planter leur bivouac. Ils ont rejoint la vallée aux deux tiers de sa longueur et d'après leurs calculs, si Amel et le Pachtoune ont poursuivi à pied, ils sont soit légèrement devant eux, soit quelques kilomètres derrière.

Les tours de garde sont établis et Hafiz prévenu de leur situation par téléphone. Ce soir, les talibans n'ont pas désactivé les antennes relais, « ils doivent en avoir besoin » selon Akbar, et ils peuvent communiquer leur itinéraire et une estimation du temps qu'ils mettront à arriver à Angour Adda. Rendez-vous est pris pour la nuit du 13 au 14, rester au-delà serait suicidaire, et Amel, s'ils ne l'ont pas trouvée avant, sera probablement morte.

Puisqu'il n'est pas question de faire un feu, ils mangent une collation froide, ponctuée de mots rares, chacun s'efforçant de garder intimes ses douleurs et ses peurs. Vers la fin du repas, Fox s'adresse à Lynx en français. « Tu te souviens de tes classes, tes premières sorties ? Moi, je prenais pas ça au sérieux, j'avais l'impression de partir en camping.

— Ouais, version SM le camping alors.

Fox rigole. « Un jour tu t'aperçois que tu joues plus. Plus jamais. Tout est grave. Et c'est ça qui te tue, plus jouer. » Silence. « Je joue plus depuis trop longtemps.

— Certains trucs, t'en reviens pas, ça marche plus après. » Lynx gratte le sol avec son talon pendant quelques secondes. « Et si t'essaies, c'est pire. »

Un temps.

« Surobi, j'y étais. » Sans rien cacher, ni chercher à se justifier, Fox raconte l'attaque durant laquelle Amel a été enlevée et son rôle, du début à la fin. « Du mauvais côté. » Dans le noir, il devine le regard de Lynx posé sur lui et pense *s'il le fait, je me défends pas*. « Tu dis rien ?

— J'ai rien à dire. À personne. »

Leur échange se conclut sur ces mots et ils recommencent à surveiller les ondes. Radio taleb est calme, mais les Frontier Corps signalent un problème dans les environs d'un lieu appelé Speratoï. Des miliciens locaux ont surpris des voleurs. Ils étaient trois, quatre peut-être, et on a entendu hurler et se plaindre une femme. Un fusil appartenant aux fuyards a aussi été trouvé dans un champ. L'incident a provoqué une certaine agitation parce que le coin a été attaqué deux fois au cours des dernières semaines. L'armée a envoyé là-bas des patrouilles et bloqué la Shawal dans un goulot d'étranglement où il est facile de contrôler les allées et venues.

La mention de la femme inquiète Lynx, Fox et Akbar, et ils restent à l'écoute du trafic militaire par roulement, pour essayer d'en savoir plus. Fox, de faction le premier, rebranche le scanner vers minuit, juste avant de passer le relais. Les militants ont commencé à s'exciter. Le bla-bla Icom est intense et il décide de réveiller ses camarades. Les talibans convergent vers Speratoï à leur tour. L'arme abandonnée par les intrus est un AKSU et sa description a circulé. Il porte, en lettres d'argent incrustées dans sa garde, le nom de son propriétaire, Sher Ali Khan Zadran.

Sur une carte, Speratoï est à six kilomètres de leur position. À un rythme soutenu, sur ce terrain, ils peuvent y arriver avant le jour. Dans la lueur des frontales filtrées de rouge, les visages sont fatigués mais résolus, et après s'être accordés sur le chemin à suivre, les trois hommes repartent dans le silence figé de la nuit, le seul territoire où ils sont encore libres.

Quand ils parviennent là-bas, le calme est revenu. Les militaires annoncent maintenant se trouver plus au sud, où ils traquent les fuyards en fouillant la vallée et ses abords. Le nord, ils l'ont laissé aux talibans. Eux redescendent en masse par ici. Ils seront au hameau après le lever du soleil. « Ils ne rejoindront pas les soldats, trop danger pour se battre. » Akbar suggère de se glisser entre les deux groupes. « L'armée, elle cherche devant, pas sur l'arrière. » Il est urgent de couvrir les prochains kilomètres avant l'arrivée des moudjahidines. « Après, plus possible. » Peu avant l'aube, ils franchissent la rivière très en amont du village, de l'eau jusqu'à la poitrine, et se pressent de remonter vers les sommets de la vallée, sur les traces, espèrent-ils, de Sher Ali et Amel.

Tajmir a foncé pour être cette fois le premier à Speratoï, mais à son arrivée les nouvelles sont mauvaises. Prévenu en chemin par son officier traitant de l'ISI, il sait que les patrouilles de l'armée, dix kilomètres devant lui, ont perdu la trace des fugitifs. Les militaires ne les ont pas trouvés dans l'étroit défilé, et ils sont pour le moment arrêtés à Zam Chan, l'endroit où la Shawal rejoint la route de Wana, où ils renforcent les barrages installés par d'autres soldats durant la nuit.

Les informations venues du nord, de l'arrière-garde de Taj, ne sont pas meilleures. Plusieurs bandes de moudjahidines descendent à sa suite en inspectant chaque recoin et tous les hauts sont gardés par des observateurs. Les villages ont été alertés. Pourtant personne n'a encore aperçu Sher Ali ou l'étrangère de ce côté.

Pas au nord, plus au sud. Nulle part, volatilisés.

Peut-être à l'ouest, finit par suggérer un taliban de la région. Et d'évoquer un vallon encaissé, dont l'embouchure est voisine de Speratoï. Il permet de contourner cette partie de la Shawal et d'atteindre un lieu appelé Ral Shawaraï, situé à quelques kilomètres de la frontière. Ce n'est pas un véritable raccourci, ce que l'on gagne en distance, on le perd en facilité de progression mais si, hier soir, il était coincé par l'armée, Shere Khan a pu essayer de suivre cette voie. En marchant sans arrêt, avec six ou sept heures d'avance, il peut espérer rejoindre la vallée en début d'après-midi.

Dark Tower...
De Mother, le bla-bla Icom indique la préparation d'une fête à Ral Shawaraï...
Les interceptions de la FOB Lilley, à Shkin, confirment les images affichées par les écrans de Kill TV, dans la Tour Sombre. Depuis l'aube, le Predator baptisé *Lightning* – Éclair – survole la Shawal et suit les mouvements des militants qui, la veille, se massaient encore au Waziristan du Sud, le long de Makin Road. Ils se sont tous brusquement précipités dans la vallée.

Les hajis cherchent quelqu'un, Bob et ses *collègues* de l'Agence et du JSOC le savent à présent, ils connaissent même l'identité de cette personne, le chef pachtoune Sher Ali Khan Zadran, une cible prioritaire, et si l'on en croit l'agitation de la matinée, ils pensent l'avoir retrouvé. En revanche, personne n'a été capable d'expliquer à Bob pourquoi ce moudje est devenu la bête noire des Haqqani du jour au lendemain. Seule chose normale dans le grand cirque en cours, le repli stratégique des troupes pakistanaises dans leur fortin d'Angour Adda.

Dark Tower ici Lightning...
Dark Tower...
Je vois un, correction deux, un plus un, mortiers...
Deux mortiers et déjà une cinquantaine de combattants en début d'après-midi.

Son sourire dit non. Quand Amel, au réveil de leur dernière pause, demande à Sher Ali s'il a pu dormir, il essaie de faire bonne figure, dit de ne pas s'inquiéter, *a-t-elle moins froid ?*

La journaliste frissonne toujours. Après sa chute dans la rivière, cette nuit détrempée l'a presque anéantie. Heureusement, il ne l'a pas lâchée, l'a poussée devant lui et forcée à marcher, pour garder son corps chaud. Puis il leur a accordé une pause d'une heure, de quoi faire un feu et un thé, brûlant, sucré, et de sécher un peu les vêtements d'Amel. D'écouter la radio.

Personne ne suivait.

Pas encore.

« Ils viendront. » Sher Ali en était sûr, simple question de temps. « À cause du fusil. »

Amel a imploré son pardon et lui s'est contenté de prendre sa main pour l'aider à se remettre debout. Il n'a pas libéré ses doigts tout de suite et ils ont repris la route en se tenant. Deux autres haltes ont suivi avant le lever du jour, jamais très longues, juste assez pour laisser aux yeux le temps de se fermer. Amel aurait tout donné pour ne pas repartir mais, à chaque fois, elle s'était remise dans les pas du Roi Lion. Pas question de le décevoir encore.

En début d'après-midi, ils s'arrêtent à nouveau et elle sombre. Il l'abandonne dans une combe boisée pour aller explorer le terrain au-devant. Rester seule dans un cocon de végétation baigné par un soleil presque printanier la berce dans l'oubli, malgré le désespoir de leur situation. Elle n'a même plus peur. C'est au retour de Sher Ali, bien plus tard, lorsqu'il la tire du sommeil d'une pression sur l'épaule, qu'elle voit son sourire *dire non* et l'angoisse dans son regard.

Il s'en rend compte, tourne la tête et signale le départ. « Nous sommes vers le danger. Plus bas, après la forêt, il y a des maisons, des paysans. » Ensuite, explique-t-il, ils quitteront cette vallée secondaire et retrouveront la Shawal. « À Angour Adda, je connais des gens.

— De ton clan ?

— Pour eux, je ne suis plus rien. » La voix de Sher Ali a dérapé à la fin de sa phrase. « Fais silence à présent. »

Amel obéit une centaine de mètres avant d'oser une ultime messe basse : « Je parlerai de toi à Youssef. »

Une autre heure s'écoule sans une parole et ils atteignent une ligne de crête plantée de conifères. Il faut maintenant quitter les hauteurs, au-delà, les pentes sont trop abruptes, et passer à vue de maisons. Deux cents mètres plus bas se trouve une première ferme, habitée, occupée, un feu s'élève de sa cheminée. Un enclos est accolé à l'aile droite de cette bâtisse, il ne contient aucune bête. Sher Ali montre d'autres constructions, au sud de la première, en enfilade, et la direction générale de la marche. Le défilé de Ral Shawaraï tortille avant de rejoindre la Shawal, invisible depuis leur position. Il dit de remettre la burqa, mais quand c'est fait, il ne bouge pas et continue à observer les environs.

Longtemps.

« Quelque chose ne va pas ? » Amel a chuchoté.

« L'enclos, il est vide. » Cela dérange Sher Ali.

« Il ne devrait pas ?

— Il reste une heure de jour, pas plus.

— On attend la nuit ? »

Le Roi Lion branche la radio. Silence total, sur toutes les fréquences, ça ne le rassure qu'à moitié. Il éteint et se lève, avance sur le versant. Amel suit, gênée par sa burqa, relevée comme une robe trop longue. Ils ont à peine fait trois pas qu'une motte de terre saute en l'air devant eux. Une détonation claque.

Un sniper, trop pressé ou ayant mal corrigé son tir. Il a fait feu depuis la maison, vers le haut, Shere Khan a cru voir un mouvement derrière l'une des fenêtres. Il recule et renvoie Amel vers les pins. Une seconde balle passe au-dessus de leurs têtes au moment où ils atteignent l'abri des arbres. Ils dévalent sans attendre derrière le sommet de la colline et, hors de vue, rebroussent chemin. Cinquante mètres plus loin, l'Afghan remonte seul pour examiner la ferme.

Rien.

Sher Ali rallume la radio, en sourdine, entend une cacophonie d'ordres contradictoires. Au milieu du chaos, une consigne surnage, répétée, qui le terrifie. Il se précipite vers Amel et l'entraîne plus bas vers un amas de rochers, sous lequel il la force à ramper.

La première explosion fait trembler la montagne.

Le mortier de 120 mm crache deux obus et se tait. Autour, ses servants discutent avec véhémence, ils ont tapé court. Plus bas dans la vallée, le second affût, de 82 mm, a lui aussi fait feu. Même endroit, pas assez long, encore. Mal renseignés ou trop pressés. À moins que ce ne soit fait exprès, pour interdire le passage.

Lynx, camouflé d'un *ghillie* descendant aux épaules, est à l'aplomb de la première bouche à feu, cent mètres en retrait, couché dans des buissons. Fox est caché plus à l'ouest, au même niveau. Akbar se trouve derrière, en hauteur, à l'écoute du scanner, et prend justement les ondes sur leur réseau radio privé. « Ils sont en colère. » Le bla-bla Icom révèle une divergence de points de vue à propos de la stratégie à appliquer. Un commandant local veut donner l'assaut, il en a assez de patienter. Il a ordonné le bombardement à la suite du tir inopiné du sniper. Interrompu par un autre, plus proche de la tête du réseau Haqqani – il n'arrête pas de le répéter pour asseoir son autorité. Lui veut de son côté attendre l'arrivée d'une colonne de moudjes partie ce matin de Speratoï. Elle suit le même chemin que Sher Ali et Amel, pour les empêcher de s'échapper en faisant demi-tour. Il veut les capturer vivants.

L'œil dans l'optique de son AK47, Lynx parcourt le dispositif ennemi. Dans le lit de la Shawal, au pied de son versant opposé, ils sont une centaine, répartis en deux groupes le long de la route. Un premier, le plus gros, ferme Ral Shawaraï. Le second, renforcé du mortier de 82 mm, bloque un autre défilé, à quatre cents mètres de là. Lynx suppose l'existence de voies sur les hauts, les talibans doivent craindre une tentative de fuite de ce côté. L'affût de 120 mm est à l'arrière de ce front, à environ cinq cents mètres au sud. Ils l'ont hissé sur les pentes par un sentier étroit et raide, en une heure et plusieurs allers-retours, avant d'en confier la garde à trois combattants.

Ce déploiement, Lynx, Fox et Akbar l'observent depuis le milieu de la matinée. Après avoir couru derrière les soldats, ils ont atteint Zam Chan à l'aube, quand l'armée commençait à lever ses barrages. À cet endroit, la Shawal se sépare en deux. Une branche descend vers Wana, une autre file à l'ouest en direction de l'Afghanistan. Pour les anciens de 6N, le coin, familier, évoque des souvenirs pénibles. Du temps où ils cherchaient à développer un réseau de sources au Waziristan du Sud, ils passaient par ici pour aller rencontrer Anwar le médecin et Mansour, son cousin. Exécutés depuis par Shere Khan et ses anciens alliés. Un coup, je tue les tiens, un coup tu flingues les miens.

Le vide laissé par le départ des militaires pakistanais a permis aux trois hommes de basculer d'un versant à l'autre et de gagner les sommets à l'abri des regards. Peu avant midi, ils ont vu les premiers pickups passer dans la vallée et rejoindre Ral Shawaraï, un kilomètre à l'ouest. Le temps de changer de position et d'autres véhicules arrivaient. Les talibans ont prié puis, tout l'après-midi, ils ont tendu leurs filets.

La voix d'Akbar monte à nouveau dans l'oreillette de Lynx. « Ils se moquent encore de lui. » Au fil de la journée, à intervalles réguliers, les militants ont nargué leur proie, l'ont menacée du pire, ses proches aussi, sans doute persuadés qu'il était à l'écoute. Shere Khan n'a jamais réagi. Peut-être n'a-t-il pas de moyens radio, mais Lynx croit plutôt à l'intelligence du mec. Répondre ferait le jeu de l'adversaire, l'informerait inutilement.

Il préfère y croire.

Ils n'ont plus beaucoup de temps pour desserrer l'étau, quand les renforts de Speratoï seront là, tout sera foutu. Une idée folle, désespérée, a commencé à germer dans son esprit mais, pour avoir

une toute petite chance de la faire fonctionner, il faut qu'Amel et son Shere Khan puissent recevoir un message. « Fox de Lynx. »
Fox…
« J'ai un plan. »
On meurt à la fin ?
« C'est pas drôle sinon. »
Super, je te retrouve en haut…

Le bombardement les a ratés mais a terrorisé Amel. Cinq obus, à peine une minute, à distance, de l'autre côté de la colline, et elle a quand même eu la sensation d'une éternité, du monde qui s'écroulait sur elle. Sher Ali a dû la sortir de force des rochers sous lesquels ils s'étaient réfugiés et, quand il l'a entraînée plus loin, elle ne s'est rendu compte de rien.

Elle n'a pas cessé de trembler depuis.

Juste avant la fin du jour, le Pachtoune a prié. Amel aurait aimé pouvoir se joindre à lui pour une fois. Elle a eu honte, des regrets. D'en savoir si peu sur sa religion, de ne croire en rien. Après, ils ont avalé leurs derniers bouts de pain, grignoté les restes de fruits secs.

Sher Ali ne parlait pas, il était concentré sur les communications, très tendu.

Amel a vu son visage se crisper de rage et senti son hésitation à répondre. « Qu'y a-t-il ? » a-t-elle interrogé.

Le Roi Lion a gardé le silence, s'est forcé à sourire, puis il a entendu quelque chose. Derrière eux, vers le nord. Il a éteint l'appareil, poussé Amel dans un creux et lui a donné son arme. Il a dit, en décrivant un arc du bras, « tu regardes de là à là, si tu vois un homme, tu tires » et a disparu dans le noir, sans qu'elle ait pu demander quoi que ce soit.

Devant elle se trouve une pente pelée, parsemée de masses sombres, des arbres et des rochers. Dans le noir, elles se mettent à bouger. Ou pas. Elle hallucine. Ou pas. Ses mains luttent pour tenir le fusil d'assaut, si froid, si lourd, et elle sursaute à plusieurs reprises à cause d'un bruit fantôme, d'un déplacement cauchemardé.

Le taliban surgit sur sa gauche, en gueulant. Il est à dix mètres, court le long du fossé. *J'ai rien vu.* Amel bascule sur le dos et lève l'AKMS pour parer un coup, elle ferme les yeux, se crispe. La kalachnikov prend vie, crache ses balles, plein, tellement vite. Les tympans de la journaliste explosent. Un corps alourdi par la mort vient l'écraser et elle gémit, souffle coupé par le choc. Un autre cri de rage monte dans les ténèbres. Amel tente de se dégager, mais elle est trop lente, le cadavre la cloue au sol.

Elle voit une ombre au-dessus de sa tête.

Qui se volatilise aussitôt.

Il y a des bruits de lutte, un grognement, plus rien.

Longtemps.

Amel est paralysée, par la peur, par ses pensées, *j'ai tué un homme, j'ai tué un homme. J'ai. Tué. Un. Homme.*

À voix basse, Sher Ali prévient. Il approche, repousse le mort, veut savoir si elle va bien.

Non, non, non. « J'ai tué un homme. » Amel le répète une fois, incrédule.

Le Pachtoune ne fait plus attention, il fouille le corps du militant. « Ils étaient juste trois, des éclaireurs. » Ensuite, il se remet brièvement à l'écoute des échanges surexcités de l'ennemi, afin d'essayer de deviner sa prochaine action. Il aide la journaliste à se relever et ramasse la radio. « Garde ce fusil-là et recharge-le.

— Tais-toi. » Amel a entendu une voix.

Amel de Servier…
Amel de Servier…
Amel de Servier…
À Paris, c'était moi…
Note…

À quatre cents mètres à l'ouest de ta position, il y a un vallon...
Rejoins-le et descends vers le sud...
Tu as vingt minutes...

Lorsque la rafale est partie, le groupe de Speratoï venait de signaler son arrivée et prenait position pour la nuit. Tajmir savourait déjà sa victoire et la capture demain, à l'aube, de Shere Khan et de l'étrangère, pris en tenaille. Elle ne faisait aucun doute. Depuis qu'il les sent à nouveau à sa portée, il a changé d'avis, veut faire un exemple, plus question de les tuer tout de suite. Il a même promis à Siraj de les lui ramener vivants, pour son amusement. Alors il ne comprend pas ce qui se passe, d'où proviennent les coups de feu, s'il y a eu des morts. Sa radio est sur le point d'exploser, chacun parle mais nul n'est en mesure de répondre à ses questions. Taj se met en colère, ordonne le silence général.

Tout le monde obéit.

Sauf cette voix. Un homme. Il s'exprime dans une langue que l'homme de l'ISI n'a jamais entendue. Il ne l'interrompt pas tellement il est surpris, fasciné par son audace. *Une ruse de Shere Khan ?*

Personne n'interrompt la voix. Vingt secondes durant. Ensuite, elle se tait et la folie gagne à nouveau les moudjahidines. Il y a un intrus sur le réseau, il faut savoir qui, quoi, où, quelques-uns ont peur, redoutent d'être encerclés, une traîtrise de l'armée pakistanaise. Tout le jour, soldats et talibans se sont insultés sur les ondes.

Tajmir essaie de ramener le calme. En vain. Lui-même est pris maintenant d'une sourde inquiétude, il a l'appréhension d'un malheur imminent.

Plus haut dans la montagne, de l'autre côté de la vallée, un écho sourd, métallique, se fait entendre. Le mortier de 120. Il tire. Une fois, puis deux, puis trois.

Sur qui ?

Lynx a entendu la rafale lointaine, et le bordel à la radio juste après. Et le silence, terrible. Il a quand même envoyé le message, donné le signal. Un premier obus s'est envolé. Le temps de vérifier la tension du fil piège de la mine Claymore installée sur le chemin venant de la Shawal et un deuxième a filé dans les airs. Il remonte à présent en courant vers la bouche à feu. Troisième coup envoyé. Dans quelques secondes, le fort de l'armée pakistanaise installé à six kilomètres de là sur les hauteurs d'Angour Adda va recevoir une drôle de volée.

Et Lynx espère une réplique. Il compte sur la tension accumulée ces dernières heures.

Il rejoint Fox et Akbar, les aide à déplacer l'affût sur les repères tracés dans le sol. Sur le côté gisent les trois cadavres des militants tués un peu plus tôt, pendant qu'ils étaient occupés à manger, après la prière et le dur labeur de la journée. Il a fallu presque une heure pour s'approcher sans se faire repérer, se positionner, lancer l'attaque. À la nuit. En silence. Un égorgé, un poignardé. Un tranché. En diagonale de haut en bas, du cœur vers le foie, le kukri peut, facile sur des corps si frêles. Ensuite, vingt minutes pour tout préparer. Trois obus avec une charge de propulsion maximum, trois autres avec le minimum. Akbar, le seul à savoir s'en servir, a préréglé le 120 russe à vue avec ses organes de visée, pour deux salves, en se calant sur les lumières lointaines de la base militaire et sur les feux plus proches des camps talibans, dans la vallée. Du pifomètre, mais la surprise devrait faire son effet. Pendant ce temps, Fox retirait les mécanismes de sécurité du reste des ogives, les empilait sur tout le plastic à leur disposition, un peu plus d'un kilo, préparait un détonateur, une mèche lente, et Lynx installait la mine, montait la garde sur le sentier.

Le mortier est à nouveau calé. Coup parti, coup parti, coup parti, allumage, les trois hommes dégagent par les hauts, emportant avec eux un RPG piqué aux trépassés.

On ne sait jamais.
Dans la Shawal, des voitures ont démarré, deux. Elles filent vers l'ouest sur la piste. Dans cette direction, à la sortie du petit défilé jouxtant Ral Shawaraï, là où il a donné rendez-vous à Amel, il y a un gué qui franchit la rivière. Un passage obligé, elles doivent l'emprunter pour arriver ici au plus vite. Elles sont stoppées net par une série d'explosions. La seconde salve vient de frapper, centrée sur le petit groupe de moudjahidines bloquant cette zone avec leur mortier de 82 mm. S'ils ont un peu de chance, il aura été détruit.
Un peu de chance.
En bas, la confusion règne, des phares zèbrent la nuit, des mécaniques s'emballent, ça crie, ça hurle, ça résonne, loin.
Akbar, Fox et Lynx ont rejoint un thalweg, entament leur descente. À mi-parcours, d'autres explosions font trembler le sol.
Les Pakistanais répondent.
Merci.
La punition dure plusieurs minutes, fait beaucoup de dégâts.
Trois ombres franchissent le cours d'eau.

Dark Tower de Lightning, les explosions chez les hajis, c'est nous ?
Dark Tower ici Mother, les Pakis s'excitent…
Bob pense, *tiens ?*

À Paris, c'était moi. La phrase tourne dans la tête d'Amel. Paris c'était lui et à présent il est ici. *Impossible.* Elle n'a pas tout expliqué à Sher Ali, que pourrait-il comprendre, a juste répété l'essentiel, le vallon, à l'ouest, quatre cents mètres, vingt minutes.
« D'accord, par là. » Le Roi Lion n'a pas posé de question, il a couru.

Amel aussi. D'abord, elle l'a suivi vers le sommet de la colline, dans le bois, sur la crête. Après, elle l'a rattrapé, c'était la première fois. Des explosions ont illuminé le lointain. À peine si elle a regardé, elle était pressée, elle voulait savoir. Maintenant, Sher Ali lambine derrière et, l'esprit rempli de *Servier*, en surchauffe, elle met du temps à s'en apercevoir.

« Continue. Par là. » Un temps. « Par là. »

La journaliste s'est arrêtée, elle n'aime pas ce qu'elle entend. La voix de Sher Ali faiblit, il est très essoufflé.

Il a stoppé, posé un genou à terre.

Amel revient sur ses pas et l'aide à se relever. Au niveau de son ventre, ses vêtements sont trempés. Elle touche, ses doigts se couvrent de noir. « Tu es blessé. Je peux te soigner ? » Elle panique. « Dis-moi quoi faire.

— Avance.

— Appuie-toi sur moi.

— Non.

— Appuie-toi ! »

Ils repartent, plus lents, grimpent, peinent, trébuchent, le temps s'étire, interminable. Jamais ils n'y seront en vingt minutes. *À Paris c'était moi.* Il n'y a plus que ça pour faire marcher Amel.

« Par là. »

Enfin ils redescendent.

La vallée est toute proche. On la dirait éclairée par de grands feux de joie, devant lesquels des hommes s'adonnent à des gigues désordonnées. Amel entend des hurlements, des agonies. Des colères. Une nouvelle salve de mortier la jette à terre avec Sher Ali. L'onde de choc l'étourdit, bouche son nez d'un coup, fait claquer ses oreilles. Une pluie de débris s'abat quelques mètres devant. En relevant la tête, elle aperçoit des silhouettes en ombres chinoises, proches, elles viennent vers eux. « Lève-toi, ils arrivent.

— Où ? » Le Roi Lion n'arrive pas à redresser l'AK47 pris à l'homme abattu par Amel. « Tue-les. »

Amel lâche son compagnon, prend une visée. *À Paris, c'était moi.* Il n'y a plus que ça. Elle va tirer lorsqu'une voix, la voix, sa voix, crie en français : « Halte au feu ! »

L'armée pakistanaise vise juste et, exposés comme ils le sont au milieu de vallée, les hommes de Tajmir sont des cibles faciles. Il essaie de les rallier et en a envoyé quelques-uns aux fermes de Ral Shawaraï, afin de faire la jonction avec ceux venus de Speratoï. Shere Khan ne doit pas s'échapper. Il n'a pas encore de nouvelles des combattants partis reprendre le mortier de 120 mm, mais il y a eu des explosions sur le versant sud de la Shawal et il pense que l'affût est perdu.

Embarqué avec une douzaine d'hommes à bord de deux pickups, il se dirige vers l'autre défilé, la zone la plus touchée par le tir de barrage parti d'Angour Adda. Au milieu d'une désolation de cratères, de morts et d'estropiés, il trouve un moudjahidine valide, encore alerte, qui dit avoir vu l'un de leurs Toyota prendre la fuite vers la frontière. Trois ou quatre hommes ont pris place à bord du véhicule. Et une femme.

Ici Lightning, il y a deux véhicules derrière le premier, vous les voyez ?
Tout le monde les voit dans la Tour Sombre, tout le monde ne voit plus que ça. Le reste de leurs missions n'intéresse plus personne. *Règlement de comptes à OK Shawal* est le nouveau programme à la mode de Kill TV et chacun y va de son explication. Bob ne pige pas grand-chose à ce qu'il suit sur l'écran. Cinq hommes d'âge militaire armés, dans un pickup filant vers Angour Adda. Douze hommes d'âge militaire armés, dans deux pickups, sept ou huit cents mètres derrière. Des talibans qui poursuivent des talibans qui filent vers des Pakis qui ont tiré sur des talibans qui pourchassaient d'autres talibans. L'officier de la CIA se penche vers l'un des infor-

maticiens sous contrat, installé à côté de son pupitre. « Dix dollars que la première bagnole vient chez nous.

— OK. Il se passe quoi s'ils entrent ?

— Les trucs qu'on a en l'air, c'est pas juste pour faire joli. »

De Mother, l'armée pakistanaise fait descendre du monde à Angour Adda...

« S'ils n'allument pas nos gars on aura du bol. »

À l'image, le premier tout-terrain arrive en périphérie de la ville frontalière. Au lieu de continuer tout droit, elle vire au sud et rejoint le lit d'une rivière à sec.

« Le mec connaît le coin.

— Il va éviter les Pakis. »

— Et me faire gagner dix dollars. »

Une minute plus tard, le pilote du drone signale un premier franchissement de la ligne Durand et un second, une minute plus tard. Les deux voitures suiveuses.

« Un autre pari ?

— OK.

— Vingt dollars qu'ils tapent d'abord le pickup seul. »

Il y a d'abord eu un moment suspendu, long, après qu'ils soient montés dans cette bagnole volée aux talibans, aient commencé à foncer dans la nuit. Ça a secoué, cogné, mais Amel s'en foutait, elle regardait un fantôme, une ombre méconnaissable se pencher sur Sher Ali, essayer de le soigner, le soulager au moins. Dans sa tête, des montagnes de questions dont pas une n'est sortie, dans son cœur, des larmes qui refusaient de couler. Amel se rappelle l'avoir touché pour être sûre, elle se rappelle qu'il a relevé le nez vers elle, croit avoir reconnu ses yeux, mais il faisait tellement noir malgré la lune, et il était grimé et hirsute et barbu, qu'a-t-elle bien pu voir ? Elle aurait tant aimé avoir de la lumière. Le moteur et le vent hurlaient. Il a crié *tiens-moi ça*, a tendu un paquet et elle a obéi. Il a souri, elle aussi. C'étaient bien sa voix et son sourire. Bouleversée, Amel s'est détournée, a aperçu des phares derrière eux, une ville, et plus rien, le désert.

L'explosion tape devant, soulève leur voiture, la renverse.

Ensuite, tout est confus. On remet Amel debout, les deux mecs de devant, le conducteur et l'autre. Elle cherche la voix, elle cherche le Roi Lion, les retrouve, pas loin l'un de l'autre, allongés. Elle se libère, court. Vers le fantôme. Elle se penche sur lui. Il souffre mais il gueule : « Barre-toi ! » Et elle demande pourquoi, pourquoi, pourquoi. « Emmenez-la ! » Ce sont ses derniers mots. Les autres l'ont rattrapée, ils l'éloignent de force.

« Aboule le fric.
— Ils vont aussi exploser les deux autres, non ?
— Tu veux essayer de te refaire ? »

Sa jambe droite est cassée, Lynx voit une bosse sous son treillis. Ça fait mal. Dans le ciel tournent des hélicos et des voitures approchent. Il rampe vers l'Afghan, c'est long, son AK47 traîne derrière lui, accroché par sa sangle, il le gêne. Le mec n'est pas mort, il sourit lorsque Lynx approche, prend sa main, en anglais demande *et Badraï ?* Ses dernières forces y passent et après il s'éteint, sans entendre la réponse.

Lynx reste seul, il a froid.

Il y a deux autres déflagrations, un long mitraillage. Dans le ciel tournent des hélicos.

J'arrive, Kayla.

ÉPILOGUE

Amel Balhimer atterrit au Bourget le 18 mars 2009, revenue dans un jet affrété par les assurances du magazine. Remise la veille à Jeff et aux négociateurs privés par deux Pachtounes taciturnes aussitôt disparus, elle a quitté l'Afghanistan en toute discrétion, sans que soient averties les autorités françaises. Le photographe est rentré avec elle. Durant le vol, après quelques nouvelles de Paris, leurs rares discussions ont surtout abordé le sujet du retour et des épreuves à venir, les interrogations des services, les pressions politiques, la frénésie des collègues. Tous allaient se battre pour un morceau d'elle. Elle ferait face, a-t-elle promis, et elle s'est tue, jusqu'à leur arrivée, n'a pas voulu parler des hommes qui l'ont escortée vers la liberté, n'a même pas confirmé à Jean-François la présence de Ronan Lacroix. Leurs voix, leurs visages, elle ne souhaitait pas les partager, pas si tôt, peut-être jamais. Elle a juste ri, sans expliquer pourquoi, d'avoir été secourue par une si extraordinaire ménagerie, un lion, un renard et un lynx, en se demandant quel animal elle était elle-même devenue et, ensuite, elle a pleuré. On l'a laissée tranquille.

À son arrivée, des officiels, des policiers et des militaires sont là, prévenus on ne sait comment ou par qui. Des avocats embauchés par Youssef, sur les conseils de Nathalie Ponsot, sont également présents dans le hall et parviennent à faire écran, le temps pour

Amel de saluer sa famille. Ce moment, voilà un mois qu'elle n'y rêvait plus, elle n'osait pas. Elle a seulement commencé à y croire à nouveau dans l'avion. Lorsqu'elle aperçoit ses proches, elle fait un léger malaise et il faut l'allonger. À sa mère, on a enlevé les mots, c'est étrange, et Myriam lui demande pardon, pardon, pardon en la couvrant de baisers. Son père se contente de sourire et de proposer une cigarette et, malgré sa faiblesse passagère, Amel ressort pour fumer avec lui. Une fois seuls, ils ne se disent pas grand-chose, être ensemble, dans l'immédiat, c'est assez. La promesse faite à Sher Ali, elle l'honorera plus tard.

Daniel Ponsot les regarde de loin, derrière une baie vitrée. Pudique, il se tient à l'écart, Amel est rentrée et rien d'autre ne compte. Elle l'a vu tout à l'heure, a agité la main dans sa direction et il a répondu d'un clin d'œil. Avant de verser quelques larmes, passées inaperçues. Pour elle, dans un si triste état, et pour Chloé aussi, morte avec sa maman tout juste retrouvée dans l'incendie de la villa d'Arcachon, deux jours après le retour de Daniel à Paris. Un cambriolage ayant mal tourné, version officielle des enquêteurs locaux. Le policier n'y croit pas, suspecte le pire, du père, des Kosovars, et ne peut s'empêcher de culpabiliser. Quand Amel vient le voir enfin, il la prend dans ses bras, ému, et s'efforce de ne rien laisser paraître. Inutile de la charger maintenant avec cette nouvelle, et peut-être vaudra-t-il mieux qu'il garde toujours ses soupçons pour lui. Il n'est pas certain, d'après Jeff, qu'Amel puisse donner une suite à toute l'affaire, « quelque chose est parti, a-t-il confié à sa descente d'avion, pour de bon ».

De Fox, on ne saura plus rien. Amel ne le mentionnera jamais, ainsi qu'ils en ont convenu tous les deux. On ne l'interrogera d'ailleurs pas à son sujet. Si quelqu'un l'avait fait, la journaliste l'aurait prétendu mort dans la vallée de Shawal, personne ne serait allé y chercher son cadavre. A-t-il fini par découvrir le mot de passe de la clé USB sécurisée de Voodoo, *MemoryMotel1975* ? On peut le penser. Quelques mois après avoir aidé leur wror à fuir à son tour l'Afghanistan, Hafiz et Akbar recevront chacun, en guise de cadeau d'adieu, une somme conséquente par l'ancestral système de l'argent qui vole, la *hawala*.

Amel est en France depuis quelques heures et Fox s'apprête à entrer en Iran, première étape de sa cavale, quand Lynx émerge d'un long sommeil. Artificiel, il le sent, médical. Il est aveuglé par une toile opaque, assis, les deux poignets et une cheville, la gauche, attachés. Son autre jambe est tendue, difficile à bouger, douloureuse. Il la revoit cassée, saillante sous son treillis, juste avant de perdre connaissance. Il était en Afgha, il partait, c'était fini.

Des larmes montent.

Une voix masculine se met à parler dans un talkie-walkie, en espagnol. Quelqu'un répond. L'homme se lève, approche. D'autres arrivent bientôt, à l'oreille, deux. Discussion et peu après on retire sa cagoule à Lynx. Première chose qu'il voit, les pansements propres, les orthèses, le meccano autour de sa cuisse droite. On l'a soigné, bien. Pas les trois mecs devant lui, ils ont des airs de brutes. Autour, c'est une pièce de béton, éclairée au néon, un garage. Où sont entreposées des voitures de sport, une dizaine, chères. Par terre à ses pieds, des bâches de plastique translucide, un tuyau d'arrosage. Un quatrième homme paraît, à l'image de ses sbires, typé sud-américain. Mieux habillé, mais c'est juste un vernis, le regard est le même. Il dévisage longuement Lynx, sourit, approche une chaise. « Comment vous sentez-vous ? » Il a parlé en anglais, avec un fort accent.

« Triste.

— Triste ? » En l'absence de réplique, le nouveau venu reprend : « Je m'appelle Alvaro Greo-Perez. » Il guette avec attention la réaction de son *invité*, il n'y en a pas. « Quel est votre nom ? Ceux qui vous ont amené à moi ne le savaient pas.

— Ceux. » Lynx réfléchit. « Mendoza ?

— Un fidèle, qui sait ma mémoire longue et précise. » Un temps. « Alors, ce nom ?

— Où sommes-nous ?

— Chez moi, en Colombie.

— Je ne doute pas de me trouver ici pour une bonne raison, mais…

— Mais vous ne savez pas laquelle, ni qui je suis.

— Non. »

D'une poche de chemise, Alvaro Greo-Perez extrait un sachet de velours, l'ouvre et le vide dans sa paume. « Vous reconnaissez ça ? » Il montre quatre munitions de calibre 9 mm parabellum. « Je les ai rechargées moi-même. » Trouvées percutées en février 2002, dans un bois du sud-ouest de la France, par l'un de ses employés, un professionnel. « Comme vous. » Greo-Perez explique son fils, deux de ses associés, en *voyage d'affaires*. Assassinés[1]. Par un homme dont les empreintes étaient sur ces étuis abandonnés. « Vous ne niez pas ?

— Non. »

Le Colombien veut savoir qui a payé, semble avoir du mal à croire à la malchance, aux explications de légitime défense, revient à la charge plusieurs fois, insiste, se met en colère.

« Le hasard fait souvent mal les choses, M. Greo-Perez. Je ne protège personne. »

Les deux hommes se jaugent.

« Vous avez des enfants ? »

Lynx, ne sachant comment répondre, n'en ayant pas envie demande pardon.

« Ça ne sera pas suffisant.

— Je sais. »

Greo-Perez se lève, va chercher une sorte de caisse à outils roulante à compartiments, haute d'un mètre. Il la tire à côté de son

---

1. Voir *Le serpent aux mille coupures*.

prisonnier, pose les cartouches de 9 mm sur le dessus et ouvre un à un les tiroirs, pour en examiner le contenu.

Lynx aperçoit des instruments pour piquer, planter, casser, couper, brûler.

« Les amis de M. Mendoza avaient aussi des questions.

— J'imagine.

— Court ou long, cela dépend de vous. »

Juste de moi ? Lynx sourit et ferme les yeux, il prend une longue inspiration.

« Commençons par ce nom. »

Remerciements

Le temps passe mais leur inconditionnelle et patiente fidélité ne faiblit pas, merci à Joa et Valère. Après dix ans de bons et loyaux services à la tête de la Série Noire et presque autant de temps à supporter mes lubies, mes revirements et parfois mes lacunes, Aurélien Masson, mon éditeur, est également toujours à mes côtés, ainsi qu'Antoine Gallimard, P-DG des Éditions Gallimard. Leur présence est rassurante, leur soutien précieux. Ce roman, fruit d'une imagination que d'aucuns trouveront certainement laborieuse ou délirante, n'aurait pu voir le jour sans l'expertise, l'expérience, la disponibilité et l'amitié de professionnels silencieux. Pour diverses raisons, je peux uniquement citer ici certains d'entre eux : Akbar, Joël B., La Chute, Alix D., Pascal G., Hafeez, Javid, Lestat, Jose N., Manu P., Piet's Seven et les Spin *buddies*, Jacques T. et Wild Bill. Que les autres, s'ils finissent par me lire dans une langue ad hoc, soient assurés que je pense à eux. À tous, pardonnez mes éventuelles erreurs et les libertés prises avec la vérité du monde. Un proche, Tito Roche-Fondouk, a disparu depuis que j'ai commencé l'aventure *Citoyens*, il nous manque. Si j'ai rencontré de nombreuses sources pour préparer ce texte, j'ai consulté également une quantité déraisonnable de documents, d'origines et de formats divers, et j'aimerais signaler ici les auteurs les plus marquants et les plus intéressants parmi ceux qui ont éclairé mon travail : M. Aikins, J. Conrad, D. Farah, A. Gopal, L. W. Grau, S. Junger et feu T. Hetherington, J. Kessel, T. E. Lawrence, S. Naylor, T. Paglen, G. Peters, A. Rashid, M. Urban et J. Tapper.

ANNEXES

Glossaire

5.56 : diamètre des munitions de 5.56 × 45 mm, calibre standard des fusils d'assaut de l'OTAN.
7.62 : diamètre des munitions d'un calibre militaire décliné en plusieurs versions selon qu'il s'agit des armées de l'OTAN (7.62 × 51 mm) ou de l'ex-pacte de Varsovie (7.62 × 39 mm ou 7.62 × 54 mmR), servant pour les fusils d'assaut, les mitrailleuses ou les fusils de précision.
9 : diamètre des munitions de 9 × 19 mm Parabellum, calibre de l'OTAN principalement utilisé pour les armes de poing.
.40 S&W : nomenclature américaine d'un calibre proche du 10 mm, principalement utilisé pour les armes de poing.
.45 : ou .45 ACP, dénomination américaine du calibre 11.43 mm, principalement utilisé pour les armes de poing.
12.7 : diamètre des munitions d'un calibre militaire décliné en plusieurs versions selon qu'il s'agit des armées de l'OTAN (12.7 × 99 mm) ou de l'ex-pacte de Varsovie (12.7 × 108 mm), servant pour des mitrailleuses ou des fusils de précision.
20 mm : diamètre des obus d'un calibre de canon ou de canon automatique décliné en différentes munitions, explosive, incendiaire, antiblindage, etc.
30 mm : diamètre des obus d'un calibre de canon ou de canon automatique décliné en différentes munitions, explosive, incendiaire, antiblindage, etc.
40 mm : diamètre des munitions d'un calibre de grenades décliné en plusieurs versions selon qu'elles seront tirées par des armes portées (40 × 46 mm) ou des armes montées sur des véhicules (40 × 53 mm).
82 mm : diamètre d'un calibre de mortier (quatre-vingt-deux).

105 mm : diamètre d'un calibre de canon d'artillerie (cent cinq).
120 mm : diamètre d'un calibre de mortier (cent vingt).
155 mm : diamètre d'un calibre de canon d'artillerie (cent cinquante-cinq).
24th STS : *Special Tactics Squadron* (24e Escadron tactique spécial), unité spécialisée de contrôle aérien tactique de l'armée de l'air des États-Unis d'Amérique, rattachée au JSOC.
75th Ranger : ou 75e Régiment de Rangers, unité d'infanterie spécialisée dans les opérations spéciales, souvent associée aux opérations du JSOC.

ACROPOL : automatisation des communications radioélectriques de la police, système radio de la Police nationale française.
Adium : logiciel de messagerie instantanée.
Afghani : devise de la République islamique d'Afghanistan.
Afridi : tribu pachtoune.
AGM-114 Hellfire : type de missile air-sol équipant les drones et les hélicoptères de combat américains.
Airburst : type d'obus explosant en l'air, juste avant l'impact, afin de répandre des éclats sur une plus grande surface.
AK47 : ou AKM ou AKMS ou AK74 ou AKSU, différentes versions du fusil d'assaut *Avtomat Kalachnikova* ou kalachnikov, tirant des munitions de calibre 7.62 × 39 mm (AK47, AKM, AKMS) ou 5.45 × 39 mm (AK74 ou AKSU).
Al-hamdoulillah : Dieu merci.
Ama : maman.
Ambush : embuscade.
Amrikâ : Amérique.
Amrikâyi : Américain.
ANA : *Afghan National Army* (Armée nationale afghane).
ANP : *Afghan National Police* (Police nationale afghane).
ASG : *Afghan Security Guard*.

Baba : papa.
Bacha bazi : pratique traditionnelle de divertissement impliquant l'exploitation sexuelle de jeunes esclaves mâles (littéralement : « jouer avec les garçons »).
Badal : vengeance dans le code tribal pachtounwali.
Bell 412EP : modèle d'hélicoptère à vocation principalement utilitaire.
B-Hut : type de préfabriqué en bois standard des bases militaires US.

Burqa : voile intégral d'origine afghane dissimulant tout le corps y compris les yeux (derrière une grille), différent du niqab (voile couvrant le visage, sauf les yeux).

Chapati : pain plat traditionnel du sous-continent indien.
Charas : ou *chaars*, type de haschich produit en Asie centrale et en Inde.
Charpoy : châlit de bois fréquemment utilisé en Asie centrale.
Chora : couteau traditionnel afghan.
Choura : conseil dont la composition, l'objet et la taille varient selon les circonstances.
CIA : *Central Intelligence Agency*, l'Agence, principal service d'espionnage civil américain.
Claymore : type de mine antipersonnel à effet dirigé.
COIN : *Counter Insurgency* (doctrine contre-insurrectionnelle).
Cornichon : élève de classe préparatoire à l'École militaire spéciale de Saint-Cyr Coëtquidan.
CTPT : *Counterterrorist Pursuit Teams* (équipes de poursuite antiterroristes).

DCRG : Direction centrale des renseignements généraux.
DCRI : Direction centrale du renseignement intérieur, née de la fusion de la DST et de la DCRG, fin 2007.
DEA : *Drug Enforcement Administration*, branche de la police fédérale américaine en charge de la lutte contre le trafic de stupéfiants.
Delta : ou *Delta Force* ou *1st Special Forces Operational Detachment Delta* ou *Combat Application Group*, unité spécialisée de l'armée de terre américaine, rattachée au JSOC.
DGSE : Direction générale de la sécurité extérieure, principal service d'espionnage français.
DIA : *Defense Intelligence Agency*, service de renseignement militaire dépendant du ministère de la Défense américain.
Dirham : devise des Émirats arabes unis (EAU).
DO : Direction des opérations de la DGSE. Elle chapeaute, notamment, le Service action.
Doorstop : logiciel pare-feu destiné à empêcher les intrusions sur un ordinateur ou un réseau.
Doushka : « chérie », surnom de la mitrailleuse russe DShK 1938 tirant des munitions de calibre 12,7 × 108 mm.
DRPJ : ou DRPJ Paris, Direction régionale de la police judiciaire de Paris.

DST : Direction de la surveillance du territoire, ancien service de contre-espionnage français.

EAU : Émirats arabes unis.
Evasan : Évacuation sanitaire (*Medevac*).
EVP : Équivalent vingt pieds, unité de mesure du transport maritime.

FATA : *Federally Administered Tribal Areas* (zones ou régions tribales du Pakistan), elles sont composées de sept agences tribales (Khyber, Kurram, Bajaur, Mohmand, Orakzaï, Waziristan du Nord, Waziristan du Sud) et six régions frontalières (Peshawar, Kohat, Bannu, Lakki Marwat, Tank, Dera Ismaïl Khan).
Fedayin : Ceux qui se sacrifient, commando-suicide.
FOB : *Forward Operating Base* (Base opérationnelle avancée).
Force Recon : *Force Reconnaissance*, unité d'élite du corps des Marines des États-Unis.
Frontier Corps : Corps des gardes-frontières du Pakistan.

Gandourah : longue tunique portée au Maghreb et dans certains pays du Moyen-Orient.
Ghairat : l'honneur de l'individu.
Ghillie : tenue de camouflage réalisée à partir d'un filet sur lequel sont fixés des lambeaux de divers matériaux aux teintes naturelles destinée à se fondre dans le paysage.
GI : sigle désignant de façon péjorative les militaires de l'infanterie et de l'armée de l'air US.
Green Zone : ou zone verte, en Irak, une partie sécurisée de la ville de Bagdad. En Afghanistan, les parcelles cultivées et verdoyantes s'étendant le long des rivières et des canaux d'irrigation.
GRU : *Glavnoye Razvedyvatel'noye Upravleniye,* service de renseignement de l'armée russe.

Haji : musulman ayant effectué le Hajj, le pèlerinage à La Mecque. Terme péjoratif désignant les insurgés / talibans / moudjahidines.
Haram : illicite.
HIG : Hezb-e-Islami Goulbouddine, mouvement terroriste de Goulbouddine Hekmatyar.
HIIDE : *Handheld Interagency Identity Detection Equipment,* sorte de scanner

portable utilisé pour photographier et prendre les empreintes rétiniennes et digitales d'un individu.
HK 416 : Heckler & Koch 416, fusil d'assaut d'origine allemande dérivé du Colt M4 tirant des munitions de calibre 5.56 × 45 mm OTAN.
HK 417 : version du HK 416 chambrée pour recevoir des munitions de type 7.62 × 51 mm.
Homo : type d'opération du Service action de la DGSE visant des personnes (homicide ou enlèvement). Il existe aussi des missions dites *Arma*, contre des infrastructures, civiles ou militaires.
HS : Hors service.
Hujra : salle commune où sont reçus les invités dans une habitation ou un village afghans.
Hummer : ou *Humvee*, véhicule tout-terrain militaire fabriqué par une filiale de General Motors.

IBC : *International Business Company* ou *Corporation*, type de société offshore.
Icom : marque de matériel de transmission.
IED : *Improvised Explosive Device* (Engin explosif improvisé, mine artisanale).
IMEI : *International Mobile Equipment Identity*, identifiant propre à chaque appareil mobile.
IMU : *Islamic Movement of Uzbekistan* (Mouvement islamique d'Ouzbékistan).
IR : Infrarouge.
ISA : *Intelligence Support Activity* ou *The Activity*, unité spécialisée dans le renseignement et la préparation des opérations clandestines de l'armée de terre américaine, rattachée au JSOC.
ISAF : *International Security Assistance Force*, mission de l'OTAN en Afghanistan.
ISI : *Directorate of Inter-Service Intelligence* (Direction du renseignement interservices), principal service d'espionnage du Pakistan, dépendant de l'armée.
ISR : *Intelligence, Surveillance & Reconnaissance* (Renseignement, surveillance et reconnaissance), recueil d'informations, en général au moyen de satellites ou d'avions sans pilote, destinées à faciliter la conduite des opérations.
Izhmash : manufacture d'armes russe, célèbre pour ses fusils d'assaut kalachnikov.
Izzat : la force du nom, l'honneur de la famille.

Janaza : prière funéraire.
Jirga : assemblée tribale en Afghanistan, principalement composée d'anciens.
JPEL : *Joint Prioritized Effects List* (Liste interarmes d'actions prioritaires).
JIPTL : *Joint Integrated Prioritized Target List* (Liste interarmes intégrée de cibles prioritaires).
JSF : *Jalalabad Strike Force* (Force de frappe de Jalalabad).
JSOC : *Joint Special Operations Command* (Commandement interarmes des opérations spéciales, dépendant de l'USSOCOM).

Kafir : ou kuffar, ou kouffar, infidèle ou mécréant.
Kard : couteau traditionnel afghan.
Khel : clan ou village.
Kouchi : terme utilisé pour désigner les populations nomades d'Afghanistan.
Kukri : poignard traditionnel népalais à lame courbe.

Lifchik : nom d'un brêlage russe.

M249 : mitrailleuse américaine tirant des munitions de type 5.56 × 45 mm OTAN, fabriquée sous licence et dérivée de la Minimi belge.
M4 ou Colt M4 : évolution moderne du fusil d'assaut M16, tirant des munitions de calibre 5.56 × 45 mm OTAN.
Malik : chef de tribu.
Manar : manœuvre (ouvrier).
Matal : proverbe.
Mehsud : tribu pachtoune.
MICH : *Modular Integrated Communications Helmet* (Casque modulaire à transmissions intégrées), casque de combat en service dans plusieurs unités de l'armée américaine.
Minigun : type de mitrailleuse à canons multiples et rotatifs, tirant des munitions de calibre 7.62 × 51 mm OTAN.
Mortier : appellation de la DGSE, installée boulevard Mortier, à Paris.
Motherfucker : enculé de ta mère.
MQ1 Predator : avion d'observation sans pilote.
Mune : munition.
M'zungu : en bantou, le vagabond pâle.

Namous : la chasteté des femmes d'une famille ou d'un clan, dont dépend l'honneur du mari, du père, du patriarche.

Nanawati : pardon, repentance dans le code tribal pachtounwali.
NDS : *National Directorate of Security* (Direction nationale de la sécurité), principal service d'espionnage d'Afghanistan.
NOC : *Non-Official Cover*, agent clandestin.
NSA : National Security Agency (Agence nationale de sécurité), service d'espionnage civil spécialisé dans le recueil de renseignements d'origine électromagnétique.

ODA : *Operational Detachment Alpha* (Détachement opérationnel alpha), unité opérationnelle de base des bérets verts américains.
OGA : *Other Government Agencies* (Autres agences gouvernementales), surnom donné à la CIA et aux autres services de renseignements civils publics ou privés en Irak et en Afghanistan.
ONG : Organisation non gouvernementale, les humanitaires.
OPJ : Officier de police judiciaire, fonctionnaire de police compétent judiciairement pour effectuer des actes d'enquête.
OTAN : Organisation du traité de l'Atlantique Nord.
OTR : *Off The Record*, protocole permettant de garantir la confidentialité et l'authenticité des conversations de messageries instantanées, par exemple Adium.

Pachtounwali : code d'honneur des tribus pachtounes d'Afghanistan, rassemblant un ensemble d'obligations et de règles à respecter.
Pakol : béret traditionnel plat en laine porté en Afghanistan et au Pakistan.
Paratrooper : parachutiste.
Patou : châle.
Pentagone : siège du Département (ministère) de la Défense des États-Unis d'Amérique.
PGP : *Pretty Good Privacy*, logiciel de cryptographie conçu pour garantir la confidentialité des données personnelles.
Pidgin : anglais arrangé à la sauce locale.
PKM : mitrailleuse tirant des munitions de type 7.62×54 mmR, de conception soviétique.
PP : Préfecture de police de Paris.
PR : Président de la République (française).
PUC : *Person Under Control*, une des appellations des prisonniers de guerre US en Afghanistan.
PX : *Post Exchange*, magasin militaire, supermarché.

Qalat : ou *compound*, ferme ou complexe fortifié très répandu en Afghanistan, au Pakistan et en Iran pouvant abriter plusieurs familles.

RAID : Recherche, assistance, intervention, dissuasion, unité d'intervention de la police nationale ayant compétence sur l'ensemble du territoire français.
Rakat : rituel codifié, gestes et incantations, de la salat, la prière en Islam.
RAS : Rien à signaler.
RC-East : *Regional Command – East* (Région de commandement-Est), une des cinq régions militaires d'Afghanistan. Elle regroupe les provinces de Bâmiyân, Ghazni, Kapisa, Khost, Kounar, Laghmân, Logar, Nangarhar, Nouristan, Paktika, Paktiya, Panshir, Parwân et Wardak.
RETEX : Retour d'expérience ou débriefing.
Roupie : devise du Pakistan.
RPG : lance-roquettes de calibre 40 mm de conception soviétique.
RPK : fusil-mitrailleur à canon rallongé et bipied tirant des munitions de calibre 7.62 × 39 mm, de conception soviétique.

SA : Service action de la DGSE.
SAD : *Special Activities Division* (Division des activités spéciales), forces paramilitaires de la CIA.
Salat : prière islamique.
Salwar khamis : ensemble vestimentaire formé d'une longue chemise à col rond (khamis) et d'un pantalon bouffant (salwar) très répandu en Asie centrale.
SDECE : Service de documentation extérieure et de contre-espionnage, ancien nom de la DGSE, abandonné en 1982.
SEAL : unités spécialisées de la marine des États-Unis d'Amérique.
SEAL Team Six : ou *Team Six* ou DEVGRU (*Development Group*), unité spécialisée de la marine des États-Unis d'Amérique, rattachée au JSOC.
SGDN : Secrétariat général de la Défense nationale.
Shabnameh : lettres nocturnes.
Shaitaan : le diable, Satan, en pachto et en arabe.
SHIK : *Shërbimi Informativ Kombëtar*, services secrets du Kosovo.
Silent Assurance : nom de la mission 6N en Afghanistan.
SMP : Société militaire privée.

Stasi : *Ministerium für Staatssicherheit,* police politique de l'ex-République démocratique allemande.
STIC : Système de traitement des infractions constatées, fichier informatisé du ministère de l'Intérieur où sont collectés les éléments relatifs aux infractions, à leurs auteurs et à leurs victimes.
Talaf : fou, égaré.
Taryak : opium.
TOR : *The Onion Router,* réseau informatique contigu à Internet, permettant une navigation web anonyme.
TTP : *Tehrik-e-Taliban Pakistan* (Mouvement des talibans du Pakistan).

UCK : *Ushtria Çlirimtare e Kosovës* (Armée de libération du Kosovo).
UCLAT : Unité de coordination de la lutte antiterroriste.
URSS : Union des Républiques socialistes soviétiques.
USSOCOM : *United States Special Operations Command* (Commandement US des opérations spéciales).

VBIED : *Vehicle-Borne IED* (bombe dans une bagnole, quoi).
VPN : *Virtual Private Network,* réseau privé virtuel utilisé pour établir des connexions directes entre ordinateurs.

Wazir : tribu pachtoune.
Wror : frère.

Yéma : maman.

Zadran : tribu pachtoune.

Quelques personnages

AFGHANISTAN

Moudjahidines

Sher Ali Khan Zadran : chef de clan pachtoune, zadran, alias Shere Khan, le Roi Lion.
Kharo : épouse de Sher Ali.
Adil : fils aîné de Sher Ali.
Farzana : première fille de Sher Ali.
Badraï : seconde fille de Sher Ali.
Qasâb Gul : combattant pachtoune, zadran, alias le Boucher.
Tajmir : agent d'influence pachtoune.
Dojou Chabaev : combattant ouzbek.
Fayz : combattant pachtoune, zadran.
Garçon à la fleur : combattant pachtoune.
Zarin : commandant taliban.

6N

Fox : paramilitaire, alias Majid Anthony Wilson Jr.
Tiny : paramilitaire.
Voodoo : paramilitaire, alias Gareth Sassaman.
Gambit : paramilitaire.
Ghost : paramilitaire, alias Thomas Hastings.

Wild Bill : paramilitaire.
Rider : paramiliraire.
Viper : paramilitaire.
Redman : paramilitaire.
Data : logisticien / admin, alias David Taaffe.

CIA

Bob : chef de station à la FOB Chapman, aérodrome de Khost.
Richard Pierce : directeur adjoint à l'Inspection générale de la CIA, alias Dick.
Hafiz : combattant pachtoune, zadran, CTPT.
Akbar : guide pachtoune, wazir, CTPT.
Haji Moussa Khan : éleveur de chevaux pachtoune.

Border Police

Colonel Tahir Nawaz : chef de la Border Police, province de Nangarhar.
Commandant Naeemi : second du colonel Tahir Nawaz.

Divers Af / Pak

Storay : prostituée.
Younous Karlanri : chef réseau FATA 6N, Miranshah, Waziristan du Nord.
Manzour : chef réseau FATA 6N, Wana, Waziristan du Sud.
Anwar : cousin de Manzour, source réseau FATA 6N.
Moulvi Wali Ahmad : chef de village, région de Sperah.
Rouhoullah : trafiquant d'héroïne de la province de Nangarhar.
Sergent Joseph Canarelli : sous-officier de la 173e brigade aéroportée affecté à Torkham.
Peter Dang : journaliste indépendant.
Javid : fixer de Peter Dang.
James : responsable de la sécurité de la société GlobalProtec.
Shah Hussein : homme lige du gouverneur de Nangarhar.
Fawad : enfant kouchi.
Chinar Khan : grand-père de Fawad.
Mohamad : oncle de Fawad.
Esmanoullah : kouchi.

Liste de bases / FOB

Bagram : aérodrome, proche de Kaboul, QG de la RC-Est, principale base US d'Afghanistan.
Fenty : aérodrome, à Jalalabad, QG de 6N, importante présence de forces spéciales et ASG.
Chapman : aérodrome, à Khost, principale implantation de la CIA dans l'est.
Salerno : base militaire, à Khost, importante présence de forces spéciales et ASG.
Lilley : station d'écoute de la CIA, à Shkin, importante présence de forces spéciales et ASG.
Harriman : station d'écoute de la CIA, à Orgun-e, importante présence de forces spéciales et ASG.

RESTE DU MONDE

Afrique

Thierry Genêt : entrepreneur à Abidjan, Côte d'Ivoire.
Mireille Genêt : épouse de Thierry Genêt.
Irène Genêt : fille de Thierry Genêt.
Sorhab Rezvani : hommes d'affaires originaire d'Iran, associé de Thierry Genêt.
Samuel Atuma : homme à tout faire de Thierry Genêt, originaire de Sierra Leone.
Jacqueline : agent de la DGSE.
Michel : agent de la DGSE.
Roni Mueller : Namibien, copropriétaire du Cafe do Sol, Ponta do Ouro, Mozambique.
Kayla Amahle Mabena : Sud-africaine, copropriétaire du Cafe do Sol.
Valdimar : videur du Cafe do Sol.
Romao : neveu de Valdimar.
André (Lepeer) : agent de la DGSE.
Hassan Gasana : gendarme rwandais en cavale au Mozambique.
Caspar Larsen : capitaine du *Maersk Antwerp*.
Freya Iversen : compagne de Caspar.
Konrad Faszler : maître d'équipage (bosco) du *Maersk Antwerp*.
Osmund : officier en second du *Maersk Antwerp*.
Dieter : maître machine du *Maersk Antwerp*.

France

Alain Montana : éminence grise, fondateur de PEMEO, alias le *Colonel* Montana.
Olivier Bluquet : directeur de la sécurité de PEMEO.
Stanislas Fichard : cadre du Service action de la DGSE, alias *François*.
Amel Balhimer : journaliste indépendante.
Youssef Balhimer : père d'Amel Balhimer.
Dina Balhimer : mère d'Amel Balhimer.
Myriam Lataoui, née Balhimer : sœur aînée d'Amel Balhimer.
Nourredine Lataoui : mari de Myriam Lataoui.
Daniel Ponsot : commandant de police, chef de groupe à la DCRI.
Nathalie Ponsot : épouse de Daniel Ponsot, avocate.
Marie Ponsot : fille aînée de Daniel Ponsot, étudiante.
Christophe Ponsot : fils cadet de Daniel Ponsot, lycéen.
Patrice Lucas : capitaine de police, adjoint de Daniel Ponsot à la DCRI.
Thierry Mayeul : membre du groupe Ponsot à la DCRI.
Farid Zeroual : membre du groupe Ponsot à la DCRI.
Guy de Montchanin-Lassée : ancien ambassadeur, directeur général de PEMEO.
Micheline de Montchanin-Lassée : épouse de Guy de Montchanin-Lassée.
Joy de Montchanin-Lassée Verdeaux : fille aînée de Guy de Montchanin-Lassée, cardiologue.
Chloé de Montchanin-Lassée : fille cadette de Guy de Montchanin-Lassée, étudiante, alias CdM.
Jean-François Lardeyret : photographe de guerre.
Jean Magrella : commandant fonctionnel à l'état-major de la Brigade criminelle.
Laurent Justin : chef de groupe à la Brigade criminelle.
Yves Michaud : adjoint de Laurent Justin.

Kosovo

Dritan Pupovçi : homme de confiance du Premier ministre du Kosovo.
Isak Bala : agent du SHIK.
Leotrim Ramadani : jumeau d'Halit, agent du SHIK.
Halit Ramadani : jumeau de Leotrim, trafiquant.

Playlist

Le 4 novembre 2008, Roni Mueller se laisse bercer par la voix d'**Alain Bashung** (LP : Osez Joséphine / Track : Madame Rêve) pendant que Kayla ondule au rythme d'un remix de **Marlena Shaw** par **Diplo** (LP : Verve Remixed Vol. 4 / Track : California Soul). Le même soir, à Paris, Amel et ses copains attendent le messie avec **Led Zeppelin**, **Jimi Hendrix** et **Bob Dylan** (pour la bonne bouche, nous choisirons une chanson de ce dernier, If You See Her Say Hello, tirée du LP Blood On The Tracks). Le 5 novembre 2008, Roni se volatilise au son de **Klashnekoff** (LP : The Sagas Of... / Track : It's Murda). Sur un air d'**Arab Strap**, le 20 novembre 2008, Lynx fait ses adieux à l'Afrique (LP : Elephant Shoe / Track : Autumnal). Las, Voodoo subit les assauts répétés de **Heartthrob** (LP : Nothing Much – A Best-of Minus / Track : Nasty Girl) et de **PQM** (LP : Balance 005 / Track : You Are Sleeping – Luke Chable Vocal Pass) le 22 novembre 2008. Et le 5 décembre 2008, **Nick Cave** (LP : From Her To Eternity / Track : Avalanche) aide Lynx à passer la nuit dehors. Après **MF Doom** (LP : Born Like This), le 8 décembre 2008, Lynx rejoint Amel pour profiter de quelques reprises, dont une de **David Bowie** (LP : Young Americans / Track : Young Americans). Le 12 décembre 2008, Stanislas Fichard disparaît sur du **Kill The Noise** (Single : Kill Kill Kill) et, le lendemain, Lynx contemple le néant en écoutant **Interpol** (EP : Precipitate / Track : Song Seven – Take Two).

Avant-propos	9
Précédemment, dans *Pukhtu*	13
SECUNDO. COMME DES LOUPS	21
Épilogue	653
Remerciements	661
ANNEXES	663
Glossaire	665
Quelques personnages	674
Playlist	678

DU MÊME AUTEUR

Aux Éditions Gallimard

Dans la collection Série Noire

CITOYENS CLANDESTINS, 2007 (Folio Policier n° 539).
LE SERPENT AUX MILLE COUPURES, 2009 (Folio Policier n° 646).
L'HONORABLE SOCIÉTÉ (avec Dominique Manotti), 2011 (Folio Policier n° 688).
PUKHTU PRIMO, 2015.

Dans la collection Folio Policier

LA LIGNE DE SANG, 2010, n° 453.

Déjà parus dans la même collection

Thomas Sanchez, *King Bongo*
Norman Green, *Dr Jack*
Patrick Pécherot, *Boulevard des Branques*
Ken Bruen, *Toxic Blues*
Larry Beinhart, *Le bibliothécaire*
Batya Gour, *Meurtre en direct*
Arkadi et Gueorgui Vaïner, *La corde et la pierre*
Jan Costin Wagner, *Lune de glace*
Thomas H. Cook, *La preuve de sang*
Jo Nesbø, *L'étoile du diable*
Newton Thornburg, *Mourir en Californie*
Victor Gischler, *Poésie à bout portant*
Matti Yrjänä Joensuu, *Harjunpää et le prêtre du mal*
Äsa Larsson, *Horreur boréale*
Ken Bruen, *R&B – Les Mac Cabées*
Christopher Moore, *Le secret du chant des baleines*
Jamie Harrison, *Sous la neige*
Rob Roberge, *Panne sèche*
James Sallis, *Bois mort*
Franz Bartelt, *Chaos de famille*
Ken Bruen, *Le martyre des Magdalènes*
Jonathan Trigell, *Jeux d'enfants*
George Harrar, *L'homme-toupie*
Domenic Stansberry, *Les vestiges de North Beach*
Kjell Ola Dahl, *L'homme dans la vitrine*
Shannon Burke, *Manhattan Grand-Angle*
Thomas H. Cook, *Les ombres du passé*
DOA, *Citoyens clandestins*
Adrian McKinty, *Le fleuve caché*
Charlie Williams, *Les allongés*
David Ellis, *La comédie des menteurs*

Antoine Chainas, *Aime-moi, Casanova*
Jo Nesbø, *Le sauveur*
Ken Bruen, *R&B – Blitz*
Colin Bateman, *Turbulences catholiques*
Joe R. Lansdale, *Tsunami mexicain*
Eoin McNamee, *00 h 23. Pont de l'Alma*
Norman Green, *L'ange de Montague Street*
Ken Bruen, *Le dramaturge*
James Sallis, *Cripple Creek*
Robert McGill, *Mystères*
Patrick Pécherot, *Soleil noir*
Alessandro Perissinotto, *À mon juge*
Peter Temple, *Séquelles*
Nick Stone, *Tonton Clarinette*
Antoine Chainas, *Versus*
Charlie Williams, *Des clopes et de la binouze*
Adrian McKinty, *Le fils de la mort*
Caryl Férey, *Zulu*
Marek Krajewski, *Les fantômes de Breslau*
Ken Bruen, *R&B – Vixen*
Jo Nesbø, *Le bonhomme de neige*
Thomas H. Cook, *Les feuilles mortes*
Chantal Pelletier, *Montmartre, Mont des Martyrs*
Ken Bruen, *La main droite du diable*
Hervé Prudon, *La langue chienne*
Kjell Ola Dahl, *Le quatrième homme*
Patrick Pécherot, *Tranchecaille*
Thierry Marignac, *Renegade Boxing Club*
Charlie Williams, *Le roi du macadam*
Ken Bruen, *Cauchemar américain*
DOA, *Le serpent aux mille coupures*
Jo Nesbø, *Chasseurs de têtes*
Antoine Chainas, *Anaisthêsia*
Alessandro Perissinotto, *Une petite histoire sordide*

Dashiell Hammett, *Moisson rouge*
Marek Krajewski, *La peste à Breslau*
Adrian McKinty, *Retour de flammes*
Ken Bruen, *Chemins de croix*
Bernard Mathieu, *Du fond des temps*
Thomas H. Cook, *Les liens du sang*
Ingrid Astier, *Quai des enfers*
Dominique Manotti, *Bien connu des services de police*
Stefán Máni, *Noir Océan*
Marin Ledun, *La guerre des vanités*
Larry Beinhart, *L'évangile du billet vert*
Antoine Chainas, *Une histoire d'amour radioactive*
James Sallis, *Salt River*
Elsa Marpeau, *Les yeux des morts*
Declan Hughes, *Coup de sang*
Kjetil Try, *Noël sanglant*
Ken Bruen, *En ce sanctuaire*
Alessandro Perissinotto, *La dernière nuit blanche*
Marcus Malte, *Les harmoniques*
Attica Locke, *Marée noire*
Jo Nesbø, *Le léopard*
Élmer Mendoza, *Balles d'argent*
Dominique Manotti – DOA, *L'honorable société*
Nick Stone, *Voodoo Land*
Thierry Di Rollo, *Préparer l'enfer*
Marek Krajewski, *Fin du monde à Breslau*
Ken Bruen, *R&B – Calibre*
Gene Kerrigan, *L'impasse*
Jérôme Leroy, *Le Bloc*
Karim Madani, *Le jour du fléau*
Kjell Ola Dahl, *Faux-semblants*
Elsa Marpeau, *Black Blocs*
Matthew Stokoe, *La belle vie*
Paul Harper, *L'intrus*

Stefán Máni, *Noir Karma*
Marek Krajewski, *La mort à Breslau*
Eoin Colfer, *Prise directe*
Caryl Férey, *Mapuche*
Alix Deniger, *I cursini*
Ævar Örn Jósepsson, *Les anges noirs*
Ken Bruen, *Munitions*
S.G. Browne, *Heureux veinard*
Marek Krajewski, *La forteresse de Breslau*
Ingrid Astier, *Angle mort*
Frank Bill, *Chiennes de vies*
Nick Stone, *Cuba Libre*
Elsa Marpeau, *L'expatriée*
Noah Hawley, *Le bon père*
Frédéric Jaccaud, *La nuit*
Jo Nesbø, *Fantôme*
Dominique Manotti, *L'évasion*
Bill Guttentag, *Boulevard*
Antoine Chainas, *Pur*
Michael Olson, *L'autre chair*
Stefán Máni, *Présages*
Pierric Guittaut, *La fille de la Pluie*
Frédéric Jaccaud, *Hécate*
Matthew Stokoe, *Empty Mile*
Frank Bill, *Donnybrook*
Kjell Ola Dahl, *Le noyé dans la glace*
Éric Maravélias, *La faux soyeuse*
Jo Nesbø, *Police*
Michael Kardos, *Une affaire de trois jours*
Attica Locke, *Dernière récolte*
Jérôme Leroy, *L'ange gardien*
Lars Pettersson, *La loi des Sames*
Sylvain Kermici, *Hors la nuit*
Lawrence Block, *Balade entre les tombes*

Joy Castro, *Après le déluge*
Thomas Bronnec, *Les initiés*
Elsa Marpeau, *Et ils oublieront la colère*
Elizabeth L. Silver, *L'exécution de Noa P. Singleton*
Marcus Sakey, *Les Brillants*
Dominique Manotti, *Or noir*
Jean-Bernard Pouy, *Tout doit disparaître*
DOA, *Pukhtu. Primo*
Jo Nesbø, *Du sang sur la glace*
Sébastien Raizer, *L'alignement des équinoxes*
Matthew Stokoe, *Sauvagerie*
Patrick Pécherot, *Une plaie ouverte*
Brigitte Gauthier, *Personne ne le saura*
Jo Nesbø, *Le Fils*
Neely Tucker, *La voie des morts*
Mons Kallentoft – Markus Lutteman, *Zack*
Patrick Delperdange, *Si tous les dieux nous abandonnent*
Benoît Minville, *Rural noir*
Marcus Sakey, *Un monde meilleur – Les Brillants II*
Sébastien Raizer, *Sagittarius – L'alignement des équinoxes II*
Frédéric Jaccaud, *Exil*
Jo Nesbø, *Soleil de nuit – Du sang sur la glace II*
Caryl Férey, *Condor*
Joy Castro, *Au plus près*
Pierric Guittaut, *D'ombres et de flammes*
Matthew Klein, *Sans retour*
Benoît Philippon, *Cabossé*
Lawrence Block, *Le voleur qui comptait les cuillères*
DOA, *Pukhtu. Secundo*

*Composition Nord Compo
Achevé d'imprimer
sur Roto-Page
par l'Imprimerie Floch
à Mayenne, le 4 septembre 2016.
Dépôt légal : septembre 2016.
Numéro d'imprimeur : 90073.*
ISBN 978-2-07-014869-1 / Imprimé en France.

280786